Best Time

白马时光

翘摇
QIAO YAO
著

降落我心上

上

Landing
on
My Heart

百花洲文艺出版社
BAIHUAZHOU LITERATURE AND ART PRESS

图书在版编目（CIP）数据

降落我心上 / 翘摇著. — 南昌：百花洲文艺出版社，2021.6

ISBN 978-7-5500-4244-5

Ⅰ. ①降… Ⅱ. ①翘… Ⅲ. ①长篇小说—中国—当代
Ⅳ. ① I247.5

中国版本图书馆 CIP 数据核字（2021）第 084058 号

降落我心上

JIANGLUO WO XIN SHANG

翘摇　著

出 版 人	章华荣
出 品 人	李国靖
特约监制	何亚娟　夏　童
责任编辑	游灵通
特约策划	鹿玖之
特约编辑	崔馨予
封面设计	吴思龙 @4666 啊
版式设计	赵梦菲
封面绘图	starry 阿星
出版发行	百花洲文艺出版社
社　　址	南昌市红谷滩区世贸路 898 号博能中心 I 期 A 座 20 楼
邮　　编	330038
经　　销	全国新华书店
印　　刷	三河市金元印装有限公司
开　　本	880mm × 1230mm　1/32
印　　张	19
字　　数	581 千字
版　　次	2021 年 6 月第 1 版　2021 年 6 月第 1 次印刷
书　　号	ISBN 978-7-5500-4244-5
定　　价	69.80 元（全二册）

赣版权登字：05-2021-171

发行电话　0791-86895108　　网　址　http://www.bhzwy.com

目录

contents

目录

contents

第一章

一封“告白”信

江城，秋。

一阵风吹散了夜空中遮住月亮的浓云，洒在地面的光芒便亮了些，田地里的稻子被映成了暗金色，随着风荡出了浅浅的波浪。

这是凌晨的郊区农田，安静得好像植物都沉睡了般。

而与田埂相连的柏油路，一路追着光亮通达前方，被一条黄漆生生截断，与恢宏大气的机场跑道遥遥相望。

这个时间的机场与田地截然不同，正灯火通明，人员忙碌，一架波音737平稳落地，十几辆摆渡车有序前行。

阮思娴拉着飞行箱，疾步走向恒世航空乘务部会议层。她脚下生风，额头沁着细汗。

进了电梯，她拿出手机看了眼时间，十二点四十一分，距离本次航前协作会只剩不到五分钟。

电梯门打开，阮思娴穿过人来人往的大厅，转向会议室一旁的走廊。

B32会议室门口站了几个与她穿着同款蓝色制服的乘务员，正凑在一起闲聊。

“阮思娴，你怎么才来？”人群中的江子悦回头问道。

阮思娴终于赶上了，松了口气：“出门晚了点儿。”

江子悦是乘务长，不得不提点一下：“下次注意，别的也就算了，你明知道今天的航班很重要。”

阮思娴点头说："好。"

今天这趟航班，江城直飞伦敦，属于世航核心国际航班。特别的地方在于，世航运行副总监傅明予也搭乘这趟航班。

平时傅明予出行多乘私人飞机，搭乘世航的机会不多，所以江子悦作为乘务长，看到乘客名单的第一时间就在本次乘务组小群里嘱咐了一番。

阮思娴又朝会议室看了一眼："里面的人还没出来？"

江子悦皱眉道："嗯，不知道他们在磨蹭什么，咱们机长也还在卫生间。"

"那我也去卫生间整理一下丝巾，再补个妆。"阮思娴离开宿舍的时候害怕迟到，于是小跑了一路，脖子出了汗，沾在丝巾下面，很不舒服。

阮思娴匆匆来到卫生间，打开水龙头洗手，用沾着水的食指把散落的两根发丝别到耳后。

她看着镜子中的自己，精致的妆容，干净利落的盘发，端庄修身的制服——还不错，但却毫无特点。

唯有脖子上歪得有点儿像兔子垂耳的丝巾让她看起来和其他空乘有一丝不同。但也仅仅是她眼里的不同，不会有别人注意到。

解开丝巾再重新系正，垂下手的同时，阮思娴摸到制服内衬里的物件。她顿了下，解开一颗扣子，伸手拿出来。

是一封信，信封上面用红色的蜡封了口。

——这就是阮思娴出门晚了的原因。

今天下午，室友司小珍得知傅明予要乘坐阮思娴跟飞的航班，便写了这封信，然后嘱咐她一定要找机会交给傅明予。

看阮思娴不太情愿的样子，司小珍红着眼睛说："咱们每天一起看书，一起准备招飞考试，明明下周就要报名了，结果'飞扬计划'说取消就取消！你真的不想再争取一下吗？"

"飞扬计划"是恒世航空的内部招飞计划，世航每年都会从内部员工中挑选出一部分，进行飞行员培养，职位不限，性别不限。到了今年，眼看就要到"飞扬计划"的报名时段了，掌管飞行部的傅明予却取消了这个计划。

这对别人来说只是一个不痛不痒的小改动，但对于阮思娴和司小珍这种奔着这个计划进世航的人来说，简直就是致命一击。

阮思娴张了张嘴，像是要拒绝的样子，司小珍又说：“我给他发了很多封邮件都没有收到回执，现在只有这个办法了。我知道你觉得送信很可笑，可是万一呢，万一傅总是一个平易近人又善良的人，他看了我的信就愿意再酌情考虑一下呢？而且……”

阮思娴当时只扬了扬手，打断了司小珍的话，并收下了这封信。

“你在干什么？”

突然，江子悦推开门，半个身体探进来：“机长来了，赶紧的，开会了。”

阮思娴连忙把信藏到身后，点头道：“好，这就来。”

这个小动作被江子悦捕捉到了，她目光警觉地扫过：“你拿了什么？”

阮思娴不想被江子悦看见，可是刚刚那个下意识的躲藏动作太过明显，反而有些此地无银三百两的意思。且江子悦探究的眼神都递过来了，阮思娴只能拿着手里的东西轻轻晃了下：“就这，没什么。”

待江子悦看清那信封，紧抿的嘴唇松懈下来：“什么乱七八糟的，快走吧，别磨蹭了。”

阮思娴把信塞进内衬兜里，扣着扣子朝江子悦走去。因为要客名单里有傅明予，机长格外重视这次航前协作会，比平时多讲了二十分钟。

结束的时候便该登机了，但又接到塔台通知，由于流量管制，他们得延误个把小时。

时间一下又松了下来，机长站起来活动了一下筋骨，对旁边两个副驾驶说：“去买点儿吃的？”

三人便起身出去了，留下乘务组的人在会议室里。

又延误，大家都得等着，还不算飞行时间，会议室里渐渐地有了小声的吐槽。

其间，阮思娴出去接了个电话。电话还没挂，阮思娴便听到屋子里的聊天声越来越大，好像又在讨论什么开心的事情。

“你们在聊什么呢？”阮思娴推开门，“我在外面都听到你们的声音了。”

江子悦把乘客名单卷起来撑着太阳穴，歪着头笑道：“她们在打赌，看今天谁能去拿到傅总的电话号码。”

阮思娴不解地“嗯”了一声：“要电话干什么？”

“你说呢？当然是泡他！”

“好不容易遇到跟他同一航班，难得的机会啊，此时不上更待何时！”

“十几小时的长途飞行呢，我就不信找不到机会要联系方式，实在不行咱就学别人泼个咖啡什么的，哈哈哈哈。”

“泼咖啡太狠了，我看要不等颠簸的时候趁机摔一跤吧，正好摔到人家怀里去。”

泼咖啡……摔跤……阮思娴听得眼角直抽。十年前的偶像剧都不这么演了好吧。不过也听得出来大家只是在开玩笑。

阮思娴笑着坐下来，用指甲划了划太阳穴：“你们做什么梦呢？”

说完就愣了一下，怎么把心里话说出来了？

会议室里的气氛短暂地凝滞了一下，很快又热闹起来。

“做梦又不犯法，而且啊……”那个人压低声音说，“傅总的哥哥，另一位傅总的未婚妻就是空乘，两人就是在飞机上认识的，这叫什么，一切皆有可能。”

“话放在这儿了啊，谁以后要是成了老板娘，可别忘了给我升个职，别的不说，先让我当乘务长呗。”

“哟，就冲你上次帮我临时换班，我要是当了老板娘，你立刻就做乘务长。”

“那我就先谢谢您了，不过万一我才是未来的老板娘呢？”

阮思娴听了半天，越来越蒙：“你们怎么这么兴奋？万一对方是个肚子比孕妇还大的老头呢？你们也泡？”

此话一出，大家都笑得花枝乱颤。

阮思娴更迷惑了：“你们笑什么？”

“哎呀，看来我们阮阮真的是两耳不闻窗外事，来，姐给你看下照片。”江子悦一手钩住阮思娴的脖子，一手掏出手机，翻了张照片出来给她看。

这张照片很明显是偷拍的，傅明予穿着一身笔挺高级的西装，外面披了一件黑色大衣，正疾步朝公司总部的大门走去。

他肩宽腿长，脚步迈得很大，挺直的背脊和腿部流畅的线条与服装相得益彰，气场似乎能穿透照片抓人眼球，让四周的人物都自动虚化。

即便这张照片根本没拍到他的脸。

怪不得空姐这么兴奋，情有可原。不过只看这么一眼，阮思娴就在心里彻底抹除了“平易近人”和“善良”这两个形容词。

不可能，绝对不可能。这两个形容词跟他就没任何关系。

这里面的人放肆地开着玩笑，完全没注意到虚掩的门外，乘务部经理王乐康的脸黑得像包公。

王乐康旁边站的，就是本次话题的主人公傅明予。

楼层里灯光大亮，偶有匆忙的脚步声在长长的走廊里回荡，清晰可闻，却也不如这道门内的笑声清晰。

这笑声跟刀子似的，一下下往王乐康耳里钻。

他悄悄瞥了一眼傅明予，只见他低头翻阅着手里的文件，目光沉静，好似没有听见里面的对话。但若真的没有听见，他又何必停留在这里？

屋子里声音越来越放肆，王乐康如芒在背，恨不得冲进去喝止里面的人。可是傅明予不动声色，他哪里敢先动。

片刻，傅明予缓缓合上手里的文件，原封不动地还给王乐康。

王乐康伸手去接，文件却在离手心微毫的地方停滞。

“这就是你近期整顿的效果？”

一句话，让王乐康绷紧了背脊，不知如何应答。

这事儿说来好笑，两个月前，恒世航空的国际核心航班上发生了一件“美事”——一个双舱空姐不小心洒了咖啡在 VIP 乘客身上。

这位客人身份不一般，是江城钢铁实业大股东的小儿子。但因为这次服务事故，两人不仅没有结怨，反而结缘，一段恋情来得快且令人艳羡。

自此之后总有空乘悄悄效仿，那段时间服务“事故”率突然飙升。

别的也就不说了，偏偏这种事情被世航的一个小股东遇见，当作笑话说给傅明予听了。

男欢女爱的事情外力不能阻挡，但是以工作之便满足私人之欲，这是服务业的大忌。所以在那个月的部门总结会议上，傅明予提及此事，王乐康立刻表示自己会整顿乱象。

不想就在王乐康汇报工作的当口，这种“乱象”被傅明予撞了个正着。

“如果她们不想干这份工作了，随时提出来，恒世航空向来不强留。”

傅明予松了手上的力道，文件终于落到王乐康的手心。

虽然只是几页纸，却重得像一斤铁。

也不知过了多久，江子悦咳了两声：“好了，别闹了，等会儿机长上来了。”

话音一落，会议室的门被推开，进来的却是王乐康。

他常年笑呵呵的一张脸皱成一团，乌云密布，大家当然能猜到没好事发生。

一屋子的人面面相觑，谁都不敢先开口，只能凝神屏气地看着王乐康。

王乐康往会议桌前一站，有一肚子火想发，脸色变了又变。

但奈何这人平时就斯文惯了，再生气也不怎么吼人，最后也就是伸手指了指面前几个人：“上次开会说的事情又全都忘了？我告诉你们，今后给我老实点，下班后你们要干什么都随便，但是工作时间给我老实点，要是再搞些有的没的，全都给我滚蛋！”

阮思娴微微皱了皱眉。她一会儿要在飞机上给傅明予送信来着。王乐康该不会是指向她吧？应该不是吧，他什么都不知道。

但人在心虚的时候总觉得别人的一个眼神都别有意味，阮思娴抬起头，想在王乐康的脸上寻找些蛛丝马迹，可惜却只看到他怒气满满的背影以及被摔得还在轻微晃动的门，让一屋子的人感到莫名其妙。

“老大这是怎么了？”

“谁知道呢，更年期到了吗？”

“谁招惹他了？”

有人突然提醒：“是不是因为今天傅总在这趟飞机上啊？”

“不会吧，我们今天就说说而已，他怎么会知道？”

“行了。”江子悦作为乘务长，隐隐觉得跟她们刚刚的玩笑有关系，“准备准备登机了。”

最终大家也不确定王乐康为什么发火，但却不敢再造次，到了飞机上个个老实巴交的，像没有感情的机器人。

等机长做完绕机检查，准备让头等舱客人登机，但在这之前，得先迎特殊客人。

机长领着机组人员恭恭敬敬地站在客舱入口。

阮思娴本该站在第二排，但在乘务组里她的个子最高，站在人群里太显眼，于是自动退到了最后一排。

半分钟后，众人等待的那位终于出现在廊桥的另一端。

只那么一瞬间，阮思娴明显感觉到四周的氛围有微妙的变化，身旁几位空乘的身体都小幅度往前倾了些。

凌晨的夜色浓稠如墨，唯有廊桥内的白炽灯发出光亮。

傅明予大步流星地走来，拿着手机，正在打电话。直到接近客舱口，他才看见黑压压一群人，几不可察地皱了下眉头，随即挂了电话。

他身后还跟着一位同龄的年轻男性，应该是助理或是秘书，两人一前一后地进了飞机，扫了众人一眼。

宽敞的飞机里莫名就出现了一股压迫感。

阮思娴偷偷打量着他，心里打鼓似的。她信了司小珍的邪，居然奢望着这样的人能一时心软。明明这个人浑身都写满了“我没有心”四个字。

机长年龄较大，笑呵呵地说：“傅总，欢迎乘坐本次航班。”

傅明予伸手与他相握，道了一句“辛苦”，再看向一旁的乘务组，猝不及防地就撞上了阮思娴打量的目光。

两道视线相撞，阮思娴还没来得及做出反应，他便移开了目光，随后便步入头等舱。

毫不遮掩地无视。阮思娴甚至都觉得，刚刚那一眼是不是她的错觉。

飞机进入巡航状态后，空乘们开始活动。在休息室忙碌时，头等舱的几个乘务员还是没忍住私底下小声地讨论着此刻就坐在前排的傅明予。

阮思娴也在经过傅明予身边时悄悄看了几眼。

他和秘书坐在同一排，头顶的阅读灯开着，加深了他脸上的轮廓。

比起照片，真人还要更好看一些。这样的长相，又是董事长的儿子，年纪轻轻便空降高层，也难怪会让人想入非非。

阮思娴摸着兜里的那封信，已经打了无数次退堂鼓。

世上哪有那么多表里不一的人，傅明予浑身的气质已经表明他从来都是站在云端的人，有普通人十分之一好说话都是妄想，哪还敢奢求其他。

但诚如司小珍所说，试试看也不亏，不行就算了。

阮思娴这样想着，走路的时候也慢了些，思量着一会儿要怎么跟他开口。正好这时候该送咖啡了，阮思娴有了点动力，立刻往储备间走去。

江子悦正在里面准备食物，看到她进来对着她挤眉弄眼，嘴里还念念有词。

阮思娴心里装着事情，没注意听，直到江子悦戳了她一下："你走什么神？"

阮思娴咳了两声掩饰尴尬："你刚说什么？我光注意咖啡的温度去了。"

江子悦小心翼翼地朝客舱看了一眼，说："我们一会儿交换一下，你去给左边的人服务，我去右边。"

右边，是傅明予那边。阮思娴抿了抿唇，没立刻应下来。

江子悦用肩膀轻轻地撞了她一下："行吗？"

阮思娴扯着笑说"好"，又问："不过为什么呀？"

江子悦正在给水果摆盘，盯着橙子，用叉子戳了一下："我前男友在那边。"

"啊？"阮思娴朝外面看了一眼，比起跟飞遇到老板的概率，撞上前男友的概率可谓更小了。

"你昨天没看乘客名单吗？怎么一点心理准备都没有的样子？"

"我看了啊，但是全世界这么多人叫张伟，我怎么知道是他？"江子悦说着说着还弄掉了一块儿橙子，她捡起来用力地丢进垃圾桶，"真晦气！”

阮思娴把她往里面拉了拉，小声说道：“有客人在那边出来了，你小声点。”

江子悦强行整理了自己的表情，但还是忍不住说：“刚刚登机的时候还故意调戏我，神经病，男人都是神经病。”

阮思娴拍了拍她的肩膀，安抚她的情绪：“你也别太激动，前男友而已，你就当作普通乘客就好了。”

“屁的普通乘客，普通乘客哪有那么神经病的？”江子悦又郑重地看着阮思娴，“真的，你还小，等你多谈几次恋爱就知道了，男人都是神经病。”

阮思娴“嗯嗯”应了两声，两人便分开走出去。

一整排的餐饮送完，阮思娴又挨个为需要的客人倒了咖啡。走到尽头时，她扭头看向傅明予那一排。

江子悦已经跟着餐车走了，傅明予则低头看着桌上的平板电脑。

阮思娴手心微微发热，犹豫片刻，朝着傅明予走去。

“傅总，您需要咖啡吗？”

傅明予没抬头，伸手推了下杯子：“谢谢。”

阮思娴弯腰倒好了咖啡，顿了顿，没立刻走。

察觉到她的异样，傅明予抬眼看过来。他双眼生得狭长，微开的扇形双眼皮收敛了整张脸的凌厉，但偏偏眼尾上扬，又平添了几分张扬。

只是他冷冷地瞥着人的时候，风月再美也夹杂着冰霜。

阮思娴很不争气地遁了。

过了大约一小时，傅明予的秘书叫阮思娴添咖啡。

她拿出那封信，垫在壶底，再次走过去，给秘书倒了咖啡后，又转头看向傅明予，他还是拿着 iPad，屏幕里是飞机的内部结构 3D 展示图。

画面很清晰，傅明予放大了看细节，手指在屏幕上滑动，看样子似乎自动屏蔽了四周的人。

他这么专注，阮思娴很不好意思打扰他，可是按在壶底的那封信时刻在提醒着她，时不待人，时不待人！

可是他看起来真的很忙，就算给了他，他也不一定会看。

就在阮思娴内心天人交战的时候，秘书开口道："还有事吗？"

阮思娴紧张得发慌，小声道："您还需要咖啡吗？"

秘书挑了挑眉，手指敲了敲面前的咖啡杯，里面还有半杯。

阮思娴默认他不需要了，又转向傅明予："您还需要咖啡吗？"

傅明予手指微屈，抵着下巴，轻轻地摩挲，随后才抬头看向阮思娴："不用。"

从他抬眼看过来的时候，阮思娴就知道是这个答案了，一点儿也不意外，点了点头便转身离去。

傅明予抬眸瞥了眼她的背影，眼中不耐之色愈浓。

秘书在一旁笑了一下，傅明予看过去，秘书立刻收了笑意，递过来一张纸："这是 ACJ31 的起草标书。"

傅明予接过的同时，又看了一眼前方的背影。

这个王乐康是怎么办事的？

过了一会儿，这个空姐果然又端着咖啡回来了，她手里还拿着什么东西，好像是一封信。

傅明予抬头直勾勾地看着阮思娴，眼前这个女人穿着恒世航空传统的浅蓝色制服，面容姣好，且个子高挑，腰细腿长，身材极好，可惜浓妆红唇，笑容僵硬，毫无记忆点。

阮思娴见傅明予毫不遮掩地打量她，想到自己有不情之请，越发紧张，脑子里嗡嗡作响，喉咙一紧，低声道："傅总，您需要添咖啡吗？"

说这话的时候，她紧紧攥着壶底的那封信，手指不安地摩挲，将信轻轻推了出来，想着时机合适就递出去。

这一小动作被傅明予尽收眼底。

傅明予看见她脸上明显出现了欲言又止却又充满期待的神色。

他关掉 iPad 屏幕，挽了一截袖口，漫不经心地说："这份工作你是不是不想做了？"

阮思娴愣了下，想到那封信的内容，说道："是，我不想做世航的空姐了，我想做……"

傅明予轻轻转动手腕，眼皮一掀，开口道：“老板娘？”

阮思娴一脸蒙：“嗯？”

“你不如做梦。”

阮思娴半晌没动，脑子里只有一个想法：男人都是神经病！

没有什么语言能比这句话更精准地描述阮思娴此刻的心理活动了。

她下意识把信收了回来，挤出一个比哭还难看的笑容，想说两句话，却发现一个字都说不出来。

幸好傅明予说完这话就不再看她，或者说直接当面前没有这个人，伸手关了阅读灯，然后放倒座位，躺下闭目养神。

四周的乘客都很安静，偶尔有翻书声或水杯碰撞的声音，似乎没人注意到这里。但阮思娴知道，此刻自己身上粘了不少目光，都在看热闹。

阮思娴咬了咬牙，端着咖啡转身走了。

回到储物间，她把咖啡壶重重放下，把一旁的江子悦吓了一跳。

“你怎么了？”江子悦问。

“没什么。”阮思娴虽然心里憋着气，但也不敢在乘务长面前吐槽老板。

虽然她跟江子悦平时关系不错，但是同事归同事，背后的闲言碎语说不定哪天就变成一把刀子。

江子悦又问：“对了，司小珍的东西……你送出去了吗？”

阮思娴冷冷道：“算了，不送了。”说完，她突然睁大了眼睛，“你知道啊？”

江子悦耸肩，转身靠着柜子：“她今天下午也找过我。”

江子悦资历比阮思娴她们深，早先她是司小珍的带飞师父，又因为是乘务长，司小珍觉得她或许比较说得上话，所以一开始先找了江子悦帮忙。但是江子悦直接拒绝了。

且不说事不关己，这事儿也太荒谬了，何必往自己身上揽。

阮思娴想通其中关节，点了点头：“我还没找着机会。”

机会什么的都是说辞，人就在那里坐着，真想送过去还不是分分钟的事情？

江子悦凑近了问："你不敢啊？"

"对，不敢。"阮思娴扯着嘴角笑得阴阳怪气，"怪不好意思的。"

一会儿人家以为她送情书怎么办？

"怎么会？这也没什么不好意思的。"江子悦端起三份牛排，从阮思娴身边挤过去，"我去给机组送夜宵，你那边……一会儿灯灭了就悄悄放过去吧，也没人知道。"

江子悦这么一说，阮思娴的情绪很快就转了个弯，好像有点道理。

刚刚傅明予很明显误会她了，觉得她在勾引他。这种事情阮思娴怎么解释呢？说什么别人也不一定信，她只有把那封信送出去，等傅明予看到了内容，就知道他自己误会了。

不过这会儿傅明予那自以为了不起的样子，肯定不会收她送的任何东西，所以得等一会儿熄灯后，大家都睡了，她就可以神不知鬼不觉地把信塞到他座位上。

等他一觉醒来，看到了内容，真相大白。很好，阮思娴做了决定，安安分分地等着。

二十分钟后，客舱熄灯了，大部分乘客都放倒座椅戴着眼罩睡觉，有两个客人开着阅读灯在看书，四周安静得听得见呼吸声，唯有 7A 一个七八岁的小男孩外放着动画片。

每每到这个时候，飞机就像一个大型宿舍，阮思娴感觉自己就像个宿管阿姨。

她轻手轻脚地走到那个小男孩身旁，提醒他戴上耳机看动画片。

小孩子哼哼唧唧了两声，说："耳朵疼。"

阮思娴蹲下来，轻言轻语："小朋友，你这样外放会吵到别人。"

小孩子还是不乐意，指着一旁的大人说："我爸爸都没有被吵到。"

阮思娴看了一眼，他爸爸戴着眼罩和降噪耳机，根本听不见，睡得跟死猪似的，能被吵到才奇怪。

遇到这种情况，阮思娴除了苦口婆心地劝说也没有其他办法。

"小朋友，到伦敦的时候是清早，你这个时候不睡觉，明天下飞机了就会打瞌睡，没精力去玩了。"

她声线温和，又刻意放柔了语气，很难有人再说得出拒绝的话，即便只是个小孩子。

小男孩认真地想了一下，然后关了 iPad：“那我要尿尿。”

阮思娴朝他伸手：“走吧，我送你过去。”

虽然现在是巡航状态，但是飞机随时可能会遇到气流颠簸，保护小孩子的安全是阮思娴的责任。

经过傅明予身旁时，阮思娴低头看了一眼，他平躺着，呼吸平稳，睡得很安详。

阮思娴突然觉得这是个机会，于是停下脚步，对小孩子说：“小朋友，你等我一下。”然后她弯腰，把那封信放在傅明予枕边。

手指碰到枕头的时候，傅明予抿了抿唇，吓得阮思娴一激灵，以为他根本没睡着。幸好，他只是偏了偏头。

不过傅明予没睁眼，一旁的小孩子倒是看得清清楚楚。

“姐姐，你这是在送情书吗？”

阮思娴：“……”这小屁孩儿怎么懂这么多？

“不是的。”阮思娴不欲跟他多做解释，“快走吧，一会儿卫生间该被人占了。”

小孩子权当没听见阮思娴的话，一副小大人模样：“这个哥哥是很帅，不过姐姐你也不要太害羞，我都收过情书了，没什么的，很正常。”

阮思娴差点儿没背过气。你个小屁孩要发表演讲也不要在这里发表好不好？万一傅明予没睡着只是在养神呢？

阮思娴做了今天第三次深呼吸，拽着他去了卫生间。

一来一去不过几分钟时间，阮思娴牵着小孩子回来的时候发现傅明予竟然醒着，已经调直了座椅靠背，打开了阅读灯正在看 iPad。

速度这么快，阮思娴甚至怀疑他刚刚是不是真的没睡着。不过看他表情正常，应该没有听见，也不知道他看到那封信没有。

经过傅明予身边时，阮思娴忍不住探着脑袋望过去。那封信好像没被他发现，反倒因为他调直座椅而落到了地上。

阮思娴心里五味杂陈，现在不仅要重新送一次，还得在他面前神不知鬼不觉地捡起来。

看见这封信的人不只是阮思娴，旁边的小孩子也看见了。

看见就看见了吧，他还大声说道："姐姐，你的情书掉在地上了。"

阮思娴："……"我看见了不用你多嘴。不是，这不是情书！

傅明予闻言看了过来，仅仅是瞥了一眼，发现身边的人是阮思娴后，很快又转过头去，嘴角带着一抹意味不明的笑。

倒也不是意味不明，阮思娴很明显地感觉到他满脸的讥讽。

笑什么？有什么好笑的？这真的不是情书！

阮思娴发现自从傅明予上飞机，总共跟她说了五句话，其中还有两句就两个字，但已经把她从一个温婉和气的仙女变成了随时能引爆高空的炸药包。这是什么魔鬼？

当然阮思娴只敢在内心嘶吼，表面上还要保持笑容。

"小朋友，这不是情书哦。"

"那是什么？"

"是陈情书。"

"不也是情书吗？"

"……"

阮思娴回头看了一眼，还好，傅明予似乎没有注意到他们的对话。

把小屁孩弄回座位，阮思娴蹲着给他系好安全带，摸了摸他的额头。

"早点儿休息吧。"言毕，她深吸了一口气，才缓缓站起，转身看向傅明予。

他的注意力似乎已经完全被 iPad 吸引了，完全没给阮思娴眼神。

这样最好。

阮思娴走到他旁边，飞速捡起那封信，递到他面前。

"傅总，您别误会啊，这是我……"

话没说完，飞机突然毫无预兆地颠簸起来。而且幅度还有些大，许多乘客都惊醒了，安全带指示灯也迅速亮了起来。

阮思娴飞了两年了，凭经验也知道这次可能不仅仅是气流，甚至有可能是擦着积雨云过的。

来不及思考其他，安全才是最重要的，她不敢乱动，立刻抓住傅明予的座椅靠背来保证自己的稳定。

慌乱中，她低头看见傅明予不慌不忙地收起了 iPad，抬眼看过来。

似乎要说什么。

这时，飞机广播突然响起，打断了傅明予的话头。

“女士们先生们，我们的飞机遇到了强对流天气，引起颠簸，请您回到自己的座椅，系好安全带，洗手间同时关闭。”

就在这时，旁边的小孩子吓得哇哇大叫，拼命想往自己爸爸那边扑，发现自己被安全带束缚住后就开始解安全带。

阮思娴立即喊道：“小朋友！不要解开安全带！这只是气流引起的颠簸，不要害怕！”

可是小孩子哪里听得进去阮思娴的话，旁边孩子的父亲刚刚被震醒，迷迷糊糊地坐起来，显然还没搞清楚当下发生了什么。

可不能真的让他解开安全带离开座位，一会儿在飞机上磕磕碰碰才麻烦。阮思娴来不及细想，立刻就想跑过去按住小孩子。

但她刚刚松手，飞机就再次剧烈颠簸了一下，她脚下不稳，重心偏离，整个人往下倒去。

——不偏不倚地倒在了傅明予怀里。

阮思娴：“……”

他身上的气息萦绕在阮思娴周身，身体相触，阮思娴的上半身几乎全靠在他的胸前了。一抬头，就对上他的目光。

他微微歪了下头，目光里的戏谑和不屑丝毫不加掩饰。

阮思娴解读出来就是，“我看你还怎么解释”。

这种时候，阮思娴又很不争气地心跳加快，好像心快跳出来似的，脸上的红晕直接蔓延到耳根。

她清晰地听到自己的心跳声，咚咚咚。这也太尴尬了。

傅明予就伴随着这个心跳声开口：“误会什么？”

阮思娴：“……”除了沉默，还是沉默。

这幅场景，我说我没想过勾引你，你信吗？我自己都不信。

飞机就在这个时候慢慢恢复了平静。

两人就这么对视着，一个面红耳赤，一个冷静到眼神里没有任何情绪。

许久，没得到回答的傅明予再次开口：“你还打算在我腿上坐多久？”

阮思娴：“……”

阮思娴立刻站起来，双手不知道往哪里放，薅了薅头发，手指不经意地擦过自己的脸。

就这个温度，如果她有一面镜子，应该能看见自己的脸红得像蒸过桑拿。

“我……”阮思娴眼一闭心一横，把那封信放到他桌上，“这是我同事托我给您的，里面是她关于‘飞扬计划’的一些小想法。”

放下后，阮思娴也没敢再看他表情，径直离开。

走进休息室，正好江子悦过来说：“阮阮，你刚刚……”

江子悦说到一半停下了，拍了拍阮思娴的肩膀。

“没事，刚刚颠簸吓到了。”阮思娴站着稳了会儿心神，“刚刚 7A 的小孩子吓哭了，您帮我送一杯果汁过去吧，我先去休息了。”

此后的近十小时，阮思娴经过傅明予身边无数次。

好在他睡了近五小时，另外五小时全神贯注地做自己的事情，完全没有给阮思娴一个眼神。

但即便这样，阮思娴每次经过他身边，还是浑身不自在，总觉得他下一秒就会抬起头嘲讽地看着她然后说一些羞辱性的话。

还好这种情况没有发生。

落地后，送走了所有乘客，阮思娴差点儿没脱一层皮，从来没感觉飞一次长途这么累。然而她揉着肩膀走回客舱，经过傅明予的座位时，差点儿又给气背过去。

——那封信原封不动地被放在桌面上。

为什么阮思娴确定其原封不动呢？因为司小珍为表郑重，用蜡封了口。

阮思娴今天数不清第几次深呼吸，把这封信捡了起来。

合着她今天经历了这么跌宕起伏的一趟航班，全是她的独角戏？

第二章

命运似幻觉

下了飞机，阮思娴打开手机，各种微信和未接电话多到快要溢出来。

坐上了开往酒店的大巴车后，阮思娴才闲下来开始回复消息。

江子悦动作比阮思娴还快，在一个同事群里发消息，说已经到伦敦了，问有没有同事也还在伦敦，约着一起去玩。

这个群是他们私下建的群，有空乘，有机长，有副驾驶，还有一些随行机务和安全员。

有人问江子悦这次乘务组都有谁，江子悦一一说了，又问：干吗呀？意有所指呀？

阮思娴看了一眼群里的热议，知道江子悦在说她。只是眉头还没来得及皱起，两条私聊信息就来了。

一条来自今年驻扎在伦敦基地的岳机长，邀请她吃晚饭。

一条来自昨天到伦敦的空少，邀请她下午一起游玩。

这不是他们第一次向阮思娴示好，当然也不是“唯二”。

也不知怎么的，阮思娴感觉自己今年桃花运特别好，层出不穷的追求者让她应接不暇，特别是她拍了今年世航三月号的杂志封面后，每周通过七拐八弯的渠道加她微信的人都有好几个。

阮思娴回绝了这两个人，说自己今天有约了。

阮思娴发出消息的同时，一旁的江子悦揶揄地看了她手机一眼：“岳机长欸，你连他都拒绝啊？”

岳机长对阮思娴的心思不说尽人皆知，但明眼人都瞧得出几分。

不过说到底还是私事，被人这么明晃晃地拿出来说，而且还是未经同意看的手机，换谁都不高兴。

“我今天约了伦敦的朋友。”

江子悦并没有相信她说的话，或者觉得，这只是一个搪塞的理由，她撇着嘴低头看手机：“我还挺好奇，你一直不交男朋友，是不是眼光太高了？”

阮思娴说：“不是……我只是现在没考虑这些。”

江子悦挑眉，头轻摆：“放眼整个世航，岳机长长相是数一数二的吧，才二十八岁，年薪百万，首席机长预备役，公司多少人眼巴巴地看着啊，结果你还看不上。”

阮思娴侧头看了她一眼，将她的表情尽收眼底。

难道江子悦对岳机长有意思？

岳机长是很优秀，但同时他的花名也在外，又在航空公司这种环境，一拨又一拨的貌美空姐层出不穷，导致他换女朋友的速度堪比换衣服。

“没有看不上的意思。”阮思娴小声嘀咕，“不是我喜欢的类型而已。”

旁边一声轻哼，带点儿看破一切的嘲讽意味。

这种事情怎么解释呢，阮思娴觉得她和江子悦也没到可以谈心的地步，便不再搭理，继续把微信翻到下面，才发现司小珍四小时前给她发了好几条消息询问情况。

阮思娴就回了六个字：没送出去，没戏。

司小珍没回，因为她此时已经在飞往纽约的航班上。

到了酒店后，阮思娴和江子悦住同一间标间。

现在伦敦时间是上午十点半，江子悦在卸妆准备睡觉。阮思娴没有她这个倒时差的能力，害怕自己这个时候睡了，两天后早上回程的航班上她会困到精神失常，所以和朋友约了白天见面。

“对了，阮阮，今天在飞机上发生什么事了呀？”江子悦拿着敷着的面膜，嘴巴一张一合，“我看到你都坐到傅总大腿上了。”

正在换衣服的阮思娴一顿：“……”

江子悦能不能别这么精准地说出“大腿”两个字？

"什么大腿，就是颠簸的时候没站稳。"

江子悦笑了下，因为面膜足够厚，将表情藏住了。

夏末和初秋接壤，风里带着花香，也带着寒气。

伦敦多雨，阮思娴穿着白衬衫牛仔裤，素净得像一朵风中摇曳的小白花。

——阮思娴觉得自己确实挺摇曳的，飞了十几小时，要强撑着不睡觉，实在是快站不稳了。

"阮阮，你到伦敦了吗？"

卞璇那边很安静，却也把声音压得很低："宝贝，我刚刚下飞机，迫不及待就给你打电话了，今天你一定要跟我一起去一个地方，有个惊喜！"

阮思娴还没来得及回答，对方就挂了电话。可见是真的很迫不及待。

不过阮思娴很喜欢卞璇，喜欢她热情大方又有趣，喜欢跟她一起吃吃喝喝。

好，不过我们在哪里相见？对方电话挂得太快，阮思娴只得发消息过去。

几分钟后，卞璇回了消息：不好意思刚刚太兴奋了，忘记跟你说，你在哪儿啊？

阮思娴发送了自己的定位：那我们很近啊，你直接来 W.T. 机场等我吧，我大概四十分钟后出来。

W.T. 机场，是伦敦的一座私人机场。

阮思娴曾经备降过这个机场，所以她并不陌生，直接走路过去。

至于为什么去私人机场等卞璇，对此阮思娴倒并不感到意外，因为卞璇是私飞，即私人飞机的空乘。

这座私人机场就是她老板的。其实私人机场跟普通机场的区别并不大，至少从外观上看起来是这样。

窗明几净的大楼内可直接观看跑道上的飞机起飞降落，脚下踩着的地板亮堂得反光。阮思娴买了杯咖啡，站在到达层大厅，留意着从出口出来的人。

今天人流量不大，风尘仆仆的行人脚步匆匆，在外等候的人焦急难耐，似乎只有阮思娴闲庭信步，时不时喝一口咖啡，像是来游玩的一般。

卞璇迟迟没有出来，阮思娴又给她发了消息。

我已经到了。

嗯嗯！我在路上啦！我老板遇到了机场的负责人聊了一会儿，我现在已经快到出口啦。

你下了飞机为什么还跟你老板在一起？

这就是我要跟你说的惊喜呀！老板晚上有一个私人游艇宴会，就在泰晤士河，他邀请了我，并且同意我带上朋友！

阮思娴一口咖啡差点呛到。

所以你要带我去？

是呀！你会陪我的吧？我一个人好无聊的！

阮思娴一时没回消息，卞璇又连发好几条。

老板人超好的！是个很好玩很好客的老头！

一起吧！走吧走吧！

泰晤士河上的游艇趴欸！可能这辈子就这一次机会！

阮思娴受不了卞璇的短信轰炸，答应下来。

半年前卞璇也问她要不要辞职来英国，她老板有位合作的朋友这几年对接中国业务，要招中国私飞。阮思娴聪明，理工科学历，英文流利，学东西快，人又漂亮，是私飞的不二之选。

而且私飞的待遇不是一般的空姐能比的，拥有私人飞机的老板根本就不在乎那点薪资，有时候老板带着客人，私飞服务到位了，收到的小费就可能是普通人半年的工资，而且还能常年跟着老板全球各地飞，这种工作多令人羡慕。

只是阮思娴拒绝了，因此她们一个留在江城，一个去了伦敦。

阮思娴抬头的同时，看见卞璇从另一个出口走了出来。她穿着一身大红色制服，拖着飞行箱，在人群里特别显眼。

卞璇远远地就跟阮思娴挥手。

机场华灯高照，阮思娴大步流星，笑着朝她走去。

这么久不见，对方似乎变化许多，瘦了点儿，但也更漂亮了。

阮思娴的眼里不知不觉浮上久别重逢的欣喜。然而就在距离卞璇十来米远时，阮思娴看见那个出口又走出来两个人。

为首的那个，气质出众到立刻就抓住了阮思娴的视线。

阮思娴还没来得及转换表情，就对上了傅明予的目光。而她还保持着盈盈笑意，脚步生风。

"……"

那一刹那，阮思娴的第一反应是：他怎么会出现在这座机场？第二反应是：他不会觉得我是故意跟踪他吧？

阮思娴的笑容渐渐僵硬在嘴角。

——她怎么会出现在这里？

——她可真是处心积虑啊！

阮思娴几乎确定傅明予是这样想的，因为他看见阮思娴的那一刻，脚步顿了一下，然后掉头走向另一个出口。

阮思娴："……"

"阮阮！"卞璇冲过来就是一个熊抱，"我好想你呀，你想我没？"

"阮阮？"

卞璇晃了晃阮思娴的肩膀："你怎么了呀？"

阮思娴深吸一口气。她发现遇上傅明予后，她总是深呼吸。可能早晚有一天要因为气血不足命丧于他的西装裤下。

"没事，太高兴了，有点儿傻。"

阮思娴用力把咖啡杯扔到垃圾桶里，咚的一声，力道十足。

卞璇上下打量着阮思娴："可是……我怎么感觉你不太高兴啊？"

"所以我现在需要高兴，甚至想喝酒。"阮思娴搂住卞璇的肩膀，"走吧。"

傍晚，泰晤士河畔行人游客络绎不绝，时高时低的喧闹声被河风洗涤，仿佛也变得悦耳。河面反而静谧得波澜平平，在一片浮光跃金中，游艇悠闲得像一只天鹅，只有置身其中的人才感受得到其浮华奢靡。

阮思娴一袭酒红色连衣裙，长卷发披肩，身旁卞璇衣袂如雪。

两人满身流光溢彩，行走于游艇的衣香鬓影中依然是目光的焦点。

卞璇端着酒，挽着阮思娴，靠在围栏边上指着甲板上一个银发老头说：“那个就是我老板 Alvin，他说今天为了欢迎一位重要的客人，特意举办了聚会，你看看来了这么多人，好多帅哥哦。”

阮思娴刚回应了一个金发碧眼男人的示好，压低声音道：“再帅又有什么用？这里是英国，人家多半不喜欢女人。”

卞璇掩着嘴笑，阮思娴则抬颔打量这艘游轮。

Alvin 是当地富贾，有能力建私人机场那种，他置酒高会，自然衣冠云集，穿着燕尾服的乐队在甲板上奏响交响曲，凡落脚之处便有美酒佳肴，侍者穿梭其中，可见对这位客人的重视程度。

阮思娴凭栏吹着风，说道：“什么客人，你老板这样重视？”

“其实主要是我老板喜欢热闹，就爱举办这样的聚会，当然啦，客人也很重要。”卞璇目光穿过人群，寻找那位客人，却没着落，“W.T. 机场要被收购了，世航，啊对，就是你工作的世航啊，世航要收购 W.T. 机场了，世航老板的儿子过来考察……你怎么了？”

阮思娴手里的杯子差点儿掉河里。

“你说……客人就是世航老板的儿子？”

卞璇点点头：“对呀。”

怪不得他今天会出现在 W.T. 机场。

阮思娴的心情难以描述，她甚至想现在就离开这艘游艇。游艇刚刚开到正中央，她跳河也行。

说话间，卞璇朝人群中间挥挥手：“哎，我老板叫我过去！”

阮思娴立刻看过去，华灯下，Alvin 身边慢慢走出来的正装男子端着一杯酒，十指匀称修长。比十指更匀称修长的是他的双腿，远远站在那里，一身合衬西装，气质比在场哪位宾客都好。

那不是傅明予还能是谁？

似乎是感觉到什么，傅明予也看了过来。对上目光的时候，阮思娴几乎下意识就想转身避开，但双脚却没动。

熙攘人群中，傅明予偏了偏头，将杯子递给一旁的秘书手中。

秘书见他要走，便问：“傅总，要去休息吗？”

傅明予摇头，驱步朝围栏处走去。

他来了，他来了，他又自信地走过来了。阮思娴抓紧了杯脚，另一只手扣上单肩包链条。

咦？阮思娴突然想到，今天她出门的时候带上了司小珍写的那封信。

她迫切希望傅明予能看一看上面的内容，会不会改变心意已经不重要了，只要能别误会她。

在傅明予走过来之前，阮思娴立刻翻包拿出那封信。

“傅总。”

傅明予在阮思娴面前站定，神情不似之前冷漠，许是喝了酒的原因，眉梢里带着点轻浮。

他垂着头，眼睛弯出好看的弧度。“还真是……巧啊。”

阮思娴：“……”你说巧就巧吧，确实挺巧的。

阮思娴勾了勾唇角：“您别多想，我是受朋友邀请来这里的。”

傅明予明显不信。这样的场合，不可能邀请阮思娴，除非她是某个隐形富豪的女儿。

“不过这些都不重要。”阮思娴把手里的信递出，“之前您没看这封信，麻烦您看一看，免得误会我有什么意图。”

傅明予只是看着她，嘴角扬着浅浅的弧度。明明笑着，眼里却没有一丁点笑意。

见傅明予没有要接的意思，阮思娴打算拆开信糊他脸上让他看清楚。

可是右手端着酒，身旁暂时没有侍者，又不可能让傅明予这种人屈尊降贵给她拿酒杯。

于是阮思娴仅靠单手拆了信，拿出里面的信纸，顺便要甩开信封的时候，手一滑，然后眼睁睁看着信纸被风吹起，飘飘摇摇地落入河中。

萦绕的音乐声恰好在此时戛然而止，耳边只有河水流淌的声音，加重了空气里凝滞的尴尬。

气血不足已经不足以形容阮思娴现在的样子了。

她闭了闭眼，再睁眼时，在傅明予脸上第二次看到了“我看你怎么解释”的表情。

现在说什么都没用，她又不能跳进河里把信捡起来。

“我……”

傅明予突然逼近一步，打断了阮思娴的话。

阮思娴下意识想后退，身后却是围栏，抵着她的腰，无处可退。

河风一阵阵吹过，撩得水面缤纷荡漾，阮思娴的发丝被吹起，频频拂过眼前。

“行吧。”傅明予开口说了这么一句。

听见傅明予有不再计较的意思，阮思娴松了口气。

下一秒，傅明予往阮思娴手里放了一张卡。

一张房卡。

正在想他什么意思时，又听到他说：“给你个机会。”

阮思娴：“……”

你是不是有病啊！

阮思娴是红着眼眶离开游艇的。

虽然她不是权贵人家出身，也不算天之骄子，但校花自小当到大，追求者没断过，偶尔一些风言风语也有，却也从来没有人这么羞辱过她。

什么“给你个机会”，什么“真是巧啊”。把她当什么人了？

如果当时不是傅明予立即转身走了，如果不是顾虑到这是卞璇老板的宴会，如果不是四周围绕的都是外国人，阮思娴一定会当场把手里的酒全泼在傅明予脸上。

可惜现在一切都是空想，错过了最佳时期，阮思娴自知跟傅明予这种神经病怎么解释都没用。

走！立刻走！

阮思娴受不了这种委屈，决定离开世航，离开傅明予的掌权范围，不再留在他的公司像个傻子一样讨生活。

酒店里面配置了电脑，阮思娴打开 Word 就开始写离职申请。

其间司小珍打来电话，阮思娴劈头盖脸就是一顿骂：“你还问呢！就因为这事儿我脸都丢完了，我不干了，我现在就辞职！”

司小珍被阮思娴的怒火烧得晕头转向，不知道自己做错了什么，声音一下子哽咽起来。

“你……你怎么了呀？我是想跟你说不用送信了，我有新的出路了。”

阮思娴扶着额头，头发被她薅得乱七八糟，抬眼看见电脑屏幕上的“离职申请”四个大字，终于冷静下来。

电话里，阮思娴也没在意司小珍所说的新出路是什么，她满脑子都是傅明予。她轻轻拍了拍胸口，尽量平静地把这两天发生的事情告诉司小珍，并且激情辱骂了傅明予十分钟，用上了脑海里能想到的所有贬义词。

司小珍听完，久久回不过神。

“他……他怎么这样啊？”

“我怎么知道啊，有病吧！”

司小珍沉默了一会儿，又说：“他可能是遇到太多这种女人，所以也误会你……”

“那就该我受气吗？我不管，我要辞职，我现在一想到他都无法呼吸！”

电脑那头的气氛十分压抑，过了许久，司小珍说：“我跟你一起离职，今天我舅舅给我打电话了，华飞那边……”

身后突然响起陌生的手机铃声，阮思娴立刻回头，看见江子悦站在她身后，原是愣怔地看着她，因为铃声突然响起，神色顿时紧张无措，立刻低头去按手机。

不过只是这一瞬的慌乱，再抬头时，江子悦的表情已经恢复如常。

“呃……”江子悦说，“我刚刚开门，你没听见。”

意思就是刚刚阮思娴跟司小珍说的话，她全都听到了。

“回去再跟你说。”

阮思娴挂了电话，回头看着江子悦，不知道该说什么。

江子悦似乎也有些尴尬，埋头进卫生间洗了个手，出来又整理自己的东西，一句话没说。

阮思娴想，反正事已至此，她要辞职的事情也瞒不住，便没有多管。

但江子悦没憋住，在床上一边叠衣服一边说："你真的要辞职吗？别冲动，再考虑考虑。"

话说得诚恳，但是阮思娴也没听出多重的情绪，就像固定句式的挽留一样，只是说说而已。于是阮思娴只是摇头，说她已经想好了。

果然，江子悦也没再多问。

阮思娴继续写离职申请，桌边的灯亮到了凌晨两点。

回程的航班在两天后起飞，到达江城时，天气不太好，浓雾层层，许多飞机在上空盘旋不下。

此时已是清晨，附近的农田开始苏醒，三三两两的农民扛着工具在田埂上慢悠悠地走着。

四周的高速路上车水马龙，机场大门的交警指挥得出了汗。

出发层的入口排着长队，路上堵车的人拖着行李箱在值机口狂奔。

浓雾散去，一架架飞机终于缓缓降落，匆忙行走的机务引领着飞机精准停稳。

江城国际机场一切如故，坐落于机场旁边的恒世航空总部也繁忙依旧。

光鲜亮丽的空姐们拉着飞行箱在世航与机场之间穿梭，笑语不断，每天如此，但翻来覆去聊的都是那些陈年旧事。

直到一周后，大家听说乘务部四部的阮思娴离职了。

据说走得很果断，甚至没等到一个月的交接期，赔了一笔违约金，年终奖也不要了，当天就搬离了乘务部的员工宿舍。

和她一起走的还有她的好闺密司小珍。

不过大家的关注点都在阮思娴身上。

她年轻貌美，几个月前才登上了世航的报刊，成为封面乘务，一时风头大盛，私下戏称她是"世航之花"，好些单身的不单身的机长都频频对她示好。

事业上也正处于上升期，飞行任务完成得优秀，王乐康一直挺欣赏她，在她提离职的时候还说要破格升她为乘务长来挽留，但她还是走了。

人事流程很快就下来了。

傅明予的秘书提了一嘴："那个阮思娴辞职了。"

傅明予翻阅着桌前的文件："阮思娴是谁？"

"就是那个……"秘书咳了下，"飞机上给您送了三次咖啡的那个空姐。"

傅明予的动作没有任何停顿，半指厚的文件让他没有闲工夫搭理这些事。

不过片刻后，他还是笑了下。

"因为那天去酒店扑了个空，所以受不了刺激？"

秘书耸肩，大概是吧。谁知道呢。

反正平时傅明予见多了这样的女人，而他连这个空姐叫什么都不知道。而且那天傅明予喝了酒，若不是这样，阮思娴只怕是要被王乐康直接炒掉。

傅明予没再说话，示意秘书可以出去了。

这时胡特助拿着一摞文件敲门进来。

"ACJ31 采购合同最终版出来了，我已经看了三遍，你这边再看看。"

文件放在傅明予桌前，比刚刚那一摞足足厚两倍。毕竟是飞机采购，并非将虾钓鳖的买卖，这影响着恒世航空未来的发展。

也正是因为 ACJ31 的大量采购计划，这个自主研发的新型客机未来将逐步占领恒世航空的机队，相应对其他机型的飞行员需求量会大为减少，傅明予才决定取消内部招飞的"飞扬计划"。

机队改革在即，恒世航空高层忙得脚不沾地，而"阮思娴"这三个字，便如同她的脸一样，只在傅明予的脑海里短暂地存在了一会儿。

稍纵即逝，雁过无痕。

但不代表其他人对阮思娴的离开没有兴趣。有人说她跳槽了，北航给了更好的条件。可是没道理啊，她只是一个空乘，别人不至于来挖。有人说她被求婚了，辞职回去做全职太太了。还有人说她转行了。

众说纷纭，谁也不确定，也有人微信问她原因，她只说是想换个环境，可是大家都不信。

谁换环境会走得这么急啊？直到几天后有人在伦敦看到了阮思娴跟岳机长在著名的玻璃餐厅吃饭。

大家想，她肯定是跟岳机长在一起了，所以急不可待地去了英国。

但是这个看似合理的说法立刻就被打破，真实原因终于流传出来了。

原来是阮思娴在飞机上试图勾引傅总，失手后在伦敦死缠烂打，傅总不堪其扰。

在乘务部大力治理“乱象”的时候出了这个事儿，阮思娴也是“头铁”，恃美生娇，可惜人家不买账。

所以她在自己被开除之前先提出离职以保存颜面。

大家都相信这个说法，因为这是从事发当天的乘务组传出来的，细节都有，真实性很高。

有人叹息，阮思娴要是心气低一点儿，找个年轻机长，年薪百万，平时还能跟飞自己男朋友的航班，比起普通人也好很多了啊，多少人羡慕都羡慕不来，为什么就偏偏盯着总裁夫人的位置？

但议论归议论，平时工作这么忙，大家都忙于生计，过了几周，便只剩乘务四部的人偶尔聊起此事。

再过几周，只有和阮思娴较熟的人会说起此事。

再后来……“阮思娴”这个名字便只存在于恒世航空存放过期期刊的资料室里。

年复一年，机场旁边的稻田熟了三次，一大片田地被开发为跑道。

恒世航空的人员新旧更替，偶尔有乘务长和机长聊天的时候会提起“阮思娴”三个字，底下的乘务员都会一脸蒙，他们在说谁？

再后来，翻过第三个年头，连乘务长们也不怎么提阮思娴了。

阮思娴在她最风光的时候离开，却没想到美名如泡沫一般，很快便消散在浪潮里。

在这三年，恒世航空内部发生了很多变动。

董事长逐渐放权，如今只掌控着恒世金融航空租赁公司的事务，而董事长的两个儿子，大的那位掌握业务部，同时对接海外业务。小傅总傅明予羽翼渐丰，当初董事长专门把副总待遇的胡特助派去辅佐傅明予，如今也不需要了，胡特助归原位，傅明予一人把持着各个业务支撑部门，时任运行总监。

小的八卦也有，比如：董事长的长子，大傅总和未婚妻的婚约吹了；傅明予的秘书一跃成为北非营业部总经理，而这边又来了个新的帅哥秘书。

还有乘务部那个江子悦跟调回江城基地的岳机长在一起了，两人天天蜜里调油。

乘务部的新人也一茬一茬地进来，个个貌美如花，又有了新的“世航之花”，凭借过人美貌登上内部期刊，客人们翻阅后过目不忘，公司内部男员工蠢蠢欲动。

似乎没有人记得阮思娴这个人。

时隔一年，阮思娴再一次被提起，是因为有人看到这个新的“世航之花”，突然说了一句：“我觉得这个倪彤有点神似阮思娴啊。”

也有人不同意：“神似什么啊，最多算低配版阮思娴吧。”

倪彤知道这个说法后，很不高兴，跑去问江子悦。

“师父，阮思娴是谁啊？”

“她啊……”江子悦眉梢一扬，轻哼了声，没说下去。

倪彤缠着她问：“以前的同事吗？”

江子悦说是，倪彤就问：“都说我跟她有点像，有照片吗？我想看看。”

她就想看看，凭什么她就低配了。

江子悦道：“哪儿像了？你比她好看。”

倪彤听完还是不乐意：“我看看照片嘛，就看看。”

江子悦只得去翻阮思娴的微信，和她以往点进去看一样，一行“朋友仅展示最近三天的朋友圈”，什么内容都没有。

于是她说道：“你跟她有什么好比的，难道你也想跟她一样灰溜溜地辞职啊？”

倪彤眨了眨眼睛：“什么意思？”

江子悦摇了摇头，以极其感慨的语气把三年前的往事说了出来。

倪彤听完，差点没笑弯了腰道：“真的假的？太不自量力了吧？”

江子悦挑挑眉：“谁说不是呢。”

但这也不是特别宽慰倪彤，“低配阮思娴”五个字还是让她觉得非常膈应，心想自己要是早来三年，一定跟她争个高下。

可惜现在倪彤满身无力感，就像新欢永远争不过去世的旧爱一样，她也没法跟一个不在这家公司的人比。

好在这个说法很快就没人在意了，倪彤也破格升了乘务长，得上司重视，没人再拿“低配”说事儿。

而现下大家最关注的是，ACJ31 新型客机即将交付。

华飞第一批自主研发的客机横空出世，订单覆盖全国各大航空公司。

这意味着空客和波音等龙头飞机制造商面临巨大挑战，也意味着未来的高空领域或将更替霸主。

恒世航空上下整装以待，气象焕然一新，全新的专用跑道落成，第六飞行队成立，准备着迎接全新机型 ACJ31 的到来。

——同时也准备着迎接 ACJ31 飞行员的到来。

但是，最近傅明予却在为一件事头疼。

三年前，各大航空公司与华飞签订 ACJ31 采购合同时，华飞便已经开始计划培养对应机型飞行员，交付飞机的时候一同交付飞行员。通俗一点说就是，卖飞机给你还把培养好的司机打包卖给你。

由于 ACJ31 是华飞第一次自主研发的客机，还未面世便备受关注，同时也承受着巨大压力，所以对飞行员的培养便格外严厉。

这一批飞行员经过刷掉了上万人的初步筛选，随后在飞行学院的变态淘汰率中一轮轮厮杀出来。

但即便如此，顺利毕业的飞行员能力也分三六九等。

所以早在两个月前，各大航空公司就摩拳擦掌展开了飞行员抢夺战，哪家都想要最优秀的飞行员，因为他们是航空安全最强有力的保障之一。

到现在这个阶段，最优秀的那一批已经被瓜分殆尽。

然而，像每年高考都会有一个状元一样，飞行学院每期学员里都会有一个最佳学员。到此刻，唯独剩下那位最佳学员还不知花落谁家。

“傅总，没谈成。”新秘书柏扬走进傅明予的办公室，神色有些为难，

“那个最佳学员的意向还是北航。”

“那他说过原因吗？”傅明予问。

这一期的那位最佳学员，飞行记录那叫一个漂亮，不论是理论知识还是实操能力，次次考试都吊打同期，踩着一群天之骄子稳居第一，连教练员都连连赞叹很少见到这么强悍的学员，是以引起各家激烈抢夺。

“没有。”柏扬回答道，“我们在能接受范围内已经给了最优条件，绝对不会比北航差，但她还是选择北航，看来是个人意愿。”

傅明予抬手，两根手指抵着额头，“啧”了声。

“这样。”傅明予说，“胡副总也在那边出差，明天你和胡副总亲自去一趟。”

柏扬理了理衣领，立刻就出去订票。

第二天一大早，飞行学院那边就来了电话。

傅明予刚到公司，正疾步穿过走廊，行政秘书端上咖啡，静静地搁在傅明予桌前。

“傅总，看来还是不行啊。”电话那头的柏扬已经没脾气了，“她说北航飞机餐好吃，这是什么理由？我们头等舱主厨可是米其林级别的！”

这一听就是在耍人。

傅明予站在落地窗前，问：“你现在在哪儿？”

“就他们教务处办公室外面，胡副总还在里面。”

“让他接电话，我跟他聊聊。”

柏扬愣了下，应声说好。

傅明予喝了口咖啡，电话那头便换了人，只是迟迟没有出声。

“你好。”

傅明予先开口：“我是恒世航空运行总监傅明予。”

电话那头依然停滞了片刻，才听到一句轻飘飘的“傅总好”。

女的？傅明予一顿。

压下短暂的惊讶，傅明予转身朝办公桌走去：“方便问一下，世航的哪项条件你不满意吗？”

那边的人懒懒开口："没什么不满意啊，就是北航的餐饮好些。"

傅明予觉得自己也算惜才，对这么拿乔的理由还能保持好脾气："这个简单，如果你有需求，每次航前可以让主厨单独为你备餐。"

"那多麻烦呀。"

"不麻烦，还有其他想法吗？"

电话那头，条件一个个罗列出来，足足说了二十多分钟。倒也算不上刁钻，傅明予尚能接受。

通话的同时，傅明予把电脑里的飞行员详细资料文件夹打开，按照飞行记录评分排序，找到最高那一个，在形象那一栏看到了一张照片。

飞行员对身形有讲究，所以附上的是全身照。

上面的人穿着学员制服，笔挺白色衬衣，板正的黑色西装裤，她身姿修长挺拔，站在机翼之下，神采奕奕，气质极佳。

好像是素颜？

傅明予放大照片，看见一张不施粉黛的脸。他目光流转片刻，总觉得有一丝熟悉的感觉。

但这种感觉一闪而过，被自己否定。他若是见过这个女人，一定会印象深刻。

"傅总，您还在听吗？觉得太过分的话，我们就算了，我跟世航没缘分。"

"什么？"傅明予轻点鼠标，关了照片，"刚刚信号不好，没听清。"

那头似乎是轻笑了声："我说，我要双倍年薪。"

傅明予张口便道："好。"

这回轮到电话那头的人愣神了，没想到他竟然这么爽快。

"还有其他条件吗？"

"没……没有了。"

"那，合作愉快？"

那边换了口气，似乎是回过神了，说道："傅总，您真的很希望我来吗？"

傅明予不知道她为什么这么说，就觉得自己今天的耐心真的出奇地好。或许是看不惯北航那位向来跟他不对付的小宴总耀武扬威的样子。

但脑子里又闪过那张飞机下的倩影。

“嗯，很期待。”

“那我再考虑一下吧。”

好像还有点儿不情不愿似的。

电话挂掉，傅明予的手还保持着接听电话的姿势，愣了会儿神。

难道世航在飞行员圈子里风评不好？按道理说不可能，世航在员工福利待遇上绝对是行业翘楚。

傅明予放下手机，想了会儿，不知道是哪里出了问题。

等待的间隙，他又打开简历。鼠标刚拉到那张照片，铃声又响了起来。还是柏扬来电。

傅明予稍顿片刻，接起电话，对面却是柏扬在说话。

“还有事？”

柏扬此刻又跑去了外面走廊，压低声音道：“傅总，您想清楚了吗？双倍年薪啊，虽然工资保密，但是万一让其他飞行员知道了可不好。”

“我知道。”

“那……”

“盯一下合同。”傅明予说，“另一份年薪走我账户。”

“不过……”

“别啰唆。”傅明予并不想跟他多话，“到时候你去拟双合同，另一份算我私人给的奖励合同，不经财务部的手，税也走我的账。”

“不过她说她还要考虑。”

“没事，让她考虑。”傅明予松了一颗西服扣子，揉着眉骨。

转眼到了下午四点，距离结束那通电话已经七小时。

傅明予从没感觉七小时竟然这么漫长。他坐在会议室里，一群人对于ACJ31 首飞的策划七嘴八舌地讨论，他听得头疼。

其间他两次看向柏扬，指了指手机，意思是问飞行学院那边来电话没有，柏扬都摇头。

此时会议已经进行到尾声，下面策划部的人都看着傅明予，等他给个指示。

傅明予面前摆着三份策划书，一一摊开，但他视线根本没落在上面。

整个会议室静默了三秒，所有人战战兢兢地看着傅明予。

他好像根本没听他们说了什么，此时的表情就好像把“你们配不上老子花大价钱买来的 ACJ31 飞机”写在脸上了。

就在大家以为他要直接起身走人时，他突然开口道：“P1 组，四十分钟的媒体报道，毫无重点，浪费这么长时间要耽误机场多少的流控？P2 组，宣传枯燥，表述直白，重点模糊不清，而且对媒体渠道的选择也缺乏合理性。P3 组，没有一点儿有效宣传概念，乘务资源，跨界创意，强力执行，这三点做不到就别交策划书上来。”

会议室一时间鸦雀无声，落针可辨。

“散会。”

傅明予推开门前的策划书，起身道：“下周重新交策划案。”

大家屏气凝神目送傅明予出门，三个组长黑着脸回来收拾自己的东西。

有人小声问柏扬：“傅总今天心情不好？”

柏扬无奈地笑了笑，没说话，两步追了出去。

这个时候，手机铃声终于响起，柏扬停下来接听，几秒后表情渐渐松了下来。

前面的人感觉到柏扬的停顿，回过头来，柏扬朝他比了一个 OK 的手势。

傅明予侧头看着玻璃窗外的蓝天，松开了一颗西服扣子。

合同拟得很快，没几天就下来了，柏扬专门拿给傅明予过目。

他看了没什么意见，柏扬便发到了飞行学院。

这块儿硬骨头可算是啃下来了，柏扬揉了揉肩膀，道：“唯女子与小人难养也，古人诚不我欺啊。”

这时，北航那位宴总来了电话。

“傅明予，你使了什么歪招把我的人抢走了？”

“你的人？”傅明予起身，轻松一笑，“合同签了吗就你的人？”

两家公司在业内属龙头，相互竞争又相辅相成，互相都有了解。

宴安在这事儿上用了十足的力，找人去谈了职业规划，并且用飞行员最在意的放机长条件做诱饵。

正因为想得太正派，万万没料到傅明予直接用钱砸。

宴安气得冷笑："行，不跟你争这个，反正现在人是你的了，你就跟我说说，靠什么弄走的。"

傅明予说："靠人格魅力。"

"……"宴安连白眼都欠奉，直接撂了电话。

傅明予搁下手机，走到窗边，眉头舒展，连带着看外面那绵绵不绝的阴雨都觉得舒服了。

突然想起什么，他又回头问："ACJ31 什么时候过来？"

柏扬道："空管那边已经安排好了，第一架周六早上四点起飞，不出差错的话六点十四分会准时降落在江城国际机场。"

傅明予点点头，又问："她呢？"

柏扬愣了一下才反应过来傅明予说的"她"是谁。

"飞行学院那边说不浪费每次后排带飞的机会，所以这次她会跟飞过来，不过周六人事处和后勤处都不上班，她会在周一办理正式入职。"

傅明予转身坐下，翻开面前的一份文件，突然又道："这周六去出差的航班是几点？"

这个柏扬就记不清楚了，他拿出手机看了一眼，说道："早上七点。"

傅明予淡淡道："嗯。"

周六，天刚蒙蒙亮，东方泛起鱼肚白。

今天天气不算好，云浪在低处翻涌，遮挡了启明星的光芒。甚少有航班在这个时候起飞降落，这是机场一天中最清净的时候。

候机厅人却不少，但安静得出奇，偶尔有轻轻的纸张翻阅声音，大人们或看手机或打盹，几个小孩子躺在父母的怀里或玩耍或睡觉。

傅明予和柏扬以及两个助理疾步走来，穿过长廊，径直走向登机口。

前方已经排起了长队，头等舱通道却还空着，等着最后一位头等舱客人登机。

傅明予抬手看了看腕表，脚步一顿，扭头看向窗外。

航站楼落地大玻璃窗使得停机坪的风光一览无余，就连地面的指示灯标志都一清二楚。

就在这时，天边一架飞机破云而出，机翼劈开空气，磅礴而下，以8度倾角平稳着陆于跑道中心，一路风驰电掣。

即便航站楼隔绝了轰隆隆的声音，航空人也似乎有直觉一般，一组拉着飞行箱的空乘默契地停下匆匆的脚步观望，几个靠窗坐的乘客也随她们的目光好奇地回头望去。

只见跑道上的飞机通身雪白为底色，机身喷着一只象形的金色凤凰，翅膀随机翼延展，凤尾在机尾高高扬起，气焰张扬。

傅明予再次看了一眼腕表。六点十四，不差分毫。

他眼里浮现浅浅笑意，竟就在这里站到了飞机停稳在停机坪的时刻。

柏扬看着时间，说道："傅总？"

傅明予侧头看他，扬了扬眉。

柏扬清了清嗓子："嗯，时间还来得及。"

说话间，候机厅里一个小孩子喊道："爸爸！那是什么飞机呀？好漂亮！"

孩子的父亲还真是个行家，抱着他走向窗边："这是我们国家自己的飞机，看到那只金凤凰没有？以后看到有这个的就是ACJ31机型，可厉害了，这么低的云都能自动降落，而且……"

父亲的长篇大论没有说完就又被小孩子的喊声打断："哇！飞行员下来了！"

傅明予视线所及处，飞机客梯车已经架起舷梯，世航派去的机长第一个走了出来。

窗边视野更宽广，傅明予慢慢走了过去。

柏扬和后面两个助理面面相觑，没敢多说，也跟了上去。

毕竟谁不想多看看自家花大价钱买的飞机呢？

傅明予看着机舱口，机长已经踏下几阶，副驾驶紧紧跟了出来，这两个人傅明予都熟，当初是他亲自敲定的送去培训的改装机组人员。

而当第三个人走出来时，傅明予眯了眯眼睛。

停机坪的风很大，呼啸而过，吹起她两颊的头发，在她眼前飘扬，也把她的白色制服衬衫吹得鼓了起来。

她没有急着下楼梯，而是摘下飞行帽，夹在臂间，立于原地，仰头环视四周，视线最终定在“江城国际机场”六个大字上。

“哇！那是个姐姐吗？”小孩子又喊了起来，“她是空姐吗？她怎么穿着不一样的衣服？”

孩子父亲笑呵呵地把他放到自己肩膀上，让他视野更宽广：“哈哈，那也是飞行员，女飞行员。爸爸也是第一次见到女飞行员呢。”

小孩子的声音引起了旁边几个乘客的注意，渐渐地也有人站到窗边看那架造型特别的飞机。

像是有一股无形的吸引力在拉扯，傅明予又不知不觉往前走了一步，距离玻璃只剩不到三十厘米。

他目不转睛地看着她朝着航站楼走来，身影越来越清晰。

她黑色长裤被风吹得贴紧了双腿，每一步都迈得干净利落。

并肩的机长似乎在跟她说什么，她侧仰着头，每一分神采飞扬的笑意在四周蔓延，掩盖了一旁副驾驶的存在。

突然，她抬头看向航站楼，直直地望过来。

明知道她只是在看整体的航站楼，但那空间交错而来的视线对接还是让傅明予的呼吸收紧了一次。

“傅总？广播已经在催促登机了。”柏扬在一旁突然开口说道。

傅明予点点头，转身朝登机口走去。几步后，他又顿了顿，回头看向停机坪，却只见一辆机组车缓缓驶向远方。

第三章

相见不相识

分配到江城基地的两架 ACJ31 一时引起了恒世航空的热议，虽然大家之前在宣传片中见过图片，但是真的亲眼见到飞机的外形，还是深受震撼。

距离 ACJ31 首飞还有一周，不少国内航线空乘就开始盯着内网后台，看看哪些人是幸运儿，毕竟首飞的意义不一般，肯定有媒体采访报道，也说明上司重视，才会把最放心的人安排过去进行首飞。

江子悦是众乘务长中最淡定的，她前几天去王乐康办公室拿飞行任务书，弯腰的时候在他手边的文件夹里看到了自己的名字，便准备着开开心心和岳机长去西班牙度假，回来后就参与这次万众瞩目的首飞。

这也是她从国际航班转到国内航班的一个小假期。

对此倪彤还很不理解，国际航班多好啊，假期长，工资高，还能全球到处玩，不像她一直本场四段飞，感觉都没见过什么世面。

可是人家现在和岳机长热恋中，都要订婚了，想回归家庭也正常。

有了这样的未婚夫，说不定过几年她就辞职做全职太太了。

说起机长，倪彤突然给江子悦发消息。

师父，你知不知道今天 ACJ31 跟飞过来的飞行员是个女的啊？

倪彤都听说了的事情，江子悦怎么会没听说？

知道啊，怎么了？

师父这么淡定，倪彤顿时觉得自己大惊小怪，看看人家多淡定。

啊，没什么，就说说而已，您旅途愉快啊。

见江子悦没什么聊天的欲望，倪彤也只能作罢，继续回到屋里跟朋友们喝酒。

第二天清晨，太阳还没出来，一阵缠缠绵绵的细雨就唤醒了这座城市。

回南天总是这样，空气里总有散不掉的雾气，洗的衣服也晒不干。

幸好阮思娴刚回江城，衣服还没来得及收进柜子，这个天气穿的贴身衣物都还整整齐齐地收在箱子里，拿出来熨烫一下就可以穿。

而她新租的这个房子是去年刚交房的高档公寓，防潮湿做得很好，墙壁上不见一点水汽。而且因为离机场近，挺多航空公司的高层管理和机长都在这里有一套临时居住的房子，那天和她一起把飞机开回来的机长就住在这里。

天气还冷，阮思娴拿了件卫衣出来，往头上一套，脑袋钻出来的时候，头发根根立起。

看见自己这个样子，阮思娴没忍住对镜子翻了个白眼。

仔细一想，自己对自己也是真的狠。刚刚进入飞行学院那会儿，每天的体能训练变态到几个男人都吃不消。

特别是进行到固定滚轮训练时，把人放在一个铁框里一圈圈地转，一次次地加速，阮思娴一开始也吐得天昏地暗，跌跌撞撞地回到宿舍不仅要漱口，还要洗干净吐在自己头发上的脏东西。

后来她发现，每天光是打理头发就要比其他男学员多花不少时间，于是她毅然地坐到了理发店。

这一头浓密柔顺的长发她养了十几年，在她精心护理下，即便烫了卷发也不打结不分叉，所以连理发师都一遍又一遍地摸着这头发，不舍地问：“姑娘，真要剪啊？”

阮思娴点点头说：“剪。”

然后听到剪刀咔嚓一声，阮思娴闭上眼倒吸了口凉气，眉心微微抖动。

几剪子下去，一缕缕长发落地，头上的重量越来越轻，阮思娴的双眼也闭得越来越紧。

等她睁开眼睛时，看见镜子里齐耳的头发差点儿没晕过去。就当自己现在也是个见识长的人了吧，好在这几年头发已经长到齐肩。

阮思娴刚回忆完过往准备出门，手机突然嘀嘀两声。她顺手拿起来看，是柏扬发来的微信。

柏扬：你今天早上入职报到？

柏扬：今天早上机场高速特别堵，你最好早点出门，或者绕路。

两人是在飞行学院签合同的时候礼貌性加的微信，阮思娴以为这个人估计跟他老板一个德行，这辈子只会安安静静躺在她的列表里，没想到人还挺好，竟然主动来关心。

她正要打字，那边又发来了一条消息。

柏扬：你住哪儿？要不等会儿我顺路来接你？

阮思娴想了想，问：你一个人吗？

柏扬：我在傅总车上，就在名臣公寓这边。

阮思娴：那我不顺路。

不顺路就不顺路，但是这个“那”就很灵性了，柏扬自动把阮思娴的意思理解为她的路线跟名臣公寓到世航的路线不同。

“她不在名臣公寓这边的路线上。”柏扬转头对后座的傅明予说。

傅明予点了点头，没说什么。

车缓缓停在小区出口，等道栏杆抬起的时候，傅明予抬头朝车窗外看去，目光突然一滞。

柏扬从后视镜看到傅明予在注视着什么，也好奇地随着他的目光看过去。

那个挺拔地站在路边花台旁，撑着一把伞，似乎在等车的女人，不是阮思娴又是谁？

车内突然死一样地沉默。

不是不顺路吗？是不认识这明晃晃的“名臣公寓”四个大字吗？

柏扬咳了一声，打开 iPad，打开一份会议记录，递给傅明予，假装无事发生。

“傅总，这是昨天的会议记录。”

傅明予接过 iPad，翻了两页，突然说：“你去飞行学院的时候是不是把人得罪了？”

柏扬立刻回想自己当时的一言一行，他觉得自己向来风度翩翩，又会说话，也从不跟人红脸，长得还算小帅小帅的，怎么会把人得罪了呢？

还没回答，傅明予又道：“以后多注意自己的言行，别丢我的脸。”

柏扬：“……”行吧，老板说是他的问题，那肯定就是他的问题。

“知道了，以后会注意的。”

阮思娴完全没注意面前缓缓开走的卡宴，她见雨已经停了，把伞收起来放进包里，再抬头时，一辆出租车缓缓靠边停下。

阮思娴看了车牌，确认是自己约的那辆。

正要走过去，一个女人突然蹿出来，抢在阮思娴前面拉开了副驾驶车门。她动作大，惊得阮思娴退了一步。

“师傅，去恒世航空。”

阮思娴被这一段操作惊得一愣一愣的，反应过来后立刻拽住即将被关上的门：“不好意思，这是我叫的车。”

女人低头忙手忙脚地系安全带，根本没看阮思娴：“能不能先让我走啊？我赶时间，马上开会要迟到了！”

“不行。”

阮思娴一手拉着车门，一手撑着车顶：“麻烦你下来。”

倪彤拽着安全带，眼神焦灼，浑身不耐烦，想去拽车门，可是发现眼前这女人力气居然这么大，她完全拽不动。

倪彤急得没办法了，双手合十做祈求状：“麻烦您再等等行不行？帮帮忙行不行？我真的有个很重要的会议。”

今天凌晨有一架飞机出了安全事故，世航立刻就发消息组织了安全讲座，要求不在飞航班的飞行部、乘务部全员到齐。

“不行。”阮思娴横在车门前，语气不善，“我也有很重要的事情。”

阮思娴其实不着急，如果这女的一开始好好跟她说，她肯定让了。但是一来就抢车，那她就打死不让。

“求求你了，姐，真的，帮我这一次吧，你就当大发善心行不行？”

说完瞧见阮思娴没有松动的样子，倪彤又放柔了声音，去拽她袖子：

“姐姐，求求你了，帮帮忙行不行？我昨晚跟几个朋友聚餐，喝了点酒，早上就睡过头了。”

撒娇的语气没能打动阮思娴，倒是惹得司机一阵笑：“姑娘，我这是网上约的车，我也不能载你啊，不然我违规了。”

倪彤：“……”

同时，阮思娴朝她晃了晃手机，抿着嘴笑得好像她也没办法似的。

倪彤迅速朝后张望了一眼，没见着有出租车来，却又不得不解开安全带。她刚刚让出位置，阮思娴就坐了上去，猛地关上门。

就在那一刹那，倪彤听见车内司机手机的语音自动播报：“接到尾号为 6233 的乘客，由名臣公寓前往恒世航空。”

“你！”倪彤看着汽车扬长而去，吃了一嘴车尾气，气得跺脚，“什么人啊这是！”

好在很快又来了一辆出租车，倪彤拦下，一路上让司机踩油门，可算在规定时间之前赶到了。

只是她没想到，又在恒世航空总部大楼电梯口见到了刚刚那个女人。

阮思娴也挺惊奇的。她侧头看了眼站在旁边跟她一起等电梯的女人，还真是冤家路窄。

看来以后是同事了？

“巧啊，你还是赶上了。”

倪彤没想到自己没开口，旁边这个人倒是先开口了。明明都是来世航，在那么着急的情况下也不愿意带一带，非要给她吃一嘴尾气。

倪彤气不打一处来，说出来的话也阴阳怪气：“哟，巧啊，你也来世航啊？”

阮思娴笑着点头：“嗯，我来人事处报到。”

倪彤一挑眉，毫不遮掩地打量着阮思娴。

刚刚看她上车那副六亲不认的气势，不知道的还以为是总裁夫人呢。

电梯门开了，倪彤正要进去，却又被阮思娴抢先一步。

倪彤真是没脾气了，硬生生在门口气笑了：“你刚毕业？”

阮思娴这次点了点头。

倪彤轻笑一声，抬脚走进去：“我就说。”

——也就是没轻没重的新人会这样。

两人站在电梯两端，一个按了十二层人事处，一个按了十四层会议厅。

阮思娴低头看着手机，倪彤则抱臂看着她。

“带飞了吗？”

“还没。”

倪彤是明知故问。

刚进来的乘务会经过一段带飞时间，带飞的老乘就是师父，以后不管职位怎么变化，都有一个前后辈的关系在那儿。更何况她还是乘务长。

“虽然在公寓那边有点不愉快，但我这个人大度，有些事情不得不提点你一下。”见阮思娴不理她，倪彤便走到她面前，与她面对面，“咱们这一行也是讲究资历的，接下来你要进入带飞阶段，眼睛放亮堂点儿，以后懂点事儿，知道礼让，前辈就是前辈，别处处都争先恐后的，白白让师父不高兴。”

她伸手指了指电梯门：“电梯这种地方也就算了，回头上机你也要争第一个，让师父怎么看你？让乘务长怎么看你？”

阮思娴抬头，与倪彤对视片刻。

倪彤心里更不爽了。看什么看？

而没等倪彤发作，阮思娴却扑哧一声笑出来。

倪彤半晌才回过味儿来。她这个笑，怎么看都有一种智商降维看小孩子的感觉。

倪彤叹了口气，心想话不说明白，这人是听不懂。

“以后少不了一起工作，正式认识一下吧。”倪彤伸出手，郑重地说，“乘务四部乘务长，倪彤。”

阮思娴没动，目光从倪彤的脸扫至她的手，清清淡淡的，不带什么情绪。随后才缓缓抬手握住。

“飞行部第六队 ACJ31 飞行员，阮思娴。”

倪彤的手抖了一下。

她怔怔地看着阮思娴，似乎不敢相信阮思娴说的话。

电梯叮的一声，到十二楼了。

阮思娴抽出自己的手，朝外走去。

在电梯门关上之前，她又回头道："对了，如果你以后跟飞我的航班，到岗前二十四小时内最好不要喝酒，我是绝对不能忍受乘务员迟到的。"

直到电梯到了十四层，倪彤才终于回过神。

阮思娴？她默念了好几遍这个名字，终于在电梯门再次合上的那一瞬间想了起来。

阮思娴，就是那个让她成为"低配版"的阮思娴。

不过她怎么可能回来？还是飞行部的飞行员？

这一晃神的工夫电梯就下到了九层，倪彤反应过来的时候狂按楼层，可惜已经于事无补。

等她再次重回十四层，安全讲座已经开始。果然还是迟到了。

倪彤心里不爽，用力在门口的打卡器上刷了指纹，然后从后门悄悄溜进去，坐在后排角落位置。

旁边的同事小声道："你怎么迟到了？"

倪彤心里烦躁，一边从包里抓手机，一边说："别提了，烦死了。"

找到江子悦的微信，她立刻打字：师父，阮思娴回来了？

消息发出去后，她才想起江子悦几天前就去西班牙度假了，这会儿应该刚起飞不久。

身边的同事还在说话："你是没看见，刚刚王乐康看乘务长里就你一个人缺席，脸都气黑了。"

搁下手机，倪彤转头问："阮思娴回来了？"

同事愣了下："谁？"

这位同事明显不知道这号人物。

"算了。"倪彤没再搭理。

她只是想，或许刚刚那人说的是"阮思贤"，也可能是"阮斯娴"，甚至可能是"阮丝贤"。

反正也不是多特别的名字，万一就是同名同姓呢？

不然以江子悦的说法，发生了那种事情的阮思娴，怎么可能再回到恒世航空？

何况还是归傅明予掌管的飞行部。要换了她，打死都不可能再回世航了。

在倪彤发散思维的时候，阮思娴已经在人事处办理了入职手续。

HR 录入内网信息的间隙，阮思娴抬头打量着这里。

她从踏入世航的那一刻起，就发现这里变化不小。

一楼宽敞的大厅右侧换上了 ACJ31 大型模型，像标志一样耸立在显眼的地方。

前台的接待由四人变成了六人，换了新的制服，不再是以前那种黑黢黢的西装小外套。

人事处也从原来的六楼搬到了十四楼。并且这一路走来，阮思娴没看到一个熟面孔。不过她也没遇到几个人。

“我这边好了。”HR 打印了一大一小两张单子给阮思娴，“小的这张是你的内网账户以及工号，还有一些其他的登录密码都在里面，然后这张是流程单，你拿着去十六楼飞行部报到盖章，那边弄完后再去后勤部领取制服就可以了。”

阮思娴道了谢，拿着东西走出办公室才开始打量她的新工号。

其实到现在，她都还能背出自己原来的工号，只是抬头的字母变了而已。

世航以公司组织结构排工号首字母，以监事会为首，层层下达，乘务部的抬头是“E”。而如今她的工号抬头变成了“D”，飞行部。

飞行部的分部 HR 是个年轻女生，给阮思娴盖章的时候时不时悄悄打量她，嘴角有两个浅浅的梨涡。

“我还是第一次见到女飞呢。”女生手上动作利落，不停地签字盖章，但不影响她闲聊，“而且还是 ACJ31 机型，我听说这一批都好厉害，竞争特别大，咱们公司招进来的有几个放在别的公司都得是首席机长预备役呢。”

她又羞怯地瞟着阮思娴：“你还是最佳学员，好厉害啊。”

说完，又拿出手机：“我们加个微信吧，私人的，可以吗？”

“可以啊。”阮思娴拿出手机，却正好发现有一个来电。

屏幕直接显示号码，可见不是熟人。但是阮思娴对数字敏感，这串号码并不陌生，应该是近期联系过。

“我先接个电话？”

HR 笑着点头：“嗯嗯，你接吧，我这里还有很多东西要录入。”

阮思娴拿着手机走出去，右拐就是一个玻璃长廊。

这个长廊连接飞行部国际会议室与行政部，宽七八米，日光透过一体的玻璃照射进来，透出冰冷的感觉，折射出一股科技感，显得这里更清净了，并且有扩音效果，远处的脚步声都能在长廊里回荡半圈。

阮思娴总觉得这里的氛围有点像某种地方，却又一时想不起来。

“喂？请问哪位？”

“阮小姐，我是宴安。”

哦，宴安，北航的宴总，前段时间用这个号码联系过她。

“宴总您好，找我有什么事吗？”

“也没什么事，我就想问问，你去世航报到了吗？要是没报到的话，你要不要再考虑考虑？”

他说话的时候带着几分痞气，介于吊儿郎当和调侃之间，和傅明予严肃冷漠的音调完全不一样。

听着像是开玩笑，所以很容易让人放松下来。

“不巧了，我现在正在世航人事处，已经录入人事信息了，宴总，谢谢您的好意。”

“唉……”宴安重重地叹了口气，“那阮小姐，我真的好奇，我记得当时你明明都要跟我们签合同了，你是为什么最后又选择了世航呢？”

为什么？阮思娴签合同的时候专门数了小数点，数了三遍。

现在的薪资光是交的税都快赶上她做空姐那会儿的工资了。谁会跟钱过不去？

更何况其中有一半是走的傅明予的账户。想到他拿钱求着自己的样子，阮思娴觉得浑身的细胞都舒畅了呢。

双倍的年薪，十倍的快乐。但不能这么跟人说，俗气。

“这个……”

宴安紧接着又不着调地问：“傅明予到底给你灌了什么迷魂汤？是不是他靠美色诱惑你了，嗯？”

反正人已经被抢走了，宴安不做无谓的挣扎，只是对这个女人本身有点意思，说话的时候也不自觉带上些调侃的味道。

阮思娴大概也是听出了宴安的意思，笑着说：“宴总为什么这么说？”

电话那头的人越发放松，捻着酸说：“不是吗？傅明予这人平时就拿着那张脸招摇撞骗，没少祸害小姑娘。”

可不是，他肯定每天早上起来照镜子都觉得自己帅爆了。

阮思娴脑海里莫名出现了傅明予在镜子前顾影自怜的样子，忍不住想笑：“傅总嘛，毕竟一表人才、玉树临风、气宇不凡……”

话说到一半，她看着 LED 屏幕倒映出浩浩荡荡一大队人，而为首那个……

但阮思娴脑回路没有断，她嘴里还在吹。

“温文尔雅、仪表堂堂……”

身后的人影站着不动了，十几道目光唰唰射过来，以其中一道最为灼烈。阮思娴声音越来越小。

不。这不是她想象的重逢画面。

她本来只是想跟宴安一起讽刺一下傅明予，但是这下被人撞见了，指不定这人又要以为她在表达爱慕之情了。

现在急需一个急转弯。

“风流倜傥、洒脱不羁——这些都跟他没什么关系。”

“……”

最后一句话，掷地有声，突然转折，打得驻足垂听的人措手不及，一时集体希望自己聋了。

他们迅速转身，假装什么都没有听见，然后继续朝前走，只不过脚步略显僵硬罢了。

而玻璃长廊只剩下面对墙面的阮思娴和背后面对她的傅明予，以及眼观鼻鼻观心的柏扬和四个助理。

冗长的玻璃长廊，似乎有一道道阴风吹过。

阮思娴想起来了，她之前就觉得这里阴冷得像停尸间。

电话里，宴安笑得放肆。

“阮小姐，你可真是说了大实话，我就喜欢你这种眼光独……”

阮思娴耳边的通话突然戛然而止，听筒里传来机械女声：“请稍等，对方通话中，请不要挂机。”

同时，身后一道男声响起：“宴安，最近很闲？”

不用想也知道谁在说话，阮思娴还没回头，先见到地上一道被拉长的影子。

日光下，他持着手机放在耳边，逼上前一步，与阮思娴并肩而立，视线却没有落在阮思娴身上，直直看向窗外。

他声音里没什么温度，和这玻璃长廊有着微妙的契合感：“如果你没事做，先考虑一下怎么处理刚刚和你分手的那个网红在微博骂你的事情，别没事来骚扰我的人，更别想挖墙脚。”

说到这里的时候才看了阮思娴一眼，轻轻带过，又收回目光：“麻烦遵守一下行业规则，否则我不介意截和你手里的巴厘岛旅游合约，到时候你也可以看看你家老爷子会不会让你提前几十年入土为安。”

话毕，电话挂，傅明予转身看向阮思娴，整个动作一气呵成，仿佛宴安随着电话一起挂了一样。

他声音柔和了许多：“阮小姐，初次见面，你对我是不是有什么误解？”

若是换了别的女人，看着傅明予这绅士的眼神，感受到他语气明显转折中流淌出来的偏心，可能真的要当场沦陷。而阮思娴只想翻白眼。

什么叫作初次见面？狗男人难道你忘了泰晤士河畔的阮思娴了吗？你忘了那个你等了一晚上的女人了吗？

看着阮思娴一脸疑惑不解的模样，一旁憋了好大一口气的柏扬终于有机会释放了，他上前一步，道：“这位就是傅总。”

“呀！”阮思娴故作惊慌地退了一步，“您听到刚刚的话了？不好意思啊，我都是听说的，不知道傅总本人是这么……”

“嗯。”傅明予猜到阮思娴接下来又要重复那七个成语展示她的词汇量，于是及时打断她，“谁说的？”

阮思娴顿了顿：“一位不愿意透露姓名的朋友。”

——她姓阮。

似乎是看透了阮思娴的做作虚伪，傅明予自动归罪于宴安又在背后说他坏话，懒得计较。

正好柏扬提了下时间，傅明予抬脚就要走。

要走了？阮思娴好气啊，怎么就把她忘了呢？

那她打谁的脸啊？她就是你曾经看不起现在花钱求来的泰晤士河畔女郎啊！

“傅总！”阮思娴突然叫住他。

傅明予停下脚步，回头道：“还有事？”

算了。喊出来的那一刻阮思娴就后悔了，感觉自己像个傻子一样，不过她向来会急转弯。

“刚刚对不起啊，我不该听了风言风语就说您坏话，我应该先真实了解您的。”

——然后继续说你坏话。

他表情稍松了些：“没关系。”

听听，多么大气，多么绅士啊。不知道的又要拜倒在他西装裤下了。

阮思娴道：“那我先走了，还要去领制服。”

制服……傅明予脑海里突然出现那张照片，阮思娴穿着飞行员制服，笔挺的衬衫在腰间骤然收拢，不盈一握，曲线忽又婀娜伸开，下面黑色裤子修长利落。

他点了点头，转身离去。

说到制服，阮思娴没想到恒世航空又贴心地改制度了，发了春夏冬各两套，堆一起足足有一大包。

幸好飞行员们身体素质都很高，即便阮思娴是女生拎起来也不费力，只是在一群来来往往的靓丽空姐中显得不太好看罢了。

于是贴心的柏扬就在这个时候出现了，他笑着接过阮思娴的袋子：

“我来吧。”

两人在飞行学院见过，阮思娴对他挺有好感，觉得他作为傅明予的秘书一点儿也没沾上那些臭毛病，于是也对他笑。

“谢谢啊。”

“不客气。”

柏扬引着她往外走：“傅总叫我来的，说制服多，女生拎着费劲。”

阮思娴：“……傅总真好，我好感动。”

柏扬：“嗯，我会替你转达谢意的。”

谁要你转达了？？？看来这“脑补”的臭毛病他还是沾上了。

两人一起出了电梯，柏扬把阮思娴送上车才转身回公司，这一幕恰好被开完会出来的倪彤撞见。

倪彤拿手机拍下来，发给江子悦。

“你看，就是她。”

远在西班牙的江子悦放大照片看了会儿，下了定论。

“不是她，她怎么可能跟傅总的秘书关系这么好？”

回到家里，阮思娴在镜子前站了很久。

怎么就不记得她了呢？她这张脸很大众吗？这不可能啊。

想了许久想不通，阮思娴只能归结于傅明予日理万机，脑负荷太重，所以提前进入老年痴呆状态，对他要善良。

善良的阮思娴决定去洒点儿汗，没有什么气是运动消解不了的，如果不能，那就是运动量不够。

阮思娴新租的小区里有个环境很好的健身房，算是物业给业主的福利，不对外开放，所以人也不多，她今天第一次去，器械区就只有少数人。

看到干净的毛巾与矿泉水，还有非常本分不凑上来推销的私教，阮思娴就觉得自己这钱花得值。

健身房里很安静，偶尔只有隔壁舞蹈室里传出的动感音乐声。阮思娴就着这音乐的节奏，一步步调高液压油缸。

直到一道男声打断了阮思娴。

“美女，加个微信呗。”

视线里先出现一双跑鞋，抬眼时，见一个二十七八的男人笑眯眯地看她，手里也没拿手机。

阮思娴眼里的拒绝之意再明显不过了，男人却笑了起来，伸手拍了拍臂力器。

“可以啊，果然是飞行员，这臂力真不是一般人能比的。”

阮思娴挑眉。你谁啊?

男人转身，面向阮思娴，伸出手：“宴安，‘宴席’的‘宴’，‘安全’的‘安’。”

宴安？阮思娴扫了他一眼。

虽然这人看起来吊儿郎当，但一般人也不敢顶着这名字出来招摇。

“宴总好。”她和宴安握手的同时，问道，“您怎么认出我了？”

“我这不是看过你照片吗？你刚进来的时候我就注意到了，还想哪儿有这么巧的事情。”

宴安靠着臂力器，一副松散模样。他瞥了阮思娴手臂一眼，又道：“不过我看见你玩儿这个就基本确定了。”

“这样啊……”

有的人虽然衣着名贵，但天生就自带一股亲和力，宴安显然就是这样的人。看着不着调，又丝毫没有架子，阮思娴不知不觉就跟他聊了许多，得知他也住在这里，今天刚从北航总部回来，难得休息，便来这里运动运动。

但宴安没说的是，他只是偶尔来这里住一晚。

不过没关系，从现在开始，他就常住这里了。

说起北航，宴安又忍不住酸傅明予：“真是可惜啊，你去了世航，要在傅明予那儿工作，他这人就是个‘切开黑’的，平时看着冰山似的不爱说话，一惹到他就让人吃不了兜着走，你可小心了。”

阮思娴笑着说好。

宴安见她模样轻松，自己也便更没了拘束，坐到旁边的卷腹器上，又道：“你之前是华飞的员工，对吧？怎么想到当飞行员了呢？”

阮思娴点头：“嗯，三年前入职的，刚好赶上自主招飞最后时限，就想试试看。”

“那还挺好，我知道华飞内部报名的人挺多的，但是选拔上的少之又少。”宴安摸了摸下巴，突然想起什么，“哎哟，我们北航有个签派员原来也是华飞那边的，好像跟你在飞行学院还是同期。”

“对，是司小珍，我们认识。之前就是一起去的华飞，只是后来在飞院的考核没过，转行做了签派员。”

“嗯，签派员也不错，地面机长嘛。”

聊到这里，宴安发现自己好像耽误阮思娴不少时间了，于是起身告辞：“那你继续，我还有点事，先走了啊。”

阮思娴点点头，起身往另一处器材走去。

宴安又回头道：“对了，当真加个微信呗，做不成同事还可以做朋友嘛。”

两人来来回回也算是聊过几次天的人了，阮思娴自然不会拒绝，跟他说用自己的手机号码可以搜到微信，宴安便笑着走了。

但宴安在这儿跟阮思娴聊了会儿天，直接导致了他去迟了朋友那边的局。倒也不是什么大事，只是凑巧有空的几个人聚在一起罢了。

江城西郊的华纳庄园顶层包厢内只开了一盏吊顶的淡黄色灯笼，将室内大部分冉冉升起的白烟吸附，特制的雕花屏风也有同样的功能，以至这个包厢里的男人们大多手里夹着烟，却没有什么呛鼻的味道。

宴安推开门，首先映入眼帘的是一桌打牌的人，便开口道：“今天我感觉好，起来一个人，让我上。”

牌桌上有人抬头看他一眼：“来迟了还好意思，一边儿去。”

宴安吊儿郎当地笑着，往屏风后绕去找卫生间。

那处沙发还坐着几个人，有男有女，但宴安一眼就看到坐在正中间的傅明予。

“哟，今儿太阳打西边出来了，傅总大忙人也来了？”

屏风后灯光较暗，傅明予嘴里含了支烟，正俯身要去拿桌上的打火机，闻言动作停顿片刻，抬了下颌，了无意味地扫了宴安一眼。

这时，旁边的女人机灵地按着打火机，上半身前倾，把跳跃的火光送到傅明予面前。

傅明予看了她一眼，目光和看宴安一样，没有任何情绪。

女人紧张地看着傅明予，手抖了一下，火光微闪。

他最终还是偏头，轻轻一吸，烟头亮起红色火光，随着他的吸入，渐渐扩散，越发明亮，似是照亮了他整张脸一般。

同时照亮的还有这个女人的眼睛，脸上瞬间浮现盈盈笑意。

可下一秒，傅明予在吐出袅袅白烟的同时，将烟搁在了烟灰缸旁。

那支烟就在那里一点点熄灭。

宴安从卫生间出来，寻了个座位，正好在傅明予旁边。

他看了傅明予身旁的女人一眼：“哟，傅总女朋友？”

傅明予背对着女人，朝宴安递过去一个眼神。

宴安半晌没反应过来，打量了那女人两眼，才回味过来，傅明予大概是在说：“你以为我口味跟你一样喜欢整容脸？”

这就侮辱人了，宴安觉得自己最近怎么也有长进吧。

正好牌桌旁边祝东的女朋友指了指宴安：“别胡说啊你，那是我朋友，今天顺便过来玩的。对了，介绍一下，她是夏伊伊，你知道吧？”

那位这么一说，四周就有人低声笑。

谁不知道宴安最喜欢网红，圈里就没有人比他更了解网红之间的二三事。

可是宴安没有搭理别人的调侃，他在听到“夏伊伊”三个字的瞬间伸长脖子看过去，毫不掩饰地打量，直到夏伊伊不好意思了宴安才反应过来自己失礼了，咳了两声以示尴尬。

知道是知道，可是这跟照片上怎么长得不一样啊？

偏偏旁边的傅明予看出了他的震惊，竟难得地朝他笑了，然后起身去牌桌观战。这样宴安就跟夏伊伊坐在一起了。

这是几个意思啊……

宴安和夏伊伊对视一眼，后者友好地笑了笑，目光却很快又落到傅明予的背影上。

宴安朝着傅明予的背影冷笑一声，也走了过去，又站在傅明予旁边，靠着祝东的肩膀。

“出四筒啊，你会不会打牌？不会就起来让我打，傅总，你玩不玩啊？要不咱俩去打两局桌球？”

傅明予点了根烟，永远都是那副懒得理他的口气：“没兴趣。”

“我看后面那位妹妹对你挺有兴趣的。”

“是吗？”傅明予应了一声，看见夏伊伊和祝东的女朋友挽着手出去了，出门时还回头看了他一眼。

傅明予只当没看见这道眼波，等人出去了这才说道：“我可不想和网红的名字一起出现在娱乐新闻上，分手后又被粉丝扒出家底骂个底朝天，然后被家里老爷子没收车钥匙。”

牌桌上又是一片哄笑。

宴安被傅明予嘲讽惯了，又一次冷笑，也不理他，弯腰钩住祝东的脖子，说道：“对了，我最近认识个女飞行员，那可绝了我告诉你们，比那些女明星还漂亮，居然是个飞行员你们敢信？”

傅明予眸光微闪，食指微屈，弹落一截烟灰。

一听到“比女明星还漂亮”的飞行员，牌桌上几个男人的注意力哪儿还能在那硬邦邦的麻将上？

“真的假的？来张照片看看呗。”

宴安摸出手机，眼里尽是得意之色：“行啊，我翻翻朋友圈，真的，不是我夸张，我要是能找个女飞做老婆，我家老爷子睡着了都要笑醒，估计要去祠堂里跪着谢祖先保佑。”

祝东理着牌，瞥了宴安一眼：“可以啊，动作快啊，昨天还差点被你前女友骂上热搜，今天就拿到女飞的微信了，可是人家是能上天的女人，看得上你吗？”

宴安扬眉，手指迅速滑动。

“那可不一定，哦对了，傅总可真的厉害，硬生生把这人从我们北航抢走了。”说话间，他扭头看傅明予，“傅总，你抢了我的人，总不能还阻止我自由恋爱吧？”

宴安这人就是嘴贱，明知道自己只会得到一抹傅氏冷笑，却还是这么说了。

“这还真说不定。”

宴安只当没听见傅明予的话，继续翻手机：“哟，朋友圈没有自拍照啊，啧，真美女就是这样，平时都不拍照的。”

几个人笑着发出嘘声，反正知道他德行了，平时哪个女朋友不是这么吹的？

唯有傅明予不动声色地把视线落在宴安手机屏幕上。

宴安退出微信，在邮箱里翻了许久，终于找到助理发给他的简历，然后下载第一封，下滑到中间，打开图片，手机递到牌桌中间。

“看看，看看，别说我唬你们。”

几道视线同时定在手机上，包厢内又一瞬极致地安静，男人们的荷尔蒙被香烟熏得明显了几分。

就在这分秒的惊艳中，祝东先发制人，夺过手机，看了两眼还不够，两根手指正要放大照片，他女朋友就和夏伊伊一起走了进来。

人还没发声，祝东便求生欲极强地丢开手机，吆喝道：“出牌啊你们，还玩不玩啊？”

宴安翻了个白眼，正要拿回自己手机，又被对面的人抓了过去，并跟傅明予挑挑眉：“你不来看看啊？”

傅明予单手插着兜，并未搭理，转身朝沙发走去。

那人笑呵呵地低头放大图片，看了许久，啧啧叹道：“这气质绝了，穿制服也这么好看……对了，咱们这儿在场谁是‘制服控’啊？祝东，你不仔细瞧瞧？我记得你是‘制服控’啊。”

有女朋友在场，祝东一记眼刀飞过去：“别胡说啊，我什么时候‘制服控’了？”

回头又把目光递到傅明予那边，一群人随着看过去，四周是刻意压低的笑声。

视线中心的傅明予沉着双眼，弯腰按灭了烟头。

当晚，阮思娴敷着面膜躺在床上，收到了一条好友添加请求。

没有注明来意，阮思娴只能凭头像和名字去猜测这个人是谁。

可是谁叫女人有天生的第六感呢？阮思娴只看了一会儿，就知道是谁了。阮思娴叹了口气，万年不冒泡的朋友圈终于有了新内容。

微信好友申请系统怎么不加一个“拒绝”选项呢？真是太可惜了，不能让对面明晃晃地看到“拒绝”两个字。要是再加一个“永远不接受此人申请”就更好了。

正好在刷朋友圈的柏扬第一个回复。

柏扬：可能是保护对方自尊心吧，这种人不要理他（龇牙）。

阮思娴点点头，回复：你说得有道理（点赞），看来是我没你想得周到，微信太人性化了。

柏扬看到这条评论，没憋住笑，八卦心被勾起，想打字继续聊下去，连一旁傅明予跟他说话都没注意到。

直到身侧的目光凉凉地看过来，柏扬才感知到不对劲，讪讪地说：“傅总，您刚才说什么？”

汽车正在高速行驶，窗外霓虹明明暗暗，傅明予眉梢微吊，已经极不耐烦。

只能说幸好他确实没说什么重要的事，而柏扬这样走神的模样也是极少见。

“你在笑什么？”

柏扬摸了摸鼻子，低声道：“没什么，看那个女飞朋友圈呢，挺有个性的。”

本以为傅明予只是随口一问，柏扬也就随口一说，没想到他却又问：“怎么了？”

柏扬便把手机递过去给傅明予看了一眼。

只是看了那么一眼。傅明予的脸色就以肉眼可见的速度黑了。

“好笑吗？”

第四章

在意的种种表象

“什么？他还来加你微信？”

第二天，夜里十点的酒吧，卞璇摇着酒水混合器，笑得眼睛眯成了两道月牙。

阮思娴挑挑眉：“对啊，我没通过，还在朋友圈骂了他。”

司小珍把一盏桌号灯抱在胸前，迷迷糊糊地看着阮思娴：“这么说，他真的不记得你了？”

阮思娴轻轻地哼了声，抓了一把爆米花一个个往嘴巴里塞。

“不记得才是正常的吧，空姐们个个都是一样的制服一样的发型，甚至连笑容都是统一标准露八颗齿，谁分得清啊？而且每天有那么多空姐在他面前晃，他哪儿来那么多闲工夫？”卞璇调好一杯酒，往阮思娴面前一放，托着腮问道，“不过你都知道他也住名臣公寓了，你还不重新找房子吗？”

阮思娴像是听见什么天方夜谭似的睁大了眼睛：“我为什么要搬？我都去世航工作了，矫情不矫情啊？而且他应该不常住，离机场近，忙的时候歇个脚而已，我怕他干什么？”

“行行行。”卞璇指指面前的酒杯，指使阮思娴，“送到三号桌去。”

阮思娴拍了拍手，拿托盘端着酒杯往酒吧大厅最边缘的桌子走去。

年初卞璇辞了职，拿着这几年的积蓄回了江城，实现了她的梦想，开了家小酒吧，过上了没事自己举办 party 的梦想生活。

只是酒吧生意不太好，勉强维持收支平衡，还没有盈利，所以连服务员都没请，遇上生意好的时候就把朋友抓来帮忙，阮思娴回来这几天已经被抓来好几次了。

最忙的时段就集中在晚上十点到十一点，等卞璇抓来的其他壮丁到场，阮思娴和司小珍便功成身退。

不过这会儿说早也不早了，司小珍想到明天上晚班，便顺势要去阮思娴新家里睡一晚，看看她月租三万的公寓长什么样子。

司小珍兴奋地拉着阮思娴出去，还要展示一下她的车技。

看到司小珍车上贴的四个实习贴纸，阮思娴突然萌生了退意。

“要不我们还是打车吧？”

司小珍拽着阮思娴上车，递过去一个别废话的眼神：“我虽然开不了飞机，但是开车还是没问题的，你放心，科二科三都一把过的。”

话是这么说，可是阮思娴一路上还是抓紧了安全带，绷直了后背，眼观六路耳听八方，总算平稳地到了地下停车场。

“那边，左拐。”这小区车位紧，大部分都是私家车位，两人转了两圈才被阮思娴看到一个空位，“你慢点，车位不大，这边很多豪车，你别剐着蹭着了。”

正说着，一辆黑色轿车从正对面开过来，司小珍头发都要竖起来了：“又来一个抢车位的！烦死了！”

她盯紧那个车位，一脚油门踩过去，阮思娴还没反应过来，司小珍一顿猛打方向盘，头朝着车位拐了进去，速度快到阮思娴连位置都没看清，只觉得车身传来一阵怪异的摩擦声。

“你是不是擦到旁边的车了？”

车位反正已经抢到了，司小珍踩了刹车，这才反应过来自己做了什么。

“不……不是吧？”

阮思娴立刻摇下车窗，探出头去看，司小珍的车尾正好挤着人家旁边的车头过来的，整个车子就斜放在车尾上。

“真的擦到了！”

司小珍一紧张，思路乱套，竟然又往前开了点。

这次的摩擦声更加真实有力，阮思娴转头喝道：“你别动了！”

司小珍立刻举起双手不敢再碰方向盘，心脏扑通扑通地跳：“你快看看我撞了什么车。”

阮思娴白了她一眼，重新探头出去看。这一眼，让阮思娴差点儿晕过去。

虽然她不认识那个轮胎上的标志，但她有基本常识，光看那车子的形状，封闭车身、流线型后背、双门双座、骚气得很的磨砂深蓝——完了。

她幽幽地看向司小珍：“你做好心理准备了吗？”

“什么？”

“我看是一辆可以买你家房子十次的跑车。”

司小珍两眼一翻，头皮发麻，立刻下车，挤到后面，看见跑车身上一大片擦痕和自己车身的凹处，差点儿当场昏迷。

“我……我可以逃逸吗？”

“你怎么不说你可不可以直接自杀？”

阮思娴白她一眼，双手叉腰，四处看了看。

这时，刚刚那辆要和司小珍抢车位的黑色轿车悠哉地开过去，还摇下车窗幸灾乐祸地笑出了声。

阮思娴瞪他一眼，那司机也不生气，踩了一脚刹车，说道：“美女，知道这什么车吗？布加迪凯龙 110 周年限量版，整个江城就这一辆。”

这次司小珍是真的要昏迷了，她扶着车门，双腿打战：“完了，我完了。”

“先别慌，你给保险公司打电话。”

阮思娴皱紧了眉头，原地踱了几步：“要怎么联系车主呢……”

她看了一眼司小珍，见她拨打电话的手都在发抖，也不指望她了。

整个江城只有一辆的豪跑……阮思娴突然想起一个人，说不定他还真知道。

她走到一边，拍了车身连带车牌发给宴安。

“宴总，我朋友的车在我家停车场出了点小状况，请问你知道这辆车的主人是谁吗？”

发出去的瞬间，阮思娴侥幸地想，说不定这辆车就是宴安的。

就目前的接触来说，他是个好说话的人，说不定事情还好解决。

没几分钟，宴安直接打了个电话过来，竟然也有点幸灾乐祸地说：“你们把这车撞了？”

听到这句话，阮思娴就知道自己多想了，这不是宴安的车。

“嗯，我朋友抢车位的时候不小心出了点问题。”

阮思娴听见宴安笑了声，那语气怎么听怎么奇怪。

“我还真知道这车是谁的，当初想抢没抢到。”

顿了顿，他又说：“你朋友运气可真好。”

阮思娴突然有一种不祥的预感，背后凉飕飕的。

“那宴总，您能帮忙联系一下车主吗？”

宴安又笑了声才缓缓说道：“好啊，他应该还没睡，我给他打个电话。”

“谢谢。”

挂了电话，阮思娴转身看着司小珍，感觉眼前这个人已经半凉了。

“保险公司怎么说？”

司小珍哆哆嗦嗦地挂了电话，嗓子都哑了：“他们说马上过来，不……不过，说我车子挪位了，没办法全赔，可能就赔百分之七十。”

好，眼前这个人凉透了。

“你……你那边呢？”

现在焦急还有什么用呢？阮思娴又看了眼那辆布加迪的车痕，叹气道：“车主马上就下来了。”

司小珍急红了眼，抓着阮思娴的手：“怎么办啊？”

阮思娴拍拍她的肩膀：“没事，就是擦漆了，应该还不至于让你倾家荡产，等车主来了再说吧。”

两人在停车场惴惴不安地站了五分钟，终于在远处听到了脚步声。

司小珍好不容易稍微平静一点的心情又崩溃了：“来了来了！”

随着那人疾步走近，司小珍捏紧了阮思娴的手，差点没把手指给她捏断。

“你镇定一点，一会儿人家看你这样……”阮思娴抬头看过去，瞧清了那人的模样，嘴里的话戛然而止，“我去……”

不明所以的司小珍揉了揉眼睛，看见那人穿着白衬衫西装裤，身型很好看，只是远远地她就感觉到那人浑身气场过于骇人，还没说话，她就觉得自己可以原地安葬了。

“阮阮，怎么办啊？”

“你闭嘴。”

话音落，傅明予正好看过来，视线落在阮思娴脸上，脚步顿了下。随后反而更快地走过来。

别过来别过来……阮思娴心想自己是倒了什么血霉全江城就一辆的跑车被她们撞上，全世界就一个的傅明予又被她惹上。

“车是你们撞的？”

颜狗司小珍在这种情况下还被眼前人的颜值震了一下：“您好，我……我不是故意的……我……”

傅明予转身去看车的状况，随意扫了一眼，最后目光还是落在阮思娴身上。

刚刚那股浑身不耐烦的气息早就消失，此时反而好像不是自己的车被撞一样，嘴角含着一丝笑：“还挺巧。”

又来了又来了，他又开始了！还巧呢，巧就巧在巧他喵个巧啊……

“不巧。”阮思娴闷闷地说，“谁撞车会挑着车撞？挑着车撞也不挑你的。”

傅明予退了两步，又去看司小珍的车：“还贴了四个实习贴纸。”

司小珍又窘又害怕，整张脸像被烧了似的：“我……我会赔的……”

“没事。”傅明予说，“不用你们赔。”

不光司小珍，连阮思娴都不敢相信这是傅明予说出来的话。

Hello？你是傅明予吗？怕不是被“魂穿”了吧？

“给保险公司打电话了吗？”傅明予又问。

司小珍疯狂摇头，愣了下，又疯狂点头：“打……打了，真……真的不用我赔吗？”

傅明予伸手去摸了一下自己车上的剐痕，看了眼手指，说道：“不严重，要你赔也赔不起。”

司小珍的脸更红了，傅明予这么说，她的罪孽感更重。

而一旁疯狂翻白眼的阮思娴冷不丁被提示了一下："阮小姐年薪高，倒是有可能赔得起。"

关我什么事？又不是我撞的车！

完全糊涂了的司小珍看了眼傅明予，又看了眼阮思娴："你们认识？"

阮思娴没说话，傅明予似乎是在想什么，目光在阮思娴身上淡淡扫过，随后说道："没什么事的话，我先走了。"

走了？阮思娴和司小珍震惊地看着傅明予转身离去，半晌没回过神。

"有钱人都这么好说话吗？"司小珍怔怔地说，"原来小说里写的是真实存在的。"

阮思娴还是觉得哪里不对劲，看着傅明予的背影直到他进了电梯间。

"阮阮，你跟他认识啊？"

阮思娴目光凉凉地瞥过来："认识啊，我还帮你给他送过信呢。"

"……"

此后，在等保险公司的人过来的一小时，司小珍一直处于人格分裂状态。

一会儿说："我觉得他人挺好的啊，和和气气的，把车给他剐成这样他都没生气。"

一会儿又说："不对，这不对啊，他这种人怎么会轻易放过我呢？难道不该认为我故意擦了他的车引起他的注意吗？"

两种说法来回切换，阮思娴终于不胜其烦："闭嘴！"

司小珍乖乖缩到了一边。

阮思娴的心情好不容易好了点，结果保险公司的人一来，又说要对方车主过来确认。

"怎么还要他来？他都说了不用赔了。"

保险公司的人大半夜被 call 过来，态度也不是很好："这是规定，没有对方的签字，我们也交不了差。"

司小珍可怜巴巴地看着阮思娴。

OK，算我摊上了。阮思娴转身又给宴安发消息，等了十分钟对方没回复，多半是睡着了。

她又去找柏扬，发了消息，几分钟没人回，一刷朋友圈，发现一小时前他分享了一首歌，配词“晚安”。

行吧。阮思娴回头又瞅见司小珍那要命的眼神，深吸一口气，点进好友申请页面，通过了那条申请。

傅总这边保险人员还需要您确认没睡的话麻烦您下来一趟吧

阮思娴连标点符号都不想打，而傅明予几乎是秒回。

原来你知道是我。

哇，这个人真的……阮思娴面无表情地把上面那句话复制了两遍。

傅总这边保险人员还需要您确认没睡的话麻烦您下来一趟吧

傅总这边保险人员还需要您确认没睡的话麻烦您下来一趟吧

好，这就来，别着急。

谁着急了啊！

五分钟后，傅明予再次出现在停车场，而阮思娴已经坐到了司小珍的副驾驶上，紧紧关着车门。

保险人员见到布加迪的车主，态度明显好了很多，而人格分裂的司小珍扭扭捏捏地在一旁签字，唯唯诺诺地点头，时不时偷偷瞄傅明予一眼。

阮思娴懒得管他们，拿出手机刷题。

不一会儿，车门突然被打开，一股淡淡的冷杉香味随着车空气的涌动窜入阮思娴鼻中。

她抬头诧异地看着傅明予：“你上来干什么？”

傅明予关上车门，按开启动键，侧头看了阮思娴一眼：“保险公司要把车开走，我帮她把车倒出去。”

“他们没有手吗？”

“因为车靠得太近，他们不敢。”

“……”

行，你有布加迪你牛。阮思娴立刻要开门：“那你先让我下去。”

话音一落，车内咔嗒一声，四个车门全被他锁了。

“你干吗？”

傅明予左手搭在方向盘上，右手撑在车座上，虽然没有靠近的意思，但阮思娴却觉得有一股莫名笼罩过来的气场，让她无处可躲。

他探究的眼神毫不掩饰地在阮思娴脸上流连一圈："阮小姐，你是不是对我有什么意见？"

狭小的空间里几乎全都是他的气息，在这昏暗的地下停车场里，连声音也更加沉哑了几分。

阮思娴往车门缩了缩："没有啊，我怎么敢对傅总有意见？"

"是吗？你昨晚那条朋友圈是不是骂我？"

"哪条啊？"你还挺有自知之明。

傅明予没说话，眼皮一掀，意思是别跟我装。

"哦，你说那个啊，就是每天加我的男人很多，我也很烦啊。"

反正我就是不否认。

阮思娴也不知道傅明予信没信，反正他还是没说话，只是深深地看了阮思娴一眼，眼神喜怒难辨。

目光相对，谁也不避让。

车内一股奇怪的氛围正在蔓延时，傅明予左手突然一打方向盘，就这么看也不看地把车倒了出去，而视线始终在阮思娴身上。

阮思娴整个人愣了一下。突然耍帅你有病啊？

回到家里，司小珍去洗澡，阮思娴换了衣服躺在沙发上，还是觉得哪儿都不对劲。

撞车的是司小珍，最后加了微信的却是她，掰扯半天的也是她。

怎么感觉自己被套路了呢？她越想越气不过，拿起手机发了条朋友圈。

这破小区里有野狗，害怕……大哭大哭大哭。

傅明予向来没有翻朋友圈的习惯，手机于他而言就是个通信工具而不是社交工具。

但今天晚上，他躺在床上，本已经准备睡了，突然兴致一来，点进朋友圈。

第一条就是阮思娴的。

没什么营养的内容，傅明予顺势就滑了过去。两三秒后，他手指顿住，把页面重新拉下来。野狗？

这公寓的物业是国内最好的，根本不可能出现野狗窜进来这件事。

他怎么看，都觉得阮思娴在暗戳戳地骂他。

人有时候给了自己暗示，就会特别容易陷进去。傅明予心里忽然一顿燥热，一股上不上、下不下的气悬在胸口。

走到窗边拉开窗帘，外面竟已经下起了小雨。

傅明予转身拿起手机，给助理打了个电话。

“明天早上把我这一年的行程记录全部调出来。”他顿了顿，又说，“两年。”

一条朋友圈发出去，点赞评论都很多，还有人来关心阮思娴是不是住的环境不太好。

这时候阮思娴就有点尴尬，早知道只发给傅明予一个人看就行了，现在搞得她还要回应朋友的关心。

而傅明予呢，好像心情不错，还给她评论一个：是吗？改天你指给我看看。

司小珍洗完澡出来了，换阮思娴去洗，放下手机前，阮思娴回了个：好呀（害羞）。

还指给你看，那我给你指指镜子你去看吗？

洗完澡出来，又看到傅明予给她回了一条：那明天早上？

我去。这个渣男是在约我？

阮思娴没再回复，像丢烫手山芋一样丢开手机，直接跳上床钻进被窝。

司小珍仗着明天白天不上班，硬撑着不想睡。

“阮阮，我到现在还心有余悸，我真的太没用了，遇到事情就慌张，不像你总是很冷静，咱们要是匀一匀就好了。”

说完没人回应，撑着头过去一看，阮思娴呼吸匀长，已经睡着了。

司小珍给阮思娴掖了掖被子，靠着她的肩头入眠。

这一晚阮思娴睡得很不安稳。

零零散散做了些梦，后来不知怎么就梦到了一只狗，倒也不是恶犬，毛发修剪得规规整整的泰迪，但朝着她一叫，她就吓软了腿。

吓人就算了，牵着这只狗的主人还就是傅明予。

阮思娴是真的怕狗。

小时候去乡下玩，田园犬都是放养，虽然大多都很乖，但总有那么一条狂躁的，追着她跑了半条街，最后把她给吓得摔在地上，那狗就上来咬她裤脚，阮思娴鼻涕眼泪糊了一脸，另一只脚踹过去，那狗好像也被激怒了，毫不客气地给了一口。

还好有乡亲及时赶到把狗给抓走，阮思娴被爸妈送到医院挨了一针，本来就害怕狗的她从此更是有了阴影。

但凡有狗靠近，她头皮立刻发麻，连呼吸节奏都要乱。

被这个梦惊醒时，天刚刚亮。

阮思娴在床头靠了一会儿，身旁的司小珍还在轻微地打鼾，她慢慢下床，轻手轻脚地走出去，下楼跑了一小时，回来洗了澡，再换身衣服，随便吃点东西，拿起包出门。

这几天她不忙，一直在家里参加线上入职培训，今天是周末，却要去一趟世航，为了明天的 ACJ31 首飞航班提前见机组。

走到电梯间的时候，她特意看了一眼时间。

八点整，这小区不是普通上班族负担得起的，所以这个时候应该没什么人。然而电梯一开，她立刻否认了自己刚刚的想法。

她觉得自己起得够早了，没想到傅明予更早，这会儿已经人模狗样地站在电梯里了。

虽然昨天晚上知道傅明予和她住在同一栋楼时，就已经料到早晚会在电梯相遇，只是没想到这一天来得这么快。

傅明予原本低头整理袖口，抬眼见阮思娴，似乎一点儿不惊讶，伸手挡住电梯门，摆摆头，示意她进来。

阮思娴现在一看到他就想起那只梦里的泰迪，心有余悸，进去后自动站在另一边，仿佛隔了十万八千里一样。

“早啊，傅总。”

傅明予正要应声，又听她说：“起这么早看狗呢？”

话说完，阮思娴发现傅明予正看着她，那双深邃的眼睛里荡漾着莫名的笑意。

“……”阮思娴恨不得给自己一巴掌，寻思着一定是晚上那个梦的后劲太足才导致她说话把自己给绕进去了。

她装作鼻子不舒服，哼了两声，戴上耳机，不再看傅明予。

音乐声刚刚响起，一侧的耳机就被人摘掉。

阮思娴扭头：“你干什么？”

“我们聊聊。”耳机挂在傅明予指尖，白色细线连住另一端的阮思娴，漫不经心地晃悠，傅明予抬眼，朝前一步，与阮思娴只有一臂之距，“我觉得你对我总有一股敌意，是我的错觉吗？”

他看着阮思娴，注意着她每一分表情变化。

眼前的人依然素面朝天，头发绑在脑后只有短短的马尾，眼睛狭长，脸上隐隐有笑意的时候眼尾会上翘。

“啊，我仇富。”

“……”

正因为她脸上有几分笑意，让人分辨不清她说的是真话还是开玩笑。

或许是开玩笑的意思多一点儿吧，但不管怎样，傅明予都没有再继续交流下去的欲望。

耳机被人放下，垂在胸前摇晃。

瞧见傅明予精彩的脸色，阮思娴低头抿着唇笑。但这笑意还没维持两秒，就被眼前的场景打断。

电梯停在了八楼，一个老太太牵着一只拉布拉多走了进来。

一只肉白色的拉布拉多……吐着舌头……哈着气……扑腾扑腾的……

不行了，阮思娴感觉自己不能呼吸了，她脸色刷白，退到了电梯角落，紧紧抓着自己的衣摆。

虽然主人拉着绳子，但那只狗似乎过分活跃，一直试图往阮思娴身上扑，每每几乎要扑到时又被主人拉住。

可是即便这样，阮思娴也浑身僵硬得动弹不得，额头上很快冒出了细汗。

电梯里每一秒都被拉得无限长。阮思娴咬紧了牙关，感觉自己后背都凉了的时候，傅明予突然一步跨到了她面前。

他双手插在兜里，抬头看着电梯门上的倒影，神色平静，似乎就只是不带目的地挪了一个位置。

眼前的一切景象突然被严严实实挡住，鼻尖还闻到了那股有点淡的冷杉香味。阮思娴的身体慢慢放松了下来，缓缓抬眼。

她发现傅明予真的很高，比一米七的她足足还高大半个头，肩膀也很宽，把西装撑得很完美。

傅明予站在前面，那只狗轻而易举就扑到了他的腿。

黑色的裤子上留下两个爪印。

他是那种从上到下都透露着矜贵的人，这两个爪印尤其突兀，狗主人心里也打鼓，扯着狗拽到自己面前，收紧了绳子。

半分钟后，电梯到了一楼，狗主人匆匆说了句“不好意思”就牵着狗出去了。

傅明予倒是没什么反应，回头看了阮思娴一眼，问：“去世航？”

空气里终于没有了狗的味道，阮思娴长舒一口气，点点头。

傅明予两步走出去，阮思娴跟在他后面。

“你真的很怕狗？”

“嗯。”阮思娴低声道，“小时候被咬过。”

傅明予放慢脚步，勾了勾唇角。

阮思娴没看到他的笑，注意力全在他裤子上。她顿了下，从包里拿出一张纸巾，递给傅明予。

傅明予接过纸巾，弯腰擦了擦裤子，起身的时候问：“顺道送你？”

大厅一股温柔的穿堂风在两人之间吹过，骤雨初歇，空气还湿漉漉的，这股风夹杂着草地的清新味道。

阮思娴点点头：“那谢谢啦。”

柏扬沿着绿化草坪低着头踩来踩去，好像在找什么。

公寓很安静，偶尔有老人出来散步，这个时间见不到什么通勤的年轻人，倒是有不少出来晨跑的人。

柏扬扭头看见傅明予和阮思娴走近，眼里虽有诧异，却也立刻走过来，恭恭敬敬地站好。

“你在干什么？”傅明予问。

“哦，找狗啊。”

柏・傻白甜・扬说道：“昨晚阮小姐不是说这里有野狗吗？刚刚我确实看见一个黑影窜进草丛来着，想看看是不是真的有野狗，如果这样，那要跟物业提一下了。”

傅明予的脸色微妙地一沉，而阮思娴抬着头看风景。

柏扬又转头去问：“阮小姐，你昨晚在哪儿看到的野狗？脏不脏？”

阮思娴面不改色地指了指前面：“那边，可能已经被抓走了吧。”

傅明予瞥她一眼，沉声道：“上车。”

车内的气氛依然很微妙。傅明予和阮思娴分坐后排两端，谁都没有说话，而柏扬自然也感觉到了这股奇怪的氛围，什么都不敢问。

直到他翻看 iPad，想起一件事。

“对了傅总，昨天下午秦先生派人送了请帖到办公室，下个月七号婚礼，您去参加吗？”

“秦先生？”

“就是正西钢铁董事长的儿子，秦嘉慕。”

傅明予闭着眼睛想了想：“就是那年被我们公司一个空乘泼了咖啡那个？”

“嗯。”柏扬点头道，“他们要结婚了。”

那个人啊，阮思娴也想起来了，她之前还和那个空乘搭过几次班，温柔可爱的一个女孩，笑起来脸上有两个梨涡，印象很深。

居然都要结婚了啊……她今年应该才二十六岁吧。

阮思娴正在回忆的时候，身旁的傅明予突然道：“好手段。”

阮思娴侧头看过去，他还是闭着眼，嘴角一抹若有若无的嘲意。

又来了！三年前的回忆席卷重来，也是这种笑，也是这种语气。

阮思娴的胸腔一下子胀了起来。这个人真是绝了。

好一个“好手段”，就跟他当时说“你不如做梦”的样子一模一样！

早上没事闲聊这些，柏扬也来了点兴趣："因为秦董似乎不太满意，所以婚礼也没经过他的同意，那您这边……"

"不去。"傅明予道，"他的面子不用给，你替我回绝了。"

柏扬说好，转了回去，看见手边的一瓶矿泉水，随手给阮思娴递过去。

"阮小姐，喝水吗？"

拉昆安第斯山脉矿泉水，玻璃瓶的，铁皮盖子。

阮思娴不太想接，柏扬又说："哦，这个不太好开，你等一下，我……"

"我来吧。"

傅明予从他手里拿过水瓶，正要上手拧，阮思娴一把拿过去。

"我自己来。"

傅明予见她盯着自己的眼睛，清清亮亮的，还有一股说不上来的劲儿。

正想琢磨琢磨这个眼神时，耳边一声轻轻的砰——阮思娴单手握着瓶身，直勾勾地看着傅明予，却拇指一搓，瓶盖开了。

"喔……"柏扬没忍住发出一声浅浅的惊叹，"这力气……"

傅明予见状却笑了："不愧是可以送人上天的女人。"

阮思娴扯了扯嘴角："我还可以送人入土。"

车内气氛突然凝固。

柏扬觉得车里的空气好像都被抽空了，并且持续了三分钟。

在他感觉呼吸困难时，有人及时地开窗透气。

柏扬心想阮小姐也是个反射弧太长的人，现在才反应过来自己刚刚说话不得体，所以开窗以转移注意力。

然而柏扬从后视镜里一看，开窗的是他老板。

这会儿正在通往世航的高架桥上，临近机场，远离闹市，车速很快，外面的风呼啦啦地吹了进来，穿过傅明予，径直扑向阮思娴。

阮思娴立刻伸手捂住自己的额头。

她今天出门的时候随手捆了下头发，两撮刘海被吹在鬓边乱乱的，这么吹下去，她一会儿得被认为是挂着降落伞空降世航的。

好在没等她开口，傅明予就自己关上了窗。

这短暂的操作，阮思娴理解为傅明予刚刚在自我消气。

那很好，她快乐了。

阮思娴对着车窗自己整理头发，薅了薅刘海，正要抚平最后一根飞起的头发丝儿时，她在车窗上对上傅明予的目光。

傅明予在看她，随后开口：“你不戗我两句不舒服？”

阮思娴也不知道傅明予能不能从车窗里看见她的眼神，反正她自认为很美地翻了个白眼，然后才缓缓转身，和傅明予对视，并眨了眨眼睛。

“不好意思啊傅总，我这人心直口快，没有恶意的，您不会放在心上吧？”

说完的时候阮思娴自己都震惊了下，她竟然被傅明予锻炼得不知不觉掌握了这种“盛世白莲”的技能。

傅明予没有回答，目光落在她脸上，一寸寸地打量着。

这目光看得阮思娴有点发怵。这一刻她竟然觉得指不定这人小气起来会背后给她穿小鞋。

往大了说傅明予直接把合约拍在她脸上大吼一声：“You’re fired！”这还是最爽快的结果。

往小了说傅明予在签派部做手脚，调配航班的时候搞她一下，或者给空管那边打招呼每次都让她的飞机排最后起飞白白浪费她几小时也不是不可能。

说到底，阮思娴觉得自己不能跟钱过不去。

想到这里，与傅明予对视的阮思娴气势一点点弱了下来，并且还有眼神闪躲的意味。

而这一刹那的闪躲被傅明予捕捉到，他突然笑了起来。

笑了起来？阮思娴确定自己看到的不是气笑了而是一种隐隐透露出“你可真有意思”的笑。

有病？Hello，你是受虐狂？阮思娴猛喝一口水，懒得理他。

正好车已经开到了大路上，距离世航大门只有不到两百米的距离。

“麻烦停一下车。”阮思娴开口道，“我在这里下。”

司机并没有立刻停车，只是降了车速，在前排憋气到快要缺氧的柏扬终于找到机会说话：“阮小姐，这里是马路边。”

“我知道，就在这里下，前面大门人多，避一下嫌。”

那个“嫌”字咬得特别重，好像根本不是“嫌疑”的意思，而是“嫌弃”的意思。

柏扬不知道是不是自己感觉错误了，回头去看傅明予，他只是低着头拉了拉衣袖，神色淡漠，说道：“没必要。”

没必要？我跟你好像还没到没必要避嫌的关系吧？

没得到傅明予的首肯，司机自然不会停车，就这么一路开进了世航的地下停车场。

这一刻，阮思娴才知道原来是自己想多了。傅明予的车位根本不在员工停车的地方，确实没必要避嫌。

下车后，阮思娴低头扯了两下衣服，一抬头，傅明予已经走远了。

走这么快，腿是借的急着去还啊？

傅明予倒是没有急着去还腿，到了十六楼，径直走向自己的办公室。

早已在门口候着的行政秘书和助理纷纷跟上，傅明予在办公桌后落座的同时，本月中长期航班计划及飞行跟踪与动态监控等报告已经放在他的面前。

傅明予拿起最上层的文件，刚翻看了两眼，目光突然顿住。

负责整理这份报告的助理突然心神一紧，已经做好给飞行部主管打电话的准备，却见傅明予放下了手里的东西，抬头问行政秘书。

“昨晚让你准备的东西呢？”

行政秘书立刻拿出一份足足有一本书厚的文件，放到傅明予面前：“这是您近两年所有的行程信息，包括航班信息与入住酒店以及具体的会议或者活动记录。”

看见这么厚的东西，傅明予揉了揉眉心，行政秘书又道：“已经按照国家地区分类标好。”

傅明予点头：“你们先出去吧。”

阮思娴到飞行部等了大约半小时，明天的机组人员已经到齐。

分配到江城基地的 ACJ31 只有两架，对应的飞行员自然也有限，在场的包括其他备飞人员，浩浩荡荡十余人，一同坐机组车从专用通道去了停机坪。

下车的那一刻，恢胎旷荡的停机坪一股大风吹过来，无遮无挡，一群人逆风前行，站到了机翼下面。

机长们带着大家绕机检查。

——其实今天也没什么好检查的，主要是欣赏新飞机的美貌。

随后又带人上机，进了驾驶舱，一遍遍地熟悉仪表盘和操作盘。

对这些东西阮思娴已经滚瓜烂熟，但其他机长和副驾驶都是改装培训出来的，心里要比阮思娴这种新人更紧张，每个人依次去熟悉了好几遍。

做完这一切，已经到了正午，在机场吃了午饭，又陆陆续续忙到了下午，所有准备活动结束，大家原地解散。

直到人回到了世航，阮思娴才从兴奋中回过神来。

虽然刚刚她看着面色沉静行为自持说话稳重，做足了引起疯抢的最佳学员该有的气质，但天知道她内心已经尖叫了起来。

明天，就是明天，她将脱离学员身份，正式登上飞机，开始为期三个半月的后排带飞生涯。

当然，这带飞时间还是世航飞行部综合她的资历和飞行员短缺情况决定缩减的。

只要三个半月，她就能坐到驾驶舱右边，成为一名副驾驶。

如果她做得足够好，或许只需要两年，她就能当机长了！

——当然这也是当初世航和她谈的条件。

也不知道是不是今天风太大，地上灰尘纷纷扬起，阮思娴竟然有点儿想哭。

如果现在有朋友在身边，她肯定会抱住对方三百六十度旋转十圈来表达自己的心情。

太开心了，以至于宴安发微信来说晚上一起吃个饭的时候，她也一口答应。

然而几秒后，她回过神来。刚刚两人聊了什么来着？

宴安问她昨晚上那车的事情怎么样了，阮思娴说顺利解决，顺便感谢了下宴安的帮忙。

宴安说举手之劳而已，然而又“顺便”问她晚上有没有时间一起吃个饭。这怎么看都是在刻意约她啊。

想通的那一瞬间，阮思娴有一丝后悔，她对宴安好像完全没有那个意思。可是转念一想，男未婚女未嫁，对方条件不错而且性格合得来，为什么不能接触看看?

于是阮思娴乖乖地到世航大门口等着宴安来接。

几分钟后，从机场北航办事处出来的宴安把车大摇大摆地停在了世航门口，还亲自下来给阮思娴打开副驾驶的车门，引着她坐进去。

傅明予和祝东坐的车缓缓从停车场出来，正好看见这和谐的一幕。

“欸，那不是宴安吗？”祝东摇下车窗探出去半个脑袋，“今天什么龙卷风把他吹到这儿来了？”说完一顿，“哦，美女，怪不得。”

祝东回过头去看傅明予，才发现他目光一直落在宴安的车上，直到那辆车开远了，傅明予才收回目光。

虽没说话，祝东却感觉到气氛不对。

上次在庄园聚了一下午，祝东还记得宴安说他要追世航的一个女飞，原本以为他只是开玩笑，但是刚刚看见上他车的女人的背影，能推测出来就是那个女飞。

那么傅明予的情绪就很合理了。

虽然没有明文规定，但是你一个世航的核心航线飞行员和北航的小老板谈恋爱算怎么回事？换作祝东，他也不高兴了。

可是他没法评判，毕竟他是做旅游的，今天过来是和傅明予聊项目，过几天还要去北航谈合作，两方都不好得罪，于是自然地绕开了话题。

“你听说秦嘉慕要结婚了吗？请柬肯定送到了吧。”说着，他哼了两声，“这位秦公子可真是好手段，知道他家老爷子忌讳什么，竟然逼到了这份儿上。”

傅明予没应答，祝东继续自言自语道：“自己从小到大不学无术，空长了年龄就想跟他姐争蛋糕，也不看看自己有没有那个本事。

“不过我还真没想到他搞了这么一招，要大张旗鼓地娶那个父亲坐过牢、母亲至今还在给人家做情妇的女人。

“这要是把他那个爱面子如命的老爷子逼急了，说不定还真扔一块儿肥肉给他让他消停。

“就是可怜了那女人，这会儿还以为秦嘉慕为了她对抗家族。

“她也不想想秦嘉慕是个什么东西，要是秦董咬死不松口，秦嘉慕他还不是乖乖听话，他有跟秦董撕破脸的资本吗？

“能想到利用女人，这手段一般人也是做不到。”

祝东自认为字字珠玑，这个八卦不说引起傅明予闲聊的欲望，至少能让他跟着嘲两句秦嘉慕的手段，刚刚宴安那事儿也就翻篇了。谁知说完了好几分钟，傅明予依然没应声儿。

祝东侧头看过去：“我跟你说话呢，你在想什么？”

傅明予摇摇头，把心里那团想法按下去。随手拿了一瓶矿泉水出来，正要拧瓶盖时，又想起什么。

他仰头靠着座椅，捏了捏眉骨，问道：“在想一个女人莫名对我有敌意是几个意思。”

这是什么八竿子打不着的问题？

祝东凑过去问：“你得罪过人家？”

傅明予掀了掀眼皮：“我要是得罪过她我还能不知道原因？”

“哦……”祝东摸了摸鼻子，“怎么个敌意？”

怎么个敌意？傅明予觉得，好像也算不上多大的事，毕竟那些暗戳戳的想法是他自己猜测的，而阮思娴也不过是当面怼过他几句而已。

“也就是耍耍嘴皮子功夫。”

这么一说，祝东大概懂了，他几乎不用思考，立刻笑了出来：“有的女孩子可能就是别扭，又不是跟你真刀真枪干架，那就是看上你了呗，吸引你的注意。”

傅明予瞥他一眼，随即垂眸沉思，几秒后，小幅度摇了摇头：“她不至于这样。”

第五章

只有高空才是梦想

今天这顿饭最后居然是阮思娴付的钱，宴安觉得很不可思议。

他第一次遇到这种情况，约女人出来吃饭，对方居然神不知鬼不觉买了单，而且还没让他发现什么时候买的。

上厕所那次？出去接电话那次？

不知道，反正宴安有那么一瞬间拉不下面子，出来吃饭女人把钱付了算怎么回事？

但接下来阮思娴便笑吟吟地说："这顿饭是谢谢宴总昨天帮的忙，那么晚了还打扰你。"

宴安撇撇嘴："举手之劳而已。"

"我知道这对宴总来说是小意思。"阮思娴起身拿起包，笑容不减，"但对我和我朋友来说是个大麻烦，要不是您，我们大晚上的还要联系物业才能找到车主，太麻烦了。"

阮思娴仔细地观察宴安的表情，见他眼里渐渐有了笑意，这才松了口气。

她其实也知道男人很介意这方面，只是她自己不喜欢与男人在初相识就因为请吃饭或者送礼物这种实质的人情往来让自己处于下风。

只是这些个"富二代"选的餐厅也太贵了，她付钱的时候着实肉痛了一阵。算了，想想这钱是从傅明予钱包里掏的，顿时好受了许多。

而宴安这边被阮思娴那两三句话捧得有点高兴，离开餐厅，发现时间还早，晚风又有点舒服，便顺口一提："要不要找个地方坐坐？"

阮思娴见好就收，没有在这个当口继续不给宴安面子，只是她说了明天有航班，她不能喝酒，宴安也说就喝点饮料消消食。

阮思娴想了想，说："这边离我朋友开的一个小清吧很近，如果你不介意那里地方小，我们就去那边吧，环境很干净。"

宴安自然不会有什么异议，开车五分钟便到了卞璇的店。

这时还不到八点，店里没什么人，卞璇一个人坐在吧台里洗杯子，大厅里只有两三个女生坐着聊天。

领着宴安坐下后，阮思娴去吧台跟卞璇打了个招呼。

卞璇依着吧台，笑眯眯地看向宴安的方向："男朋友？"

"不是。"阮思娴自己动手拿杯子倒了一杯果汁，"普通朋友而已，你赶紧给他来一杯你的招牌调酒。"

卞璇眨眨眼睛："就只是普通朋友吗？看着还不错呀，高高帅帅的，长得还很有钱的样子。"

阮思娴没理她，端着杯子去和宴安聊天。

和刚刚吃饭的感觉一样，和宴安这个人聊天非常舒服，都不爱聊工作，天南地北什么都扯，时不时把阮思娴逗得捧腹大笑。

这一晚上都很愉快，如果不是发生了那一点儿小插曲的话。

当时阮思娴去吧台拿湿纸巾，见卞璇忙不过来，便顺路帮她送一杯酒去五号桌。

酒吧里灯光不太亮，挨着桌号一个个找过去，正要弯腰放酒时，客人猛地站起来不小心撞了阮思娴一下，那杯酒便全洒在阮思娴衣服上了。

客人也很不好意思，连忙拿纸巾帮她擦拭。

"不好意思啊女士，我没注意到你。"

"没关系。"

开口的一瞬间，两人都愣了一下。

"阮思娴？"江子悦似乎不确定，借着灯光多看了两眼，"竟然是你？"

阮思娴怔怔地看着她，一时没有说话。

那段时间世航里传的风言风语阮思娴不是不知道，毕竟世上没有完全不透风的墙，有以前同事来跟她说过，只是她刚刚入职华飞，每天忙着内部招飞考核，等一切尘埃落定，回过头来想想这件事的源头，除了江子悦，还能是谁呢?

但阮思娴也没去求证，反正当时没想过再跟世航有牵扯，后来又去了飞行学院，每天累得倒床就睡，更没心思想这件事。

这时再见，阮思娴内心很是微妙。

这片刻的沉默加深了江子悦心里一个小小的误会。

打量着她的穿着，又看了眼四周的环境，竟没忍住叹了口气。

“没想到这么巧，竟然在这里遇见了。”江子悦继续擦拭着阮思娴的衣服，并且还像以前一样，作为一个前辈，帮她理了理衣领，“你最近怎么样？”

“还好啊。”阮思娴顿了下，“你今天休息？”

“嗯，我要转国内航班了，本场四段飞，轻松些。”说着她又长叹了口气，“没想到一晃眼就三年了，前不久我们那些个老同事还聊起你了。”

“我吗？”阮思娴笑了笑，“我有什么好聊的？”

江子悦重新拿了一张纸巾，擦干净自己的手，颇为语重心长地说：“挺惋惜的，你年轻漂亮又聪明，王乐康也喜欢你，当初你要是不那么冲动辞职，现在怎么也是个乘务长了，说不定还能转到管理层。

“但是看见你现在也过得自在，也没什么不好的，比较而言空乘这一行也只是看着光鲜亮丽，实际还是苦不堪言，连我也受不了那日夜颠倒的日子了……”

也不知道江子悦是不是心虚，这话头一开起来就止不住。

但阮思娴没她那么闲，明天早上还有航班，正好卞璇在吧台叫她，她便说了句还有事就先走了。

江子悦看着她的背影，突然想起什么，拿出手机，找到之前倪彤发给她的那张照片，比对着里面的背影，仔细地打量着吧台那道身影。

在决定去喝一杯的时候宴安便叫了司机来候着，所以回去的路上他便和阮思娴一同坐在后排。

刚上车，阮思娴就收到了来自江子悦的一条微信：刚刚都忘了说，什么时候咱们也找个机会聚一聚啊?

阮思娴就不明白现在的人怎么没事就喜欢聚一聚，也不管什么关系，何况心里还有鬼。

她想了想，回了句：嗯，以后有的是机会。

手机一开一闭之间，坐在一旁的宴安看到了她的手机屏幕。

“你喜欢日本男星啊？”

“嗯，”阮思娴下意识问，“你也知道他？”

看不出来宴安这样的男人，居然能一眼认出日本男明星，不可思议。

“知道。”宴安抬手枕着后脑勺，扭了扭脖子，“高中那会儿，就那什么，花什么来着？”

“《花样男子》。”

“哦对，《花样男子》正火着，全班女生天天挂在嘴边，我都听烦了。”

烦？你们男人不懂。阮思娴打开屏幕，又欣赏了一下她“老公”的神仙容颜。

正常，男人嫉妒是正常的。

那边宴安想起少年时，又说道：“最烦的是学校里的女生天天说傅明予的气质像里面那谁……”

阮思娴猛然抬头：“谁？”

宴安抠了抠太阳穴：“叫什么来着，小旬栗？”

“……小板栗吧他。而且人家叫小栗旬。”

“小板栗？”宴安噎了一下，咧着嘴笑，“你可真有意思，其实我也这么觉得，他可比人家装多了。”

阮思娴看着宴安。你什么意思？谁装了？

但宴安没接到阮思娴的眼神，转头接了个助理的电话。

直到车停在楼下，阮思娴还在单方面跟宴安高中的全体女同学生气。

哪儿像了？她回想了一遍又一遍傅明予的模样，根本就不像好吧。集体眼瞎吗？

宴安走后，阮思娴站在电梯间，等着显示屏上的数字递减为负再慢慢上升，脑海里还萦绕着傅明予的模样。

叮的一声，电梯门开了。

阮思娴低头看着手机，前脚刚刚迈进去，后脚差点儿被拖进来。

真巧啊，想“小板栗”“小板栗”到。阮思娴睇他一眼，直接站到了另一边。

好像上次也是这样，两人明明在同一部电梯里，却没什么交流。

阮思娴甚至都没开口打招呼，而傅明予也好不到哪儿去，在电梯门打开的那一刻无可避免地看了她一眼就移开了目光。

但阮思娴其实悄悄看了傅明予好几眼。

像吗？不像吧，五官完全不一样。但宴安说的好像是气质，不是五官？

阮思娴又悄悄看了几眼，好像还真有那么一点点像。

一旦接受了某种设定……不，打住。他不配。

有的时候人总能在嘈杂的环境中敏锐地感知到落在自己身上的目光，何况此时是在密闭的电梯里。

每隔几秒钟，傅明予就能感觉到旁边那人的目光悄悄地往自己脸上递。

他突然侧头，果不其然就对上了阮思娴的视线。

——小心翼翼假装不动声色，其实还夹杂着一点儿复杂的挣扎的意味。

“……”阮思娴默默别开了头，还做作地理了理鬓发，摸到了自己轻微发热的脸颊。

偷看被抓包了自然会有一点儿脸红，但她假装什么都没有发生。

这回换作傅明予的视线落在阮思娴身上。但人家光明正大。

“你喝酒了？”

从她进来那一刻，傅明予就闻到了一股酒味。

“没有。”

“那你脸红什么？”

“……”您的观察力还真是敏锐。

阮思娴一秒内调整自己的表情，阴恻恻说道：“脸红就一定是因为喝酒吗？万一是我刚刚在坟头蹦完迪回来，兴致还没消散呢？”

傅明予没心情听她放嘴炮，沉声道：“你明天早上首飞，喝酒是多严重的问题你不知道？”

“我说了我没喝。”阮思娴听他笃定的语气，一股无名火冒了出来，“酒吧里被人洒了一身酒是我能控制的吗？”

酒吧？傅明予来不及细细琢磨这个地点的旖旎气氛，电梯门一打开，阮思娴就走了出去。

可能是被气到了，也可能是刚刚偷看人家被抓包有点儿尴尬，反正阮思娴不想再跟他多待一秒。

身后的傅明予却突然叫住她：“阮思娴。”

阮思娴回头，感到莫名其妙地看着傅明予：“干吗？”

“第一，宴安是北航的人，你们走这么近，不合适。”

阮思娴挑挑眉，所以呢？

“第二，宴安他很爱玩，换女朋友比换衣服还勤，你想清楚了。”

听到这句话，阮思娴慢慢转身，看着傅明予，似乎是在认真细想他说的话。

可是几秒后，她却开口道：“那傅总您呢？爱玩吗？”

没想到她突然这么问，把话题直接从宴安转到了他身上。

傅明予眉心微皱，想法不受控制地扩散。

“你别拿我跟他比。”

阮思娴轻哼了声，掉头走了。

这一夜，绵绵细雨不知道什么时候降临了这座城市，又在黎明来临之前，悄然停歇，给初升的太阳腾出了一片天。

阮思娴睡得很好，在闹钟响起之前自然醒来。

因为首飞就紧张得睡不着这种事情不存在的，她只要沾枕头就能迅速入眠。

但这不代表阮思娴心里不激动。

她吃完早餐，换上晒干的制服，仔仔细细地绑好头发，一丝不苟到发际线都是整齐的。

镜子里的人，制服合身到简直像是量身定做，平整挺括，贴合她的身形，掩盖了婀娜的曲线，由里到外呈现出与她目光一致的英气。

她没化妆，只是涂了一层防晒霜，浑身的毛孔就像打开了一样顺畅地呼吸着空气，有一种重获新生的感觉。

心底蔓延出一种从未有过的感觉，一幅新的画卷在她面前缓缓展开。

而此时，楼下停着两辆车。

清晨空气好，宴安靠着车门，理了理领带，瞥了一眼旁边那辆坐着司机和柏扬的车，轻嗤一声。

时间一分一秒过去，宴安估计阮思娴该出门了，便进了一楼大厅电梯间。果然，右边电梯的楼层在缓缓下降。

宴安对着电梯门抹了一把头发，整理好表情，准备笑迎阮思娴。

电梯门一开，却迎来一张此时最不想看见的脸。

“哟，傅总，早啊。”

傅明予应了声，上下打量着难得穿得严肃正经的宴安。

“你在这儿干什么？”

“还能干什么，当然是接阮思娴上班啊。”

宴安弹了弹领口：“我说你们世航也太抠门了点，也不说给飞行员配点专车什么的，万一打车遇到点儿状况怎么办？”

傅明予没理他，他又笑眯眯地抬了抬下巴：“傅总，你说我要是真的和你们公司的人交往，这会不会不太合适？我看你们优秀人才也挺多的，要不商量商量，转移给我们北航算了。”

旁边电梯提示音响起，却被傅明予的声音巧合地盖住。

“八字有一撇了吗？”

宴安平时习惯了傅明予的冷言冷语，经常被刺得说不出话，但今天却有十足的底气。

“我看有啊，我们很聊得来，简直一见如故。”

“是吗？”傅明予唇角轻轻勾了下，“我怎么觉得她对我比较有意思？”

“……”此时站在电梯里听到了完整对话的阮思娴面无表情地深吸一口凉气并且不自觉地握紧了拳头。

怎么，天晴了雨停了，你又觉得你行了？

她一步跨出去，噔噔噔地走到傅明予面前，不顾被她挤到一边的宴安，开口道：“傅总，您可真是贵人多忘事，真的不记得我了？”

“傅总，刚刚签派部来电话，明天北冰洋航线部分航班紧急取消，需要……”

柏扬拿着手机走进来，脚步匆匆，直到人站在傅明予身后了，才发现现场气氛有点儿奇怪，声音自然就哑了下去：“需要您确认签字……”

“阮思娴，你什么意思？”

傅明予似乎没听见柏扬的话，直勾勾地看着阮思娴，心里许久的猜疑得到证实，似乎答案呼之欲出，就等着眼前的人开口。

“什么我什么意思？你又是什么意思？什么叫作我对你比较有意思？你以为你是谁？”

阮思娴自认说这段绕口令的时候眼神犀利表情冷漠，做到了真正的不屑中带点儿漠视，从最根本上打到了傅明予的痛点，并且成功点燃了他的怒火。

傅明予的眼神果然冷了下来。

柏扬摸了摸脖子，感觉四周的温度瞬间降了十来摄氏度。

偏偏宴安却探了探脑袋，伴随一声疑问横插在两人面前。

“什么啊？”

真丢人。阮思娴觉得不管是她，还是傅明予，都挺丢人的。

“没什么。”阮思娴偏了偏头，维持风度只翻一半的白眼，率先转身出去。

“走了，宴总。”

“阮思娴，你给我回来。”

身后那道极冷淡却暗含着怒意的声音幽幽传过来，连宴安的脚步都顿了下。

而阮思娴却像没听到似的并且加快了脚步朝宴安的车走去。

宴安的目光在阮思娴的背影和傅明予的脸色之间打量，稍一琢磨，选择跟上去。

没继续问刚刚的话题，也没探究阮思娴的表情，径直为她拉开车门，这是宴安得心应手的处理方式。

阮思娴上车后，隔着宴安的身躯在缝隙中看了一眼傅明予。并将刚刚剩下的半个白眼翻完。

视线对接的刹那，探究欲卷土重来，耳边柏扬的声音顿时弱了下去。

脑海里繁复杂密的往事翻来覆去，有些细微的回忆在冒头，却始终不露其全貌，最后随着她用力关上门戛然而止。

晨间的风从树叶里穿过来，吹进大厅，有一股雨后清新的味道，傅明予却觉得烦躁到极点，扯松了领带，加快了脚步。

柏扬再不知情也能感觉到刚刚阮思娴的态度不对劲，想了想，他低声道："阮小姐怎么回事？这是对上司的态度吗……"

傅明予回头看他一眼，眼神晦明之间，唇角扯出一点儿毫无温度的笑。

很生气，柏扬感觉这次傅明予是真的很生气。

毕竟不是谁都能对一个不熟的女人一次又一次地无限容忍。

车里，阮思娴坐得端正，目不斜视，但不代表她没感觉到宴安的频频打量。

"怎么了？"

宴安手掌握拳抵了抵嘴，掩不住笑意："虽然我不知道你跟傅明予有什么过节儿，但是第一次亲眼看到他被人甩脸色，我很爽啊。"

听着宴安这话隐隐有些打探内情的意思，但是又没有明显地表达出来，给了阮思娴一个选择的余地。

她自然把问题抛回去："你跟他又有什么过节儿吗？"

这人可真是到处树敌。

宴安咳了下，含糊道："竞争对手嘛这不是。"

这话阮思娴可不信，两家航空公司原是一体分家，到如今也坚持着非零和博弈模式，互相竞争互相合作，实现双赢。谁不知道世航董事长和北航董事长时不时还聚在一起打个高尔夫，煮一工夫茶？连傅明予和宴安这种二代也算是一起长大的。

但阮思娴不信，宴安也不好意思说出实话。

小时候他跟傅明予就合不来，他一直立志于做个可以写进思想品德反面教材的“富二代”，成天吊儿郎当，但由于家里的管教，太出格的事情也没敢做，以至于他一直觉得自己简直配不上老师赐给他的“纨绔”二字。

可傅明予那一拨人自小和他们这群人格格不入，泾渭分明。

但你说他多规矩也不是，违反中学生守则的事情也没少干，就不知道是那张脸太骗人还是每次期末的成绩单太漂亮，老师一直都把他捧在手心里，就连他高三寒假那年穿着校服开跑车，别了人家的车被拍照闹到学校里，结果还没等家长出面就被老师给压了下来。

当然在宴安眼里这不算什么大事儿，让他一直耿耿于怀的是他暗恋了两年都没敢出手的女神突然主动联系他，做了一个月的朋友，生日还专门邀请他，把他给迷得神魂颠倒，结果人家最后来一句“能顺便把傅明予也叫来吗？”。

这事儿说出来丢人，但宴安着实记恨了傅明予快十年。

但今天，他宴安也咸鱼翻身，阮思娴可真是给足了他面子。

想到这里，宴安觉得他对阮思娴的好感又多了几分，打量几眼她身上的制服，叹气道：“唉，不说傅明予了，我现在一想到你没有来北航，我还是很遗憾，不过我这人大度，肯定是希望你在哪里都前程似锦。”

阮思娴摸了摸肩章，笑道：“谢谢。”

“谢什么，一会儿你去了机场还有惊喜。”

“什么？”

“你一会儿就知道了。”

车内气氛一片和谐，此时的世航乘务部亦有人春风得意。

江子悦拉着飞行箱疾步朝会议室走去，黑色皮鞋软平跟，在干净的地面上砸不出响亮的声音，但丝毫不影响她的气势。

她加快了脚步，嘴边笑容越来越明显。

倪彤半路上遇到她，笑吟吟地走过去打招呼：“师父！早啊，今天真漂亮！”

江子悦停下来，双手交叠在飞行箱拉杆上，双脚自然地呈丁字形站立。

“你挺闲呢，还没登机？”

“协作会还没开呢。”倪彤扬眉，“你今天状态也太好了，一会儿记者的照相机全对着你拍了，记得多露左边脸，那边有酒窝，更好看。”

江子悦受了这番奉承，说回头聊，又拉着飞行箱大步流星地进了电梯。

会议室里已经坐了五个乘务员，个个都是千挑万选出来的，五官端庄大气，身材高挑，凑在一起聊天也给人一种赏心悦目的感觉。

有人见江子悦来了，跟她打了招呼，却也不见多热络。

毕竟乘务部员工那么多，而江子悦又是刚刚从国际航线转到国内航线的，这边的乘务员她大多不熟悉。而且这几个乘务员刚刚聊的话题与她有关，不是坏话，却也算不上什么好话，所以自然而然闭了嘴。

本来今天的乘务长不是江子悦，而是国内航线一位经验丰富的老乘务长。

这事儿江子悦自己也搞错了，在王乐康那里看到的只是候选名单一角，却被她误以为已经敲定。开开心心从西班牙回来，一查后台，没有看到 ACJ31 首飞的任务，又去旁敲侧击打听了一下，才知道最后选定的不是她。

虽然是自己的误解造成的空欢喜一场，但她已经跟亲近的人说过这事儿了，如今自己给自己一巴掌，心里憋屈，昨晚还拉了几个小姐妹出来吐槽。谁知道回家就接到王乐康电话，说是原定的那个乘务长急性阑尾炎犯了，让她顶上去。

那一刻，江子悦有一种该是自己的始终跑不掉的感觉，甚至还有一种被抢走的东西又夺回来的错觉，立即就从床上爬起来敷了一张面膜。

刚刚会议室里聊的也是这个，都说江子悦运气也太好了。

她们做空乘的，看着体面，但里面辛酸外人又能知道多少？高空辐射，噪声影响，没一样是轻的。

职业上升空间也有限制，有时候根本看不到长远的计划。而且只要是服务业，平时就少不了受气的，多少人被磨得没了脾气还不能对乘客有一丝的不耐烦。

所以像新机型首飞这样的任务，有媒体报道，有纪念意义，摄像机对准了拍几张照，登个新闻，也就被视作职业生涯里为数不多的高光时刻。

突然被人捡了漏，其他人说不上酸，但也为之前那位老乘务长暗暗可惜。

江子悦其实有些感觉到大家的情绪，也不在意，大大方方地坐下来，说道：“机长他们来过了吗？”

其中一个人说：“还没来呢，应该快了。”

江子悦点点头，把乘客名单拿了出来。

这次飞行任务不一般，舱位也没有全部对外开放，很大一部分乘客都是受邀体验，除了一些传统媒体人，还有部分网络自媒体运营者，除此之外，傅明予也在其中。

据乘务部得知，他倒不是刻意坐这趟航班，只是今天刚好要去临城出差，时间吻合。

江子悦再次确认了乘客名单，又翻出机组名单和乘务组名单。

昨天电话接得急，她忙着敷面膜，只仔仔细细地看了乘客名，机组名单和乘务组名单还没来得及看。

目光刚刚触及信息栏，耳边已经有议论声继续：“咦，那个女飞在我们这趟航班啊？不是说安排她去跟飞外籍机长吗？”

“你才发现啊？我昨晚就知道了，跟飞名单还没出来的时候就听说了。”

江子悦目光微顿，往下一看，却只见机组名单里面有“范明知”和“俞阳朔”两个名字，都是明显的男名。

“什么女飞？”

“你没下载啊？”一个乘务员说，“今天早上更新的跟飞名单，那个新来的女飞在我们航班。”

对方把名单推过来的同时，耳边的议论声继续。

“这个名字有点耳熟啊……”

“我没听说过啊。”

“我怎么感觉我听说过呢？”

声音随着外面的脚步声渐渐小了下来，会议室的门被推开，三个白衣制服黑色肩章的人出现。

一道浑厚男声响起："大家都到了？"

江子悦循声看过去，在两个男人身旁，看见了昨晚才见过的那个人。

"……"

会议室一瞬间沉默。

其他空乘沉默是因为看见了一个漂亮得超出想象的女飞，惊艳之余，也有些小女生的羡慕和崇拜。

而另一个人的沉默，却是因为陷入巨大的自我挣扎中。

她昨晚明明还在酒吧里……怎么会……

晃神之间，江子悦看见阮思娴目光与她对上。那一瞬间，江子悦感觉她好像什么都知道了。

江子悦的脸霎时涨红，那股热意直逼大脑，放在桌上的手暗暗蜷缩起来，指甲不轻不重地掐了一下手心，轻微的痛楚刚好能压制脑子里的嗡嗡声。

从来没想过阮思娴还会出现在世航，以至于在看到她的一瞬间就已经把自己先钉死在菜板上，好像阮思娴随时会来质问她一样。

大家都起身问好，范机长挥挥手："大家不用这么客气，坐吧。"

这会儿江子悦才回过神，想站起来，却见大家都已经坐下。

她看见阮思娴落座，嘴角含着笑，朝她点点头，好像在说"好久不见"。

好久不见什么呢……江子悦想起昨晚那条微信，感觉阮思娴那句"以后有的是机会"好像别有意味。

思及此，江子悦根本无法抬起头和阮思娴对视。

其实阮思娴真没什么别的意思，她就是觉得这个场合贸然叙旧挺奇怪的。

范明知翻了两下航线图，起身道："大家自我介绍一下吧，我是本次航班机长范明知。"

侧边的俞阳朔接着说道："我是本次航班副驾驶俞阳朔。"

在他话音落下的那刻，对面五个空乘纷纷把目光粘在了阮思娴身上。

她站起来，清了清嗓子："我是本次航班见习副驾驶阮思娴。"

说完，她扫了一眼对面五个空乘："我脸上有什么东西吗？"

坐在最前面那个抿着嘴笑："没有啊，看你漂亮呢。"

一句话把整个会议室的气氛带得轻松起来，现场似乎只有江子悦游离在外。

阮思娴看过去几眼，每每对上目光，她都不自然地别开头。

那还有什么好说的，这表情把阮思娴的猜想都证实了。真没意思。

阮思娴往座椅后靠了靠，机长突然叫她："你有什么问题吗？"

"嗯？"阮思娴立刻坐直，"我没有。"

"那好，我就最后说一下注意事项。"机长拿着单子，一字一句道，"第一，今天有媒体报道，上客人提前二十分钟。第二，起飞后一小时五分钟可能有颠簸，做好提醒工作。还有就是有失火等紧急情况的话，要及时报告驾驶舱。"说完他看向江子悦，对方没反应。

阮思娴拿笔敲了敲桌子："乘务长？"

江子悦倏地回神，张了张嘴，面对阮思娴递过来的眼神，一时没有说话。

"怎么了？"机长问，"有问题吗？"

"没有没有。"江子悦立刻站起来，吸气收腹，说道，"我就说两点，一个是冷热水三比七，注意温度，防止乘客烫伤。还有就是对于乘客随意换座位需要多加监控，避免飞机配载不平衡的情况。"

"嗯好，你们呢？"机长转头问阮思娴和俞阳朔。

俞阳朔摇摇头，阮思娴转了转笔，歪着头说："我补充一点题外话吧。"

会议室里的人都看着她，特别是那几个空乘，笑得跟花儿似的。

"今天情况特殊，有媒体报道，大家注意一下言辞。"阮思娴朝江子悦看过去，"如果不知道说什么，保持沉默就好了，明白吗？"

江子悦就那么看着阮思娴，手心发着热，却还是露出职业的微笑。

"好的，明白了。"

"行。"机长起身道，"我们过去吧。"

大家利落地起身，阮思娴跟在机长身后，几个空乘凑过来跟她搭话，阮思娴应和了一句，回头见江子悦走在最后面。

阮思娴落下一步，歪着头看她："江姐？"

江子悦应声停下脚步，和阮思娴保持两米的距离：“怎么？”

阮思娴正要张嘴说什么，前方一阵小小的呼声响起，她也抬头看过去，一个西装男子抱着一大束火红的玫瑰花大步走来。

红艳艳一片，目测有上百朵，把抱着它的男子都挡住了半个身子，自然也吸引了这一片人的注意力。

那个男子就这么在注目下径直走向阮思娴。

“阮小姐，您的花。”

突然收到这么一束花，阮思娴反应了好一会儿，才想起今天在车上宴安说的“惊喜”。

这还真是够惊喜的。阮思娴僵硬地笑了笑，接过花，找出里面的卡片，果然是宴安，祝她首飞顺利的。

“谢谢。”

男子是世航前台接待，把花送到便走了。

阮思娴捧着这么一束花，在众人艳羡的目光中，有些不知道该怎么办。她总不能带着花上飞机吧?

正在四处张望找地方处理这束花时，对面飞行部国际会议室的门从里打开，两个身着职业装的女性推着门站到外面，傅明予驱步出来，身后跟着柏扬以及十几个与会人员。

一行人神情肃穆，还有两三个中层管理者脸色不太好，远远看着就感觉是在会上挨了骂。

那股严肃的气息蔓延到阮思娴这边，身后的空乘们也噤了声。

当傅明予目光扫过来时，她们更是拉着飞行箱默默绕道，生怕自己不小心被火苗子烧到。

阮思娴被花挡着半张脸，露出的一双眼睛直直地看着傅明予。

四周像按了静音键一样鸦雀无声。

因而傅明予的脚步声莫名被放大，他一步步朝阮思娴走来，在她面前站定，眼眸一垂，扫过那束玫瑰花，嘴角牵着浅浅的弧度。

那弧度让阮思娴觉得特别刺眼。我收一束花怎么了？我阮思娴走到哪儿都人见人爱、花见花开，总裁见了也倾心，要你在这儿阴阳怪气地笑?

对于早上你说的话我还没跟你算账呢，你倒是甩我一个冷笑？

“有事？”阮思娴问。

傅明予似是嫌那束花碍眼，伸手推了一下，露出了阮思娴整张脸。

“返航后你最好给我解释一下，你早上说的话什么意思。”

阮思娴看着他的眼睛，似乎看到了一种“要是你说不出个所以然来你就完了”的眼神。

所以大老板，您自己作的孽还要我来给你复盘？

阮思娴也学着他的样子扯嘴角：“谁知道什么时候返航呢，天气的事情也说不准。”

习惯了发号施令而非商量的傅明予，显然没那么多时间多话，在他登机前还有一大批 MEL/CDL（构型缺损清单 / 最低设备清单）项目单等他过目。

“我可以等你。”

说完就转身，却听到后面传来一句：“那你可能要向天再借五百年。”

过道的空气似乎瞬间被抽空，连一直默默竖着耳朵听对话的江子悦也悄然退到了角落。

这一次，傅明予回过头来看阮思娴，眼睛眯了起来。

这还有什么好猜测的，阮思娴就是对他有敌意，或者说深深的恶意。

他舌尖抵了抵下颌，笑着点头，朝前走去。

这表情让一旁的柏扬硬是读出了一种“这次还容你撒野，我就白拿了这家公司这么多股份”的意思。

在心里默默为阮思娴点了根蜡烛，柏扬跟在傅明予身旁，低声道：“刚刚已经让人事处调了阮思娴的简历，但是她的资历只填到了华飞职业经历。我已经联系了华飞，由于算是隐私，需要周旋一下，半小时后就会把她的简历发过来。”

身旁的人连冷笑都欠奉。柏扬心里已经为阮思娴挖好了坟墓。

这也太刚了点儿，别说是傅明予，即便换了他，也得把阮思娴这样一次又一次挑战别人脾气的人列进死亡名单。

他抬眼看了看傅明予的侧脸，那阴沉的脸色比刚刚开会时候更甚。

他来了一年多，从没见过傅明予这么生气。

半小时后，机务部会议结束，专用的机组车已经候在楼下，将傅明予和柏扬以及两位助理送往航站楼。

车上，柏扬递出了刚刚收到的简历。

他先大概看了一下，翻到第二页时，心里咯噔一下，满是不解。

但这不是他的问题，琢磨了下，说道："傅总，阮思娴她……"

没等柏扬说完，傅明予拿过简历，不耐烦地翻开第一页，草草看过去，表情无甚变化。直到看到第二页"过往职业经历"时，目光顿住。

车即时停下，柏扬又说："傅总，先登机？"

傅明予的目光慢慢从"恒世航空江城总部乘务部四部"移开，抬头朝廊桥看去。透明的塑钢墙壁后面，机舱口三道制服身影若隐若现。

三年前……

傅明予迈腿朝廊桥走去，并且吩咐柏扬给远在北非的前任秘书拨通了电话。

一些苗头已经在脑海里慢慢浮现，但似乎过于戏剧化，傅明予并不敢确定。

北非那边接通电话时，傅明予已经走进廊桥。

不到二十米的距离，阮思娴就站在机长身旁，身姿挺直，笑意盎然，目光缓缓移到他身上。

傅明予耳边响起了前秘书的声音。

"阮思娴？我记得她，我对她印象很深。三年前去伦敦收购 W.T. 机场的时候，她出现了好几次。送了几次咖啡，您还记得吗？"

傅明予倏地抬眼，脚步未停，目光却带了几分恍然。

耳边的声音还在继续。

"后来在 Alvin 的私人游艇聚会上她也出现了。那天之后她就辞职了，我跟您提过。至于其他的……我唯一有印象的是我调任北非之前，整理您的工作邮箱，发现阮思娴在那段时间给您发了十余封邮件，均是关于'飞扬计划'的。我当时见她情真意切，就顺便调了她的资料出来，那年她已经通过'飞扬计划'的考核，是当时的最佳人选。"

在前秘书解释的同时，傅明予已经逐渐走到距离机舱口只有不到两米的地方。

“原本不是多大的事情，我后来也没提过，不过我当时就觉得，也许不只是傅总您，连我也误会那位女孩子了。”

“或许她没有别的意思，只是想做一名飞行员而已。”

话音落，傅明予已经站在了阮思娴面前。

两人之间只有不到半步的距离。

傅明予耳边似乎有风吹过，卷走了机长的问候，眼前只余一个人。

她身姿挺拔，制服一丝不乱，肩上两道彰显身份的肩章格外显眼。

她勾了勾唇角，盈盈笑道：“傅总，欢迎登机，本次航班见习副驾驶阮思娴竭诚为您服务。”

许久，空气里浮动着一股奇怪的气氛。

阮思娴抬头，见傅明予张了张嘴。

“……哦。”

四周架起的摄像机对准机舱口咔咔拍了两张，目光和镜头的聚焦时时提醒着阮思娴不要跟这个人计较。

哦？哦什么哦？她轻轻一咧嘴，力求端庄中有点儿哂笑的意思，然后微一侧身，给傅明予让道。

傅明予倒也没给多的眼神，在摄像机对准他的时候含笑朝着机组点头道：“辛苦。”

径直朝客舱走去，与阮思娴擦肩而过时，手里捏着的简历往腿侧一压，看起来像拿着一份重要文件。

身后几个助理驱步跟上，唯有柏扬回头看了阮思娴一眼。

他不知道傅明予的前秘书说了什么，认知还停留在阮思娴曾经是世航的空乘这一层面。也不懂傅明予为什么接了个电话满腔怒火就变成了一个简简单单的“哦”字。

当然也有可能是怒极反而平静，就像暴风雨来临前总是风平浪静。

想到这里，柏扬的眼神越发复杂了起来。

迎接完傅明予，机组自然要回到驾驶舱。

阮思娴转身对上柏扬探究的目光，却见他略带慌张地收回目光，加大步子跟上傅明予的脚步。

阮思娴思索一番，感觉刚刚柏扬的眼神里带了点儿佩服，又好像有点儿同情，同时还有点儿迷惑。

从柏扬的反应来看，阮思娴觉得自己对傅明予的敌意确实表达得毫不掩饰，快冲破天际的那种，连柏扬都承受不了了。

但是那又怎样？本来她就是冲着钱来世航的，要是傅明予受不了这气大可以违反合约开了她，反正大把航空公司对她敞开怀抱，还有一大笔违约金可以拿。想到这里，阮思娴又舒服了不少。

最简单的嘴臭，最极致的享受，说的就是这样的感受。

但有人并不理解她这样的感受，并且在目睹了她舍命撑老板后生出一丝丝侥幸。站在机组后面的江子悦长舒一口气。

阮思娴翘了翘嘴角，跟着机长和副驾驶往客舱里走。

傅明予是第一个登机的人，这时头等舱只有他和他带的人。

远远地，阮思娴就看见傅明予的背影。跟着机长从他身旁的过道走过，听到低低一声："阮思娴。"

阮思娴当没听到，扬长而去，最后一个进了驾驶舱，转身的时候，看见傅明予还看着她。

她偏了偏头，关门上锁，一连串操作一气呵成。

傅明予的脸色再次沉了下来。

在一旁一直不敢说话的柏扬见傅明予又拿起那份简历，以为他不用了，便伸手去接。

傅明予却展开第二页，再次从上至下扫了一眼，然后慢条斯理地把这份简历递过去。

"收起来。"傅明予递给柏扬，"机务部这个月的航线维护支持报告呢？"

柏扬愣了一下，接过阮思娴的简历，塞到文件夹里，并抽出另一份文件。

傅明予低头看着，没有再提其他的。

柏扬瞥了一眼简历一角，又去看傅明予的脸色。他似乎根本没看报告，目光落在一处，好几秒都没有移动过，眼里的烦躁快溢出来。

这暴风雨到底还下不下啊，给个预报啊！

柏扬不知不觉往旁边挪了一点儿，心想这新机型的座位设计真是太合理了，头等舱之间距离很远，一会儿暴风雨就算下来了也淋不到他。

不多时，乘客陆陆续续进来。

由于不少是受邀的相关行业人物以及媒体，不少是认识的，一路上互相聊着天，还不忘拿着设备做记录。

除此之外，每个人的座位上还放着一架 ACJ31 的模型，透明包装，一眼能看清内里乾坤。

乘客们上来看见这个礼物，个个喜笑颜开，讨论声热烈起来。

在这样的环境下，柏扬默不作声，依旧在忐忑地等着暴风雨来临。

然而直到所有乘客入座，机舱检查完毕，乘务员提醒即将起飞，雨依然没有来。

过了一会儿，傅明予又说："简历拿来。"

柏扬："嗯？"

傅明予不耐烦道："简历，听不懂？"

柏扬委屈地拿出简历递给傅明予。

他拿在手里，看了一遍又一遍。

简历照片上的人露出标准的笑容，眼睛弯弯，渐渐唤起回忆里的画面。

"想做老板娘？"

"你不如做梦。"

"……"

明明已经淹没在脑海的细节也全都翻涌出来，傅明予甚至想起，那天在泰晤士河的游艇上，他递出的那一张房卡。

"给你个机会。"

酒大概都喝进脑子了。傅明予深深吸了一口气，手指不知不觉把简历捏皱。

"傅总……"柏扬在一旁开口，傅明予突然把简历反扣在桌面，扯松了领带，浑身一股热气在蔓延。

他沉沉地看着前方桌椅，不说话。

但柏扬却明明白白地感受到他所散发的躁郁之气。他自觉地往一旁缩了缩，心里祈祷着傅明予不要把在阮思娴那里受的气发到自己身上。

但天不遂人愿，傅明予看向柏扬，目光极厉。

柏扬战战兢兢地问："有……什么问题吗？"

傅明予没说话，柏扬咽了咽口水，正准备把心里想好的劝傅明予不要跟宴安置气直接开除阮思娴的理由说出来时，却听傅明予道："你哄过女人吗？"

此时的驾驶舱，范机长已经核对完舱单，说道："申请放行。"

后排的阮思娴深吸了一口气，背脊紧紧贴着座椅，跟着俞副驾驶轻轻念道："世航 1569，申请放行，等待点 H。"

耳机里立即响起来自塔台的声音："世航 1569，允许进入跑道。"

地面摩擦感袭来，驾驶舱的空气似乎凝滞了片刻。

阮思娴看着前方的仪表盘，握紧了手，再次低声跟着俞副驾开口。

"进入跑道，世航 1569。"

"世航 1569，准备离场。"

耳边轻微的嗞啦声滑过："世航 1569，可以起飞，跑道 36L，起飞后联系离场 118.60，再见。"

前方的范机长利落推起发动杆，飞机油门一轰，立刻在跑道上飞驰起来。惯性使阮思娴微微前倾，心提到了嗓子眼儿。后背紧紧贴着座椅，隔着耳机也能听到轰隆声音。

"V1 到达，V2 到达，Vr 到达。"

俞副驾话音一落，阮思娴抬眸看着范机长。他目光平静，缓缓张嘴。

阮思娴也紧随着他，像小学生跟着老师念拼音一样，轻声道："抬轮，起飞。"

机头抬起，倾斜感袭来。

在飞机离开陆地那一刻，阮思娴感觉自己全身的细胞都打开了，每一个毛孔都在兴奋地叫嚣着，直到起落架收起，她还没从那股兴奋劲里出来。

什么傅明予，什么江子悦，什么年薪不年薪的，全部被她抛到九霄云外。

地面的城市越来越小，宏伟的跑道逐渐缩成一道道蜿蜒的小河。

阮思娴抓紧肩上的安全带，视线渐渐模糊。

她想起四年前，也是一个像范明知一样慈眉善目的机长，正执行飞越北冰洋的任务。

那时候她还是一个空乘，替乘务长送牛排到驾驶舱，弯腰摆放时，那个机长突然说："姑娘，抬头看。"

抬头那一瞬间，她看见冰川浮动，阡陌纵横，浩浩荡荡蔓延向天边。

似是无垠的远方却有极光拔地而起，五光十色，喷射而出，黑夜也化作幕布为陪衬。

她也曾在客舱透过窗户见过极光，像船从桥下穿过，只能窥见一角。

而在驾驶舱里，她能在那一米宽的窗户前，将极光尽收眼底。

那是只有驾驶舱能看见的风景。

在固定滚轮里呕吐时，在做引体向上感觉手臂快断时，在弹跳网中空翻到眩晕时，她眼前也都曾出现过那道极光。

直到今天，眼前是昏暗的云层，阮思娴似乎又见到了极光。

她揉了揉眼睛，定了心神，前方的范机长没有回头，却手臂朝后竖了大拇指。

半小时后，飞机进入巡航状态，开启自动驾驶。

范机长侧身道："小俞，你来驾驶位，小阮，你去副驾驶，我去上个厕所。"

"我吗？"阮思娴指着自己，"我今天就可以去副驾驶？"

"坐坐吧，你俞师兄坐镇，不用担心。"范机长已经解开安全带起身，"我去去就来。"

阮思娴坐到副驾驶，系上安全带，小心翼翼地轻轻摸着面前的仪表盘。一旦进入自动驾驶状态，驾驶舱里就轻松多了，机长和副驾驶通常都闲聊两句。

俞副驾戴上氧气罩，笑道："你看仪表盘的样子跟我女朋友看包似的。"

阮思娴立刻收了手。

"以前只坐过模拟机的驾驶位，这还是第一次，有点儿兴奋，别笑话我啊师兄。"

"没笑话你。"俞副驾抬抬下巴，"喝点儿什么不？"

阮思娴点头，俞副驾便拨通PA（航空广播系统）叫来了江子悦。

她推开驾驶舱门，问道："需要什么吗？"

"我要一杯矿泉水。"俞副驾转头问阮思娴，"你呢？"

阮思娴心思全在仪表盘上，压根儿没回头："我要一杯咖啡。"

江子悦看着阮思娴的背影，皱了皱眉，抿着唇出去了。

几分钟后，她端着托盘进来。

"俞副，您的矿泉水。"

又看向阮思娴，张了张嘴，不知道叫什么："您的咖啡。"

阮思娴接过，说了声"谢谢"，抿了一口，立刻回头道："太烫了，换一杯。"

江子悦愣了一下，伸手接过杯子，没说话，直接掉头出去。

不一会儿，她再次端着咖啡进来，依旧没说话。

阮思娴从她手里接过咖啡，试了一口，笑道："这次对了，谢谢啊。"

江子悦僵硬地笑了笑，转身出去。

"怎么感觉她怪怪的？"俞副驾摸着下巴，"被乘客为难了？"

"谁知道呢。"阮思娴放下咖啡，不再说话。

范机长十分钟后回来，带进来三个小蛋糕。

"今天的纪念蛋糕，顺便拿了三个过来，咱们一人一个。"

一一分给俞副驾和阮思娴后，他又说："客舱里好多媒体，好热闹。"

阮思娴听了也没什么兴趣："我去趟洗手间。"

她轻手轻脚地打开舱门，空乘们推着车送蛋糕，一派热闹景象，没人注意到她这边的情况。

几分钟后，阮思娴打开卫生间门，竟然看见傅明予站在外面。

他脱了外套，只穿一件烟灰色衬衣，直直站在那里，身材颀长挺拔，还挺赏心悦目的。

但是再帅的人在你上完厕所出来就出现在你面前，那也挺奇怪的。

阮思娴抓着门，没跨出去。

傅明予也看着她，无言中，眼神里的情绪轻微地变动着。

“又有事？”阮思娴问。

这个“又”字让傅明予听得一阵烦躁，偏偏她还站在卫生间里像看什么变态一样看着他。

要不是刚刚视线在人群中捕捉到她的身影，四周又全是媒体，他何必站在卫生间门口堵人？

“你出来。”傅明予沉声道，语气颇为急切。

阮思娴上下打量了他两眼，紧紧皱着眉头。

“这么急？傅总你肾不行呀。”

“……”

哄不了。

第六章

人言可畏

看见傅明予的神色，阮思娴笑嘻嘻地挤出来。

“那您去吧。”说完她就往驾驶舱走。

刚跨出去两步，手腕被人抓住。阮思娴还没回头就开始挣扎，甩不掉，这才转过身。

“傅总，即便你是傅总，你阻拦我回驾驶舱我也是可以请安全员制裁你的。”

这边说完，傅明予便松开了手。

“抱歉。”

抱歉？阮思娴感到不可置信地看着傅明予。

这个渣男这次这么好说话？吓唬他两句就道歉了？

既然如此，阮思娴觉得自己也不是在这种小事上面斤斤计较的人，抬了抬下颌，算是就这么过了。

只是这渣男力气还挺大。

她揉了揉手腕，就刚刚那么一抓，这会儿还有点儿疼。

这要是以后把他惹大了，直接动手，她可不一定能占到便宜。思及此，阮思娴觉得自己还是见好就收。

——在傅明予没有继续惹她的情况下。也没什么其他话可说的，阮思娴直接转身去了驾驶舱。

飞机在三小时后平稳着陆。

受邀前来的媒体没有多做停留，按秩序离开了飞机。

阮思娴下机的时候正值晌午，休息两小时，这趟飞机便要返回江城。

范机长提议大家一起去吃午饭，没人有意见，一群人拉着飞行箱匆匆地往餐厅走去。

范机长他们身高腿长的，走得快，在最前面。阮思娴忙着看手机，不知不觉就落了一步。

自她开机那一刻，许多消息就涌了进来，知道情况的朋友都来问她今天首飞如何。其中属卞璇和司小珍最实在，在群里直接发了红包。

惊喜地打开一看，五块二。真是够意思呢。

阮思娴发了个微笑的表情过去。

卞璇：意思意思得了，你工资那么高还在乎我们这点儿红包吗？

司小珍：就是，按理说今天是你的大喜日子，应该你给我们发红包的。

司小珍刚说完，群里就收到了五个两百的红包，她手速快，抢了三个，卞璇只抢到两个。

卞璇：你这个女人，发五个是故意搞事情对吧？

司小珍：嘻嘻，我们阮阮就是财大气粗。

阮思娴：别说我偏心，我再发一次，自己抢。

说完，她又发了几个红包过去，这次卞璇抢回本了，心满意足。

卞璇：谢谢阮机长，祝您步步高升。

司小珍：同时也谢谢傅总，惠及百姓。

阮思娴：关他什么事？

司小珍：你不是有一半年薪是他个人账户出的吗？

阮思娴：……

阮思娴：进了我的包，就是我的钱了，跟他没关系了。

司小珍：好好好！阮机长今天是爸爸，阮机长说了算。

一声声的“机长”让阮思娴听得很是舒服，心里一爽，又发了两个红包过去。

受了一番赞美后，阮思娴退出聊天界面，拉到下面，宴安也发了消息过来。

宴安：着陆了吗？飞行顺利？

阮思娴：很OK。

宴安：那就好，几点返航？

其实这样的询问，让阮思娴大概猜到接下来宴安会说什么。

她想了想，如果宴安真的晚上约她吃个晚饭什么的，也没什么不好，只是她觉得下午返航后，她应该挺累的，到时候硬撑着去见宴安也没意思。

阮思娴：大概七点着陆。

果然，下一秒，宴安就发来了邀约。

宴安：那晚上一起吃个饭？

阮思娴：下次吧，今天挺累的，想回家休息。

宴安：那行，下午飞行愉快！

阮思娴：谢谢。

刚退出和宴安的聊天框，一条新消息就弹了出来。

来自傅明予，问她在哪里。

阮思娴没回，直接收起手机。

她看手机这几分钟落后了好几步，走在后面的乘务组已经追了上来。

“阮副！阮副！”

听见有人叫她，阮思娴停下脚步，回头望去。

那几个空乘小姐姐迈着小碎步走上来：“你明天有排班吗？”

阮思娴点头：“有啊，怎么了？”

后排带飞阶段，飞行时间管得没有正式飞行那么紧，她接下来两天都有飞行任务。

其中一个空乘撇撇嘴：“还说你有空的话想约你一起玩，去逛逛街什么的。”

“等我空下来吧。”阮思娴朝后看了一眼，江子悦走在后面，见她们停留，也放慢了脚步，似乎是不大愿意走到一起。

“那我们加个微信吧！”

“好。”

阮思娴重新拿出手机给她们扫二维码，在这期间，江子悦已经超过了她们，走到了前面。

“江姐。”加好微信后，阮思娴快步上前，和江子悦走在一起。

江子悦不得不放慢脚步，和阮思娴并肩前行。

“你今天好像一直不怎么说话。”阮思娴问，“是有什么事情吗？”

或许女人多敏感，又或许江子悦心里确实一直装着事情，她总觉得阮思娴话里有话。

“阮阮。”江子悦干脆停下来，看着阮思娴。

阮思娴也不再继续往前走，微微低头，和江子悦对视。

“怎么了？”

江子悦脚尖蹭了蹭地面，鼓足了气，说：“当初你离职后，公司里有一些关于你和傅总的流言传出来，你知道吗？”

阮思娴点点头：“隐隐约约有听说一点儿。”

这也是意料之中的回答，江子悦就没想过她会完全不知道，只是没想过她还会回世航。

而且当时……她确实没想过大面积散播，只是看到她和岳机长在伦敦吃饭，心里有些着急，所以带着一丝恶意跟身边亲近的同事说了几句，没想到一传十，十传百，就这么无法遏制地扩散开来。

“当时……我跟他们说了实际情况，可他们总是更倾向于自己愿意相信的。不过你别多想了，这事儿已经过去很久了，人换了一批又一批，已经没人提了。”

阮思娴久久地看着江子悦。看得她后背发毛时，才笑着拍了拍她的肩膀：“那就这样吧。”

说完就要走，江子悦又跟上去，说：“那傅总那边……”

突然一道男声打断了江子悦的话。

“阮小姐！”

阮思娴和江子悦循声往后看，柏扬正朝她们走来。

“又有事吗？”怎么今天傅明予事情这么多？

听见阮思娴的语气，柏扬脚步顿了顿。他作了什么孽要来点这个炮仗。

“是傅总想请您过去一起吃个午饭。”柏扬说完，静静地看着阮思娴，坚决不再多说一个字。

江子悦诧异地看着阮思娴。

傅总？午饭？

不仅江子悦不解，当事人阮思娴也很不解。

这男人该不是坚定地觉得她对他有意思吧？是不是一会儿就要甩一张房卡给她并且说“阮小姐既然你对我这么有意思，我就给你个机会吧”。

可怕。

阮思娴没立刻回答，柏扬松了口气。在考虑就好，她最好是别拒绝，否则他又要回去点另一个炮仗。

“他……”阮思娴缓缓开口，“很闲吗？”

柏扬：“……”

“也……不是特别忙吧。”

“可是我很忙。”见柏扬还不走，阮思娴跟他挥挥手，“你就跟他说没找到我，不就可以交差了？”

柏扬醍醐灌顶，心想也是，机场这么大，他没找到阮思娴很正常。

于是松了口气，转身往回走。没走出两步，就看到傅明予远远站在出口，沉着脸，看着阮思娴离去的方向。

柏扬双脚顿时如灌了铅。

“傅总……”柏扬慢慢走过去，“阮小姐她可能比较忙，机组那边还……”

“算了。”傅明予打断柏扬，转身往 VIP 通道走去。

算了？柏扬在原地愣了愣。炮仗这就哑火了？

打发了柏扬，阮思娴又看向江子悦。

“你刚刚说傅总什么来着？”

江子悦对现在的情况也很是迷茫。她见阮思娴嘴角挂着浅浅的笑，声音又温温柔柔的，好像刚刚她随意打发的不是老板而是路人甲一般。

"没什么。"

几个空乘在催她们，阮思娴没再多问，笑着走上去。

见江子悦没跟上，她还回头等了两步："快点儿呀江姐。"

江子悦这一天强颜欢笑得脸都快僵了，还不得不跟阮思娴上演一出出同事和谐的戏码，真累得慌。

她甚至希望阮思娴雄赳赳气昂昂地来跟她大吵一架，质问她当初为什么明明知道真相还要瞎传。

至少她还有准备好的说辞，随意甩锅给几个已经离职了的同事也不是不可以。

偏偏阮思娴又装得一副不在意的样子，时不时露个意味深长的笑容给她来一记绵绵拳，"三高"都要给她急出来。

但阮思娴其实真没想去质问江子悦，即便江子悦这天的种种表现已经自曝。

主要是阮思娴觉得闹一场又没什么用，流言的根本问题在于大家都误会她想勾引傅明予不成愤而离职，她跟江子悦吵一场也解决不了这个问题。何况三年过去了，世航的人换了一批又一批，也没什么人去提这事儿，她也懒得给自己找不痛快。

只要这些人别像罪魁祸首傅明予那样时不时杵她面前，惹她两下，她就完全可以不在乎这些隐藏在暗处的流言。

可惜阮思娴低估了同事们的记忆力。

仅仅过了一周，首飞的媒体报道出来，世航内部也做了不少宣传，作为首飞的新晋女飞行员，"阮思娴"这三个字频频出现在各篇内部文件或报道里，那些沉寂了许久的流言又渐渐被翻了出来。

这时候江子悦也很慌，这次可真不是她说出去的，只是总有那么一些还记得那件事的人被唤起记忆，只消提那么一下，话题便又在乘务部悄然蔓延开来。

当然这些话是不可能传到阮思娴耳里的。她隐隐有感觉的原因，是首飞那天认识的空乘姑娘在和她一起吃午饭时，几次欲言又止。

阮思娴当时直接问了，最近是不是有什么关于我的传言？

那个空乘姑娘被阮思娴的直截了当给震了一下，支支吾吾地说：“就……她们闲聊，没什么的，我反正是不相信的。”

行吧，看来还真是这样。

阮思娴那天多吃了一块慕斯蛋糕，充足的卡路里摄入让人心情舒畅。

只是这块蛋糕的作用只发挥到了第二天。

早上九点的航班，七点开航前协作会，阮思娴提前二十分钟到，替机长去签派处签了飞行任务书，而机长带着副驾驶去加油。

阮思娴回会议室的时候，还没推开门，就听到里面窃窃私语中夹了她的名字。

在门口听了会儿，果然是她预料之中的话题。

“真的假的？这么魔幻？”

“听几个老乘说的，有鼻子有眼的，应该是真的吧。”

“我的天，那她的人生履历也是牛啊，竟然以飞行员的身份回来了。”

听到这里，阮思娴还在告诉自己，算了，都是同事，以后时不时还要分配到同一趟航班。忍一时风平浪静，退一步海阔天空。

她抬手准备敲门提醒一下里面的人，谁知这时里面的话题又深入了。

“那她怎么还回世航啊？不是说其他航空公司也在抢她吗？”

“对啊，不会尴尬吗？要是我，我可能这辈子都不会出现在世航了。”

“绝了，该不会是她对傅总还执迷不悟吧？”

“要是这么说，好像一切都合理了？”

阮思娴扯着嘴角笑，胸都给她气疼了，真是什么样的老板就有什么样的员工。

忍一时卵巢囊肿，退一步乳腺增生。

“这么好奇为什么不当面问我？”阮思娴推开会议室的门，抱臂偏着头，皮笑肉不笑地说，“我这个人善于交流，只要你们来问，我一定知无不言。”

一群背后说闲话被抓包的人顿时瑟缩得跟小鸡崽似的，脸红到耳根子，话都不敢接。

“至于我为什么回世航。”阮思娴跨了两步进去，声音越发清晰，“总部十八楼总监办公室，随时欢迎你们去问个明白。”

底下鸦雀无声，这半分钟的时间就跟做平板支撑一样长，喘气都不敢大口喘。

最后还是乘务长讪讪地打圆场：“阮副，我们只是……”

“大家都到齐了？”

机长的突然出现，打断了乘务长的话。

等回过神来，发现里面气氛有点不对劲，又问：“怎么了？”

乘务长支吾着没说话，阮思娴笑了笑，说道：“没什么，我也刚到。”

机长有些狐疑，但也没多问。

同一天，出差近两周的傅明予坐上了回程的航班。

出机场时天色已晚，车窗外霓虹闪烁，万象澄澈，有浮光暗暗流动，是机场路一天中最美的时候。

傅明予靠着座椅，松开了领结，眉间的倦色渐渐弥漫开了。

“傅总，回湖光公馆吗？”柏扬在副驾驶回头问。

傅明予没睁眼，捏了捏眉心，没直接回答：“几点了？”

“九点一刻。”

傅明予略一沉吟：“回名臣公寓吧。”

司机听到了，自然会往名臣公寓开去，但柏扬还是继续说：“今天早上参会的时候您手机关机，夫人给我打了个电话，说您已经许多天没回去了。”

“嗯。”傅明予漫不经心地说，“今天太晚了，明天回去。”

车飞速往名臣公寓开去，在大门外减速。

傅明予这会儿困意已经没了，他看着车窗外，一道身影缓缓进入他的视线。

“就在这里停吧。”

傅明予说这话的时候已经开始穿西装外套：“一会儿你让人把我的行李送上去。”

没等柏扬回答，傅明予就下了车。

初夏的夜晚很适合散步，这个时间的小区里有很多老人家带着孩子出来溜达，也有遛狗的。

阮思娴拖着飞行箱，一路走得很谨慎，随时注意避开路上的狗。但即便这样，她的脚步也快不起来。

今天的航班本场四段飞，从早上八点飞到了晚上八点。以前做空乘的时候，总是羡慕驾驶舱的飞行员能全程坐着。真到了自己坐到那个位置才发现，体力还是次要的，全程的全神贯注真够要命。

还好路边有几朵栀子花开了，香味被晚风卷起来，若有若无的，驱散了几分疲乏。

阮思娴走到楼下台阶处时，发现鞋带开了。

她蹲下来系好，再起身准备提起飞行箱时，已经被人抢先一步。

傅明予提起她的飞行箱，两三步跨上台阶，回头看她。

"才下飞机？"

阮思娴并不是很想说话，轻轻"嗯"了一声算作回答。

她心里还在为早上的事情觉得膈应，觉得她算是见识到什么叫作上梁不正下梁歪了。

这个人时隔三年还能冒出一句"我觉得她对我比较有意思"。

底下的员工什么都不知道也能说一句"她对傅总还执迷不悟"。

恒世航空靠想象力发动飞机吗？想到这里，阮思娴已经在努力克制脾气了，然后伸手去拿自己的飞行箱。

但傅明予没有伸手。

"我帮你拿吧。"

"我没手吗？"

"……"

傅明予打心底升起一股无力感，却又上不去下不来，空生一腔烦躁。偏偏眼前的人还伸手来抓飞行箱，一只白皙的手在眼前晃来晃去。是真的烦躁。

傅明予径直抓住面前的手："阮……"

手心的触感有些异样，剩下两个字也没说出口。他愣了一下，为了确认，手指细微地摩挲过她的掌心。

一层薄薄的，却又很明显的茧。

最近脑海里总是浮现第一次见她时的情形，次数多了，也越来越清晰。

她是很漂亮的，穿着修身的空乘制服，身材婀娜，皮肤细腻，任哪个男人看了都会觉得是个娇滴滴的精致女人。

茧这种东西，似乎不应该出现在她的掌心。

就在傅明予出神这一片刻，阮思娴猛地抽回自己的手，还在衣服上擦了擦，以一副看色狼的表情看着傅明予。

“你干吗你！我告诉你，你再动手动脚，即便你是老板我也敢告你职场性骚扰！”说完还退了两步。

“……”

傅明予是真的不知道说什么。

动手动脚？性骚扰？他胸口憋着一股躁气，压低了嗓音道：“阮思娴。”

三个字咬得极重，几乎是咬牙切齿。

阮思娴抬头与他对视。

两人只相隔不到半米，眸子里都倒映着对方，本该是一幅旖旎的画面，四周却只弥漫着火药味。

“你别一次次挑战我的脾气。”

挑战你的脾气？阮思娴气到笑。到底是谁在挑战谁的脾气？

“说完了吗？”

阮思娴怒极，语气反而变得轻快：“那你坟头就刻这句话了。”

柏扬站在车旁，正在琢磨什么时候把傅明予的行李送上去。

他就说了句“一会儿”，也不知道这个“一会儿”是多久，更不知道他为什么要“一会儿”。

柏扬看了看腕表，距离傅明予下车已经快二十分钟了，差不多了吧。于是他让司机打开后备箱。

但是刚把行李箱搬下来，便见傅明予从大门走了出来。

于夜色中依然清晰可见他铁青的脸色，脚步迈得大，似乎迫不及待要离开这个地方一般。

柏扬下意识退了一步，贴着车身，问道："傅总，有什么东西忘了吗？"

"回湖光公馆。"

他只说了这么几个字，柏扬心里惴惴不安，连忙去开车门。

傅明予却没立即上车，柏扬回头，见他站在路边，侧着下巴点了一支烟。他烟瘾不大，一包烟小半个月才会抽完，并且很少在公共场合抽烟。

柏扬想，这两周他从临城赶往巴黎，中途还去了一趟塞舌尔，辗转回了江城，睡眠时间严重不足，或许是真的累了。

只是夜色里，小小的火光明明灭灭，傅明予脸上的表情并未放松下来。

一小时后，汽车驶入湖光公馆。

车绕着湖边道路逐步减速，路灯在潋滟的湖水中泛起波光，枝头玉兰花垂着头，摇摇欲坠。

傅明予开了车窗，一阵阵晚风吹进来，他的神情终于略有缓和。

出来开门的是罗阿姨，迎着傅明予进去。

"您半个多月没回来了，夫人早上还在念叨您。"

傅明予环视一圈，却没见那个念叨他的母亲，倒是一只金毛犬扑了过来。

弯腰揉了两下，傅明予抬头问："夫人呢？"

罗阿姨立即解释："今天画廊开展，晚上有个宴会，她还没回来。"

"嗯。"

傅明予上楼洗个澡的工夫贺兰湘便回来了。

她一只手提着真丝晚礼服裙摆，一只手摘着耳朵上鸽子蛋般大的耳环，在楼梯上和傅明予擦肩而过时瞥了他一眼。

"一会儿来饭厅陪我吃夜宵。"说完就走，像个发号施令的皇太后。

傅明予本来也打算吃点东西。

他到饭厅时，桌上已经摆好了合他胃口的清粥小菜。

不多时，拆了发型换了衣服的贺兰湘下楼，径直坐到傅明予面前。

"宴安那事到底怎么回事？"

“什么怎么回事？”

傅明予抬头，拿纸巾擦了擦嘴：“都过去一个月了，你怎么还在问？”

贺兰湘搅动调羹，一口没动，虽想极力掩饰，眼里还是透出八卦的光芒。

“晚宴的时候我听人说的，他女朋友是个小网红？听说最近一直在网上骂他，说他劈腿出轨，是这么回事吗？”

傅明予顿时没了胃口，放下勺子，淡淡道：“我不清楚，而且，是前女友。”

“哦，也对，闹成这样肯定都分手了。”贺兰湘知道傅明予想走，沉下脸，“坐好了，多久没回来了，不陪我说会儿话？”

“你说。”

贺兰湘对傅明予的态度很不满意，但亲生的，又能怎样？

“我觉得宴安这孩子吧，应该也不至于做到那份儿上。但女孩子闹成这样，他肯定也是有责任的，肯定是对人家不好，或者跟哪个女孩子不清不楚的。”

傅明予敷衍地“嗯”了一声。

贺兰湘自顾自说道：“听说那女孩有一两百万粉丝？这下可不好收场了，现在你宴叔叔很生气，这件事影响了公司形象，一边架空了宴安，另一边也不放过那个女孩子，要吃官司了。如果真的是抹黑，那这个女孩子就摊上事儿了。唉，你说你们这些年轻人也是，有什么话不能好好说呢？非要闹得这么难看。”

对面的人这次连“嗯”都没有一声。他垂着眼睛，目光定在面前的碗里，似乎在想些什么。

“算了，跟你说话真没劲。”贺兰湘掩着嘴打了个哈欠，“礼物呢？”

傅明予下巴一抬，示意贺兰湘去看身后的柜子。

“算你心里还有我。”

贺兰湘起身走到置物架旁，首先看见了一个精致的丝绒盒子，上面绣着“Piaget”几个字母。

打开一看，是她想要的那款金色绿洲高阶珠宝。

让罗阿姨把盒子收走，又看见旁边还有一份。

盒子小，她随手打开，黑色绒布上挂着一串珍珠手链，细腻而有光泽，很是精致。

她喜欢珠宝，自然能看出这是90年代初的天然珍珠。

“这也是给我的？”

傅明予抬头看了她一眼，很快又移开目光。

“你喜欢就拿去。”

这样一说，贺兰湘还有什么不懂的？她盖上盒子，懒散地朝楼上走去：“我才不抢别人的东西。”

走到一半，她又凭栏望下去：“明天早上会展中心有个巴尔塞艺术展，你不是有空吗？陪我去一趟。”

“没空。”

“哼。”

与此同时，名臣公寓的灯大多数还亮着。

阮思娴泡了个澡，舒服得想在浴缸里睡觉。要不是门铃声响了，她真不想从浴缸里起身。

这么晚了不知道谁还会来，阮思娴匆匆穿上衣服，拿干发帽包住头发，匆匆去监视器看了一眼。竟然是宴安。

这个时间，来她的家，其实是有些尴尬的。

不过想到人家好歹也是个有头有脸的人，阮思娴还是开了门。

“宴总？”

宴安笑眯眯地站在门口：“怎么还叫我宴总？多生疏，你可以叫我名字啊。”

阮思娴点点头：“有什么事吗？”

“没事儿。”宴安说，“前几天我不是去意大利了吗？今晚刚回来，给你带了点小礼物。”说着，他拿出藏在身后的东西。

不用打开，阮思娴只看上面的标志就知道是价格不菲的奢侈珠宝。

阮思娴推托着说不要，几番你来我往后，宴安直接跨进去，把盒子放在她的玄关里。

“一点心意而已，你这都不收，也太不给我面子了。”

“……”

阮思娴沉默，宴安也没其他话说，问了几句最近的情况，阮思娴一一答了，见她却连请他进去喝口水的意思都没有，便走了。

阮思娴关上门，看着那个珠宝盒子，宴安这种动不动就送礼物的追求方式真让她头疼。

本来是有在认真考虑，只是他这样，倒是搞得阮思娴有些上不去下不来。

她吹干了头发，倒在床上，翻了两次身，却没有睡意。又想起今天傅明予被她气走的样子。

当时他什么都没说，饶是气得血气倒流，也只是盯着她看了几秒，然后转身扬长而去。

或许是夜色让人松乏，也可能是泡了澡让人困倦，阮思娴的神经也渐渐放松下来。

有那么一刹那，阮思娴觉得自己今天是不是太过分了。

冷静下来想一想，傅明予只是帮她拿一下飞行箱，至于摸了一下她的手，大概真是不小心。

毕竟也是个有头有脸的人，再烂也不至于这样。

可是她也没办法，明明自己也不是个脾气很差的人，但是看到傅明予就总是一点就炸。阮思娴想，肯定是他的问题。

阮思娴又翻了个身，手机嘀地响了一下。

看到发来消息的是傅明予，阮思娴心里咯噔一下。

傅明予：你明天白天有什么安排？

这是什么意思？傅明予后知后觉，终于觉醒，要请她去办公室喝茶了？

阮思娴：很忙。

傅明予：你明后天都休假。

既然知道，那问我干吗？

阮思娴：休假就不能忙了？我要跑步健身练拳击。

发出去后，阮思娴想了想，又补了一句。

阮思娴：万一以后还有人动手动脚，都不用警察动手，我自己就可以解决。

对面沉默了好一阵，阮思娴以为他被气得溘然长逝了。

半分钟后，他发来一句语音。

“阮思娴，我最后说一次，今天我不是故意的！”

听这语气是气得不轻，阮思娴莫名又有点开心，翘了翘嘴角，回了个“。”。

也不知道对面是手机炸了还是人气炸了，对方没有再回消息，阮思娴也渐渐睡着。

第二天，闹钟准时响起，阮思娴洗漱后穿上运动服，绑上头发，准备出门跑步。在门边换鞋时，她听到外面好像有人说话。

想着可能是邻居，她也没在意，穿好鞋就打开门，却见一男一女面对她的家门。

两人手里捏着手机，见到阮思娴开门，说话声戛然而止，还愣了一下。

变故就发生在这一瞬间。

阮思娴还没反应过来，那两人突然举起手机冲过去。

“宴安呢？出来！宴安！你给我出来！”

阮思娴毫无防备，被挤到一边，见两个人冲进她家里了才反应过来。

“你们干吗？”

她两步追上去：“你们是谁啊？有病啊？给我出去！”

这两人是有备而来的，分工明确。男人负责拦住阮思娴，女人负责拿着手机冲进去录像。

眼睁睁看着那女人推开她房间门了，阮思娴却无能为力。

男女体力到底悬殊，她根本挣不开那男的。

“我要报警！”说是这么说，可是手机还在房间里，阮思娴根本过不去。

女人气势汹汹地踹开房间门，对着里面大喊：“宴安！”喊完愣了一下，看见里面就一张整洁的床。

到了这份儿上，阮思娴就算是傻子也知道这两人是来干吗的。

她气不打一处来，用尽全力去挣脱，那男人一下狠力气，直接把阮思娴推到了地上。

大腿撞在茶几上，阮思娴疼得吸了两口冷气，爬不起来，而那女人已经开始开她衣柜了。

“宴安！你是不是在这里！”

“有病啊你们！”

阮思娴挣扎着要起来，那男人又来按她。

只是手还没抓到阮思娴，他的侧腰突然袭来一股强烈的痛感，电光石火间，痛得五脏六腑都要炸了。

他倒在地上，眼前冒着金星，往后看去，踹开他的男人脸色阴冷，目光沉得像深渊。

对视仅仅有那么一秒，傅明予收回目光，蹲下来朝阮思娴伸手，嘴角似有讥笑。

“你不是自己就可以解决吗？”

第七章

情敌临阵脱逃

阮思娴走出警局时，外面已经艳阳高照。

柏扬紧随其后，看见她腿上红了一片，问道：“你的腿没事吧？”

“只是擦破了皮，没事。”

阮思娴朝外看去，傅明予的车停靠在路边。

没想到傅明予还没走。阮思娴走过去，敲了敲车窗。

傅明予摇下车窗，侧头看着她问：“都解决了？”

阮思娴点点头，鼻尖沁出了点点汗珠。这夏天说来就来，昨天路人还裹着外套，今天便纷纷换上了短袖。

她摸了摸鼻尖的汗水，喃喃道：“警察都搞定了。”

傅明予摇上车窗前，说了句“上车吧”。

打开车门，空调的凉风吹散了阮思娴身上的燥热。她和傅明予依旧分坐两端。

旁边的人声音和车内的气温一样清冷：“怎么回事？”

刚刚在警局里走了流程，事情也弄清楚了。

也不知道是不是早上抓奸失败又突然进了一遭局子，那个女人遭受了太大的打击，说话语无伦次，阮思娴好半天才抓到重点。

那女人是宴安前女友，两人分手时间不长，男人是她哥哥。

宴安这人有大部分男人的通病，分手前期就是冷暴力，不接电话不见面，好像成天忙得要死。那人家自然就觉得他有了别的女人，逼问不成，于是带着自己的哥哥蹲守了宴安快一个月。

作为前女友，她当然知道宴安平时偶尔在名臣公寓歇脚，最近却频频出现，定有猫腻。再后来，就是昨晚宴安下飞机直奔阮思娴家，给前女友造成了宴安金屋藏娇的错觉。

不过阮思娴觉得这兄妹俩也是挺厉害，大早上在公寓外等了半天，见一个老太太买菜回来，能面不改色地跟着人家刷卡进门，搞得好像一家人似的。这技能不去当间谍反而当网红真是屈才了。

“误会。”

阮思娴简明扼要：“蹲了几天，昨晚看到宴安来我家，今天早上就上来找证据。”

说完这句，阮思娴听见他极轻地嗤笑了声。那感觉，就跟早上他出现时说的那句“你不是自己就可以解决吗？”一模一样。

傅明予看过来。车窗外的阳光正好零星地洒在他脸上，眸色被映得特别淡，平日里总是漆黑的一双眼睛现在看来有点琥珀般的温柔况味。

有那么一瞬间，阮思娴觉得这人长得真好看啊。

“我早就提醒过你慎重。”

行吧，阮思娴收回刚刚的感觉。

前排的柏扬回头问：“回公寓吗？”

傅明予点头，车便开了出去。

一路上，阮思娴没说话。她看着窗外，想了想，自己好像该跟傅明予道个谢。

饶是她独居惯了，早上那情况换个女人也受不了，陌生人突然闯入，还有个身强力壮的男人上来就武力钳制，丝毫不讲道理。

而傅明予出现的那一刻，虽然伴随着他那标准的傅氏讥讽，但阮思娴一颗心着着实实是落了下来。

“傅总。”阮思娴转头去看他，神色郑重。

可是傅明予却闭眼靠着坐垫，一副养神的样子。

“嗯。”

“今天谢谢你。”

说完，过去了几秒，阮思娴眨了眨眼睛，给个反应啊！

而旁边那人却好像睡着了一样，只从嘴角缓缓蔓延出一丝笑意。

阮思娴清楚，这绝对不是什么善意的笑容，他接下来要说的话也绝对不是什么好听的话。

“我居然还能从你嘴里听到这句话。”

果然。“我是真心实意在给你道谢，还有……”她顿了顿，又说，“昨天晚上的事情不好意思。”

傅明予睁开眼睛，玩味地看着阮思娴，嘴角挑着笑：“所以我现在还收到了一个道歉？”

“那你接不接受？”

傅明予慢悠悠地转回去，平视着前方后视镜。

“接受道谢，道歉就算了。”

阮思娴琢磨了半天没明白他什么意思。

而手机铃声不合时宜地打断了她的思路，是宴安打来的。

“宴总？”

宴安那边很吵，显然，他刚刚下飞机。

他也是刚刚才知道这件事，立刻打电话过来询问情况。

“他们没把你怎么样吧？现在是什么情况？我派人过来帮你？”

“不用，已经解决了。”阮思娴想了想，还是把刚刚了解的情况说了出来，“两个人拘留十天，你前女友在里面又哭又闹呢。”

毕竟是个网红，被拘留的事情肯定藏不住。

她们不像明星有专业的公关团队——即便有，也没有明星的强大粉丝基础。所以要是被爆出非法闯入私宅还被拘留了十天，公众形象算是全完了。

宴安听到这个，也是沉默了一阵，然后说道：“实在是对不起你，是我没处理好，我现在刚刚下飞机，明天就回来，我亲自给你道个歉。”

“真的不用了，宴总。”阮思娴想起什么，又说，“还有昨晚你送我的东西，真的太贵重了，我会还给你的。”

“别别别，你千万别还给我，昨晚你不收就算了，今天必须收下，当作是我道歉。”

“口头道歉就行了，宴总，真的，我说了这件事已经过去了，我不会放在心上了。我不是个小心眼的人，你完全没必要这么在意。”

阮思娴说这话时，没注意到一旁的傅明予瞥了她一眼。

一个非常不相信的眼神。

“真的不用送我这个，宴总……”阮思娴快没耐心，“而且我也不喜欢这些东西。”

“那你喜欢什么？”

“那你喜欢什么？”

听到这句话，阮思娴愣了一下，捂着手机，看向傅明予。

傅明予也看着她。

原来刚刚没听错，他和宴安真的同时问了这么一句。

手机连接着宴安，阮思娴却疑惑地看着傅明予，一字一句道：“我喜欢飞机。空客 380，双层大飞机。”

电话那头和车里都同时沉寂了片刻。

四目相对，是傅明予先收回自己的视线，别开脸，眼里还带点儿无语。

而宴安那边，虽然知道是开玩笑，但这话题也聊不下去了，撂下一句“我回江城再说吧”。

挂了电话，车里再次陷入沉默。

阮思娴静静地看着车窗。车窗上映着傅明予的脸。

她在想，刚刚傅明予为什么会突然问她喜欢什么。

人说出来的话肯定是动机驱使的，比如宴安，问她喜欢什么，是想送她礼物赔礼道歉。

那傅明予呢？也想送她礼物吗？这不符合他“人设”啊。

阮思娴百思不得其解，鬼使神差地转头，想看看他的表情。

然后就猝不及防对上了他的视线。

“……”

两人都默契地移开视线，默契地沉默，默契地当作什么都没发生。

车内空气流淌得很慢，又安静得出奇，连呼吸声都清晰可闻。

整个上午算是被毁了，阮思娴睡了个午觉，醒来后也没什么心情再去健身房。

躺在床上闲来无事，给卞璇打电话聊起这事儿。

卞璇听了在电话那头连翻几个白眼。

“真的假的？我上次见他还觉得这人不错啊。”

“你说他人吧，确实是不错的，就是这方面太令人糟心了。我跟他还什么都没有呢就发生了这种事情，要是真有点儿什么进展，他的前女友们可不得够我喝一壶？”

“对，这种男人做朋友可以，绝对不能做男朋友，那你打算怎么处理跟他的关系啊？”

“还能怎么处理啊？赶紧说清楚连夜买站票走吧。”

阮思娴觉得这种事情最忌讳拖泥带水，越早说清楚越好，及时把关系停留在朋友这一层，免得节外生枝。

第二天傍晚，阮思娴和宴安约在上次吃饭的地方。

席间的气氛也很自然，毕竟双方来的时候都知道对方的意图。

她知道宴安想道歉，宴安知道她想及时止损。

不过宴安既从来没有明确地说过“追求”二字，阮思娴也不会明确说“我拒绝你”，只是话里话外的意思都是两人以后的关系就停留在朋友层面。

宴安又不傻，这话说得已经很给他面子了。而阮思娴要还给他礼物，他也没有再拒绝的理由。

这顿饭勉强算是融洽吧，阮思娴这么想。至少宴安没有纠缠的意思，尽管他眼神里有遗憾。

两人吃完，走到外面，宴安抬头看了看天，好像要下雨的样子。

他爸因为前女友的事大发脾气，他妈也气得不轻，宴安为了缓和家里的关系，并且表明自己有悔过之心，最近夜里都回“星湾壹号”的别墅。

“我送你吧。”宴安很自然地说。

阮思娴到现在还以为他真的常住名臣公寓，便也没拒绝，都是顺路而已。

今天宴安自己开车来的，一路上两人没怎么说话。

再怎么样，宴安也是知道自己今天被拒绝了，要强颜欢笑也有点儿难。

他把车开到了阮思娴住的那栋楼外面，踩下刹车，叹了口气。

“到了，你早点休息吧。”

阮思娴点点头，解开安全带，下车的时候，说：“嗯，那你也早点休息。”

宴安的目光一直在她身上，直到她快进一楼大厅了，没忍住，喊了一声阮思娴。

她回过头，见他好像有话要说的样子，便又走了回来。

宴安把车窗摇到底。

阮思娴弯腰探过去：“怎么了？”

宴安第一次这么认真地看着阮思娴，许久，他才说：“如果我把那些事情都处理好，我还有机会吗？”

今天一晚上都没有明着说，阮思娴以为这事儿就过了。没想到最后一秒，他还是没忍住点破了。

如果宴安没有发生这些事，或者说他保证会处理好那些事。会真的想要跟他在一起吗？

阮思娴认真在心里想了想。好像……貌似……也没有很想。

不知道是原本就对他没有太大冲动，还是因为昨天发生的事情打消了冲动。

总之，这是阮思娴目前心里最直观的想法。

连冲动都不浓烈，何况这还只是假设。

阮思娴笑了笑：“宴总，算了吧，我觉得我们做朋友就挺好的。”

宴安没再说什么。像他这样的人，被拒绝了也不会露出落败的表情。坐在豪车里，轻轻一挥手，就这么离开。

阮思娴目送着他，出了一会儿神。想起他送的花、首饰，开的豪车，会勾起一幕幕不愿意想起的回忆。

那些被她埋藏了十几年的回忆。

直到宴安的车消失在视线里，阮思娴转身进了大厅。

她低着头在包里翻手机，快步朝前走去，直到站在电梯门口才抬头。

“傅总？”

傅明予一只手插在兜里，一只手拿着手机。

抬眼看了阮思娴一秒，又漫不经心地继续看手机。

就在阮思娴以为自己被无视了的时候，他却开口道：“什么事？”

“……”

阮思娴有点儿蒙。她刚刚也就是打个招呼而已，你回应一下就行了，我能有什么事？

不过他这么一问，阮思娴还真想起一件事。昨天早上傅明予为什么会突然出现？

两人虽然住在同一栋楼，但是电梯直达，除非傅明予脑子不太对劲喜欢走楼梯，否则他是不可能出现的。

但阮思娴还没来得及开口问，傅明予突然走到阮思娴面前，说道：“我对一件事很好奇。”

“嗯？”

两人面对面站着，头顶的灯光打下来，照得傅明予的眼睛格外亮，却有些咄咄逼人。

阮思娴想起昨天早上，她还因为这双眼睛里流露的温柔晃了一会儿神。而这会儿却……

傅明予似乎不是很想开这个口，眉宇间都有不耐烦，语气自然也有些盛气凌人。

“你既然那么喜欢北航，为什么还要来世航？”

阮思娴愣了一下，心想这不是你求着我来的吗？

见她不说话，傅明予又问：“如果你想要双薪，你跟宴安开口，他会不答应吗？”

电梯其实刚刚就到了，门缓缓打开，又缓缓合上。

阮思娴不知道傅明予这是突然怎么了，昨天都还挺正常，怎么今天就开始阴阳怪气？

两人依旧一动不动地面对面站在门口，颇有些对峙的气氛。

“会啊。”阮思娴抬头说道，“我要四倍年薪他都会答应我。”

说完，阮思娴突然反应过来。

刚刚傅明予看见了？以为她身在世航心在北航？

傅明予闻言，鼻腔里哼了声，又露出了他那傅氏冷笑。

“那你为什么要来世航？为了我吗？”

自从知道阮思娴就是当年那个给他送三次咖啡的空姐后，傅明予便也理清楚这人时不时对他的敌意从何而来。

但既然对他有敌意，为什么要回世航？

反正宴安喜欢她，她要多少钱他都出得起，两人在北航双宿双飞有何不可？

所以他认为，阮思娴要么就是憋着一股气想回来证明给他看，要么就是单纯地想回来气他。这么看，他刚刚说的话也算客观。

但是一本近十万字的书尚且能被读者读出一千个哈姆雷特来，更何况傅明予这一句话的措辞本就过于简洁，给人无限的解读空间。

阮思娴就快被自己解读出来的意思气炸了。多大的脸？

“你是鼻梁能当滑梯还是眼睛里能游泳？你是睫毛能荡秋千还是腹肌上能蹦迪？你是不是以为你长得真是让人看一眼就想热爱祖国、保护地球？还为了你呢，你这么能你当什么总裁，你直接上天啊你！”

阮思娴一口气骂完不带歇气的还完全不给傅明予说话的机会掉头就走进了楼梯间。

电梯也不想等了，她现在一刻也不想跟傅明予待在一起。

而傅明予那边也是气得不轻。

他见阮思娴爬楼梯去了，甚至觉得好笑，就这么不待见他吗？

宴安的前女友差点儿把她家屋顶给掀翻了，她都能跟宴安有说有笑的。

而他不过就是曾经误会了她一次，她就记仇到现在？

还口口声声跟宴安说自己不是一个小心眼的人？所以大度都给了别人就把小心眼给了他？

傅明予气不打一处来，掉头就走。他觉得自己是有病才放着大别墅不住跑来这不到三百平方米的蜗居。

阮思娴爬上十几楼，出了一身汗，直接冲进浴室洗澡。热水兜头而下，一阵畅快。

她吹干了头发，细致地抹了护肤乳，香喷喷地躺在床上，却睡不着。每每合上眼睛就想起傅明予那张脸，杵在她眼前：“为了我吗？”

到底是谁给他的自信啊？从小吃“彩虹屁”长大的吃坏脑子了吗？

谁为了你啊？谁为了你啊！

阮思娴翻来覆去，干脆又拿起手机在群里闹了起来。

阮思娴：@卞璇！@司小珍！出来！！！

卞璇：有八卦吗？来了来了！

司小珍：耳朵耳朵耳朵。

阮思娴：不是八卦，是吐槽傅明予这个神经病男人！

人到齐了，阮思娴觉得打字不过瘾，干脆发了四条一分钟的语音过去。

卞璇：太长不听886，去招呼客人了。

几分钟后，乖乖听完的司小珍不知道说什么，发了个无语的表情。

于是阮思娴就开始了单方面吐槽。

卞璇去招呼了客人，见群里这么多条消息，几乎都是阮思娴一个人发的，实在忍不住好奇，点开听了一遍。

卞璇：听你这么说，我对这个人好好奇哦，真后悔那年在伦敦没有仔细看看他，你们谁有照片吗？让我瞧一瞧。

阮思娴：没有，我手机里怎么会有他的照片？等着手机死机吗？

司小珍：我知道哪里有！你等一下！

阮思娴：？

没一会儿，司小珍往群里丢了一张图片。

这是国内某航空杂志今年二月号，主题关于航空环保的国际条约，而代表世航签署条约的傅明予自然是本期杂志采访对象之一。

内页附上了一张他签署条约时的照片。他身后是巨大的幕布，简单地标明主题。傅明予则站在中间，与几位白人握手。

因为四周有镜头，他露出合宜的笑意，削弱了凌厉的气质，凸显了几分温柔。

卞璇：有句讲句，看了这照片，我觉得他有资格自恋。

卞璇：这可是无精修生图啊！

卞璇：发言完毕。

司小珍：附议。

阮思娴：退群了。

虽然没有真的退群，但阮思娴也不再参与群里聊天。她把那张照片打开看了好几分钟。

这两人至于吗？不知道的还以为他傅明予上了*GQ*封面呢。

想到这里，阮思娴愤愤地打开音乐软件，分享了一首歌到朋友圈。

希望他明天听到这首歌，能有一点自知之明。

然而一夜过去，阮思娴打开微信的时候，朋友圈有一百多个赞和几十条评论，却没有看到傅明予的动静。

突然有一种一拳打在棉花上的感觉，阮思娴在床上捂紧被子闷了好一会儿才起床。

傅明予向来不爱翻朋友圈。

何况他昨晚在回湖光公馆的路上接到了公司电话，立刻回去处理事情，对接欧洲营业部，忙到今天中午才空下来。

接下来的事有人接手，傅明予便回家补了个觉。醒来时已是晚上七点。

从房间落地窗看出去，夕阳的倒影在湖中央荡漾，影影绰绰，忽然被风吹散，一圈圈荡漾开来。

傅明予拿起手机，看了一眼今日的飞行实时监控情况。

一行行看下来，目光突然定在中间一行数据里。

世航1569，机型ACJ31，因天气原因返航延误，至今未起飞。

傅明予想到阮思娴在这趟航班上，解气地勾了勾唇角。

放下手机去冲了个澡，回来时有一个未接电话，祝东打来的。

傅明予打了回去："什么事？"

"今晚郑姗生日啊，你忘了？"

傅明予打开日历看了一眼，还真忘了。

祝东说："你可真够意思啊，早上柏扬把礼送过来了，我还以为你记着呢，原来就你秘书记着？"

傅明予皱了皱眉："行了，我这就来。"

由于是兄弟女朋友的生日宴，傅明予随便换了身衣服便出门了。

生日宴在南郊的一处私人会所，傅明予确实是最后一个到的。

作为祝东的女朋友，郑姗却不敢说他什么，人来了就已经很给她面子了。

今天在场的大多是熟人，都是祝东邀请来给郑姗过生日的。

傅明予落座，对面正好是宴安。

一看到他，自然又想起昨晚的事情，傅明予的眼神又沉了下去。

而宴安已经脱了外套，松了几颗扣子，脸连着脖子那一片都红了。看来已经喝了不少，和旁边的人交头接耳说着什么。

傅明予这边比较安静，右边坐的祝东，左边坐的一个陌生女人。

傅明予自落座后便没说话，大家都看得出来他兴致不高，除了几个特别熟的譬如祝东，其他人也不敢去主动搭话。

酒过三巡，一桌子的话永远说不完，无休无止。傅明予有些烦，想提前离席。

就在他心里想着寻找合适的机会开口时，突然有人朝宴安抬了抬下巴。

"宴总，你上次说的那个女飞呢？这都过去多久了，追到手了吗？"

傅明予看了宴安一眼，复又端起面前的酒杯，放到嘴边，只浅尝一小口。

"吹了吹了！"

宴安其实也没喝多少，但是失意人能将三分酒意化作七分，这会儿他也没什么顾忌，把心头郁闷说了出来："都怪常孝艺，前天早上冲到人家家里去闹，把人惹急了，昨天晚上就跟我说拜拜了。"

"这就跟你说拜拜了？"

"废话，昨晚让我死得明明白白的。"

傅明予放下酒杯，拿纸巾擦了擦嘴角那并不存在的酒渍。

虽然这么说不好，但傅明予知道自己现在有些开心。胸腔里憋了一天的郁闷，也在这一刻尽数散去。若是不隐藏笑意，让人看出来，落个幸灾乐祸的罪名就不好了。

那边的对话还在继续。

“你真就这么算了？女人嘛，很多时候要哄的，她说算了就算了，那还算什么追啊？你不再试试？”

“本来我昨天回家的时候还在想，等她消气了我再去哄回来。”

宴安说到这里顿了顿，全桌的注意力都在他身上，等着他的下文。

自然也包括傅明予。

只是他慢条斯理地品着酒，表现得不那么明显罢了。

宴安有些为难，本来不想当着这么多人的面说。

但是大家都看着他，而他酒劲儿一上来，也就不管那么多了。

“昨晚她还在朋友圈分享了一首歌，我点进去听了下，觉得她在骂我，算了，这真的算了，她这么看不上我，我还自找什么没趣。”

有人问他是什么歌，他自然打死也不肯说了。

而傅明予不动声色地拿出手机，点进阮思娴朋友圈，果然看见昨晚她分享了一首 *GQ*。

散场后，夜色已浓。

傅明予喝了些酒，倦意再次上头。

他闭目养着神，开了点窗，让夜风吹进来驱散酒劲。傅明予突然想到什么，拿出手机，再次点进阮思娴朋友圈，打开了那首歌。

两秒后，一段极其……有个性的歌声在车内响起。

车内很安静，所以这段音乐在傅明予耳里格外清晰。

——每一个单词都很清晰。

这首歌意思很简单，就是歌者在表达对追求者的不屑。

歌声戛然而止。

司机从后视镜里看了一眼脸色不对劲的傅明予，一个字也不敢说。

傅明予捏着手机，沉着脸看着窗外。

不是他多想，而是他非常怀疑，阮思娴究竟是在骂宴安，还是骂他？

回到湖光公馆时已是夜里十点半。

这个时间算不上深夜，但四周已经很安静了。车平稳开到门口，傅明予抬头看了一眼，只有一楼的灯亮着，偶尔灯下有身影晃动。

大门紧闭，而傅明予跨上第一层台阶时，里面响起几道挠门的声音。

随着罗阿姨打开门，豆豆拔开腿扑出来，在傅明予腿边转。

傅明予没有急着进去，弯腰陪豆豆玩了会儿。

贺兰湘裹着一条披肩走出来，靠在门边瞧了一会儿："好了，你罗阿姨要带豆豆去滴眼药了，都进来吧。"

傅明予闻言，掰着豆豆的头看了会儿："病了？"

"眼睛发炎。"贺兰湘斜他一眼，"自己的狗也不关心，病了都不知道。"

说完便朝里走去，傅明予回头问罗阿姨："她今天心情不好？"

罗阿姨讳莫如深地看了一眼贺兰湘的背影，悄悄点了点头。

进了屋，罗阿姨找来药水，唤着豆豆去一旁上药。

"我来吧。"傅明予从她手里接过药水往沙发走，豆豆摇着尾巴跟着他。

贺兰湘坐在沙发上翻书，默不作声。

一屋子安静得很，只有豆豆时不时叫唤两声。

到底是狗，平时再乖，到了上药的时候还是不老实。

傅明予几次没把药滴进去，不耐烦地搁下药水，对一旁的罗阿姨说："还是你来吧。"

豆豆已经五岁了，刚出生两个月就被送来了傅家。

一开始贺兰湘不确定养不养，她不喜欢猫猫狗狗，但是又觉得平日里一个人在家寂寞。大儿子傅承予常年驻扎国外事业部，一年到头见不了几次面。小儿子倒是在国内，不过也跟不在没什么区别，人杵在面前也没几句话。

那时候贺兰湘犹豫不决，反而是傅明予说可以留下。

到如今豆豆也五岁了，平日里它和傅明予亲近，傅明予也对它极有耐心，偶尔还会亲自给它洗个澡。像今天这样不耐烦的样子，倒是第一次见。

贺兰湘侧目看他："今天工作上遇到不顺心的事了？"

"不是。"

"那你怎么了？"

"没什么。"

贺兰湘用力翻书，冷冷地看他："年龄越大越闷。"

傅明予不再搭话，起身准备上楼。

做家政的阿姨拿着一些杂物经过他身旁，他余光一瞥，看见阿姨手里拿着一个打开的盒子，里面整齐地叠着一条丝巾，上面绣着一个"娴"字。

也就顿了那么一秒，阿姨敏锐地发觉他的目光，停下问："怎么了？有什么问题吗？"

傅明予问："这是什么？"

以他对贺兰湘的了解，她一般不用绣着字的丝巾。

即便有，也只会是品牌为她定制的绣着"湘"字的衣物。

果然，一旁的贺兰湘说道："别人送的礼物。"

说完，她翻了翻手里的书，低声念叨："也不知道在显摆什么，谁会戴绣着别人名字的丝巾？要不是看图案实在漂亮，我就拿去擦桌子了。"

听贺兰湘语气里有着吐槽的欲望，傅明予赶紧上楼。

可惜天不遂人愿，他走到一半，还是被叫住了。

"对了，你不提这个我都忘了。"贺兰湘放下书，抬头看傅明予，"郑总和他夫人下个月结婚纪念日，邀请了咱们，但是你哥和你爸最近都不在国内，我想着别人也就算了，郑总这边邀请，光我露面不合适，你记得一起去。"

贺兰湘口中的郑总是做酒店起家的，和航空公司自然也都是合作伙伴，这点其实不用贺兰湘提醒，傅明予自然会露面。

"还有，你那天然珍珠项链……"

贺兰湘突然转变了笑脸，揶揄地看着傅明予："我看都在家里放好几天了，你还送不送人啊？"那天她问了傅明予一句，心里推测他是买来送人的。

项链嘛，自然是送给姑娘，而这天然珍珠价格不菲，可见那位姑娘身份自然不一般。谁知过去几天了，那珍珠就放在家里动都没动过。

贺兰湘只开了一盏暖黄的落地灯，而傅明予已经走到楼梯上，隔这么远，看不清他的神色，只听他说：“给郑夫人送去吧。”

贺兰湘轻哼了声，略有不满，嘀咕道：“也不知道人家看不看得上这些俗物。”

郑夫人便是送了贺兰湘丝巾的人，名叫董娴。她是个画家，搞艺术的，和贺兰湘这种开个画廊都是为了赚钱的人不一样。

但贺兰湘和她也不算不对付吧，毕竟她们这样的人，总是要维持表面的和谐。

只是贺兰湘平日里就是有些看不惯她的假清高。

比如她这次送的丝巾，看起来好像云淡风轻地给朋友们送了些不值钱的礼物，重在心意，上面的图案是她自己画的。

可谁不知道，为她设计并制作丝巾的品牌是出了名的难搞，连贺兰湘都还没有这家定制的丝巾呢。

思及此，贺兰湘又想：也不知道二婚有什么好纪念的，我还不想让儿子去呢，多不吉利。

幸好傅明予走得快，不然他又要听贺兰湘念叨，本就不好的心情更是火上浇油。而他去了二楼，看见被罗阿姨归置好的那串珍珠项链，心头更是烦躁。

这条项链确实是为阮思娴买的，价格也确实不菲。

那次去临城，登机的时候知道了阮思娴的过往。后来又因为工作直接去了巴黎，回来的时候，他便想着和阮思娴谈一谈。

或者说，跟她道个歉。

而傅明予的人生中，对于道歉一事，实在经验不足。

所以他想，挑选个贵重的礼物，外化他的歉意，免得那位祖宗又因为他的少言寡语而觉得他诚意不足。

可是现在，傅明予脑子里还回响着那首歌，同时还浮现出这段时间的种种。

突然就觉得，没必要，完全没必要。

还道歉？本身就不是他一个人的错，能容忍她一次又一次，已经是他最大的退步。何况阮思娴的所作所为早已超过他的忍耐极限。

与此同时，因为天气原因延误了好几小时的航班终于起飞。

之前等候的时候，乘客情绪不稳，乘务组安抚不下，后来还是机长亲自出面才稳下乘客的情绪。

进入平飞巡航状态后，范机长要了一杯茶，慢悠悠地喝了一口，问俞副驾："你什么时候结婚来着？"

"明年。"俞副驾笑着说，"怎么，要给我传授什么经验吗？"

范机长连连摆手："没有没有，女人结婚了都一个样，你只管当孙子就行了。"

说完又回头问阮思娴："小阮，你有男朋友吗？"

还没等阮思娴回答，俞副驾就说："又来了又来了，范机长，你才五十出头，怎么就开始爱做媒了？该不会每天下了飞机其实没回家而是去跳广场舞了吧？"

"去！"范机长佯装给他一巴掌，又笑呵呵地说，"我就问问嘛，小阮这么优秀，应该有男朋友吧？"

阮思娴说没有，范机长点了点头，没再说什么了。

可是过了几分钟，他还是按捺不住，又回头问："那个……我儿子今年二十四，比你小一岁，但是研究生马上就毕业了，工作都签了，在研究院。"

"来，我帮你说下一句。"俞副驾接着说道，"小阮呀，你要不要跟我儿子认识认识呀？"

范机长也不反驳，笑眯眯地看着阮思娴。

昨天才刚走了一个宴安，阮思娴是没空再接触一个了，却又不好直接说。

"我现在……不太考虑那方面。"

"啊？"俞副驾惊诧地问，"还不考虑啊？"

范机长瞪他一眼，说道："没关系没关系，事业为重，那要不你跟我说说你喜欢什么样的，我帮你留意留意，我还是认识很多单身的机长啊研究员啊，都是些有为青年。”

说是帮阮思娴留意，其实还是想听听阮思娴的择偶标准，看看自己儿子合不合适。

在两人好奇的目光下，阮思娴垂眸想了想，脑海里竟奇怪地浮现出一张脸。

“我喜欢谦逊的、有自知之明的。”

范机长问：“就这？太抽象了，有什么具体点儿的？职业、身高、长相什么的。”

他看见阮思娴不知想到了什么，表情奇奇怪怪的。

“职业啊，正经点儿就行，不需要挣太多钱。身高不用太高，我不喜欢太高的，至于长相……”她顿了顿，“普通就行。”

——不然容易自恋。

俞副驾说：“你这些要求都不高啊，看来你是个很重感觉的人。”

阮思娴没再说话。

谁谈个恋爱不是重感觉呢？可惜偏偏感觉这东西是最难捉摸的。

两小时后，飞机在江城降落。

由于延误，阮思娴到家已经凌晨两点了，洗了澡倒头就睡，一夜无梦。

紧接着六月到来，意味着航空旺季开始，航班越来越多。

阮思娴每天的日子就是机场和家两点一线，偶尔有时间去卞璇店里坐一坐，一眨眼大半个月就过去了。

这天早上，阮思娴出门跑步，等电梯的时候看到数字停在十八楼。

她突然想起，好像这大半个月都没在名臣见到过傅明予了。

出差了？好像不是，前两天她还在公司里匆匆瞥见过傅明予的身影。

正想着，电梯门突然打开，阮思娴差点儿以为自己出现幻觉了。不是吧，说曹操曹操到？

电梯里，傅明予自然也看见了阮思娴。视线交错了片刻，他便移开目光，不再有别的什么动静。

他昨晚忙到三点，而今天早上又有个会议，便来这里住了一晚。

其实以往一直是这样的。

阮思娴走了进去，和他分站在两边，一时间两人都没说话，好像都不认识对方一般。

密闭的狭小空间内，这气氛着实让人尴尬。

电梯平稳下行，到了八楼停下。阮思娴突然就有一种不好的预感。

自从上次那只拉布拉多从八楼进来，她就记住了这个楼层，每次坐电梯看到在八楼停下时，她都会紧张一阵。

电梯门缓缓打开。

阮思娴：“……”

她今天还真是想什么来什么呢。而且今天这只拉布拉多更精神了呢。一进来就在电梯里活蹦乱跳，还在阮思娴裤子上挠了一爪子。

阮思娴吓得差点儿叫出来，退到角落里靠紧了墙。

这次出来遛狗的是个年轻女孩子，按不住狗，只能抱歉地看着阮思娴。

而一旁的傅明予，不动声色地看着手机，似乎根本没注意到这一幕。

不行，要窒息了。

阮思娴想伸手去按电梯，她想立刻出去等下一趟，可惜她人站在角落里，又不敢挪动，手根本够不着。

就在这时，一直默不作声的傅明予突然动了。

——他只是伸手按了五楼的电梯。

正好电梯刚到六楼，傅明予按完后没几秒，电梯便停在了五楼。

电梯门缓缓打开，傅明予微微侧头，看向阮思娴，垂着眼眸，下巴朝门口微微一抬。意思是，您可以请了。

阮思娴根本没注意到他表情有多么微妙，两三步就跨了出去。

心神微微定下的同时，她松了口气，想跟傅明予说声谢谢。然而她一转身，就见电梯门正在关上。

而傅明予依旧垂眸看着手机，没有表情就是他的表情。

第八章

误会大礼包

阮思娴再次从电梯里出来时，傅明予的车刚刚驶离她的视线。

看着汽车离去的方向，阮思娴出了会儿神。

在那一分钟内，她盘算着自己什么时候才有时间去考个汽车驾照，再买个汽车，免得以后这么晒的天还要在太阳底下等车。

没办法，六月的气温飙升得太快，根本没给人缓冲的时间，而江城是个火炉城市，这样的高温将持续到十月。

门口只有保安亭的屋檐可以遮太阳，阮思娴就站在那里等车。

她刚站定，身旁就多了个人。起初只是瞥见那人穿的制服有些眼熟，回头一瞥，两人都愣了下。

倪彤拉着飞行箱，和阮思娴对视一秒，然后移开了目光。

几分钟的沉默后，阮思娴先开了口。

“你也住这儿？”

“……不是。”倪彤眼神四处飘，就是不看阮思娴，“我闺密住这里。”

阮思娴“哦”了一声，又不说话了。

不一会儿，阮思娴手机显示她约的车马上就到，她可以去路口等着上车了。

临走时，她回头看了倪彤一眼：“你约到车了吗？”

倪彤闻言看了下手机，现在早高峰，她还在排队，前面还有四十多个人。

“……没有。”

“走吧。”正好阮思娴约的车到了，她朝倪彤挥挥手，“你再等下去说不定又要迟到。”

“……不会，我今天提前了两小时。”

“行吧。”阮思娴朝前走，“那你就晒着吧。”

屋檐虽然能挡光，但紫外线也防不住的。

她们这些高空作业的平时就特别注意防晒，否则皮肤会老得很快。

倪彤在大太阳底下排队等车和蹭阮思娴的车之间犹豫了两秒，拉着飞行箱悄悄地跟上去。

她昨天看过这周的飞行任务了，好巧不巧，下周有国家队运动员包机出战，她和阮思娴刚好就排到了那一趟航班。反正到时候都要合作，还僵持什么？

上车后，两人分坐两端，没人说话。

阮思娴低头看手机，而倪彤偷偷看了她几次。

对上次在电梯里的事情倪彤还耿耿于怀，可是过两天要合作了，总要提前缓和一下关系吧。说点儿什么呢……

倪彤舔了舔唇角，突然开口道：“你真的在追傅总啊？”

阮思娴抬起头，没看倪彤，直接对司机说：“师傅，麻烦靠边停车，有人要下车。”

“欸欸！”

倪彤急了：“这前不着村后不着店的，你怎么这样啊！”

“我就这样。”阮思娴瞥她，“要不你就闭嘴。”

倪彤敢怒不敢言，又靠车门挪了挪，心想早知道就不上这趟车了。

一路沉默到下车，倪彤把飞行箱搬下来，回头一看，阮思娴都走出去老远了。

“什么人嘛……”

倪彤愤愤跟上去，和阮思娴在电梯口分道扬镳。

阮思娴今天休假，但是有一个安全讲座，所有不在航班的飞行员还有机务都要参加。

休息时间被占用，许多人心里都有怨言，讲座又枯燥，专家洋洋洒洒说了几小时，好不容易熬到结束，已经是中午了，想睡个回笼觉也不成。

听讲座的时候，阮思娴和一个机务坐在一起，偷偷聊了两句，发现两人竟然是一个高中的。对方比她大几届，阮思娴高一的时候他已经毕业了。

“你中午回去吗？要不一起去食堂吃饭？”出来时，机务问道。

阮思娴说不去：“我下午还有点儿事。”

“行吧。”

阮思娴走路向来目不斜视，快到电梯时，机务突然拉了一把她的手腕。

“怎……”话没说完，阮思娴看见一行人从另一边直奔电梯而来。

为首的是傅明予，他一手插着兜，侧头垂首看柏扬端在他面前的iPad，脚步不急不缓，身后跟的七八个人面色严肃。

阮思娴被机务拉着退了两步，让出了电梯门口的位置。

她看着傅明予从她面前经过，走进电梯，转身面朝外，目光冷冷淡淡，直至电梯门合上那一瞬间，眼神也未曾有什么变化。

嘿，挺好。阮思娴想，他可终于消停下来了。

出了世航大门，阮思娴打了个车，途经一家熟悉的花店，让司机停了会儿。

她下车走到花店门口，老板立即迎出来：“买花吗？”

“给我绑一束百合。”阮思娴说，“要开得好点儿的啊。”

“我们的花都是开得好的。”

店里有装饰好的百合，老板挑了一束给阮思娴：“一百五十八元，收你一百五十元吧。”

“行，谢谢老板。”

拿着花上了车，司机回头问了句：“去看故人？”

阮思娴闭着眼睛“嗯”了声。

车慢慢开向郊区。

山路崎岖，司机开得慢，晃了近一小时才到目的地。

阮思娴下车后，轻车熟路地进了墓园，找到了那一座墓地。

其实刚刚还有几米远的时候她就看见碑前放着一束花，走近一看，果然是一束新鲜的百合。

阮思娴弯腰把那束花捡起来，丢到碑后。

花落地的那一瞬间，散落了几朵摊在地上。

阮思娴看着那花，叹了口气，又捡起来重新放回碑前，然后把自己买的花也放到旁边。

她从包里拿了一张报纸铺在地上，盘腿坐上去，盯着墓碑上的照片看了许久。

照片上的男人淡淡地笑着，眼神温柔，五官俊秀，和阮思娴一样有着狭长的眼睛、高挺的鼻梁，就连唇角的弧度都如出一辙。

阮思娴坐了好一会儿才从包里拿了个小盒子出来捧在手心。

“爸，这是我的肩章。”她打开盒子，放到碑前，“现在三道杠，再过两年就四道杠了。”

说了两句，不知道说什么，阮思娴又沉默下来。

好几分钟后她才又开口：“太可惜了，你没坐过飞机，要是多坚持几年，说不定还能坐坐我开的飞机，带你出国转转。”

烈日当空，连风都是热的，可是在这空寂的墓园里，却始终有一股清冷的感觉。

阮思娴垂着头坐了许久，几片叶子落在她脚边。

她捡起来捏了捏，又说：“爸，你别看飞机那么大一架，上了天也就跟这叶子差不多。你不知道，上个星期有一次返航，差点儿碰到积雨云，幸好机长厉害，成功绕行了，但还是差点把我吓死，那玩意儿太恐怖了。”

风吹动杂草，发出沙沙的声音。

阮思娴的声音变得有些沙哑：“还有这几天晚上风特别大，窗户外面吹得哗啦啦的，我总觉得有小偷翻墙进来了，虽然我现在住十几楼，小区里还有保安，但我还是以为我还在咱们家那边，经常有小偷翻窗户偷人家东西。”

“唉，不说这些了，你都不知道积雨云是什么。”阮思娴揉了揉眼睛，从包里翻出一本书，“我给你读会儿诗吧。”

不知是哪家祭拜的后人放置的挂纸被风吹散，飘到了阮思娴身上，她浑然不觉，细细沙哑的声音在这座墓园里断断续续。

身后的风不止树不静，天上的云聚了又散，艳阳渐渐收敛了光芒，在时间的驱使下悄然落于西山。

当时钟指向七点，一下午就这么过去了，有两个负责打扫的老人拿着扫帚四处转悠着，布鞋踩过草地，声音竟也清晰可闻。

与此同时，江城国宴酒店，星月灯火，交相辉映，暗金色的大门外四个身着燕尾服的侍者依次站立，白手套一抬，将宾客引入一片浮光跃金的世界。

室内灯火辉煌，新鲜的淡粉百合花无处不在，或是包裹着圆柱，或是盛开在桌上，或是拥簇在糕点旁边，满室缤纷，大提琴与钢琴声袅袅不绝，客人交谈声喧而不乱，竟碰撞出一种奇妙的融洽感。

一辆黑色宾利缓缓停在门口，两个侍者立刻上前，分别拉开左右两道车门。

傅明予先行下车，略等片刻，贺兰湘便从另一旁过来，挽住他的小臂，在燕尾服的引领下朝里走去。

贺兰湘脚未踏进去，视线先巡视一圈，抓住了今天的主角。

贺兰湘小声哼哼道："我就知道，她今天又穿一身素，柔柔弱弱地站在哪里，四两拨千斤，就显得我浓妆艳抹像只孔雀。"

傅明予抬手扶她上阶梯，并未去看贺兰湘眼里的人。

贺兰湘提着自己湖蓝色的高定鱼尾裙摆，娉婷前行。

母子俩出现，顿时吸引了一众宾客的注意，主人家自然也看到了。

眼看着董娴朝她走来，贺兰湘小声道："今天连口红都不涂了，看起来倒像是我的结婚纪念日一样。"

傅明予端看前方，却轻声道："你既然这么不喜欢她，以后别出席她的晚宴了。"

"那不行，我的画廊还要跟她合作呢。"

说完，贺兰湘如同变脸一般，端着一副笑脸迎了上去："郑太太！你今天这裙子太漂亮了！"

傅明予见状，揉了揉眉心，驱步跟上。

董娴和贺兰湘寒暄一阵，又看向一旁的傅明予：“你送的项链我收到了，我很喜欢，你费心了。”

“他费什么心呀。”贺兰湘接着说道，“都是我选的，他哪儿懂这些。”

傅明予在一旁点头，附和他亲妈说的话。

招呼打完了，贺兰湘和傅明予有不同的交际圈子，自然分头行动。

端着托盘的侍者经过傅明予身旁，他取了一杯，转身回望，看见和贺兰湘并肩而立的董娴身影，竟有片刻的晃神。

他凝神看过去，从她的侧脸看到了另一个人的影子，在心头荡漾开来，最后竟化作一阵烦闷。

那股烦闷这些天时时出现，在他闭目养神的时候，在他独自吃饭的时候，抓不住，摸不透，比这闷热的天气还让人躁郁。

而另一边，贺兰湘看着朝董娴款款走来的女子，笑道：“好久没有见到幼安了，上次画展也没见到，上哪儿去了呀？”

董娴被郑幼安挽着手，啧啧叹道：“长大了，在家里待不住，成天往外跑，上次画展的时候跟着老师去澳洲采风了，昨天才回来。”

“孩子长大了是这样的。”贺兰湘指着前方的傅明予，“我家那个也是，一年到头也不见在家待几天，这不，下周又要去西班牙出差，不知道又要走多久。”

郑幼安闻言问道：“他下周要去西班牙吗？”

“对啊，怎么了？”

郑幼安抿着唇没说话，董娴抬头看了一眼傅明予，说道：“幼安下周也去西班牙，不过这次她不跟老师了，要一个人去，拦都拦不住。”

“不错呀。”贺兰湘上下打量郑幼安，心想我儿子天天到处飞，有什么好拦的，不过说出来的话却是，“幼安学摄影的，以后少不了全世界到处跑，你习惯就好了。”

董娴说：“毕竟是女孩子，还没放她一个人去过那么远的地方，总是不放心的。”

贺兰湘没女儿，不能体会董娴的心情，只能随意敷衍：“也没什么不放心的，到哪儿都有司机接送，安全得很。”

话都说到这里了，董娴随口问道：“傅明予他怎么去？”

这次傅明予是去视察西班牙营业部情况，随行的人多，自然是坐私飞。董娴听了，便说要不顺便带上郑幼安，她也放心些。

本来不是多大的事情，不管贺兰湘怎么想，也得当场应下来。只是事后有一点担忧，害怕傅明予不高兴，怪她擅作主张。

但傅明予知道这件事后，也没什么其他的情绪。不过是多带一个人而已，仿佛就是多带一件行李，他压根儿不会在这种事情上分一丝心神。

第二周的星期三清晨，阮思娴拉着飞行箱大步前行，整个机组的步伐都很快。

因为是包机，需要在商务航站楼登机，路上虽然没有闲杂乘客，但是距离更远。

倪彤带着乘务组跟得有些吃力，在后面嘀咕了一句：“走那么快干什么……”

却不想阮思娴听到了这句话，回头看她：“你腿短吗？”

倪彤一听就瞪大了眼睛：“我脱鞋一米七好吗！”

“我也一米七。”阮思娴说，“怎么比你快那么多？你说是不是你腿短？”

倪彤无法反驳，又气得说不出话，只能扯着嘴角僵硬地笑。

她的表情反而把阮思娴逗笑了，放慢脚步，走在她身边，跟着飞行学院里一群男人学的逗女孩子的习惯不知不觉又来了：“你测过比例吗？腿长有没有一百啊？”

“我一百一！”

“没有吧，我估计最多就九十五吧。”

倪彤别过头翻白眼，懒得理她。

阮思娴说完，也不再逗她。

一行人走到转角，突然见前方迎面走来七八个人。

虽然目前还隔着十几米，但阮思娴远远就认出来，走在最前面的是傅明予。

那股一如既往，天大地大老子最大的气场，除了他还能有谁？

唯一特别的是他身边跟了一个女人。

穿着裸粉色连衣裙，长发飘飘，头上顶着白色编织帽，一副出门游玩的模样。

阮思娴撇了撇嘴角。跟女人出门玩还带这么多人，也不嫌灯泡多。

还以为最近多忙，人影都看不见，原来是陪女人，怪不得最近看起来有些憔悴，怕是真的有点儿虚。

随着双方相距越来越近，视线相撞，阮思娴不动声色地移开目光，假装没看见，嘴角翘起，讥诮地笑着。

可惜最前面的机长都停下来跟傅明予打招呼了，阮思娴也不得不停下来。

她看向傅明予的那一刹那，余光瞥见一旁的郑幼安。

随后面色一顿，嘴角的弧度慢慢垮了下来。

郑幼安很瘦，纤长的脖子上挂着莹润的粉钻，衬得她皮肤越发白嫩。裙子下的小鸟腿踩着一双细高跟，极具娇弱的美感，一看便是捧在手心长大的公主。

阮思娴目光微闪，紧紧抿着唇，压着心里的酸涩，想移开视线，却又总忍不住去打量她。

其实这是她第一次见到郑幼安。

以往，她只是偶尔会去翻一翻她的微博，看看她平时的生活。有那么一点偷窥的感觉，阮思娴一直深深地埋着自己心里这一处阴暗面。

她想看看自己的妈妈跑去做别人的妈妈，是不是做得很好。

事实证明，她总是做得很好。

郑幼安应该早就接受了董娴，并且从她身上得到了缺失的母爱。

看她晒国外旅行的照片，看她晒和家里的猫猫狗狗的合照，看她晒生日宴会的照片，所以阮思娴能在今天第一次见面，就认出她来。

阮思娴失神略久，连郑幼安都感觉到了她的目光久久停留在自己身上，于是不自觉地退了一步。

和机长短暂聊了几句的傅明予似乎是感知到了什么，看向阮思娴，正好和她强行移开的视线对上。

而阮思娴却是不想让他看出什么，别开了头，看着远处。

但视线交错的那一瞬间，他还是看见了阮思娴眼里复杂的情绪。

两方人各自前往登机口。走出几步，傅明予突然回头，看见向来挺拔的阮思娴，此时的背影竟然有些落寞。

“怎么了？”郑幼安问。

“没事。”傅明予转身继续前行。

上了飞机，爬上高空，直到平飞状态。此次一同前往西班牙的员工全都各司其职，在飞机上也没闲着。

而闲着的只有傅明予一人。他面前放着不少材料，却一直没看进去。脑海里一直是阮思娴刚刚看着郑幼安的眼神，以及她的背影。

突然，身旁一道音乐声打断了傅明予的思路。

郑幼安捂着 iPad，抱歉地说：“不好意思，耳机没插好。”

傅明予目光扫过她的脸。

片刻后，突然回过神来。胸口憋了许久的郁气也一瞬间消失殆尽。

半晌，他拿起手机，转发了一条新闻给阮思娴。

这个时候，阮思娴还没有起飞。新闻是阮思娴即将降落的地方的暴雨预警。

几分钟后。

阮思娴：？

傅明予：记得带伞。

阮思娴：……

阮思娴：傅总，你带着女朋友出门，又来关心我，不太合适吧？

傅明予看到这条消息，终于证实心中的想法。他鼻子里溢出一声轻哼，自己都没发现他脸上有了笑意。

飞机落地马德里时已是第二天凌晨两点。

在这期间，贺兰湘给傅明予发了好几条语音消息。

什么时候到？

那边天气怎么样？

也不知道现在欧洲那边是不是有点儿乱，你平时注意一下，保镖该带就带。

絮絮叨叨的话题最后如傅明予所料，来到了他旁边那位女孩身上。

郑幼安路上还好吧？

她爸妈安排了人接她，你也别多操心了，下飞机了就好好休息，你这段时间太累了。

傅明予看到这条消息时，简短地回了两句。

到了。

我也没那么多闲工夫操心别人。

顺便捎上郑幼安，是贺兰湘答应下来的，而傅明予也没有异议。但这并不代表他有什么其他意思，母亲大人的担忧是多余。

在关于郑幼安这件事上，傅家有小小的分歧。

去年贺兰湘生日，董娴带郑幼安出席，那是傅明予和郑幼安第一次见面。

郑幼安被董娴带过来和傅明予打招呼时有些腼腆，声音细细小小，傅明予出于礼貌一直看着她，频频笑着点头。

其实他是好几次没听清她在说什么。

而这一幕落到另一旁的傅博庭和郑泰初眼里，两个父亲都觉得看起来甚是般配。

从此便有了撮合的意思。

傅博庭自然也跟贺兰湘说了这个意思，当时贺兰湘拿出了一副端庄识大体的笑容，说傅博庭这个想法不错。两家孩子年轻合适，郎才女貌，要是能凑一对，对两家的公司也是大有好处。

然而贺兰湘的内心却是一万个不愿意。

她对郑幼安没什么意见，甚至有一点喜欢这个小女孩，但是——要她跟董娴做亲家？她宁愿自己儿子一辈子不结婚！

不，这个恶毒了一点儿。

但是她一想到如果傅明予跟郑幼安真的成了，以后她跟董娴见面次数一定会增多，这未来的生活简直要窒息了。

好在郑幼安一直在国外读书，傅明予又忙，想撮合也没什么机会，一年多下来，两人见面不过两次。

可是现在郑幼安毕业回国了，还越长越漂亮，笑起来一对梨涡甜死人，哪个男人经受得住啊？

思及此，贺兰湘开始展望自己未来的生活，要和董娴一起参加婚礼，一起上台致辞，以后还要一起参加孙子的满月酒、周岁礼，甚至每年过年两家都要聚在一起，她还要装出一副亲家情深的样子。

这日子真的太难了。她到底做错了什么要跟董娴做亲家？

如果上天这时候安排一个真命天女抓住傅明予的心，她愿意吃素一年以表谢意。

此时，飞机正在滑行，速度渐渐慢下来。

傅明予侧头看了一眼旁边座位的女人。

在着陆前半小时，她就忙了起来。也不知道从哪里变出来一个小包，掏出来一堆瓶瓶罐罐，一会儿脸上拍一下，一会儿又蜷起身体往脚上抹东西，最后又往脖子上涂东西。

她仰着头，脖子白得晃眼。

傅明予瞥到这一幕，突然想起，阮思娴的脖子也很长很挺拔，像天鹅一样，总是高高昂着。

今天是第一次见她垂头丧气的模样。

傅明予神思飘远，觉得好笑又好气，完全不知道自己的眼里竟然溢出毫不掩饰的笑意。

笑意蔓延，连人也变得柔和了。

傅明予看着手机，十几小时前发出去的消息阮思娴还没回，竟也没觉得生气，反而又发了一条过去。

傅明予：为什么不回消息？

阮思娴收到这条消息的时候刚刚到家。因为暴雨，航班延误，经历了十几小时才返航，这会儿才刚刚回家。

她还把倪彤带回来了。

说起这个，阮思娴也有些无语。

最近天气热，倪彤贪凉，连续几天狂喝冰饮，报应就在今天来了。返航途中，倪彤例假突然来了，小腹一开始只是隐隐作痛，后来便像有电钻在里面搅似的。

但她没说，咬着牙飞完了这趟航班，终于在下飞机的时候坚持不住，往墙角一蹲，站都站不起来。

大半夜的，她也不想麻烦别人，就说要去名臣公寓闺密家里。正好阮思娴住那里，最后就由她送倪彤过去。

可是到了门口，敲门没人应，打了电话才知道闺密回老家了。倪彤脸色已经成了菜色，蹲在地上话都说不出来一句，阮思娴只好把她弄到自己家里去休息。

一开始倪彤还不愿意，哼哼唧唧地说要回家。

阮思娴知道她介意两人初次见面的尴尬，不想去她家住，也不坚持，便说："那你自己回去吧。"

倪彤说走就走，扶着墙站起来，一步步往电梯挪。

阮思娴看着她背影，说："你裙子脏了。"

"啊？哪里哪里？多不多啊？明不明显啊？"

阮思娴大拇指和食指比出鸡蛋大小的圆圈："这么大呢。"

倪彤又看不见屁股，在去阮思娴家和带着血迹回家之间犹豫了两秒，说："那我去你家洗洗裙子吧。"

说是这么说，但是倪彤一到她家里就倒在床上起不来了，一边翻滚一边说着以后再也不喝冰水了。

阮思娴没理她，去厨房煮生姜红糖，她也是这时候才有空拿出手机看一看。

也是打开手机的时间巧，正好傅明予的消息弹了过来。

为什么不回消息？阮思娴觉得没什么好回的，因为他上一条发的是"她不是我女朋友"。

是在回答她上一条的话。阮思娴看到消息的时候，心想：关我什么事？而且搞得好像是傅明予在跟她解释一样。

如果回一个“哦，知道了”，那不是更奇怪吗？所以阮思娴索性不回了。可是没想到十几小时后他竟然来追问为什么不回。好像一定要从她这里得到一个答案似的。

阮思娴随手打了几个字敷衍他。

阮思娴：哦，打消消乐去了没看见。

这么说总可以了吧老板？没问题了吧？

然而消息刚刚发出去，傅明予居然秒回了。

傅明予：？

傅明予：不回消息很不礼貌。

阮思娴：“……”

不管是有意还是无意，阮思娴也骂了傅明予很多次了，什么“芬芳”都吐过了，他怎么会以为她对他会彬彬有礼？

阮思娴：您是第一天认识我吗？我有礼貌这个东西吗？

傅明予：阮思娴，你见好就收，我没那么多耐心给你消磨。

阮思娴：？？？

跟这个人说话好累啊！到底是谁在消磨谁的耐心啊？

正好手边的水开了，阮思娴手忙脚乱地把红糖倒进去，也没耐心给他打字，按住语音键说了句“傅总，您现在很闲吗？您累不累啊？您不用工作吗？不用开会吗？飞了十几小时不用休息的吗？”能不能消停会儿？

发出去的同时，阮思娴听见身后有动静，回头一看，倪彤扶着门框，脸色苍白，双眼却炯炯有神。

“呃……我不是故意偷听，我出来上厕所。”

阮思娴没理她，转头搅拌锅里的红糖水。

倪彤迈着虚弱的步子朝厕所走去，经过阮思娴身旁时，犹豫了片刻，小声说道：“你不能这么跟他说话的。”

阮思娴：“什么？”

倪彤又说：“你这么问，很容易适得其反的，要懂得用方法。”说完她又虚弱地走进卫生间。

同时，傅明予回了消息。

傅明予：既然知道我很忙，就消停点，我下周六回来。

阮思娴：？？？

你回来就回来，跟我说干吗？意思是要我铺上红毯带上喇叭去欢迎您吗？世航官僚作风这么严重吗？

她关了火，非常认真地试图站在傅明予的角度去理解他的疯言疯语。

两分钟后，她选择放弃。但是她却想明白了倪彤刚刚说的话什么意思。

昨天倪彤还问她是不是在追傅总，所以倪彤以为她是在缠着傅明予聊天？为了验证自己的想法，倪彤出来时，阮思娴问："你刚刚说的话是什么意思？"

倪彤肚子难受，但为了感谢阮思娴今天的善举，也不是不可以提点她一下。

"你关心人也不能这么关心，要循序渐进，一次性问这么多，他会烦的。"

阮思娴："……"

"我关心他什么啊，我关心他棺材要滑盖的还是触屏的吗？"

"我好心指点你，你不听就算了，凶什么凶？"

倪彤觉得阮思娴这种人有时候简直不可理喻，捂着自己绞痛的肚子走到客厅，一屁股坐下去，感觉肚子更疼了。

阮思娴把红糖水端过来，杵倪彤面前。

倪彤不想喝，别开脸："我不想喝这……"

话没说完，她就看见阮思娴收回手臂，仰着头自己灌了一大口下去。一系列动作行云流水，一气呵成，完全不带犹豫的，让倪彤看得目瞪口呆。

"不喝算了。"阮思娴说完还坐下来，一只手拿着手机，一只手端着红糖水，时不时抿一口，看起来跟喝茶似的。完全无视了旁边的病人。

倪彤憋屈，但说又说不过，肚子还疼，只能委屈地蜷缩起来。

突然，她感觉到沙发末尾的阮思娴动了一下，以为自己的脚碰到她了，立刻蜷缩起来，力求和阮思娴没有肢体接触。

太可怕了。倪彤觉得自己以后不能惹阮思娴，这女人疯起来连老板都敢骂，指不定对她就敢动手。

打肯定是打不过的，倪彤听说过，阮思娴的体能测试很强。

阮思娴余光看见她的动作，笑了一下，起身去厨房重新倒了一杯红糖水。

“再不喝就凉了。”

倪彤接过，头埋进去，咕噜咕噜喝完，刚放下碗，阮思娴就递来一张纸。

“谢谢。”她低低地说了句，对面没应答。

两人就这么沉默地占据着沙发。

一小时后，倪彤妈妈来电了。

“啊……我走了啊。”倪彤拿起自己的东西站起来，“我好得差不多了。”

阮思娴头都没抬非常没有诚意地问：“要我送你下去吗？”

“不用不用，我妈妈来接我了。”

倪彤穿上自己的鞋，扶着门把手：“今天谢谢啊。”

阮思娴又非常没有感情地说了句“不用谢”。

倪彤觉得阮思娴这人虽然说话太冷吧但是心肠还是热的，于是临走之前还想再给她传授传授自己泡男人的经验。

结果还没开口，又听见阮思娴说：“多大的人了还要妈妈来接，自己都到了能当妈的年纪了。”

“……”

关你什么事啊？我永远都是宝宝！倪彤用力道控制得非常好的关门的声音，来表达自己的敢怒不敢言后，阮思娴终于抬起头看了一眼门。

屋子里瞬间又安静了下来，几分钟后，阮思娴走到阳台边，果然看到一个中年妇女牵着倪彤走了出去。

她觉得自己刚刚说话可太酸了，活生生一恶毒女炮灰的画风。

而女炮灰没控制住自己，时隔一个月，又点进了郑幼安的微博。

正好，十分钟前，郑幼安发了微博，是三张照片。

第一张照片，是透过窗户拍的外面的蓝天白云。

第二张照片，是叠在礼盒里的丝巾，上面绣着一个“娴”字，而图片上面用彩色字体写着“妈妈设计的丝巾”。

看到这里，阮思娴无声地叹了口气。

翻到第三张，是飞机内的情形。她没有拍全，只有座位一角，隐隐可见前方柏扬的身影。

还不是女朋友呢，不是女朋友你让人家坐你的飞机？不是女朋友你带人家去西班牙玩？

阮思娴在沙发上翻了个身，不回傅明予的消息了，继续打消消乐。

暑期的航运高峰如约而至，加上江城开博览会，世航加大运力投放，增开了多条航线。

而最近天气不好，大量客流与恶劣天气叠加，阮思娴忙得晕头转向，在保证规定休息时间的情况下，被排满了飞行小时。

正好今天的航班遇到雷暴天气，十天内机组要交书面报告，因为阮思娴即将脱离带飞阶段，机长干脆带着她和副驾驶在世航飞行部起草了飞行报告，算是手把手教他们。

忙完出来，太阳已经落山，天边仅剩一缕霞光照亮云层。

今天结束，她有两天的休息时间。只用了两秒钟，她已经安排好了这两天的行程——好好吃饭，去健身房，然后躺家里。

除非地球爆炸，否则谁也不能让她离开家一步。

往电梯走时，她抬头看了一眼墙上挂着的十个地区时钟。

竟然已经快八点了，时钟上面，还有当天日期：周六。

总觉得有谁提过周六来着，她在电梯前顿了顿。就多停留了一秒，正好让出来找她的柏扬得了机会。

见她要进电梯，柏扬赶紧在后面喊：“阮小姐！”

阮思娴一时没反应过来，跨进了电梯，机长在前面按了电梯门。

柏扬赶紧又喊了一声“阮思娴”，声音较大，路过的员工都侧目看了一眼。

机长立刻猛按开门键，阮思娴探头出去：“怎么了？”

柏扬远远地招了招手，见她不动，才走到电梯口。

“傅总叫你去一趟他办公室。”

“我？”阮思娴问，“有什么事吗？”

身后的机长也问：“是不是今天雷暴的事情？我已经起草报告了。”

柏扬说不是：“就是让阮副过去一下。”

机长和副驾驶的目光顿时聚集在阮思娴身上。

阮思娴后背一紧，这男人又要搞什么？然而这里是世航，傅明予叫她去办公室，她没理由拒绝。

阮思娴退出电梯，和柏扬进了另一部电梯。

这是她第一次来傅明予办公室。穿过一道自动感应玻璃门，过道旁边两排工位，坐着四个助理。

见柏扬带着阮思娴过来，其中两个人抬头好奇地看了一眼，但目光很快在柏扬打开傅明予办公室门的时候收回。

阮思娴走进去时，傅明予正在桌边脱西装外套。

见阮思娴来了，他动作微顿，回头看了一眼，没说话，又将脱到一半的外套褪下。手臂往后展时，胸膛的肌肉线条在衬衫后若隐若现。

他没注意到阮思娴的目光，放下外套，右手扯松领带，另一只手转动椅子坐下。

如果遮住这张脸，刚刚那一幕还挺性感的。不过，看他这副样子，好像也没什么正事要说的感觉。

果然，下一秒，他开口道：“没看手机？”

“没看。”阮思娴问，“怎么了？”

傅明予手里转动着一支笔，目光落在阮思娴脸上，淡淡扫过，开口道：“我等下有个视频会议，你等我一下，结束了我带你去吃饭。”

阮思娴：“……”

她愣了好几秒都没反应过来傅明予在干什么。

正要开口问，傅明予面前的手机响了。

傅明予不再看她，一边接电话，一边打开面前的笔记本电脑，以一种吩咐的口吻道："你在外面等我一会儿吧。"

他确实要忙了，阮思娴不多说什么，转身走了出去。

身后的门自动合上，隔绝了傅明予说话的声音。

外面有休息间，一个女助理端着茶水过来，让阮思娴先坐一会儿。

阮思娴下意识地接过杯子，喝了一口，屁股刚刚沾到沙发上时，脑子突然清醒了。凭什么傅明予叫她等她就等?

况且还不是什么正事，他说晚上去吃饭，又不是工作上的事情，这是她的私人时间！她刚刚是脑子抽了吗?

一定是因为身处办公室，四周气氛太严肃，傅明予又坐在办公桌后，让她有了一种上下级的阶级感，所以才会乖乖地出来等。

阮思娴感觉自己被摆了一道。

还带她去吃饭呢，她是没长腿还是没长嘴?而且她越想越不对劲。一起去吃晚饭?

为什么啊?他们好像不是能约饭的关系吧?她工作上也没出现任何错漏，今天的雷暴也主要是机长负责，跟她没什么关系。

阮思娴想不明白，眉头拧到一块，疑问都写在脸上。

女助理见状一愣，忙上来问："是不是茶太烫了?"

"啊?"阮思娴回过神，摇头，"没有，茶温正好……"

女助理松了口气，笑道："那就好，那我不打扰你了。"

女助理走后，阮思娴拿出手机，翻了翻微信，果然看见傅明予在一小时前给她发了消息。

傅明予：我回来了。

回来了为什么要给我报备?她放下茶杯站起来，面朝傅明予办公室的门，一股本能的感应在心里慢慢蔓延。

阮思娴对男人这种示好再熟悉不过，她不至于连这种情况都猜错。

所以，傅明予——是想泡她?

傅明予这个渣男，刚刚跟别的女人从国外回来就马不停蹄来泡她?

还用这种命令的语气?

半小时后，傅明予从办公室出来。

目光一扫，除了四个助理以外，再没有其他人。

傅明予看向负责接待的女助理，问道："她呢？"

女助理站起来，犹豫了片刻，说："阮副说……她不等您了，先走了。"

虽然傅明予已经猜到是这样，但是亲耳听到助理这么说，还是揉了揉眉骨。

女助理悄悄打量他的表情，庆幸自己转达阮思娴说的话时，换了一下措辞。

——"告诉你们傅总，他一个人吃去吧！"

阮思娴回到家里，没力气换制服，脱了鞋子，倒在沙发上。她望着天花板，感觉自己肺都气疼了。

心里骂了傅明予一百八十遍后，门铃声阻止了她骂第一百八十一遍。

阮思娴坐起来喊了一声："谁？"

外面一道陌生声音："您的外卖到了。"

阮思娴想起自己回来之前确实点了外卖，于是一骨碌坐起来去开门。但是站在门口的人却没有穿着黄色制服，而是一身黑色西装。

对方手里提着两个大袋子，递给阮思娴。

"您的外卖，祝你用餐愉快。"

阮思娴愣了一下，她点的是煲仔饭啊，店家是真的给她煲了个仔吗这么两大袋？

"你是不是送错了？这不是我点的吧？"

"阮思娴小姐，是吗？"

"是啊。"

"那没送错，就是您的外卖。"

阮思娴接过两个袋子，关上门，摆到桌上，拿出里面两个木质餐盒，上面雕刻着"西厢宴"三个字。

她知道这是附近一家高级中餐厅，可是她没点过啊。

正犹豫着，门铃又响了。阮思娴这次没问，去监视器看了一眼。

果然，这外卖是他点过来的。

阮思娴在监视器里看着傅明予，却一直没开门。久久没有等到开门，外面的人又按了一下门铃。

阮思娴兀自点点头，行吧，看看你想干什么。她打开门，手撑着门框，横站在傅明予面前。

“傅总，有事吗？”

傅明予的西装外套搭在手上，领带也摘了，衬衫解开了两颗，眉目垂着，不复平时凌厉的气场，反而有些疲惫。

“外卖到了吗？”声音也有点沙哑。

“到了。”阮思娴说，“您几个意思啊？”

“我不是说了晚上一起吃饭吗？”

“不是，我不是说这个，你刚跟女朋友从西班牙玩回来，又来约我吃饭，什么意思啊？”

“我跟你说过了，她不是我女朋友。”

傅明予坐了十几小时飞机，到了世航又开了视频会议，随后直接来了这里，算下来这一整天就没休息过。

面对阮思娴这个质问的态度，他自己都不相信他竟然又耐心地解释。

女人吃起醋来真是难哄。

“她是合作公司老板的女儿，这次是去西班牙有事，顺便坐我的飞机。”

阮思娴顿了下，“哦”了一声，没再说话，眼珠子却在转，似乎在想什么。

傅明予提了一口气，慢慢吐出来，害怕她又把话题绕到郑幼安身上，于是先发制人。

“外卖都到了，你还不让我进去吗？”

他说这话时语气平淡，甚至没有什么情绪，可是那双眼睛看过来的目光却有一种说不清道不明的感觉。

这种悄然浮动在四周的氛围，阮思娴觉得不该出现在她和傅明予之间。

楼道里异常安静，傅明予挡住了部分感应灯光，阮思娴被他的身影笼罩着，原本宽敞的空间在掰成分秒的时间流逝下不动声色地皱缩，四周好像变得越来越逼仄。

阮思娴没动。傅明予也没动。

其实只是短暂的僵持，但似乎过去了很久。

阮思娴扣在门上的手指渐渐松了，她侧头看向另一边，避开傅明予的视线吹了吹刘海。

吃个饭而已，没什么大不了。

她侧了侧身，傅明予便大步走了进去。

他把外套放在沙发上，转身去桌旁，打开盒子，将里面的饭菜一一摆出来。

他动作其实很快，但看起来却有一种慢条斯理的感觉，好像他摆弄的不是饭菜，而是精致的艺术品。

阮思娴走过去看了一眼。菜色还挺丰富，有荤有素，清香扑鼻，由于送餐人员效率很高，珍馐上桌还存有热气袅袅萦绕。

而另一个盒子里，竟然是四只肥硕的大闸蟹。

阮思娴拎了一只出来，动手去拆绳子。

但是这家的绳子捆绑很有讲究，她弄了半天没弄开，嘀咕道："怎么绑这么紧？"

傅明予看了她一眼。

"你去拿剪刀。"

"哦。"

阮思娴放下大闸蟹，转头去找剪刀，却看见傅明予放在她沙发上的外套。

阮思娴顿了顿，说："你吃完饭就走。"

是陈述句，不是疑问句。

傅明予闻言，手里的动作停下，转头过来看她。

"不然呢？"

阮思娴："……"你说话就说话，笑什么笑？

"不然我就把你绑到草船上借箭去。"

第九章

醋王看谁都发酸

如果是第一次听到阮思娴说这样的话，傅明予会火冒三丈。

如果是第二次听到，他会气血上涌。

然而现在，傅明予叹了口气，除了无奈也没什么其他的情绪。

他沉默着转身，去桌子上拿了剪刀，将大闸蟹拆开，然后将桌上的绳子包装全都清理干净。

“吃饭吧。”

阮思娴跑去洗了个手，率先坐到桌前，趁着傅明予也去洗手的工夫，扫了一眼桌上的饭菜，阮思娴发现旁边还有个小冰袋。

打开一看，里面是一份奶油泡芙。

比起热腾腾的饭菜，这大热天的她更想吃一口甜食。而且掰开泡芙后，软绵绵的奶油冒出来，阮思娴当即就咬了一大口。

吃完泡芙，她一边吸吮着手指上的奶油，一边找纸巾。

傅明予正好这时候洗完手出来。

他视线落在阮思娴的手指以及下唇上，眼神忽地黯了几分，胸口的位置突然痒了一下。

“擦擦。”他随手从身后的柜子上递了一张纸巾。

阮思娴擦了手指，两人面对面坐下。

傅明予不说话，拿起筷子吃饭，而阮思娴喝了口汤，瞄见对面的傅明予，感觉人生还挺奇妙。

她做梦也没想过自己居然会跟傅明予在一张桌子上心平气和地吃饭。

不过她也没忘记自己放傅明予进来的真正目的。勺子在碗里有一下没一下地轻轻搅拌，她盯着面前的菜，琢磨着怎么措辞。

刚刚傅明予说，郑幼安是他合作公司老板的女儿。

这一点阮思娴是知道的，只是她不知道傅明予和郑幼安认识，而且看起来关系还不错的样子。

毕竟她对郑幼安所有的了解都是她单方面看郑幼安微博得来的，却从未真正接触过她，连间接都没有。

阮思娴一直知道自己对郑幼安的情绪有点儿奇怪。

她无意中发现郑幼安的微博时，心里甚至希望她是一个浮夸的纨绔“富二代”，成天声色犬马，飞扬跋扈，金玉其外，败絮其中，这样她心里会平衡一点。

你放着自己的亲女儿不要，跑去当别人的后妈，可是那个孩子也不怎么样嘛，根本没有我优秀。

可是郑幼安偏偏不是这样的人。

至少据阮思娴通过微博对她的片面了解，她虽然也花钱无度，喜欢在社交媒体上晒奢侈生活，可是又能看见她在微博吐槽与一等奖学金失之交臂，有时候又能看见她秀一秀自己的摄影作品获的奖，甚至还从微博上知道她养的三只狗和一只猫都是捡来的。

阮思娴甚至在她的微博看着那些猫猫狗狗一点点从小可怜变得胖嘟嘟。

这让阮思娴心里对郑幼安的那点讨厌都变得名不正言不顺，觉得自己就像一个躲在暗处偷窥的小人。

可是她一边讨厌着自己的心态，一边又对郑幼安私底下是不是真的跟微博上展现出来的一样感到好奇，也对她跟董娴真实的关系怎么样感到好奇。

而傅明予，好像是唯一连接着她和郑幼安的一条线。

“那个……”

阮思娴正要开口，傅明予竟也同时开口：“你……”

两人愣了一下，阮思娴暗戳戳的小心思一下子缩回去，立刻道：“你先说。”

傅明予说：“你下周是不是结束带飞了？”

阮思娴点头。

片刻后，阮思娴突然抬头道：“说完了？”

傅明予视线扫来，似笑非笑：“你还想我说什么？”

阮思娴满脸问号，你以为你是相声演员吗？成天都有人盼着听你说话。阮思娴没回答，低头抿了一口汤。

“刚刚你想说什么？”傅明予问。

本来都把小心思缩回去了，可是现在傅明予又主动提起来，阮思娴便有些按捺不住。她沉吟片刻，缓缓开口：“你觉得郑幼安怎么样啊？”

如果此时阮思娴抬头，就能看见傅明予嘴角的笑意瞬间没了，并且还深吸了一口气。

“你怎么知道她名字？”

阮思娴抠着勺子，嘀咕道：“你管我怎么知道的。”

傅明予感到莫名其妙道：“你为什么就这么在意她？”

阮思娴抬眼：“你管我为什么在意她。”

傅明予放下筷子，郑重地看着阮思娴。

“我已经说过了，她只是我合作公司老板的女儿，她父母跟我父母走得比较近，就这样。”

双方父母走得比较近……

阮思娴小幅度地搅拌勺子，又问：“那你觉得她怎么样？”

傅明予一口气长长地吐出来，估算着自己的耐心在短短几个月内究竟翻了几倍，竟然在同一件事上解释了三次。

“我跟她认识不到两年，见面不超过四次，说过的话不超过二十句，我怎么知道她怎么样？她怎么样又关我什么事？”

搞半天你跟她不熟啊。阮思娴放下勺子，胃口大减，兴致缺缺。

“行吧，不知道就算了。”

见阮思娴这样子，傅明予也没心情吃饭了，他放下筷子，直勾勾地看着对面。

“阮思娴。”

“干什么？”

“你再吃点儿。”

“没胃口。”

傅明予闭了一下眼睛，开口道：“你到底还在生什么气？”

阮思娴也感到莫名其妙：“我哪儿生气了？”

傅明予抬了抬眉梢：“你自己去拿镜子照一下，你看看你脸黑成什么样子了。”

阮思娴摸了两把脸，哼了一声，嘀嘀咕咕道：“我不一直都是这个样子吗？你又不是第一天认识我。”

傅明予冷笑：“原来你也知道你对我态度不好？”

阮思娴也别开脸懒得看他：“要不是你惹我，我能这个态度对你？”

“我什么时候惹你了？”

“你自己听听你刚刚说话什么语气！是你自己要跑来找我吃饭还不准我说话了，怎么，我就是一道下饭菜吗？”

傅明予抬起一只手，逼迫自己妥协：“行，打住，算我不对行不行？”

阮思娴：“……”本来就是你不对，什么叫作算你不对？你还挺委屈呢？

幸好这时门铃声响起，阮思娴懒得再跟他多说，问也没问就去开门。

她动作幅度大，开门的时候脸色把外卖员吓了一跳。

“不……不好意思，路上车子坏了，我推过来的，又在保安处登记了很久，来晚了，实在对不起。”

听听，外卖员就为了几块钱的外卖费都比傅明予态度好，他还想撩妹呢，就这态度撩个屁。

阮思娴接过外卖，笑着说：“没关系，您辛苦了，我会给您打好评的。”

说完还随手从一旁的柜子上拿了一瓶矿泉水给他：“天气热，您喝点儿水吧。”

外卖员受宠若惊地接过水，就差把“感激涕零”几个字写在脸上了：“谢谢谢谢！”

关上门，阮思娴转身见傅明予还大爷似的坐在她桌前，沉着脸看着她，好像她欠他几百万似的。

不想再跟他面对面，阮思娴拿着外卖坐到沙发上，快速拆开，拿着勺子吃了起来。

“你对外卖员态度倒是挺好。”

“你要是去送外卖我也对你态度好，没办法，我仇富。”

傅明予按了按脖子，半张着嘴，又长长地吐一口气。

他再次看向阮思娴时，发现她正吃着闻起来就一股劣质菜籽油味的饭菜，而且吃得还挺香，而他面前精致的饭菜却在一点点变凉。

也不知过了多久，傅明予慢慢站了起来。正要走向阮思娴时，她的手机却响了。

阮思娴看了一眼，宴安打来的。这大晚上的有什么事？

阮思娴一手拿着勺子，一手接起电话。

“喂，宴总，有什么事吗？”

听到阮思娴的称呼，傅明予的脚步顿了顿。

而那边，宴安的声音带着些醉意。

“你睡了吗？”

喝酒了？有的男人喝多了就喜欢给心心念念的女人打电话，没想到宴安一总裁也有这矫情病。

这种情况，一旦聊起来就很容易给对方多想的机会，所以阮思娴撒了个谎：“马上就要睡了，有事吗？”

宴安沉默了一下，说道：“唉，我想跟你说说话，你……能下来一下吗？我就在你楼下。”

阮思娴感觉背后有一道目光在看她，回头瞪了一眼，往沙发角落挪了挪，抓住抱枕塞进怀里，低声说：“不好意思啊，我已经躺在床上了。”

“唉……”宴安又说，“那电话里说一会儿也行，其实上次那件事我真的毫不知情，我跟前女友其实真的断干净了，以后不会再发生那种事情了。”

阮思娴揉了揉太阳穴。

怎么今天两个男人都净给她找事？这年头的总裁都这么闲吗？

“宴总，这事儿我以为我已经说得很清楚了。”

“唉……”

“时间也不早了，您早点儿休息吧。”

宴安又叹了口气，顿了好一会儿才说：“那你休息吧，我不打扰你了。”

阮思娴毫不犹豫地挂了电话，一抬头，见傅明予还在看她。

“宴安？”

阮思娴放开抱枕，抬头看了傅明予一眼。

目光对上的那一刻，阮思娴咳了咳，抓起筷子弯腰继续埋头吃饭。

头顶的灯光渐渐沉暗，一道明显的视线压迫袭来，阮思娴手里的筷子顿了顿，在抬头与不抬头之间犹豫。

谁被这样盯着吃饭吃得下啊？

正在这时，傅明予的手机却又响了起来，是柏扬打来的。

他今晚其实是抽空出来的，晚上还得回公司开个会，这会儿时间已经差不多了。他走到阮思娴身边，垂着眼睛慢悠悠地看了她一眼，突然俯身靠过来。

阮思娴猛地一退，正要说什么，傅明予却伸手拿起自己的外套，转身说道：“公司还有事，我走了。”

“慢走不送。”

傅明予皱了皱眉：“阮思娴。”

阮思娴不耐烦地说：“又怎么了？”

“外卖不干净，你少吃点儿。”

阮思娴依然埋头吃饭，好像没听见傅明予的话。

直到关门声响起，她手顿了顿，抬头看向桌上的饭菜。

傅明予下楼时，天已经全黑了。他拿着外套，脚步迈得极快。

忙了一整天没休息过，百忙中抽空来陪阮思娴吃个饭，还被她气得半死，也不知道自己在图什么。

但还没走出一楼大厅，他却看到外面有一个熟悉的身影。

宴安弓着背，靠在车身上，手里点着一根烟。

虽然没看见他的表情，但他浑身都散发着一股“我很忧伤我很惆怅”的气息，乍一看还真有点失恋之人该有的气质。

傅明予本来想当作没看见直接越过他，但是走下台阶时，他脚步顿了顿，回头道：“宴安。”

宴安抬头，见是傅明予，也没想说话。

傅明予就这么侧头看着他，沉声道：“人家都发朋友圈暗示你了，你还缠着不放，能不能有点儿骨气？”

盛夏的雨如同女人的脾气一样，说来就来。

司小珍小心翼翼地把车停到停车场，进了电梯。她按响门铃时，阮思娴刚刚吃完饭正在收拾桌子。

司小珍走进去便看到桌子上的大量剩菜。

这些基本没怎么动的饭菜色泽还很鲜亮，阮思娴打开冰箱放了一半便发现快塞不下了。

司小珍过来帮她一起倒进小碗，问道：“你一个人怎么点这么多菜？”

她端起盘子看了一眼：“还是西厢宴，你奢侈呀。”

“别人点的。”阮思娴说，“不是我一个人吃的。”

“谁来了啊？”司小珍关上冰箱，转头又看见茶几上的煲仔饭，“怎么还有煲仔饭？”

阮思娴擦着桌子，动作利索，不答反问：“你怎么来了？把垃圾桶给我拿过来。”

司小珍依言去了，还念叨着：“今天高架桥那边出了车祸，我看路况可能要堵上很久，又下了大雨，就干脆来你这里歇歇脚。哎，我刚刚还在外面看见我们北航的宴总了。”

阮思娴“哦”了一声，司小珍又问：“他是不是还在追你啊？”

说完，司小珍顿了一下：“难道刚刚你跟他一起吃饭？”

“不是。”

阮思娴把桌子清理干净，往厨房走，丢下一句：“过来吃饭的是傅明予。”

直到她洗完手走出来，司小珍还愣在原地，脸上一副“你别逗我”的表情。

“你干吗？”阮思娴问。

“你干吗？”司小珍反问，“傅总来你家吃饭？”

“对，就是他，你没听错。”

“他为什么过来啊？”

阮思娴一时没有回答。为什么过来？因为我觉得他想泡我。

“……聊工作。”

司小珍愣怔半晌，发出一个音节以表达她的情绪。

“啊？聊工作要来家里聊？”

“不是，今天我太累了，他为了方便我。”

司小珍半信半疑地点了点头，想了会儿，揶揄地看着阮思娴：“傅总真是体恤员工啊。”

阮思娴一记眼神甩过来，司小珍立刻严肃地说：“那怎么好像你们都没怎么吃？”

“这不是重点，今天气死我了。”

“啊？怎么了？”

阮思娴拉着司小珍坐下来，和她说了今天发生的事情，并且解释了为什么这桌饭菜几乎没动。

她发现自己今天记忆力出奇地好，竟然把两人的对话逐字逐句给复述了出来。

但是，复述到后面，她声音渐渐小了，最后摸着胸口，小心翼翼地问：“我今天脾气是不是不太好？”

“我不知道你脾气好不好，但是我觉得傅总脾气可真好。”

阮思娴这会儿冷静地回忆，发现好像还真是那么一回事，又摸了摸小腹：“我是不是例假快来了？”

说完也不等司小珍回答，自己打开生理期记录软件看了看，还真是。

阮思娴悄悄地咬了咬指甲。

一旁的司小珍还在絮絮叨叨：“我觉得你就是把对郑幼安的不爽转移到他身上了，唉，我真觉得你就是……”

司小珍说到一半，看了看阮思娴的脸色，止住了话头，没有把剩下那四个字说出来。

别人不了解，但她自认为还是足够了解阮思娴。

她十四岁开始就跟父亲独自生活，十八岁那年父亲病逝，她就一个人去外地上了大学。爸爸留下的钱仅仅够她四年学费，生活费全靠自己打工赚。家里没什么亲戚，她又不愿意跟着妈妈过。

这样的环境逼得她要比别人更独立，也更难轻易相信别人，很多情绪总是一个人默默消化，对外表现出一副岁月静好的样子。

可是这样生活久了，一旦遇到可以无条件盛放她所有情绪的容器，就放肆地把脾气一股脑儿倒进去。

所以司小珍觉得她就是习惯了傅明予总是无限容忍她，所以把对郑幼安的不爽和对董娴的怒意，全都发泄到傅明予身上了。

也就是俗话所说的……

“你说完啊？”阮思娴等了半天没等到司小珍的下文，问道，“你说我什么？”

“我觉得你就是……”司小珍突然加快语速，“恃宠而骄。”

“你说什么？”

“我说你恃宠而骄！恃宠而骄！”

话音落下，室内突然沉默。阮思娴看着司小珍，两人四目相对，谁也没说话。

无言以对的几秒内，阮思娴感觉心里有一层浅浅的热浪轻轻地拍打了一下她的胸腔，又很快缩了回去，只余下一股若有若无的灼热感……

“你胡说八道什么？”阮思娴翻了个白眼，“会几个成语就迫不及待出来显摆。”

司小珍耸着肩膀，也翻白眼干笑：“随便你，我今天不走了，我先去洗澡。”

走了两步，她又回头说：“我建议你可以看看《非暴力沟通》。”

“你今天话怎么这么多？”

“知道了知道了！”

司小珍嗒嗒嗒地跑进浴室，砰的一声关上门。

客厅里安静了下来。

阮思娴慢慢抬腿缩在沙发上，鬼使神差地打开搜索引擎，搜索“非暴力沟通”，翻到目录。

第一章：让爱融入生活

第二章：是什么蒙蔽了爱？

这什么书？什么爱不爱的？阮思娴怒关网页，玩起了消消乐。

一关打了几次也没通关，破游戏！没意思。

阮思娴退出游戏，打开微信，刷了刷朋友圈，竟然第一次看见傅明予更新了动态。

分享了一条链接——亚洲最大机库在江城新机场正式封顶，世航江城新机场基地建设进入新阶段。

还真是冷静自持的工作狂呢。要不给他点个赞吧，今天毕竟因为姨妈要来了给他发了一通脾气。

阮思娴动了动手指，觉得好像诚意还不够。

于是阮思娴又发了个评论：点赞点赞点赞。

她摸了摸鼻子，想着傅明予肯定不是会回复朋友圈的人，何况还是这么没有营养的评论。

等了一会儿，果然没有反应。

阮思娴突然发现自己好像从来没有看过傅明予的朋友圈，也不知道他这种人平时会发些什么。

点进去一看。

五个月前：世航召开春季航线产品推介会。

一年前：世航 HCC 对外开放，揭开江城枢纽暑期高效运转的秘密。

两年前：世航与卡塔尔航空签署合作谅解备忘录，达成代码共享合作。

很好，总裁“人设”不倒。二十八岁活出了四十八岁的姿态。

退出他的朋友圈后，阮思娴略一迟疑，还是给他发了个消息。

阮思娴：对不起。

对面很快回了消息。

傅明予：?

阮思娴：今天心情不好，不是故意跟你发脾气的。

略等了几秒，阮思娴看见抬头那一栏显示“对方正在输入”。

可是等了好一会儿，却等来他一句“在开会，知道了”。

行吧。

第二天正好也是司小珍的休假日，反正人都已经来了，她自然不会放过阮思娴，拖着她出门。

阮思娴很累，不太想动，但还是在下午陪她去看了一场电影。

出来后如司小珍所愿吃了火锅。

“好撑啊，逛逛吧，这会儿去卞璇那里她都还没开门呢。”

“我想回家！”

“大好周末，别扫兴。”

司小珍非要去楼下三层看衣服，见一家试一家，一次拿了四五件衣服进去。

等司小珍的时候，阮思娴坐沙发上玩手机。

打了几轮消消乐，刷了刷朋友圈，又看了看淘宝的物流信息，司小珍还没出来。阮思娴无聊，又打开微博，把所有新消息全都刷了一遍。

有时候像是形成习惯了一样，刷完微博，她就会从“最近访问”里点进去看看郑幼安的微博。

就在昨天，郑幼安更新了一条微博，晒了一张明星签名照。

啊啊啊啊啊！！！我妈去国外参展，竟然还帮我要了签名照！！！啊啊啊啊！！！我爱妈妈！！！

就在这时，司小珍从试衣间出来了，穿着一条黑色连衣裙，站到阮思娴面前。

“这条怎么样？”

阮思娴关了手机屏幕，点头道：“可以。”

“好，那就这条了，不纠结了。”司小珍又跑回试衣间脱衣服。

阮思娴再次打开手机，没继续看，退出微博。

买完衣服去卞璇酒吧的路上，司小珍发现阮思娴似乎一直郁郁寡欢。

“怎么了？”

阮思娴慢吞吞地走着，夜市喧闹繁华，油烟味四处窜，充满了烟火气，也很能让人放松。

“没什么，有点儿累。”

眼看已经快走到目的地了，司小珍踌躇片刻，说道：“要不回去吧？”

阮思娴抬头，卞璇酒吧的招牌就在不远处闪着光，她摇摇头：“到都到了，去坐会儿吧。”

司小珍迟疑地点头：“好……今晚有乐队表演，我们去听一会儿。”

一推开门，卞璇正端着托盘从她们面前走过。

“来了？快帮我去整理一下吧台，快乱套了！”

说完就走，毫不留情。

阮思娴和司小珍还真就老老实实地去给她收拾吧台了。

大约十分钟后，卞璇笑眯眯地走过来，挤到司小珍和阮思娴身边：“今天请你们尝尝新品，还没面世，你们是第一个喝到的人。”

她动作极干净，调酒加冰摇晃，不一会儿便做出两杯橙色的酒。

“全新产品，‘日落大道’，尝尝？”

司小珍率先喝了一口。

“这个多少度啊？”

“唔……”卞璇想了想，“大概跟长岛冰茶差不多吧。”

司小珍差点儿没一口气喷出来。

“长岛冰茶？那可是烈酒啊！怎么这喝起来这么甜？”

“怎么样，不错吧？”卞璇挑挑眉，“女客人一定喜欢，度数够了，口感又好。”

“还行。”司小珍又忍不住尝了一口，转头问阮思娴，“你要不要尝一口？”

阮思娴拿过来喝了一大口，直到咽下去许久，才眨了眨眼睛：“这真的是酒？怎么这么甜？”

连续两个女生这么说，卞璇也有点儿迟疑，拿过来喝了一口，尴尬地说：“哦，我蜂蜜放多了……”

“……”

“就当蜂蜜水吧！美容又养颜！”卞璇说着就要去倒掉，“我重新做一杯。”

“别浪费了，拿过来吧。”阮思娴朝她伸手，“我也就只能喝这个口感的了。”

卞璇当然乐意，把酒给了阮思娴，又转头对司小珍说：“我再给你做一杯啊。”

不多时，乐队出来表演，酒吧的气氛热了起来。

司小珍端着酒，坐在吧台里跟着乐队哼唱完了一整首歌。

“哎，这次这个驻唱小哥哥有点儿帅，就是个子矮了点儿，要是再高……”她一边说着一边看向阮思娴，“你怎么就喝完了？”

司小珍感到不可置信地端起她面前的空酒杯晃了晃：“这虽然喝起来像蜂蜜水，可是它是酒啊！是酒啊！”

这会儿说什么都没用了，毕竟她面前的人已经红了整张脸。

“嗯……有点儿好喝。”

阮思娴撑着下巴看着她笑：“你怎么不喝呀？”

司小珍：“……你今天是不是心情不好？”

阮思娴笑着摇头：“没有啊。”

“你老实告诉我，有什么不能跟我说的？”司小珍伸手摸了摸她的脸，有些发烫，“是不是你妈妈找你了？”

阮思娴还是摇头：“没有啊。”

司小珍突然沉默下来，就看着阮思娴的眼睛，心里五味杂陈。

这句“没有啊”，让她听得太心疼了。

“没事啊阮阮。”司小珍帮她理了理头发，“走吧，我送你回家。”

“这就回去了呀？”

“走吧，早点儿睡觉，不然头晕。”

“嗯，好。”

阮思娴也不想多留，她现在只觉得头晕乎乎的，抓起自己的包站了起来。

司小珍伸手要扶她，她摆了摆手。她还不至于一杯下去就走不了路。

但司小珍还是不太放心，打车把她送到了名臣公寓门口。

“你路上慢点儿啊。”

阮思娴朝车窗摆摆手：“嗯，你早点儿回去，到了跟我说一声。”

“好。”

都到家门口了，司小珍也没什么不放心的。而且她见过阮思娴喝酒的样子，知道她虽然酒量不好，但是行动力和思考能力还是不会完全丧失。

目送着出租车驶离视线，阮思娴转身朝家走去。

今天夜里的风让人很舒服，路灯的光晕处还有很多小虫子围成一团飞舞，像小时候住的那条巷子，最亮的那盏路灯总是吸引了最多的蚊虫，阮思娴每次经过那里都会下意识绕开。

但有时候也会没注意到，一头撞进去，吓个半死。就像现在这样，阮思娴忙不迭退了出来绕开走。

两步后，她回头望了一眼。

小时候走路不看路，董娴总会轻轻拍一下她的脑袋，却从来不会骂她。

她一直是个很温柔的妈妈，脾气好到邻居家的小孩都很羡慕阮思娴。从来不骂孩子，也不打孩子，更不会在考试拿到试卷后说一些不好听的话。

她总是很耐心地讲道理。

这样的妈妈，哪个孩子不羡慕？所以阮思娴其实也很羡慕郑幼安。

一直都很羡慕。

坐电梯上了楼，阮思娴在电梯口扶着墙站了会儿。

她很少喝酒，并不知道其实酒后很忌讳吹风。

特别是她这种酒量不好的人，风往头上吹一吹，那股晕乎乎的感觉就更重了。

她低着头慢慢走到家门口，声控灯早已亮起，门口有一道背影。

阮思娴定睛看了看。傅明予？他怎么在这儿？

在阮思娴愣神的片刻，傅明予转身瞧见阮思娴，朝她走来。

在离她一步远的地方停下。

阮思娴正要开口问，他却突然俯身凑近阮思娴，近到阮思娴能感觉到他的呼吸。

“你喝酒了？”傅明予慢慢站直，看着阮思娴。

“嗯。”

“怎么又喝酒了？”

又？今年一共也就喝过两次，一次是从飞行学院毕业的时候跟同学们聚餐，还有一次就是今天，哪里称得上“又”。

阮思娴垂着头没说话。

声控灯由于两个人的沉默而熄灭，眼前看不清了，便只剩嗅觉感应到的傅明予的味道。

阮思娴觉得这个氛围有点点奇怪，于是跺了跺脚，唤醒了声控灯，同时低声说：“心情不好。”

傅明予这个角度只能看见阮思娴垂下的眼睫毛，在下眼睑处投下淡淡的光影。

他放柔了声音，问：“怎么了？”

“就是心情不好。”

“还在生气？”

阮思娴抬头看他，眼睛雾蒙蒙的，双颊绯红，没了平时那股气势。

“你怎么在这儿呢？”

“我给你发了消息，你没回。”

“噢，我没看手机，你找我有事吗？”

傅明予目光落在阮思娴脸上，一点点打量，发现她耳边头发上沾了一片落叶。

他伸手去摘，并同时问：“你是不是还在生气？”

他身上那股冷杉香味随着这个动作一同靠近阮思娴。

她微微愣了一下，傅明予的手腕在她眼前一晃而过，冷杉香味却久久萦绕。

“嗯？”阮思娴问，“我生什么气？”

“郑幼安。”

阮思娴张了张嘴，心里突然被戳了一下。同时也很疑惑，傅明予知道了什么吗？

她不解地看着傅明予：“我生她什么气？”

傅明予垂眸看着她，若有所思。

“那你这几天闹什么脾气？”

阮思娴仔仔细细地琢磨这句话。

生郑幼安的气？闹脾气？难道……足足思考了好几秒，阮思娴脑子里一股热意涌上去。所以，这几天傅明予一直以为她在吃醋？

吃郑幼安的醋？吃他的醋？

“你上辈子是个盘子吗，脸这么大？”

说实话，这句话的语序、用词、逻辑都超乎傅明予的日常涉猎范围。

所以当他明白阮思娴什么意思时，心中一口闷气上蹿下跳，太阳穴的青筋隐隐跳动。

而面前的人却看都没看他的脸色，直接越过他，扶着墙走到门口。

门上是密码指纹锁，阮思娴今天不知道怎么回事，大拇指按上去两次也没解锁。

她在衣服上擦了擦手指，再按上去，还是只有嘀嘀嘀的报错声音。

她烦躁地用脚尖踢了一下门，嘴里还念念有词，但听不清她在说什么。而且她似乎完全没有意识到自己拿错手了。

看着她这副醉态，傅明予深吸一口气，上前一步，手臂绕过她，握住她的右手，把她的大拇指稳稳按了上去，并且在她耳边沉声道：“嘴巴这么倔，迟早给你撬开。”

与此同时，门应声而开。

阮思娴在这道开门声中愣了一下，回头问：“你说什么？”

傅明予没说话，只是看着阮思娴。

顶头的灯光打在他脸上，眼睛却因高挺的眉骨遮挡，反而有了一点阴影。从他眼里，阮思娴看到了几分无奈与妥协。

片刻的对视，阮思娴确定自己刚刚没听错。他怎么能说这种话！他怎么好意思？

“我迟早把你脑子撬开，看看里面装的是什么！”

说完她便拉开门准备进去，傅明予拉住她的手臂。

“阮思娴！”

“哎呀你放开我！”阮思娴两三下挣脱他的手，蹬掉鞋子，光脚走到冰箱前拿出一瓶矿泉水。

傅明予站在她身后。

房子里很安静，只有阮思娴仰头吞咽矿泉水的声音。

看见她脸颊绯红，光脚站着，心里再多的无奈只能任其上下沉浮，却没有发泄口。

“你还不高兴？”

她走到沙发上坐下，拎了一个抱枕，蜷缩双腿，头歪歪地靠着。醉意在眼里浮动，化作氤氲的雾气。看向傅明予的时候，嘴角也往下撇着。

“我是不高兴，但是不关你的事，听明白了吗？不关你的事，你可千万别多想。”

“是吗？那你今天为什么喝成这样？”

“嘴长在我身上还不能喝酒啦？而且我为什么要因为你生气啊？你是我的谁啊？你是我男朋友还是我老公啊？你真奇怪。”

傅明予眸色渐渐深了。

四周似乎变得特别热，他往一旁别开头，伸手扯松了领带。

而他正想开口说什么的时候，阮思娴抱着抱枕翻了个身，面朝沙发角落，把头埋进枕头里，背对着傅明予。

“我就是好羡慕郑幼安啊。”她的声音从枕头缝隙里传出来，“我好羡慕她啊……”

她的声音低低哑哑的，伴着几分醉意，听起来是从未有过的脆弱。

傅明予心头突然软了几分。

他走到沙发旁，弯下腰，身影笼罩在阮思娴身上。

“羡慕什么？”

阮思娴闷了好一会儿，声音才闷闷地传出来：“她们明明没有血缘关系，却可以天天在一起。”

“你在说什么？”

“我是亲的，却不要我了。”

傅明予听不懂，伸手拂开阮思娴脸颊的头发，柔声问：“谁不要你了？”

“我妈妈啊……”

傅明予不知道她的话题突然绕到了妈妈身上，可是她的声音却带着一丝哭腔。心里没来由地一阵堵塞。

“你……”

傅明予话没说完，阮思娴突然翻身，睁眼看着他。

两人的脸相距不到半米，阮思娴仰着头，而傅明予垂着头，四目相对，一时静默无言。

人在半醉半醒的时候倾诉欲最旺盛，很多醉汉抓个人就开始从初恋说到兄弟的女朋友。但是阮思娴不明白自己怎么会对着傅明予说这么多，明明她今天连对司小珍都没开口。

“你怎么还在我家里？”

看见阮思娴的眼睛，傅明予就知道，她又开始了。刺猬又缩回洞里了。

“你又没关门。”

“没关门你就进来，那银行白天也不关门呢你怎么不去抢啊？”

傅明予闭了闭眼，叹了口气，说：“阮思娴你能不能好好跟我说话？”

“你到底走不走啊？”

“我要是不走呢？”

阮思娴捏紧了枕头，下巴往窗户抬，恶狠狠地说：“我就让你做自由落体运动下去，电梯都省了。”

“……”

傅明予只能起身。然而他走到门边，回头看时，见阮思娴躺在沙发上，抱着枕头，就这么闭眼睡了。

傅明予无奈地笑了笑，还真是一点都不设防。他突然掉头，回到沙发旁。

鼻子再次闻到属于傅明予的冷杉香味，而阮思娴还没来得及睁眼看看他要干什么，就被打横抱了起来。

“你干什么？”

阮思娴伸腿乱踢，但傅明予力气极大，把她箍得很紧，任她怎么挣扎也没松手，反而笑了下：“你有点儿沉啊。”

“我沉什么沉？我才一百零几斤！”

“一百零几斤还不算沉？”

“我身高一米七二！”

“我还一米八七呢。”

“都是一米多你嘚瑟什么！你放我下来！不然我报警了！”

说话间，傅明予已经走进阮思娴的房间，把她放到了床上，俯身撑在她耳旁。

“要睡就到床上睡，别挤在那么小个沙发上。”

听到这句话，阮思娴平躺在床上，头发乱糟糟的，愣怔地眨了眨眼睛，看着近在咫尺的傅明予。

可是下一秒，却听他道：“摔坏了都对不起我出的双倍年薪。”

你这个又抠又渣的男人！

“拿你点儿钱你就心疼得不得了，真是说你铁公鸡都侮辱了铁公鸡，人家好歹掉点儿铁锈呢，你连铁锈都斤斤计较！”

醉了还能这么思路清晰精准地攻击他，真不知道刚刚那弱小又可怜的样子哪儿去了。

傅明予今天第三次深呼吸，扯过被子盖到她身上。

“睡觉。”

阮思娴还瞪着他，但却没说话。片刻后，她裹着被子翻身，背对他，丢下一句“走的时候记得关门”。

半分钟后，整个房子的灯灭了，随后响起一道轻轻的关门声。

见傅明予下楼，还在等着的柏扬赶紧从车里下来。

“傅总，快十一点了，还回湖光公馆吗？”

“回。”今早出门前，贺兰湘专门叮嘱了今晚他得回去，明天一早要一同去医院看望一个长辈。

但是柏扬拉开车门后，傅明予却站着没动。

他摸了摸包，发现里面是空的，于是问司机要了一根烟。

他站在路灯下，偏头点了烟，影子被拉得很长。

傅明予深深地吸了一口烟，缓缓吐出，白雾缭绕在眼前。

直到一根烟燃到尽头，傅明予才低声说了句“太难哄了”。

柏扬安静地等着，什么也不敢问。自从知道傅明予今天从公司出来回名臣公寓，是来找阮思娴的，他便决定沉默到底。

这两个炮仗他哪个都点不起。

掐灭了烟，傅明予转身上车。

远处霓虹灯晕成模糊一片，影影绰绰的灯光映在傅明予脸上。

他闭着眼睛，眉间有隐隐的疲惫感。车开得平稳，但他却毫无睡意。

到了这会儿，四周安静下来了，他才有心思琢磨阮思娴说的话。

快下车时，傅明予突然对柏扬说：“去了解一下郑幼安……还有郑夫人的事情。”

这突如其来的任务有些没头没脑，但柏扬也不敢问，点头说好。

到了湖光公馆，傅明予刚进门，便感觉四周气氛不对。

他脱了外套，递给身旁的罗阿姨，并问：“怎么了？”

罗阿姨微皱眉头，低声道：“又不高兴啦。”

傅明予朝客厅走去，果然见贺兰湘坐在沙发上，背挺得很直，浑身写满了“我不高兴，别惹我”。

那傅明予自然不去惹她，直接迈腿朝二楼走去。但是祸躲不过，该来的总会来。

贺兰湘的声音幽幽传来：“怎么，回来了都不打声招呼，当我是一座雕塑吗？”

傅明予无奈停下脚步，转身道：“怎么了？”

贺兰湘端着面前的燕窝，慢吞吞地喝了一口，擦了擦嘴角，才开口道：“你说怎么有这样的人？”

“什么人？”

“就今儿晚上的私人拍卖会，谁都知道我是冲着月三林大师的画去的，我钱都准备好了，结果到了一看，哦，人家大师的画不在拍卖品里，你猜怎么着？”

傅明予解了领带，解着扣子，懒懒应付：“怎么了？”

“董娴她早就暗度陈仓，私下把画给买走了！”

傅明予无心再听，转身继续上楼：“你也可以。”

“你什么意思啊你？”

贺兰湘说着就追了上去，傅明予自然无法再走。

他叹了口气，说道：“这种事情已经不是第一例，既然是私人拍卖会，她也不算破坏规则，最多就是心思活络了点。”

“哦，意思还是我的错了？怪我没提前想到？”

傅明予张了张嘴，想说什么，但想想还是算了。

“人家也没怎么，你看拍卖会的其他人有你这么生气吗？”

见他这副样子，贺兰湘更是气不打一处来：“你什么态度啊？其他人？什么叫其他人？是不是你也跟你爸爸一样觉得别家的女人都乖巧懂事，就我不讲道理，就我无理取闹？”

“没有。”

贺兰湘哼了声，打算放过傅明予。

而傅明予不知想到了什么，又道：“都一个样。”

贺兰湘愣了愣才反应过来傅明予什么意思，对着傅明予上楼的背影骂道：“傅明予你这个不孝子！”

关上书房的门，傅明予在桌前坐下，仰着头闭目养神。

手机响了一下，是柏扬打来的。

让他去了解一下郑家的事情，其实费不了多少功夫。只是平时傅明予不关心别人的家事，才一无所知而已。

傅明予接起电话，柏扬在那头把他了解到的信息一一道来。

“郑董和现在的郑夫人是二婚。郑董的发妻在生下郑小姐没多久就因病去世了。现在的郑夫人也有个前夫，不过也去世很久了。”

柏扬顿了顿，把自己查到的最关键信息说了出来：“郑夫人之前有个女儿，就是阮思娴。”

傅明予心头突然猛地一跳。长久的沉默后，傅明予挂了电话。

他再次闭上眼睛，将这些天的事情理了一遍。其实不难，他只要知道了阮思娴与郑幼安的关系，便清楚了一切。

原来她不是嘴硬。原来她这几天的情绪，还真的跟他没一毛钱关系。

尴尬倒是一瞬即逝，取而代之的却是一股莫名的焦躁，还有一种空落落的感觉。

第十章

少女心极速动摇

翌日清晨，阮思娴在闹铃声中醒来。

她睁开眼睛，盯着天花板看了好一会儿才把神志给拉回来。

然而起身下床那一刻，不得不骂一句卞璇黑心卖假酒，这头也太痛了吧。

走到客厅后，她愣了愣，差点儿就抬起了报警的小手。

映入眼帘的是掉在地上的抱枕，东一只西一只的鞋子，沙发上的小毛毯歪歪扭扭地挂在茶几边上，而她的包倒扣着，里面的东西散落一地。

不过几秒后她就恢复了理智。

家里这副样子不是进贼了，而是昨晚傅明予强行把她从沙发上抱起来时她自己弄的。

回忆从这里被按了开启键，阮思娴身体的感觉好像让她不自觉地开始回忆。看向沙发，她想起傅明予把她抱起来时，身体和他紧紧相贴，挣都挣不开。走到门口穿拖鞋，又想起他从她背后圈住她，伸手握住她的手，下巴在她头侧，轻轻一扭头就看见了他下颌的弧度。

回头看房间，她想起他俯身撑在她床上时，被他的气息笼罩，动弹不得，而他领口垂下来的领带在她眼前轻轻地晃来晃去。

嘶……阮思娴抱住双臂，警觉地看向四周。

怎么每每看向一个角落，脑子里都会一帧帧地闪出傅明予的画面？

这个渣男是怎么做到把她的家弄得四处都是他的影子？

阮思娴赶紧穿上拖鞋走进浴室冲了个澡。

热水洗清疲乏的同时，也一同带走了这几天的情绪。

昨晚酒也喝过了，脾气也发过了，闹也闹过了，心里好像一下子疏通了一般。

事情还是存在，但却没什么堵心的感觉了。她吹干头发，回到客厅开始收拾，在地上捡到一包烟。

拿起来看了看，里面只动了两三根。不用想也知道是谁的。

阮思娴把烟放到茶几抽屉里，关上的那一刻，她脑子里突然闪了一下傅明予抽烟的画面。

放松地站着，单手插着兜，头一偏，眼睛垂着，轮廓在火光中若隐若现。还怪好看的。

嗯？阮思娴突然愣了一下，她根本没见过傅明予抽烟，脑子里怎么会浮现这样的画面？

这时，门铃突然响了，打断了阮思娴的神思。

她起身去开门，一个外卖员递过来一袋东西："您好，您的早餐，请慢用。"

有了上次的经验，阮思娴也没感觉多惊讶。

她看了小票，确实是她的名字，便收下了外卖。

里面是一碗青菜瘦肉粥，一杯热豆浆，还有两块枣糕。

唔……是她平时喜欢的早餐。

阮思娴喝了一口豆浆，清甜在舌尖萦绕。她想了想，觉得还是要跟傅明予表示一下。于是她翻到傅明予的微信，发了一句话过去。

阮思娴：早餐收到了，谢谢。

发完她也不期待大忙人傅明予会秒回，一边喝着粥，一边看着未读消息。列表往下一拉，二十分钟前司小珍给她发了条消息。

司小珍：醒了吗？怕你睡过头难受，给你叫了早餐，记得吃哦。

阮思娴看着这条消息，足足愣了好几秒。

不是傅明予点的！！！

她立刻重新找到傅明予的微信，生死时速般撤回了那条消息。

然而就在她刚刚松开手指的那一刻，对面发来了消息。

傅明予：不是我。别多想。

阮思嫻："……"谁多想了？？？

阮思嫻：我发错了而已，不好意思。

傅明予：哦。

哦？？？哦！！！怎么你还不信是吧？？？

阮思嫻顿时觉得这豆浆不甜了，粥也不香了。

傅明予这个人怎么这样？明明昨天还是他在自作多情，怎么今天就变得好像是她自作多情了一样？还一副不相信的样子。

阮思嫻越想越气不过，拿手机给早餐拍了个照发了个朋友圈。

而另一边，傅明予在病床旁站着，贺兰湘在向她的表姐嘘寒问暖。

两人絮絮叨叨聊了许久，傅明予神思游离在外，盯着窗边探进来的树枝上的一朵花。

也不知道看了多久，转过头，贺兰湘还说个不停，阿姨精神也挺好，感觉能立刻拔了针管，跟她去米兰血拼三天三夜。

耳边全是他不感兴趣的话题，傅明予只好拿出手机看一看。

打开微信，界面还停留在和阮思嫻的对话框。

对方没有回复，他便退了出来，看了眼朋友圈，右上角的小图案正是阮思嫻的头像。

他点进去一看，半分钟前，她发了一张照片，拍的是一顿早餐。

谢谢宝贝的早餐，爱你么么哒。

傅明予知道阮思嫻什么意思，他眯着眼睛再次看向窗外，心里莫名烦躁。目光再次回到手机上，傅明予点进阮思嫻的朋友圈，想看看这两天她是不是又发过什么暗示他的内容被他忽略了。

然而刚刚进去，阮思嫻朋友圈相册背景便抓住了傅明予的眼球。

白底黑字，非常嚣张的一行字。

"又来看我了，承认吧，你就是喜欢我。"

傅明予："……"

他关了手机。朋友圈这种浪费时间的东西果然还是不看最好。

在发生了误以为早餐是傅明予送的这件事之后，阮思嫻觉得这人肯定会逮着这个机会在她面前狠狠秀一把存在感。

然而这次她失算了，傅明予非常消停。

当然，或许也是因为他忙，总之他没再出现过。

两人再一次见面，是在五天后的一个早晨。

阮思娴按时到了世航，准备她正式上任副驾驶前的最后一次航班。

清晨的世航忙碌依旧，阮思娴穿着制服，拉着飞行箱，经过飞行部大会议室时，门突然向内打开。

随后，脚步声响起，阮思娴心里莫名觉得，多半是傅明予。

她停下脚步看过去，果然看到了他。

门后灯火通明，与会人员鸦雀无声，目送傅明予出来。

他似乎心情很不好，单手插着兜，眉头微蹙，大步流星走出来，让四周的空气都冷了两摄氏度。

阮思娴就站在离门不到五米的地方，看来势必要和傅明予打个照面。

两三步后，傅明予果然看见了阮思娴。

然而也就是视线短短地相交，正当阮思娴开口想打个招呼时，他却侧头去听助理说的话，不再看阮思娴。

一群人就这么走过了阮思娴身边。

当柏扬随后走出来时，脚步顿了顿，想打个招呼。可是看到刚刚傅明予都没什么反应，心想两人上次估计又闹了一架，说不定这会儿正水火不相容呢，还是别去点炮了，回头就给他原地炸成天边最绚丽的一朵烟花。

会议室里的人尽数离开后，四周又恢复安静。

阮思娴回头看了一眼傅明予的背影，眉头慢慢拧了起来。

她在仔细地回想，喝醉那天晚上，她是不是忘了自己干过什么得罪了他？打了傅明予？不对，应该打不过他。

骂得太过分？应该没有吧，是他自己要跟进去还赖着不走，她说话已经很客气了。

还是说了什么伤他自尊了？

不是，阮思娴突然回神。自己干吗要在这里反思啊？傅明予这个人从来就不按套路出牌，她怎么能用正常人的思维去分析他的行为模式？

而且他爱怎样就怎样，她又管不着。

她在心里暗暗骂了自己两句，拉着箱子大步走了。

今天这趟航班说来也巧。

阮思娴最后一次后排带飞，而机组人员正好又是她第一次带飞的范机长和俞副驾。

他们三个人在这期间组合过好几次，也算熟悉。

上了飞机后，范机长和俞副驾坐在前排，两人神情都很轻松。

今天江城飞临城，本场两段飞，航线熟悉，天气状况良好，一切都很完美。

准备妥当后，顺利起飞，半小时后，飞机进入巡航自动驾驶状态。

范机长端了杯红枣茶，回头道："小阮，下周你正式做副驾了，你可以跟飞行部打个招呼，第一次还是我来带你。"

"哦，好。"阮思娴点点头，又沉默下来。

"你在想什么？"范机长突然问。

阮思娴踌躇片刻，说道："你们说，一个男人突然就……"

说到一半，她瞥见一旁的俞副驾脸色不太好。

"你怎么了？"

俞副驾捂着右上腹，唇色一点点发白。

"嗞……我这儿有点儿疼。"

说完，他对范机长说："我可能是拉肚子了，我去一趟厕所。"

范机长点点头，在俞副驾起身的同时戴上氧气面罩。

走了一个副驾驶，范机长便不再闲聊。

没过几分钟俞副驾回来了，范机长又摘下氧气面罩，继续刚刚的话题："小阮，你刚刚说一个男人什么？"

阮思娴没回答，因为她刚刚在俞副驾进来的时候就注意到他的不对劲。

"你是不是哪里不舒服？"阮思娴探身去问，"你脸色太差了，额头还有汗。"

范机长一听，也立刻去看俞副驾。

阮思娴说得还算轻的，俞副驾整个人已经坐不直了，双手紧紧捂着右上腹，脸色惨白，豆大的汗滴从他脸上往脖子流。

“你怎么了？”范机长惊诧问道。

俞副驾的嘴唇也完全没有血色，张了张嘴，半天才说出话：“我不……不知道，我这儿突然疼得厉害，我可能坚持不到临……临城。”

“你确定？”范机长再次问道，“严重到坚持不到临城？”

俞副驾自己也想了想。可是下一秒，右上腹一阵剧痛再次袭来，他整个人都开始打寒战。

“我感觉不行……”

阮思娴拿纸巾帮俞副驾擦了脸上的汗，同时探了探他的额头。

“机长，他在发烧！”

范机长盯着俞副驾看了几秒，突然骂了句脏话。

“多半是急性胆囊炎，我老婆也得过。”

正因为范机长老婆得过这个病，所以他知道，严重时候这是危及生命的。几秒后，他说：“小阮，你跟他换位置，你坐到副驾驶来，然后叫三号乘务员进来照顾他，让安全员代替三号，然后让乘务长问下乘客里有没有医务相关人员。”

阮思娴依然照做，过了一会儿，三号乘务员进来了，并且带来乘务长的话。

“本次航班上没有医务相关人员。”

身边的俞副驾还在痛苦地呻吟着，范机长皱紧了眉头看了他几秒，终于做了个决定。

“小阮，让乘务长通知客舱，我们现在备降抚都机场。”

“好。”

不一会儿，客舱通知广播响起。

同时，阮思娴戴上耳麦与墨镜，看向仪表盘，说道：“现在距离抚都机场还有大概 30 分钟航程，预计落地会超重 1.5 吨。”

她说完，看向范机长，等着他做决定。

“嗯，可以降落。”范机长说，“准备备降。”

阮思娴对此没有异议。

不论是因为现在俞副驾的身体情况，还是按照适航标准，她都觉得完全可以超重降落。如果是她坐在驾驶座上，她也会做这个决定。

可是后面那个话都快说不出来的俞副驾却开口反对。

“不……不行，超重落地会造成不安全事件，不可以……”

“你闭嘴！”范机长怒道，“我是机长我心里有数！现在已经是起飞重量下，只要速率控制在每分钟 360 英尺以下，怎么不能安全落地？如果出了事一切后果由我承担！”

可是他说完，俞副驾还是不同意，说自己还能坚持到飞机耗油低于最大着陆重量。总之，他不同意超重降落。

范机长平时总是温言细语，但是到了这时候，语气是阮思娴从未听过的坚硬。

眼看着两人要争执起来了，阮思娴柔声道：“机长，耗油吧。”

这是个折中的办法。

范机长无奈地叹了口气：“行，你自己要坚持的。”

但是飞机上没有放油装置，他们只能想办法消耗油量。

阮思娴一直注意着仪表盘，等飞机降落到 15000 英尺时，她问道：“机长，现在放下起落架？”

范机长点头：“放。”

放下起落架并不是要准备着陆，他们只是想增加耗油量，尽早把油耗到最大着陆重量以下。

飞行高度在缓缓下降，而身后的俞副驾连呻吟都快呻吟不出来了。

阮思娴低声安慰道：“俞师兄，你再坚持一下，快了。”

身后没有应答，范机长深吸一口气，说道：“小阮，准备使用减速板进一步增加油耗。”

阮思娴正要说好，身后那个没力气呻吟的人却说道：“不行啊！”

范机长根本没理俞副驾，他在后面急得连连喘气，都快哭出来了。

世航规定，在使用减速板时发动机推力超过 66% 就算 QAR（快速存取记录器）三级事件。如果发生这种事，会严重影响俞副驾未来的晋级、升级、奖金、收入等。

虽然阮思娴也想骂一句垃圾规定，但是不能真的视若无睹，也不能劝阻范机长。毕竟在飞机上，机长就是绝对的权威。

果然，俞副驾开始强撑着说道："再减、再减就 QA……"

还没等他说完，范机长就打断他："闭嘴！我现在在救你的命！到底是你的命重要还是 QAR 重要？"

也不知道俞副驾是实在没有力气说话还是妥协了，总之，后排安静了。

近一小时后，飞机在抚都机场着陆。

当飞机在机务的引领下缓缓靠向廊桥时，阮思娴回头看了俞副驾一眼。他的衣服已经完全被汗水打湿，双眼闭着，嘴唇微张，艰难地喘气。

飞机停稳的同时，救护车已经准备好，医务人员进驾驶舱把俞副驾扶了出去。

但是到了舱门口，他突然回头看向阮思娴："帮……帮我个忙。"

"什么？"

俞副驾说："我手机密码是六个 8……你一会儿帮我给我女朋友报个平安。"

阮思娴点头说好，俞副驾才下去。之前几次飞行，阮思娴就知道了他这个习惯，每次落地一定会给女朋友发消息报平安。

范机长走了出来，目送俞副驾上了救护车，还不忘骂他两句。

不过好歹是平安降落了，阮思娴松了口气，去找俞副驾的手机。给他女朋友打电话说明了情况后，阮思娴摸了摸自己的手机。

她刚刚打开网络，一个电话就打了进来。

电话号码没存，但是她知道是谁的。

世航一旦有航班出现临时变故，飞行部门会立即告知他，所以能精准知道落地时间并且打来电话的也就只有他了。

不过一想到今天早上他那副样子，阮思娴就不是很想接。

等铃声响了好一会儿，阮思娴还是接了起来。

"喂，傅总。"

"落地了？"

“嗯……”

那头沉默了片刻。傅明予可能暂时还不知道是哪个飞行员出问题了，所以打电话过来的吧。

阮思娴低头看着自己的手指，大拇指轻轻扣着食指的指甲，脚下还有一下没一下地擦着地面，正想说“放心，你的双倍年薪没事”，却听他道：“那返航立即交出详细事故报告。”

“……”以为傅明予立刻打电话来是关心她，真是太看得起他了。

一百二十分钟后，飞机重新准备起飞。

由于抚都机场有世航基地，很快便调度到了另外一个副驾驶过来。

下午七点，本次航班返回江城机场。

范机长收拾收拾便带着阮思娴去了傅明予的办公室。

“人怎么样？”傅明予问。

范机长站在傅明予桌前，如实回答：“急性胆囊炎，已经手术了，现在情况稳定。”

“嗯。”

阮思娴跟在范机长后面，头微微低着，全程听着范机长和傅明予交涉，没有说一句话。

十分钟后，柏扬敲门进来，打断了片刻。

他开口前看了阮思娴一眼。

阮思娴注意到他的目光，以为他这算是打招呼，便朝他点点头。

柏扬抿唇，走到傅明予身旁。

“傅总，郑小姐来了。”

郑小姐？虽然没有指名道姓，但阮思娴下意识就想，一定是郑幼安。

她低头抠了抠指甲。她怎么来了？

随后，柏扬侧头瞟了阮思娴一眼，然后走到傅明予身旁低语。

距离傅明予几米远的阮思娴听不见柏扬的话，只见傅明予点头道：“知道了，你让人去安排。”

柏扬走后，傅明予无缝对接，又继续问范机长情况。

说到最后，范机长说：“这次用减速板时发动机推力已经超过66%，我会承担责任。”

阮思娴猛地抬头看范机长。

他的意思就是，这次备降造成的QAR三级事件算在他身上？

傅明予手里捏着一支笔，沉吟片刻，似乎是没接范机长的话，只是说道：“嗯，情况我知道了。”

报告到此为止，阮思娴跟着范机长走了出去。

从头到尾，阮思娴跟傅明予没有任何交流，甚至连眼神交流都没一个。

阮思娴是真的觉得有点让她觉得奇怪，前几天还缠到她家里待了半天，任劳任怨，被她撩了半天连火苗都没冒一簇。

眼下看来，他的火苗终于被她给直接摁死了？

但是走到门口，却听到身后的人叫了一声“阮思娴”。

虽然叫的是阮思娴，但范机长还是下意识停下了脚步，看了看阮思娴，又看了看傅明予，目光来回打量一圈，随后扬长而去，还体贴地为他们关上了门。

本来阮思娴觉得傅明予突然叫住她没什么，但是范机长这么一搞，她莫名觉得没什么好事发生。

她转身问道：“怎么了？”

傅明予一边开电脑，一边说道：“今明两天之内，你应该会接到通知，公司即将启动今年的飞行学院全国巡回招募，需要拍摄一组宣传片，飞行部选了你上镜。”

阮思娴偏偏头，笑得很开心：“可以呀。”

上镜拍宣传片，代表企业形象，谁不乐意呀。

紧接着，傅明予又说：“掌镜摄影师是郑幼安。”

阮思娴有片刻诧异，但略微一顿便想通了。

郑幼安学的摄影，主攻人像，又跟傅家关系匪浅，让她来负责这次拍摄很正常。

阮思娴问：“怎么了？”

傅明予抬头望过来，眼神有轻微波澜闪过，垂眸道：“如果你不愿意，我让飞行部换了摄影师。”

我为什么不愿意？如果我不愿意，你换飞行员就行，干吗换摄影师？

阮思娴细细打量他，顿时明白了。

哦！你又开始了是吧！还觉得我吃郑幼安的醋是吧？

这个男人……

阮思娴一副不解的样子看着傅明予，问道：“为什么不愿意啊？我很愿意啊。”

傅明予看着她的眼睛，确认后，轻轻地叹了口气：“好。”

当初让郑幼安来掌镜这次的宣传片，是傅明予当着郑幼安父亲的面答应下来的。

本不是什么大事，平时也是请个差不多的摄影师就行了，所以借此卖郑董一个面子没关系。而且知道阮思娴和郑幼安的关系也是在那之后。

他平时本来不管这些细枝末节的小事，不过项目启动后，他特意问了负责人，果然不出他所料，飞行部选了阮思娴上镜。

他想过，如果阮思娴不想和郑幼安有什么接触，他甚至可以言而无信换掉郑幼安，事后再以其他方式给郑董赔罪便是。

其实他明明还有另外一种解决的办法，就是让飞行部换掉阮思娴，重新选一个飞行员就行，简单省事。

但他从头到尾竟然压根儿就没考虑这个处理方式，之所以主动问阮思娴，是因为他不想再在自作多情的基础上擅作主张。

他莫名有一种想在她面前表现表现的冲动，可是阮思娴看起来确实丝毫不介意的样子，完全不介意。

第二天上午，阮思娴果然接到了飞行部的通知，让她准备拍摄今年招生的宣传片。

虽然摄影师是郑幼安，可是自上次醉酒之后，她心中郁结已经疏散许多，就拍个照而已，也没什么。

只是今天气温又创新高，阮思娴又不得不穿着制服出门。

衬衫得扣得整整齐齐，西装裤密不透风，在太阳下转个身就像烧烤上翻身的小黄鱼。

偏偏这时候还不好打车，她从家里走到门口都没司机接单。

在门口等待的几分钟，阮思娴感觉自己已经五分熟了，喜欢生的人可以直接上口了。

宴安开车从停车场出来时，便看见阮思娴夹着飞行帽站在门口，面色烦躁。

他不知不觉踩了一脚刹车，在距离阮思娴十来米的地方停下。

上次夜里的一个电话后，宴安再没来过名臣公寓。

反正别人拒绝得明明白白，他再纠缠只显得难看，即便偶尔会烦躁不爽，但也克制自己想主动联系的欲望。

但是这一刻一瞥，第一次见她穿着制服，身姿挺拔，皮肤在阳光下白得发光，又莫名心痒难耐。

或许是得不到的总是最好的，又或者是不甘心，总之，他此刻很难说服自己就这么视而不见。

足足停了三分钟后，宴安才将车缓缓开到阮思娴旁边。

"去哪儿？"宴安摇下车窗问。

阮思娴回头见是宴安，愣了一下："宴总？"

"嗯，去世航吗？"

阮思娴点头："我……"

"上车吧，我顺路。"宴安说，"我要去机场基地，带你一程吧。"

见阮思娴似在犹豫，宴安咧嘴笑了笑："不是吧，连我车都不愿上了？真是顺路送你一程，咱们不是说了做朋友吗？"

做朋友你大晚上还给我打电话呢。

阮思娴心里的吐槽没表现出来，只是笑了笑，说："我打了车，马上就到了。"

宴安笑容消失，不耐烦地摁着方向盘，后面开上来的车在按喇叭催促。

"别磨叽了，上来吧，多大个事儿，回头后面要下车打人了。"

阮思娴抬头看了一眼马路，连个出租车的影都没有，而后面已经有三辆车陆陆续续出来了。

阳光晃得刺眼，天气热得令人极其烦躁，她薅了薅头发，指尖就已经有了汗水。

行吧。她拉开车门坐上副驾驶。

在她低头系安全带时，宴安侧头看了她一眼，抿了抿唇，想说什么，最后还是没说出口。两人就这么沉默着到了世航大门口，宴安缓缓停车。

阮思娴说了声“谢谢”，下车时，宴安却叫住她。

阮思娴撑着车门回头：“怎么了？”

宴安在车里吐了口气，憋了几秒，说道：“天气热，注意防暑。”

阮思娴点点头，转身朝里面走去。

身后的车开走后，她回头看了一眼。这个宴安怎么感觉就不死心呢？

阮思娴是和另外几个年轻的机长以及副驾驶一起到的。

这一次见到郑幼安，她穿得轻便了许多，短上衣牛仔裤，头发高高扎起，绷着一张脸在摄影棚里穿梭。

工作不多，但她却足足带了三个助理。

郑幼安一眼看见阮思娴，没在意，但走了几步，又突然退到她面前，直戳戳地说：“我们是不是见过？”

不等阮思娴回答，她又说：“哦，我想起来了，上个月在商务航站楼我们见过一面。”

“嗯。”阮思娴点头，“是见过。”

郑幼安又上下打量阮思娴，似笑非笑道：“你应该很上镜吧，你们公司可真贴心，人全都选好了，直接帮我省了不少事。”

听着好像有点儿介意飞行部直接把人给她拎出来了，不给她选择权，所以这夸奖听起来也不太像那么一回事儿。

身后她带来的助理突然暗戳戳地笑：“可不是，也不看看是谁的公司，能不帮你省事吗？”

郑幼安回头瞪她一眼，却是含笑骂道：“闭嘴！”

阮思娴秒懂了她们在说什么，不就是在调侃郑幼安跟傅明予吗？

一边说着自己跟她没有关系，一边又尽心尽力地帮忙。这个男人真不是人。

阮思娴努了努嘴，不知道该说什么，便安静地站着。

站着站着，心里又开始骂傅明予。这男人真的太不是人了，前两天还假惺惺地问她要不要换摄影师。

虚伪，渣男!

“来，过来化妆了。”郑幼安的助理突然朝阮思娴挥手，“咱们让女生先哦。”

化完妆后就该开始拍摄。阮思娴以前是空乘时也上过世航的期刊，摄影团队也是外面请的，所以她自认为还算比较熟悉流程。

可郑幼安大概跟那些靠拍照吃饭的人不一样，光是在妆容上她就指指点点了许久。

一会儿嫌眼影重了，一会儿又嫌眉毛太粗了，别的男飞行员早就化好妆等在那里，而阮思娴却在化妆镜前坐了两小时。

不就是招生宣传吗？至于搞得像拍时尚杂志吗？

到最后阮思娴快坐不住了，郑幼安才勉强点点头：“就这样吧，马马虎虎。”

阮思娴：“……”

不是我说，你这小姑娘怎么跟你长相一点不符合呢？处女座的吧？

到了拍摄阶段，流程依然没有阮思娴想象中顺利。

光是打光板郑幼安就让助理们摆弄许久，一个姿势来回微调了几十次，阮思娴脸都快笑僵了。

下午五点，大家都以为快结束了，结果郑幼安一关相机，说：“走，我们出外景。”

不是，这三十八摄氏度的天你要出外景？

除了阮思娴，其他人当然也不太乐意。

“就几个姿势拍几张得了，出什么外景啊，不是有后期吗？”

“那能一样吗？”郑幼安仿佛听见了什么笑话似的，“后期 P 的蓝天白云跟实景能一样吗？我从来不用后期 P。”

阮思娴无语凝噎，第一百八十次想告诉她，这只是一个招生宣传海报系列，不是你拿来参展的艺术品。

另外几个飞行员一开始看郑幼安长得清纯可爱，个个还殷勤得很，被折磨一下午后也开始游走在发火的边缘。

他们不说话，阮思娴也没表态，郑幼安看着他们，僵持半分钟，说道：“你们都不愿意是吧？”

得了，不跟女人计较。那几个男飞行员烦躁地点头：“拍拍拍！”

郑幼安又看向阮思娴：“你呢？”

阮思娴抱臂，看了看外面的烈阳，皱着眉点头：“行吧。”

只要不是傅明予，事情再多也忍你。

郑幼安抬抬下巴：“那走呗。”

这一组室外照直到太阳快落山了才拍完，阮思娴的制服前前后后几乎湿了个遍，一口气喝光了同事递过来的一整瓶矿泉水。

而郑幼安翻出照片，自言自语道：“摆拍的确实没什么神韵。”

阮思娴：“……”

这位姐处女座守护者吧。她没什么耐心再待在这儿了，看郑幼安专心致志地翻看照片，估计也没心思跟他们打招呼。于是阮思娴拿起包准备告辞。

只是经过郑幼安身后时，听见她一个助理嘀咕道：“你这也太精雕细琢了点，就是个宣传片，又不是艺术大片。”

嘿，可算有个明白人。

郑幼安却说：“宣传片又怎么了？这是明予哥要看的，我得做到最好。”

阮思娴：“……”

她脚步没停，眉头却挤得更紧，比眉头挤得更紧的是心头。深吸一口气后，阮思娴还是没能调整好心态。

好，明予哥，今天这笔账我还是算在你头上了。

春江夜包厢，傅明予鼻尖突然一痒，食指抵抵鼻子，轻轻咳了一下。

“怎么了？空调开太低了？”

祝东说着就要让人进来，傅明予连忙止住：“没事。”

“最近天气太热了，我上周就热伤风了，前两天才好。”

祝东端起面前的酒壶给自己和傅明予倒上：“你最近忙大事儿，可千万别把自己身体弄垮了。”

傅明予端着酒杯，目光落在上面，却像是在走神。

“哎，你要进行飞行品质监控改革，你爸和你哥知道吗？”

傅明予点头。

祝东又问：“他怎么说？”

傅明予眯着眼看祝东身后的屏风，淡淡地说：“他们反对也没用。”

祝东笑了笑，端起酒杯喝了一口：“看来你要孤军奋战啊。”他举了举杯子，“兄弟我精神上支持你。”

见傅明予不为所动，对这个话题的兴致不高，他又转了话题：“你猜我今天在世航门口看见谁了。”

傅明予抬了抬眼帘，没有接话。

“宴安那小子啊。”祝东说，“送你们公司那个女飞呢。”

他说着就笑了起来：“你说你当初费什么力气跟他抢人呢，反正都身在曹营心在汉，搞得人两个都折腾。不过话说回来，宴安的话也是不可信，说什么不追了不追了，我当初就说了，他能放下才怪，他什么时候为个女人喝过酒啊？那天我就看他不对劲了。”

见对面的人似乎是对这个话题也没有兴趣，祝东也无奈了，扣了扣桌子。

“你今天怎么回事？心情不好？”

“没。”

祝东懒得理他，还是专心吃饭喝酒吧。

而傅明予垂眼，眸色幽深，沉默许久，忽而哂笑一声，端起了面前的酒杯。

拍摄结束后，阮思娴先回家洗澡换衣服，然后司小珍开车来接她，两人一起出去吃了饭，又把她送回来，一来一去耽误了不少时间，回到名臣公寓已是夜里十点。

路灯把她疲惫的身影拉得很长，走到门口时，又遇到几户人家遛狗，站在屋檐下看着狗玩耍。

阮思娴想绕都没的绕，在路灯下站了一会儿，见那几户人似乎短时间内不会走，她才极尴尬地出声，让他们把狗拉开。

那几个狗主人还觉得她奇怪，边盯着她看边拉走自己的狗。

偏偏阮思娴经过的时候，一只金毛兴奋地冲过来，把她吓得趔趄了一下。眼看要绊一跤，肩膀却被人稳稳扶住。

阮思娴抬头，大厅亮堂的灯光下，猝不及防撞上傅明予的目光。

他好像喝酒了，阮思娴闻到一股酒味。酒精让他的脸更白了，没什么血色，眼睛里却映着灯光，隐隐跳动。

阮思娴下意识问："你怎么在这儿？"

说完阮思娴便后悔了，他有房子在楼上，出现在这里很正常。

阮思娴兀自撇了撇嘴，觉得自己今天肯定是被晒得头晕了。

侧头时，又看见傅明予的手还扶在她身上，阮思娴往一旁避开。

这个动作让傅明予眼神一沉，开口道；"我在等你。"

酒后的嗓音特别低沉，却又很清晰，阮思娴都不能说服自己是听错了。

她感到奇怪地打量傅明予："你等我干什么？"

他看向一侧，让晚风吹向他的脸。

"你今天去哪儿了？"

不提这个还好，一提到这个阮思娴就生气。他的幼安妹妹为了在他面前表现，硬是折腾了她一下午，还好意思问？

"我能去哪儿啊，除了给你的摄影师拍照还能去哪儿啊？"

傅明予低头直视她："你知道我说的不是这个。"

阮思娴不明白："不是这个还能是什么啊？我今天就是在拍照啊，不信你去问别人。"

说完她又嘀咕道："早知道人家就是为了你，我就不去掺和了。"

下巴突然被他的手指抬起来，阮思娴不得不跟他对视，神色却因为这个突然的动作窒了两秒。

"干吗啊你？"

“你今天跟宴安在一起？”

“对啊。”阮思娴别开脸，下巴脱离了他指尖的触碰，“他顺路送我啊，怎么了？”

傅明予的手指落空，无处安放，指尖却在发热。

他看着阮思娴，眼里的不解渐渐不再压抑。

“为什么？”为什么都这样了，还能跟他有说有笑的，却要拒他千里？

“什么为什么啊？”阮思娴说，“我都说了他顺路送我。”

说完，阮思娴有片刻的懊恼，她干吗要跟他解释这么多？

阮思娴扭头就走：“喝多了就早点睡吧，傅总。”

傅明予突然拉住她的手腕，力气有点大，且他手心很热，让阮思娴莫名产生一种不妙的感觉。喝多了的男人很危险，从古至今都是这样。

阮思娴回头瞪他：“干什么！你连我跟谁接触都要管吗？你是不是管得有点多啊？你是我上司，又不是我爸。”

在傅明予片刻的沉默中，阮思娴脑子里突然闪过一个想法。

她慢慢勾起唇角：“怎么，傅总，你不想做我上司了？管这么多，想做我男朋友？”

如她所料，她看见傅明予目光渐深，喉结微微滚动。

还没等他开口，她又笑着说：“你不如做梦。”

“……”

于阮思娴而言，没有什么时候比这一刻更爽了。她嘴角笑意更深，甩开傅明予的手，扬长而去。

然而刚刚走出一步，手再次被人拉住，这次力气更大，直接把阮思娴摁到了墙边。他手掌的温度渐渐升高，呼吸也一点点拂在阮思娴鼻尖。

有点烫，让人感到灼热。

“就真的……”他说，“对我一点感觉都没有吗？”

他双眼深邃，专注地看着一个人时，漆黑得像深海，暗潮涌动只在眸子。阮思娴唇角的弧度慢慢消失。

就在这时，阮思娴感觉他的手又加大了力度，握得更紧了。

“你迟疑了，是吗？”

“我迟疑什么？我只是在想怎么骂你！怎么让你脑子清醒一点儿！”

傅明予笑：“是吗？平时挺能骂人的，怎么现在就迟疑了？”

“我说了我不是迟疑！还不允许我词库用光了啊？”

傅明予的眼神告诉阮思娴，他明显不相信。

阮思娴的怒火彻底被点燃，抓起包就往傅明予身上砸，一边砸还一边踹他。

“你自恋个什么自恋？你以为你是谁啊，都对你有感觉！我见到狗才会心脏怦怦跳你懂不懂！”

傅明予退了两步，被她打得狼狈不堪，一把推开她说：“行了！我知道了！”

阮思娴还不解气，一脚踢到傅明予小腿上。

“知道了就给我滚！”

天刚蒙蒙亮，阮思娴蹬了一下腿，突然睁开眼睛。她平躺着，盯着天花板，胸口还在剧烈起伏着。

是啊！她昨晚为什么不直接动手打他！

反正她说什么他都不会信，只会固执地活在自己的世界里，那干脆就用行动告诉他。

而不是昨晚傅明予问完之后，她只是矢口否认，就跟梦里的场景一样，对于傅明予这种人来说根本没有力度！

他当时肯定没有相信她的否认，不然怎么会什么都没说就松开她的手，还让她早点休息，然后转身走了，根本不再给她继续否认的机会？

可恨她聪明绝顶的脑子就在这种时候卡壳，回家躺床上回想了一晚上怎么骂回去，却没有时光机能让她回到那个时候，想再多都无济于事。

阮思娴突然坐起来，气冲冲地看了楼上一眼，不知道现在去打他一顿还有没有用。

拿起手机看了一眼，才五点，时间还早，阮思娴又继续倒下去睡觉。可是一闭上眼，她脑子里又出现昨晚的画面。

不行，越想越气，不知道还有没有什么补救的办法。阮思娴又一个鲤鱼打挺坐起来，拿着手机翻联系人。

昨晚司小珍夜班，这个时间还没下班，不能给她打电话。

那就卞璇吧，她开酒吧的，经常忙到早上才回去睡觉。电话拨过去，一直到结束都没有接通。

阮思娴又打了第二遍、第三遍……直到第五遍，电话终于接通了。

对面却响起卞璇暴躁的声音。

“姐！几点啊！现在几点啊！你要是不给我说出个紧急事件出来我们从此就恩断义绝！”

被卞璇吼了一阵，阮思娴心有愧疚，气势下去了，捂着手机小声说：“你已经睡了啊？”

“废话！我昨晚喝多了！”

“哦……”

“什么事！快说！”

阮思娴：“哦……就是昨晚，傅明予那个渣男气死我了，他——”

“怎么又是他！”

卞璇打断阮思娴的话：“你就为了这么个男人大早上扰我清梦？万一我昨晚带帅哥回家了呢？你对得起我吗！”

阮思娴也是刚刚醒，脑子都还没清醒，但是已经完全没了睡意。

“你陪我说说话吧，我都快气死了。”

电话那头传来窸窸窣窣的声音。

卞璇坐了起来，深呼吸一口，强行平静下来：“说吧说吧。”

“唉，就是昨晚，傅明予……”

阮思娴说到一半，又被卞璇打断。

“为什么又是他啊姐！”卞璇无奈地长叹一口气，伸腿踢开被子，“你最近提他次数也太多了吧，我耳朵都要听出茧子了。”

阮思娴愣怔一下：“有吗？”

“没有吗？”卞璇干脆坐了起来，“来，我跟你说说，我没见过这个人，但是我跟他已经非常熟悉了好吧，下次不如你让他来喝酒，我请客，反正大家都这么熟了。”

阮思娴没接话，卞璇又接着说：“你自己看看，你一个几乎不发朋友圈的人，回来才几个月，发的朋友圈都是关于他的。”

阮思娴：“那也算？我都是在骂他好吧。”

卞璇：“那也没见你骂别人啊！来，我现在就翻给你看。”

她说着说着还真的打开了朋友圈：“拒绝微信的那个是说他吧，最后还不是加上了。野狗是说他吧，那首歌也是说他吧，哦，早餐那条不是说他，不过你看看你就发了四条，三条都是说他的。”

阮思娴：“……”早餐那条也是发给他看的。

卞璇：“这样，我建议你辞职得了，放过自己也放过他，别成天给自己气出心脏病来，行吗？”

阮思娴哼了声：“我才刚刚结束带飞我怎么能辞职？”

隔着电话，卞璇无语地挠头。

现在什么睡意都没了，她做错了什么要遇到这样的朋友？

“说吧，昨晚到底怎么了？我倒要听听看了我。”

阮思娴却沉默了。她感觉自己好像已经没有什么底气了。

“算了，你继续睡吧。”

“……”卞璇憋气，“阮思娴我迟早跟你恩断义绝！”

挂了电话，阮思娴盯着屏幕，点进自己朋友圈，把这几个月发的内容一一删除。

等等，怎么搞得她心虚似的！能不能一键恢复啊？

什么叫祸不单行，就是阮思娴重新躺下准备补觉时，飞行部一个电话打来了。

这时候阮思娴才深刻体会到刚刚卞璇的心情。

这个时候打电话过来指定没什么好事，但很有可能是航班突然变动，需要临时调配副驾驶。

所以阮思娴即便很困也不敢多睡，利落地起身，一边接着电话一边往洗漱间去。

可是她还没走出房间，就听那边的人说，让她今天下午再去一趟世航，郑幼安要补拍几张照片。

阮思娴："……"

她一屁股坐回床上："为什么啊？怎么了啊？哪里拍得不对吗？"

飞行部的人说："郑小姐说室外那几张表情不太自然，想补拍一下，就一下午，不会占用太多时间。"

阮思娴极其不想去，飞行部那边又说："郑小姐比较精益求精，所以……"

阮思娴看着窗外的日光，说道："我觉得我是拍不好了，换人吧。"

换人当然不行。

飞行部那边好说歹说终于把阮思娴劝动了，顺便也附带了几句吐槽。

他们也是头疼，觉得郑幼安要求实在太高了点，可是没办法，他们想着郑幼安是合作公司老板的千金，又是傅明予亲口答应让她来拍的，她的要求他们当然会尽力去满足。

阮思娴轻轻"呵"了一声："知道了，我现在出门。"

幸好今天早上气温不是很高。阮思娴又换上制服，到世航门口时，另外几个被叫来补拍的飞行员也是一脸无语。

"真羡慕老张啊，今天有航班，逃过一劫。"

"烦都烦死了，大早上的我正准备跟女朋友去钓鱼，这下我女朋友也生气了。"

"你说搞艺术的是不是都这样啊？"

阮思娴心想，是的。郑幼安这么难搞，多半是被董娴影响的。

她以前也是这样，仿佛有强迫症似的，一张画里要是有一丁点别人看都看不出来的细微瑕疵，她就能扔了重画。

一行人拖着不情不愿的脚步走了进去。

幸好今天化妆师也怕郑幼安再要她重复改妆，花了很多心思，一次通过。

郑幼安点了点头，看着几个飞行员，想说点什么，最后只是张了张嘴，说她先去调试器材。

过了一会儿，郑幼安的助理就提着几杯冷饮进来了。

清晨的气温渐渐升了起来，但是太阳还不算刺眼。

阮思娴等化妆师把她头发弄好，便拿着郑幼安买的冰咖啡往停机坪走去。

外面的各种设备已经摆好，郑幼安站在镜头前在摆弄着什么。她旁边还站着一个人，阮思娴眯着眼睛看了看，是傅明予。

他今天还挺闲呢。

阮思娴朝他们走去，不过不是走向傅明予。

她经过他们身边，把咖啡丢进垃圾桶里，转身时，看见傅明予朝她看过来。

“来了？”这语气，搞得他们俩好像很熟似的。

明明昨晚才闹了一场。

阮思娴感到奇怪地看了他一眼，转身朝打光板走去。

但是没走两步，却听到身后的郑幼安说：“你看吧，这几张不太好看。”

三十八摄氏度高温谁能好看啊姐？

这就算了，她竟然还听到傅明予说：“确实不太好。”

阮思娴：“……”她下意识摸了摸脸。

不好看吗？昨天化完妆她站在镜子前看了很久，明明就很好看啊！

阮思娴一路琢磨着这个问题，压根儿没回头，也没注意到郑幼安听到傅明予说的话时，脸色微变，她关上液晶屏，抬头道：“我们开始吧。”

阮思娴按照昨天的位置站好。

每每看向镜头时，傅明予就站在郑幼安身旁，目光遥遥朝她看来。

傅明予确实觉得之前那几张不太好，完全没有阮思娴平时好看，还不如随便抓拍几张。

就像现在，她站在飞机下，穿着制服，臂弯夹着飞行帽，撇头看向侧面，就这样一眼，就比照片里僵硬地笑着好看多了。

似乎是感觉到他的目光久久停留在她身上，阮思娴回头，瞪了他一眼，随后又很不高兴地别开脸。

傅明予低头轻笑了声。

“你笑什么？”郑幼安突然问，“是哪里不对？”

“没有。”傅明予回头看她，嘴边的笑意还未消减，“你拍吧，我看看就行。”

郑幼安点头说好。

阮思娴回过头时便看到傅明予笑着跟郑幼安说话。

还笑呢，笑得那么自然，敢情在太阳底下晒着的不是你！

阮思娴越来越不舒服，扯出的笑容也无比僵硬。

郑幼安从镜头旁探头，说道：“你要不先放松一下面部肌肉，现在笑得太不自然了。”

阮思娴真的试着去放松，可是根本无济于事。

她突然瞥向傅明予。

他笑得倒是很自然呢。

“你让他走，我就笑得自然了。”

“……”

郑幼安噎了一下，迟疑地转头看傅明予：“她是在说你吗？”

傅明予没回答她的问题，只是看了阮思娴一眼，随即转身走了。

身旁几个飞行员这才小声说：“傅总在那里看着我也浑身僵硬来着。”

“不过我不敢这么说。”敬佩之情完全流露。

而镜头那边的郑幼安多看了阮思娴两眼。沉吟片刻，却什么都没说。

拍摄结束后，已经是正午时间。

阮思娴没和那几个飞行员一起去食堂吃饭，打算回家吃。

傅明予的车就停在世航门口。阮思娴远远看见，脚步微顿，想了想，从一旁绕开。

她现在就是很不想看到傅明予，可是门就那么一个门，她才走出去没几步，那辆车就跟上了她。

傅明予摇下车窗，一股冷气便溢了出来。

“吃饭了吗？”

阮思娴没理他，继续走。车就继续跟着。

阮思娴无奈地停下脚步：“你跟着我干什么？”

傅明予面色不变，下车走到车旁，拉开车门。

“上车吧，我送你。”

“你很闲吗？”

傅明予抬手看了眼腕表：“不是很闲，所以你赶紧上车。”

“不用了，谢谢。”阮思娴不再理他，继续朝前走。

傅明予倒是不急不缓地跟了上来，在她身后说：“天这么热，你就打算这么走回去吗？”

“我自己可以打车的。”

“现在高峰期。”

“那我可以等。”

“你在倔什么？”傅明予说，“怎么宴安可以顺路送你，我就不可以？”

阮思娴：“……”

他这个角度好刁钻，阮思娴竟然不知道如何作答。

“你今天心情很不好？”

阮思娴回头，站在离他三步远的地方：“对啊，知道我心情不好就别惹我。”

“我惹你了吗？我今天都没跟你说话。”

阮思娴长呼一口气：“你站在那里光是呼吸就让我生气。”

说完，阮思娴又继续走。但她感觉傅明予还跟着她。

阮思娴回头道：“你又在干什么啊？我昨天晚上都说了，我对你没感觉。”

傅明予点点头：“我知道。”

知道你还缠着我！

不等阮思娴说话，傅明予又说：“那你今天生我什么气？”

对啊，我在生他什么气？

阮思娴愣了一下，抬头见傅明予眼里点点笑意，突然反应了过来。

渣男带我节奏！

第十一章

初见苗头的暧昧

一辆辆飞速行驶的汽车在高架桥上扬起灰尘，从车窗折射进来的太阳格外刺眼。车内有一股淡淡的若有若无的清冽香味。

阮思娴安静地坐在副驾上，飘远的神思被这香味吸引，她轻轻嗅了嗅，有点儿好奇，这个味道哪里来的？

车座前没有熏香，后视镜上也什么东西都没有，旁边的置物柜也没放东西。

她的目光渐渐搜寻至驾驶座，傅明予正好停在红灯前，朝她看过来。

阮思娴："……"

目光一对上，她又别开脸，冷漠地看着前方。

她开始回想自己为什么坐在了他的副驾驶。一定是被太阳晒晕了，被傅明予气晕了。

这个男人太不要脸，把她堵在世航门口，大中午的人来人往，她不上车，他也不走，就眼睁睁让来往的员工看着。

他堂堂一总监，未来一总裁，能要点儿脸吗？

瞧那架势，她今天要是不上车，他大概能一路跟着她走到家。

"今天我可不是因为你生气。"阮思娴闷了许久，决定主动开口解释最关键的问题，不然傅明予又要多想，"天气太热了，我烦躁，谁来我都这个脾气。"

傅明予淡淡地"哦"了一声。

阮思娴皱眉看他："真的。"

傅明予脸上依然没什么表情波动：“嗯，我知道了。”

可是阮思娴怎么就这么不信他的话呢？这个人是怎么回事，就那么喜欢别人对他生气吗？

阮思娴憋着气鼓着眼睛看他，他却没什么反应。把自己憋了半天，对方屁都不放一个，阮思娴选择闭嘴。

她知道自己这个时候要再是开口，指不定又被他带进坑里。

累了，真的累了。

车内沉默了半晌，傅明予突然问：“你在想什么？”

阮思娴面无表情地说：“哦，我在想尽快去考个驾照。”

免得总是因为没车被人拽上副驾驶。

傅明予怎么会听不出她的意思？考个驾照，自己开车，免得他再用这种理由强行缠着她。

也不知道她上宴安的车时，有没有产生过这种想法。他冷冷笑了一声。

“阮思娴，我比宴安到底差在哪里？”

阮思娴感到莫名其妙地看着他：“你突然提他干什么？”

傅明予眯了一下眼睛，他其实很不想问这种问题。他甚至从来没有想过要拿自己跟宴安比较。

但是同样都被拒绝过——

“怎么你能心平气和跟他说话，能让他开车送你，我就不行？”

他转头看着阮思娴：“我和他哪里不一样？”

那当然不一样。这句话差点儿就要脱口而出，幸好阮思娴临时刹了个车。

可是哪里不一样呢？傅明予一定会追问她，但是她在心里想了一圈，也不知道怎么回答。

反正就是不一样。

正好停在一个红灯口，傅明予停下车，直勾勾地看着阮思娴，等着她说出下文。

阮思娴扯着嘴角道：“你比他帅，舒服了吧？”

傅明予又没什么反应，慢悠悠地收回目光，前头绿灯亮了，他踩下油门。

汽车飙出去，眼前的景物飞速倒退，车内又恢复了安静。

然而就在阮思娴以为她明显敷衍的回答已经让这个话题过去了时，却听见他轻飘飘地说：“哦，所以你怕你动心？”

“傅明予！”

身边的人好像又到了忍耐的极限，再戳一下就要炸了。说出这句话的时候就知道她会生气，但是傅明予听到她的反应，心里却溢出一丝说不清道不明的愉悦。

他淡淡地勾了勾唇角，不再说话。

十分钟后，车缓缓停在楼下。

阮思娴下车的时候都没有跟傅明予道谢，不过他也不在意，反正是他非要送她回家的。

傅明予就坐在车里，看着她大步走进大厅，直到人消失在电梯里。

手机突然响了一下，傅明予看了一眼，是郑幼安发来的消息，问他要不要看看今天拍的照片。

阮思娴的照片吗？

傅明予回：好。

收到这个消息后，郑幼安便把自己关进了暗房。

虽然现在胶片相机已经陆续停产，但郑幼安依然认可胶片相机对色彩的还原和图像清晰度，所以暗房依然是她心里圣地一样的存在。

她对摄影的要求高，好在家里条件优渥，经得起她随便造，家里镜头堆得跟山似的。

而她成绩也不俗，十三岁的时候家里就为她开了摄影展，十五岁出国留学，七年时间拍了不少作品，其中获奖不少，她的爸爸也以她为傲，逢人就要把她的成绩拿出来说一说，而朋友们也时常请她为自己拍照，眼里全是崇拜的光芒。就连老师也几乎没有批评过她的作品。

自小养成的自信让她对自己的作品越发严苛，即便这次只是拍招募宣传片，她也当作艺术片来拍。

可是傅明予却说什么？

“确实不太好。”

已经过去了这么久，郑幼安每每想到这句话还是不舒服。

我说我自己拍得不太好是谦虚，你说我拍得不太好那就是眼瞎。

她越想越不服气，暗房里舒缓的音乐也不能缓解她的心情。

等照片洗出来，她独自欣赏了很久。你们世航绝对没有出现过这么有艺术气息的宣传照。绝对没有。

把扫描出来的高清照片发到柏扬邮箱后，郑幼安安静地等着傅明予的评价。

然而过去了半小时，对方还没回应。

郑幼安忍不住又发了一条消息问：明予哥，您看了吗？

此时傅明予刚刚回到世航。

桌上放着刚刚列的飞行数据负面应用清单，这是他最近最重要的工作。

看到郑幼安的消息后，傅明予回了个“稍等，在忙”，便去了会议室。

第一次召开关于进行飞行品质监控改革的会议，底下坐的股东代表都是持反对意见而来。

这场会议一开就是七小时。

傅明予走出会议室时，天色已经黑了。

柏扬跟在身后，说道：“刚刚傅董打电话来询问今天的会议情况，现在回电话吗？”

“不急。”傅明予朝自己办公室走去，“结果没有出来之前不用给他汇报。”

坐到办公室后，傅明予脱了外套，手臂搭在靠背上，懒懒地看向落地窗外的霓虹灯。

充斥在脑子里的各种争吵声慢慢散去后，傅明予揉了揉眉骨，突然想起了什么：“柏扬，今天郑小姐是不是发来了新的照片？”

柏扬点头道：“早就发过来了，现在要看吗？”

傅明予没抬头：“嗯。”

郑幼安发来的照片很大，柏扬花了很长的时间解压。

等待的时候，他托着下巴看进度条，眼睛似合未合。

真想告诉郑小姐，把阮思娴的照片发过来就得了，反正他们日理万机的傅总也没有精力看其他人的。

二十分钟后，柏扬在办公室里的显示屏里放出了郑幼安发来的照片。

傅明予以放松的姿态坐在沙发上，握着遥控器，翻了几张还不见想看的照片，便直接跳到目录，直接选中阮思娴的照片。

柏扬在一旁面无表情地想：果然。

也不知过了多久，柏扬快要原地入定时，傅明予才随意滑过其他照片。但几秒后，他又翻回了阮思娴的照片。

柏扬想下班了。他上前一步，说："需要我把这几张照片发到您手机上吗？"

傅明予目光一抬，直戳戳地盯着柏扬。柏扬顿时清醒了，什么困意都没有了。

然而下一秒，却听傅明予说了一个字："好。"

与此同时，傅明予打开了手机，几十条消息瞬间涌了进来。

他大致浏览了一遍，不重要的自动忽略，而看到郑幼安连着给他发了好几条时却有些好奇。

六小时前："您看了吗？觉得怎么样？"

四小时前："明予哥？"

两小时前："傅总？您看了吗？"

十分钟前："傅总，您随便看看吧，提提意见也行（微笑）。"

傅明予见她这么急切，就又回忆了一下那些照片。

照片选取的画面、拍摄角度、画面结构都很有特点，用光也很巧妙。

但精致有余，瞬间气氛不足。

总结来说，就是一组非常细腻的人像作品，但作为宣传片来说，却是本末倒置了。

不过这也不重要，招生宣传而已，拿去给郑幼安练练手也无所谓。

傅明予拿着外套起身，准备回家，同时给郑幼安简单回了两个字。

"还行。"

这条消息石沉大海，郑幼安没再回复。

上车时，司机问傅明予回哪里。

傅明予闭了闭眼："名臣公寓。"

夜色浓稠，万家灯火，车窗紧闭，车内安静而凉爽。

傅明予解开领带睡了一会儿，在即将抵达名臣公寓时自然而然睁开了眼。

他微微侧头，看向窗外时，突然说道："停车。"

阮思娴搬过来几个月，却一直没有好好了解这附近的环境，直到今天晚上想自己做做饭了，打开地图找超市，才发现附近两三公里的地方有一条步行街。

她洗了个澡出门，慢悠悠地走过来，但人还没进超市，就看到一家花甲粉丝店门口排了很长的队伍。往那边走了走，香味勾人。

阮思娴不知不觉停下了脚步，站在了队伍最后面。有这么香的花甲粉丝，自己还做什么饭。

她排了快二十分钟了，队伍才挪动了不到两米，踮着脚尖看了看，店家又在准备外卖了。

阮思娴摸了摸肚子，开始思考要不算了，再等下去她就饿死了。

就在这时，手机响了一下。

她打开一看，竟然是傅明予发来的消息。

傅明予：一起吃个晚饭?

他的名字一出现，又勾起了上午在车里的情形。

阮思娴现在回想，都还会觉得不对劲。

她为什么会说不出来他和宴安到底哪里不一样?她也想知道为什么她就是不能心平气和地跟傅明予说话。

甚至在傅明予说"你害怕你动心?"时，她发现自己竟然真的害怕了。

这种感觉太令人烦躁，她一点儿都不想再去感受那种氛围。

阮思娴：不用了，我吃过了。

回了消息后，阮思娴呼了一口气。但紧接着，他的消息又来了。

傅明予：我在你后面。

阮思娴呼吸陡然一紧，后背瞬间绷直。这人怎么神出鬼没的!

没有回头看，阮思娴直接低头打字。

阮思娴：我后面是养猪场。

这种时候的感知特别灵敏，阮思娴感觉自己身后有人正在向她靠近，但她始终没有回头看。

直到几秒后，一个大妈拎着垃圾桶经过她身边，回了店内。

傅明予没有走过来，但他的消息却过来了。

傅明予：最近确实想养猪。

阮思娴："……"

门口的火炉轰隆隆地响着，滚烫的石锅蹿着火苗，香味弥漫在整个狭小的店面。

服务员利落地端走上一桌吃剩的碗，抓了一张油腻的抹布飞速擦着桌子。

"两位吃点什么？"

阮思娴看了一眼墙上的菜单，说道："酸辣的花甲粉丝，多加点花甲哦。"

服务员又看向傅明予，说话声音却没那么干脆了："您呢？"

傅明予淡淡道："跟她一样。"

"好嘞！"服务员抬头朝火炉那边吼，"两份酸辣花甲！"

自从傅明予跟着走进来，阮思娴便能感觉到四周的视线渐渐集中在他身上。

小店喧闹拥挤，充斥着烟火气息，而傅明予气质矜贵，面色淡漠，与这里的氛围格格不入。

他完全不像是会出现在这种地方的人，倒像是店内墙角电视机里正在播放的电影里的人物。

阮思娴也没想到他真的进来了。

十分钟前，撒谎被抓包的阮思娴表情平静内心却十分尴尬地看着走到她身旁的傅明予，听他问道："不是吃了吗？"

阮思娴僵硬地说："加餐。"

傅明予望着店内的环境，问："要不要换个地方？"

阮思娴心想我都排队这么久了怎么能换呢，现在就算是米其林餐厅都不能把她从花甲粉丝的魔力里拽走："不要，我就想在这里吃。"

说完，她故意问："傅总，一起吃吗？"

十几块钱一碗的东西，傅明予怎么可能吃？况且这里的环境……反正说不上多干净。

然而没想到他却点了点头："嗯，好。"

于是他就在阮思娴身旁安静地站了十分钟，等店家叫号，他便跟着一起走了进来。

阮思娴觉得自己又给自己挖坑了。她都能吃的东西，傅明予怎么不能吃了？

谁比谁高贵还是咋的？

但是两碗冒着热气的花甲粉丝端了上来时，仔细闻着，花甲的腥味和醋的酸味十分冲。

阮思娴看见对面的傅明予明显皱眉了。果然还是下不了口。

阮思娴直接拿起小碗，盛了点汤，喝下一口，故意做出大快朵颐的表情。

"真好喝。"

她看向傅明予，朝他扬扬眉："傅总，动筷子呀，可好吃了。"

她就不信傅明予真会吃这玩意儿。

果然，傅明予虽是坐着，却离这桌子小半米远，拿纸巾擦了擦勺子，也学阮思娴的样子盛了小半碗汤。但是端起碗时，他还是没能下口。

整个碗里充斥着一股劣质的香料味道，上面漂浮的油又是什么东西？他抬眼，对上阮思娴狡黠的目光。

放下碗，他决定转移话题。

"十一月公司将开始全国巡回飞行学员招生，你想去吗？"

"我去干什么？"

"宣讲。"

阮思娴"哦"了一声，挑出一颗花甲吃。

"我只是个副驾驶，宣讲都是机长去吧。"

“没关系。”傅明予说，“有女飞行员宣讲会吸引更多女生报名。”

阮思娴突然抬头问：“怎么，你还想再招点女飞行员啊？”

“我从来没有考虑过飞行员的性别。”他目光缓缓在阮思娴脸上流连一圈，嘴角有隐隐笑意，“当然，如果是你这样的女飞行员，我不介意多招几个。”

阮思娴呵呵笑：“想近水楼台先得月啊傅总？”

傅明予没说话，把桌边的一个瓶子推到阮思娴面前。

“干吗？”

“你多加点醋。”

想象力这么丰富怎么不去写小说？

阮思娴把醋放回原位：“不好意思，我从来不吃醋，吃了会吐。”

傅明予漫不经心地点点头，却依然没有要动筷子的意思。

阮思娴看了他几秒，从包里拿出消毒湿巾，仔仔细细地擦了一双筷子，递到傅明予面前。

“傅总，吃呀。”

傅明予接过筷子，顿了顿，说：“我不吃花甲。”

“这个简单，小阮为您服务。”

阮思娴笑眯眯地把他的碗拉过来，仔仔细细地挑起了花甲。

虽然知道不怀好意，但是看见她垂下的睫毛扑扇，鼻尖沁着一点汗，嘴角弯弯扬着，傅明予还是笑了。

几分钟后，傅明予碗里的花甲全跑到了阮思娴碗里。

阮思娴把碗推回去，笑眯眯地看着他：“好啦。”

傅明予“哦”了一声：“我也不吃粉丝。”

“傅明予你找碴儿是吧？”

“我吃粉丝会吐。”

“好，很好。”

阮思娴拍手鼓掌：“不知道的还以为我在陪皇帝吃饭呢。”

直到阮思娴吃完面前的花甲粉丝，傅明予也没动筷子。但却在她搁下筷子前去付了钱。

一共三十六块，傅明予给了老板一张一百的。

“不用找了。”

“嘿嘿，您吃好。”老板接过钱，笑开了花，心里却想有钱人真会找情趣。

傅明予回头朝阮思娴招手：“走了。”

阮思娴有点撑，慢条斯理地擦了擦嘴才缓缓地起身。

此时的步行街依然很热闹，行人来来往往，脚步却很悠闲。

五光十色的霓虹灯和嘈杂的音乐声交相辉映，路边有摆地摊的女孩在叫卖，一声声地拉缓了时间的流逝。

“刚刚多少钱啊？”阮思娴问。

“你要给我钱？”

“对啊。”

“不用。”傅明予继续朝前走。

阮思娴落后一步，在他身后撇撇嘴。

几十块钱的花甲粉丝被他说出了一种请了满汉全席却又毫不在乎的阔绰感。

可是下一秒，却听他带着笑意说：“你都说了我是养猪场的。”

——那哪儿能收你钱呢？

阮思娴原地憋了憋气。两秒后，她还是没忍住。

“傅明予！”

傅明予回头淡淡道：“怎么了？没吃饱？”

阮思娴不知道自己是怎么才忍住没当街打死傅明予的。是涵养吗？是家教吗？不，是法治和谐社会限制了她。

阮思娴的脚步快到几乎小跑起来，但傅明予追上她轻而易举。

他拉住阮思娴的手腕：“说真的，巡回招生你去不去？十一月十一号启动，第一站就是你的母校。”

阮思娴正在气头上，根本没注意到他说出了“母校”两个字。

“不去！‘双十一’我只想趁着打折买你条命！”

“哦？”傅明予神情依然平淡，说出来的话却不堪入耳，“你想让我把命都给你？太快了点。”

“……”

阮思娴：世界上怎么会有这么不要脸的人？是女娲妈妈一时疏忽忘记给他捏脸了吗？是胚胎发育的时候一不小心忘了发育一下脸吗？

阮思娴一连串吐槽发出去，卞璇回了个打呵欠的表情。

卞璇：又是傅明予？

阮思娴正在打字的手顿住。

编辑框里刚写了一行字——“傅明予简直就是个大傻……”她面无表情地删了这行字。

阮思娴：不是，看剧气的，绝世大傻×。

卞璇：哦，我还以为又是你家傅总呢。

阮思娴：？

卞璇：不然能把你气成这样的还能有谁？

阮思娴：你。

卞璇：招呼客人去了，886。

四天后，阮思娴飞行时间到达上限，照例休息，她提前就约了司小珍一起去郊外的小镇玩，司小珍对这种事情最积极，早早订好了酒店。

然而就在阮思娴准备东西的时候，又收到了来自飞行部的消息。

明天上午例会下午培训。

行，生活生活，生下来就是要干活儿。阮思娴浑身写满了“认命”地去了世航。

她一边打着哈欠，一边和周遭的同事打招呼。嘴还没闭上，四周的人突然安静了一些。

阮思娴根据直觉看过去，一行人疾步朝电梯走去，为首的是傅明予。

其他人似乎瞬间就虚化了，阮思娴盯着傅明予，心想你千万别过来惹我，不然我真的不能保证我会在公司给你面子。

半分钟后，电梯门关上，四周的气氛又松了下来。

好，你今天保住一命要多谢你目不斜视的习惯知道吗？

到了会议室后，飞行部经理迟迟没来。

阮思娴坐在靠窗的位置，按着太阳穴往窗外远眺做眼保健操。这一眺就眺到了郑幼安身上。

阮思娴眨了眨眼睛，清醒了几分。她怎么在这里？和她有同样疑问的还有傅明予。

他站在窗边打了个电话，收回视线时，瞥见了在楼下机库站着的郑幼安。

"她怎么在这里？"

柏扬上前道："今年公司三十周年庆以及世界航展已经开始筹备，她是摄影师。"

今年世航三十周年庆与世界航展撞期，将统一筹备，加之 ACJ31 新机型入列，本次活动非同小可，宣传部从年中就划分专门小组筹备，傅明予从头到尾盯了下来，直到这个月进入收尾工作，他才放松了。

然而这并不代表他对剩下的宣传工作毫不关心。

世航一直有固定合作的摄影团队，多年来从未交过让人不满意的答卷，这使得世航每年的宣传画面十分气派，在各类影像展览中独领风骚。

有了上次的招生宣传照片后，傅明予以为宣传部已经很清楚郑幼安的风格并不适合航空业。

但即便这样，他们竟然也擅作主张换了摄影团队。

傅明予半眯着眼，抬手将衬衫上的袖箍解下来扔到桌上。

啪一声，柏扬眉心也不禁随着皱紧。

跟着傅明予工作了两年，他知道这是他极度生气的表现。

"把宣传部经理叫过来。"

下午六点，结束培训的阮思娴揉着肩膀走出来。在公司里坐一天真的比在驾驶舱坐一天累多了。

同行的几个同事叫她晚上一起吃饭，她答应了，但是在这之前，她得去一趟卫生间。

十六楼是飞行部，相对其他部门，人较少，卫生间也很少有人光顾。

阮思娴一边看手机一边推门进去，还没经过洗手台，就听见某隔间传来一道极怒的女声。

“傅明予有病吗！”

是谁？是谁！阮思娴竖起了耳朵，想知道究竟是谁！

在傅明予的地盘，说了一句大实话！

这个卫生间只有两个隔间，其中一个门开着没有人，另一个就是刚刚发出怒骂的那个。

正在阮思娴犹豫着是去上厕所还是先洗个手的时候，隔间突然从里面被推开。

一个女人气冲冲地走了出来，跨到洗手台前，夹着手机一边洗手一边说：“别别别，你可别为他说话，我跟你说，远远不止这些事，算了，我现在还在世航，我现在就带团队走，我一刻也不留，晚上你出来跟我喝酒我再跟你说。什么？你有什么事啊？你推了呗！一定要今天吗？行了行了，挂了！”

说完的同时，那人也洗完了手，半探着身子去拿纸巾，却一不小心让手机掉地。

啪嗒一声，听起来很惨烈。大概是人不顺的时候做什么都不顺，那人闭眼深吸了一口气，甚至想一脚踩到手机上。

阮思娴也在一旁愣住。居然是郑幼安。

郑幼安最终还是弯腰去捡手机，直起身时，阮思娴已经把纸巾递到她面前。

她看到阮思娴时也愣怔着，半晌没去接纸巾。

阮思娴想破头也想不到在隔间里骂傅明予的人是郑幼安。而郑幼安肯定也很后悔自己迫不及待在世航吐槽老板结果被人家员工听到。一股微妙的尴尬在两人之间蔓延，无形之间笼罩着全身。

阮思娴率先打破僵局，若无其事地把纸巾塞在郑幼安手里。

“地上脏，擦擦吧。”

“谢谢啊。”郑幼安一边擦着手机，一边装作漫不经心地说，“你这腮红挺好看的，什么牌子什么色号啊？”

“……热出来的。”

“哦。”

谁能想到，傅明予好歹一个航空公司太子爷，身高一米八七，脸长在当代女性的审美点上了，却硬是凭借一己之实力打翻了老天爷赏给他的满汉全席，躲过了丘比特射给他的箭林弹雨，成功教育了当代女性看男人不要只看脸。

作为傅明予的下属，作为仰仗他的钱包生活的卑微员工，阮思娴一想到这点，就忍不住笑出声。

已经跨出卫生间一步的郑幼安突然回头，有些羞恼：“你笑什么？”

怎么又被抓包了？阮思娴有点儿郁闷，但是觉得好笑还是大于郁闷的，她握拳抵着嘴角，想遮住自己的笑容。

“我笑了吗？”

郑幼安这下不是羞恼了，是气恼。

“你是不是听到了？”

阮思娴憋着笑点头：“我不是故意偷听的，但是你实在太大声了。”

郑幼安鼓着眼睛看着阮思娴，阮思娴越发想笑：“我还以为是谁这么胆大包天敢在世航骂我们傅总呢，原来是你啊，我之前还以为你喜欢他呢。”

“谁会喜欢这种出尔反尔的自大狂啊！”

阮思娴眯眼看她：“这样啊……”

郑幼安被她看得有些底气不足，倔强地抬了抬下巴：“OK，我之前是有一点儿喜欢他，不过现在不可能了，谁会喜欢这么一个神经病啊！”

说完，她顿了一下，似乎是出于女人的直觉，她歪着头看阮思娴。

“你喜欢他啊？”

阮思娴脸上的笑意瞬间消失得干干净净，冷笑一声：“谁喜欢他那种自恋狂？我疯了吗？”

话音落下，小小的卫生间诡异地安静了片刻。

郑幼安竟然从阮思娴的话里还听出了几分讨厌的意味。

她好奇地打量着阮思娴，问道：“真的假的？”

阮思娴觉得自己今天话是真的多，而且也没必要跟郑幼安解释，于是转身就要走。

郑幼安一把拉住她：“难得遇到一个讨厌傅明予的人，走啊，晚上一起喝酒去？”

“……不了吧。”

“走啊，我请客。”

“不了，我晚上有约。”

“什么约啊？重要吗？不重要就推了呗。”

看来这位姐还是属鸽子的。

但是阮思娴在这一刻确实犹豫了一下。一方面，她对郑幼安的情绪一直有些说不清道不明，探究欲总是不受控制。另一方面，她真的很好奇，傅明予到底怎么把这位大小姐得罪成这样？

不知道是不是和对她一样，动不动就“你不如做梦”。

走进卞璇的酒吧那一刻，阮思娴还处于无限迷茫中。

她也是想破头都没有想到自己居然会和郑幼安坐在一张桌子上喝酒，牵线人还是傅明予。

郑幼安面前的酒已经下去一大半了，而阮思娴的果汁还没喝两口。

“明明是你们世航的人打电话邀请我来拍摄，我什么都准备好了，而且本来最近还有个展览我都推掉了，结果现在他说换掉我就换掉我，凭什么！”

“又不是我求着要来给他们拍的，我也很忙的！而且我们两家什么关系，他连这点儿面子都不给我，是打我的脸还是打我爸的脸呢？我从小到大就没受过这种委屈！”

听到这边的动静，卞璇借着送小吃的机会过来，朝阮思娴眨了眨眼睛。

阮思娴轻咳一声：“我先去上个厕所啊。”

郑幼安烦闷地挥挥手：“快去快回，我心里闷得慌。”

“哦。”

阮思娴朝卞璇一使眼色，两人一起去了厕所。

“谁啊？你朋友？我怎么没见过？”

“郑幼安。”

“听着有点耳熟啊。”卞璇掏了掏耳朵，突然惊诧地说，“你怎么和她搅到一起了？”

这个理由实在难以启齿，阮思娴咬着后槽牙，半晌才说：“傅……”

后面两个字还没说出来就被卞璇截断：“这也能跟傅明予有关？”

阮思娴半白着眼睛看她：“负责给我拍照片的是她，认识了一下。”

“哦，这样啊。”卞璇讪笑，“我还以为又是因为你们傅总呢。”

阮思娴想走，卞璇又拉住她问：“不过她知道你是谁吗？”

根据这几次的见面，阮思娴断定她是不知道的。

“肯定不知道。”

这倒是让卞璇心里拧了一下：“你一直没去过那边啊？”

阮思娴摇头。

卞璇心想，看来她妈妈也没在那边提过。

“你到现在也是跟你妈妈完全没联系啊？”

以为会得到肯定的回答，阮思娴却说：“也不是。”她靠着墙壁，仰头呼了口气，“她一直在给我打钱。”

这次没等卞璇问，阮思娴主动说：“这些年她一直在给我打钱，两三个月就会收到一次吧。”

“多少？”

阮思娴白她一眼，掉钱眼里去了吗？

“没注意，前前后后，两三百万吧。”

卞璇倒吸一口气：“这就过分了啊，你这个富婆，前年找你借钱周转一下你还说没有。”

“我那时候是真没有。”阮思娴说，“我妈给我打的钱我一直没动过。”

“不是，你为什么啊？”卞璇早就想问这个问题了，“多少家庭父母离婚啊，这是很正常的，你爸妈好像也是和平分手吧？也没撕破脸，而且离婚四年才再嫁，这也没什么吧？你怎么就这么介意？”

阮思娴抬头看天花板，眼睛雾蒙蒙的，说不清是什么情绪。

等了一会儿，她只摇摇头说：“不说这个了，我过去了。”

卞璇好奇，却也无可奈何，关于这方面的事情，阮思娴不想说，谁也撬不开她的嘴。

坐下后，阮思娴接着刚刚的话题问：“为什么换掉你？”

“他说我风格不合适。”

阮思娴嘀咕道：“他一个学管理的，他能懂这个吗？”

“对对对！”郑幼安手掌连续拍了几下桌子，“我打电话问他，他说什么太细腻不大气，搞什么呢？从来没有人这么说过我的。我去年去非洲拍的动物大迁徙还得奖了呢！不大气吗？他根本就不懂摄影！”

阮思娴摸了摸下巴，郑幼安又继续说道：“还有上次给你们拍照片，给的钱还不够我买个包的，他却说我拍得不好。”

正听着，阮思娴的手机响了一下，是傅明予发来的消息。

傅明予：你还没回家？

阮思娴一边点头说是，一边飞速给傅明予回了个“？”。

“还有还有，那次我搭他个顺风飞机去西班牙，十几小时理都不理我一下，感觉就像把我当作……当作……”

她卡了半天说不出一个形容词，阮思娴补充道：“把你当作托运行李了？”

“对对对！”郑幼安激动起来又开始拍桌子，“现在回想起来我都不知道我怎么忍的。”

同时，傅明予一个电话打来。

阮思娴看到来电心里莫名一慌，有一种背后说人坏话即将被抓包的感觉。她立刻挂了电话，回了条消息。

阮思娴：什么事？

傅明予：接电话。

阮思娴：不方便，你打字不行吗？

傅明予：不行。

阮思娴：不行就算了。

“还有以前的事情，那可太多了。”郑幼安一张小嘴叭叭叭地说个不停，“以前一见面吧，每次我还没怎么呢，他就离我八丈远，那感觉真的……就……”

“感觉他好像觉得你很喜欢他一样？”

郑幼安猛点头，五官全都皱在一起：“对对对！好像我非要跟他怎么样似的。”

这一点阮思娴深表同意，冷静地点了点头。

可是一个多小时过去，阮思娴已经开始强行忍瞌睡，忍得眼泪都要出来了。

姐，你吐槽一个多小时了，来来去去就那么几件事，傅明予他不懂得欣赏你的作品，他没眼光，他没眼力，他大猪蹄子。他对你爱搭不理，你明天让他高攀不起，而我连晚饭都还没吃呢。

这就算了，郑幼安重复这么多遍后，竟然还趴着哭了起来。

“我从小到大就没受过这么多委屈。”

阮思娴一下子背都绷直了。女人吐槽男人不可怕，可怕的是她还哭了起来，这样没个三四小时别想收场。

清醒使得阮思娴立刻拿出手机给傅明予发消息。

阮思娴：不能算了，你现在就过来找我。

你弄哭的女人你自己来对付，凭什么要折磨我！

第十二章

爱情有时像耳光

“你怎么开始玩手机了？”郑幼安泪眼婆娑地看着阮思娴，“你能不能尊重一下我？”

“……我回个消息。”

阮思娴又困又饿又累，忍住想打哈欠的冲动，起身道：“我去上个厕所。”

“你怎么老是上厕所？”郑幼安不满地皱眉，又继续趴着哭。

阮思娴拿着手机躲进卫生间，给傅明予发消息。

阮思娴：你来了没有？

傅明予：嗯。

阮思娴：快点！

傅明予：别着急，还有几分钟。

催促完，阮思娴上了个厕所，不过几分钟时间，外面就有人趁机而入了。

她远远看着，看见一个穿花衬衫小脚裤的男人端着一杯酒俯身站在郑幼安面前。

“美女，一个人喝酒啊？”

郑幼安抬起头，脸上泪痕未干，看起来楚楚可怜。

男人一下子心都痒了，非常自然地坐到她旁边，凑到她耳边说：“哎哟，美女怎么哭了？”

从小被保护着长大的郑幼安从来没遇到过这种情况，脑子没转过弯，愣怔地看着对面的男人，衬衫晃得她眼花。

“花衬衫”对露出这种表情的美女简直毫无抵抗力，伸手就要去搂她。然而还没碰到郑幼安的肩膀，就被人抓住了手臂。

“你干什么？”

“花衬衫”回头，见阮思娴冷冷看着她。嘿，今天有艳福，又来一个大美女。

“我正安慰小美女呢。”“花衬衫”笑着收回手臂，目光粘在阮思娴脸上，“你们一起的啊。”

阮思娴不想在卞璇的店里惹出麻烦，能动口就尽量不动手，于是她心平气和地说：“嗯，您这边有事？没事的话我和她要走了。”

“别呀，这才几点呀，一起喝两杯呗。”“花衬衫”说着又往郑幼安那边靠，“美女怎么哭了呢？失恋了？跟哥哥说说，哥哥开导你。”

阮思娴在对面的沙发上坐下，抱着臂，说道：“我告诉你为什么，她今天打断了一个搭讪她的男人的腿，害怕坐牢，害怕得哭了。”

郑幼安：“……”

“花衬衫”嘴边的笑僵住，几秒后，干笑两声：“嘿嘿，美女真会开玩笑。”

“没跟你开玩笑。”阮思娴活动着双手，“我这方面经验比较多，所以她来找我出主意。”

说完，她歪着头看“花衬衫”：“你也一起出个主意？”

这要是还听不出来话里的意思就太傻了，“花衬衫”咬了咬后槽牙，抄起酒杯就走，低低念叨：“真是朵带刺的玫瑰。”

阮思娴只当没听见他的土味形容，递了张纸巾给郑幼安。

“擦擦，眼线都花了。”

郑幼安接过纸巾，却捂住嘴呕了起来。

阮思娴一下子蹦起来：“不是吧，这么点酒你就吐了？我还以为你酒量多大呢。”

呕吐物在喉咙翻涌，郑幼安站起来往厕所冲，还不忘解释一句：“我是被那个男的恶心吐的！”

阮思娴大步跟着她过去，却被关在门口。

郑幼安可不想别人看见她呕吐的样子，那多丢人，进去后第一件事是打开水龙头来掩盖呕吐的声音。

阮思娴敲了敲门："你还好吧？"

"我没事，吐一会儿就行了。"

既然这样，阮思娴也懒得在这狭小的卫生间添堵。

傅明予就是在这个时候到的。他推门而入，四周打量一圈，没有看到阮思娴的身影，于是往吧台走去。

正在擦杯子的卞璇一抬头看见他，双眼亮了亮，很快又觉得熟悉。她偏着头仔细打量，突然恍然大悟。

傅明予突然出现在这里，卞璇可不会天真到以为他是来喝酒的，除了来接阮思娴还能干什么？

"傅总？"

傅明予正好停在吧台前："您认识我？"

那可得认识。

卞璇揶揄地笑："你不认识我，但是我对你可熟了。"

正在傅明予疑惑时，阮思娴黑着脸走过来，凝视着卞璇："你没事做？"

卞璇立刻憋着笑意，装模作样地晃了晃杯子："我去招呼客人。"

说完便屁颠屁颠地走了，吧台处便只剩下傅明予和阮思娴。

他琢磨了一下卞璇的话，大概是他想的那个意思。所以阮思娴经常在朋友面前提起他吗？

他心情越发好了，低头注视着她，眼里带着笑意："喝酒了？"

"没有啊。"阮思娴嗅了嗅，"是你喝酒了吧？"

傅明予点头："嗯，今晚有个应酬。"

阮思娴听到这话，问："那你是中途过来的？"

如果真是这样，耽误了傅明予的正事，她还有些不好意思。毕竟要世航好她才好啊。

"不是，我已经回家了，找我什么事？"

“哦，郑幼安在里面吐呢。”

傅明予顿了一下：“郑幼安？”

“对啊。”阮思娴说，“她因为你在这儿喝闷酒，你要不把她弄走我今晚别想回家睡觉了。”

短暂的沉默后，傅明予的表情一点点冷淡了下来。

竟然是因为郑幼安把他叫过来的？

晚上应酬喝了不少酒，司机问他回哪里时，他下意识就选择了比湖光公馆更远的名臣公寓。理由很简单，他突然有点儿想见阮思娴。

就像最近的无数次莫名冒出来的想法一样，没有为什么，就是突然想见见她。

虽然知道她对自己不会有好脸色，他也没觉得有什么，甚至觉得她有时候发脾气样子还挺好玩。

至于为什么不能打字，因为见不到人，听听声音也好。傅明予当时就是这么一个简单的想法。

所以当她说“不行就算了”时，傅明予的脸瞬间就黑了。

幸好，下一秒，她又补发了一条“你现在过来找我”。

坐在车上时，傅明予看着车窗外的霓虹灯，嘴角勾着淡淡的笑。

她果然还是想见我的，而且还是酒吧这种地方。喝了酒，想见的人是我。可是人到这儿了，傅明予才发现，好像不是这么一回事儿。

他偏了偏头，问：“她怎么了？”

阮思娴没有注意到傅明予的表情变化，带着点调侃意味，说道：“你自己气哭她的你自己去道歉，我可不帮忙，我要回家睡觉了。”

傅明予当然知道自己是怎么“气哭”郑幼安的，但他现在一点儿都不想搭理这件事。

原来阮思娴急急忙忙地把他叫过来，并不是想见他，而只是让他来收拾郑幼安这烂摊子，语气还这么事不关己，好像他完全就是个无关紧要的人，也并不在乎他跟别的女人怎么样，甚至还刻意把他往别的女人那里推。突然觉得自己好像很自讨没趣。

“我气哭的女人多了，自己要给我找事，我个个都要去道歉吗？”

说完这句，他突然意识到哪里不对。看向阮思娴时，果然见她脸色变了。

傅明予皱眉，心里后悔，便放柔了语气：“我不是这个意思。”

阮思娴瞪着他：“傅总的词典里就没有‘道歉’两个字是吗？”

傅明予承认阮思娴说的有一部分是对的。自他成年之后，甚少行差踏错，身份地位使然，道歉更是少之又少的事情。

然而在想起阮思娴后的几个月，他却几次想过道歉，可是每每看到阮思娴对他横眉冷眼，他就很难去开那个口。

直到现在，傅明予才知道，原来那件事依然是她心里的一根刺，如果不敞开说了，这将是她永远的心结。

“我现在给你道歉。”他突然开口道，几乎没有多余的思虑。

阮思娴一瞬间没反应过来，只见他头微垂着，看着自己的眼睛，似乎在传达什么意思。

“以前误会了你，是我对不起你。”

“你……”阮思娴感到有些不可置信，“你想起来了？”

“嗯。”他继续说道，“能原谅我吗？不行的话你提要求，我能做到的都会答应你。”

阮思娴愣在原地，有些不知所措。她曾经幻想过无数次傅明予在她面前低声下气地道歉，然后自己无比潇洒地扭头就走。可是真的到了这一天，心情好像跟自己想象中不一样，并没有那种大仇得报的感觉。

仔细回想，似乎是因为她已经很久没有回想以前的事情了。

但是最近每次见到傅明予，她还是会跟他唱反调，跟他对着干，但她很清楚，绝不是因为以前的事情生气。

好像就是一种下意识的幼稚行为，跟个小学生似的。

“你别不说话。”傅明予的声音在她耳边响起，“你要我怎么做才能解气？”

他一说话，阮思娴心里更乱了。

因为她觉得自己居然早就不生气了，这事儿说出来很没有面子！

正好这时候，郑幼安从卫生间出来了。

阮思娴皱了皱眉，说道："你先把郑幼安送回去，她喝多了，在厕所吐了。"

傅明予心头被重重压着，叹了口气，转身朝郑幼安走去。

把郑幼安拉到车门旁往里塞时，她还用力地挣扎着。

"哎呀！你别动我！我可以自己回去，我司机会来接我！"

她不进去，傅明予也没法动她，只能沉声道："你别给我添乱了。"

"谁给你添乱了？傅明予，我告诉你，我从小到大就没受过这委屈！"她手臂在傅明予面前划上了一道，"我郑幼安从此跟你恩断义绝，你走你的阳关道，我过我的独木桥！不对，你走独木桥，我过阳关道，总之，我们以后互不相干！"

傅明予很烦躁，不想再跟醉鬼多说，便让司机过来安置她。

"把她送回去，安全到家了给我说一声，路上别放她下来。"

"你不要假装很关心我的样子！我跟你说，我知道你一点儿都不喜欢我，你以为我就很喜欢你吗？你以为全世界的人都喜欢你吗？你可想太多了！多的是人不喜欢你！"

那句"多的是人不喜欢你"像一根针，突然扎了一下傅明予的心。

傅明予没再搭理郑幼安，直接转身回去。

与此同时，阮思娴坐在吧台边上，撑着下巴发呆。

偏偏这个时候，刚刚那个"花衬衫"不知道从哪儿买来了一朵玫瑰，猝不及防就递到了阮思娴面前。

"美女，朋友走了啊？一个人坐吧台？"

阮思娴看都没看他一眼，冷声道："走开，别烦我。"

说完，她端起面前的橙汁想喝一口，那"花衬衫"却突然拿走她的杯子，龇着一口黄牙笑道："心烦就更要喝酒了，我请你喝这里的招牌'日落大道'怎么样？"

阮思娴深吸一口气，转头看着他。

"花衬衫"踮脚坐到另一张高脚凳上，瞥见阮思娴白皙纤长的手指，一时心痒，伸手摸了上去。

"我最见不得美女发愁了，来，我们酒逢知己千杯少，先干一杯？"

阮思娴垂眸看了看放在自己手背上的肥手，还不停地摩挲，阮思娴心底的怒火已经压抑不住。

“我最后警告你一次，我不想给我朋友惹事，但是你再骚扰我，我就不客气了。”

她抽出自己的手，盯了一眼“花衬衫”的啤酒肚，讥笑道：“真要动手，你绝对不是我的对手，你信不信？”

“花衬衫”自然不信一个女人能把他怎么样，笑嘻嘻地去搂她的肩膀：“哦？是吗？要动手吗？往哪里动呀？”

正好卞璇也过来了，见到这个场景，立刻冷脸道：“先生，请你放尊重一点，不然我就报警了。”

最后“花衬衫”是被卞璇黑着脸威胁走的。

阮思娴又转过身，继续撑着下巴发呆。

“怎么了？”卞璇见傅明予不见了，问道，“他走了？”

“嗯，让他送郑幼安回家了。”

“让他送别的女人回家，你可真是心大。”

阮思娴啧了一声，正想反驳卞璇，突然一只手伸过来，又拍了拍她的肩膀。

“你烦不烦？”

说完，背后的人依然没有要走的意思，肩膀上的手倒是松开了，只不过又去抓她的手腕。

阮思娴完全忍不了了，心想我五十公斤臂推白推了？我引体向上白做了？不教你做人你就不知道不是任何女人你都能骚扰的！

她蓄力一秒，转身就是一巴掌扇过去。

啪一声，响彻整个酒吧。

卞璇手里的杯子瞬间掉地上，她目瞪口呆地看着眼前的一幕。

而阮思娴愣在原地，半张着嘴，手掌还火辣辣地疼着，灼热感久久不散。

阮思娴整个人都蒙了，脑子里嗡嗡响，连眼睛都忘了眨一下。

傅明予紧抿着唇，幽黑的眼睛紧紧盯着阮思娴。

他白皙的脸颊至下颌处慢慢浮现出一道红色掌印。

“解气了吗？”

阮思娴的手还僵在半空，半晌没回过神，脑子里萦绕着乱七八糟的情绪。有震惊、有惊悚、有内疚，还有一丝……心疼。

那一记耳光声说大不大，却吸引了周边的客人，纷纷扭头看过来。然后接二连三，几乎全酒吧的客人都看了过来，交头接耳，吃瓜的兴趣十分浓厚。

卞璇从这剧变中回神，手边正好有冰块，立刻拿抹布包了极快地冲出来递给阮思娴。

阮思娴心脏还怦怦跳着，看见卞璇的动作，也没多想，抬手就要去帮傅明予敷一下脸颊。

可是他却偏了一下头，躲开了冰块，直直地看着阮思娴。

“你解气了吗？”

听到傅明予第二次这样问时，阮思娴原本已经冒到嗓子眼儿的解释又被压了下去。

她沉默片刻，点头道：“嗯，解气了。”

“好，我们两清了。”傅明予没有多余的话，甚至也没有多余的眼神，直接转身走了出去。

卞璇没太看明白这走向。

“不是，你刚刚为什么不给他解释啊？你没想打他啊，是个误会啊！你在干什么？他可是你老板啊！”

耳边是卞璇的叨叨，阮思娴却还看着傅明予的背影。

直到他关上门了，阮思娴才说：“我跟他解释，说我打错人了，我不是想打他，然后呢？我俩这事儿就没完了。”

卞璇似懂非懂地点头：“那你承认了，这件事就算彻底过去了？”

“对。”阮思娴也是这会儿才明白，原来傅明予之前突然对她转变态度，应该就是知道了那桩事儿。

只是这个人自傲惯了，许是从没想过跟她道个歉。

不过这些日子以来，他对她的纵容，其实也算是一种特别的道歉。

而且她发现自己好像已经不生气了，但这件事似乎又没有一个明确的断定点，与其这样纠缠不清，不如让这一巴掌作为一个契机，以前的事情就彻底翻篇。

“反正在我这里是过去了。”

卞璇是想了半天也没想明白她什么意思，看了眼时间，挥手赶人：“算了算了，你赶紧回去休息吧，明天不是还有航班吗？”

阮思娴确实也累了，拿起包准备回家。

然而她一推开门，却看见傅明予还站在路边。

傅明予的司机送郑幼安回家了，大晚上的，他也懒得再打电话叫人来接他。

他抬头看着远处的车流，从阮思娴这个角度，恰好能看见影影绰绰的灯光下，他脸上的巴掌印十分显眼。

“……”我这一巴掌这么厉害吗？

等车的路口就那么一个，阮思娴也只得站到那里去。

感觉到旁边多了一个人，傅明予回头看了一眼，两人目光交错，却好像都不知道说什么，于是又默契地移开了视线。

一股尴尬突然就完完全全地笼罩了两人。

盛夏夜浓，晚风也带着灼热感，露天站了这么一会儿，阮思娴就感觉身上已经开始出汗。

好在终于等来了一辆出租车。

司机在两人面前停下车，探头问：“打车吗？”

傅明予转头说：“你先？”

阮思娴说：“你先吧。”她说话的时候，目光还往傅明予脸上瞟。

傅明予别开头，不给她看。

“你先。”

“你先吧，我可以再等等。”

一个打了一巴掌，一个挨了一巴掌，竟然还在这里谦让，也是挺魔幻的。

两个来回后，傅明予面色平淡地点了点头，拉开车门上车。

“去名臣公寓。”

司机说好，但又朝外问：“美女，你去哪儿？名臣公寓顺路不？”

阮思娴觉得傅明予这会儿大概不太想见到她吧，于是摇头道：“您先走，我再等车。”

司机“哦”了一声，正要踩油门，傅明予却透过车窗，遥遥望过来。

看了那么两眼后，他开口道：“一起走吧。”

他的声音很轻，几乎是气音，还带着些疲惫感，阮思娴几乎是凭口型听出来的。

一路无话，直到回到公寓进了电梯，两人也没什么交流，密闭的空间里，比在出租车上更尴尬。

只是他们并肩面对电梯门站着时，阮思娴又不小心看到了镜子里傅明予的脸。这人皮肤是不是也太白了点，“五指山”竟然这么赫然。

回到家里，阮思娴又累又饿，脱了鞋子便往洗漱间走。

正要脱衣服洗澡时，她瞥见洗漱台上一瓶精华，是她一直喜欢用的精华，针对皮肤修复，功能很明显。

想了想，她拿着这瓶精华走了出去，经过厨房时，还顺便提了一桶冰块儿。

但是她站到电梯门外，才想起自己进电梯的时候倒是看见他按了十六楼，但却不知道他具体住几号。

她直接给傅明予发消息：你住几号？

等了几分钟，他都没有回消息。阮思娴又问了柏扬，很快得到了答案。

两分钟后，她按响了 1601 的门铃。

走廊里很安静，阮思娴低着头，看着自己的脚尖，又想到傅明予脸上的“五指山”。

他多高傲的一个人啊，可能在监视器看到是她都不会开门。

这个想法刚形成，面前的门却咔嚓一声打开了。

傅明予已经换了一身宽松的衣服，站在门口，瞧清了阮思娴手里的东西，目光再次回到她脸上时，眼神里有些难以描述的复杂情绪。

“来看我这个伤患？”

“……”

阮思娴也不否认，直接把东西递给他：“你敷一下，明天会好很多。”

冰块倒是算了，傅明予看向另一只手：“这是什么？”

“修复精华，效果很好的。”

傅明予扯了扯嘴角，拿过她手里的冰桶，淡淡说道：“我不用那个。”

随即转身回屋，门没关，阮思娴便跟着他进去，并说道：“真的很有效果的，我亲测！”

傅明予脚步一顿，回头看她，皱眉道：“你经常被人打？”

阮思娴：“……不是！我们以前有些航线高空辐射很严重，我的脸会泛红。”

傅明予直接把冰桶撂在茶几上，坐到沙发上，松散地靠着软枕，脸上没什么表情。

“那你帮我擦。”

阮思娴只是短暂地怔了一下，便直接走到沙发边，在傅明予身边坐下。

而傅明予看见她这么坦然地凑过来，反而有些不自然。他紧抿着唇，别开了脸。

阮思娴自顾自捣鼓着瓶子，挤出浓稠的液体摊在手心后，用另一只手的食指蘸了点，轻轻往他脸上抹去。

只是指腹触及他的皮肤时，阮思娴的动作还是顿了一下。这么明显的掌印，一时半会儿可能没办法完全消除，他一个总监，明天还怎么见人?

感觉到她的异样，傅明予转头看向她，眯了眯眼。

“怎么，心疼了？”

这人怎么回事?

“没有。”阮思娴立即说道，“我就是在想，我也不是断掌啊，怎么力气这么大。”

傅明予轻哼了声。

阮思娴再次蘸了点精华，一点点，一处处，仔细地涂抹他的侧脸。

夏夜虫鸣起伏不断，一声声穿过窗户，伴随着傅明予的呼吸声传进阮思娴耳里。

她用力很轻，轻到像是挠痒痒，傅明予忍了几分钟，实在忍不住，皱了皱眉。

“我太用力了？”

傅明予沉吟片刻：“没，你继续。”

阮思娴“哦”了一声，下手却更轻了。

傅明予的眉头始终没松开，连呼吸也渐渐急了些。

阮思娴见状，动作更轻了。

最后傅明予实在忍不了了，开口道：“你是在涂药还是摸我？”

阮思娴：“……”她突然稍微用力戳了一下他的脸，“你说呢？”

傅明予嗞一声，咬牙看着阮思娴：“你还是个女人吗？”

“我要是个男人，这一巴掌下去，你可能会死。”

傅明予忽地一笑，凑近她面前，沉声道：“你要是个男人，我会这么纵容你？”

这一刹那，两人距离极近，能清晰地听到对方的呼吸声，也能看见对方瞳孔里倒映的自己。

阮思娴想着他那句“纵容”，被他沙哑的声音念出来，细细碾在耳边，久久不散。

阮思娴感觉，他不是在表达自己有多绅士，而是对她，只是对她，阐述两人之间的事实。她没办法开口反驳这句话，因为这确实是事实，但她也不知道怎么回答。

幸好，她的肚子解救了她，及时地发出咕咕两声。

第二天清晨，阮思娴早起执飞，下午返航，回家的时候在门口遇到几个同事，他们在闲聊，今天的飞行计划部的月例会竟然推迟了，具体原因不明，但好像是傅明予的安排。

阮思娴听到的时候，下意识看了看自己的掌心。真不是断掌啊。

又过了一天，阮思娴再次听说，这个月签派部的例会也取消了。

她当时愣了愣。不是吧？傅明予的脸这么娇贵，还没好？

直到第三天早晨，开完航前协作会出来时，远远瞥见了傅明予的背影，才松了一口气。看来已经好了。

她这次航班又搭了范机长，开完会后便和乘务组一起去食堂吃早餐。

桌上，大家闲聊几句后，阮思娴提到自己下周排到了一次教员带飞。

成为副驾驶之后，为了积累飞行经验，公司会根据航班情况为他们安排飞行教员带飞。

到时候，阮思娴就可以坐在驾驶座执飞，旁边则是飞行教员，全程监督指导并保障本次飞行。

在这之前，阮思娴也排到过教员带飞，所以这次不太激动，只是随便提了一下。

范机长也是随口那么一问："飞哪里啊？"

"临城。"阮思娴说，"这条航线我还比较熟。"

"熟是熟，可是有教员在一旁还是不一样的。"

范机长虽然已经当了二十年机长，但是偶尔遇到教员抽查，或者教员为了方便，临时加个机组乘到他的航班，他也会紧张。

"那你看过这次是哪个教员吗？我看看我认不认识，要是认识的话我让他多照顾照顾你。"

阮思娴回忆了一下，说："我不太记得清楚名字了，好像姓贺？"

范机长张着嘴想了想："贺兰峰？"

"嗯对，就是这个名字。"

"他？"范机长惊诧，直接放下了筷子，"你确定是他？"

"是啊，怎么了？"

"那你运气太好了。"范机长说，"这位教员可不一般，空军出身，成绩卓越，退役后来了世航，那时候世航刚成立机队，他挺牛的，是当时的第一任首席机长，技术那可是没几个人比得了的。我记得有一年吧，因为塔台指挥失误，他驾驶的飞机和另一家空客 320 空中相近，差点儿撞上，连空管当时都给吓晕了，是真晕过去了，结果他硬是给扭转了局势，避免了一场空难，那时候还被航空局表彰了。"

范机长说起来，一桌子人都竖起耳朵听。

“而且这位老前辈厉害就厉害在，人家做什么都是最好的，后来转了教员，教学成果也一骑绝尘。”范机长说着说着叹了口气，“不过后来他女儿生病了，他想多在家陪女儿，所以想要跟他飞就很难了，而且当时谁要是排到他带飞，都要炫耀好久的。而且四五年前吧，我好像听说他被聘请到国外当教员去了，我以为他不会出现了呢，怎么突然又回来带飞了……”

本来阮思娴激动劲儿都过了，但是范机长这么一说，她又兴奋了起来，完全没在意他的疑惑。

“是不是十二年前那次空中相近？我看新闻了，原来就是他啊！”

“嗯。”范机长见阮思娴眼里全是期待，又沉下声音说，“不过他也是出了名的严厉，有一次带飞副驾驶，没飞好，他直接把人发落去飞本场五边了。”

本场五边也是一种带飞方式，不过却不执行飞行任务，而是在机场开着空飞机练习起落。

没有副驾驶愿意走这么一遭，因为这就代表你技术不行。

旁边一个新空乘啧啧两声：“教员还有这么大权力啊？”

“且不说教员有没有这么大权力。”范机长笑了下，压低声音说道，“你知道人家是谁吗？傅总的舅舅，傅董的小舅子，想把机长发落回副驾驶都只是一句话的事儿。”

说完，他又扭头看阮思娴：“所以你运气好是好吧，不过也一定要注意，他很严厉的，要是犯了低级错误，小心你也只能去飞五边。”

阮思娴连连点头：“我肯定好好表现。”

因为这件事，阮思娴一整天的心情都很好，下午返航时，拉着飞行箱悠哉悠哉地回家，等电梯时还哼起了歌。

“我要飞得更高，飞得更高，狂风一样舞蹈，挣脱怀抱，我要飞得更高，飞得更高……”

但是电梯门打开那一刻，阮思娴缥缈的歌声戛然而止。

傅明予站在里面，手里提着一袋药，戴着口罩，懒懒地看着她。

“空管允许你飞得更高吗？”

阮思娴："……"

她默默走进去，跟傅明予并肩站着，两人也没什么交流。

电梯缓缓上行，阮思娴瞄了两眼傅明予的口罩，又看了看他手里的药，问道："感冒了？"

傅明予垂眸看她一眼，没说话，而是摘下口罩。

"你觉得我这样去开会，见我的下属，我的员工，很刺激？"

不是吧，三天过去了，傅明予脸上竟然还有隐隐的印子。她这五十公斤臂推还真没白推，引体向上也真没白做。

阮思娴看着他的脸，沉吟片刻，低声问道："是不是很疼啊？"

傅明予似笑非笑地说："疼，疼到我这辈子都忘不了你。"

你看这人，嘴上说着"我们两清了"，但实际行动表明他还是很记仇的。阮思娴觉得自己跟傅明予还是不能说话超过三句，不管是以前还是现在。

所以为了双方的身心健康，她选择保持沉默，不然她不能确保自己会不会一时激情口吐芬芳。

不过在上电梯时，她看了几眼傅明予手里的医药袋子，半透明，能看出里面有几盒药。

所以说你是直男吧，脸上有印子吃药有什么用？还是要外用品最有效。

"我给你的东西你是不是没用？"阮思娴说，"你怎么就这么不相信我呢？吃药肯定没有外敷有用。"

傅明予瞥她一眼，看起来很不想说话的样子，半天才吐了三个字。

"肠胃药。"

哦。难怪感觉他今天精神不太好，原来不是被她一巴掌打坏了，而是肠胃出了问题。

回到家里，阮思娴翻了下外卖软件，看了一圈下来，发现附近的店都吃腻了，没什么胃口，便打算自己下个厨。

冰箱里没什么菜，倒是有许多司小珍给她冻的饺子，阮思娴拿了一包出来，烧开一锅水，下了十个饺子。

但是正要把饺子放回冰箱时，她突然想起今天傅明予手里拿的药。

肠胃问题，那估计是经常吃饭不规律导致的。她想到这里的时候，已经在考虑再多煮一碗饺子。

可是当看见开水里的饺子嗍瑟地沉浮时，阮思娴却突然清醒。

自己还没吃饭呢，怎么就饱了没事儿做，要担心他吃没吃饭？他想吃饭了只需要一个电话多的是人给他跑腿。

最终她也只煮了一碗饺子。

十五分钟后，滚烫的饺子出锅。她饿得不行，拿碗盛出来端到桌上，却发现醋没了。

绝了。她也是这会儿才想起，上周她拿剩下的半瓶醋清理过下水道。

目前只有三个办法，一是自己下楼买，二是找跑腿，三是上楼借一瓶醋。饺子已经出锅了，并冒着热气。阮思娴衡量了一下三种方法，似乎只有最后一种能在饺子凉之前吃进口。

嗯，她兀自点了点头，并给傅明予发了条消息。

阮思娴：你家里有醋吗？

那边倒是回得很快。

傅明予：？

阮思娴：醋没了，借点？

傅明予：自己来拿。

阮思娴美滋滋地准备出门，但换鞋时，她心念一动，又问了一个问题。

阮思娴：你吃饭了吗？

傅明予：还没。

行，还是念在那一巴掌威力太猛的情况下，阮思娴决定先把这一碗饺子让给傅明予。

然而她端着这碗热气腾腾的饺子站到傅明予家门口时，发现傅明予的司机也提着一个食盒过来了。

两人四目相对，阮思娴突然明白了什么。同时，门咔嚓开了。

司机先阮思娴一步，递上食盒：“傅总，您的晚餐。”

傅明予接过食盒，又看向旁边的阮思娴。目光在她手里的饺子上荡了荡，开口道：“不是借醋吗？”

“嗯，对啊。”阮思娴目光坦然，“我端上来倒一点儿就走。”

傅明予没说什么，让她进了门，司机则自行离开。

“醋在厨房，你自己去找一下。”

“哦。”阮思娴端着碗走进傅明予的厨房，打量了一圈。

行，同一个公寓，同一栋楼，这户型还真是千差万别。

上次来的时候她都没注意看，原来每层一号这么大，连个厨房都比她客厅大。恒世矿业有限公司“实锤”了。

不过傅明予的厨房大归大，东西也都很齐全，但却完全是新的，连调味品都是未开封的。

阮思娴找到醋的时候还特意看了一下保质日期。还好，没过期。

这时，傅明予走进厨房拿双筷子，经过阮思娴身边时，说：“拿走吧，我平时用不上。”

“不用。”阮思娴说，“我倒一点儿就行了。”

说完她便拆了外面的塑封，捏住瓶盖随手一拧。

这么紧？她又加了点力气，还是没拧开。一瓶醋老娘还解决不了了？

阮思娴扭了扭脖子，握紧了瓶身，手上一使劲儿，就在瓶盖要开的时候，她却看见傅明予看她的眼神有点儿异样。

那种感觉怎么说呢，阮思娴觉得他满脸都写着“这还是个女人吗？”。

再联想到自己那一巴掌“五指山”至今还有影子留在他脸上，阮思娴的手不知不觉松了，心思琢磨着如何不做作地摆出一副自己拧不开的表情。

“拧不开？”不等她表演，傅明予就看出来了。

阮思娴点头：“嗯，太紧了这个。”

傅明予头歪着，低头看她：“那你一拳砸开啊。”

阮思娴：“……”还真的不把我当女人看。她吸了吸气，告诉自己，这个人道歉了，你也打他一巴掌了，别再骂他了。

“傅总，我是个女人。”

傅明予“哦”了一声：“那你用你的小粉拳砸开它啊。”

“……”忍个屁。

“我小粉拳砸了你的脑袋！”阮思娴一脚朝他小腿踹过去，可惜这个渣男好像知道她会使用调虎离山之计，嘴上说着要打人，动的却是腿。

他侧身灵敏地躲开了，同时还顺走了她手里的醋瓶。

他轻轻一拧，瓶盖开了。

阮思娴安静无言。

他把瓶子递过来，掀了掀眼帘，眉尾微扬，阮思娴感觉他似乎要拆穿自己假装拧不开的事情了。

阮思娴抬头看着他，等他嘚瑟开口。

“你不是喝醋会吐吗？今天想减肥？”

“……”这一刻，阮思娴发现，她总是想打这个男人，其实不是因为几年前那事儿。

而是因为这个男人只是非常单纯地、纯粹地——讨打。

讨打到她今晚的梦里都出现了他。她梦见她来到了一个海边。这里天很蓝，阳光很明媚，海水很清澈，海风很温柔。她看见傅明予也在那里。她冲上前踹了他一脚。

啊！脚好痛，这王八壳真硬。

次日清晨，阮思娴比平常早起了一小时。

听说了本次带飞教员贺兰峰的事迹，她特地下楼晨跑一圈，希望以最好的精神面貌去见这位教员。

只一点，听说他是傅明予的舅舅，希望傅明予性格不是家族遗传的。

可惜天不如人愿，阮思娴还没到签派部，路上就碰到几个飞行员，有人听说今天带飞她的是贺兰峰，就有人跟她聊了几句。

他们说这人严厉吧，还不是简单的严厉，他非常擅长从多个角度对副驾驶进行灵魂拷问。

比如有一次带飞，副驾驶看错了高度表，到了空域高度还在拼命爬升，贺兰峰就突然问副驾驶：“小伙子，你带氧气瓶了吗？”

副驾驶说：“没……没有啊，怎么了？”

“没带氧气瓶你还敢往外太空飞呢？”

听这个故事的时候，阮思娴还看到远处玻璃长廊里出现的傅明予的身影。

好，看来性格就是家族遗传的。

阮思娴给自己鼓了鼓气，去办了飞行任务书，拿了当天的《航空气象报》，到航医和空管处签字盖章后去了会议室。

她是第一个到的，会议室里还很安静，她心无旁骛地看航图，直到乘务组的人来了才抬起头。

还没打个招呼，另一个人就进来了。

大家纷纷转头看过去，来人穿着制服，身材高大挺拔，仪表堂堂，一看就跟傅明予是有血缘关系的人。

不过他连脸上的皱纹都写满了“严肃”两个字。

会议室里都是女生，瞬间气氛便肃穆起来。

而贺兰峰走进会议室，一眼看到阮思娴，又看到她的制服，那一瞬间还有些惊讶。不过几秒后，他似乎想到了什么，竟然低着头笑了一下。

一屋子的人有点儿蒙。不是说这个教员特别严厉，特别难搞吗？怎么一来还没说话就先笑了？大家不懂，也不敢问。

贺兰峰也发现自己似乎有些失态，拳头抵着嘴咳了声：“嗯，开始吧。”

整场协作会下来，阮思娴开始怀疑自己听到的传闻。

这位教员不是挺和蔼挺好说话的吗？协作会全程没有打断她，还夸了两句她航图看得认真。

“走吧，过去吧。”

贺兰峰端起水杯喝水，门外突然过来一人，敲了敲门，就站在那里说：“今天机组名单有变化。”

所有人看过去，那人说道：“今天傅总要去奚城参加会议，但是那边大雾，航班飞不了，所以他先飞临城，你们这趟航班时间合适，他和柏秘书加个机组锁座。”

贺兰峰一口水呛到，弯腰猛咳，阮思娴过去帮他拍背：“您没事吧？”

贺兰峰摇头道：“没事，有点儿惊讶。”

阮思娴不知道这有什么可惊讶的，经常有空勤人员出差，加机组是常有的事情。

不过阮思娴想到刚刚看乘客名单时，这趟航班只有一个客舱空座，傅明予和柏扬挤着坐？

门口那人看出了阮思娴的疑惑，又说：“傅总加驾驶舱。”

阮思娴：“……”行吧，他想获得合格证持有人特别批准进驾驶舱很容易，因为他自己就是合格证持有人。

只是当傅明予坐到驾驶舱后排时，阮思娴还是觉得气氛很奇怪。

她也是没想到竟然有一天会碰上傅明予坐在驾驶舱的情况。戴耳麦时，她往后看了一眼，他脸上掌印已经完全消失了。

而傅明予面色平静，接住阮思娴的眼波也没有什么表情变化。

另一旁的贺兰峰总是回头去打量傅明予，笑眯眯的。

“怎么跑驾驶舱来了？”

傅明予平静地说：“奚城大雾，航班飞不了。”

他不过多解释，事实就是这样，能正常飞，谁乐意曲线救国？而他舅舅要怎么想他也管不了。

贺兰峰确实是故意打趣傅明予。

他本来参加机型改装培训后还没开始正式带飞，傅明予却主动跟他提了一下，说要给他排个班。

平时这种事情哪儿用得上傅明予亲自过问？贺兰峰就想，这次的副驾驶多半是他很欣赏的飞行员。

然而见到阮思娴的那一刻，作为男人，他明白了。

傅明予在驾驶舱内很安静，一句话都没说，因为他一上来就闭眼睡了。

此时的阮思娴正在检查准备单，没有说话。

本来发现贺兰峰其实很好相处时，她的紧张感已经全部消失了，可是自从傅明予进来，她发现自己好像又没那么自在了。

嗯，他是老板，谁被老板看着工作会不紧张呢？

见阮思娴眉头紧紧蹙着，贺兰峰笑着问：“你是不是特别怕我？”

“嗯？”阮思娴抬头道，“没有啊。”

“那我看你挺紧张的。”

“教员在，连机长都会紧张。”

“我看就是他们说我坏话了，不过你放心，我对女飞很和蔼的。”他笑了笑，何况还是不一样的女飞。

阮思娴点点头：“嗯，谢谢。”

说完这话，贺兰峰回头看了眼傅明予。很好，还在睡觉，似乎完全没在意一样。

准备全程，贺兰峰没再说话，全部交由阮思娴操作。

直到飞机推出时，他才严肃开口道：“在起飞滑跑中，由于风的影响，也要向下风面抵舵，不过不要轻易去压杆，只需在离陆瞬间，风大时稍有向上风面压杆的意识就行了，多了反而扰流板要升起，影响飞机性能及操纵。”

阮思娴点头道：“记住了。”

“离陆后，飞机会自动形成偏流角，注意坡度修正。”

“好。”

“到时候注意将视线从外转移到驾驶舱内，目视横侧不要带坡度，进入仪表也不要带坡度。”

“好，明白。”

“行，我就大概说这些，接下来你操作，我看着，有问题问我。”

阮思娴戴上耳麦，与塔台联系，很快，飞机进入跑道，开始助跑，贺兰峰也专心致志地注意着阮思娴的动作。

推背感袭来的瞬间，傅明予缓缓睁眼，视线落在阮思娴身上。

他能看见阮思娴的侧脸，也能看见墨镜后她的眼神。她专注地看着仪表盘，与塔台沟通，神情严肃，脸上没有一点化妆品的痕迹。但此时的她，有一种独特的魅力，傅明予从未在别人身上见到过。

飞机在高速助跑，风驰电掣，而看着眼前这个操控着飞机的人，傅明予感觉自己胸腔也慢慢胀了起来。

离陆瞬间，阮思娴唇角浅浅弯起。

傅明予目光久久不离，心跳也在那一刻漏了一拍。他深吸一口气，却好像很难顺畅地呼出来。

飞机进入巡航状态，贺兰峰解开肩部安全带，活动了一下筋骨，说道：“不错，你这次起飞很完美。”

能听到这位教员的一句夸奖，阮思娴怎么也掩不住笑意。

贺兰峰又没忍住回头去看傅明予：“你怎么一直睡觉？不给你的员工一句评价？”

傅明予睁开眼睛，淡淡扫过贺兰峰：“有你在，我哪儿有评价的资格？”

贺兰峰轻哼一声，突然对阮思娴说：“你有没有男朋友？”

听到这个问题，傅明予眼皮一跳，眉头皱了起来，可惜前面的人根本不会注意到他的脸色。

阮思娴愣了一下：“啊？”

“我就随便问问啊。”贺兰峰说，“我们这个年纪就喜欢聊这些。”

“噢……”

怎么那些同事也没跟她说这位教员在平飞的时候还喜欢讲八卦？

“没有啊。”

“那你要抓紧啊。”贺兰峰说，“解决个人问题最佳时期就是副驾驶时期，以后当上机长太忙了，那可就不方便了。”

“哦……记住了。”

“回头我也帮你物色物色。”

“噢……谢谢……”

“谢什么谢，小事儿。”他踌躇片刻，瞥了傅明予一眼，“你看我外甥怎么样？就后面坐的这个，长得帅吧，还年轻有为，单身哦，你考虑考虑他做你男朋友怎么样？”

阮思娴几乎想都没想就说道：“我觉得不怎么样。”

驾驶舱内突然沉默，并且陷入一种诡异的尴尬中。

贺兰峰摸了摸鼻子，讪讪地转过头，准备换个话题缓解尴尬。

就在这时，身后那人轻轻嗤了一声：“我做过你男朋友吗？你怎么就断定我做你男朋友不怎么样？”

阮思娴觉得好笑：“我评价一个冰箱制冷效果怎么样，还非得亲自进去冻两天是吗？”

“是。”

第十三章

一碗心动长寿面

当那个肯定的“是”字落下，清清楚楚地传到阮思娴耳里，她才感觉到她和傅明予刚刚的对话有多不对劲。

连贺兰峰也斜着眼睛觑他们俩。

男女之间即便是初次相见的关系，被人硬凑一下都会变得尴尬，更何况阮思娴和傅明予成天低头不见抬头见的，话题往这方面一扯，气氛就莫名其妙变得微妙了起来。

况且这样的对话并不是第一次出现，阮思娴记得曾经她也问过傅明予：“你想做我男朋友啊？”不过当时傅明予没有回答，而她提出这个问题也是一时赌气，并没有当真。

而现在，傅明予好像就差明摆着说“你做我女朋友试试看就知道我怎么样了”。

当想明白这一层，阮思娴自然而然地闭上了嘴。

但是当意识往那方面飘的时候，就变得有些不受控制，一些毫无逻辑的念头冒出来，在脑子里乱蹦。

她发现，当那一巴掌打过去后，自己对傅明予的坏情绪好像清档了一样。没那么讨厌，甚至许多时候还挺好的，尤其是他的脾气，好像特别特别好。

除了对她的无理取闹无限度容忍，很多时候，他所做的事情似乎早就超过了普通的男女相处的界限。

比如非要去她家里吃晚饭，比如陪她去派出所，比如那天晚上因为她一条消息就去酒吧找她。

阮思娴甚至还回想到了电梯里他站在她面前挡住狗的这种小事。

她这时候不带情绪滤镜去看待傅明予，才反应过来原来早就不对劲了。想着想着，阮思娴看了一眼主仪表盘，上面冰冷的数据及时拉回了她的神思。

她皱了皱眉，一脸冷漠地说："教员还在这里，你别乱说话，不然即便你是老板，我们也可以命令你离开驾驶舱。"

傅明予舌头抵着腮帮笑了下，扭头看窗外。

贺兰峰撇着嘴抖了抖眉毛，也不再说话。

一时之间，驾驶舱安静了下来。

驾驶舱门"扣扣"两声，乘务长打了 PA 进来。

贺兰峰清了清嗓子，接了 PA，并说道："大家喝点东西吧。"

驾驶舱门打开，乘务长进来，问道："傅总，贺兰教员，阮副，要喝点什么吗？"

阮思娴和傅明予异口同声道："咖啡不要糖。"

空气凝滞了片刻，贺兰峰憋笑："我看你俩还挺有默契的。"

下飞机后，柏扬已经安排好司机，同傅明予直接前往奚城。

清晨的大雾到了中午还没消散，高速公路上的车流停滞不前，柏扬时不时看几眼腕表。

这段时间傅明予因为飞行品质监控改革这事儿长期熬夜，饮食不规律，肠胃出了问题，医生嘱咐一定要按时吃饭，但是看现在的情况，在会议之前是赶不上一顿午饭了。

偏偏今天是国际进口博览会，世界各大厂商前来招标，涵盖飞机发动机、航空器材、特种车辆、客舱设备、机上娱乐节目等，是今年世航的重要项目之一，预计又是一整个下午的与会。

如柏扬所料，两小时后，他们踩点到达会议中心。

与会人员与厂商代表已经就位，现场人满为患，却也安静有序。

工作人员引着傅明予前往第一排的 VIP 席位，桌面摆着傅明予的名牌，他落座后，周围与会人员陆陆续续上来寒暄。

一只只手伸过来，伴随着对方的自我介绍，一个接一个没停歇过。

直到会议台上主持人开始调试话筒，最后一个交谈的人才离去。

傅明予坐下理了理袖口，面前又伸过来一只手。抬眼一看，目光随即懒散地撇开。

“你怎么来了？”

“什么叫我怎么来了？”宴安在傅明予身旁坐下，把桌上的名牌扭了个方向对着傅明予，“我当然是代表我们北航来参会的。”

宴安的出现在傅明予意料之外，却也在情理之中。

以前这样的博览会，宴家是不会让宴安作为代表出席的，通常是宴董亲自出马或是其特助上场，但是今年宴董身体不大乐观，宴安再游手好闲，于情于理都说不过去。

傅明予无心与宴安闲谈，一个眼神回应便已足够。

而宴安也兴致阑珊，看了两眼 LED 屏上的内容，兴趣不大，还不如跟傅明予闲聊。

“听说你最近在做飞行品质监控改革？”

两人平时虽然不太对付，但是在工作上，两家关系深厚，他与宴安向来和平相处。

“嗯。”

自从前段时间俞副驾所执行航班备降抚都后，傅明予便开始着手做一件事。

他提出由世航开始，进行飞行品质监控全面改革，推翻沿用了二十余年的准则，在航空公司里也不是秘密，同时也激起千层浪。

但宴安并不感到意外，这件事早晚会有人来做，只是没想到会是跟他差不多大的傅明予：“你怎么突然想起做这个了？”

傅明予面色平静，似乎只是在讲一件无足轻重的事：“从我上任那一年就想做了，前段时间一个副驾急性胆囊炎备降事件是一个契机。”

傅明予说得轻巧，然而宴安不是不明白这事儿有多难。

QAR 引入的飞行品质监控，早期确实对于飞行员规范运行起到了积极正面的作用，并且让起步的航空公司有了管理的范本。

但是近年来 QAR 的滥用后果已经越来越明显，而这些影响已经远远大于它的正面意义。

例如频发的擦机尾事件，以及去年某飞机落地时候只剩二十分钟左右油量的事件，几乎可以指向 QAR 的管理和处罚已经本末倒置。

究其原因，竟是飞行员担心受到 QAR 处罚，因而让一个简单事件恶化到严重事件。

在不少人看来，QAR 应该用于技术分析和辅佐训练，而不是让安全监察部门用来处罚飞行员。

但却难以有人真正走出这一步，因其根深蒂固的使用历史与权威性，想要改革，就要拿出更有说服力的试行方案。

宴安持着悲观态度摇了摇头："何必呢，费力不讨好，你玩儿不过那群故步自封的老古董。"

傅明予盯着 LED 屏，目光清亮，语气里却有十足的强硬："话别说太早。"

他说完的同时，会议也在这时候正式开始。

近六小时的会议到结尾时已经是宴安忍耐的极限，他扭着脖子，眼皮沉得上下打架，转头一看，傅明予倒是一直没出现倦态。

台上的人已经开始进行结束致辞，宴安百无聊赖拿出手机翻了翻，打开微博就看见世航官博一分钟前更新了一条动态。

他装出一副办公事的样子，点进去看，是世航今年飞行学院全国巡回招生启幕的宣传微博，同时附上了九张图片。

最中间那张，他一眼便看出来是阮思娴。

打开大图看了许久，他没忍住，拿着手机问旁边的人："你们公司这宣传照，有没有原图？"

傅明予目光一寸寸地上下打量宴安，随后别开头，淡漠地开口："没有。"

宴安早就习惯了傅明予的态度，也没说什么，继续玩儿手机。

可是几秒后，他回味过来，刚刚那句话的语气不对劲啊。他似乎感觉到了什么，放下手机，叩了叩桌子。

“傅明予。”他挑眉，一字一句道，“我早就想说了，你是不是喜欢阮思娴？”

“是。”

意料之中的肯定回答，连一点儿犹豫都没有。宴安气笑，张了半天嘴，竟不知道该说什么。

“傅明予，你真的……真的……”宴安真不知道该说什么，冷静了一会儿，回想起之前的事情，突然又笑了。

就阮思娴对傅明予那态度？好歹跟自己还温和有礼，对傅明予简直就是……

“傅明予，阮思娴对你什么态度你不清楚吗？你凑什么热闹？”

什么态度？就像那一巴掌一样，打过了，脸上的巴掌印消失了，两人的恩怨也一笔勾销了。

但每每想起她，心里有时候会刺疼一下，有时候又痒一下。

与其这样不上不下，还不如把它牢牢握住，到时候就知道她到底是变成一根针扎进去，还是化作一处柔软躺在心底。

傅明予扬眉斜睨着宴安。同样的语气，同样的一句话。

“话别说太早。”

阿嚏！此时此刻，身在员工食堂的阮思娴突然打了个喷嚏。

食堂阿姨问：“姑娘感冒了？”

“没有。”阮思娴擦擦鼻子，“可能有人在背后骂我吧。”

她打好了饭，端着餐盘找位置。

傍晚的员工食堂比平时人要多，除了空勤，还有许多文职人员也来吃饭，这时候竟然没什么空位了。

找了仅剩的一张桌子坐下，勺子却不小心掉在地上。

阮思娴弯腰去捡，刚伸手，被另一只手抢先了。

他抬头一看，岳辰笑眯眯地站在她面前。

“小阮，巧啊。”

自从阮思娴上次在伦敦偶遇他，一起吃了个饭，两人就再也没有私下联系过。

回来后，两人不是同一机型，没有合作的机会。而且他现在跟江子悦在一起，阮思娴就更刻意避嫌，偶尔在公司遇见，除了必要的招呼，多的一句话不说。毕竟江子悦知道岳辰以前追过她，少些接触就少些瓜田李下的事情。

不过伸手不打笑脸人，这种时候，阮思娴只能礼貌地笑笑："巧。"

岳辰把捡起来的勺子放到一边，问道："这儿没人吧？"

阮思娴摇摇头："你今晚的航班吗？"

"对。"岳辰坐下，目光不经意在阮思娴脸上打量了一圈，问道，"你今天飞的哪儿？"

阮思娴言简意赅："临城。"

"噢，我老家。"

两人就这样有一搭没一搭地聊着，有一点儿若有若无的尴尬，不过都被对方完美地掩饰过去。

"对了，年底我结婚了，回头给你发个请帖。"岳辰说了半天，这才是他的重点。

"恭喜啊。"阮思娴挑着餐盘里的辣椒，语气轻松，"几月份？"

"十二月七号还是八号来着，我老记不清。"岳辰说着就笑了起来，"回头刻身上得了，不然每次问起来回家都要挨骂。"

阮思娴也笑，不过她是笑果然这世上还是有浪子回头一说，她是怎么都没想到岳辰这么花心一男人居然被江子悦给收得服服帖帖的。

两人各自笑各自的，不在同一频道上，直到一个副驾驶端着盘子经过，轻轻咳了一声。

岳辰抬头，不明所以地看着这个副驾驶。

他挤了挤眼睛，朝右边努嘴巴。

岳辰有不祥的预感，往那边看去，果然见江子悦黑着一张脸站在门口。岳辰心里默默骂了句倒霉，跟阮思娴说了声告辞便端着盘子走了。

门口，江子悦穿着制服，等着岳辰朝她走来。她已经在这里站了将近十五分钟了，而岳辰竟然一直没发现她，目光完完全全粘在了阮思娴身上。

两人也不知道在说些什么，笑得可开心了。她跟岳辰吃饭的时候怎么不见他笑，就知道低头打游戏。

“吃完了？”江子悦冷眼看着面前的岳辰，“怎么不再多吃会儿呢？”

“你成天在说些什么。”岳辰平时最烦江子悦这个语气，就因为他以前女朋友多，现在见到他跟个女人说话就要问上半天，“你一会儿不是要飞吗？赶紧吃饭去。”

“我吃什么啊吃，她吃饱了就行了，我不用吃饭。”

岳辰不耐烦地看着她：“你莫名其妙生什么气？合着我现在就是不能跟女同事说两句话？”

“那也要看是什么女同事，她跟别人能一样吗？”

“行，随便你怎么想。”

“随便我怎么想？你让我怎么想？眼巴巴跟人躲角落里吃饭怕谁看见呢？”

“我要是怕谁看见还会跟她在食堂吃饭？我们不知道出去吃？你成天有病吧你。”岳辰语气重，脚步更重，拔腿就走。

江子悦追上去扯着他袖子：“你几个意思啊？是不是早就耐不住了，心痒痒了吧？还喜欢她是吧？我知道你们男人就是得不到的就是最好的，岳辰，你别忘了你是要结婚的人了。”

“神经病吧你。”岳辰连话都懒得说，拔腿就走。

而江子悦一会儿有航班，没办法追上去吵出个结果，扭头看着还在慢条斯理倒餐盘的阮思娴。

其实从阮思娴回来的那一天，她就没再好好睡个觉。一是害怕阮思娴知道了当年她传出去的消息，找机会报复她；二是因为岳辰。

当年岳辰对阮思娴求而不得这件事一直是她心里一根刺，她太了解岳辰了，花花肠子多得很，只要不看着他就管不住自己撩骚的嘴，何况是他没追到的人，成天抬头不见低头见，所以最近她只要有空就查岗，常常查到岳辰跟她吵架她也不停下来。

可是这怎么防得住？

被这么多陌生人吹了一通“彩虹屁”，哪个女人能不高兴呢?

阮思娴乐颠颠地截图，正要发给卞璇和司小珍她们看，屏幕却突然被一个来电打断。

号码她没存，但知道是谁打来的。

接通电话后，阮思娴没说话，那头也沉默了片刻。

“阮阮，今天世航官博上面那个女飞行员是你吗？”

阮思娴还坐在床上，盘着腿，歪着头“嗯”了一声。

董娴的声音一下子就软了。

“你怎么没跟我说过？我一直以为你还在做空乘。”

“你也没问我。”

电话里传来董娴吸鼻子的声音：“阮阮，你实现了自己的梦想，妈妈很开心。”

阮思娴听了，心里没什么波澜，也没什么想说的。她们每次打电话就是这样，总是无端沉默。

董娴也不明白为什么阮思娴慢慢就变成这样了，对她特别冷淡，有时候甚至还有一点敌意。

“阮阮，你今天过生日，我给你做饭吃吧。”

“不用了。”阮思娴说，“我约了朋友。”

数不清是第几次拒绝见面，董娴本已经习惯了。

但是今天不一样，网上的照片让她许久回不过神，更不敢相信那个对她沉默寡言的女儿已经有了这么大变化，她特别想见一见她：“那我给你送一个蛋糕行吗？”

“我朋友会给我订蛋糕，哎，先不说了，我要工作了。”

董娴吸气，长长地叹了一口气：“好，我不打扰你了。”

挂了电话，阮思娴又躺下去继续睡觉。

而另一边，阮思娴一跃成为世航宣传部的 KPI 锦鲤后，官博趁着热度赶紧发了第二波宣传文案，非常有心地多配了几张阮思娴的照片。

傅明予翻看着微博评论，面色平静，却冷不丁轻笑一声：“还真是人见人爱。”

柏扬在一旁接话：“不瞎的都爱。”

傅明予看他一眼，对方立刻眼观鼻鼻观心，假装什么都没说。

他又点进阮思娴的微博，看了眼粉丝数，吩咐道：“告诉宣传部，适可而止，别过度消费她。”

“好。”

柏扬说完就要去做，傅明予又叫住他：“东西都搬过去了吗？”

“安排人搬了，今天下午应该就弄好了。”

傅明予点头，柏扬转身走了出去。

与此同时，傅明予的手机进来一个电话。他皱了皱眉，有些诧异，不知道董娴为什么会突然给他打电话。

“阿姨，有事？”

“不好意思打扰你一下，我是想请你帮个小忙。”

“嗯，您说。”

“今天世航宣传微博上面那位女飞行员，你能告诉我一下她今天的航班信息吗？我找她有点儿事。”

“不好意思阿姨，我不能透露这个。”

说话的同时，傅明予已经把今天的航班信息调了出来。

阮思娴这个月飞行时间达到上限，今天休息。

董娴踌躇片刻，又问：“那你不用告诉我具体，跟我说一下她大概什么时候下飞机就行。”

傅明予笑：“阿姨，我手底下这么多飞行员，我怎么会清楚每个人下飞机的时间？”说完又问，“您跟她认识？”

董娴“嗯”了一声。

傅明予道：“认识的话，您可以直接给她打电话，没有联系方式吗？”

“嗯。”董娴假意承认，“麻烦你了，我先不打扰你工作了。”

“好。”电话里响起嘟嘟声，傅明予握着手机，屏幕自动回到那个小可怜的照片上。

傍晚，乌云还没等到日落西山便席卷而来，隐隐有下暴雨的倾向。

傅明予没让司机送，自己开车回了名臣公寓。

路上，豆大的雨滴便落了下来。

进地下停车库之前，他看见大门外停着一辆黑色保时捷，一个中年司机坐在驾驶座，而车旁边站着一个女人，一只手撑着伞，一只手提着一个蛋糕。

傅明予与董娴见面次数不多，雨天也使人看不清模样，只觉得眼熟，直到他上了电梯，才想起这个人是谁。

虽然对阮思娴和董娴的了解不多，但是傅明予大概能猜到，如果阮思娴想见她，董娴又何必专门打电话来问他航班信息？

只是没从他这里得到消息，她才又多费些周折，辗转去查她的住址。

傅明予的手指已经要触到十六楼的按键，思及此，又往下挪了一点，按了十四楼。

电梯缓缓停下。门还没完全打开，傅明予便听到外面那人跑调跑到西伯利亚的歌声。

随着门缝慢慢变大，一袭红裙的阮思娴慢慢噤了声。

她咳了一下，掩饰自己瞎唱的尴尬，露出端庄的微笑。

“傅总下班了？”

“嗯。”傅明予打量她，“今天心情不错？”

“还行吧。”阮思娴进去按了一楼，门缓缓合上。

当电梯开始下降的时候，她突然问：“你到底是上楼还是下楼？”

“下楼。”

“哦。”

阮思娴今天心情本来不太好，前两天卞璇的外婆生病，她关门回老家，现在都还没回来，只有司小珍陪她过生日。中途又接到了董娴的电话，她的关心说不上破坏了心情，但她也谈不上喜悦，游走在中间地带，不上不下。

可是下午她又收到了网友们不计其数的“彩虹屁”，快把她给淹死了，感觉自己真的就是仙女下凡。

仙女自然不能为俗事烦恼。这个时候不好在傅明予面前唱歌，但是开心是压制不住的，脑子它自己就开起了演唱会，手指也背在身后打着节拍。

但是老天爷总是会给下凡的仙女一点儿惩罚。

当电梯停在八楼的时候，阮思娴就有预感，二郎神派他的哮天犬来抓她回天庭了。

狗未到，声先到。阮思娴的脑内演唱会瞬间断电。

所以为什么说还是有钱人好呢。如果不是住独栋别墅，阮思娴根本不可能要求同一栋楼的住户不准养狗。

她默不作声地退到角落里，扶着栏杆，胆战心惊地与那只狗对视。

阮思娴的神经紧绷，手心发凉，余光却看见电梯门倒映的两人的影子越来越近，越来越近，直至重合。

他身上清冽的冷杉味道也越来越近——阮思娴的视线慢慢被他的身躯挡住，眼前是他的衬衫，他的衣领。

阮思娴抬头望着他，眨了眨眼睛，似乎没明白这个操作。她就站在墙角，而傅明予的身躯几乎就让她缩在这个直角里。只是跟以往不一样的是，他面对着阮思娴，而不是背对着她。

狭窄的空间顿时缩得连气息都难以流通。

他还低着头，直勾勾地看着她。他的眼神又特别平静，好像就是在维持自己目不斜视的习惯。但目光就是一动不动地落在她脸上！

阮思娴不行，她没办法这样跟傅明予对视。她别开脸，心跳却还是不受控制地加快。

不是，你挡狗就挡狗，你面对我站着是几个意思？狗是挡住了，可是你这姿势也太奇怪了吧。

早知道还不如直面狗呢，比直面狗男人轻松多了。

除了狗乱动发出的声音外，阮思娴只听得到自己的呼吸声和心跳声。

她垂眼的时候，傅明予能清晰地看见她眼睛上棕色的眼影和上扬的眼线，还有刷得格外翘的长睫毛。

他回忆了一下，似乎是这大半年来第一次见她化妆。

“打扮这么漂亮，去见谁？”

阮思娴："……"整句话的重点，她就抓在了"漂亮"两个字上。

而且她发现，今天成千上万的"彩虹屁"她都坦然接受了，还转发给司小珍她们看。可是傅明予一句"漂亮"，居然让她脸红了。

她低低吐出两个字："朋友。"

"男的女的？"

阮思娴声音更低："关你什么事。"

"随便问问。"他缓缓说，"男的女的？"

有随随便便就追问两次的吗？阮思娴不想回答，可是头顶的阴影给人一种压迫感，沉得她头都抬不起来。

"男的。"

"哦。"傅明予似乎知道阮思娴故意这么说，又问，"那晚上还回家吗？"

"不回。"

"那我送你过去。"他的语气太直接，根本就不是商量。

"不用了。"

"你确定？"

电梯在这时候停到一楼，门缓缓打开，外面啪啪啪的雨声传了进来。

阮思娴："……"她出门前关着窗户，专心地化妆，完全没注意到外面已经开始下雨了。

狗主人拉着狗出去，刚走两步又愣住。

阮思娴立即按了关门键。

等狗主人反应过来的时候，门已经关上。

可是傅明予还站着不动。阮思娴伸手推了推他的胸，同时去按负一楼的按键，急促地说："快走快走。"

到了停车场，阮思娴坐上副驾驶，拉出安全带扣上的时候，突然想到什么，轻笑了声。

傅明予感到莫名其妙："你笑什么？"

"没什么。"阮思娴说，"就是觉得你的副驾驶坐着还挺舒服的。"

"嗯。"傅明予点头道，"也不是谁都能坐。"

阮思娴别开脸没说话。再接下去，这个话题的走向只有一个。

男人的副驾驶有时候确实有特殊的含义。

就在这时，司小珍突然打了电话过来。今天暴雨，天气剧变，许多飞机航线要改，司小珍作为签派员走不开，必须加班。

“……”

也不是故意放鸽子，工作就是这样，阮思娴很理解，但也失落。

傅明予手搭在方向盘上，扭头看着阮思娴。

“朋友不来了？”听起来还有点儿幸灾乐祸的感觉。

见阮思娴扭头不说话，傅明予开始解安全带。

“那回去吧。”

阮思娴没说话，也没有异议。

外面下着暴雨，她要是一个人在餐厅过生日，那孤独指数也太高了。

重新进入电梯，阮思娴情绪低落，早已没了出门时的兴高采烈。她垂着头去按十四楼，却突然被傅明予拉开手。

“跟我上楼吃饭。”他也没等阮思娴回答，直接按了十六楼。

行吧。心情低落阮思娴不想挣扎，也不想说话。她不想生日这天一个人孤零零地吃饭。

傅明予有时候也勉强算个人，凑合吧。

到了十六楼，傅明予一边按指纹，一边解外套扣子。

门打开的时候，他突然想到什么，回头笑道：“你今天打扮这么漂亮最后还不是只有我一个男人看。”

阮思娴皮笑肉不笑地说：“是啊，便宜你了。”

进门之后，他直接脱了外套，搭在沙发上，穿着衬衫朝厨房走去。

阮思娴探头进去：“不点外卖？”

“不点。”

“你会做饭？”

“还行。”

傅明予打开冰箱，看着保姆给他塞满的新鲜食物，问道：“想吃什么？”

“满汉全席。”阮思娴挑眉笑，“可以吗？”

傅明予没理她，伸手在冰箱里翻了翻，回头看着她：“长寿面，吃不吃？”

阮思娴靠在厨房门边，因为傅明予背对着她，她便肆无忌惮地打量。等他转过身来拿碗筷时，她又移开了目光。

“你怎么知道今天是我的生日？”

“我看过你的简历。”傅明予语气轻描淡写。

阮思娴哼了声：“哦，这样啊，那您对员工都这么贴心吗？”

其实今天中午阮思娴就收到了来自世航人事部的祝福短信，同时告知她有空去人事部领取生日礼物。这是世航的传统，每一位员工生日都会拥有的待遇。

“你是明知故问吗？”傅明予没抬头，打开水龙头清洗青菜，微弱的流水声和他的回答同时响起，“给每个员工做长寿面，我是总监还是总厨？”

哦，那她就是享受特殊待遇了。

阮思娴抬了抬下巴，嘴角翘起来：“那我还要加个鸡蛋。”

傅明予头都没抬，“嗯”了一声，拿起手边已经准备好的两个鸡蛋，磕了一下，亮晶晶的蛋清与蛋黄滑进平底锅，嗞嗞嗞地响了起来。

料理台一个小锅烧着水，平底锅煎蛋，洗菜池里堆了些青菜，这些事情他做起来得心应手，看着慢条斯理，却又干净利落。

没想到他说会做饭不是吹牛。直到傅明予转身看了她一眼，阮思娴才发现自己站在门口看得有些久。

可是目光都对上了，她不说点儿什么好像也不合适。她试探地走过去：“需要我帮忙吗？”

“不用，你去客厅坐着，别在这儿看我。”

阮思娴的脚步顿住，随即翻了个白眼转身就走。

呵，谁乐意看你？但是客厅真的挺无聊。傅明予这人也挺无聊。

这么大的客厅，除了必要的家具，什么东西没有，甚至连绿植都没有，唯一的活物可能就是阮思娴本人了吧。

就是这落地窗还不错，如果不是下大雨，平时在这里看落日应该挺舒服。旁边还有一个躺椅和玻璃桌，如果晚上有点儿水果，夏天看个星星也不错啊。

她又往其他地方张望，几个房间门都关着，没什么可看的。

阮思娴在客厅无聊地晃悠了一圈，不知不觉又转到厨房。她探了个脑袋进去："好没好啊？你怎么这么慢？"

"好了，你去餐厅坐着。"

傅明予端着碗出来时，阮思娴正拿着纸巾擦口红。

"你擦什么？"

阮思娴瞥他一眼，不太想和这种直男解释。

"吃饭不擦口红当下饭菜啊？"

傅明予眨了眨眼道："挺好看。"

阮思娴："……"

傅明予今天怎么回事？青春期？怎么一次又一次这么简单粗暴地夸她？

她继续胡乱地擦口红。

"好看也不给你看。"

傅明予笑了下，把筷子递给她："快吃。"

眼前的面条清香阵阵，金灿灿的鸡蛋配着几根蔬菜冒着热气，阮思娴胃里开始叫嚣，嘴巴却忍不住说："这么多，我可能吃不完哦。"

傅明予嘴角微微上扬："吃不完扣年终奖。"他的眼神反正就是明明白白地告诉阮思娴：别装。

阮思娴努着嘴，挑眉点头。上一秒还说她好看，下一秒把她当猪。

"行，老板说了算。"

十分钟后，一碗面下肚。

面对空荡荡的碗和傅明予的眼神，阮思娴不知道该说什么。也许是她太饿，也许是这碗面味道确实不错，她给自己打脸打得响彻天际。

幸好就在她尴尬的时候，手机响了起来。但接起电话时，阮思娴的脸色肉眼可见地变了，语气也挺僵硬："你怎么知道我住这里？"

“不用了，我已经吃过了。”

“天都黑了还在下雨，你回去吧。”

电话那头又说了什么，阮思娴叹了口气，扭头看见窗外的大雨，皱眉道：“行，等一下吧。”挂了电话，她眉头也没松开。

她不想下去拿蛋糕，可是董娴的意思是她不去拿今天就不走了。这可太烦了。

阮思娴目光最后落在傅明予身上打量两圈，小声说道：“老板，有伞吗？”

“你要干吗？”

“下楼拿个东西。”

傅明予朝窗外看去。天黑压压一片，豆大的雨滴毫不留情地拍打在窗户上，伴随着狂风胡乱飞舞。

“这么大雨你能去？”

“嗯，所以我想请你帮我去拿。”

“……”

沉默两秒后，傅明予颇有些无奈地站起来：“去洗碗。”

“好嘞。”阮思娴几乎毫不犹豫就答应，但是看到外面的雨，又有点儿内疚，“老板慢点儿走。”

说完，两人分头行动。厨房里除了这两副碗筷，其他的傅明予早就洗好了，所以阮思娴前后花了不到三分钟。

她走到落地窗边往下看，楼层太高，加之大雨，几乎看不清楚地面的情况。

也不知道过了多久，傅明予才回来。他身上的白衬衫几乎湿透了，紧紧贴在身上，肌肉线条若隐若现。

他收了伞，把蛋糕放在一旁的桌上，漆黑的眼睛看过来，睫毛上有水汽，紧紧盯着阮思娴。

“你可真是太会折磨人了。”

阮思娴背着手站在他面前，被他看得有点儿慌，立刻把藏在身后的毛巾往他身上扔。

“赶紧擦擦吧你。”

傅明予接住毛巾，擦了擦手臂，似漫不经心地说：“我今天回来的时候就看见她了，你们认识？”

“哦，我妈。”阮思娴顿了顿，“你们也认识的吧？”

傅明予点头：“嗯。”

阮思娴不奇怪，傅明予和郑幼安认识，那肯定和董娴也认识。

她没再说什么。

傅明予又说：“她刚刚问我们是什么关系。”

阮思娴一顿，突然有些紧张：“你怎么说的？”

这事儿就算不是董娴，换作别人，看见傅明予去帮她拿蛋糕，也会对两人的关系好奇。

“我说我们是……”他似乎故意踌躇了一下，带着些许疑问的目光与阮思娴对视，“朋友？”

“对。”阮思娴顺着他的话点头，像是说给自己听的一样，“我们是朋友。”

傅明予把毛巾扔到一边，走到一间房门外，手握着门把，朝阮思娴一摆头：“过来。”

他这副湿身的样子，声音低低沉沉的，莫名有一种被邀请进冰箱的感觉。

阮思娴站着没动，问：“干什么？”

傅明予笑道：“那既然是朋友，我送你个生日礼物，你会收下吧？”

阮思娴觉得傅明予今天有些奇怪。先是默不作声地给她过生日，又是直白地夸她漂亮，现在还要送生日礼物。

送礼物就送礼物，还要让她进房间。以他的“尿性”，该不会想送自己吧？

阮思娴慢吞吞地朝他走过去：“送什么？飞机吗？”

傅明予没说话，把门推开，阮思娴眼前一亮，呼吸停滞了那么一两秒。

五十余平方米的书房里放了四个两米高的展示架，整整齐齐地摆放起码两百架航模。

波音全型号、空客全型号、庞巴迪宇航挑战者系列、达梭航太猎鹰系列、霍克薛利三叉戟……全都有!

而且阮思娴走近了就能看出来，这些航模不是市面上出售的那种，全是独家高级定制超高精度还原，透过玻璃连驾驶舱里的仪表盘都看得清清楚楚。

阮思娴伸手颤颤巍巍地摸了一下材质，这质感、这精细程度……恐怕这些航模的寿命可以与乌龟比一比。

“喜欢吗？”耳旁响起傅明予的声音。

阮思娴浑身颤了一下。他故意的，他绝对故意的!

但是真的喜欢！喜欢！非常喜欢!

阮思娴心里的小人已经疯狂地旋转跳跃，但她要克制，不能在傅明予面前表现得一副没见过世面的样子。

“我还以为你送我真飞机呢。”

“也不是不行。”傅明予低头，似笑非笑地说，“但是有条件的。”

这个人的眼睛好像会说话，阮思娴和他对视的时候心猛地跳了一下，感觉他话里有话。

不，他就是话里有话。

阮思娴转身背对他，看着另一面展示架。

“这些都是你的收藏？”

“嗯。”

“真的送我？”

“选吧。”

那我就不客气了。阮思娴一会儿摸摸这个，一会儿摸摸那个，半天了还犹豫不决。

傅明予一直在门边看着她，等了好一会儿，见她纠结，又补充道：“我没说只能选一个。”

阮思娴回头看他：“真的？”

傅明予满眼宠溺：“这房间里，你喜欢的，都可以送你。”

全都喜欢！这屋子里的全都喜欢！这渣男今天太是个人了!

他问："都喜欢？"

阮思娴星星眼看着他，想矜持但又想诚实，于是小幅度地点了点头。

傅明予说："但我不行。"

花了两秒，阮思娴才反应过来他这句话什么意思。

这房间里你喜欢的都可以送你，但不包括我，我不能送给你。

看阮思娴瞬间恢复冷漠，傅明予静了两秒，然后开始笑。

还笑？欠打。阮思娴没忍住，一爪子朝他肩膀上招呼去。

但她虽然生气，其实根本没用什么力气，碰到的时候反而被他抓住手，攥在胸前。

"又想打人？"

阮思娴不打算说话，挣扎了两下，扯不出来手，于是动腿。

只是她本来想踹他一下，却又被他感觉到动机，反而先发制人伸腿把她的小腿给抵住。

"还想动腿？"

阮思娴是个吃软不吃硬的人，傅明予越是反抗，她就越想动手动脚。

但是穿着裙子高跟鞋的她轻而易举就被这人压制。两只手被攥着，大腿也被他的腿给别着，俯身一压，阮思娴便完全被摁住。

就在这时，两人突然诡异地沉默下来，以这种奇怪的姿势对视着，一动不动。

窗外暴雨如注，噼里啪啦，清晰且强烈。

而房间里灯光温柔，空气凝滞，呼吸声和心跳声缠缠绵绵地盖住了耳边的雨声。

她看见傅明予的眸光渐深，在灯光下反而显得更幽黑。而他的气息在渐渐靠近。

阮思娴皱了皱眉，呼吸渐紧，手心在慢慢变热。

她不想自己看起来有什么异样，于是不躲不闪地对视，直到傅明予的脸微微侧开，靠在了她耳边说了句话。他声音很小，几乎是气音，此时如果有旁人，绝对听不到他在说什么。

"你今天真的很漂亮。"

雨声猛烈，室内安静，这样直接的语言配上他低沉的声音，让气氛变得更奇怪。像是剧烈运动过后的心跳，震得胸腔一遍又一遍地回荡着声音。

阮思娴的呼吸开始有些紊乱。

突然，天空一道惊雷伴随着闪电霹雳刺破夜空，房间里骤然一亮。

两个人像回过神一样，双双松开手，同时，傅明予退开一步，抬头往窗外看去。

阮思娴随手抱起旁边的一架哈维兰彗星，摁在胸口的位置，压制住心跳。

“我回去了。”

第十四章

小青蛙被打脸了

阮思娴的床头有一排小探照灯，平日里放着一些小摆件和熏香。

这些不是她的布置，是刚搬过来的时候司小珍觉得她房间太单调给她弄的。

今天拿了哈维兰彗星后，阮思娴找不到合适的地方放，于是把这个位置腾了出来摆放。巧的是，探照灯的光打下来，正好把航模的影子放大投射在对面的墙上。

阮思娴躺在床上，一睁眼就能看见那嚣张的飞机影子。

这影子就像傅明予一样阴魂不散，即便关了探照灯，窗外的路灯也会见缝插针地照一点儿轮廓出来。

阮思娴翻了个身，睡不着，于是起身把窗帘拉得严严实实。

一系列操作后，阮思娴觉得自己今晚能安心睡个觉了，可是一躺下来，眼前伸手不见五指，感官却变得更清晰敏感。

在这安静的房间，她耳边萦绕着那句低低的“你今天真的很漂亮”。

一个男人，反反复复夸一个女人漂亮能是什么意思，还能是单纯地欣赏美的事物吗？

原本阮思娴一直只是猜测他的想法，可是今晚她确定了，傅明予就是看上她了。

天塌了地裂了，有人挨打挨疯了。阮思娴扯被子盖住头，那人的微信又阴魂不散。

傅明予：你的蛋糕忘了拿。

傅明予：给你送下来？

阮思嫻算是明白了。渣男不仅是看上她了，今天还见色起了意，此刻正心痒痒。

现在就敢把她摁墙上，真让他上家里来岂不是得摁床上？看来就是那一巴掌之后，这男人腰杆也挺直了，说话也有底气了。

大晚上的还想进她的家门，哼，也是想得太美好。

阮思嫻：我不要了。

傅明予：那我处理了？

阮思嫻：随你，我要睡了。

傅明予：等等，明天早上几点飞机？

阮思嫻：干什么？

傅明予：送你。

第二天清晨六点，阮思嫻睁开眼，伸手摸了下灯的开关，光亮起的那一刻，哈维兰彗星的影子出现在墙上。

阮思嫻盯着影子看了会儿，看起来好像神志还没清醒。

过了一阵，手机闹钟响了，阮思嫻回过神，心里暗骂一句“渣男”。

——梦里也来骚扰我。

她坐起来拉开窗帘，模模糊糊看不清。

这雨下了一晚上还没停，今天的航班可能又要大量延误了。

不过即便这样，阮思嫻也得准时到机场。

起床简单洗漱后，吃了个早饭，准备好所有东西，阮思嫻拖着飞行箱准备出门。

傅明予很准时，阮思嫻打开门的时候他正要按门铃。

“早饭吃了吗？”

看见傅明予的那一瞬间，阮思嫻觉得他好像变了个人。衣冠楚楚地站在她面前，完全没有昨晚靠在她耳边低沉说话的模样。

反而是阮思嫻有些不自在，“嗯”了一声。

“走吧，今天下雨，路上会堵车。”

“哦。”

到了一楼大厅，傅明予的司机已经把车停在外面。

柏扬拿着伞过来递给傅明予。他接过伞，撑开，虚揽着阮思娴的肩膀。

“走吧。”

同时柏扬接过阮思娴的飞行箱，直接放进后备箱。

阮思娴觉得不对劲。你这动作是不是也太自然了？怎么就这么行云流水一气呵成？

还有柏扬你这个觉悟是不是又太高了？你好歹做出一点儿震惊的表情啊？怎么你老板当着你的面就这么泡女人你都没点儿反应？

柏扬并不想做出什么表情。他昨天千辛万苦地安排人把那些金贵的航模从湖光公馆搬到名臣公寓，其间还要对付贺兰湘的盘问，他很累。

路上果然堵车了，阮思娴怕迟到，看了几次时间。

柏扬心里也有事，观察了路况后，吩咐司机绕行，同时回头道：“傅总，今天航班可能没法顺利起飞，我先通知一下？”

傅明予点头，同时想到什么，转头对阮思娴说：“我今天要去一趟美国。”

阮思娴眨了眨眼睛。

“十天后回来。”

阮思娴一动不动。所以呢？

傅明予见她没话说，笑了下：“跟你说一声。”

这怎么听着像是在报备行程呢？朋友之间需要报备行程吗？可是傅明予一副坦然的表情，好像没觉得哪里不对。

行吧，你觉得朋友之间是这样的那就是这样的吧，虽然你从头到尾干的就不是朋友之间干的事。

到世航门口时，果然比阮思娴预计的时间晚了十分钟。

司机要往停车场开，阮思娴计算着从那边上电梯再去会议室大概要多绕几段路，于是及时叫停。

柏扬下车帮她取飞行箱，阮思娴接过后几乎是小跑着进了大楼。

二楼玻璃长廊一个空乘看着阮思娴跑了进来，回头道：“欸，你们看见了吗？”

“什么？”

“阮思娴啊，这大清早的她居然从傅总的车上下来的。”

“让我看看让我看看。”

“人已经进来了，你们看那边，那是傅总的车我没看错吧？”

“什么情况啊这是？”

“不是听说她之前还是空乘的时候就……”

不过一上午，这个小八卦就在乘务部流传开来，到了中午，食堂开饭，伴随着饭菜香，几年前的绯闻又被挖了出来。

这次可不是虚无缥缈地猜测，是有人实打实看见的。还有人说，其实这不是第一次看见阮思娴上傅总的车了，前不久在世航门口就看见过。

十天过去，这些绯闻传得有些变味。但这些流言短时间内还没有传到当事人耳里。

——如果阮思娴今晚没有参加一个机长的生日聚会的话。

在去的路上，她还接到了傅明予的电话。

“在哪儿？”

阮思娴已经走到了餐厅门口：“你回来了？”

“嗯，你吃饭了吗？”

“没。”

“那等我？”

“不要，我有约。”

傅明予笑：“你还真是忙。”

阮思娴跟着服务员往包厢走去，脚步轻快：“是啊，我饭局不比你少。”

“结束了我来接你？”

阮思娴脚步顿了一下说：“我今天跟同事们吃饭。”

“怎么了？”

“你确定要来接我？”

“我见不得人吗？”

阮思娴被噎了一下。你可见得人了，你比谁都见得人。

“随你。”

“地址发我。”

与此同时，包厢里的气氛正热闹着。

今天的寿星叫林弘济，在世航工作几年，是个年轻机长，特别热情好客，只要跟他有过接触的人都能迅速成为朋友，所以不管哪个部门他都混得熟，过生日的时候直接拉了个大群吆喝，有飞行部的，有乘务部的，还有机务部和签派部。

由于人多，他订了个大包厢，里面一共三桌才勉强坐下所有人。

约的时间是七点，阮思娴六点五十分还没到。

“几点了，阮思娴不来了吗？”

“谁知道呢，说不定跟傅总约会去了。”

“看你这酸的语气，人家约会又怎么了？”

“谁酸了，表达一下敬佩而已，这都几年了，也算是铁杵磨成针了吧，换我我可没这个毅力。”

“你们这说得有鼻子有眼的，难道这事儿是真的？”

“这还能有假吗？都不是第一次看到她从名臣公寓出来了。”

倪彤本来在吃瓜，但是听到这句话，还是没忍住开口：“有一说一啊，阮思娴她自己就住在名臣，我去过她家里。”

“住名臣？那她挺有钱啊。”

有另外的空乘插嘴道：“就算阮思娴倒追又怎么了？这年头还不准女人倒追啊？”

“对啊，男未婚女未嫁的，谁追谁无所谓啊。”

“这是倒追的问题吗？这是倒贴吧。”

就在这时候，包厢门被推开，阮思娴走了进来。靠门的那一桌倏然安静，全都抬头看过去。

这一桌大概有一半的人心里都咯噔一下。

不管阮思娴是怎么搞定傅明予的，总之他们现在关系不一般，要是得罪了她，随便吹吹枕边风他们就没好果子吃。

这边的氛围变得奇怪，另外两桌人刚刚虽然没在八卦，不过大概也听到了些内容。

林弘济作为今天的东家，有点儿尴尬，但不得不出来打圆场。

“小阮来了？要不要坐我们那桌去喝酒啊？”

阮思娴根本没听到刚才的八卦，看这一桌确实没位置了，于是问：“还有我位置吗？”

“有，挤一挤就得了呗。”林弘济带着她过去，几个副驾驶搬着椅子挪了个位置出来。

但这一桌的风水也不是很好，对面就坐着岳辰和江子悦。

江子悦虽然没参加刚刚的话题，不过这些天她也听到不少。看来自己还真是小看阮思娴了，这副驾驶，她还真坐了。不过有了这些传言也好，至少岳辰不会再眼巴巴地盯着阮思娴了。

有林弘济活跃气氛，大家假装什么都没发生，吃饭喝酒划拳，一晃眼就过去了两个多小时。

酒足饭饱后，有人端了一杯酒过来找阮思娴，先是夸了她一通今天特漂亮，又非要敬她一杯酒，好听的话接二连三。“彩虹屁”吹得震天响，在座没人听不出来是奉承。

原本也没人戳破，可是江子悦发现岳辰因为这句话看了阮思娴好几眼，便抓着这个机会学着刚刚那人的语气说：“阮副现在爱情事业双丰收，人逢喜事精神爽，能不漂亮吗？”

林弘济好不容易扯回来的气氛，又被江子悦一句话打回解放前。谁听不出来她什么意思？

岳辰皱眉：“吃还堵不上你的嘴？不会说话就闭嘴。”

别人怎么说都无所谓，但是岳辰这么护着阮思娴，江子悦的火气一下子上来了，原本她没打算说阮思娴，只是想提醒一下岳辰别觊觎不该觊觎的女人，可是这男人偏偏跟她反着来。

只是到底是公开场合，她下谁的面子也不好下自己男人的面子，矛头便又对准了阮思娴。

“我是不太会说话，不过忠言逆耳，小阮，我们这么多年的同事了，还是要提醒你一下，男人地位越高就越难把握，可别大意了回头什么都没捞到，你听说咱们之前认识的那个姑娘了吗？孩子都怀上了，要嫁给钢铁实业的公子哥了，结果怎么着，最后还是没结成婚，现在带着孩子谁还敢接盘？”

气氛降到冰点，连林弘济都不知道怎么圆场。

阮思娴本来还在想他们几个小嘴叭叭叭地说什么呢，可是现在江子悦把话都说到这份儿上了，她再听不明白就有点儿傻了。

偏偏这时候她手机还振了一下，又是傅明予发来的消息。

傅明予：我到了，你还要多久？

她飞速打字，回复：您可别来了，免得人家又以为我勾引你。

这条消息发出去后，她把手机一丢，抬头看着江子悦。

“江姐，有话就直说。”

江子悦别开脸，阴阳怪气地嘀咕：“我说什么你还不明白吗？”

“我明白什么？说我勾引傅总吗？”

江子悦正要开口，岳辰猛地拍了一下桌子。

“行了，你没事做就回家去，人家过生日，你在这里说些什么东西？”

“你跟我吼什么吼？岳辰你几个意思啊？”江子悦现在也不管什么面子里子的了，护一次就够了，还护两次，“你别忘了你是要结婚的人了，在这儿护着谁呢？”

不对，你们怎么吵起来了？我这儿的话题还没扯清楚呢！

“你们要吵回家吵，我们先把话说明白了。”阮思娴说，“江姐，几年前你就叭叭叭地说我勾引傅总，怎么现在要结婚了还不消停？我说你对我私生活怎么就这么感兴趣呢？”

岳辰闻言，诧异地看着江子悦：“是你说的？”

“你这又是什么眼神？”

不管阮思娴说了什么，让江子悦生气的总是岳辰的一举一动：“是我说的又怎么样？现在大家不是事实看在眼里吗？”

“什么事实？”包厢门突然被推开，先是靠门的那桌瞬间安静，紧接着，整个包厢都鸦雀无声。

所有人全朝那边看过去。

没人知道傅明予为什么会突然出现在这里。

他就站在门口，面色沉静，视线淡淡地扫过这里的人，看不出情绪。但往往就是看不出情绪才是最可怕的。

众人心脏猛跳，倪彤连手里的瓜都没拿稳，一个不注意掉地上摔得稀烂。

傅明予的目光最后落在阮思娴身上，比起生气，更多的是烦躁。挨了一巴掌才稳住的局面，可能又要被这群人搅乱了。

阮思娴知道傅明予来了，也没那么震惊，只是心情不太好，看都没看他一眼。

室内静得落针可辨，傅明予的脚步声也被无限放大，一步步地，踩得人心惊胆战，生怕他就走到自己面前了。

然而傅明予只是走到阮思娴身边，朝她伸手。

“吃完了吗？我送你回去。”

阮思娴憋着火气，拍开他的手。

傅明予收回手，微俯身，问道：“他们说你勾引我？”

阮思娴冷笑一声，没理他。

“你没跟他们说是我在追你吗？”

头顶灯光打得透亮，照得在座几个人脸色惨白。

直到这个时候，大家才反应过来，接二连三面面相觑地站了起来。

江子悦还愣着，被岳辰一把给拖了起来，她趔趄了一下，手撑在桌上，面如土色，双唇也慢慢失去了血色。

包厢外异常喧闹，人声鼎沸，饭菜酒香缭绕，把包厢内本就沉默的气氛衬托得更令人窒息。

许久过去，没人说话，连一声衣服摩擦的响动都没有。

林弘济手里还端着酒杯，不上不下的，嘴巴张张合合，半晌，吐出两个字：“傅总……”

傅明予原本俯身靠在阮思娴面前，单手撑着桌子，闻言眼皮一掀，凉凉看过去，林弘济便闭了嘴。

室内气压更低了。自从傅明予说完话就一直默不作声的阮思娴，突然拿起包站了起来，低着头推开傅明予的手往门口走去。

经过靠门那一桌时，刚刚讨论她的那些人齐齐往后退了一步，生怕挨着她。

但是阮思娴走到门口，突然回头，低声说道："林机长，那个……今天没想过把你的生日搞成这个样子，对不起。"

林弘济快哭了，你别提示我了，真的与我无关。

而阮思娴越过门走出去时，众人的目光迟迟没有收回来。

怎么阮思娴的气焰突然就低了下来？说话声音都细细小小的，而且如果他们刚刚没看错的话，她耳朵还红了？

这是在傅总面前装柔弱？

傅明予没有立刻跟出去，那只被阮思娴推开的手垂在裤边，转了转手腕，抬眼看向这桌人时，眼里情绪难辨。

"看见了吗？"

没人明白他这句话是什么意思，只觉得脑子里被抓住了一根弦，扯得腮帮都僵住。紧接着，傅明予下一句话出来时，那根弦突然断了。

"你们就是这么给我增加难度的？"

——虽然听着有那么一丝无奈的感觉，但更多的是明明白白警告的意思。

刚刚阮思娴在场时，他的语气里还有那么几分温柔，而他说这话的时候，语气与神态都异常平静，平静到没有温度，像暴风雨前的深海，暗伏着巨浪。

傅明予只丢下这句话，转身出去。

林弘济想追出去说点儿什么，可一来迈不动腿，二来不知道该说什么。

包厢内再次陷入死一般的沉寂。打破这一局面的是最边上那桌的一句话。

——"阮思娴脾气好大啊。"

众人如梦初醒一般，纷纷朝倪彤看去。

倪彤还处于目瞪口呆的状态，眼神茫然："搞什么呀，原来是傅总在追她啊！”

她感觉自己就是个傻×，曾经还去教阮思娴怎么追男人。她说出来，自然就有人接嘴了。

“我去……还以为是倒贴了个情人关系，结果是这样，现在怎么搞……”

“咋办啊？她刚刚有没有听到我们说的话啊？”

“老天，我今年还想升乘务长呢！”

“到底谁先瞎传的啊！没搞清楚事情就传得沸沸扬扬，现在好了，我们一起陪葬。”

众人纷吵中，江子悦紧抿着唇，指甲陷入掌心，呼吸几乎是一丝丝地溢出来。

岳辰突然抓起面前的酒杯往地上砸去。砰的一声，包厢又安静了下来。

玻璃碴儿弹到江子悦脚背上，她骤然抬头，感到不可置信地盯着岳辰，表情几乎濒临崩溃。

“现在舒服了？”岳辰脸涨红，延伸到脖子，额头青筋突起，“让你闭嘴你没听到，就你有嘴会说？！”

江子悦眼睛里几乎瞪出红血丝，尖声吼道：“你还是个男人吗？大不了我辞职，怕她干什么！”

“你！”岳辰气到已经扬起手，举到头顶的时候身旁众人一哄而上要拦住，他自己也在这瞬间恢复理智，手重重落下，掀翻了旁边的凳子，“你要走自己走，别拖累老子！”

岳辰他们这种飞行员还和阮思娴不一样。

阮思娴并非航空公司培养，合同较松，但岳辰这一类是高中被选拔上的那一刻就签了航空公司，定向培养，高昂的学习费用全由航空公司出，所以合同签得很死，几乎没有跳槽的可能性。即便要强行跳槽，违约款也会赔到他倾家荡产。

如今江子悦得罪了顶头上司，难保不会牵连到岳辰。公司是换不了的，只能任人宰割。

往小了说，以后航班全排短途，每天本场几段飞，飞行总时长中，最累的起落时间比例直接大幅度飙升。抑或跟空管那边说一声，流控的时候全把他的航班挪后起飞，人磨在驾驶舱了不说，没有起飞就没有时薪。

往大了说，直接寻个由头降为副驾驶，若是再绝一点，落个终身副驾驶也不是不可能。

岳辰越想越后怕，就看刚刚傅明予在阮思娴面前温言细语的模样，这些他不是没可能做出来。他自己就清楚，一个男人为了心爱的女人能做到什么地步。特别是当这个男人处于高位，手里有权有势时，能做的事情太多了。

岳辰能想到这些，其他飞行员又如何想不到？全都开始为自己的前程担忧。

而这个时候，倪彤又出来打破僵局了。

她先是跟着一起后怕，冷静了一下，又说："应该还好吧……"

所有人的目光全都看向她，聚光灯太亮，她退了一步，哆哆嗦嗦地说："我之前也……那啥……反正就是跟她不太愉快吧，她也没把我怎么着……"

现在重点是阮思娴吗？重点是傅总！

众人懒得理倪彤，再度开始担心自己的前途。

而另一边的情况也不容乐观。

傅明予走出去时，阮思娴一个人拎着包脚下生风走得飞快。

"阮思娴。"傅明予在后面喊了一声，见前面的人不动，便两三步跨过去抓住她的手腕。

"你……"话没说完，傅明予声音一顿。他低头去看阮思娴的脸。

阮思娴垂着脑袋，发现他的动作后猛地甩开他的手，继续往前走。

狗男人。臭狗男人。心理默念了几句后，阮思娴的手腕再次被抓住。

她转身挣扎了一下："你放开我。"

没抽出手，只能抬头瞪着他。

"这事儿我会解决。"傅明予说，"以后绝对不会再有这种传言，先消气？"

她还是瞪着傅明予，不说话。她心里想的根本就不是那件事。

傅明予看着她："先上车，送你回家，一会儿会下雨。"说完，他回头看，司机一直缓慢开着车跟着他俩，此时正停在他们站的路边。

趁他不注意，阮思娴抽出手往他后背拍了一巴掌。

傅明予只当她还在为那事儿生气，转身摁住她的肩膀，严肃地说："我说了，这件事情我会给你一个交代。"

借着路边的灯光，傅明予才看清阮思娴的脸红得像熟透的苹果，还隐隐约约蔓延到了白皙的脖子上。

两人就这么对视着，谁都没有先说话。

大约十余秒，阮思娴突然又给他肩膀来一巴掌。力度说大不大，但说轻也不轻，是带着情绪的。

傅明予皱眉，深吸一口气，感觉自己的耐心正在被一点点消磨。

"你说句话。"他垂下眼帘，"是不是还要给我一巴掌才解气？"

阮思娴握了握拳。她虽然不知道自己现在看起来是什么样，但却感觉脖子以上全被一股自己散发的热气笼罩着。

简而言之，她觉得自己的脸一定红透了。

"脸伸过来。"

傅明予自然不会真的把脸伸过去。他只是看着阮思娴，漆黑的眸子里神色难辨。

又是一阵沉默的对视，和刚刚一样，阮思娴突然伸手，掌心触碰到傅明予的侧脸，给他摁到一边去。

"你为什么非要在那儿说那些！"丢下这句话后，人立刻往路边走，飞快拉开车门坐了上去。

这一"巴掌"摁过来，像猫爪一样，竟有些软绵绵的感觉。

脸颊还有阮思娴掌心的余温，傅明予伸手拂过，透过车窗看见阮思娴隐隐约约的侧脸。片刻后，他低头笑了下，转身上车。

司机默不作声朝名臣开去。

后座宽敞，傅明予交叠着腿，解开袖口，同时侧头看了阮思娴一眼。

阮思娴挤在最边上，面对车窗，但却从倒影里发现了傅明予在看她。

“怎么了？”

你还好意思问？！阮思娴恨不得抬腿就把他踹下车。怎么我平时看起来撑天撑地所以你就以为我不会害臊吗？

你当着那么多人的面还全都是同事的场合突然来一句“你没告诉他们是我在追你吗？”，这是人干的事儿吗？

虽然知道傅明予就是看上自己了，但是这种事情私底下说说还好，当众说出来简直就是大型表白现场。换哪个女人不羞耻？

自从傅明予在包厢内说出那句话，阮思娴的胸腔就一股脑儿胀了起来，整张脸都开始发热。

跟江子悦吵架的时候都没这个情绪起伏。而狗男人倒好，面不改色心不跳，还若无其事地问她一句怎么了。

猛吸一口气后，阮思娴平静下来，正要心平气和地说话，那人却又开口：“我今天说的都是认真的。”

阮思娴：“……”

两人中间明明隔着一整个空座位，阮思娴却感觉四周十分逼仄一般，连同傅明予的气息好像都萦绕在她身旁。

“哦。”

“哦？”傅明予侧头看她脸红的样子，觉得好笑，“你这是同意的意思？”

“同意？你可别太自信了。”阮思娴像听到什么笑话似的抬了抬下巴，冷哼道，“你倒是试试看，要是被你追到我就跟你姓。”

话音一落，阮思娴突然一噎，脑子里嗡地一下发麻。

前排司机突然咳了一下，也不知道是不是在笑她。

阮思娴后悔得闭上了眼。今天到底是脑子被烧坏了，还是心智全都臊得藏了起来，这么弱智的话居然都说出口了。又成功给自己添了一份羞恼。

“你说得对，追到了当然……”

“傅明予你闭嘴！”

十月的尾巴一扫过，天气便急速转凉。

进入十一月后，路边的树叶肉眼可见地变黄，空气开始干燥，而路上甚至有行人穿上了羽绒服。

同样在变化的还有阮思娴的工作环境。

她最近一直忙着 F1（第一阶段副驾驶）考试，平时见缝插针地看书，有时候坐在驾驶舱等流控都要拿出手机来看两眼。

考完试那天，她从考场出来，看了眼时间，还早，于是去员工食堂吃饭。

打了饭端着餐盘找了个空座位，刚吃了两口，就感觉有人朝她走来。

阮思娴抬头，见是一位认识的副驾驶，于是拖了一下自己的餐盘准备让一点位置出来。

谁知道那个副驾驶一看坐着的是阮思娴，立刻咧着嘴笑着说："小阮下午好啊，咦，你打的这个排骨我怎么没看见？我再去窗口瞅瞅。"

可能他去西伯利亚的食堂窗口打排骨了吧，总之这一去就没有回来。

阮思娴后知后觉回过神，这段时间吧，她在公司里的情况就是：千山公的飞绝，万径雌性踪灭。

不管单身不单身的男同事全都跟她保持着微妙的关系，恨不得在脸上写着"我们只是纯洁的同事关系"。

连她在朋友圈分享个链接都没有男同事给她点赞了！

行吧，阮思娴算是明白了，傅明予只需要一句话，就在她身上打上了"傅氏所有"的标签，直接从根源上切断了情敌的产生。只要她留在世航一天，这个公司就没别的男人敢跟老板抢女人。

真是……好一个光明磊落的追求方法呢。

但是这个傅氏标签也不是没有好处。比如这段时间她一直飞长途，看了眼任务表，接下来一周也是这样。但凡飞国内航线的驾驶员都希望能飞长途，除了时薪高以外，休息时间也更长。

就连平时的流控好像也发生着细微的变化，阮思娴发现自己排队的时间越来越短，并且常常被优先调到跑道上。

这样一看，这个标签上面好像还明晃晃写着"傅明予请各部门对此人予以便利和必要的协助”。

阮思娴觉得自己现在就是一本行走的“傅氏护照”。她甚至想去质问傅明予，这样干不合适！滥用职权！

可是转念一想，这也不可能是傅明予吩咐下去的事儿，怪只怪互联网太发达，一句话只需要过一道卫星通信就能传遍全球，更何况这还只是一个公司。

不管是这些人的避嫌也好，见风使舵也好，都像一双双无形的手，把阮思娴和傅明予锁了。

这种氛围，让阮思娴想到高中那时候，也有个男生向她公开表白，弄得沸沸扬扬，全校皆知。而且那个男生还是个谁都不敢惹的主儿，平时在学校里飞扬跋扈，连老师都管不了他。所以当他告白后，平时向阮思娴献殷勤的男生全都躲得远远的。

学校就那么大，两人平时总会偶遇，再加上有一方刻意为之，阮思娴就觉得怎么走哪儿都是这些人。偏偏四周的人还老起哄，搞得他们俩好像已经有了什么似的。

那时候阮思娴每天都被这事儿搞得很暴躁，每次遇到别人揶揄的眼神或是调侃的语气，她都想冲上去揍人。

可是现在呢，阮思娴拿着勺子，搅弄碗里的汤。她好像没有特别暴躁……也没有想揍人的冲动。

傅明予于世航和当初那个校霸于高中有什么区别吗？

没有，都是横行霸道地头蛇。

阮思娴想，大概是因为傅明予是她老板吧……

正想着，面前突然搁下一个餐盘。

阮思娴寻思着哪位同事这么大胆要舍命摘花了，心里还有点高兴，觉得自己的魅力压过了傅明予的威严。

可是抬头一看，坐她面前的却是倪彤。

倪彤坐下来时，神色有些不安，东张西望了一番才开口道：“那个……就是……有个事儿……”

阮思娴放下筷子，抬起头：“你直说。”

倪彤不想来说这事儿，但是她心里惦记着许久了，不说出来心里过不去。

只是食堂人多口杂，她踌躇许久，问：“你吃完了吗？要不我们出去说吧？”

阮思娴打量她两眼，一口气把汤喝完：“走吧。”

两人走到食堂外，但人还是多，于是倪彤把阮思娴给拉到大楼一处楼梯间。

“就是……我师父昨天被要客投诉了。”

阮思娴：“然后呢？”

倪彤眼珠子乱转，说起话来也没有底气：“就是，你知道普通乘客投诉的话，公司要核实才看有效或者无效，但是被要客投诉就直接有效了，然后就……”

阮思娴看了一眼表：“我给你一分钟时间，你不说完我就回家了哦。”

倪彤倏地紧张，立刻像豌豆怪一样叭叭叭地吐了出来：“就是那事儿其实也不是多大事儿，以前遇到这种情况，最多就是停飞一段时间，可是我师父却被开除了，我觉得这个可能是傅总的决定，但是好像有点过分了，我也知道我这个请求有点为难，但是你能不能跟傅总说一声，不要直接开除留点情面行不行？”

阮思娴花了半分钟把倪彤的话在脑内断句。

她伸手拍了拍倪彤的肩膀：“不是，是不是我平时做了什么让你误以为我是个善良大方不记仇的小仙女？”

倪彤的脸瞬间垮了下来，又难堪地涨红，嗫嚅半天，说道：“哦，我知道了……不是，主要是因为上次那事儿，现在岳哥好像也跟我师父闹掰了，她都快三十岁了，如果她再没了工作，她可怎么办啊！”

说完，她正要转身走，身后却传来一道尖锐的喊声。

“倪彤！你在干什么！”

江子悦手里拿着一沓文件，是人事部返回来的社保文件等。她站在楼梯上，文件被她捏得皱巴巴的。

阮思娴还是第一次见她这么直接地露出了凶狠的目光。人还没动，一沓文件先砸到了倪彤身上。

倪彤被吓得猛退到角落，惊恐地看着江子悦。

“不是……我只是……”

“谁要你来求情了？你吃饱了找不到事儿做吗？”她说完，又转头看着阮思娴，“你放心，你牛我惹不起，真以为我不做空乘了就活不下去了要觍着脸求你？做梦！”

阮思娴摊手：“我可什么都没说啊。”

她也觉得很烦，明明她从来就没拿正眼瞧过岳辰一眼，但从头到尾就被江子悦当作假想敌，到现在直接给撕破脸了，至于吗？

江子悦站在楼梯上，颇有些居高临下的感觉，睨着阮思娴。

“你别太得意，真以为自己就是总裁夫人了？还差得远呢。”

“打住打住。”阮思娴觉得这事情还是要说清楚的，“我跟傅明予可什么都没有啊，我现在单身哦。”

阮思娴只是在澄清事实，然而在江子悦耳朵里就变成了“我还没答应他呢，他就要这么护着我，我有什么办法”的炫耀。

“所以说你年轻，真以为别人追追你就是把你捧在手心了。男人不都一个样，现在看你新鲜跟你玩玩儿，过了新鲜劲儿谁还记得你是谁？”

好烦啊，阮思娴想回家了，不想跟她说话了，需要一句话止住话题。

“明白明白，这年头别说生米煮成熟饭了，就算煮成爆米花，该跑的一样跑，是吧？”

话音一落，如阮思娴所料，江子悦的脸色果然变得很精彩。

想什么呢，啥年代了，谁离了男人还活不了了。

执照在手，到哪儿不能开飞机？真当只有傅明予家里有大飞机啊？况且她和傅明予八字还没一撇呢。

为了避免下一场嘴炮，阮思娴及时溜了。

虽然江子悦的话没在阮思娴心里留下什么痕迹，但她还是默默骂了傅明予两句。

狗男人，断她桃花不说，还给她招惹是非。

正想着，狗男人就发消息过来了。

这几天傅明予一直很忙，几天内飞了几座城市，阮思娴几乎没见过他，也没主动联系过他。都是他时不时打个电话过来。

打电话就打电话吧，但也没什么正事说，都是说一些琐事，而且每次说不了几分钟他就挂了电话去忙。

但是每次接这几分钟的电话，阮思娴心里都觉得怪怪的。就是因为没聊什么正经事，反而显得不正常。合理怀疑他在温水煮青蛙。

傅明予：考完了？

阮思娴边走边给他回复：早考完了。

没等他回复，阮思娴又问：江子悦是你开的？

傅明予：江子悦是？

阮思娴：……就是那个空乘！那天跟我吵架那个，你金鱼记忆吗？

"是我开的。"

熟悉的声音响起，阮思娴的脚步突然顿住，抬头一看，傅明予在夕阳下站着，周身仿佛镀了一层淡淡的金光，显得他的五官特别柔和。

而看见他双眼的那一刹那，阮思娴心猛跳了一下。

跳什么跳？你跳什么跳？人家不就承认了是他开的吗？又没说是为了你，给我停下，不准跳！

傅明予问："回家？"

"嗯。"

傅明予朝她伸手："走吧，我送你。"

他的一举一动太自然，阮思娴反应过来时，手已经抬起来快要放到他掌心了。

就说这个人在温水煮青蛙吧！为了不让他看出破绽，阮思娴顺势嫌弃地拍开他的手。

"天气好，我要走路。"

说完就朝大门走去，傅明予默不作声地并肩跟在她身旁，司机开着车默默跟在后面。

阮思娴的步子迈得有些机械，而傅明予一直配合着她的速度。

“傅明予。”

“嗯。”

阮思娴觉得这事儿得问清楚，不能跟他一样自作多情。

“你开了她，是因为我吗？”

傅明予似乎觉得她这个问题问得很奇怪。如果不是为了她，几千人的乘务部，他哪儿有闲工夫去管其中一个寂寂无名的空乘？

“不然呢？还能为了谁？”

阮思娴愣怔片刻，心里有些酥酥麻麻的感觉。

她其实明白，这事儿对傅明予来说只消一个眼神，底下自然有人为他处理得干干净净，他并不需要花多少力气。

可是她还是感受到了那么一丝不讲道理的偏护。

哦，不对，在那之后，她悄悄跟几个熟悉的空乘打听过，确实没有任何人敢再提那些流言了，即便是私下。

那几个空乘告诉她，每个部门的领导召开例会的时候，都专门强调过，如果再有这些流言蜚语传出来，全都去人事部领辞退金，世航不差那点儿钱。

好吧，不只是一丝丝偏护。

她抬头看傅明予一眼：“傅总，你公私分明的‘人设’有点儿崩啊。”

“妹妹，你好像没点自知之明啊。”傅明予转头看她，“你一次次在我头上撒野，竟然还觉得我公私分明？”

啪地一下，阮小青蛙好像在无形的打脸声中坠入了温水中，爬不起来了。

第十五章

妹妹只有你一个

阮思娴发现，她居然被那一声“妹妹”叫得有些脸红。而傅明予却浑然不觉有什么不对。

一把年纪了还玩儿哥哥妹妹那一套，丢不丢人。阮思娴没说话，却突然加快了脚步。

初秋的风不太温柔，吹在脸上有点瑟瑟的感觉。偶尔踩到几片落叶，发出沙沙的声音，被两个人的沉默放得无限大。

也不知道过了多久，阮思娴突然停下脚步。

“你干吗一直看着我？”

傅明予笑得无赖：“你不看我就知道我在看你？”

阮思娴：“……”好像还真是这么个道理。

阮思娴瞪了他一眼：“不走了，上车。”

可是上了车坐好后，阮思娴还是感觉傅明予在看她。

“你到底在看什么？”

她都这么说了，傅明予便不再看她，转而看向前方，却云淡风轻地说：“我在看你到底脸红什么。”

像被戳破伪装一样，阮思娴浑身的刺立刻竖了起来。

“你眉毛下两个窟窿是长来喘气的吗？”

“……”

阮思娴理直气壮且凶巴巴的样子，让傅明予都觉得他是瞎了。

车内再次陡然安静。

突然，阮思娴的手机响了一下。她拿出来看了一眼，犹豫片刻，挂掉。没半分钟又响了起来，她还是挂掉。

等第三次响起来的时候，她直接按了静音没管了，但嘴里还是没忍住嘀咕一句“烦死了”。

傅明予注意到她的动作，问道：“谁？”

阮思娴不想说，随口道：“没什么。”

越是敷衍，傅明予越是觉得不对劲，目光在她身上来回打量一圈，似乎感觉到了些别的东西。

“前男友的电话吗？”

阮思娴觉得这男人脑回路有点儿不正常，他是从哪里嗅出来这是前男友的电话的？

“怎么，你前女友没事儿会给你夺命连环 call 吗？”

傅明予哂笑，没接她的话，转头看窗边。接下来的一段路，两人谁都没说话。

电话是董娴打来的。

自从生日那天她知道了阮思娴的住址后，还来等过一次，不过那天阮思娴刚好坐司小珍的车回去，两人便没碰面。

而今天她一直打电话，估计是又来了。

果不其然，当车开到名臣门口时，阮思娴看见了那辆保时捷。

夕阳投射在锃亮的车身上，晃得刺眼。

还好她今天坐傅明予的车回来，不然出租车在门口停下，势必要碰一面。

她转头看了眼傅明予，他完全没注意车外的情况，盯着车窗也不知道在想些什么。

车开到楼下后，阮思娴一边拉开车门，一边说：“我回去了。”

傅明予面无表情地“嗯”了一声。

阮思娴关上车门，还没走到台阶上，车便启动，朝前开去掉头。

吃了一嘴尾气的阮思娴感到莫名其妙地看着傅明予的车。

打开家门，阮思娴看到司小珍坐在沙发上，吓得差点儿没离开这个美丽的世界。

“你怎么来了？”

司小珍本来着急地打着电话，看见阮思娴完完整整地站在面前了才放下心来。

“你怎么回事啊？我刚刚一直给你打电话都没接，还以为你出什么事儿了。”

“哦。”阮思娴一边换鞋一边说，“手机静音了我没注意。”

“吓死我了。”

司小珍指指冰箱：“我今天看超市蓝莓打折，就多买了些，已经洗好了给你放冰箱了。”

说完，她又不满地皱眉：“还好我有你家密码，不然你冰箱发霉了你都不知道。”

“我最近没在家做过饭。”

阮思娴进房间换衣服，司小珍也跟了进去，本想闲聊两句，却一眼看见床头的航模。司小珍立刻跪到床上去拿。

“你小心点！”阮思娴衣服脱到一半，冲过去拍了一下司小珍的手，“很重，别摔了。”

司小珍没管她，双眼放光地捧着航模，仔细打量：“这是德产哈维兰彗星吧，好精致啊，哪儿买的？很贵吧？”

“不要钱。”阮思娴转过去换衣服，背对着司小珍，声音小小的，“送的。”

司小珍惊叹于这架航模的精致，翻来覆去看了好几遍，才眨着眼睛问：“谁送的呀？”

阮思娴感觉她好像知道了什么，又觉得不可能，于是敷衍过去：“朋友送的。”

“这位朋友姓傅？”

看见阮思娴有点儿震惊又有点心虚的眼神，司小珍就知道自己说对了。

“机翼上面刻着他名字呢，想骗谁。”

这个阮思娴还真没注意到，她把航模拿过来，翻了个个，才在机翼下面看见“FMY”三个字母。

这狗男人，送个刻了他名字的航模，太不要脸了。

阮思娴放下航模就往外走，司小珍跟在她后面问：“什么情况啊？”

“什么什么情况？”

“你别跟我装啊，又不是十几岁的小姑娘了，害什么羞。”

阮思娴越走越快，打开冰箱拿了瓶水喝，面无表情地说：“谢邀，人在太空，刚下飞船，没信号。”

司小珍：“你这样就很没意思了，你把他睡了吗？”

阮思娴差点儿没一口水呛死。

“你这个人怎么回事？”

“那不然你干吗躲躲藏藏的？”

司小珍靠在冰箱上打量阮思娴，反正心里已经有了答案，也不追问了：“我觉得还挺神奇的，上次卞璇跟我说你在酒吧打了他一巴掌，他竟然没杀了你，现在这是追你呢？”

阮思娴没说话，默认。

司小珍便更好奇了：“不是，我说他这是什么情况啊？你不是挺讨厌他的吗？”

阮思娴嘟囔道：“是讨厌他。”

“对啊，我就更不理解了，要是你讨厌的人也讨厌你，这才是正常的，说明你们是一路人，可是你讨厌的人喜欢你，这说明——”

“说明他还挺有眼光的。”

司小珍无法反驳这个逻辑。

由于阮思娴像一只撬不开嘴的闷葫芦，这个话题也没继续下去，两人聊到最近的假期，阮思娴说她想去周边玩儿，司小珍却要去一趟临城。

“我大学校庆，大家顺便搞个同学会，我得去一趟。”

说到大学，阮思娴想起，昨天宣传部的一个同事还问她参不参加这次的招生宣讲，理由跟傅明予说的一样，有女飞行员参加才会吸引更多的女生。

阮思娴倒是有时间，只是觉得休假不想去干别的，就想在家里待着，于是拒绝了。

然而事情的转折，源自第二天的飞行任务。

飞行部又给阮思娴排了教员带飞。阮思娴和教员有说有笑地上了飞机，等客人都上来了，乘务组相应关闭舱门。这时，阮思娴的耳麦里突然响起机务的声音，她脸色一变。

跟教员对了下眼神，两人立刻让乘务组打开舱门下了飞机。机翼旁边，几个机务分散开来，弯着腰四处寻找着什么。其中一个机务摊开手心，里面放着两枚硬币。

阮思娴差点儿没当场晕厥。现代科学社会了，是哪个傻子在这里撒币？

就在刚刚，机务检查情况的时候，在这架飞机的下面发现了两枚硬币，所有人顿时如临大敌，开始仔细搜查。这种情况已经不是第一次遇到，大家都很头疼。

通知乘务组广播询问后，没人承认。

于是机组一边寻找还有没有其他的硬币，一边调出监控。

录像显示，一个中年男性乘客在进入客舱前，趁着安全员和乘务员不注意，朝着机身抛了几枚硬币。由于监控录像看不清具体撒了几枚硬币，乘务组把那位乘客叫了出来。

中年男人穿得人模人样的，还戴着个大墨镜。他承认硬币是他抛的，一共抛了四个。

教员直接在一旁气笑，话都不想说。阮思娴感觉头顶冒着烟，鼻子里呼出的大概也是白烟。

她深吸一口气，努力让自己的语气平静。

“您为什么要抛硬币？”

墨镜男丝毫没有愧疚心，理直气壮地说：“祈福。”

阮思娴就知道是这种弱智理由。

“您祈什么福呢？是安检让您不满意了还是您觉得这个停机坪看起来像锦鲤池？”

谁都听得出来阮思娴的语气已经极力隐忍着怒意，而墨镜男浑然不觉，原地磨叽了几秒，转头跟身后的安全员说："主要是吧……我刚刚在廊桥上看见是个女司机，我不放心啊，女司机多坑啊。"

"……"大概是气到极致，阮思娴反而异常平静，一句话都没说，跟安全员挥了挥手。

安全员立刻报了警，墨镜男瞬间就嚷嚷起来了："这咋还报警？我怎么了我？你们干什么啊？"

一个机务朝他冷笑："您不仅要进局子，要是发动机得拆下来检查，你就等着赔款吧，也不多，几万块而已。"

说完，安全员直接把他架了出去，墨镜男的嚷嚷声渐渐消失在廊桥里。

剩下的两枚硬币没在地面上找到，机务用摄像探头伸到飞机发动机内才看到。但是由于位置太靠内，还真是只能拆除发动机的部分零件进行操作。

连机务都没忍住骂了脏话："今天又要连夜加班。"

这趟航班自然要取消。乘客们怨声载道地下飞机的时候，傅明予也来了。

他绕机看了一圈，最后站到发动机前，眉头紧蹙着。

机务跟他说了具体情况后，他拿摄像探头看了一眼，阮思娴也俯身过去看。两人靠得极近，阮思娴没注意其实她只要动一下，脸颊就会蹭到傅明予的下巴。

"你说九年义务教育是不是没普及好啊？"阮思娴看见那两枚硬币的影像，想象着发动机启动后被损坏的模样，感觉心口都在疼，"这要是起飞了得多惨烈啊。"

傅明予慢慢移动探头的位置，低声道："你还挺心疼。"

阮思娴说："废话，我能不心疼吗？"

傅明予轻笑："你家的飞机吗你就心疼。"

阮思娴说："……你是 ETC 吗，这么会自动抬杠？"

傅明予没说话，收了探头的同时食指敲了敲阮思娴的头。

"航班取消了，回去休息吧。"

阮思娴也直起身，一转头，看见身后一排人全都看着他俩。怪不得刚刚感觉四周那么安静呢。

阮思娴当然没有真的回去休息。

警察来了，正在询问情况，阮思娴得在场。但是整个询问过程，墨镜男就一直在强调他不放心女司机才抛硬币祈福的。

女司机女司机女司机……阮思娴实在听不下去了直接起身走了。

回到世航大楼，阮思娴拖着飞行箱走得飞快，气冲冲的样子直接吓退几个想来询问情况的同事。

倒是有几个不知情的宣传部的女同事结伴下楼吃午饭，在电梯里遇到阮思娴，跟她打了个招呼。

“小阮，下飞机了？”

“没呢。”阮思娴说，“航班取消了。”

航班取消是时有的事情，几个司空见惯的女同事也没多问，聊起了别的。

“最近不是校招高峰期吗？嘉实大学那边学术报告厅档期排不过来，改到大礼堂了，我看了他们那个 LED 屏，尺寸不对，我得重新做 PPT。”

“你这个还好，我们做海报的才惨呢，允和大学报告厅不够用，直接给提前了两天，我海报还没做完呢，今晚得熬夜加班了。”

说到允和大学，那个人回头问阮思娴：“小阮，你不去宣讲会啊？你母校欸，回去搞搞多风光啊。”

她们说的是今年世航飞行学院巡回招生的事情，要去各大高校宣讲，招收在校大学生，作为大改驾学院培养。

阮思娴之前说过不想去，可这时候同事再问，她满脑子都是那个墨镜男嘴里的“女司机”，一时气不过，当场就答应了。

最好全招女生，满天女司机，吓得你一辈子别坐飞机。

但真到了宣讲会这天，阮思娴还有点儿紧张。

她大学的时候学的基础物理，很少有机会上台，直面黑压压的人群时，心里一直打着鼓。当她拿着话筒上台，报告厅里的男生瞬间沸腾了，还有人拿出手机拍照。

阮思娴清了清嗓子，正准备说话时，又看见傅明予从后门走了进来。

今天中午傅明予跟她说过，下午有空，等宣讲会结束了来接她。

阮思娴就不明白有什么好接的，公司明明有统一派车，你来接我，是想公然搞特殊还是嫌我身上标签不够重?

来接就算了，没想到他居然进来了。隔着老远，阮思娴朝他抛过去一个隐晦的白眼。

傅明予接住了这个白眼，但表情毫无波动，就低调地站在角落里安静地看着她。

简短的讲解完毕后，轮到学生提问。

男生特别踊跃，一开始的问题还算正经，到后面就开始跑偏。

“姐姐，你单身吗？”

这个引起底下一片骚动，阮思娴咳了声，简洁明了地说：“是。”

话音落下的同时，阮思娴下意识朝傅明予看去。

他单手插着兜，目光遥望过来，被头顶的灯光截断，看不清眼神。

那个男生又接着问：“那姐姐你考虑姐弟恋吗？”

阮思娴：“……”

面对又一波哄笑，阮思娴严肃地说：“我不喜欢弟弟。”

那个男生也只是热情了点，人还是比较单纯，在四周的哄笑中讪讪说道：“哦，喜欢哥哥啊……”

时间有限，宣讲会到此结束。

最后一个环节是现场递交简历和提问，阮思娴被团团围住，抽不开身。但她抬头看了傅明予一眼，见他沿着最边上朝前排走去，跟她指了一下前门，示意他在那里等。

大约二十分钟后，学生才纷纷离场。

宣传部的同事在收拾东西，阮思娴没什么事，正准备走，却被一个人叫住。

“阮思娴？”

那道声音有些不确定，直到阮思娴回头，那人才欣喜地走过来。

“真是你啊，我刚刚在后面看了很久，还以为看错了。”

这人叫谢瑜，是阮思娴大学直系学长，毕业后保送本校研究生，现在又读到了博士。

两人自从毕业后就没见过面，所以一开始谢瑜在后排凑热闹的时候只是觉得眼熟，不太确定。

“你现在是机长了？厉害呀！”

阮思娴连连摆手，同时脸红：“没有没有，我只是副驾驶。”

“之前不是说你当空乘去了吗？怎么现在都成飞行员了？”

两人从这个话题聊起来，谢瑜很好奇，话题就有些止不住，不知不觉就过去了二十多分钟。直到宣传部的人把东西都收拾好了提醒了阮思娴一下，她才回过神。

“那我先走了？”

“行，你忙。”

临走前，谢瑜主动说留下联系方式，于是两人又加了个微信还留了电话号码。

阮思娴握着手机朝前门走去，连脚步都有点小雀跃。

走着走着，她又摸了一下自己的脸。刚刚跟他说话的时候还算镇定吧？没有表现得很兴奋吧？

这可是谢瑜欸，当年学校的风云人物，在贴吧要凉不凉的时候，他凭借一己之力带动了允和大学吧的流量，其中还有他的专题楼，里面全是他的各种照片。

走到前门，阮思娴忙着给谢瑜的电话号码改备注，用小臂碰了碰傅明予。

“走吧。”

傅明予垂眼看了一下她的手机，径直走了出去。

允和大学有门禁，只有公务车能开进来，而傅明予来接阮思娴是私事，所以他的车停在外面。

两人并肩朝校门走去，阮思娴一路走走看看，感慨着几年没回来，学校变化居然这么大。

旁边傅明予冷不丁出声：“刚刚那个是谁？”

“啊？”阮思娴愣了一下，“谁啊？”

“跟你说话那个。”

“哦，瑜哥啊，以前的学长。”

傅明予淡淡地说：“挺帅啊。”

“这确实。”阮思娴说，“当年公认的‘校草’，也不知道现在学校有没有比他帅的，反正我读书那会儿他最出名，偏偏人家学习还好，年年拿国奖，又是校篮球队的，这些都不算什么，他唱歌太好听了，每次学校文艺演出他都是压轴。那会儿他一上台，底下的尖叫声能把人耳朵振聋。”

傅明予掀了掀眼皮，没说话。

阮思娴还在自顾自感慨：“后来听说有明星经纪公司要签他，我还以为他要去当明星了，没想到他竟然一直在读书，真的一心扑在研究高速对撞机上了。”

她四处看了看：“在学校待了这么多年，也不知道收割了多少茬少女心。”

傅明予拿出手机看了眼消息，同时问道：“你也被收割过？”

阮思娴突然有些紧张，急忙道：“你别胡说啊。”

她眼神闪躲，语气里有些欲盖弥彰的意味。她确实曾经有那么一点点……喜欢过谢瑜。那时候凡是审美正常的女生谁不喜欢呢？

但是人家有一个从高中就谈起的女朋友，时不时来学校查查岗，阮思娴能怎么样呢？连 QQ 都不敢去加一下。这么多年过去了，“校草”还是“校草”，没有被学术薅成阿哥，阮思娴莫名有一种欣慰的感觉。

毕竟比起美人迟暮，英雄谢顶同样是令人扼腕的事情。

允和大学的桂花开了，在夕阳下一簇簇地闪着金光，特别可爱。

而傅明予一路上没说话，阮思娴自然也不会自言自语，沉默着走到了校门口。

这时候正是上课时间，人不多，校门外的小吃店却全都张罗了起来。

闻到熟悉的花甲粉丝香味，阮思娴有些馋。

要说最好吃的还是允和大学门口的花甲粉丝，她心心念念了好几年，但又不至于让她为了吃这个专门跑一趟。但是今天都到这里了，她就有些忍不住。

“等等。”阮思娴叫住傅明予，“我想吃花甲粉丝。”

傅明予正在看手机，抬头看了她一眼，没说什么，转头朝那家店走去。

这家店还是跟以往的布置一样，狭小又拥挤，每次都坐不下几个人。

阮思娴见傅明予一直看手机，好像很忙的样子，于是说：“要不你先回去？我一会儿坐公司的车回去。”

傅明予拉开一张凳子，拿纸巾擦了擦，说：“不用。”

行吧。阮思娴叫了一碗酸辣花甲粉丝，傅明予说他不饿，阮思娴只能自己一个人埋头吃。

其间傅明予一直看手机，没什么表情，也没说什么话。

阮思娴吃到一半，问：“你要不要尝一点？我给你挑花甲。”

傅明予看着手机没抬头：“不用。”

不是，你不想来就不来，干吗这么不情不愿的？搞得好像我在强迫你似的。

阮思娴被傅明予的态度膈应到了，胃口消失了一大半。

她拿纸巾擦了擦嘴，说：“我吃饱了，走吧。”

傅明予闻言放了一张一百的在桌上，起身就走。

阮思娴望着他的背影，眨了眨眼睛。还真是有病哦？

上车后很久，两人都没说话。车开出校园外的减速带，驶入公路。

阮思娴看着速度表，面无表情地问道：“你今天很忙吗？”

傅明予撑着方向盘，淡淡道：“不忙。”

“不忙你开这么快？”

“快吗？还行，没有高速对撞机快。”

“……”你一开四个轮的跟原子对撞机比速度？你怎么不跟你家飞机比高度呢？

阮思娴懒得理他，扯了扯把她腰勒得不舒服的安全带，同时手机响了起来。

董娴又打电话来了。

阮思娴不是很想接，正要挂掉时，突然感觉汽车猛地偏了方向。

她侧头去看傅明予，只见他把车停在路边，同时解开安全带，打开车门走了下去。

“你想接就接，我下车。”车门砰地一下关上，同时手里的电话因为无人接听自动挂断。

狭小的车内空间顿时变得安静而诡异。

阮思娴看着路边傅明予的身影，迷茫地眨了眨眼睛。

这会儿车正停在一个居民区的路边，行人不多，四处安静得只有汽车鸣笛声。

阮思娴透过车窗看着傅明予的侧影，孤零零地站在那里，嘴里含了根烟，打火机嚓地一下亮起火光，他偏头点燃，白烟在他脸前袅袅升起。

在她疑惑的时候，傅明予回头看了她一眼，目光对上，很快又若无其事地移开。

阮思娴趴在窗口，满脑子问号。这男人怎么回事？我接个电话怎么了？哪里来的莫名其妙的脾气？

同时，手机铃声再次响起。阮思娴下意识又想挂掉，幸好她多看了一眼，是银行打来的电话。

对方是推销理财产品的，阮思娴聊了两句没什么兴趣，就找了个在忙的借口挂掉。

同时，傅明予回过头来，食指与中指之间的烟才燃了一半。

阮思娴感觉他有话要说，于是把车窗摇下。可是两人对望了半天，却没人开口。

等到那根烟缓缓燃到末尾，傅明予才掐掉，转身上了车，系安全带的同时，他开口问：“这么快聊完了？”

我跟理财推销员有什么好聊的？阮思娴今天被他莫名其妙的爱搭不理膈应够了，不想再忍了。反正你不想搭理我，那我也不烦你。

思及此，阮思娴便要下车，但是手碰到安全带的时候，脑子里突然闪过一个念头。

她抬头细细地打量着他，脑海里的念头渐渐形成，眼里也慢慢浮现出浅浅的笑意。难怪他今天整个人不对劲呢，他该不会是吃醋了吧？

好酸啊!

车里一个人沉着脸，另一个人却若无其事地笑着，对比太明显，沉着脸的那一个便更烦躁。

傅明予缓缓发动汽车，开到空旷的大道上，眉梢微抬，目光聚焦在前方红绿灯上，似漫不经心地说："聊个电话就这么开心？"

开心？是你太好笑了好不好？多大的人了吃个醋跟小学生似的。

"你吃醋了？吃电话推销的醋了？"

他不说话，而阮思娴嘴角都快咧到耳朵了，怕旁边的人看出她肆意的笑容恼羞成怒杀人灭口，于是弯下了腰，双手捂住脸。

但即便这样，她的笑意还是从指缝里漏了出来。

阮思娴不知道的是，从傅明予的角度来看，她这种欲盖弥彰的行为没有起到任何作用，反而是在添火加柴。

傅明予脚底一用力，汽车突然加速，由于惯性，阮思娴砰地一下回弹，跌靠在座椅上，别在耳后的刘海猛地散开搭在眼前，整个一披头散发的狼狈模样。

阮思娴呆滞地看着眼前的几根头发，被震得久久缓不过神。

你这是什么鬼脾气？是你在追我还是我在追你？还没上位呢就这个脾气，上位了岂不是要上天?

有你这么追人的吗?

直到回到名臣公寓，阮思娴也再没跟傅明予说过一句话。

等她摔门下车后，傅明予直接把车开了出去。

柏扬还在世航大楼等他，关于飞行品质监控改革的最后的执行会议将在明天举行，届时公司全体高层与会。

时至今日，事已成定局，但持反对意见的人依然存在。

柏扬瞧见傅明予黑沉沉的脸，心里忐忑，战战兢兢地把明天的会议流程给傅明予过目。

傅明予接过，同时手机响了一下，于是他便把流程单放在一边，去查看信息。

祝东发来了几条关于秋冬换季临城机场新增航线的消息，想跟他找时间聊一聊。

傅明予回了个“好”，退出对话框时，看见朋友圈那一栏有小红点。

他鬼使神差地点进去，果然右上角出现了阮思娴的小头像。

“给你点阳光你就灿烂，给你点洪水你就泛滥，给你件棉袄你就出汗，给你个破兜你趴里面就下蛋！”

傅明予盯着这一段文字看了半晌，也不知是觉得好气还是好笑。

这条朋友圈在骂谁，不用问也知道。

阮思娴也认为，傅明予应该很清楚。可是两分钟后，她发现一个熟悉的头像出现在点赞列表里。

点赞？还点赞？阮思娴怎么就从这个点赞中读出了一股“朕已阅但朕不 care（介意）”的感觉？

还有没有一点儿自知之明啊？我在骂你啊爱新觉罗·明予！

除此之外，卞璇也评论了一条：你又在骂谁呢？（疑问）（疑问）（疑问）

还没等阮思娴打字，司小珍就抢先回复卞璇：还能是谁呢？

卞璇：又吵架了啊？

司小珍：吵什么啊吵，打情骂俏呢。

卞璇：把朋友圈当恋爱基地，屏蔽了啊。

司小珍：我也，受不了了。

阮思娴一脸问号，这是打情骂俏吗？这是真情实感地辱骂好吧？

接下来的两天，阮思娴没见到傅明予，他也没再打过电话和发过消息。醋劲还挺大呢。

阮思娴再一次见到傅明予，是两天后在飞行部大会议室的门口。

那天下午她返航后拖着飞行箱经过那里，看见黑压压的人群走出来，有些人面露高兴，有些人却紧皱眉头。

为首的傅明予却神色淡然，看不出情绪，唯有眼底淡淡一抹倦色。

这群与会人员离开会议室后便各回各的办公室，而傅明予身后跟着柏扬和几个助理，朝另一边走去。

两人隔得远，傅明予根本没注意到阮思娴。

周边的几个同事在小声议论，阮思娴从傅明予身上收回视线，凑过去问：“你们在说什么？”

范机长问：“你没看群里聊天啊？”

阮思娴摇摇头。

范机长说：“飞行品质监控改革不是说了几个月了吗？最后结果也一直没定下来。”

自从几个月前俞副驾因为急性胆囊炎病发备降后，世航所有飞行员都在默默关注这件事的进展。但也只是关注，并未报太大期望。曾经也有人提出过改革，但由于人力物力与现实情况的阻碍，最终不了了之。

而这次操持这件事的人是傅明予。

不是他们不信任，他的工作能力大家是看在眼里的，只是觉得曾经胡特助都没做下来的事情，傅明予显然不会有太大的突破。况且这次改革连傅董都持中立态度。

有人指指会议室的门，接着说道：“本来好像说是昨天的会议要定下来了，结果开了七八小时，一直有人反对，然后今天又再次召开会议，也不知道定不定得下来。”

一顿七七八八的议论后，范机长最后总结发言：“得了，别猜了，这也不是我们能决定的，回头就知道结果了。”

说完，他转身离去，背着手嘀咕：“要是傅总真的推翻了旧的制度就好了，唉……”

阮思娴回头看了一眼玻璃长廊，傅明予颀长的身影若隐若现。

她看了好一会儿，隐隐觉得，傅明予这段时间确实瘦了。

难怪感觉他今天看起来很累的样子，连续两天长时间会议，你还是人吗？阮思娴咬了咬手指，再次朝玻璃长廊看去，傅明予的身影已经消失。

两小时后，两份文件的出炉炸沸了世航飞行部的所有员工群。

一份是《飞行品质监控管理规定（2021 试行）》，一份是《飞行数据应用负面清单》。

阮思娴仔仔细细地看完这两份文件，回到微信对话框时，几个群的聊天记录全是“99+”，大家的兴奋可见一斑。

毕竟飞行员因为 QAR 受到的变相处罚已经有太多案例，甚至某些事故都归因于 QAR 事件和处罚对于飞行员心理造成的阴影。

如今改革方案一出来，彻底抛弃了沿袭了近二十年的以罚代管的做法，换来了一个良性安全的环境，谁能不兴奋呢？

同事群里的“画风”慢慢变成对傅明予的歌功颂德，连转发的朋友圈链接都不忘感恩傅总，也不在意他根本看不见这些，就是打心底里感谢。

阮思娴就觉得自己那条激情辱骂在一堆赞扬声中显得有点诡异，于是偷偷摸摸地删了那条。想了想，还有点心虚。

傅明予没日没夜地为了他们这些飞行员的工作环境做改革，跟一群老狐狸斗智斗勇，人都累得瘦了一圈儿，她还在因为他一脚油门跟他赌气。

这样一看，光是删了那条朋友圈还不够。于是阮思娴转发了范机长转发的关于这次飞行品质监控改革的链接。

正要按发送键的时候，阮思娴顿了顿。光是转发，傅明予可能看不出来她的诚意。

那怎么办呢？总不能跟群里那些人一样狂吹“彩虹屁”吧？

她扫了一眼范机长附上的文字，觉得还算中肯，实实在在地夸奖了傅明予这番作为，中肯又诚恳，傅明予应该能感受到吧？

于是阮思娴又随手复制了范机长的原话。发出去后没几分钟，傅明予就点了赞。

阮思娴看着他的头像出现在点赞列表，勾唇笑了笑，心里的负罪感顿时烟消云散。

下一秒，傅明予发来了一条消息。这是这两天傅明予第一次主动给她发消息。

傅明予：永远爱我？

傅明予：永远跟我？

阮思娴：？这男人在发什么骚？

阮思娴：你在说些什么鸟语？

傅明予没回她了。阮思娴继续给他发消息，誓要问出他发骚的缘由。

阮思娴：你发错了？等了会儿，还是没回应。

阮思娴越发相信他是发错了。这么暧昧的话说来就来，也不知道是在跟哪个女人调情。渣男居然养鱼塘？阮思娴气得咬牙齿，打字的时候手指几乎要戳烂屏幕。

阮思娴：你群发的？

阮思娴：发给别的妹妹的哦？

阮思娴：傅明予，你鱼塘可真大呢！

三条发出去后，阮思娴等了一分钟，傅明予迟迟没有回复。

好，渣男果然是养鱼塘被抓包了。去我黑名单里躺着吧你！

阮思娴气得冷笑，正要拉黑他时，他终于回了一条消息。

他发来了一张截图，是阮思娴刚刚转发的链接，上面她附文洋洋洒洒一百多字，预览界面都装不下。而他点了“展开”，截图后，专门把最后两句话标红。

阮思娴看到这张截图，天灵盖顿时尴尬得发麻。

“我们世航没有等到更大的事故来推动 QAR 的改革，毕竟那些事故可能没有哪个飞行员或者公司承担得起！世航的做法才是真正把 QAR 用于飞行品质监控的正确做法，这样才能真正做到对飞行技术的提高和航空安全的提升，而不是用 QAR 事件来处罚飞行员，这种手段太低级，大好的工具被滥用了。好比给士兵一把利刃，士兵却用来滥杀无辜。傅总辛苦了！永远爱您！永远跟您！”

阮思娴：“……”

她刚刚随手复制的时候只觉得范机长夸得真心实意又朴素，甚至都没看完就直接复制了，却没想到范机长在最后来了个更真心实意又质朴的表达。五十多岁的男人了为什么还是这么……

在阮思娴尴尬之际，傅明予又发了消息过来。

傅明予：下次复制走点心。

阮思娴：……

傅明予：还有，我没其他妹妹。

傅明予：只有你一个。

Best Time

白马时光

翘摇
QIAO YAO
著

降落我心上

下

Landing
on
My Heart

百花洲文艺出版社
BAIHUAZHOU LITERATURE AND ART PRESS

目录

contents

目录

contents

第十六章

向你更近一步

只有你一个。

阮思娴盯着这句话看了很久，感觉心里有一股灼热的膨胀感，撑得胸口闷闷的。这男人直白起来还真是眼睛都不眨一下。

当然，阮思娴也不知道，他在打字的时候是不是真的一点儿波动都没有。

她在原地站了一会儿，机组的人已经走远，只剩她一个人还在大厅。手指在屏幕上轻敲了一会儿，阮思娴打下几个字。

阮思娴：吃晚饭了没？

发出去的那一瞬间，阮思娴有一点儿小小的紧张。

这两天她跟傅明予没见过面，也没说过话，她觉得两人之间隐隐有一种类似冷战的感觉。但是她现在算是主动求和了吧？

阮思娴等了半分钟，又发了一条消息过去。

阮思娴：傅总？

没等到傅明予的回应，反而等来了董娴的一条短信：阮阮，接电话，有急事。

收到短信后不到一分钟，董娴就打了电话过来。

看到来电显示不是傅明予，阮思娴有一阵轻微的失落，接起电话的时候，语气也有些无奈：“怎么了？”

“你姨妈病了，刚做完手术，你来看看？”

阮思娴抬手看了眼时间：“在哪儿？”

“市三医院。”

阮思娴的姨妈是董娴的亲姐姐，叫董静。原本是一个小学招生处的主任，后来董娴再婚后，她也辞去了小学里的职务，去郑家的酒店集团做起了市场。

董静以往在招生处就混得好，但到底庙小，等她去了更大的平台才真正展现实力，混得风生水起。

阮思娴到市三医院的时候已是傍晚七点，秋天夜来得早，医院的热闹在这静谧的夜里显得格格不入。

阮思娴根据指引到了心外科住院部，董娴在病房门口等她。

算起来两人几年没见面了，看见阮思娴穿着制服走过来的那一瞬间，董娴眼睛有些酸。朝她走去时，脚步也有些虚浮。

“阮阮……”

她还想说些什么，却被阮思娴直入主题的话打断。

“姨妈怎么样了？”

董娴原本想说的话卡了一下，指指病房说：“还没醒。”

“嗯。”阮思娴绕过她走进病房，看见董静躺在病床上，手背上还挂着水，护工在一旁忙碌着杂七杂八的事情。

也不知道是不是心灵感应，阮思娴一走到床边，董静就醒了。

她迷迷糊糊地睁开眼睛，看见阮思娴的那一刻，还有些蒙。

“姨妈，”阮思娴俯身靠近，“好些了吗？”

董静是凌晨因为心脏压塞进的医院，立即安排了手术，早上已经醒过一次，这会儿精神恢复了一小半。

“阮阮来啦？”她笑了笑，打量着阮思娴身上的制服，“听你妈妈说你现在是飞行员了，还真是。”

阮思娴小时候没少去董静家里玩儿，那时候她还没结婚，也没孩子，把阮思娴当作自己的亲女儿看待。

后来董娴离婚，阮思娴一个人跟着爸爸过，跟董静的接触就淡了下来。

再后来董静去郑氏集团做市场，常年在国外待着，两人几乎就没见过面。

“怎么好好的进医院了？”阮思娴问。

“好什么呀好。”董静挥挥手，让阮思娴靠近一点，“这些年日夜颠倒跑业务，身体早不行了，你也不说找时间来看看姨妈。”

阮思娴和董静聊天的时候，董娴就一直站在身后，也不说话，默默地看着两人。

十来分钟过去，阮思娴感觉董静说话有些力不从心，便打算走。

董静看出来她的意思，连忙拉住她的手：“阮阮，姨妈再跟你说些其他的。”

“嗯？”

董静看了一眼身后的妹妹，叹气道：“你看当初你爸爸妈妈离婚，你不愿意跟着妈妈走，后来你爸爸去世，你妈妈让你过去一起生活，你也不愿意。姨妈知道爸妈离婚对孩子有心理影响，可是这么多年过去了，你也长大了，应该能理解你妈妈当初的选择。婚姻啊有时候由不得自己，感情没了就是没了，再过下去也是互相折磨。但父母总是爱自己孩子的，你就别再拗着了，妈妈就这一个，你还上哪儿去找另一个呢？”

董静说这话的时候，阮思娴回头看了董娴一眼，她拧着眉头，眼睛红红的，和阮思娴对上目光的那一刻，鼻尖一酸，眼睛立刻湿润了。

阮思娴转回头，继续听董静说话。

她无非也就是劝阮思娴别跟董娴赌气了，即便要赌气，这么多年也都够了。这年头这么多离婚家庭，也没见过像阮思娴这样跟妈妈老死不相往来的。

阮思娴一声声应着，不管姨妈说什么，她都说好。

直到董静又累了，眼睛快睁不开了，阮思娴才离开。

“姨妈，你好好休息，我改天再来看你。”说这话的时候董静已经睡着，没有回声。

阮思娴拿着自己的东西出门，董娴跟了出来。

“阮阮。”走到病房门口，董娴叫住她，“我送你回家。”

“不用了，我自己打车。”阮思娴转身面对她，“还有，以后你也不要来我家外面等我了，这样很烦。”

听到那个“烦”字，董娴才明白，原来她刚刚一口口答应得好好的，都是在哄她的姨妈。她松动的表情一点点崩塌。

阮思娴从包里拿出一张卡，塞到董娴手里。

“这是这些年你打给我的钱，我一分都没动过，你自己留着吧。”

董娴没接，卡落到地上，也没人去捡。她盯着地上那张陈旧的卡，积压了十多年的不解与无奈全在这一刻爆发。

当初离婚的时候她不是没考虑过对孩子的伤害，但一段婚姻走到尽头并不是她一个人的错，那时候阮思娴年纪小，不懂事，她可以包容。但是现在阮思娴都二十几岁了还这样，她实在无法理解。

“阮阮，你为什么就不能接受我跟你爸爸离婚的事实？我承认，当初为了照顾你的心情，我和你爸爸从来没有在你面前吵过架、红过脸，突然说起离婚，你可能接受不了，可是那段时间我们的变化你真的看不出来吗？”

阮思娴舌尖抵了抵腮帮，没有说话。

她当然不觉得离婚就一定是错的，可是董娴怎么能这么理直气壮，以为她什么都不知道？

他们是在阮思娴十四岁那年离婚的，她上初三。

初三下午要比初一初二多上一节课，每天下午六点放学。从学校到家有二十分钟路程，但还有一条小路，只需要十分钟，不过中间要翻一道矮墙。

阮思娴那时候皮，和她同行的另一个小姑娘不愿意翻墙，她就每天自己走小路。

她家在一条老巷子里，面北是朝向大路的通道，面南是一条小径，平时没什么人，翻过矮墙后再经过一片废弃的工地就是这条小径。

记不清具体是哪一天，阮思娴背着书包跳下矮墙，刚经过工地就看见她妈妈从一辆奔驰车上下来。她躲在废弃的板房后面远远看着，直到董娴拐进小径，她才出来。

后来很长一段时间，阮思娴陆陆续续见到过几次那辆奔驰车。

有时候他们会在那边停很久，两人在车里不知道说些什么。有时候那个男人会下车，打开后备箱拿一些东西给董娴。

阮思娴从来没看清过那个男人的模样，只觉得是一个有点胖有点老的男人。

还有一次，她看见那个男人给了董娴一个小盒子，董娴收了，放进包里转身回家。

阮思娴随后到家，趁着董娴做饭的时候去翻了她的包，发现是一条项链。

阮思娴家里穷，没见过什么珠宝，但凭她自己的猜测，这东西应该价值不菲。

所以董娴不知道，离婚不是阮思娴的心结，这才是。

过了没几个月，董娴跟阮思娴的爸爸提出离婚。

离婚拉锯战维持了几个月，其间董娴搬了出去。阮思娴不知道她住在哪里，也许住在那个男人家里。

后来阮思娴的爸爸终于同意离婚了，问阮思娴，她想跟着谁过。

阮思娴想都没想就直接说跟着爸爸过。

然后两人面对面坐了很久，没说话。

最后董娴起身说："好。"

阮思娴当时说不上心里是什么感觉，她以为董娴会跟她谈很多，会劝她跟着自己过，可是董娴就说了个"好"。

过了好几天，家里已经没了董娴的一事一物，阮思娴才后知后觉地反应过来：我果然还是被抛弃了啊。

阮思娴久久地出神，最后被董娴的一句话拉回来。

"阮阮，我跟你爸爸离婚，不是我一个人的错，你这样对我不公平。"

"我爸是穷，是没本事，但至少我爸对你一心一意。"阮思娴就丢下这么一句话，转身就走。

董娴迟迟反应不过来，不明白阮思娴这句话什么意思，怎么就扯到"一心一意"上去了？

等她清醒过来时，阮思娴的身影已经消失在电梯里。

走出住院部，天已经全黑了。

阮思娴站在路边等车，盯着车流发呆，没注意到一辆黑色轿车缓缓停在了她面前。

郑幼安摇下车窗，抬了抬墨镜，确定是阮思娴后，问道："你怎么在这儿？"

阮思娴回神，看了她一眼，郑幼安又问："你生病了？"

"没。"阮思娴说，"我来看看亲戚。"

"哦，我也是来看亲戚。"郑幼安问，"你那边怎么样啊，没事吧？"

阮思娴看着郑幼安，不知道该说什么。

她想，如果当时她没看见那辆车，或者董娴那时候再强硬一点，可能她就跟着董娴走了，现在跟郑幼安或许是好姐妹。

"没事儿，你快进去吧。"阮思娴说，"后面有车来了。"

郑幼安走后，阮思娴招了一辆出租车，司机问她去哪儿，她想了想，报了卞璇酒吧的地址。

到了地方后，发现今天是周末，客人特别多，卞璇忙得脚不沾地。

阮思娴坐了一会儿就回去了。其间手机一直在响，她烦，就设置成了静音，还想着什么时候换一张电话卡。

到名臣公寓时还不到十点，她走得很慢，路上还遇到了一个遛狗的老太太。

吉娃娃凶得很，朝着阮思娴大叫，把她吓得连连退了好几步。

老太太见阮思娴眼睛都红了，立刻把狗抱起来道歉："哎呀小姑娘，不好意思，我这狗就是凶了点儿，不咬人的，你别怕。"

阮思娴没说话，一路小跑进电梯。

十几秒电梯上升的时间，阮思娴没来得及整理好表情就到了。

她拉着飞行箱，一边朝家里走，一边揉眼睛。

声控灯应声亮起，一抬头，看见傅明予站在她家门口。

"你去哪儿了？"

“你怎么来了？”

两人异口同声，而傅明予说完这话，看见阮思娴表情不对。

他慢慢走近，俯身靠近阮思娴的脸闻了一下：“你又喝酒了？”

这次阮思娴没否认，低低地应了一声，然后越过傅明予去开门。她走进客厅，放下飞行箱，傅明予也跟在她身后，就站在电视旁边。

“我忙完看见你消息，给你打电话没人接。”

“哦，我没看手机，对不起啊。”

阮思娴转身，看着傅明予，嗓子突然痒了一下。

刚刚她只随手开了玄关处的灯，透到客厅里，影影绰绰地照在傅明予身上，显得这个人好像不是真实存在的一样。可是即便这样，这个人站在那里，竟然就让阮思娴产生了一股想要抱抱的感觉。

阮思娴摸了摸小腹。可能是最近处于排卵期，催产素分泌过旺才会产生这种感觉。多喝点水加速新陈代谢就好了。

她望着傅明予，开口道：“傅总，我想喝水。”

傅明予看着她的眼睛，试图从她眼里看出些什么。

几秒后，他放弃，转身去厨房倒了杯热水。

出来时，阮思娴已经脱了鞋坐在沙发上，蜷缩着双腿抱着膝盖。

傅明予把水杯递给她。

阮思娴接过，一口气喝光，最后还呛了一下。

傅明予坐到她旁边给她拍背，两人之间只有不到一拳的距离。

当他伸手拍到阮思娴的背时，手臂形成一个圈，环在她身上。手掌轻轻落下时，好像把她抱住了一样。

但下一秒又抬起，环绕感随即消失，随后心里空落落的。

每一秒，阮思娴都想抓住那种转瞬即逝的怀抱感，多想他别把手抬起来，就那样放在她背上。

“你怎么了？”

傅明予没等到回答，低头去看她，她反而把脸彻底埋在膝盖里了，整个人像一个缩在母胎里的婴儿：“要抱一下吗？”

阮思娴：“……”

她还没想好怎么说，傅明予突然伸手揽住她，把她的头摁在胸前。

“你不说话我就当你默认了。”

阮思娴当然无话可说，她现在很没有安全感，想要有一个怀抱去放纵地依赖。

而他的怀抱温度刚刚好，还有一股清冽好闻的味道。

阮思娴有些贪婪地嗅了两下，脸紧紧贴在他胸上，起起伏伏的有些痒。

屋子里静谧无声，窗外又开始飘雨。

秋天的雨比春雨还要来得缠绵，稀稀疏疏地穿过树叶，发出一阵阵细碎缱绻的声音，和傅明予的呼吸声纠缠在一起，难分彼此。

也不知过了多久，一场雨停了，外面的万家灯火渐渐熄灭。

阮思娴感觉几根细碎的头发被傅明予的呼吸拂到她脸颊旁，有些痒，于是挪了挪位置。

头顶突然响起一道声音：“别蹭了，再蹭就要收利息了。”

阮思娴一秒抬起头：“什么利息？”

她直起腰看傅明予，他的手自然就滑落到了她腰上。

傅明予偏了偏头，垂头看着她：“比如，亲一下？”

他说这话的时候，嘴角有浅浅的笑，看起来很不正经。

阮思娴愣了一下，抬手轻轻拍了一下他的脸颊，随即跳下沙发。

“你倒是想得美。”

傅明予慢慢站起来，颇有些无奈的感觉。

“行，欠着。”

你倒是很会给自己找台阶下。阮思娴转身没理他，拿起空的水杯放到厨房水槽清洗。

傅明予跟在她身后，伴着细微的水流声，问：“不难过了？”

阮思娴使劲擦着杯子，“嗯”了一声。

“那我回去了。”

阮思娴低着头，几不可闻地说了声“谢谢”。

傅明予没听到，但是走到半路，又掉转头问：“明天下午有空吗？”

“怎么了？”

“陪我出去一趟？”

“去哪儿？”

“朋友聚一下。”

阮思娴转头望着他，虽然没说话，但眼里明显表露出一种“你跟朋友聚为什么带上我”的询问。

真不懂还是装不懂呢？傅明予转了转脖子，叹息声拉得很长。

“别人有老婆的带老婆，有女朋友的带女朋友，我不想一个人去。”

说得还挺可怜。

“哦，这样啊。”阮思娴转身继续擦着杯子，眉梢微抬，“你可以不去。”

傅明予低头看她，不确定自己刚刚是不是在她嘴角看到了浅笑。

“季度奖金双倍，去不去？”

阮思娴重重放下杯子，砰地一下，做出了一副“你以为我会为了钱屈服？”的气势。

短短沉默几秒后：“明天几点？”没错，我就是没必要跟钱过不去。

“两点。”傅明予慢慢倒退出厨房，朝她抬了抬下巴，笑道，“我来接你。”

秋天的雨断断续续，夜里又下了起来，缠绵到早上，雨势连带气温一起降了下来。

阮思娴难得睡得这么不安稳。

临近黎明那会儿她做了个梦，梦境破碎毫无逻辑却又互相牵连，一个个场景像走马灯似的从她面前闪过，并未身临其境，反而像个观影人。

先是看见小时候常常翻的那道墙轰然倒塌，砸碎的却是家里属于董娴的梳妆台。一转身，又看见董娴拿着调色盘，恍若未闻地坐在窗前画着油画。阮思娴走近了看，那幅油画竟然是长大后的她的模样。

梦境最后的记忆到这里就模糊了，阮思娴睁开眼睛时，墙上的时钟已经指向八点。

她一个鲤鱼打挺坐起来，没心思沉浸于梦里的情绪，立刻下床洗漱。

今天早上有个安全培训，不出意外应该会进行到中午。然而傅明予说的时间是下午两点，她本来还想提前起来打扮一下，现在看来是没时间了。

不过紧赶慢赶，她还是在十二点半回了家，给自己留出了一个半小时的时间。

一个半小时实在不算充裕，光是洗个头再吹干就花去了半小时。

化完妆后便只剩堪堪二十分钟，她却站在衣柜前犹豫不决。

今天又降温了，天气软件提示注意保暖，但阮思娴来来去去翻了几件大衣，不是觉得这件太艳就是那件太厚，穿着跟头熊似的。

她最后选了两件出来让卞璇和司小珍参考。

卞璇：这么郑重要干什么去？

郑重吗？好像是有一点儿。她就是莫名产生一种今天不能随随便便素面朝天出门的感觉。

司小珍：约会？

本来阮思娴已经打上了“不算”两个字，但想了想，又删掉。

阮思娴：挣钱。

发完后也不管那两个人发来的一连串问号，阮思娴放下手机，决定还是自己做选择。

从内搭到外套，明明有精致又亮眼的新款，但阮思娴却下意识选了适合秋天的素净颜色，觉得不能让人看出她的精心打扮。但藏不住的小心机却落在了香水和首饰上。

最后她又在鞋子的选择上犯了难。鞋柜在玄关处，阮思娴一眼扫过去，有些纠结。

她是想穿细高跟的，但不知道今天是个什么场合，需不需要走路。

一时迟疑，门铃便响了。

阮思娴顺手开门，推出去一点儿，门便被外面的傅明予接手拉开。

视线一点点延展，仿佛一卷画轴被慢慢铺开，看到阮思娴全貌时，傅明予眼神定了定，眸光渐深。

“干什么呢？”见他不说话，阮思娴朝他勾勾手，“帮我选双鞋子。”

傅明予的目光一寸寸地从她身上挪开，最后利落地看向鞋柜，随手指了一双黑色细高跟。

阮思娴看向那双鞋子嘀咕："你眼光还挺贵。"一眼看中她最贵的鞋子。

傅明予低声道："我看上的什么不贵？"

阮思娴一边穿鞋一边问他："你说什么？"

"没什么。"傅明予见她只有最后一道程序，于是退出去一步给她让位置。

阮思娴穿好鞋子拿上包，关门的瞬间瞪了一眼他的背影。

臭男人，别以为我没听见。多一份季度奖金看把你心疼的。

一阵风呼啦啦吹过，路边枯黄的树叶纷纷扬扬落下，乌云却被吹散不少，阴沉连日的天空透了一丝光亮出来。

还是华纳庄园顶层那间包厢，祝东把玩着手里的筹码，没忍住打了个哈欠。

身旁的女朋友拍了他一下："昨晚又熬夜了？"

祝东耷拉着眼皮没说话，算是默认。

坐他对面的纪延看了眼手机："我哥不来了，临时有事儿。"

祝东一下子清醒，摸出手机："那我叫宴安。"

他们这几个并非游手好闲的二世祖，个个都有工作忙，本身闲暇时间就不多，祝东又因着秋冬航线增加的事情来回忙了许久不见休息，其他几个人也不见得多有空，所以今天要是凑不了一桌放松放松，谁都意难平。

纪延听祝东要叫宴安，便问："他有空吗？"

"他个挂名总监不干实事的有什么忙的？而且最近单着，也不用陪女朋友，叫他来呗，免得傅明予逮着我们赢钱。"

话音刚落，宴安果然秒回消息，说马上就来。

祝东安心等傅明予，看了眼表，嘀咕道："怎么还不来？化妆俩小时吗？"

半小时后，一辆卡宴才缓缓停靠在华纳庄园门口泊车台。高架桥上出了个小事故，堵了会儿，比预计时间晚了三十多分钟。

阮思娴下车，看了眼时间："这么早做什么？"

傅明予抬眼："打牌，会吗？"

那你们还挺无聊的，还以为什么娱乐活动呢。

"这有什么不会的？不就是概率论的问题嘛。"阮思娴说，"只是很久没玩儿了。"

傅明予硬是从她的语气里听出了一股雀神的骄傲感。

进入大厅后，阮思娴和傅明予并肩随着侍者朝电梯走去。顶层有一道幽长的壁画长廊，为了凸显意境，只有壁灯照亮，昏暗静谧，脚步踩在地毯上也发不出声音。

郑幼安从侧面包厢出来，一眼瞧见疑似傅明予的背影。她脚步微顿，还想仔细看看，那两人却从转角进入另一条通道。

为什么是疑似呢？因为她看见旁边那女人转角时露出的侧脸，似乎是阮思娴。这样一想，她又开始迷茫。旁边那个男人应该不是傅明予吧？

可是她不至于连这个都看错，也不是随随便便拉个男人都能有傅明予的身形。

那旁边那个女人不是阮思娴？郑幼安越想越迷茫，不知道是自己眼花了还是记忆出现错乱。

另一边，侍者推开包厢的门，祝东他们一抬头看见傅明予，正想说两句话，紧接着身旁又出现一个女人，打招呼的话顿时咽下。

祝东和纪延的目光在傅明予和阮思娴身上不着痕迹地打量一圈，询问的意思很明显。

"来了？这位是？"

傅明予信步进入，扫视着座位，不咸不淡道："朋友。"

说完，他回头问阮思娴："坐哪儿？"

"随便。"

他指了个正北方的位置："你先来？"意思就是直接让她上场了。

阮思娴在这一包厢人目光的打量下有些不自在，低声道："我手生，先看看吧。"

"好，你坐旁边。"

侍者立刻抬了张椅子过来放在傅明予旁边，角度和祝东身旁女朋友的位置一样。

坐下后，祝东说："介绍一下？"

傅明予手臂搭在阮思娴椅背上，盯着祝东："阮思娴。"

"哦，阮小姐。"祝东起身伸手，"祝东，傅明予的发小。"

阮思娴被他这突如其来的郑重搞得有些蒙，但面上不露，镇定地跟他握手，随后他女朋友也朝阮思娴点点头。之后纪延自然也起身打了个招呼。

有些事情不用明说，他们自然都懂，没有多问的必要，一个个都泰然自若，给了阮思娴一个轻松的环境。

但这是他们自认为的。阮思娴怎么可能感受不到那股暗流涌动的气氛？只是既然决定来了，之前就已经预料到了情况。

傅明予看了眼钟表，问道："还有人吗？"

纪延说："宴安马上就到。"

阮思娴："……"

她端端坐着，不动声色地在桌底踢了傅明予一下。搞事？

"宴安？"傅明予轻咳一声，为了表明自己也不清楚情况，刻意问，"叫他了？"

"我哥临时有事儿，找个备胎。"纪延问，"怎么了？"

"没事儿。"傅明予点头，"无所谓。"

话音落下，又被踢了一脚。

傅明予侧头看她："想吃点什么？"

阮思娴笑得端庄，却眼露凶光，咬着牙道："不用了，谢谢。"

祝东轻笑："还挺客气。"

被这么一打岔，阮思娴立刻恢复正常表情，心里却已经砍了傅明予一万次。

等宴安的这几分钟，傅明予拿出手机翻了翻，往下一滑，几分钟前有两条来自郑幼安的微信。

郑幼安：你在华纳庄园？

郑幼安：我好像看到你了。

两人自上次酒吧事件之后，再也没见过面，更没有过私下联络。

郑幼安好奇得不得了，但碍于没有阮思娴的联系方式，不然她怎么也不会主动给傅明予发消息。

傅明予看到这条消息，虽不知道郑幼安什么意思，但也没打算回。

他看手机的时候没避开阮思娴，内容被她瞧得一清二楚。退出对话框后，他切了个页面，身后却响起一道凉飕飕的声音。

“不回吗？”

“回什么？”傅明予随手把手机递到阮思娴面前，“你来回？”

他的语气好像让帮忙端杯水一样，自然到掺杂了点迷惑性，阮思娴都接过手机了才感觉到不对劲。

我来回算怎么回事？她把手机丢回去：“自己回。”

傅明予直接把手机反扣到桌上，低声道：“我哪儿敢。”

两人一来一回的对话落在其他人耳里，都心知肚明地不说话。

几分钟后，门再次被侍者推开。

虽然阮思娴早已有了宴安会来的心理准备，但她没想到一同进来的还有郑幼安。

看清对方的脸，几人皆是一愣。

他们之间弥漫出一丝丝诧异、震惊、尴尬的氛围，难以形容。四个人之中情绪平静的大概只有傅明予一人。

阮思娴表情几乎僵硬。这是什么修罗场？

宴安久久没动，似乎不敢相信眼前的一幕。

比他更觉得难以置信的是郑幼安，盯着阮思娴的眼睛都不眨一下。

纪延对这奇怪的氛围浑然不觉，只以为宴安见到傅明予带了一个陌生女人来有点儿好奇，便起身招呼：“你怎么才来？”

又问旁边的郑幼安：“你们一起来的？”

宴安心里问候了傅明予的祖宗十八代，脸上却强装云淡风轻：“刚碰到了，她说过来坐坐。”

郑幼安跟祝东和纪延也认识，没人多想。自然也没人知道她是来看刚刚那个女人到底是不是阮思娴的。这会儿人见到了，确定了，郑幼安却更迷茫了。

“那一起坐坐吧。”纪延让他们赶紧落座，又说，“这位是阮小姐。”

他的目光在傅明予身上溜了一圈，勾着唇角别有意味地笑道：“傅总带来的朋友。”

宴安用力拉开椅子，紧紧盯着对面两人。而对面两位，一个看手机，一个端着杯子喝水，没人回应他的目光。

傅明予是懒得理他，而阮思娴是不知道摆出什么表情，只好喝水。

郑幼安坐到宴安旁边，目光在阮思娴和傅明予之间来回打量。

“朋友？”

傅明予从手机里抬头看了郑幼安一眼，又瞥了一下阮思娴，才开口道：“不然呢？”

阮思娴依然只是抿了抿唇没说话。郑幼安却是半信半疑了。

没说是女朋友，郑幼安觉得阮思娴应该也没那么瞎，可又觉得哪里不对劲。

时间不早了，祝东催着赶紧开局。

看似和谐的一个麻将局，阮思娴也尽量保持着表情正常，可她却能明明白白地感受到时不时来自郑幼安的目光。

别看了，姐。求你了，表情快绷不住了。虽然跟郑幼安相交不深，阮思娴却被她看出了一股背叛的心虚感。

而宴安倒是不像郑幼安那样情绪外露，但他连着杠了傅明予几把，似乎也是一种尴尬。

早知道有这两个人在，傅明予就算给她十倍季度奖金她也不来。

阮思娴发现，真的就只有傅明予一个人泰然自若，一边打着牌，还一边问阮思娴冷不冷。这环境谁还冷得起来？脚底都在发热好吗？

“不冷。”

“嗯，这里暖气开得低。”说着又丢出去一张牌。

“清一色对和！”宴安啪地一下倒牌，“给钱。”

傅明予一笑，把筹码推给他：“宴总今天手气不错啊。”

宴安皮笑肉不笑：“输了就给钱，别话那么多。”虚伪，她只是你朋友？朋友能带到这种场合来？

又是几把过去，傅明予手机突然响了。

他看了眼来电显示，对阮思娴说："我出去接个电话，你来替我。"说完便起身出去。

看着空落落的座位，郑幼安又看向阮思娴，那股不对劲的感觉越来越浓。朋友？

幸好傅明予出去后不久，郑幼安也被自己的朋友催。她今天来这边本来是有自己的聚会，临时看到傅明予和阮思娴，心里好奇得跟猫抓似的才过来。

"我朋友叫我了，我先过去了。"

郑幼安走后，阮思娴轻松多了，那位姐审讯似的目光终于跟着她一起消失。

阮思娴长舒一口气，摸起一张牌。

"和了。"阮思娴倒牌，"清一色。"

纪延和祝东利落地拿筹码："成，初次见面，小小见面礼。"

宴安挑挑眉，默不作声地把筹码推了过来。

然而阮思娴的手气似乎就只在这第一把，之后连连受挫。等傅明予接完电话回来，手里筹码所剩不多。

"你来？"

"不用。"傅明予就站在她身后，双手搭在她椅背上，"坐得有点儿累，你继续。"

阮思娴心想也怪了，自己明明手气挺好的，今天怎么就这么背？她还不信这个邪了。接下来几把，阮思娴格外认真，却还是逃不了输的命运。

傅明予在她身后笑："妹妹，技术不太行啊。"

"这手气轮不到我展现技术。"阮思娴心思渐渐扑到了牌面上，没注意到傅明予俯身，单手搭着她的椅背，脸靠在她脸旁，伸手指了一张牌："这个。"

"你别说话，我自己来。"

阮思娴选了另外一张丢出去，立刻被宴安面无表情地杠下来，随后再摸一张起来，云淡风轻地倒牌："杠上开花。"

阮思娴："……"

傅明予扭头看宴安，笑意盈盈地说："宴总也不说让着点儿？"

宴安笑："傅总缺这几个钱吗？"

而阮思娴盯着这张牌，心中懊恼得要死。怎么就忘了这个牌面还没出现过呢，明显有人攒在手里，失策。

新的一局开始后不久，祝东让他女朋友上场，正好也有侍者端了新鲜的果盘进来。

傅明予拿水晶叉子叉了块儿橙子递到阮思娴嘴边："吃点儿东西。"

平时傅明予这种自然的动作就容易让阮思娴回不过神，更何况她现在手里码着牌，下意识就张嘴吃了。这个细微的动作大概只有她一个人没注意到。

旁边祝东的女朋友也有样学样地说："我也要。"

祝东叉了块儿苹果，还没喂到人嘴里，瞧见阮思娴丢了张牌出来，立即说："和了和了。"

他女朋友双眼一亮，苹果也不吃了，立即倒牌。

阮思娴深吸了口气，今天到底是怎么回事？

祝东笑眯眯地对自己的女朋友说："快谢谢傅总今天给你买包。"

祝东女朋友立即对傅明予笑："谢傅总啦。"

傅明予笑笑没说话，而阮思娴心里却一诧。这堆筹码就能买个包？资本家们都玩儿这么大？

这把牌输的筹码拿出去，就彻底空了。

阮思娴抬头看傅明予："还继续吗？"

傅明予转身从侍者的托盘里拿新的筹码："继续。"

"又输了怎么办？"

傅明予觉得好笑，把玩着手里的筹码。输就输，还能怎么样？

"不然呢？输了你自己付钱？"

阮思娴："……"我不是帮你打吗？怎么还要我自己来？

"你们玩儿这么大，我输得起？剥削中产阶级？"

不等傅明予说话，祝东女朋友抢着说了句：“这个简单呀，输了亲傅总，一口抵一万。”

现场气氛一下子热了起来，大家都似笑非笑地看着她。阮思娴藏在头发里的耳朵瞬间红了。

偏还有人附和：“我看行，谈钱多没意思啊。”

傅明予垂眸看阮思娴，筹码在他手里转动，发出轻微的声响。他的目光说不上多温和，反而有一种淡淡的挑衅在里面——你怯了？

阮思娴嗓子一痒，转过头不去看傅明予。心里情绪百转千回，理不出个滋味。

正好这时，郑幼安又推门进来了，见气氛怪异，问道：“怎么了？”

没有人说话。但她这一打岔，反而给了阮思娴回旋的余地。

她推倒面前的牌，说道：“我也不一定会输。”

在众人暧昧的眼光包围里，阮思娴摸了最后一把牌。

有了不一样的赌注，大家的兴趣顺便拔高，几乎是步步为营，不知道的还以为是军师在布局。

唯有宴安的情绪与别人格格不入。两次了，宴安在心里骂娘。已经两次了，他看上的女人都倒向傅明予那边。

这一把牌的时间似乎被拉得无限长。眼看着桌面上只剩最后几张牌了，形势还不明显。

傅明予却捏着手里的筹码，慢条斯理地坐到了后面的沙发上，放松地靠着，随手端起桌上的酒。

宴安突然丢出一张四筒，阮思娴愣了一下，立刻收过来。

“杠。”

纪延看着桌面上的牌，扭头问宴安：“你放水？”

宴安皱了皱眉：“打错了。”

阮思娴不知道他们这个情形怎么算，身后的傅明予的声音却遥遥传过来：“落地无悔。”

宴安情绪复杂地转身看了傅明予一眼，心里冷笑，装什么君子。

既然这样，阮思娴就心安理得地收下这张牌。摸了一张起来，思忖许久，丢了出去。

一直不动声色的祝东女朋友倏地倒牌。

“清一色，嘿，不好意思了妹妹。”

整个屋子瞬间安静了，连摆钟的嘀嗒声都十分清晰。几道目光齐齐聚集在阮思娴身上，虽情绪不一，却足够灼人。

郑幼安不知道怎么回事，也随大众看着阮思娴。

阮思娴坐着没动，身后沙发上的人似乎也没动静。阮思娴几乎是被这气氛给推得转身。

傅明予懒懒地靠在沙发上，浑身松散着，挑了下眉。也不知是不是喝了酒的原因，他的眼神变得有些迷离，似乎在刻意勾引人。

阮思娴站起身，朝傅明予走去。她个子高腿长，这两三米的距离只需要跨个几步，但她却走得极慢。

身后的几个人只当她是害羞，饶有兴味地看着她的背影。

只有沙发上的傅明予清晰地看到了阮思娴的眼神。她直勾勾地看着他，装饰过的眼睑在昏暗的灯光下才看出有细碎的亮片，带了点儿金光，和眸子的微光交相辉映。看起来很美，但就不是那么温柔。

待她走近俯身时，两人对视，目光在那瞬间交锋。阮思娴的眼神仿佛在说“你今天要是敢起什么鬼心思，明天你就会出现在草船上”。

片刻后，傅明予抬起手臂，筹码摊在掌心。

“去吧。”

阮思娴笑着从他手里抓过筹码，说道：“谢谢傅总，我也不好意思白拿，要是输了算在我奖金里吧。”

傅明予瞥了她一眼，轻笑。绕八百个圈子最后不还是他出钱。

阮思娴拿着筹码转身：“继续啊，时间还早，鹿死谁手还不知道呢。”

“……”

大家瞬间觉得有些幸灾乐祸，来来回回地瞟着傅明予。本来以为傅明予带来的这个“朋友”，实质上就差个前缀了，可惜现在看来还差得远。

落座后，阮思娴刚摸上牌，突然叫停。

“等会儿，我上个卫生间。”她起身指了指傅明予，“你不要动我的牌，等我自己来。”

包厢内有独立的卫生间，阮思娴关上门后，祝东和纪延都笑着看着傅明予。

看见没？人家不买你的账。

在座唯有宴安实打实地笑出了声，不过是冷笑而已。他把牌码好了，转身问傅明予：“傅总，你看这就是有钱的好处是不？”

傅明予没理他，起身把托盘里剩下的筹码放到阮思娴桌上后，又坐回沙发上。

牌局上有时候忌讳中途打岔。比如阮思娴去上了个厕所，回来后大家就怀疑她去换了一双手。

用了一个小时，清清楚楚给大家安排了一场“逆风翻盘”的戏码。活像一个没有感情的金钱收割机，全程只见她一把接一把地和牌，杀伐决断，毫不留情。

每次见她收钱那副目露精光的模样，祝东和纪延甚至隐隐觉得，她这是在报复。

牌局结束，阮思娴一清账，得意扬扬地说：“全赢回来了。”

傅明予眉梢微抬，开口道：“厉害。”

话音落下后，室内微妙地沉默了。

事情最后发展成这样，祝东和纪延他们也没想到，而祝东的女朋友甚至隐隐感觉到今天自以为的帮忙，可能帮了个倒忙。

众人起身，一起往餐厅走去。

祝东问郑幼安要不要一起，她没有拒绝，只是越来越迷茫。

去餐厅的路上，她扭头小声问宴安：“他们到底什么关系啊？”

宴安歪着脖子看手机：“就你看到的那样。”

“什么样？”

宴安抬头看了眼前面的傅明予，冷声道：“你什么时候见傅明予带女人出来打牌，还随便她输？”

这句话打破了今晚所有的迷惑，给郑幼安讲得明明白白。

她感到不可置信地看着前面并肩行走的两人。说好了男人都是大猪蹄子，结果有人啃得比谁都欢？？？怎么会有这样的人？难道是现代击退情敌新战术？

宴安侧头看了她一眼，见她表情崩塌，连步子都慢了下来。想到她跟傅明予的那些事儿，以及今天非要跟着他过来坐一会儿，宴安顿时明白了她这时候的心理状态。

“不开心了？”

郑幼安扯了扯嘴角：“我有什么不开心的？”就是感觉到了一股背叛而已。

宴安眯了眯眼：“但我不开心。”

第十七章

心跳如鼓的定论

打了一下午牌，不说多费体力，但也是脑力运动，饭桌上的气氛就轻松许多。

大家知道傅明予这边的进度跟他们想象的不一样后，也不再打趣这两人。

听着他们闲聊工作上的事，阮思娴全程不参与话题，专心吃饭。但她还是能感受到时不时来自郑幼安的死亡凝视。

阮思娴是真的被她盯得有些心虚，只好假装没看到。但是当她准备夹块儿卤猪蹄吃时，对面那股眼光凉飕飕的，盯得她胃口全无。

刚放下筷子，郑幼安撑着下巴看着她，开口道："怎么了，这猪蹄不合你胃口吗？我刚刚看你吃得挺好的呀。"

阮思娴沉甸甸的眼神递过去："还行，我吃好了。"

身旁的傅明予回头看她："不再吃点儿？"

阮思娴勉强扯出一个笑："不用了，谢谢。"

纪延见状，又让侍者给阮思娴上了些饭后甜点。

他年龄在这些人之中最大，从小就充当着哥哥的角色照顾众人。这边见阮思娴吃好了，又想到宴安今天一整天没怎么说话，吃饭的时候又一个人喝闷酒，于是问道："对了，宴安，你和世航那个女飞怎么样了？追到了吗？"

阮思娴被这一口昂贵的椰汁燕窝噎住。

傅明予不动声色地看了纪延一眼，而对方还浑然不觉有什么不对。

上次祝东女朋友生日聚会他没来，不知道情况，此时还真心实意地关心着朋友的情感状态。

“什么情况呀？”郑幼安随口一问，“你还追过世航的女飞？”

祝东听到他们问这个，也没在意，这种问题没什么好避开的，只是觉得宴安被人揭开伤疤有点可怜，于是帮他回答：“都是过去的事了，不提了。”

宴安冷不丁被提示一下也是很无奈，一大口酒喝下去假装醉醺醺的没听见。

但是现实告诉阮思娴，钱不是这么好挣的。

祝东话音刚落，他女朋友又问：“对了，阮小姐，你在哪儿工作啊？”

阮思娴：“……”人生中第一次这么羞于说出自己的职业。

“哦……我在世航工作。”

“做什么的呀？”

郑幼安突然眨了眨眼睛，抢答：“她就是世航的女飞啊。”

“……”

现场的气氛因为郑幼安的这句话突然凝固。几道视线唰唰唰地射到阮思娴和傅明予身上。

郑幼安捂嘴“啊”了一声，直接挑破掩藏在空气里的尴尬。

阮思娴僵硬地笑着，而桌下的手狠狠地掐傅明予的大腿。

傅明予按住她的手，面上却平静无波，看向郑幼安。

“是啊，我好不容易招揽进来的女飞行员，怎么了？”言下之意非常明确，潜台词的态度强硬，郑幼安一时不知该说什么。

最后这个话题在宴安喝得脸红脖子粗扑通一声栽桌上时戛然而止。

这顿饭在所有人的强颜欢笑中提前结束。

阮思娴走出大厅时，一股冷风吹过来，她终于感觉自己活过来了。同时卞璇和司小珍在群里问她今天怎么样，她回了一句话。

“挣钱不易，大家以后节约点。”

上车后，阮思娴和傅明予分坐两边，中间仿佛画着一条三八线。她郁闷地盯着车窗，一言不发。

就不该一时鬼迷心窍答应傅明予来这个饭局，她有这个时间干点什么不好，非要来体验一遭人间修罗场？

傅明予从车窗倒影里看见阮思娴的神色，问道：“累了？”

“十倍。”

“什么？”

阮思娴倏地回头盯着他：“十倍季度奖金！”

“这么贵？”

贵？阮思娴想当场打爆他的狗头。

本来她不是真的跟他要钱，只是想表达自己今天遭受的非人待遇过于惨烈，拿季度奖金作为尺子的话应该是十倍。

而他居然嫌贵？阮思娴严重怀疑他的家产都是抠出来的。

她懒得理这个吝啬的男人，转过头去继续看窗外的路灯。

半分钟后，阮思娴的手机响了一下。她拿出来一看，是来自傅明予的微信转账。还真是她十倍季度奖金。

傅明予：今天辛苦阮小姐了。

阮思娴把钱全部退回去后，低头打字。

阮思娴：那看在傅先生还算爽快的分儿上，给你打个零折吧。

傅明予：那阮小姐现在可以转过来跟我说句话了吗？

阮思娴抬眼看见窗户里自己的倒影和傅明予的倒影重叠着，但也能看见他在笑。心里莫名有些慌乱，感觉这一转过去就会落入什么深渊。

阮思娴：我睡会儿。

发完这几个字，她头靠在车窗上，立刻闭眼。

由于华纳庄园在西郊山上，公路盘旋蜿蜒，司机开得慢，车速十分具有催眠效果。十来分钟后，阮思娴真的昏昏欲睡，头随着路径的弧度开始左右摇摆。

突然，一股温热靠近她。意识模糊时，她下意识趋近温暖，头一偏，便靠在了旁边那人的肩膀上。

傅明予的手缓缓穿过她的背和坐垫之间的间隙，将她固定在怀里，使她的头不再随着路径摇晃。

车慢慢开下了山，闹市灯红酒绿。

傅明予一垂头，发现她的脸近在咫尺，五光十色的霓虹透过车窗，像一颗颗小亮片在阮思娴的脸上跳跃。他闻到了她身上的橘子香味，几根头发绕在他脖颈，痒痒的。

好像是一种最原始的驱动力在作祟，当他回过神时，已经在她额上落下一吻。

明明只是蜻蜓点水地吻了一下，竟然也产生了一种偷香窃玉的感觉。

想到这里，傅明予自嘲一笑。他抬起头，试图转移注意力，扭头看向窗外，没有感觉到怀里的人如鼓的心跳。

额头的温热像烙印一般久久不散，连带着脸颊的温度也在急剧上升，让这个浅浅的靠头拥抱也变得不一般。

阮思娴感觉自己越来越难装下去。如果傅明予回头，会看见她的睫毛颤抖得不像话。

偏偏他身体的温度让人眷恋，臂弯的弧度却又恰到好处，没有桎梏感，坚硬却又有一股温柔的感觉。

最多再一秒。阮思娴想，她快装不下去了，胸口充斥着一股热流，正在沸腾，横冲直撞，快要冲破胸腔。

她紧紧皱了皱眉头，正要睁眼时，车里响起一道手机铃声，是傅明予的手机。

他另一只手拿出手机，放到耳边，轻声说话。

阮思娴趁他注意力在手上，轻轻地吸了口气。

“嗯？病了吗？”傅明予姿势不变，却低头看了一眼阮思娴的睡颜，声音变得更低，“好，我知道了，等下就回来。”

简单两句话后，他挂了电话，车内继续归于平静。

这一打岔，阮思娴胸腔里那股紧绷的感觉慢慢松了下去。虽然心跳依然不正常，但却比刚刚平复不少。

耳边是傅明予平稳的呼吸声，鼻尖萦绕着他身上淡淡的香味。

阮思娴保持着靠在他怀里的姿势，却感到他的手在她肩膀处收紧了力度。那股紧张的感觉又因为他掌心的温度卷土重来。同时，他侧头，下巴轻轻擦过她的头顶。

阮思娴不知道自己这时候为什么这么紧张，甚至比刚刚那个额头的吻还要让她难以自持。明明昨晚有比此刻更亲密的拥抱。

窗外有起起伏伏的鸣笛声，在此时竟然也像缱绻的音乐一样，有一种静谧平凡的悦耳感觉。

虽然心情难以平复，阮思娴却不受控制地想这段路，再长一点，再长一点。

她开始回想今天发生的一切，慢慢给自己找到了一个理由。或许是因为今天这个怀抱，没有安慰，没有汲取安全感的渴求，单纯就是一个男人和一个女人的相拥。

最原始的，最直接的情愫的表达，像一对相恋许久的恋人，自然地靠在一起。

她又长长地吸了一口气。鼻腔的呼吸已经不能保持大脑的氧气。

傅明予这个男人有时候太要命了，他的温柔来得太自然，让人感觉不到进攻感，却在不知不觉中沦陷。她甚至难以想象，自己竟然有一天会这样靠在他怀里，还被他亲了一下额头。并且丝毫没有抗拒，甚至还在心里回味了一遍又一遍。

直到她感觉到车慢慢停了下来，应该是到了名臣公寓的大门前。

想起他刚刚接的电话，阮思娴觉得不能再装下去了，他家里有人病了。

阮思娴慢慢睁开双眼，傅明予没有发现，只是平静地看着前方。

她轻咳了一声，慢慢直起上半身。

“醒了？”傅明予侧头看她，气息拍在她脸上，手臂也自然地放开了她。

阮思娴没看他，转头盯着窗外看了两眼，想起他刚刚接的电话，家里应该是有人病了，等着他回去，于是开口道：“就送我到这里吧。”

司机听到阮思娴的话，回头看傅明予。

傅明予却只是说：“送进去。”

阮思娴抿了抿唇，没说话，看着车窗里自己的倒影，悄悄摸了摸脸。

车通过闸杠，缓缓开到了楼下，阮思娴的表情也调整到了最自然的状态。

阮思娴开车门的同时，感觉傅明予也开了另一侧的车门。

她连忙说道："送我到这里就可以了。"

傅明予手臂撑着车门，看了她一眼，没说什么，只是绕到她那边："我送你上去。"

行吧。阮思娴沉默着跟他走进电梯厅。

等电梯的时候，阮思娴手指不受控制地抓紧了背包的肩带。她发现安静下来的时候，情绪又开始不稳定。

傅明予就站在她旁边，如往常一样不怎么说话，但又仿佛跟往常不一样。

好像就是因为那个额头上的吻，阮思娴感觉他现在什么都不做，一切都变得不一样了。

即便他的意图早就明说了，却从来没有这样明确的亲密动作，男女之间独特的亲密动作。

直到电梯门打开，傅明予竟也跟着她走了进去。

"你还要上去吗？"阮思娴问。

傅明予垂眸笑道："你今天怎么回事？我不可以上去吗？"即便不说是想送她到家门口，他也住楼上，怎么就不能上去了？

"不是，你家里不是有人……"

"嗯？"

话音落下，两人同时沉默。

看见傅明予探究的眼神，阮思娴别开脸，由于说漏嘴的心虚，眼神不知道该落在哪里。

电梯门无声关上，四周的空气一下子变得凝滞。

阮思娴感觉到傅明予在一步步逼近她。

"你没睡着？"

"……"阮思娴无言以对。

傅明予单手插着兜，欠身靠近，浑身的气压无形地包裹着她，垂眸看下来，眉宇抬着，眼神渐渐地变得直接，隐含着什么意思。

没办法了，圆不回去了。

阮思娴抬起头，昂着下巴："怎么，你偷亲我还有理了？"

傅明予只是深深地看着她，没说话，嘴角却含着笑。

阮思娴大概明白了他眼神里的意思：那你也没有反应，甚至还一直装睡，这是代表不排斥对吗？

自己都没有想明白的事情被他直接戳破，一股热气上涌，阮思娴不知是羞还是恼，一脚朝他踩过去，他不躲不闪，甚至一点表情变化都没有。

傅明予俯身，靠得越来越近。

阮思娴被他逼到角落，背靠着电梯墙壁，冰冷的大理石也变得炙热。

没有人按电梯，狭小的空间停滞着没有动，空气似乎都凝滞着。

他一说话，气息立刻缠绕了过来。

"那我还想得寸进尺一下，可以吗？"以询问结束，却没有任何询问的意思，低头就亲了上来。

傅明予轻轻碰了一下她的下唇，浅尝辄止，感觉到她下意识往后缩时，他睁开眼，看见她闭着眼睛，睫毛在轻轻抖动。

停了片刻，阮思娴慢慢睁开眼，对上他的目光，那一秒，她反应过来，他刚刚那一下只是在试探她的态度。而此刻的停滞，是他在确认她的眼神。

阮思娴不知道自己这时候是什么样的眼神，只感觉此刻心都要跳出来了。

她没想过今晚会这样。没想过会有这样实质性的接触，出乎她的意料，完全不在掌控之中，可是大脑和身体又完全不跟她讲道理，完全被傅明予牵着走。

她半张着嘴，想深吸一口气平复心情，而傅明予却抽出手，捧着她的脸，完全不再克制地吻了下来。

带着点儿酒精味的气息一股股蛮横地灌入。

不知楼上哪户人家按了电梯，两个人正在慢慢上升，却没有感觉到四周的变化。阮思娴背贴着电梯壁，头脑与身体的失重感同时袭来。

——直到电梯门突然打开。

又是八楼，那个牵着拉布拉多的老太太看着电梯里的情形，目瞪口呆，立刻按住了活蹦乱跳的狗。

阮思娴瞬间清醒了，用力推着傅明予。他却岿然不动，只是回头扫了一眼。

眼神嚣张又无所顾忌，吓得老太太老脸一红，拖着狗后退："打扰了，你们继续继续。"

狗不愿意走，还在往电梯里蹦，老太太拽着绳子使劲拖。

"狗东西！走！走！走！回家！"

阮思娴看着傅明予的下颌线，见他缓缓地转过来，下巴在她鼻尖蹭过，低头吻了一下她唇角："妹妹，给我点回应。"他的手指拂着她脸颊边的头发，指腹细细擦过，竟然又想吻过来。

阮思娴脑子里的理智终于被老太太的"狗东西"拉回来。

狗东西！

这感觉太魔幻了。

阮思娴回家后，靠着门发了好一会儿呆。

她居然跟傅明予接吻了。

到现在她还感觉自己周身充斥着他的气息，耳边似乎还萦绕着那种声音。她的大脑就像不受控制一样，被原始的荷尔蒙驱动着。

电梯门开的时候，虽然她被傅明予挡得严严实实，但依然能想象门外的老太太看见他们时露出的地铁老爷爷看手机的表情。

阮思娴想到这里，双腿一软，差点跌坐在自己家里。

这太要命了，傅明予究竟给她下了什么蛊？吻起人来花样百出，完全招架不住。

要不是最后她踢了他一脚，他可能都没想过停下来。

酒精上脑了吧？也不知道今晚他是喝多了还是清醒着。

阮思娴慢吞吞地走进客厅，经过一个带镜子的柜子时，瞥见自己的口红所剩无几，原本的正红色变成了一层淡淡的橘红色，乱七八糟地抹在唇边的位置。似乎又在提醒阮思娴她刚刚跟傅明予干了什么。

阮思娴换了衣服，躺进浴缸，泡了好一会儿澡，手机响个不停，嘀嘀嘀，烦死了。她随手抓起来看了一眼，是司小珍和卞璇在群里闲聊。

司小珍在群里发了几张韩剧截图。

司小珍：呜呜呜，这个电梯吻，我心动了。

阮思娴："……"她放开手机，盯着天花板看了一会儿，感觉到还在振动，于是又拿起来看。

别说，那张截图里的姿势和他们今天还真有点像。男主角也是穿着西装，把女主角堵在角落里埋头吻着。连背影都跟傅明予有点儿像。

司小珍：呜呜呜，这么甜甜的拥吻什么时候轮到我？我姿势都摆好了。

司小珍：呜呜呜，想要一个把我摁在电梯里深吻的男人。

阮思娴自始至终窥屏没冒泡，躺在浴缸里，心跳还没缓下来，热气萦绕，整个人都晕乎乎的。她感觉自己今天被傅明予亲得神志不清了。

今天白天天气不好，乌云层层摇摇欲坠，大雨要下不下，到了晚上，夜风却拨开浓雾，露出一弯如钩新月。

傅明予走到楼下，大拇指擦了一下唇边，月光下，指腹上的口红残余有淡淡珠光。

司机还在路边等着，他上车后，抽了一张纸巾，将嘴上的口红擦干净。嘴上残留的口红转移到白色纸巾上，浅浅一片红色。视觉的刺激瞬间带来感官的回忆，傅明予揉了揉脖子，又回想起刚刚的一幕。

电梯门快要再次关上时，阮思娴好像如梦初醒一般，下意识就咬他一口，力气不小，嘴角到现在还有些疼。

而她双手撑在他胸前，喘着气恍惚了好一会儿，脸红到脖子根了，才说道："你家里有人病了，你还不回去，还想这样那样，傅明予你到底还是不是个人！"

也不知是好气还是好笑，傅明予揉着手里的纸巾，嘴角笑意浅浅。

"去湖光公馆。"

之前贺兰湘突然给他打电话，说豆豆病了，半身不遂，快死了，让他赶紧回去看看他的狗。她的语气不耐，尖锐的声音有些刻薄，听起来不像在说一只宠物，反而像是指责傅明予弃亲生儿子不顾一般。

凭借傅明予对贺兰湘的了解，能预料到今晚不好过。

半小时后，车停在别墅门口。

傅明予刚一推开一楼大门，豆豆就活蹦乱跳地冲了过来。他弯腰摸了摸豆豆的头，信步进入客厅，却不见贺兰湘身影。

罗阿姨过来接过他脱下的外套，朝他指了指二楼。

傅明予也没在意，先去拿了一杯水，站在窗前慢慢喝着。

半杯水下肚，楼梯上便传来那道熟悉的声音。

“你还知道回来啊？你还知道你有个家啊？”

傅明予回头说道：“这身衣服不错。”

贺兰湘却不买他的账，双手抱臂站在楼梯上，高度使得她在气势上占了上风。

“原本我以为你忙着，见不到人影也就算了。但是你叫人把航模全都搬走是什么意思？是彻底要搬出去住了吗？”

正好这时候罗阿姨拿着傅明予的外套上楼，准备去工作间清理，经过贺兰湘身旁时，那股属于女人的香味幽幽传来。

贺兰湘一笑：“我就知道，十天半个月见不到人影肯定是有女朋友了，我要不是给你打个电话你可能连回家的路都找不到了是吧？”

想起今晚那个没有被拒绝的吻，傅明予对“女朋友”这个说法不置可否。

贺兰湘款款走下来，在离他一米远的地方停下，眼睛慢悠悠地从上至下扫视。

“这本来也没什么，但是前不久你脸上那巴掌印……”

傅明予眉宇一抬：“柏扬告诉你的？”

“这还用柏扬跟我说？”贺兰湘声音顿时拔高两度，“你是我生的，我还不了解？你真当你戴个口罩我就发现不了了？你有本事二十四小时戴着呀你吃饭别摘下来啊。”

傅明予只觉得脑子沉，不太想继续这个话题，正要转身上楼洗澡，却被贺兰湘拉住。

“你不解释一下被谁打的？是女人吧？”她想，没有男人会用巴掌招呼上去，于是指指自己的脸，说道，“这会儿又有女朋友了……你该不会是……乱搞男女关系吧？”

贺兰湘觉得自己想得太对了。儿子一边计划着搬出去住，成天不着家，身上还有香水味，一边又是挨巴掌，除了男女关系混乱，没别的理由了。

“傅明予我告诉你，你可不能干这种事儿啊，我贺兰湘丢不起这个人。”

傅明予揉了揉眉骨，实在不知道怎么跟这位想法时不时歪到西伯利亚的母亲交流。

“情趣，你别管了。”

贺兰湘愣了愣，好一会儿才反应过来傅明予什么意思。

“啊。”那你们年轻人挺会玩儿。

夜凉如水，秋月皎洁，透过窗帘照进房间，洒下一片朦胧的光影，静谧而柔和。而傅明予的梦境却不似这夜晚这么柔和，夜里的场景再次重现。

他又看见了阮思娴氤氲着水汽的双眼，比这月色更朦胧，模模糊糊地映着他的倒影。她双手抱着他的脖子，下巴蹭了蹭他的下颌，动作被放得极慢。

他垂下眼，看着她衣服上的肩章、纽扣，目光一寸寸移动到腰间……半夜梦醒，傅明予睁眼看着窗外，月光正透亮，弧度弯得像她嘴角的笑。

他长呼一口气，起身去洗了今晚第二次澡。

清晨五点，闹钟准时响起。

阮思娴睁开双眼，盯着天花板，眨了眨眼睛，好一会儿才拉回神思。浑身还有些热，她拍了拍胸口，立刻起身下床去洗漱。

不管当天有没有飞行任务，她的晨跑都是雷打不动的习惯，除了维持身体素质以外，还有让人平心静气的作用。

一个半小时后，阮思娴出现在世航大楼。

每天清晨总是最忙碌的时候，空勤人员拉着飞行箱从各个通道而来，滚轮碾出的声音繁复无序。签派部门纸张满天飞，飞行计划部此起彼伏的电话声更是从不停歇。

阮思娴在路上碰到了本次机组的成员，一起朝会议室走去，耳边有哈欠声，有闲聊声，纷纷杂杂，而这些声音却在她看见傅明予的身影那一刻瞬间飞到真空里。

傅明予似乎也有感应一般，站在玻璃长廊尽头，扭头淡淡望了一眼，随即继续往电梯走去。

他身后还跟着许多人，并未注意到他这个细微的动作。但阮思娴知道，他在看她。

大概是因为昨晚的原因，现在光是隔着这么远的距离在人群中对望一眼，阮思娴都觉得不那么简单。脸颊的温度又开始不正常。

干什么呢？能不能镇定点？

不就是接了个吻吗？不就是舌头打了一架吗？有什么好脸红的？他都面无表情什么事儿都没有，你脸红个什么？

她轻轻咳了一声，抬脚朝会议室走去。

下一秒，手机就响了。

像是有什么预感似的，她拿出手机一看，果然是傅明予的消息。

傅明予：返航落地后给我发个消息。

看看，人家多么淡定。

机长今天来得早，已经签好飞行单，顺便连油都加好了，所以大家一到齐就直入主题。

天气良好，航线熟悉，没有要客，所以这场协作会时间很短，结束后，一行人准备登机。

由于时间还早，有个空姐拉着阮思娴一起去航站楼买吃的。

今天是周末，航站楼里人特别多，郑幼安和董娴款款走向头等舱休息室，憋了一晚上的吐槽花了十分钟还没说完。

“本来我对傅明予的讨厌只有七分，但是那天晚上跟她一起喝酒，她吐槽得比我还精准，弄得我对他的厌恶一下子上涨到十分了，结果她却迅速跟傅明予在一起了，这是什么套路？她故意的吗？是我见识太少了，原来还可以这样击退情敌的吗？”

董娴一路上听郑幼安的吐槽，虽然不知道她说的是谁，但也觉得只是小孩子之间的把戏，不太放在心上。

“过去就过去了，你何必再放在心上？”

“不是，我想不通啊，我感觉自己被耍了啊。”

董娴放慢脚步，慢悠悠地睇她一眼：“你是不是还喜欢傅明予？”

“开什么玩笑。”郑幼安翻白眼，“我现在觉得宴安哥哥都比他好。”

董娴轻笑：“不都一样吗？宴安的花边新闻少了吗？只是一个闹了出来，一个藏得好而已，都不是什么好人。”

郑幼安闻言，有些心虚地闭嘴。

当初她被傅明予气到，发誓这辈子都跟他势不两立。

可是她爸爸却觉得这算不上什么大事儿，甚至觉得傅明予做得无可厚非，跟两家利益关系比起来，这简直就是小打小闹，非要逼着她继续跟傅明予来往。

郑幼安觉得吧，不管傅明予这人在长辈眼里有多好，侮辱她的艺术造诣这事儿就是三观的问题。三观不合是绝对不可能走到一起的。

可是她爸爸又老在她耳边念叨，让她放下点身份，傅明予身上真的挑不出什么毛病来，错过这个村就没了这个店。

她受不了了，就造了那么点儿……小谣言，以精准打击傅明予在她爸爸心里的形象。

比如她说，那次一起去西班牙，傅明予看见那些桑巴女郎就走不动道，跟人家眉来眼去，后来非不跟她坐一辆车，谁知道车上有什么人呢。同时又说，他跟公司里的女职员好像也不清不楚的，她去世航拍摄的时候就看到过。

这种似是而非的事情说出来，有那么点意思，加上郑幼安又是个乖乖女，她爸爸没觉得她撒谎。仔细想了想，傅明予这身份这长相，好像这才是正常的。

没有感情可以慢慢培养，但他不相信什么浪子回头的故事，不管两家联姻利益多大，也不愿意女儿嫁这么一个人，这事儿也就算了。

但郑幼安的爸爸是个嘴巴极严的人，从来没听他说过别人家的闲事，最多也就是跟董娴说一下，而董娴也是个不爱说是非的人，所以这种谣言肯定不会传出去，所以郑幼安才敢这么干。

“反正我觉得很过分。”郑幼安又把话题绕回去，“我当初那么信任她，都没见过几面就跟她吐露心声，结果她倒好。”走到头等舱休息室门口，迎宾小姐向她们问好，郑幼安闭了嘴，随意打量了一眼，在一旁的饮料档口看见一个熟悉的身影，脚步立刻停下。

“啊！还真是说曹操曹操到啊。”

董娴回头：“什么？”

“就是她啊，我刚刚说的那个人。”

因为傅明予的关系，阮思娴已经很久没有长时间等过流控了，经常都是客人上完就差不多推出飞机，所以她今天也是进了驾驶舱就关机。

下午返航后，天色已黑，有下雨的趋势。

她一开机，许多微信消息接踵而来，一条条看了回复了，拉到下面，是傅明予早上给她发的那条。

阮思娴给他回了个“吱”。

傅明予让她去地下停车场等一会儿，他马上就过来。

阮思娴看着这天气，可能二十分钟内就要下雨了。这段时间她几乎已经习惯了傅明予接送她，于是转身去了停车场。

世航高层停车位专门划分了一块儿出来，平时人不多，很安静。

阮思娴坐电梯下去后，不知道傅明予的车位在哪儿，便站在电梯厅里玩儿手机。

刷微博的时候，进来一条短信，抬头栏直接预览内容。

董娴：有事跟你说，接一下电话。

阮思娴平时接董娴电话完全看心情，但真有事的时候，她也不会执拗，比如上次她姨妈生病的事情，如果她没接，可能至今还不知道。

几秒后，董娴的电话果然打来了。

阮思娴接起，直接问："我过两天就去看姨妈。"

"不是跟你说这个事情。"董娴刚刚下飞机，刻意避开了郑幼安，在卫生间打的电话。

"那什么事儿？"

董娴沉吟片刻，她跟阮思娴连最基本的日常交流都难以维持，这时候突然说那种事情，一时不知道该怎么开口。但是今天听郑幼安说阮思娴跟傅明予的关系，她在飞机上想了好一会儿，还是决定跟阮思娴聊一下这件事。

"你跟傅明予……在一起了？"

阮思娴闻言一愣，另一只手握紧了飞行箱的拉杆。

"郑幼安跟你说的？"

"你跟她认识？"

"她都跟你说这个事情了，我们能不认识吗？"

董娴吸了口气，语气越发柔和："是她跟我说的，我也是今天才知道。"

阮思娴心头莫名有些堵。今天才知道的就给她打电话，语气这么小心翼翼，是生怕她抢了郑幼安的男人吗？

"你了解傅明予吗？我的意思是，他的条件可能确实比较吸引女生，但是有些事情你不一定能了解到，可能他不是那么适合你……"

"你又很了解我吗？你怎么知道我们不适合？"阮思娴听到这话就有些生气，也不想跟董娴聊这个话题，"我二十几岁了，有自己的判断力，你不用跟我说这些。"

董娴微怔："你先听我说……"

"你不用说什么，我们就是在一起了，我也不需要从别人嘴里了解我男朋友，就这样。"阮思娴直接挂了电话。

然而这通电话引起的情绪还没平复，心里又乍起另一层波浪。

——她透过面前的大理石墙面，看到自己身后站着一个人。不用回头，都知道是谁。

回想起自己刚刚说了什么，阮思娴脑子嗡的一声响，突然有一股想要原地去世的冲动。她僵硬着没动，身后那人也没动。

手机突然响了一下。

傅明予：我在停车场偷听了一段对话。

傅明予：那个人好像是我女朋友。

傅明予：看那个背影，似乎是你。

也不知道是哪里来的最后的倔强，阮思娴硬着脖子回了一句话，卑微地希望打破这一尴尬僵局。

阮思娴：看背影就知道是我，可真是父爱如山。

消息发出去后，没有回复，她却感觉到身后那人在朝她靠近，俯身凑到她耳边，一股熟悉的冷杉味道袭来。

“不管你说的是不是气话，反正我当真了。”

阮思娴依然背对着傅明予，脖子都没转一下。他的呼吸就缠绕在她脸庞，像昨晚一样，缠缠绵绵，带着点儿他的味道，有些痒，还有些蛊惑人的作用。

许久，阮思娴才开口道：“不是……气话。”

第十八章

撞鸟事件

开车门，上车，坐下，系安全带，一切都很正常，好像又不那么正常。

阮思娴慢吞吞地坐下，姿势标准得像在上形体课。她偷偷瞄了一眼旁边的傅明予。

傅明予上车比她慢一些，他抬着脸，一手撑着方向盘，一手扣上安全带，轻轻一声啪嗒，车子同时也启动。

他扭头看阮思娴：“你在看什么？”

阮思娴僵硬地收回目光，平静地说：“你脸上好像有东西。”

傅明予抬手摸了一下脸颊，摊开掌心看了下，什么都没有。他只是笑了下，没戳穿阮思娴。

车慢慢开出停车场，来到地面。

阮思娴能看见不少下班的同事急匆匆地往门口走去，有个人站在保安亭对面的绿化带台阶上，发现这辆跑车，假装漫不经心地朝副驾驶看了一眼。

这一眼就正好跟阮思娴的目光对上。对方好像也没什么特殊的表情，非常自然地移开了视线。

阮思娴像做阅读理解似的从男人眼神里读出了些意思。

“噢，傅总又送女朋友下班了。”

阮思娴心里那股落不了地的虚浮感再次加重，太不真实了，她甚至感觉自己在臆想。

明明年初的时候她看见这个男人还在每天爹毛，恨不得在脸上刻上

“我不想见到你”六个大字。而她的生活好像突然就被老天爷生拉硬扯到傅明予旁边，还霸道地给他们扯了条红线，也没问当事人同不同意。

难以想象，身旁这个人竟然是她男朋友了。

“男朋友”三个字意味着很多，把两个人绑为一体，生活里的各种事情都会纠缠到一起。

一起吃个饭逛个街散个步也就算了，最不一般的，只有情侣之间才会做的事，比如接吻，甚至更深入的行为，都变成一种顺理成章的事情。

想到这里，阮思娴突然有一种头皮隐隐发紧的感觉，心好像爬升到了嗓子眼儿，从脖子到胸腔的部位都酸酸胀胀的，有些找不到北。

深秋的天黑得很早，不到七点，夜幕已经完全降临。

这条路不是回名臣公寓的路。

阮思娴侧头看开车那人：“你要去哪儿啊？”

傅明予不紧不慢地踩了一脚刹车，停在红绿灯处：“想吃什么？”

阮思娴问：“嗯？”

傅明予转头看她：“不该带我女朋友去吃个晚饭？”

“哦……”阮思娴对这个“女朋友”的称呼还是有点儿不习惯，特别是看到他的眼睛时，还有点恍惚的感觉。

身份变了之后，阮思娴感觉他眼神看起来都不一样了。特别直接，还有点勾人。

她张了张嘴，本来想说去吃花甲粉丝，但是话到了嘴边，又变成了：“你想吃什么？”

傅明予没说话，就那么看着她，眼里浸着点笑意。

阮思娴被男朋友看得有些不好意思，转过头，看着前方的指示灯，说道：“西厢宴？”他好像挺喜欢这家。

十分钟后，阮思娴发现路不对劲。这是朝着名臣公寓旁边那条步行街去的方向。

她转头瞄了傅明予一眼：“不去西厢宴吗？”

傅明予看着后视镜，利落地把车停进路边停车区：“你不是喜欢吃这个吗？”

“哦。”阮思娴开始解安全带，“就还行吧。”

她嘴角翘了翘，打开车门下车。

车子靠右停的，阮思娴这边正对着那家花甲粉丝店，她和傅明予同时下车，不过他得绕几步才能走到这边来。

明亮的路灯下，她看见傅明予拿出手机接了个电话，眉头蹙着，走到她旁边，顺势就牵住了她的手，自然得好像两人已经相恋几年了一般。

明明也才刚刚确认关系不到一小时。

怦怦。掌心的温热触感袭来时，阮思娴的心跳又乱了两下。

傅明予低声和电话那头的人交代一些事情，感觉到握着的那只手有些烫，于是回头看了阮思娴一眼。

对上目光，阮思娴虽然心里发慌，但也回了一个“看什么看”的眼神回去。

傅明予笑了下，牵着她往里走去。

“嗯，让工程技术提供飞机的故障保留信息和机务运行限制信息给你，你来主控……”

傅明予的声音飘得有些远，阮思娴的注意力就在那只牵着她的手上了。

他的手掌很大，有些粗粝，那股属于男人的骨骼感觉覆在她感知敏锐的手上，让她有点心猿意马。

她发现，当脑子里一直想着这个人的身份是她男朋友后，四周就变得特别安静，显得她的呼吸声和心跳声明显了很多。

由于还没有到饭点，甚至普通的下班时间也还差点儿，所以这家店出奇地没有排队，店里只有稀稀拉拉几个客人。

阮思娴今晚是真的想吃花甲粉丝。寒冷的深秋夜里，还有什么比一碗热气腾腾的花甲粉丝更诱人呢？

老板竟然还记得傅明予和阮思娴这个搭配，当他们两人走进来时，眼里露出一股“我这儿到底是有多好吃竟然吸引这种看起来就是霸道总裁的人来了第二次”的迷惑感。

“两位又来了，今天吃点什么？”

阮思娴一边擦板凳，一边说：“老板，你还记得我们啊？”

“记得，当然记得。”客人不多，老板有了闲聊的兴致，双手在腰间围裙上擦拭两下，“天仙一样的两位哪儿能忘呢？”

阮思娴被老板夸得有些高兴，笑眯眯地点了一份酸辣花甲粉丝，还特意嘱咐老板多放点花甲，可以多付钱。

“不用，多给你加点就行了，下回你再来。”老板又去问傅明予，“您呢，吃点什么？”

刚刚柏扬发来了几份待签发的 MEL/CDL 项目单，比较重要，傅明予不得不在这个时候抽出时间看手机，头也没抬地说：“跟她一样。”

老板从他的语气里听出了几分敷衍的感觉，顿时明白原来不是他这里味道太好，人家只是陪女朋友下凡而已。

老板应声走了，阮思娴坐到傅明予对面，只见他盯着手机，不知道他在干什么，于是伸腿轻轻踢了他一下。

“你在干吗？”

傅明予抬头看她一眼，带着些安抚味道地说：“机务部季度汇报需要我处理，你等我一下。”

我等你干什么。阮思娴托着腮抬头看店里的电视机。

刚刚进来时，他们后面那桌的女生就注意到他们了，这会儿约莫听到了些他们的对话，于是拿筷子戳了一下自己的男朋友。

“你看看人家男朋友，一看就是个精英都愿意来这种小店陪女朋友吃饭，我叫你出来一趟还要一哭二闹三上吊。”

对话不轻不重地飘进了阮思娴耳里，她不动声色地看过去，见那个男生摇头晃脑地打游戏，漫不经心地说：“那你也不看看人家女朋友长什么样。”

女生被气得狠狠揪了男生一下。

趁着傅明予低头看手机，阮思娴的目光慢悠悠地落在傅明予的侧脸上。在心里一遍又一遍告诉自己：这是你男朋友，你自己亲口承认的男朋友。还挺好看的，不亏。

想到这里，她又抬起头看电视，但嘴角悄无声息地弯了一个小小的弧度。

傅明予回完消息，抬头就见阮思娴在笑。

“笑什么？”

阮思娴垂眸睨了他一眼：“没什么。”

他又说：“你今天挺开心啊。”

有吗？阮思娴抿了抿嘴唇，继续看墙上电视机。

“你看错了吧。”

傅明予放下手机，没说话，顺着阮思娴的目光回头看了一眼电视里的内容，皱了皱眉头，随即收回视线。

“电视就这么好看吗？”连新上任的男朋友也不多看一眼。

阮思娴托着下巴，注意力已经不在电视上面了，但还是强装云淡风轻没话找话。

“还行吧，这女明星今年突然就红了，感觉很多电影和节目都有她，以前都没有听说过她，我之前连她名字都记不住，叫李什么树什么来着……”

傅明予没抬头：“李之槐。”

傅明予冷不丁的一句补充，让阮思娴愣了一下。她垂下眼眸，揶揄傅明予：“你还挺关心这些女明星啊。”

傅明予一副“随便你怎么说”的表情。

“那你觉得她长得怎么样？”

“还行。”

还行？阮思娴觉得傅明予这人是真的没有一点儿求生欲。怎么能在女朋友面前夸另外一个女人还行？

“哦，是你喜欢的那款吗？”

傅明予抬头看她，目光淡淡的：“我喜欢哪一款你不知道吗？”

他好像猝不及防地间接表了个白？

她刚刚就一直在想，她跟傅明予之间是不是缺了点儿什么。傅明予好像从来没有正面表白过吧，也没问过她是不是喜欢他，直接跨过这道程序接了个吻确定了个关系。听到这句似是而非却又有指向性的话，阮思娴发现自己心里还挺开心的。

正好两碗花甲粉丝端了上来，一股酸辣的味道顿时充斥在两人之间。

她拿起筷子说："我给你挑花甲吧。"

傅明予远远盯着那碗东西："不用。"

阮思娴自顾自地开始挑花甲："男朋友都屈尊降贵下凡陪我了，就让我为你服务一下吧。"

"那你还不如直接喂我一口。"

阮思娴手上动作一顿，慢慢捏紧了筷子，眯着眼睛看他。所以有时候就是不能太把傅明予当人看待。

"我还可以负责以后一日三餐都亲手喂你，顺便每两小时帮你翻个身，这感天动地的爱情你要试试吗？"

"翻身？这个我可以帮你。"

"……"

吃完这顿饭只花了十分钟，其间阮思娴没有再跟傅明予说一句话。她合理地认为，刚刚傅明予在隐晦地耍流氓。偏偏还让她不好反驳，越说下去只会越偏。

好歹也是一上市公司的未来继承人，公共场合发骚，还是个人吗？幸好他人不在上海，不然人家都不知道该把他扔到哪个垃圾桶。

好在回去的路上，傅明予十分安分，没有任何言语或者肢体上的耍流氓行为。

阮思娴觉得这主要归功于五分钟的车程里他就接了三个电话，没空说别的做别的。直到车开进了公寓内，他才空下来，侧头看了阮思娴一眼。

"明天飞哪儿？"

阮思娴没说话。

傅明予问道："怎么了？"

"我说你能不能克制一下自己。"阮思娴觉得自己的表情语气十分严肃，能对旁边这人起到警醒作用，毕竟都是男女朋友了，得有一些心与心的交流，"说话啊什么的，注意一下影响。"

“嗯？”傅明予把车停在楼下，偏头看她，“我说什么了？”

重新提起那个话题，阮思娴有些耳根子红。幸好她下飞机的时候已经把头发放下来，这时候傅明予应该看不到。

“吃饭呢，你在说什么？”

“吃饭时候说的话吗？”傅明予一只手臂打着方向盘，声音里有些许笑意，“不是你先说的吗？”

阮思娴：“……”

这么说还是我的错了？行吧。你是好人我不配，忘了我吧下一位。阮思娴在心里单方面跟傅明予分了手，并且强装镇定地解开安全带准备下车。

手刚刚碰到车门，身后的人突然拉了她一把，把她拽回去。

“我还有事，要回公司，你早点儿睡。”

阮思娴跟她“前男友”点点头：“哦。”

片刻后，阮思娴发现“前男友”还拽着自己。

知道了！还不放手吗？她皱着眉头转过去，倏地对上傅明予沉沉的目光，那层薄怒瞬间消失殆尽。这可能就是看着那张脸就可以消气的最佳诠释了。

车内没有开灯，只有路灯昏暗地透进来，光影里的细小灰尘在光束中缓缓浮动，呼吸好像都变得特别慢。

他倾身靠过来的时候，阮思娴下意识闭上了眼睛。预料之中的吻却没有落下来，反而听到了一声轻笑。

阮思娴睁开眼睛，傅明予跟她挨得很近，笑着说：“以为我要亲你吗？”

人渣！阮思娴心里很慌，有点儿恼羞成怒的意思，一巴掌拍在他脸上。

手却被他按在自己脸上，然后他凑过来，低声道：“是想亲你来着。”

话音落，他吻了上来。

很温柔，很缱绻，却没有留恋，半分钟后，他睁开眼睛，按着她的手在自己脸上摩挲片刻，沉声道：“晚安。”

阮思娴走到电梯间，按了上行键，同时舔了舔嘴唇。

她发现，不管是什么程度的吻，傅明予总能牵引着她，让她不自觉地沉迷。

就凭借刚刚半分钟的吻，她决定原谅傅明予，单方面跟他复合，并给他发了条消息，提醒他记得吃晚饭。

上楼后，阮思娴洗了个澡，敷着面膜坐到沙发上翻了翻手机。她觉得自己有男朋友了这件事应该跟闺密们说一下，于是打开微信群，发了一条消息出去。

阮思娴：我今天喜提了个男朋友。

半分钟后。

司小珍：？

卞璇：？

阮思娴：？

阮思娴：怎么了？很震惊吗？

司小珍：倒也不是，傅总吗？

卞璇：你这是问的什么问题？还能是别人吗？我们阮阮是那种三心二意的人吗？

不是，这两个人什么意思？她自己也觉得很突然花了一晚上才消化傅明予现在是她男朋友的事实好不好？

司小珍：所以呢，到底是不是他？

阮思娴：是。

卞璇：看吧，我就知道。

阮思娴：……

司小珍：啊！果然是傅总！你快详细说说怎么回事！

阮思娴：有什么好说的？不就是那么一回事。

司小珍：我的意思是，想知道这种总裁型人物怎么告白的，是不是特别酷炫？

告白？阮思娴想了想，除了今天晚上那句“我喜欢什么款的你不知道吗”，傅明予好像没有一个正经的告白。怪不得她总感觉缺了点儿什么。今晚那句不能算数，没有一个正式的告白，她都不确定傅明予对她到底是什么意思。

他好像从来没说过一句“喜欢”，就直接行动了。

阮思娴：没有。

司小珍：？

卞璇：总裁果然都是追求效率的，自信这块儿捏得死死的。

确实自信，追人都不带告白的。

第二天早上，阮思娴还在记挂这件事，感觉自己真的有点儿一根筋，一句正经的告白都没有就跟人走了。

没有告白就算了，还在确定关系第一天当着她的面夸电视上的女明星长得还行。哦，不仅是这样，他还能一嘴叫出别人的名字，连她作为一个经常刷微博的人都叫不出的名字。

阮思娴突然发现，她对傅明予的了解是不是太少了？人家交个男朋友几乎要调查户口本，而她除了男朋友的姓名年龄和工作外，几乎一无所知！

然而今天有一趟长途航班，这些事儿就在阮思娴进入世航大楼的那一刻被她强制性抛到脑后。

本次航班飞锡市，分配到的机长是一个中年男人，也不知道是基因问题还是怎么的，五十来岁，头发就白得差不多了。而且他是一个极其严肃，不苟言笑的人，从航前协作会到上机，基本不怎么说话。

直到进入驾驶舱，他也只说了句“希望今天别出什么差错”，带着对阮思娴的一丁点儿不信任。

阮思娴也不是第一次遇到这种情况，没放在心上。

但大概是一语成谶，今天的飞行还真遇到了问题。

起飞七分钟后，坐在副驾驶座上的阮思娴突然听到一声巨响。

阮思娴立刻转头去看机长，机长也看了她一眼，按着耳麦，还想仔细去听一下其他动静。

这时候，阮思娴已经闻到一股焦煳味。

“机长，可能是吸鸟了。”意思就是，飞机被鸟给撞了。

别看飞机那么大一个，在空中，还真的挺怕鸟。虽然鸟的体积小，但是飞机速度足够快，特别是在爬升的时候，和鸟相撞产生的动能足以摧毁发动机。

何况她都闻到焦煳味了，情况并不容乐观。

这位不苟言笑的机长在这时候也没说什么话，只是看着仪表盘，经过思考后，做了个决定。

“联系塔台，返航吧。”

一只 0.45 公斤的鸟与时速 800 公里的飞机相撞，都能产生 153 公斤的冲击力，更何况现在他们无法预料这只鸟的体积，飞机时速也不止 800 公里。现在返航，是为了确保安全。

这种情况虽然少见，但也在可控范围内，至少飞机还有另一台发动机足以保证飞行，所以阮思娴并没有慌张，只是有些感慨，自己才坐上副驾驶大半年，就已经遇到两次不正常情况。

一次备降，一次返航。还真是有点丰富的履历。

但她没想到真正的麻烦却在成功返航后。

本次航程原计划三小时到达锡市，其中还有不少转机的乘客。

虽然决定返航后的半小时机长已经通知了客舱，但是真正在两个半小时后飞机停靠在江城国际机场时，乘客的情绪还是有些难以控制。

有个乘务员走进驾驶舱，说有乘客在客舱门口堵着要个说法。

机长叹了口气，揉着肩膀站起来说：“走吧，出去看看。”必要的时候，他们两人得跟乘务组一起站在外面给乘客道歉。

只是阮思娴和机长还没走到舱门口，就听到一个中年男人的嚷嚷声。他声音极大，还带着些哭腔，完全盖住了其他人的解释。

走出去时，看到果然是一个体形极壮的中年男人。

倪彤作为本次航班乘务长，一遍又一遍地耐心跟他鞠躬解释：“先生，请您少安毋躁，本次航班遭遇鸟击，返航也是为了安全着想……”

“我不信一只鸟就能把飞机给撞了，这么大一架飞机，你们糊弄谁呢！”男人大声地打断倪彤，“你让我怎么少安毋躁？我爸现在躺在老家病床上奄奄一息，就等着我去见最后一面，你们这是要我见不到我爸最后一面啊……”说到这里，那个男人情绪再难把控，直接号哭了起来。

倪彤再一次说道："我们会尽快安排补班。"

"补补补！我爸等得了那么久吗！"男人快站不住了，偏偏倒倒地靠着舱门，看见后面两个穿飞行员制服的人出来了，立刻又指着他们说，"我就知道一个老头子和一个女人不靠谱，什么鸟啊雀的，根本就是你们自己的问题！你们这是要我遗憾一辈子啊！你们是没爸的人吗？你们这是要我见不了我爸最后一面啊！"

阮思娴听到这话，脚步微顿，侧头去看机长，他表情也不太乐观。

旁边跟那男人同行的女人是他老婆，情绪没他激动，也有点看不下去他失态的样子，于是扭开保温水壶递给他："你先喝口水，在这儿嚷嚷有用吗？"

水壶里是滚烫的开水，递到男人嘴边，他情绪稍微平复了些，对着壶嘴吹了吹。

他老婆又转头问倪彤："那什么时候能给我们安排新的飞机？"

倪彤和机长对视一眼，皱着眉头说："这个目前还不确定，根据以往经验，如果快的话今天下午能起飞，或者……"

她还没说完，那个男人听到"下午能起飞"五个字，双眼通红一瞪，端着水壶就朝倪彤泼去。

倪彤尖叫一声，朝后倒去，阮思娴眼疾手快，顺势拉倪彤一把，把她往旁边扯，结果倒是避免了那波开水泼到倪彤脸上，不过倪彤的胸口和阮思娴的脖子却没有幸免于难。

安全员反应够快，立刻上前制伏男人，但又不知是后面哪个乘客在慌乱中想往外走，推了人群一把，那个泼水的男人抱着水壶一起倒地。

一时间，舱门口炸开了锅。

滚烫的开水唰地一下刺痛大片皮肤，火辣辣地疼，耳边又是乱糟糟的叫嚷声，阮思娴紧紧闭着眼睛，脑子里嗡嗡作响。

"打人了！打人了！航空公司打人了！我要投诉你们！"

事有轻重缓急，整个机组和闹事乘客还是得先解决矛盾。机场负责人和世航业务部的经理都来了，协调这件事情花了近一小时。

阮思娴和倪彤出来时，衣服上的开水早已经凉透。

倪彤只是胸口被泼了开水，有衣服挡着，情况稍微好一点。而阮思娴遭殃的地方是光秃秃的脖子，到现在还通红一片。

她们去了航医那里看了情况，上了药，出来的时候两个人都情绪很低落，倪彤直接委屈哭了。

“这到底怪谁，那飞机出问题了强行飞他是想全飞机的人给他陪葬吗？怎么有这么不讲理的人？月月都有，年年都有，我到底图些什么？”她抬手抹着眼泪，哽咽着继续说，“什么都以旅客评价为标准，一百位旅客说好都比不上一位旅客说不好而打的分，还要挨骂受气，得了一身的职业病，一休息就跑医院做治疗，谁像我们这么年轻就有密密麻麻的病历本啊？比别人多赚的钱全都交给医院了。”

原本在调节处的时候阮思娴就被那男人指着鼻子骂了好一会儿，现在耳边又充满了倪彤的抱怨，她情绪被带得越发低沉。

每每坐进驾驶舱，前方是一望无垠的天空，后方是上百人的生命安全，担负的责任与压力都可以被热爱取代。

但遇到这种事情，偏见、不信任、无理取闹接踵而至，任谁都会有翻涌而至的负面情绪。只是阮思娴习惯了自我调节情绪，这会儿还得安慰倪彤。

“算了，投诉就投诉吧，核实之后不会有事的，你已经做得很好了。”

走到电梯间，倪彤的情绪终于稳住了，但是她手机一响，一看是自己妈妈的电话，立刻又带着哭腔接起电话说：“妈，今天我差点儿气死了……”

直到电梯上了十四楼，阮思娴还一直听着倪彤跟她妈妈哭诉。

阮思娴揉了揉鼻子，摸出手机看了下，什么动静都没有。

没有家人的电话就算了。男朋友呢？她这时候的男朋友呢？那个她一无所知的神秘男友呢？

电梯门缓缓打开，阮思娴一抬眼，就看见她那一无所知的神秘男友大步流星朝她走来。

噢，还活着呢。

看到她的那一瞬间，傅明予愣了下，随后脚步更快了。

阮思娴跨了一步，走出电梯。傅明予停在她面前，看了眼她的脖子，没说什么，拉着她掉头就走，全然没管一旁的倪彤，完全把她当了空气。

阮思娴被他拉着一路走到了他的办公室，外面坐着好几个助理，全都眼观鼻鼻观心，装作没看见这一幕。

自动门在阮思娴踏进去之后徐徐合上。

傅明予带着她坐到沙发上，凝神看了会儿她的脖子，然后伸手去解她胸前的扣子。

阮思娴一秒护住脖子。

“你干什么？”

“我看看。”傅明予拉开她的手，解了两颗扣子，拨开领口，指尖轻轻滑过阮思娴的肌肤，“还疼吗？”

这不是废话吗？阮思娴没回答。她放在腿边的双手不自觉地蜷缩。比起脖子上的痛，她现在感觉更多的是不好意思。衣领扯开了，她黑色内衣肩带就露出来了。

“航医怎么说？”傅明予看了会儿，慢条斯理地替她扣上扣子。

“还好，不严重。”阮思娴抬眼看他，“那个……我要被投诉了。”

“嗯。”傅明予说，“我知道，不是你的错，投诉不会有效的。”

“哦。”阮思娴问，“那如果他是要客呢？”要客投诉就直接有效了。

“如果是要客，我也可以公私不分。”傅明予坐到她旁边，“反正也不是第一次了。”

大概是因为有了这句明确的“偏袒”，阮思娴本来已经自我调节好的情绪反而又被勾了出来。

那一点点明知不是自己的错却被指责的委屈突然被放大，慢慢地，感觉自己好像特别特别委屈。她垂下头扭了扭脖子，低低地“嗯”了一声。

“看来当老板的女朋友还是有好处的。”

“你现在才发现？”

阮思娴抬头看着他的眼睛，漆黑的旋涡里，倒映着她的影子。她心里慢慢盘旋起昨晚想的那个事儿，傅明予还欠她一个告白。

不过这个时候再问，好像确实有些多余。

“傅明予，我跟你说个事儿。”

“嗯？”

“如果哪天你不喜欢我了，你知会我一声，当面说、打电话或者发短信都行。我不会缠着你，也不跟你要分手费。但是你答应我的双倍年薪不能反悔，明明白白签在合同里的。”

“……”

阮思娴扯了扯他的领带：“你说话啊，行不行？”

傅明予有些头疼。

阮思娴平时看起来不是缠着问“你到底爱不爱我”的女人，但是一旦发问，那就是送命题。

这种问题怎么回答？

回答“好”——死。

回答“不好”——死无全尸。

“你为什么要诅咒我们分手？”

阮思娴拽着他的领带晃了晃：“就随便说说。”

傅明予没在意她说的话了，神思集中在她拽着领带的手上。她是真不知道还是装不知道，扯一个男人的领带晃悠，是多具有诱惑力的一件事。

他靠近了些，按住阮思娴抓她领带的手不让她再乱动。

“如果你还没告诉我一声就去另寻新欢，我就……”阮思娴顿住，看着和自己靠得极近的傅明予。不是，我跟你说正事儿呢，你靠这么近干吗？

“你就怎么？”傅明予问。

“我就——”为你八百里山路送花圈，你的灵堂摆在正中间。

“就算了呗。”她说完还笑着眨了眨眼。

当天的补班航班在下午三点起飞，调了一架空客 330。

虽然乘客还是抱怨纷纷，但是得到相应的补偿后情绪慢慢平息下来。而那位闹事乘客的投诉自然没有生效，并且因为故意伤人被警方带走。

阮思娴脖子上的烫伤没有大碍，但到底是开水，脱一层皮是少不了的。

幸好这几天恰逢她季度飞行时间达到上限，有好几天的休息时间，可以在家好好养养她的烫伤，不然还得占用她的飞行小时数。

但是休假养伤也不代表就能成天躺床上。面对密集的各种考试、模拟机训练、机型复试，阮思娴几乎要坐在书桌前入定。

她忙，她男朋友比她还忙，昨天处理了闹事乘客的事情后，接了个电话就飞抚都了。

飞飞飞，天天飞，成天都在飞机上，自己当机长得了。

阮思娴用笔戳了两下书，换一只手撑着下巴，翻了两页书，手机好像就自动跳到她手里了。

等阮思娴回神时，她已经打开了傅明予的微信聊天界面。阮思娴手指搭在屏幕上敲了敲，琢磨着说什么让她看起来比较云淡风轻不是没话找话。

她想来想去，发了最简单的四个字。

阮思娴：你在干吗？

傅明予：想我了？

阮思娴：……

总裁在自信这一块儿真的拿捏得很死。

阮思娴：那倒也没有，就是想问问季度奖金到底什么时候发。

傅明予没有回消息，几分钟后，阮思娴收到一条来自银行的转账短信。

傅明予：够吗？

阮思娴看着这消息，心情有点儿难以言喻。现当代“塑料情侣”就是很难有正常交流，难道她看起来就很像一个容易被金钱收服的女人吗？

阮思娴：我不是找你要钱，我也不缺钱。

傅明予：那就是想我了？

阮思娴：“……”这逻辑，这思维。

阮思娴：你逻辑太牛了，我理解不了，你去跟爱因斯坦交流吧。

放下手机，她托着腮叹了口气，心里不上不下的，说不出什么滋味儿。看个书吧，傅明予那张脸就老在她眼前晃来晃去，阴魂不散。

两分钟后，傅明予发来一张照片。

傅明予：我在这里。

阮思娴随意看了一眼，照片是航展会展中心一角，拍摄角度很随意，画面里基本都是各种航模。但右上角那一块儿，阮思娴盯紧了放大看。

阮思娴：右上角那个是塞斯纳 172 吗？

傅明予本来没注意那边的单发四座活塞式小型通用飞机，看到阮思娴发的这条消息，他才走过去看了一眼。

傅明予：嗯。

阮思娴：我 first solo 就是开的这个。

first solo 是指飞行学员脱离教员，第一次单独操作飞机单飞的考试。

阮思娴永远忘不了那天，她驾驶着那架塞斯纳 172，越过训练场的麦浪绿荫，顺着奔涌的流云，一路追逐南迁的大雁。

进入航空公司后反而面对的是一成不变严格遵守的 SOP（标准作业程序）和标准喊话，那次 solo 的记忆便显得尤其清晰，毕竟它有可能是阮思娴此生为数不多的 solo 经历。

塞斯纳 172 外号“天鹰”，被誉为世界上最成功的通用飞机，也是最受欢迎的小型私人飞机。正因如此，本次航展反而没多少人注意它。

傅明予本来也没放多大注意力在这上面，但现在，他足足看了好几分钟。脑海里浮现出阮思娴 solo 时穿云而过的模样。

转头又看见旁边的钻石 DA50 超级星，傅明予突然开口叫柏扬。

柏扬上前：“怎么了？”

傅明予指了指旁边那架钻石 DA50 超级星，跟他吩咐了几句。柏扬点头称好，心里却特迷惑。

见过给女人买钻石买首饰买包包的，买飞机的还是第一次见。

傅明予：我去吃饭。

行吧，阮思娴想，这大概就是“塑料情侣”。眼巴巴给他发消息，总共就回了二十个字。她也懒得理他了，起身换衣服准备出门。

之前答应了董静有空去医院看她，前段时间一直忙着，今天倒是有时间。

今年冬天雨下得频繁，常常一睁开眼就是阴沉的天。

阮思娴套了件大衣出门，在医院门口的花店买了束康乃馨。她事先给董静打过电话，知道她今天就护工陪着。

进了病房后，护工阿姨给阮思娴倒了杯水就出去了。

董静已经快要出院，精神好了不少，加上她和阮思娴这些年确实很少见面，于是拉着她聊了好一会儿。

一会儿问她当初怎么去的飞行学院，一会儿又问她现在工作的福利待遇，不知不觉就过了一个多小时。这本来应该是一次氛围轻松的聊天。

——如果郑幼安没有突然出现的话。

当病房门被敲了两下，阮思娴回头望去，看见郑幼安出现在门口，一时有些蒙。

郑幼安比她更蒙。在门口站了两秒，她又退出去看了眼病房号。直到看见躺在病床上的董静，她才确定自己没走错。

相比郑幼安的惊讶，阮思娴淡定多了，只是有些不知道怎么开口。

董静也没想到郑幼安突然来了，但还好，孩子之间也没什么，于是朝郑幼安招手："安安来了？在门口站着做什么，快进来。"

郑幼安像个机器人一样机械地走进来，上上下下地打量阮思娴："你……"

董静看了阮思娴一眼，说道："这是阮阮，之前跟你说过的，算起来……你可以叫一声姐姐。"

郑幼安道："……姐姐？"

董静没直说"这是你妈妈的亲女儿"，但郑幼安听得懂。正因为听得懂，她更蒙了。

阮思娴不知道说什么好，就任由她打量。

郑幼安半张着嘴，也不知道说什么。不是，为什么震惊的只有她一个人？她花了近十分钟才消化这件事，并且她觉得阮思娴一直知道她们的关系，被蒙在鼓里的只有她一个人而已。后来事实证明，是这样的。

阮思娴说有事要先走的时候，她追到病房外的走廊，拉住她问："你是不是一直知道啊？"

阮思娴无奈地点头承认。

"那你怎么不说？"

“你也没问我啊。”

郑幼安：“……”她感觉自己早晚会被阮思娴玩儿死。

“不是，我觉得你怎么这么多套路呢？你是不是连傅明予那事儿也是故意的，就是为了让我对他死心？”

阮思娴被她的脑回路闪到腰：“你想太多了吧？”

“说他狂妄自大又傲慢的是不是你？说他脑子有毛病的是不是你？说他浑身都是缺点的是不是你？”

阮思娴一个字都没法否认，确实句句属实。

郑幼安最后发问：“那你是得多喜欢他，才能忽略这么多缺点，跟他在一起啊？”

阮思娴说：“你别这么说我男朋友。”

郑幼安：“……”她差点儿当场气晕，救护车都不用了，直接抬到二楼抢救室。

其实阮思娴被郑幼安最后一问带跑了。在这之前，她甚至从来没思考过自己是不是喜欢傅明予，感觉一直被他牵着走，稀里糊涂就在一起了。

所以郑幼安今天说的话，反而让阮思娴明明白白确定自己好像是喜欢傅明予的。不然怎么可能会走到今天？

问题是阮思娴自己都不知道喜欢他什么。他不就是长得帅了点脾气好了点性格温柔了点家里飞机多了点……那确实还挺好的。

脑子里想了一通这些玩意儿，阮思娴心情莫名好了起来，那股朦朦胧胧迷雾一般的思绪逐渐散开。

就是喜欢他呀，喜欢他长得帅、脾气好，人又温柔，家里飞机还多。

——只要他别自恋。

晚上到家后，阮思娴没再看书，打开 iPad 翻了个综艺出来看。当季最热的男“爱豆”选秀，101 个帅哥，看得阮思娴“乐不思傅”。

与此同时，抚都弘壹会所。

傅明予端着一杯酒，周旋于众人之间。由于没有时间吃晚饭，这会儿胃里不太舒服，一杯杯酒下肚，加剧了不适感。

今天这场酒会是私人性质的，他原本不打算来，只是在航展上遇到了那位老熟人，作为抚都东道主，客套话说得十足，他倒不好拒绝。

不过傅家从未在这里开疆拓土，所以酒会上的人大多不是工作上的来往伙伴，傅明予寻了个借口到休息区坐着也不算失礼。

耳边环绕着交响乐，眼前衣香鬓影令人眼花缭乱，傅明予闭了闭眼，拿出手机给阮思娴发了条消息。

傅明予：我后天中午回来，陪我吃个饭？

等了十多分钟，那边才回了个“哦”。还真是冷淡。

傅明予：你在干什么？

阮思娴：选哥哥。

傅明予：？

阮思娴给他发了六七张照片过来。

阮思娴：我 pick 这几个哥哥。

傅明予：你多大年龄，人家多大年龄，你好意思叫哥哥？

阮思娴：……你懂什么，这是统一爱称。

傅明予笑了笑，又见她发来一张照片。

阮思娴：这个怎么样？跟你有点像哦。

傅明予：那你选他吧。

阮思娴：算了，跟你长得差不多，没意思，我要选不一样的。

傅明予：你还想选几个哥哥？

低头看手机时，傅明予没察觉到有人正在朝他靠近。

阮思娴：你懂什么，多个朋友多条路，多个哥哥多个家。

“明予？”头顶响起一道不太确定的声音。

傅明予抬头，见一个穿着黑色长裙的女人站在他面前，笑意盈盈。

“我听说你要来，刚刚看了一圈也没见到你人，原来到这儿躲着了。”李之槐一边说着，一边递给他一杯酒，“好久不见了呀。”

傅明予起身，接了她递过来的酒，点头道：“好久不见。”

同时，他的手机又响了一下。

阮思娴：只要哥哥换得快，没有悲伤只有爱。

第十九章

超高速回应

高中毕业近十年，此后各奔西东，算起来是很久没有见面了。

傅明予想起上一次和李之槐碰面还是去年高中班主任，也就是她爸爸病重的时候，他抽空去探望了一回，在病房里两人匆匆一瞥。

傅明予不是喜欢联系的人，大学不在国内，和高中同学接触甚少。毕业后回国，大家倒是都得了消息，隔三岔五邀约聚会，他不是真有事儿去不了，就是假有事儿借故推托，从未出现在那种大大小小的同学会上。平时工作太忙，他不想再把时间浪费在这种无谓的社交上。说现实一点，也是高中那群同学已经不是一个圈子的人，无须他花时间去维系关系。

倒是李之槐，他有些印象。

一来，李之槐是他高中班主任的女儿，因为老师的原因，倒是有过联系。二来，今年李之槐存在感实在太强，频频霸屏，热搜不断，饶是傅明予忙于工作，也从朋友嘴里听到过不少次。

“听说你过来参加航展，怎么也没见宴安来呢？”李之槐一袭长卷发披肩，缠了些金线，在酒会灯光下隐晦地透着些光芒。

“这次航展是他姐姐出席。”傅明予举杯示意，“恭喜，听说你上个月拿奖了。”

李之槐笑道：“沾了导演和编剧的光罢了。”她仰头喝了口酒，手指在杯脚上轻敲，琢磨着说点儿什么，却看见傅明予目光又落到手机上了。

他低头看了眼手机，瞄见阮思娴那句“只要哥哥换得快……”，有些牙痒痒。

傅明予：欠收拾？

傅明予回消息的时候，李之槐酒杯抵在嘴前，半遮半掩地打量着他。去年在病房里一见，她赶通告，连话都没说上两句，但他依然如少年时代那般耀眼。不同的是气质沉淀得越发沉稳。而今天，宴会厅辉煌的灯光下，细细瞧他眉宇，只觉得比年少时期更坚毅，更有男人味儿。

“你很忙？”

“还好。”收了手机，傅明予道，“女朋友的消息。”

“噢，这样啊。”心里莫名一沉，眼里的那抹异色却在眼睑一闭一张之间便隐去了，李之槐手指转动着高脚杯，又道，“对了，你知道邬茵下个月要结婚了吗？”

这名字听起来有点耳熟，在李之槐的提示下，傅明予想起来了。

邬茵，不就是那个导致傅明予和宴安脆弱的友谊出现重大裂痕的校花吗？毕业后没什么联系，若不是经常看到宴安那张脸，傅明予还真想不起来这号人。

“不太清楚。”

李之槐点点头，不再说话，心里却有一丝难以言喻的窃喜。

高中她和邬茵是形影不离的好闺密，而全校却只知道人美歌甜初恋脸的邬茵，忽略了旁边那个会弹吉他的李之槐。

甚至在毕业舞会上，邬茵向傅明予告白那一次，她都是上台伴奏作为陪衬。

“她老公也是我们学校的，就隔壁班那个篮球打得很好的男生，现在是工程师。真没想到她当初说要当歌手，如今也因为爱情，准备当个全职太太了，有时候我还挺羡慕她……”

傅明予不失礼貌地听她说完，而另一旁柏扬已经指着手表在示意他了，于是说道：“时间不早了，我明天还有事，先失陪。”

他放下酒杯，转身去跟今天酒会的主人打个招呼，刚走了几步——

“等一下！”李之槐突然叫住他，端着酒朝他走去。

阮思娴是在看综艺的时候睡着的。

睡得早，自然也醒得早。去健身房待了两小时，回来洗澡洗衣服大扫除，忙完，也才十一点。

难得休假，阮思娴点开外卖软件看了两眼，还是决定自己开伙。

天气已经很冷了，阮思娴套上大衣，裹上围巾，打开门的那一瞬间一股冷风灌进来，顿时生了退意。

算了，外卖才是人生真谛。她转过身，一边脱鞋，一边拉门，在即将合上的时候，却感觉到一股阻力。

她心下奇怪，用力拉了拉，门反而被大力往外扯。

什么情况？阮思娴在“用力关上门”和“出去一探究竟”之间，下意识就选择了前者，另一只手拽住把手，铆足了劲儿一扯——敌方太强，拗不过，门被一把扯开。

阮思娴往外一看，差点儿以为自己出现幻觉。

傅明予一身黑色笔挺西装，外面套了一件同色系的长款大衣，剪裁讲究却简洁，整个人看起来有一种不太真实的完美感——除了他眼里那一抹不太正经的笑意。

“你一个女孩子，力气怎么这么大？”

阮思娴站在门口，好一会儿才回神：“你不是明天才回来吗？”

“听你语气，好像不太期待我回来？”

阮思娴尽量让自己的表情看起来没有一点惊喜，扬眉道：“确实。”她就站在门口，距离就那么点儿，容不下两个人。

傅明予突然上前，身体贴紧她的身体，一手搂住她的腰，一手拉门，往前一步，门关上了，人也被他抵到了玄关处。

“我再不回来，有人不知道要换多少个哥哥。”他一说话，温热的气息就拂在阮思娴脸上，带着点儿薄荷清香，痒痒的。

阮思娴手撑在他胸前推了下：“唉，差不多得了。”

傅明予松开她，打量她的衣服，问道：“要出门？”

“嗯，买点儿菜。”阮思娴拢着围巾，见他风尘仆仆的样子，便问，“吃饭了吗？”

“没。”本来傅明予打算脱外套了，听她这么一说，又松开手，“你要做饭？”

阮思娴点头，下巴匿在围巾里说：“走吧，去超市。”

阮思娴其实很少进超市，但看傅明予的模样，像是比她进得多一般。进了入口，他顺手就在一旁拿了辆推车，抬头看了指引牌，直奔生鲜区。

早上超市里人不多，几乎都是来买菜的，其中也不乏年轻夫妻的身影。

到了这时候，傅明予好像还有忙不完的事。一只手推着车，一只手接着电话。

阮思娴就跟在他身后，走得不急不缓，偶尔在一旁的食材里挑选几个扔到推车里。

几分钟过去，傅明予挂了电话，阮思娴自然就注意到了他那只空下来的手。

阮思娴漫不经心地盯着货柜，右手却悄悄不动声色地穿过他的臂弯，挽住了他的手臂。比起牵手，其实阮思娴更喜欢挽手臂，感觉有更浓的安全感。

傅明予有些诧异，回头看了她一眼。

阮思娴别开脸看食材，几秒后，感觉傅明予还在看她，于是回头瞪他一眼。

“看什么看？”手不太听使唤而已。

傅明予笑：“没什么，看你好看。”

这说的还算是人话。只是她发现，傅明予一进这超市，连售货大妈都总往他身上看。阮思娴努了努嘴，低声道：“我不行，没你好看。”

傅明予没抬眼：“别自卑。”

谁自卑？这男人是准备进军服装业，开个恒世大染坊吗？

阮思娴冷笑一声：“可不是吗，我要是不自卑，老公早就一大堆。”

话音落，旁边这人不走了。

她抬头，还没回过神，嘴唇就被轻轻咬了一下。

“……”

傅明予慢慢直起腰，舔了舔唇角。

“你这张嘴，欠收拾。”

阮思娴被他这大庭广众下突如其来的骚闪了一下腰，行动便迟缓，半晌才眨了眨眼睛。

在众多售货阿姨“没眼看却忍不住看”的眼神下，她的脸又不争气地红了，自觉地闭了嘴。

早晨的菜品还很丰富，阮思娴挑挑选选半天也拿不定主意。而旁边那人更甚，都没往菜品上看一眼，搞得跟来超市刷微信步数似的。

“你想吃什么？”

“都行。”

阮思娴感觉她从傅明予这句“都行”里面听出了一点儿对她厨艺不信任的感觉。

“没有这个菜，给你三秒钟思考想要什么，不然就打道回府。”

说完，她立刻开始数数：“一、二、三——”

傅明予低头看着她，嘴角似笑非笑的：“想要什么都可以？”

阮思娴深吸一口气，随手拿起一盒牛肉丢到推车里，面无表情地说：“不吃算了。”

由于厨艺确实没多精，最后阮思娴只挑了些新鲜的蔬菜便够了。两人走到自动结账处，傅明予把东西拿出来扫描，阮思娴就站在一边等着。

快要圣诞节了，超市里已经开始放应景的歌曲，四周也装点着红红绿绿的小摆饰。阮思娴手揣在兜里，盯着面前货柜上贴的圣诞老人，想到接下来的节庆日，有些出神。

元旦、春节……航空业最忙碌的日子要开始了，光是看了看接下来的飞行任务就有些让人头疼。

忽然，买完单的傅明予走到她身边，顺着她的目光看过去，顿了一下，说道：“我今天还有事，没时间。”

阮思娴看了他一眼，又看了眼前的货柜一眼。

——一整个柜子的安全套。

胸口一下子像是充满气要爆炸的气球，阮思娴头皮都开始发麻，一巴掌打他手臂上。

“傅明予，你真的要感谢法律保护了你的命！”

见她气极骂人涨红了脸，傅明予偏头朝她笑：“又开始了，索吻？”

“……”

回到家里正好中午十二点。

阮思娴生了一路的气，并不想便宜傅明予给他做饭，于是回到家里把食材放进厨房就拿着围裙走出来。但是看到客厅里的一幕，她却打消了这个想法。

就在她进厨房的时候，傅明予已经脱了大衣和西服外套，靠在沙发上，拧着眉头，闭着双眼，但能看出来他没睡着。

“你很累吗？”

“嗯。”傅明予深吸一口气，一边松领带，一边说，“昨晚折腾一晚上没睡觉，今天早上跑了两个地方赶回来。”

“那你为什么要今天赶回来？”

傅明予睁眼，深邃的目光直直地盯着她。

“想见你，等不到明天。”

阮思娴没说话，系上围裙转身进了厨房。这种话虽然没什么实际意义，但听着还怪舒服的。

食材都清理好了，阮思娴盯着这堆东西，悄悄拿了手机出来，打开教程，并且关上了门。她想快点儿做完这顿饭，但厨艺不允许，三个家常菜足足花了一小时。而且出锅的时候，她还很不自信。

毕竟跟傅明予的一碗面比起来，她觉得自己做的味道可能远远不够好。不过好在傅明予十分给面子，坐下来吃的时候，阮思娴问他怎么样，他点头道：“不错。”

看他情真意切，阮思娴也立刻拿起筷子尝了几口牛肉。

不知道该说他味蕾有问题还是演技太高超。

“下次还是出去吃吧。”

一听到“出去吃”，傅明予仿佛有些抵触情结似的，皱眉道：“不用，挺好吃。”可能比起花甲粉丝，他还是更愿意吃这些不是太咸就是太淡的东西吧。

“要不我去开一罐下饭菜？”傅明予瞥她一眼，夹起一块儿香菇，“这个味道真的不错，你尝尝？”

阮思娴迟疑地张开嘴，傅明予把那块儿香菇喂到她嘴里。

“怎么样？”

阮思娴一边嚼着，一边努力地去品味他说的那种“不错”，问道：“不错在哪里？”

“你可能没有放什么调料，保留了香菇的原汁原味。”

“……”阮思娴垂下眼睛，“食不言寝不语。”

半小时后，阮思娴终于勉强吃完了一碗饭，而傅明予接到了柏扬的电话。他放下筷子，低声应了几句，然后挂掉电话，起身穿外套。

“我先回公司。”

阮思娴朝他点点头：“去吧。”

走到门口，他突然想起什么似的，回头道：“我明天没事，你准备一下……”

阮思娴说：“滚！”

傅明予一愣，看见她脸红的样子，才反应过来。

“你想什么呢？”他笑着说，“我说我明天带你去个地方。”

“……”

傅明予走后，阮思娴收拾了碗筷，坐在沙发上休息。

这个中午过得真的兵荒马乱。明明以前觉得傅明予这个人说话还挺有分寸的，现在却像变了一个人似的，好像随时都在刻意惹她生气。

看着他忘在沙发上的黑色暗纹领带，阮思娴抓起来把玩了一会儿。自己找的男朋友，能怎么办，忍着呗。

一旁的手机响了两下。

司小珍：阮阮……

阮思娴：怎么了？

司小珍：我觉得吧，爱情这回事，就不要太当真。你看窗外的大树，这爱情吧，就跟它一样，要么黄要么绿。生命中还有很多美好的事情，爱情是最不值得一提的。

阮思娴：你喝了风油精吗怎么满嘴风凉话？

司小珍：你自己看一下吧，我在上班走不开，你要是心情不好就去找卞璇，但是记住，千万不要冲动，现在是法治社会！

同时，她发了个某八卦论坛帖子链接过来。

阮思娴打开链接，标题非常醒目。

我好像拍到李之槐了？！

点进去，楼主简洁明了地描述了内容。

今天早上七点多我刚起床，打开窗帘，看见对面楼走出来一男一女，我没看错吧，这是李之槐吧？

补充一下，我家住二楼，这是老小区，楼与楼之间距离挺近。

下面是三张照片。

阮思娴都不用放大，就能看出上面的男人可不是她男朋友吗？连衣服都一模一样。

这就是李之槐啊，她这件衣服上周还出现在街拍里了。

后面那个男人是谁？看起来很帅啊，是圈内人吗？没印象欸。

后面的回帖，阮思娴没再看下去。她拿起手边的那根领带，表情慢慢冷了一下。怪不得他能一口叫出那个女明星的名字。原来折腾了一晚上，是这个意思？原来看见她站在那个货柜前，立刻拐着弯拒绝，是因为精力不足。大清早地跟人家从小区里出来，谈论了一晚上的电影艺术吗？

半小时后，恒世航空十六楼。

行政大厅里依然忙碌着，员工们抱着文件穿梭其中，偶尔有闲下来的人交头接耳，议论纷纷。直到电梯门打开，阮思娴手里捏着一根领带，大步流星走过来，大厅里倏然安静。

那些来往穿梭的人中间瞬间像拉起了两根无形的警戒线，哗啦一下整齐划一地退到两边，也不走动了，就盯着阮思娴。

四周虽然很安静，但又好像响着警报声。

整个大厅的人就看着阮思娴一步步朝傅明予办公室走去，手里捏着的那根领带仿佛一条索命绳，而她脸上明明白白写了六个字——傅明予，你死了。

傅明予办公室外扩张了二十余平方米的场地供助理办公使用，分为两列，三张办公桌并排，夹着中间的通道。

当阮思娴走过来时，六个助理倏地停下手中的工作，齐齐抬头看着她。刚刚得知了发生什么事儿的女助理们推己及人，从阮思娴的脚步中听出了一种瘆人的感觉。一声声在这偌大的办公间回荡，仿佛预示着将有大事发生。

而闻讯匆匆赶来的柏扬就在这里跟阮思娴狭路相逢。他一看到阮思娴的眼神，心道不妙。双腿不自觉地加快速度，和时间赛跑，就是和生命赛跑。

大门只有一个，两人齐齐站到那跟边缘线旁。视线一对上，阮思娴从他脸上看出了一种“通风报信”的紧张感。

“让开。”

“不是，阮小姐……”

不等柏扬说完，两道玻璃门已经自动打开。

阮思娴抬眼望去，飞行计划部的经理正站在傅明予办公桌前跟他说话。听到门口的动静，两人齐齐看过来。

阮思娴扬了扬眉，傅明予便朝那位经理点了点头。

经理会意，转身走出去，身后那道自动门关上的时候，傅明予合上电脑，起身道：“怎么了？”

傅明予确实不知道发生了什么事情。本次事件并非娱乐媒体报道，那位发帖的楼主也确实只是一个“素人”。从帖子发出来到引起热议，再到营销号搬运到微博需要时间。

半小时前，柏扬也才刚刚得到消息。

“你还问我怎么了？”阮思娴把领带朝他身上扔过去，“你最好给我一个合理的解释，不然明年今天我就来给你送菊花。”

傅明予直直站着，任由领带砸在自己身上，然后孤零零地落到桌上。

他侧头看向柏扬。柏扬紧抿着唇上前，把 iPad 里的娱乐新闻展示给傅明予看。他只瞄了两秒便大致知道怎么回事了。

放下 iPad 后，傅明予淡淡地说：“我跟她只是普通朋友。”

来了来了！渣男万能话术！

阮思娴咬牙道：“那我跟你也只是普通朋友。”

傅明予朝阮思娴走去，刚靠近，想伸手，她却退了一步。

“你先把话给我说清楚，别搞些有的没的。”

他张了张嘴，正要开口，另一旁的电话响起。

柏扬自觉地去接起，应了几声后，捂着话筒抬头看傅明予：“傅总，李小姐经纪公司的电话。”

傅明予脸上有几分不耐，收回了手，朝柏扬点头。柏扬立刻按了免提键，那头一个成熟女声响起。

“喂，傅总您好，我是炫信传媒的张瑛，负责李之槐的经纪工作，关于今天的新闻我们表示很抱歉，因为地方偏僻，时间又早，就没注意避人，没预料到就这么被拍到了。”她说的倒是事实，措辞在傅明予听来也没问题，但在另一个人耳里就不一样了。

傅明予看了眼阮思娴，她双手抱臂，眯着眼睛，浑身散发着一股危险的气息，仿佛已经掌握了全部证据，脸上写着“我看你还有什么好说的”。

傅明予“嗯”了声，没说其他的，电话那边出现短暂的沉默，很快经纪人又说道：“我们这边会及时处理，您这边有什么需要特别交代呢？”

“联系公关部吧。”傅明予搁下这么一句话，柏扬便按灭了免提，转接到公关部。

与此同时，傅明予放在桌上的手机又响了。

柏扬看了一眼，说道：“傅总，李小姐的电话。”

话音一落，傅明予看向阮思娴，果不其然见她已经到了发飙的临界状态，唇角抿得死死的，整个人就像一只刺猬，随时准备着扑上来戳死他。

傅明予直直地看着她，开口吩咐道：“静音。”

柏扬点头，把他的手机按到静音，然后退出办公室。

办公室里只剩傅明予跟阮思娴两人。

他三两步走过来，解开领口的扣子松了松气，和阮思娴面对面站着，开口道：“她是我高中同学，昨天在酒会上遇到的，她爸爸是我高中班主任，去年脑溢血住院，到现在身体也不见好，所以我去看望了一下。”

听他不急不缓地说完，阮思娴眨了眨眼睛，处于信与不信的中间状态，半晌：“哦？”

“嗯？”傅明予问，“不相信？”

阮思娴眼角吊着，跟他保持着半米的安全距离，感觉自己好像抓住了他话里的漏洞，脑子里的中间状态瞬间被打破：“看老人家要看一晚上？”

傅明予解释道：“我今天早上九点的航班回来，原本没有时间去看一眼，但老人家起得早，清晨六七点钟是最清醒的时候，所以我晚上和北非营业部开完会后没有睡觉，直接去了她爸爸家里，聊了几句就直接去了机场，如果你不信，我可以让柏扬给你看昨晚通宵的会议记录，今天早上六点结束的。”

这个说法，姑且过得去吧。阮思娴眼里的火苗慢慢小了下来，舌尖抵着腮帮，不知道该说什么。

傅明予皱了皱眉：“还是不信？”

他按了下电话，很快，柏扬又拿着 iPad 进来，上面是昨晚的会议记录。放下后，他便走了出去。

阮思娴只看了一眼，也没仔细瞧上面具体是什么东西。既然都这样了，她也知道这是个误会。就是不知道怎么找个台阶下。

见她沉默不语，傅明予俯身，低声道：“难道你觉得我六点才开完会，七点半就从那里出来，就这么点儿时间？”

果然是能够和爱因斯坦交流的人，怎么就这么会抽丝剥茧抓逻辑漏洞呢？

阮思娴不动声色地退了一步，扯出一个自认为看起来势均力敌的冷笑：“谁知道呢，说不定这么点儿时间，还包括了你个有洁癖的人洗两次澡呢。”

“那你试试？”

“……”

傅明予一本正经地说着话，却有让人脸红心跳的作用。那也不能怎么样，毕竟人家现在这身份有说这些话的底气。

可惜阮思娴是个嘴炮重拳出击，行动刚上初一的人，假装没听懂他说的话，若无其事地理了理头发，说道："你继续忙，我不打扰你了，回去洗个碗。"

阮思娴转身欲走，却在那一瞬间看见傅明予笑了。还笑呢？阮思娴感觉他是在笑自己刚才的颓势，于是伸手掐住他下巴："笑什么笑？"

指腹触碰到肌肤，阮思娴才感觉到一丝不对劲，有一点儿粗糙。

看样子确实是折腾了一晚上，连胡子都没来得及清理，这会儿已经有了浅浅的胡楂。再仔细看傅明予，他其实说不上开心，甚至还有点不爽。

他抬手抓住阮思娴的手指，轻轻拉开，说道："这么小件事儿你就这副样子，你是对我太紧张，还是太不相信我？"

阮思娴被他说得有些心虚，不知道该怎么回答，到处看了两眼，发现了什么东西吗，于是抽回自己的手，噔噔噔地走到办公桌前，抓起那条领带。

"傅总，注意一下形象，别衣冠不整的。"

傅明予站着没动，等她把领带递过来也没接。

抬了抬眼，阮思娴明白了他的意思。行吧。她抬手把领带往傅明予领口套，弄了半天也弄不好，头顶又是他的气息，越发静不下心来，于是干脆随便扯两下算了。

"行了，自己弄吧。"

傅明予慢条斯理地重新整理领带，低头看了下被阮思娴来时捏得皱巴巴的领尾，索性摘下来扔到一边。

"你怎么还在生气？"

"你自己搞些花边新闻出来，我还不能生个气？"阮思娴抱着臂看他，"回头我跟谁传个绯闻，你试试看你舒不舒服。"

傅明予没说话了，另一边的手机屏幕又亮了起来，他看了一眼，发现阮思娴也伸着脖子看了一眼。

还是李之槐打来的。

"你接呗。"阮思娴说，"反正我理解归理解，气还是要生的。"自己男朋友莫名其妙被全网疯传成了另一个女人的男朋友，换谁能舒服啊？

傅明予接了电话，开了免提，那头传来一句低柔的"明予"。

脑子里突然警报声响，他抬头看阮思娴一眼，面前的人看起来似乎很冷静，但眼里的小火苗似乎又因为那句“明予”有了死灰复燃的趋势。

“嗯，李小姐。”傅明予说，“有事？”

阮思娴默不作声地撇开头，坐到一边沙发上，把玩着手里的领带。

“我的经纪人应该给你打过电话了吧？”

“嗯。”

“实在是不好意思啊，我确实没想到会被拍，是我考虑不周，只想着我爸爸早上比较清醒，却没想到这个时间点容易让人误会。我们这边已经在处理了，应该影响到了你，我真的过意不去。”

傅明予再次看阮思娴，眸光渐暗。

“没什么，无心之失而已。”

“虽然这么说，但我还是觉得很抱歉。”李之槐道，“过两天我来江城的时候亲自请你吃个饭给你赔礼道歉吧。”

偌大的会议室里传来啪啪两声。阮思娴双手捏着领带，慢悠悠地走到他桌前。

“不用了。”傅明予平静地说。

李之槐又开口道：“那昨天晚上跟你说的那件事？”

“你联系品宣部就行。”傅明予说，“已经跟时光影业接洽过，我只听最后的报告，具体的我不过问。”

阮思娴听到“影业”两个字，问：“什么呀？”她的声音不大不小，但正好传到电话那头。

李之槐问：“你现在忙着？”

傅明予面不改色道：“女朋友在旁边。”

“哦哦，那你忙。”李之槐匆匆挂了电话。

傅明予站起身，扯住她手里的领带，把她拽到自己怀里，倚着办公桌站着。

阮思娴挣扎了两下，却听他说：“我很累，别动，就抱一会儿。”她慢慢安静下来不动了，被他箍在胸前，眼神落在办公桌的手机上。

“什么影业？你们要拍电影？”

“嗯，一个航空题材的电影，她是女主角，投资方找到我们，希望能合作。”

“哦。”

“这种捕风捉影的事情你不必放在心上。”

阮思娴愣了下，一秒坐直：“新闻都爆出来了傅总，难道我要等到你跟别人上床了才对自己戴了绿帽子后知后觉？”

傅明予笑：“跟别人上床？”他低了抵头，手指擦过阮思娴下颌，“我想睡谁你不知道吗？”

“……”

“睡睡睡，张口闭口就是睡，这么喜欢睡，不如入土长眠吧。”

哗啦一声从傅明予办公室里传出来，长居办公室的人能听出是大量文件落地的声音。

几个助理坐在外间面面相觑，一时不知道该做点儿什么。

然而想象中的争吵声却没有传出来，就在大家以为风平浪静时，又传来一声玻璃烟灰缸被砸碎的声音。清脆，震耳，在那之后却没有其他动静。

几个助理皱了皱眉，心都要跳出来了，不知道该不该此时敲门进去帮忙收拾。

不进去吧，有些失职。进去了，要是撞见老板跟女朋友大打出手的模样，可能更失职。就在她们互相递眼神希望对方能大义凛然去赴死时，大门上的 LED 屏幕亮了一下，显示“解锁”，随即阮思娴从傅明予办公室里走了出来。

十二只眼睛齐刷刷地看过去。

阮思娴神情不太正常，下巴埋在围巾里，只看到上半张脸红彤彤的，脚步又迈得飞快，恨不得飞快离开这里似的。

随后，桌前的铃响了一下，是傅明予叫人进去。

几个助理你推我我推你，一个说“上次我帮你加班了”，一个说“昨天我给你打饭了”……几个人头脑都非常灵活，在三秒内就结束这场争执，推出一个冤大头走了进去。然而里面的氛围好像又跟她们想象的不太一样。

直到坐进车里，阮思娴还没摆脱那股尴尬又紧张的感觉。

刚刚她一时激情打了个嘴炮，傅明予也不知道是被气到了，还是耐心用完了，和上午采取了一样的应对嘴炮措施，一把抱起她坐到办公桌上用力吻了过来。

一开始她想到这里是办公室，还在挣扎，但不小心扫落一桌子的文件后，她缴械投降，慢慢地软了下来。

可是有的人就喜欢得寸进尺。

当她脑子发热，呼吸节奏完全被打乱时，突然感觉腰间一凉，灌进一阵风，随即他的手贴了上来，还有向上的趋势。

他的掌心太烫，刺激得阮思娴整个人僵了一下，撑在桌边的双手忽然一软，不小心碰到旁边本来就处于桌面边缘的烟灰缸。

砰地一下，烟灰缸落地的同时，阮思娴神经一紧，张嘴就咬了他一下。

动作在这一瞬间停止。傅明予嘶了一声，松开了她，同时手指按着嘴唇，拧眉看着她，眼神就……有点受伤。

阮思娴其实也被那响动惊了一下，愣愣地看着傅明予，嘴里还有一点点血的味道。不……你听我解释……

“抱歉。”傅明予退了一步，帮她整理好衣服，低声说，“先回去休息吧。”

那声“抱歉”让阮思娴感觉自己此时在傅明予眼里就是个被人碰一下就要砸玻璃咬对方嘴巴以死相逼保清白的贞洁烈女形象。

那倒也不至于，但又没法解释。总不能敞开双手说“来吧，继续吧”。

算了，她拢了拢围巾，站了起来，无比尴尬地走出去。

上车后不久，阮思娴的手机频频进来消息。

先是卞璇和司小珍小心翼翼地关心她，还有几个董娴的未接电话，最后还收到一条郑幼安的好友添加申请。

通过申请后，郑幼安立刻嘲笑三连。

郑幼安：你看，现在吃亏了吧。

郑幼安：都跟你说了这个男人不行，你非要扑进去。

郑幼安：现在是不是特别后悔？

然而阮思娴还没来得及回复，她又挨个撤回了这几条消息。当作什么都没发生一般发来另一条消息。

郑幼安：上次给你拍的照片还有几张没用上的，我一会儿给你发几张吧（可爱）。

阮思娴：“……”

常年奔赴在八卦第一线的司小珍及时前来解惑答疑，发了一张李之槐的微博截图给她。

是我高中同学，抽空来这边出差，顺便看看我爸爸。我们十几年的朋友了，大家别多想！

阮思娴看了这条微博后，发语音跟她们说了下今天的事儿。

司小珍：那这条微博，你做何感想？

卞璇：同问。

阮思娴：？

司小珍：不是，什么叫抽空来出差？为什么不说她爸爸是班主任？

卞璇：高中同学就高中同学，干吗强调十几年的朋友？

本来阮思娴没觉得有什么，但是经她们一说，还真感觉有点儿微妙。她打开微博，找到这一条，翻了翻评论。除了营销号转发外，还有些“大粉”帮忙转发，语言非常理智，但有些粉丝就开始瞎起哄。

第一条最高赞热评——“看到这个澄清，我竟然有些失望……”

楼中楼回复：

“我也，本来看到新闻还挺兴奋。”

“姐姐也该谈恋爱了吧，这个高中同学这么帅，不亏不亏。”

“不是有人扒出来是世航董事长的小儿子，现任总监吗？很配呀！”

“姐姐冲呀！想看霸道总裁和美艳女明星的剧情！”

再往下，评论也大致如此。无非是有人扒出傅明予的身份后，知道其身家，又从不见他有过什么花边新闻，再加上世航官网上挂的清晰照片十分养眼，所以粉丝们纷纷表示支持这门婚事。

不过李之槐的话已经澄清了对方身份和乌龙的来龙去脉，非要去做阅读理解就没必要了，粉丝要怎么发散思维也不是人为可以控制的。

阮思娴：他都跟我说清楚了，事情确实就是这样，我相信他。

这边回完消息，董娴又打电话过来了。阮思娴心里大概知道她要说什么，于是接了起来。

“阮阮，傅明予怎么回事？”

阮思娴说：“误会，已经澄清了。”

“嗯？”

“高中同学而已，女艺人的爸爸是他班主任，身体不好，早上去看了一眼，就是这样。”

董娴沉默片刻，又说：“真是这样？”

“不然呢？”阮思娴说，“你不相信吗？”

“不是我不相信，而是他这个人……”

“他怎么？”

“其实他出了这种事情我不感到意外，之前我就听说过，他并没有传闻中那么洁身自好。”

“我没听说过。”阮思娴觉得好笑，“这种话你还是别跟我说了，我自己男朋友我自己有数。”

董娴叹了口气：“随你，我只跟你说一点，时刻保持清醒。”

“哦。”

另一边，傅明予的手机也没闲下来。

他的朋友圈里也没什么闲人，这会儿绯闻出来了又澄清了都没几个人看到，唯有宴安，刚刚看到绯闻，还没来得及看澄清就眼巴巴跑来嘲讽。

宴安：牛啊你这波操作，你是想跟我肩并肩一起搞坏航空业的名声吗？

宴安：你是想气死郐茵，还是气死阮思娴？

宴安：认识二十几年了，我不得不说你几句，出轨就算了，明知道郐茵以前喜欢你，你还搞她闺密，你良心上过得去吗？

宴安：我也真的替阮思娴可惜，这么好一姑娘怎么就被你给辜负了！她没哭吧？

傅明予本来没打算理他，但是看到他这么关心自己女朋友，便随便回回他。

傅明予：没哭，还咬了我一口，嘴巴现在还流着血，你要看看吗？

几分钟后。

宴安：傻×。

办公室里的玻璃碎片已经清扫干净，散落的文件也全都归整完毕，而柏扬匆匆走进来，眉头紧紧蹙着。

办公桌后，傅明予的电脑开着，人却站在窗前接电话。柏扬进来后，似乎是有话要说的样子，傅明予回头看了他一眼，做了个手势让他稍等。

几分钟后，挂了电话，他转身坐回桌前，一边翻着手机，一边对柏扬说："那架超级星试飞结束了吗？"

"结束了，没有问题。"柏扬说，"是由贺兰峰先生亲自试飞的。"

因为自身行业关系，昨天订购了那辆钻石 DA50 超级星，今天便已经运送过来，停靠在西郊的南奥通用机场，并且已经第一时间完成试飞。

"嗯。"傅明予放下手机，看了眼时间，又问，"机场那边呢？"

柏扬回答："南奥通用机场那边，已经把明天上午十点到下午六点的北向跑道以及指定范围内的航线空域空出来了，其间不会有其他商用通用飞机占用航线，但是南奥老板说他有朋友急着考私照，所以明天会占用两小时左右，但是因为是新手，不会起飞，只在地面操作。"

"好。"

南奥通用机场是商业机场，虽然傅明予出钱包场，但排期确实挺困难，南奥的老板是他朋友，所以费了不少心思帮忙，他自然不会在这种小事上纠结。

傅明予打开电脑，继续看着刚刚没看完的内容。

柏扬说完，又道："但是刚刚李小姐那边……"

傅明予看着电脑，没抬眼，漫不经心地问："她又怎么了？"

柏扬十分无奈地拿出他的工作 iPad，也是没想过今天要频频翻看微博。

"刚刚她根据公关部的要求发了微博。"

今天公关部和李之槐对接，提出的要求很直接：第一，澄清两人只是高中同学关系；第二，澄清早上具体做了什么。

这事儿公关部一直根据傅明予个人新闻的处理要求来办的。长久以来，他除开必要的商业活动，基本不出现在公众视野。特别是北航那边的宴安频频因为个人私事登上热搜，被家里或轻或重地教训过不少次，傅明予便越发低调，在网络上的存在感低到几乎为零。所以他是不可能为了李之槐专门出面的。

“这个要求很简单，她说就是一句话的事情，直接就发了，但是刚刚公关部看到，觉得很不满意。”

柏扬想了想，补充道：“因为内容已经发出来了，但是却比刚才的新闻热度更高，如果这时候让她改口，反而可能有欲盖弥彰的意思，所以想先问问您的意见，要不要再次干涉。”

傅明予抬了抬眼：“欲盖弥彰？”

常年看惯了各种飞行数据的柏扬，并不知道怎么用语言总结这些乱七八糟的东西。

“给我看。”

柏扬依言递上 iPad，傅明予瞄了一眼，看到上面简短的一段话，眼神没什么变化，食指却轻轻地敲了下桌面。

“这就是她的回应？”乍一看，确实是按照他的要求做的。

傅明予冷笑了下，凭借对高中班主任的尊敬，他以为李之槐也能遗传到自己爸爸的处事风格，没想到还挺拎不清。

再往下看相关内容，屏幕上五花八门的东西看起来还挺热闹。

傅明予大致浏览了一下，什么“明澄清实公开”，什么“发暗糖”，什么“原来传闻你要参演航空题材的电影是有原因的呀”，各种言论的热度已经带偏了这个澄清的原意。

傅明予丢开 iPad，抬头道：“这件事现在什么讨论度？”

柏扬回答：“热搜排名不降反升。”

那就是很多人都知道了。傅明予看了眼私人手机，确实一直源源不断进来新消息。那阮思娴肯定也看到了。

他站起身，摘下了手臂上的袖箍，丢到桌上，拿着手机走到窗边，同时丢下一句话。

“立刻处理好。”

柏扬得令，立马转身出去。

但门还没关上，傅明予又叫住他：“问问司机，她回哪里了。”

柏扬自然知道他嘴里的“她”指的是谁，去问司机的同时，傅明予再次去看手机，播出的那通电话一直重复着机械的女声。

“对不起，您拨打的用户暂时无法接通……”

他怀疑阮思娴把他拉黑了。揉了揉眉骨，转身拿了另一个手机打出去，还是无法接通。

今天下午是这个冬日难得的艳阳天，光线照亮了楼道，比平时通透。

傅明予按了三次门铃，里面没有任何响应，转而敲门，依然没有脚步声传来。

他深吸一口气，再次给阮思娴打电话，依然是无法接通状态。电话打不通，不开门，甚至可能司机送到后她根本没进来。

傅明予在门口站了几分钟，眼神变得越来越沉重。

半小时后，他出现在卞璇的酒吧门口。

三点半，酒吧门紧闭，外面一个人影都没有，只有几只野猫在跳蹿。傅明予拧眉环顾四周，眼里的躁郁呼之欲出。

电话打不通，人找不到，傅明予现在更担心阮思娴有什么事。他捏着手机，在日头下站了会儿，上车重新回到名臣公寓，找了物业调出今天下午的楼道监控记录。

监控显示一点半的时候阮思娴就回到家里，之后她没有再出现在监控里，也就是说她一直在家里。

傅明予回到她的家门口，按了几次门铃，依然没有人来开门。他又连续打电话过去，还是没有结果。

偏偏她这两天是调整飞行时间，不用待命，所以完全有理由停掉通信工具。

傅明予沉沉看着这道门，握拳用力敲了几下，说道：“阮思娴，事情我会跟你说清楚，但是你先开门。”又敲了几下，没人应。

傅明予几乎是用力砸门，但还是无果，于是他拿出手机，翻到阮思娴的微信。

傅明予：开门。

消息成功发出去了，说明没被拉黑。他长呼一口气，靠着墙，打了一句话：你想怎么发脾气都可以，但先开门，听我把事情说清楚。

发出去后几分钟，没有回应，抬头也没显示“对方正在输入”。傅明予盯着手机看了会儿，慢慢低下头，这二十八年来第一次感受到什么叫无措。

窗外的日光从明亮到昏黄，再到夜幕降临，万家灯火不知什么时候已经点亮了夜空。

阮思娴看了一整个下午的书，眼睛又干又涩，滴了眼药水后穿上外套准备下楼吃点东西。然而打开门的那一瞬间，却看见傅明予站在她门口。

他没穿外套，身上还是在室内那套西装，在这天气里有些单薄。

阮思娴愣了下：“你干什么？”

当看见阮思娴那一瞬，傅明予微微松了口气。

下一秒，却发现她眼睛泛红，眼角还有未干的水渍。

“你哭了？”

“谁哭了？”阮思娴感到莫名其妙，甚至脸上有点儿笑意，“你不会是以为我躲起来偷偷哭了吧？”

“你今天下午在做什么？”

“我看书啊。”阮思娴撑着门，“每年那么多考试我不需要时间准备吗？”

傅明予扭头看着窗外，眉间拧成一个“川”字，长长地舒了一口气。

“李之槐的内容，你看到了吗？”

“我回来的路上看了啊。”阮思娴靠在门上，上下打量傅明予，“你这个女同学有点儿意思啊，大家都是第一次做人，她怎么就这么多做法呢？”

“之后的你没看？”

“还看什么？”

阮思娴回来后，心里确实还有些烦，于是带着降噪耳机，手机设置成飞行模式，看了一整个下午的书。

一个高中同学而已，连前女友都不是，懒得跟她计较，有那时间还不如多做题。找事的人不是年年有，职业考试却是一年好几次。而且看着书，就心平气和了。

傅明予微微弯了下腰，语气里有着自己没有察觉的小心翼翼：“不生气了吗？”

整整一个下午，他站在她家门口，等着她开门。见不到她人，神经就一直绷着，似乎在等审判一般。

公关部的办事效率他很清楚，在他出来的时候就已经解决好了，其间李之槐也给他打了几次电话，他没接，但看得出来她挺着急。但没想到，阮思娴根本没看，而是专心地准备考试。

阮思娴翻了个小小的白眼：“我是打气筒吗？天天那么多气生，她是谁啊值得我生气吗？”

“嗯？”见她露出这种表情，傅明予松了口气，伸手捏了捏她的脸，“是谁今天杀气腾腾地冲过来找我？”

阮思娴拍开他的手，瞪眼看着他：“我懒得生她的气，但事情是你惹出来的，我生你的气。”

“那你要我怎么做才消气？”傅明予问，“要飞机吗？”

阮思娴想了想，郑重地点头：“一会儿我上楼去选。”

“那里的不用选，都是你的。”傅明予说，“今天早点儿睡，明天早上跟我出去？”

听到一屋子的航模都是她的，她双眼不自觉地亮了亮。这波不亏啊！

而且——看来这男人不止那一屋子航模，其他地方肯定还藏了更多。

阮思娴有一点儿兴奋，抿着嘴点点头：“行吧，看看够不够精致吧。”

与此同时，李之槐给傅明予打了第七个电话，对方依然没有接。

她打开微博，看到自己微博的评论虽然一直被粉丝压着，但是从最新评论里还是能看见各种嘲讽的内容。

起源都是三小时前世航官博转发了她的微博。

“详细解释一下：第一，去看望李小姐的父亲是因为他是我司运行总监傅先生的高中班主任。尊敬老师，人人有责。

“第二，傅先生与李小姐自高中毕业后的十年各自非常忙碌，总共见面三次，共计两小时零五分钟，昨晚的酒会偶遇与今早的探病就花了两小时。同窗是缘分，毕业即是缘尽，再相逢靠运气，愿大家珍惜身边的同学们。

“第三，请大家不要乱传了，我们傅总哄女朋友去了。

“第四，登录世航官网可注册会员，冬季全新航线开放，享受您的专属飞行管家服务，最美的航线尽在世航。”

前两条精准地反驳了她言论里的似是而非，一点面子不留，每条结尾还明目张胆讽刺她。而最后一条直接打了个广告，似乎丝毫不在乎她的感受。

李之槐有气没处撒，转身把手机往负责宣传的同事身上砸去。

“看看你干的好事！”

这个负责宣传的同事是前不久才上任的，不是专业出身，但有些小聪明，平时操纵些小舆论挺在手。只是这次小聪明耍翻车了，他连话都不敢说一句，只能任打任骂。

“我告诉你，这次为了女机长的这个角色我做了多少努力你不是不知道，我连私照都在考了，这次要是糊了，你立刻给我滚！我管你是谁的侄子！”

第二天清晨。

“你要带我去挖煤吗？”

看着车子往越来越偏僻的地方开去，又看了看自己身上的衣服，阮思娴忍不住问。

她今天早上醒得早，还精心化了个妆，搭配了一身修身毛衣裙，看起来性感又优雅。结果傅明予一过来就让她换衣服，看都不看一眼她的精心打扮！

于是她去换了另一套裙子，傅明予不满意，直接从她衣柜里给她找了这么一套黑不溜秋的夹克和裤子。

傅明予开车的间隙转头看她一眼："挺好看的。"

阮思娴拎起领子扯了两下，想不通这到底好看在哪里。她转头看着窗外，有些郁闷。本来以为可以打扮得美美地出来约个会，结果硬是被强行打扮成一个挖煤的。

一小时后，阮思娴抬头，看见傅明予把车开进南奥通用机场。

她眨了眨眼睛，心里似乎有些明白了，但又不是很确定。

"你带我来这里干什么？"

傅明予把车倒进停车库的同时笑着看她："不是喜欢 solo 吗？今天整个空域都是你的。"

"整个空域都是你的"对阮思娴来说，比"整个钻石山都是你的"更有致命的诱惑力。

她从下车，到走进机场内部，手心都在轻微地发热。当她看到整个跑道真的空无一人时，立刻朝着停机坪那一排塞斯纳跑去。

傅明予却拉住她："等会儿，别着急。"

他带着她往另一侧的停机坪走去。三号位上，停着那架钻石 DA50 超级星。

全新的通用飞机，连一点灰尘都没有，停靠在这里十分显眼。

李之槐刚到的时候就被这架飞机吸引住了。她绕着飞机走了一圈，看清了驾驶舱里面的设施，吸了口气。

"好漂亮啊。"

南奥的老板陪着她，在一旁笑着说："这个机型还不适合新手，等你熟悉了，以后有机会可以考虑租一架。"说完又看了看表，"你今天来得早，教练还没到，再等一下吧。"

李之槐的注意力全在这架飞机上，随意地点了点头，又问："一会儿教练来了可以带我坐一下吧？”

“这个不行。”南奥老板说，“这是我朋友买来送人的，跟我没关系，不过你要是想试坐，倒是可以征求一下他的同意。”

李之槐眨了眨眼睛：“谁啊？可以吗？”

话音刚落，身后响起一道声音：“我的。”

李之槐回头，见傅明予正朝着她走来。而他还牵着一个女人。

女人个子很高，穿着一身几乎与傅明予同款的飞行员夹克，却难掩身形修长婀娜。

机场风大，女人的齐肩黑发被吹乱，拂在脸上，当她伸手顺着头顶薅了一下头发，整张脸露出来时，李之槐晃了片刻的神。这就是他的女朋友吗？

她愣神的片刻，傅明予已经站在她面前。

“我送给女朋友的，恐怕不能给别人试坐。”

阮思娴本来还在对着那架飞机默默流口水，突然听到傅明予这么说，还以为自己听错了。她转头去看傅明予，这才注意到旁边另一个女人。

第二次蒙了。李……李什么树来着？

阮思娴第一次在现实中见到这个人，偏着头打量了两眼。

李之槐没从她眼里看出什么情绪。生气、敌意……甚至连漠视都没有。她不知道这个女人是完全不知道昨天的事，还是完全不把她放在眼里。不管是哪一种，都让她挺不舒服。

而傅明予见阮思娴在看李之槐，便捏了捏她的手心：“不去试试？”

阮思娴没心思管什么李树、桃树的，收回目光，丢开傅明予的手就朝飞机走过去。

傅明予看着她的背影，耳边却响起李之槐的声音。

“明予，昨天……”

“不用叫这么亲近。”傅明予虽然在跟她说话，但目光一直在前方的阮思娴身上，“如果不是李老师的原因，这些年过去我可能连你名字都记不住，你可以叫我全名，或者傅总也行。”

若不是此刻的风停了一会儿，李之槐几乎不敢相信昨天早上还在她父亲面前和颜悦色的人现在会说出这种话。

“昨天的事情是我的宣传部同事做的，也没有那么多想法，就是……”

“我不管是什么想法，但你挑衅到我女朋友了。”他上前一步，与李之槐错开，“她大度，不跟你计较，但我没她大度。”说完，他迈步朝飞机走去。

阮思娴已经打开了驾驶舱的门，但是没上去，还在看外观。

李之槐看着两人的身影，深吸了口气，却很难顺畅地吐出来。她承认昨天宣传写文案的时候她没有阻止，也就是默认的意思。但她只是想平一平很多年前的不忿。

一点点，一点点小心思而已。她也没想到会被人歪曲成那样。

如今她是女主角，走到哪里都是视线的焦点，习惯了受到追捧。她没想真的要怎么样，但确实也没把傅明予嘴里那个“女朋友”放在眼里。此时抬眼望去，那个女人满脸惊喜的样子，李之槐想到了很多年前。

高三毕业的时候，听说傅明予去考了飞行私照，她曾暗暗想象过，能够坐到傅明予驾驶的飞机上，掠过江城的山川河海，俯瞰这座熟悉的城市。

而今天她看到另一个女人即将坐到她曾经憧憬的那个位置。像是一股执念牵引着她，不肯移开眼睛，想看那个女人坐到驾驶座旁边的神情到底是什么样的。

几分钟后，她眨了眨眼睛，看着那个女人登上了——驾驶座？她以为自己看错了，又走近了两步，见到傅明予从另一侧登上去。

再几分钟后，她眼睁睁看着这架飞机冲向跑道，在尽头起飞。

第二十章

从傍晚到深夜

阮思娴从来不知道她生活了十二年多的江城这么美。

超级星在 500 英尺高空呼啸而过，逆着晨风追逐流水的方向，白云做伴，霞光铺路，越过万条寒玉，视野骤然开阔，可见山辉川媚，沃野千里。

阮思娴一直不是个追求速度的人，她开得不快，飞到澄湖上空的时候，她改前行为盘旋，指着前面说：“我小时候来这里学游泳，套着游泳圈跳下去，结果游泳圈滑落得比我快，我人还没进水，游泳圈就漂走了，你知道我那天看到了什么吗？”

傅明予单手撑着头，想了想，说：“龙王？”

“哈。”这个冷笑话有一点儿好笑，又不是很好笑，戛然而止地好笑。

“看见了水里的螃蟹在爬，还有一串串往上冒的泡泡。”她说，“我以前一直以为只有画里的水下才会有泡泡，原来是真的。”

第一次听到阮思娴说起小时候的事情。傅明予转头，她垂着眼睛，目光斜斜朝下，看着江面，平静地说话。

“然后我还喝了好几口水。”她突然笑了下，“你知道吗，澄湖的水是甜的。”

“我知道。”

阮思娴挑了挑眉：“你小时候也来这儿游泳？”她还以为他这种家庭长大的人不会来这种地方野。

“不是。”傅明予想到了什么，笑了笑，手往后指，“你没见过澄湖的尽头？”

阮思娴摇头。

澄湖是一种特殊的吞吐湖，不是死水湖，它湖形狭长，湖宽比河流大一些，流速也比普通的活水湖大。

以前她最多也就是到上游去看看，再往前走就没什么路了，也没有其他的交通方式，所以她没去看过。

傅明予朝后面指："掉头，逆流上去，澄湖的尽头很美。"

阮思娴扭头看了一眼，澄湖一望无垠，在视线前方渐渐隐藏在山壑之中，看起来好像真有什么值得探寻的地方。

"坐好了傅总。"阮思娴打了个手势，"阮机长竭诚为您服务。"

话音一落，傅明予就因为惯性晃了一下。他及时伸手抓紧扶手，转头看到阮思娴笑眯了眼睛，睫毛根根分明，霞光在她脸上流淌，有着和此时的飞行速度截然相反的静谧感觉。

他看了很久，莫名地就是不想移开眼睛，仿佛永远看不够一样。

阮思娴足足开了二十多分钟才越过那一片山丘，其间她还提了速度。她以前不知道，原来澄湖的尽头藏得这么深，于苍松翠柏处飞流直下，像银河倒挂，沧海倾盆。

飞机在高处盘旋，而飞溅的水滴好像能冲到她面前似的。阮思娴有些感慨，果然某些风景还是只有有钱人才看得到啊。

"你以前还跑来这种地方玩儿吗？感觉路都没有，更没有什么人。"阮思娴问。

"大学暑假的时候来的。"傅明予说，"那个年纪喜欢找刺激。"

阮思娴太阳穴突然跳了一下，转头去看他。

见他半眯着眼睛，一副很怀念的模样："永生难忘的经历。"

"……"凭借女人的第六感，阮思娴觉得他可能确实是想起什么永生难忘的经历了。这鸟不拉屎的地方，确实是挺刺激的呢。

"哦，看来你记得很清楚嘛。"

傅明予慢悠悠地转头，盯着阮思娴的侧脸，突然笑了下。

"是很清楚，那天的天气，穿的衣服，浑身的感觉，我到现在都还能回忆起来，我们从傍晚坐到深夜……"

你这么厉害的吗？？？怎么你还想给我详细描述你的雄风？？？

“闭嘴。”阮思娴突然下降高度，“如果你还想找刺激我现在可以满足你。”

“嗯？”傅明予含着笑，“怎么刺激？”

阮思娴手放在开门键上，冷冷看着他：“现在让你回到梦开始的地方寻找一下刺激的感觉？”

“从傍晚到深夜吗？”

“傅明予你别忘了你是个人。”

“不是你要满足我吗？”

阮思娴深吸一口气，不想再说话。

傅明予见状，仰了仰头，笑出了声来。平时嘴炮打得那么厉害，但还真不经逗，真以为别人看不出来她连耳根子都红了。

阮思娴第一次见他笑得这么不矜持，就算再迟钝也反应过来刚刚被耍了。并且很有可能是她自己理解错了。但是刚刚傅明予那表情明明白白就是故意把话题往那里引导，生怕她体会不到他在耍流氓似的。

阮思娴发现傅明予这个人越来越不正经，已经开始渐渐脱离身份的束缚，在展露男人本性的道路上一去不复返。

飞机突然猛地下坠，朝前冲去，又猛地上升，向后倒退。反正空域里没有其他东西，阮思娴觉得自己得任性一下，表达一下愤怒。

“真生气了？”傅明予却好像完全没有被这突然的炫技吓到，气定神闲地伸手挑了挑她脸边的头发，“你还要在这刺激的地方逛多久？”

“……”

阮思娴二话不说就返航，已经快中午了，也该着陆了。但是她还是好奇，傅明予当初在这里到底干了什么能让他永生难忘？

想了想，她问：“这荒山野岭的，你当年是在这里爱上女野人了无法自拔吗？”

傅明予也不是很懂她的脑回路。

“你是在讽刺我，还是讽刺你自己？”

阮思娴刚要开口想撑回去，突然又觉得不对。他什么意思来着？她琢磨了一下，他好像又间接性表了个白？

最后阮思娴也没问他到底是爱上女野人了，还是跟人在这里从傍晚野战到深夜，着陆的时候，傅明予自己说了，大学的时候跟几个朋友坐直升机来这里玩儿，结果跟开直升机的人走散，山里没信号，几个人瞎晃悠，最后全栽瀑布里了，浑身湿透，坐了半天才把衣服晒干，然后又钻木取火，过了一晚上才被人找到。

傅明予说，那算是他这辈子做得最出格的事情，阮思娴不知道这有什么好怀念的。可能男人的快乐就是这么简单吧。

可是过了一会儿想了想，那是少年时期的傅明予，她没机会见一下。

看不到他在荒山里席地而坐的样子，也看不到他跟朋友栽进瀑布然后游上岸脱了 T 恤的样子，那些完全不一样的傅明予她没能认识一下，觉得还挺怅然的。

他们下飞机的时候李之槐已经走了，南奥的老板请他们俩吃了个午饭，随后又回到了停机坪。

已经包场一整天，阮思娴不飞完就心疼钱。可是通用飞机飞起来也挺累的，而她想到傅明予坐在旁边一副享受的样子就觉得有点儿坑。

平时我给你打工开飞机，这会儿你哄我，还是我载你。

于是上飞机前，阮思娴跟他招招手："来。"

傅明予在另一侧听见，看了她一眼，没过去，就站在那边，手撑在机身上："怎么？"

"你看我给你当司机也挺累的。"阮思娴说，"要不这样，回头你给我结一下工资？"

傅明予偏了偏头，远远地看着她："你是不是忘了这架飞机是送给你的？就当自己是个司机呢？"

阮思娴愣住。她其实以为刚刚傅明予只是在李之槐面前装一下，毕竟那点儿事其实也就是一个航模就能解决的，谁敢想他真送一架飞机啊？

"啊？"

傅明予走过来，帮她理了理被风吹乱的头发。

"怎么了？不喜欢？"

脑子告诉阮思娴这个时候要矜持一下，但是她看着眼前这个人，嘴巴自动就说：“喜欢。”

“喜欢就好。”傅明予转身打开驾驶舱门，一只腿踏了上去，回头道，“上来，下午我给你当司机。”

阮思娴又愣了一回，她完全不知道傅明予也有驾驶私照。

虽然从情理上来说非常正常，一个航空公司的总监怎么可能没有呢？但是她还是觉得很震惊。

她站在原地看着傅明予坐上驾驶舱，系上安全带，戴上墨镜，手肘撑着窗户，低头看着地面的她：“不上来吗？”

阮思娴觉得他一定是知道自己现在样子很帅，所以故意勾引她。那他目的达到了。

坐着男朋友开的飞机在天上漫无目的地遨游是什么感觉呢？阮思娴脑子里理不出一篇感想。

他的风格跟阮思娴不同，他不是看风景，而是追求速度带来的快感，带着她穿过丝线一般的白云，追逐着天边的亮光，掠过如火的枫林，盘旋在碧水青山之间。

可是什么湖光山色，什么浮岚暖翠，什么重峦叠嶂，都没她眼前这个人有吸引力。没有心思去欣赏风景，她一次又一次忍不住侧头去看身边的人，心一直被攥得紧紧的。

飞机在一次次爬升，阮思娴却感觉自己在以相同的速度沉沦。

他可能知道她在看他，也可能不知道，时不时会笑一下，跟她说两句话，但更多还是专注在驾驶上。

阮思娴再一次确定，他在刻意勾引。可是没有人能抵抗这种诱惑力。

阮思娴不动声色地握拳，试图阻止心里那股热意喷薄而出。不！阮思娴你不是这么肤浅的人！你不能因为他帅就沦陷！你只是庸俗，被他送的飞机砸晕了而已！

直到下飞机的时候，阮思娴感觉自己都还没恢复平静的心态。跳下去的那一瞬间还趔趄了两下。

傅明予回头看她，感到非常不可思议。

“你晕机？”

我阮思娴是能上到高空三万里的女人，怎么可能晕机！我只是有点晕人而已。

“没有。”阮思娴云淡风轻地摔摔手，“我刚刚不小心而已。”

天色已晚，他们该走了。

南奥的老板过来跟傅明予说话，两人一直是聊得来的朋友，这会儿老板一直问对这架超级星的体验怎么样，如果非常值得的话，他也考虑进购机架。

机场的风还是很大，在耳边呼啸而过，让傅明予的声音变得忽近忽远。

阮思娴就站在他旁边，脑子里还回想着刚刚的画面，脚步就不太听使唤，慢慢挪到他身后，伸手抱住他的腰。

傅明予有点儿诧异，但也没多想，和南奥老板说话的同时握住他小腹前的那双纤白的手。

他的手心好像一直都这么温暖。

阮思娴的脸贴着他的背蹭了两下，踮起脚，抬起下巴搁在他肩膀上，在他耳边用极低极低的声音说：“我现在突然想跟你接个吻。”

正在说话的傅明予只微微顿了一下，甚至连南奥的老板都没感觉到，而后又继续说下去。连表情都没什么变化。

行吧，阮思娴有点儿失望，感觉自己也太没魅力了。她慢慢松开了手，百无聊赖地用脚尖碾着地面。

十分钟后，他们终于说完了。跟南奥的老板道了个别后，傅明予牵着她往停车场走去。

一路上他没说话，表情淡淡的。阮思娴想，可能不是自己没魅力，是他耳背，啥都没听到。

到停车场后，阮思娴也没说话，绕到副驾驶，拉开车门坐进去。

当她正要关门时，却感觉到一股很大的反作用力扯开门，随后一个人挤了进来，一只腿抵在她腿间。

傅明予俯身压过来，一只手撑在她脑后的车座上。

阮思娴眨了眨眼睛，似乎意识到了什么，心脏几乎要蹦出嗓子眼。

他直勾勾地看着她，眸光不似以往那样幽如深泉，仿佛有火光在跳动。他另一只手把她脸边的一缕头发别到耳后说：“宝贝，张嘴。”

刚刚在飞机上，阮思娴是真的被他迷住，下了飞机之后，看到那个人站在那里，由“这个男人是我男朋友”产生了一种发自内心深处的开心。

这种开心的直接体现就是想亲密接触。

但阮思娴想的是那种电影一样的唯美画面，纯情点儿，真挚点儿，毕竟他们今天干的事儿还挺浪漫的。而现在，她被压在车里，连一个缱绻的浅尝都没有，直接就是深入的缠绵，伴随着或深或浅的气息。她有点儿呼吸困难，双手无力地撑着坐垫，整个人都有些发热。

傅明予好像没有停下来的意思，反而越来越强势。这氛围也太过了点，跟她想象中完全不一样。

阮思娴突然想看一看他的表情，睁开眼时，却倏地对上傅明予的目光。

他撤出来，眼神有些迷离，被狭窄的光线照得很朦胧，低声说：“你有点儿不专心啊。”

阮思娴也不知道怎么想的，突然伸手摸了摸他的鼻尖。

“你鼻子真好看。”又高又挺，却不粗犷。

傅明予却被她这一下碰得有点受不了，皱了皱眉，顺势抓住她的手，放到自己肩上，又把她另一只手也放上来。

他像是在勾引似的用鼻尖蹭了蹭她：“不是你主动索吻吗？别让我感觉自己像在强吻女朋友，嗯？”

阮思娴的双手慢慢交握，有些脸红，紧紧闭着眼睛，抱着他的肩，脖子高高仰起，主动亲了亲他。

而后，迎来更热切大胆的攻势，车内气温好像在升高一般，连他的喘息声听起来都像餍足的喟叹。

许久之后，阮思娴感觉自己脑子都要缺氧了，嗓子里溢出一声呜咽，用最后的清醒意识推开他，低声道：“天都黑了，回去了，我明天早上有航班。”

傅明予慢慢直起身，抬起手，指节擦了擦下唇，突然低声笑了下，声音还有点儿哑："今天口红挺甜。"

阮思娴大口呼吸，脸上还烫着，抬了抬头，从后视镜里看见自己的嘴唇。她今天本来只是涂了一层浅橘色，现在却红艳饱满，还泛着水光。

傅明予已经走到另一边上车，系安全带的时候，阮思娴侧头看了他一眼。

她突然觉得，要是有一天傅明予破产了，即便不靠这张脸，就凭借他磨人的能力都能去"鸭"店当个头牌吧，保证下辈子衣食无忧。

"男朋友。"阮思娴突然伸手捏了一下他的脸，"你以后要是没钱了，我去其他公司上班赚钱养你。"

傅明予斜眼看她，笑得温柔："好啊，感激不尽。"

第二天早上，阮思娴十点的航班，飞长途，中途经转一次，下午四点才到目的地津兴市，根据飞行计划部的安排，机组会在当地休息一晚，明天早上才返航。

这城市在最南边，属于亚热带气候，四季如春，即便是十二月也还有二十多摄氏度。所以即便只是停留一个晚上，阮思娴也带上一套裙子，准备傍晚去沙滩晃悠一阵。

加了航油回到会议室的时候，乘务组的人已经到了，在那儿坐着聊天，气氛特别热闹。阮思娴进去的时候，他们突然安静了下来，看起来有些局促。

"怎么了？"阮思娴感觉到那股奇怪的氛围，站在门口没有再往里面走。

这次乘务组里有个男空乘，性子粗枝大叶，阮思娴问什么，他就答什么。

"嗐，我们在聊李之槐。"

"哦。"阮思娴拉开椅子坐下，"都几天了，怎么你们还在聊这个？"

"什么叫还在聊啊，互联网是有记忆的，这事儿才过去几天啊，各个帖子都还是她的话题。"

男空乘说起八卦的时候眉飞色舞，仿佛一副跟阮思娴很熟的样子，虽然他们也只合作过两次："你还有没有什么内情啊？"

另外几个女空乘咳了一声，全都在示意他闭嘴，但他恍若未闻，眨巴着眼睛期待着阮思娴的爆料。

"没什么内情啊，我知道的说不定还没你们多。"

男空乘失望地耷拉着眼皮。

但事实确实如此，比如他们刚刚正在聊的话题，是关于传闻李之槐要出演的《云破日出》，阮思娴就完全不知情。

这是时光影业今年的重点项目，因为需要涉及大量航空公司背景，不是光靠搭景就能完成的，而且没有特殊批准，甚至都没办法进入机场拍摄，所以他们会跟航空公司合作。

时光影业因而找到了世航，品宣部那边闲聊的时候透露过，出品方找上门来的时候，用了十分钟跟傅明予聊了一下具体内容，傅明予挺喜欢，当时便应下了。

这是两个月前的消息，如果不是李之槐这次的事情，大家基本没把这个小八卦放在心上。

"现在我看网上说李之槐是想拉着傅总炒作。"男空乘又继续说，"不过现在翻车了，我本来还挺喜欢她的，觉得她出演女机长挺合适的，气质很好，又漂亮。"

说完，几个人瞪了他一眼，他才反应过来自己当着谁的面说了这些，立刻拍了一下自己的嘴。

"当然，她肯定没阮副漂亮，就是东施效颦嘛。"

阮思娴翻动着桌面上的纸张，见机长还没来，于是说："随便聊聊呗，还有什么其他的八卦吗？"

昨天的经历好像让她有些上头，她脑子里似乎还是那一批湖光山色，所以到现在心情也非常舒畅。

"也没什么了，她现在天天被嘲，都成了一个梗了，我看大家现在给她取了个'有故事的高中女同学'的外号。"

话题聊热了，就有人开始加入。

"那她还演那个电影吗？"

“谁知道呢，说不定出品方还感谢她给这部电影带热度了呢，不过我听说傅总好像也不会投资这部电影了。”

阮思娴听到最后一句话，瞪了瞪眼睛：“真的假的？”

男空乘也瞪眼睛：“你不知道啊？”

“我没问过他。”

男空乘摸了摸鼻子，心想这位准老板娘知道的事情居然还没他多：“我听品宣部说的，傅总在这方面一直比较低调，他应该也不想世航再跟这件事有任何牵扯了吧。”

说完，他盯着阮思娴，试图从她脸上看到一种“老娘男朋友为了我，就是可以做得很绝”的骄傲感，来满足他的八卦欲望。

“唉。”阮思娴垂着眼睛，兀自笑了笑，“有钱不赚是混蛋。”

虽然她这个论点挺歪，但一屋子的人还是从她脸上，从她语气里，听出了一股甜蜜的感觉。

因为这次是长途，中间还有转机，所以会议开得比较久，机长把哪个地方可能会颠簸，哪里有积雨云需要绕开说得很详细，而有时候说到某些需要特别注意的地方，他还会看着阮思娴，一字一句地解释。

阮思娴隐隐感觉，这个机长好像在特别照顾她。再看看乘务组其他人的态度，她更是有这个感觉。阮思娴觉得现在身上已经不只是“傅氏所有”这个标签了。

之前大家只是知道傅明予在追她，也没人知道到底追没追到。现在因为李之槐的事情，世航官博一句“我们傅总去哄女朋友了”，等于把他们的关系公之于众了。

“差不多了。”机长放下航线图，说道，“我们定个暗语吧。”

他转头看阮思娴：“你定吧。”

阮思娴点头，随意地翻了下乘客名单：“董机长吧。”

定暗语是每个机组航前协作会的一个小环节，是为了防止出现劫机这种意外，有人威胁乘务人员给驾驶舱打PA通话，骗机长打开驾驶舱的门。一旦心怀不轨的人进入驾驶舱，胁迫机长，整个飞机上的人就完了。

所以定暗语一般就是找一个和机长以及副驾驶的姓不同的姓，比如这次的机长姓张，副驾驶姓阮，阮思娴说了个“董机长”。要是空乘的 PA 打进来找“董机长”，驾驶舱的人便可以知道客舱出现了危险，能及时求救。

说了暗语，阮思娴正要合上乘客名单，却突然感觉哪里不对，又仔细看了眼她刚刚扫过的 VIP 客户名单。

董娴。这个名字挺普通，她一眼扫过去甚至都没注意。此刻再看到，第一反应是没这么巧吧？

但是下面紧跟着的另一个名字是郑幼安。

“走吧。”机长起身，“登机吧。”

阮思娴往卫生间走去：“我先去上个厕所啊。”

临近登机时间，郑幼安跟董娴坐在头等舱候机室，两个人各做各的，都没说话。

董娴今天要去津兴市拜访一个老前辈，而郑幼安则是去参加一个摄影展。

郑幼安看着手机，候机室里很安静，一声轻轻的“哎呀”也很突兀。

董娴从书里抬头看她：“怎么了？”

“没什么，我就上上网。”她继续看了会儿各种微博、论坛，突然抬起头说，“妈，李之槐跟你认识吧？”

“算是吧。”董娴听到这个名字，皱了皱眉，“见过两面而已。”

“我也记得之前她找过你，找你什么事啊？”

大概是两年前的事情，郑幼安记得李之槐拜访过董娴，但那时候她不红，郑幼安也没放在心上。而那件事，别人没问，董娴也没心思主动说，但这会儿郑幼安说起了，她就随便提了提。

“她带了一个导演还有编剧团队，想以我为原型，做一部自传电影。”

郑幼安诧异道：“你没答应吧？”

“没答应。”董娴平静地说，“没什么好拍的。”

虽然这么说，但李之槐不是第一个找上她的电影团队，在那之后还有两三个，充分说明董娴的人生经历非常吸引这些电影工作者。至于原因，自然是跟她的事业有关。

七年前，董娴在油画界声名鹊起。之后五年，其多幅画作出现在美术界，被搬上各种展览，引得各界专业人士追捧，获奖无数。两年前，她的画作被编录进《世界当代著名油画家真迹博览大典》，从此奠定她的艺术地位。

美女画家，灵气充沛，扎实的绘画技巧把人物的内心世界刻画得栩栩如生，俨然已是油画界的一朵奇葩。

当然，这些名气并非电影从业人士找到她的根本原因。

当大家追溯董娴的过往时，注意到她成名那年，已经四十一岁，在那之前，她默默无闻，只是一个普通的小学美术老师。这样的大器晚成，足以令业界感慨，再深挖其过去，发现她在三十七岁那年与同为小学教师教语文的前夫离婚。

有记者找到她以前的同事、邻居那里访问，得知她曾经除了是一个远近闻名的美人以外，大家对她更多的印象是好妻子、好母亲，纷纷夸赞她把家庭照顾得十分好，没人预料到她会突然离婚，对于她如今摇身一变成了大画家，更是震惊。

这就非常有戏剧性了，一个相夫教子的贤妻良母，到底经历了什么，才会发生这样的剧变？但是没人得到原因，有出版社找到董娴，想为她出书，也被拒绝。

“拒绝得好。”郑幼安点头，“我觉得这个女人实在是太搞笑了。”

“你说她跟傅明予那件事吗？”董娴拧着眉，低低念叨，“就算说清楚了，也改变不了他拈花惹草的习惯。”

郑幼安没听到董娴最后的嘀咕，自顾自地说：“说她炒作什么的，我看她就是对傅明予有意思吧，好歹也是一个大明星，什么男人没见过，眼光就这样了，看来挑选的电影团队也不怎么样。”

董娴看了她一眼，没说话。

阮思娴跟着机长做完绕机检查后，两人进了驾驶舱。

等待上客的时候，机长给家里打个电话，阮思娴拿着手机预订了家津兴市的网红餐厅，耳边是机长温柔的声音。

“嗯，爸爸马上要起飞了……好好好，给你买礼物……你在家听妈妈的话，爸爸明天回来……好……你让妈妈接电话……”

阮思娴侧头看了他一眼，见他对着电话也笑眯眯的，满脸温柔。

手机突然响了一下，阮思娴低头，是傅明予突然发了消息过来。

傅明予：登机了吗？

阮思娴换了个姿势，撑着下巴打字。

阮思娴：嗯，刚刚上来。

傅明予：今天天气不好，落地跟我说一声。

阮思娴：好。

按着屏幕键盘，阮思娴几乎没有多想就发了一句话出去。

阮思娴：今天我妈和郑幼安也在这趟航班上，世界可真小啊。

这次他没秒回。阮思娴觉得他可能忙去了，再看看自己说的内容，确实也挺无聊。

只是她也不知道怎么回事，看到傅明予给她发消息，她就下意识想说一下这件事。

半分钟后，网络信号掐断，傅明予打电话过来了。

“你不高兴？”

听到他的声音，阮思娴有一点儿晃神。感觉心像一个气球，正慢慢填充东西，缓缓下降。

“也没有不高兴。”阮思娴说，“就是觉得挺巧。”

听到她语气正常，傅明予“嗯”了声：“注意安全，我要去开个会。”

“好。”顿了顿，阮思娴又说，“明天我回来后，去找你？”

“嗯？”傅明予似乎是笑了，说话的时候带了点气音，“想跟我接个吻？”

“……”阮思娴挂了电话。

她盯着屏幕看了一会儿，随后才把手机关机。在看到乘客名单时产生的那一点情绪波动也因为这通电话一扫而光。

下午四点抵达津兴市，乘客全都下机后，阮思娴和机长才出来。

津兴市今天气温高达二十九摄氏度，有些反常，但却是海边游览的好气温。

阮思娴问乘务组那几个小姑娘要不要一起去海边玩，她们纷纷摇头，说津兴市有免税商场，她们飞国内航班的就盼着来这里买东西，晚上准备去扫货。

阮思娴只好一个人去海边。不过在这之前，她得先去吃饭。

订的那家餐厅就在海边，她不想来回跑，于是换了裙子，直接过去。

餐厅临海而建，五面玻璃，可全方位观海，傍晚的落日余晖下，星星点点的灯光照得这个地方像童话世界。坐在窗边的位置，打开窗户，还能听到海风。

但因为定位是高档餐厅，所以装饰多过座位，环境算得上清雅。阮思娴进来后，被服务员引到预留的位置。因为她一个人，所以坐的是小桌。

落座后，阮思娴手机响了一下，傅明予回复了她刚刚落地报平安的消息。

傅明予：嗯，吃饭了吗？

他平时的微信对话还真挺无聊的，“吃了吗”“睡了吗”“醒了吗”，像是模板一样翻来覆去地用。

于是阮思娴想逗逗他。

阮思娴：男朋友，问你个问题。

傅明予：嗯？

阮思娴：我和 psrrfd，你觉得谁比较好看？

傅明予：？

傅明予：psrrfd 是谁？

阮思娴：你干吗要问 psrrfd 是谁？直接说我比较好看不就行了？

傅明予：……

傅明予：你今天心情不好？

阮思娴像个傻子一样对着手机笑出了声。

阮思娴：再问你一个问题。

阮思娴：你会不会嫌弃我素颜不好看？

傅明予：不会。

阮思娴：你的意思就是我素颜不好看？

半分钟后。

傅明予：今天有点欠收拾？

看到“收拾”两个字，阮思娴自然想到了傅明予所谓的“收拾”是什么。她突然有点儿脸红，头发落下来，挠得她脸颊很痒。

阮思娴：不说了，我要吃饭了。

刚刚放下手机，突然听到身后一道熟悉的声音。她手上的动作顿了顿，回头望去，果然是董娴和郑幼安。

而她回头的这一瞬间，正好和郑幼安面对面。郑幼安也有点儿诧异，眨了眨眼睛。董娴随着郑幼安的目光转过身，看见阮思娴，双唇微启。

“阮阮？你怎么在这儿？”

刚刚和傅明予聊天的笑意还没来得及收敛，人也是柔软的。

她看着对面两人，说道：“我过来有事。”

董娴起身走到她面前，看着她手里的菜单，有些小心翼翼地说：“过来一起吃饭吗？”

郑幼安还看着阮思娴，这会儿也不知道该做出什么表情。这还是她们三个人第一次聚齐。

她也知道阮思娴跟董娴的关系好像不太好，毕竟这些年她就从来没有见过这个亲生女儿。

“不用了。”阮思娴说，“我自己吃就可以。”

自从知道阮思娴跟傅明予在一起了，董娴就一直想跟她好好说这件事，但每次电话里都没有机会说清原委，现在见面了，她不想放过这次机会，又怕阮思娴掉头就走，于是干脆开门见山：“阮阮，我一直想跟你说一下傅明予的事情。”

听到董娴这么说，郑幼安朝前靠了靠，这样听得清。

怎么又来了？阮思娴放下菜单，心想要说就一次性说清楚吧，以后别再纠缠这个问题了。

“行，你说。”

“前两天我看见他跟那个女明星的新闻，他……”

“都解释清楚了啊。”阮思娴有点烦，“我早就跟你说了，这是个误会。”

“我知道这次事情是个误会。”

“那还要说什么呢？”

阮思娴觉得董娴真的有些奇怪，她都二十多岁了，交个男朋友而已，人又高又帅又有钱，哪哪看着都好，不知道董娴怎么就一次次要拿这个说事。

“我上次就想跟你说，被你打断了。”董娴说，“傅明予这个人其实没有他表现出来的那么好。”

阮思娴无奈地点点头：“行吧，你跟我说一下，他哪里不好？”

董娴看了周围一眼，确定没有其他人能听见，才开口道：“他在男女关系上挺拎不清的，没看见的时候就不揣测了，但他几个月前去西班牙，就跟那边的陌生女人不清不楚的。”

后面的郑幼安听到这句话，心里咯噔一下，两三步走过来：“妈，我……”

“就是幼安亲眼看见的。”董娴指着郑幼安说，“他才刚下飞机呢，一看到那边的美女就走不动路。”

郑幼安：“……”

至于他带女人上车了，这种事情董娴不太说得出口。她觉得这种行为实在太不堪。

阮思娴脸上表情慢慢僵住，半晌，开口道：“哦，我看见帅哥也走不动路。”

喀喀！郑幼安突然被自己的口水呛住。

董娴完全没在意郑幼安的反应，只觉得阮思娴到底被迷得多深，这样了还为他开解。

“你以为我跟你开玩笑呢？这句话什么意思你不明白吗？真的只是看看吗？你以为他不会把女人带走吗？”

郑幼安急忙去拉董娴的袖子：“妈，那个……”

“你要是不信可以问她。”董娴把郑幼安推到阮思娴面前，“她亲眼看见的。”

郑幼安：“……”

没等郑幼安开口，阮思娴突然站了起来。

“行了，我有点儿事先走了。”阮思娴虽然掉头就走，脸色不好，但董娴看着她的背影，心里的一块石头却落了地。

阮思娴没回酒店，去另一边的沙滩上闲逛。她心里很烦。不管她跟董娴关系怎么样，但她知道董娴不是信口开河的人。

阮思娴把鞋子拎在手里，在沙滩上踩出一个又一个脚印。

没事的，是真的又怎么样？那时候他们俩又没在一起，他私生活怎么样都是他的自由，只要他现在不浪就行了。嗯，对，就是这样。阮思娴安慰着自己，又走了几圈。

不行，还是好烦！她不想走了，找了个沙滩椅躺下，听着海风，试图平复自己的心情。

啊啊啊啊啊！傅明予你这个渣男！你不是说喜欢我这款吗？怎么见到桑巴女郎就走不动路？你怎么这么庸俗！

阮思娴越想越气，偏偏一抬头还看见几个模特还是什么的在海边拍照。穿着比基尼，胸大屁股大，摆着妖娆的姿势。傅明予要是在这儿，是不是口水都要流三米长了？

阮思娴躺在椅子上，像看情敌一样看着那几个模特，气成个河豚。

几分钟后，她对着远处的比基尼拍了一张照片，发给傅明予。

阮思娴：好看吗？

刚从办公室出来的傅明予一边走着一边打开图片看两眼。

波光荡漾的海水，在晚霞映照下闪着金光的海滩，还有一双白白嫩嫩沾着沙子的脚，跷在沙滩椅上，指尖圆润可爱。

他笑了笑。

傅明予：好看。

阮思娴：“……”她闭眼深吸了一口气。

阮思娴：亲爱的，明天回来送你一份大礼。

没人知道，傅明予看到“亲爱的”三个字开心了好一会儿。

傅明予：好，等你。

今晚最愁的是郑幼安。她躺在酒店床上，一会儿打开阮思娴的微信对话框，一会儿打开傅明予的微信对话框，但迟迟没有下一步动作。这两人是一对，好像她不管跟谁坦白，都是一个效果。

郑幼安从小到大没有陷入过这样的困境，深深明白了什么叫作祸从口出。

她本来只是想糊弄一下她爸爸，别再硬凑她跟傅明予两个人，可是她没料到阮思娴会跟傅明予在一起，没料到董娴的亲生女儿是阮思娴，更没料到董娴就这么跟阮思娴说了这件事。

命运的玩笑总是环环相扣。

虽然吧，郑幼安觉得傅明予这个人不怎么样，但是硬拆 CP 是罪过，管这个 CP 有多冷门呢。况且这个 CP 的男主角还是个不好惹的人。

郑幼安在床上来回滚了几圈，然后趴着疯狂捶枕头。突然又坐起来，披头散发地盘腿坐着，想来想去，给宴安发了条消息。

郑幼安：宴安哥哥，聊会儿？

此刻正值深夜十一点，酒吧音乐震天，烟雾缭绕。宴安以为自己喝多了，看了眼腕表，确认他没搞错时间。

宴安：这大晚上的，你找我聊天？

郑幼安：我想问个问题，就是，假如你有一个女朋友，感情很好，然后有人在你女朋友面前污蔑你是个很浪、很花心的人，你会怎么办？

宴安想了想，觉得这个问题不好回答。因为这哪是污蔑，这是实话啊。

宴安：没关系，误会解释清楚就好了嘛。

郑幼安：不是，你会把那个污蔑你的人怎么样？

宴安：看看是男是女，是女的就算了，是男的我弄死他。

郑幼安：那如果是傅明予呢？他会怎么样？

宴安：他吗？心眼不大，不分男女，全都弄死。

郑幼安倒在床上呜咽了一声。

宴安：你怎么又问他了？你还放不下啊？

郑幼安：别开玩笑了。现在可能是他不会放过我了。

第二天回程的时候反而下了一场雨，到了江城，云层很低，盘旋了近半小时才降落。

傅明予那边的监控信息非常准时，阮思娴一下飞机就收到了他的消息。

傅明予：到了？

阮思娴拖着飞行箱，走得飞快。

阮思娴：嗯。

傅明予：来办公室等我？

阮思娴抬头往楼上看去，隐隐能看见那层落地窗前有个熟悉的人影。

阮思娴：不了，我先回家，你来吃晚饭。

傅明予收到消息，往楼下看了眼，嘴角浮起浅笑。

傅明予：你今天要做饭？

阮思娴：嗯。

回到办公桌前，祝东打来了电话。

“今晚有空不？出来一起吃个饭？”

傅明予心情好，摇了摇头：“不了，有事。”

刚挂断，纪延的电话又来了。

“我要去国外出差很长一段时间，晚上来给我饯行。”

“不去。”傅明予说，“晚上陪女朋友吃饭。”

“一起啊。”纪延说，“今天人多热闹，你们两个人多寂寞。”

傅明予笑而不语，沉默两秒后，纪延“啧”了一声：“行吧，你们过二人世界去。”

这边傅明予心情不错，做事效率翻了两倍。

阮思娴动作也不慢，连衣服都没换就去超市买了些食材，只是她在食材和配料上花了不少心思，一小时后才从超市出来。

回到家里，她换了身衣服，拿着东西进厨房，毫无感情地手起刀落，砧板上的鸡头与鸡身干脆利落地分离，并且滚到了地上。

她并不经常做饭，平时下厨就是给自己煮点面条或者速食饺子，偶尔想做几个复杂一点的菜都要对照着菜谱。

但今天一切却出奇地顺利，一刀刀下去，肉切得很好，很匀称，厚度一致，看起来赏心悦目。可能这就是带着爱在做饭吧。

晚上七点，门铃响起。

阮思娴穿着修身的棕色毛衣，简单的牛仔裤，脖子上挂着围裙，头发束在脑后，就这样出现在门口。

傅明予觉得她今天看起来特别温柔。

“今天才回来，不累吗？怎么自己做饭？”他问。

“不累。”阮思娴挑了挑眉，笑着说，“这不是要给你一份大礼吗？”

这就是她的大礼？傅明予有些失望。还以为什么呢。

阮思娴拉着傅明予进去，让他坐沙发上说：“你等会儿，马上就好了。”

见阮思娴这样，傅明予还有点儿不习惯。

“需要我帮忙吗？”

“不用。”

阮思娴回到厨房，手脚麻利一顿操作，很快就端上三个菜：枣庄辣子鸡、剁椒鱼头、水煮肉片。

看到这桌成品，阮思娴自己都有点儿震撼。果然，人不逼自己一把，就不知道自己能有多优秀。

只是傅明予上桌后，面对满目鲜红，有些疑惑。

阮思娴坐在他对面，递一双筷子给他。

“尝尝，我新学的。”

傅明予握着筷子，犹豫了片刻，吃了块水煮肉片，却没有说话。

“不好吃吗？”阮思娴问。

“没。”傅明予说，“不错。”

阮思娴哼了声，又指着剁椒鱼头说：“再试试这个。”

傅明予虽然不爱吃辣，但是非常有给女朋友面子的觉悟，尝了一口，点头道：“不错。”

阮思娴又指着枣庄辣子鸡：“这个呢？”

这道菜光是看看就有点儿难以下口了。

这时候阮思娴起身倒了杯水，傅明予以为是给他的，伸手要接，阮思娴却捧着杯子侧了下身："怎么，你还没吃这道菜呢？"

一道菜而已，女朋友亲自下厨做的，哪儿有不吃的道理？傅明予非常给面子地吃了。

"怎么样？"阮思娴又问。

"可以。"傅明予神色平静，说完了却放下了筷子。

"那继续吃吧。"

阮思娴这么说着，大有一副"你今天不吃完就是不爱我"的感觉。

如果是这样，那她这份大礼还真的有点儿……重口味。

傅明予现在终于感觉到阮思娴有些不对劲，他抬了抬眼，也没多问，非常给面子地品尝她的手艺。一口口下去，喉咙像被火烧了一样，背上也在隐隐出汗。

但他脸上却没什么表情，吃得斯文，动作又不算慢，很快盘子里的菜就少了三分之一。

这副架势让阮思娴都相信这几道菜是真的不错了。

我是让你来品尝美食的吗？阮思娴感觉自己一拳打在了棉花上，气冲冲地拿起筷子尝了一口。

她吃得快，还没品尝到其他味道，首先就一股辣味从嘴里冲到脑子里，瞬间双眼开始飙泪。

傅明予把水杯递给她，她立刻接过，喝了两口才冲淡嘴里的味道，还半张着嘴猛吸气。

傅明予好整以暇地看着她，眉梢微吊，看起来竟有几分嘲笑的样子。

"下次少放点辣椒，明明自己也不能吃辣。"

阮思娴很有气势地把杯子搁桌上："你不是喜欢辣的吗？"

傅明予抬眼看着她："谁跟你说我喜欢辣的？"看了眼桌上的菜，又补充，"我饮食习惯偏向于清淡，你不是第一次跟我吃饭，不知道吗？"

阮思娴冷笑："那我看你昨天看见辣妹还挺喜欢的。"

那句"好看"，差点儿没把她气死。

傅明予眯了眯眼，努力回想。他昨天几乎一直待在办公室，连吃饭都是餐厅的人送进来的，见过的人除了柏扬就是几个中层管理，都是到了植发或者戴假发的年龄了，哪儿来的辣妹？

“我见过吗？”

阮思娴眯着眼睛，眼神危险。装，还装。这么会装怎么不把种族改成“塑料袋”呢？

沉默中，傅明予倒回想起了些事情：“你说昨天那张照片吗？”他不紧不慢地拿出手机，找到图片，这次注意力不在阮思娴的脚上了，往右上角一看，果然有四五个比基尼女人在那里搔首弄姿。

阮思娴以一副“看你怎么解释”的样子盯着他。

傅明予垂着眼睛，看着手机，不紧不慢地说：“是挺好看。”

阮思娴深吸一口气：“你——”

“不过我说的是你的脚。”

阮思娴拿出自己的手机，看了看，她的脚丫子果然出镜了。

“不是，谁让你看我的脚了？”阮思娴问，“你有恋足癖吗你？”

傅明予放下手机，夹着菜，平静地说：“恋足癖倒不至于，不过是你的话，我可能不只是恋足癖。”

“……”

他到底是怎么做到说这种话的时候云淡风轻到好像只是在说“今天天气不错”的？

阮思娴呼了口气，感觉自己的脸颊有些热，不知道是今天吃得太辣还是他说话太撩。反正自己现在是没办法跟他正常交流了。

阮思娴喝了口水，非常郑重地说：“你昨晚睡得好吗？”

傅明予放下筷子，自己去倒了杯水，喝了口，坐到阮思娴身边，说道：“你有话直说吧。”

阮思娴想了想，那就直说吧。

“我昨天就很烦。”她看着傅明予，“因为呢，我昨天听了点儿关于你的流言。”

“嗯？”傅明予不咸不淡地说，“什么流言？”

“就是有人说你还挺浪的，一到国外就没了限制，沉迷于辣妹美色，哦，可能还把人带走了，春风一度什么的。”

这种话听到耳里，傅明予好像也没什么太大的波动，抬了抬下巴：“你继续。”

阮思娴心想他怎么就没点反应呢：“你就没什么要说的吗？”

傅明予声音淡然，面色却有些郑重：“我想先听你说完。”

“具体的我也不知道了。”阮思娴说，“然后我昨天就在想，这是不是真的，毕竟跟我说这事儿的人，也不是那种血口喷人的人。”

阮思娴说完就停下来，等傅明予的回答。她眼睛也不眨地看着他，心像是悬在半空中。本以为自己能很平静、很理智地问他这个问题，但其实不是。

阮思娴发现自己还挺紧张的，至少她感觉得到，她比想象中更在乎这个人。

而傅明予也不知道自己最近是得罪了谁，竟然给他造这种谣。想了想昨天阮思娴会遇到什么人，这个答案好像不难猜。

他拿起电话，开始翻联系人。

“你干什么？”阮思娴问。

“郑幼安说的是吗？”傅明予说，“我跟她打电话求证，我倒想问问她什么时候看见的。”

眼看着他已经找到郑幼安的电话拨出去了，阮思娴伸手去抢他手机：“哎！不用！”

傅明予却举高了手，开了免提，郑幼安的铃声响了起来。

“别打，真的别打！”阮思娴往他身上扑，抱着他的手臂抢手机，“你快挂掉！”

傅明予另一只手顺势揽住她的腰，把她按在怀里。

阮思娴抬头，与他四目相对，他低沉的声音在耳边响起。

“就这么不相信我？”

呼吸突然缠在一起，阮思娴倏地停下动作，手慢慢垂下来，放在他的肩上。

“倒也不是不相信你。”她别开脸，低声呢喃，“像你这么……会接吻的，适当怀疑你很风流也很正常。”

“嗯？”傅明予挑了挑眉，“你说什么？”

阮思娴不知道他是真没听见还是装没听见，趁他不注意，突然伸手去挂掉电话。

“是个女人听到这些都会生气。”阮思娴扭住他的衬衫，说道，“但我只想听你解释一下。”

傅明予慢吞吞地放下手机，另一只手抱着她，一字一句道：“没这回事，我没做过。”

阮思娴垂着眼睛想了想，点了下头。行，没有就好。

但傅明予却想问下去：“她是说一起去西班牙那次吗？”

阮思娴觉得这件事也瞒不住傅明予，所以不跟他装了，点了点头。

傅明予捏了捏她的脸，低声道：“我那时候满脑子都是你，怎么可能去看别的女人？”

这话乍一听，还挺甜的。可是——

阮思娴捶他肩膀：“别油嘴滑舌，那时候我们什么关系啊，你就满脑子是我。”

说完，她见傅明予直勾勾地盯着她，似乎明白了什么。

“真的？”

傅明予搂了搂她的腰，让她靠近了些。

“真的。”

阮思娴胸口慢慢地有些胀：“你从那个时候就……”

“不是。”傅明予说，“比那个时候更早。”

“嗯？那是什么时候？”

“第一次见到你的时候。”

话音落下，突然安静。两双眼睛看着对方，有些许的尴尬。

“不是。”傅明予补充道，“我是指，今年第一次见面。”

“……”

“可能你没看见我，但是我在航站楼看见你了。”

“……”

其实傅明予自己也没想过这个问题。只是当阮思娴这么问了，他下意识就有了这个回答，是不经思考，心里给出的最直接的答案。但如果不是那样，或许以他的脾气，阮思娴早已经死了八百次了。

原来是这样啊。阮思娴勾了勾唇角："原来你那么早就对我图谋不轨了，挺能忍啊你。"

"你才知道我能忍？"傅明予说，"我现在不也忍着吗？"

他语气里有不正经的味道，阮思娴如梦初醒般低头，才发现自己竟然一直坐在他腿上，被他搂着腰。

她别开脸，想站起来，却被他箍住。

"你呢？"

阮思娴盯着他，没说话。

傅明予用鼻尖蹭了蹭她的脸："嗯？"

阮思娴知道他问的什么问题——你是什么时候喜欢我的？

可是阮思娴是真的不知道。她唯一能找到的一个感情节点，就是答应做他女朋友那天。

她本来对恋爱的需求就不大，来了个宴安觉得还可以，接触后却发现也不是那么一回事，想法就更淡了。而且她从爸妈离婚后就觉得，相处了十几年，连孩子都那么大了的一对夫妻，也能说散就散，那么多年的时间全都付之东流。更何况没有结婚证做支撑的恋情，太虚浮了，还没她任务书上一点点增加的飞行时间来得实在。

但是傅明予这个人就很奇怪，那次在停车场问她是不是说的气话时，她脑子里竟然萌生了一种很强烈的想跟这个人试一试的冲动。

不知道为什么，傅明予这个人就对她有一种奇怪的吸引力。

明明一开始天天被他气到奓毛，像两个同极的磁铁。可是不知道什么时候他悄悄掉转了个方向，不需要外力，就让她靠近他。

傅明予还在等她的回答，直勾勾地看着她。

阮思娴手指慢慢蜷缩起来，指尖烫烫的。她低着头，靠近他耳边，轻声说："不知道。"她顿了顿，又说，"反正现在挺喜欢的。"

说完，她觉得自己挺对不起男朋友的，怎么能连这种问题都回答不上呢？

于是，几乎是带有安慰性地，亲了亲他的耳垂。

男人的肩抽动了一下，同时伴随着他吸气的声音。

阮思娴发现，他耳垂很软，比想象中软得多，让人忍不住想咬一下。

想到什么就做什么。她真的轻轻咬了一下，扶在她腰上的手却突然收紧，让两个人紧紧贴在一起。

“你耳朵这么敏感吗？”阮思娴抬手，指尖在他喉结处画圈，“这里呢？”

傅明予突然握住她的手，拧着眉看她，眼神沉得可怕，声音带了点警告的意味：“阮思娴，你今天要是想好好吃个饭就别动我。”

“……”

我阮思娴这辈子最讨厌被威胁了！她挣脱傅明予的手，埋头去亲他喉结。

他不受控制般仰了仰头，修长的脖子绷紧，细密温热的感觉传遍全身。

“嘶——”

他突然扣着她脑后，逼迫她抬起头来，吻了上去。

阮思娴闭上了眼，沉迷在他的吻中，但意识还清楚着，明显感觉到贴着她大腿的地方不对劲。

就在这时，傅明予放在桌上的手机突然响了，铃声在这时候显得特别刺耳。

没人理，铃声自动停了，可是过了会儿又响了起来。

阮思娴皱了皱眉，推开他：“你手机响了。”

傅明予喘着气，盯着她看了两秒才伸手去拿手机。他侧着头看了眼，来电显示——“郑幼安”。

若是平时，傅明予会直接挂掉。但他想着今天的事，转头看阮思娴：“你要听吗？”

阮思娴知道他什么意思，想了想，摇头。不需要了。

傅明予直接挂了电话，并且按了静音。

两人再次四目相对，气氛变得更热烈。阮思娴已经很明显地感觉到他的反应越来越大。她心脏猛跳，胸口起伏剧烈。

傅明予闭了闭眼，理智在渐渐消失。去他的理智，这是我女朋友。

再睁眼时，他看阮思娴的眼神很热切，他凑过去，靠在她耳边想说什么。

但是话到了嗓子眼儿，却又想到现实情况，她家里肯定什么都没有。于是他抓住她的手，放在唇边亲了亲。

“宝贝，帮帮我？”

第二十一章

男友打开方式

雨后傍晚，天已经全黑。

空气里有青草的清新味道，伴随着树叶的沙沙声，被风透过窗户缝送进来。

一丝丝凉爽拂到脖子上，贴着涔涔的汗意钻进毛孔，使之骤然舒张。

傅明予在一旁系领带，修长的手指利落地收紧。

侧头见阮思娴拿着他的外套，说道："宝贝，把外套递给我一下。"

阮思娴想到他刚刚在她耳边一声声地叫着"宝贝"，火一下子烧到脸上，立刻把外套扔到他头上。

"以后自己的事情自己做！"

傅明予感到有些莫名，装作没听懂阮思娴的话，把外套取下来，搭在臂弯，上前一步拍了下阮思娴的头。

"嗯，那我回公司做事。"他垂头看了眼阮思娴，"早点儿休息，你看起来挺累的。"

阮思娴："……"

怪谁？怪谁！

傅明予走后，阮思娴回到餐厅收拾桌子。

刚动手，就听见啪的一声，一个碗摔回桌子上，还滚了两圈。阮思娴眼疾手快，立刻弯腰接住才防止损失一个碗。

然而她接住后，却闭了闭眼，心里很无奈。突然有一种五十公斤臂推白做了的感觉。

洗了碗回到书房，阮思娴拿出考试资料，戴上耳机，准备清心寡欲地备考。

但是做题的时候，她发现自己写出来的字歪歪斜斜的，这手就像不受控制一般。

不会有下次了，下次我就是断臂维纳斯。

手机突然进来一条消息。

郑幼安：……

阮思娴：?

发现自己没有被拉黑后，郑幼安立刻把准备好的txt（文档）发了出来。

我先给你说声对不起。

刚刚给傅总打电话他一直没接。

就昨天那事儿，我胡说的，你千万别当真。

我坦白我的动机：我只是不想我家里撮合我跟傅总所以造了个谣。

我当时是确定家里人不会说出去的，没想到还是传到你耳朵里了。

我真没看见过什么。

那次去西班牙下飞机后我们就分道扬镳了。

全是我瞎说的。

傅明予否认后，阮思娴想过，到底是郑幼安看错了还是她故意这么说的。前者可能性比较大，毕竟郑幼安再讨厌傅明予也不至于黑他。但没想到还真是这样。

见阮思娴没立刻回消息，郑幼安小心翼翼地敲出几个字。

郑幼安：你们该不会是吵架了吧?

阮思娴还没想好说什么，对方又发来一条。

郑幼安：你们该不会还动手了吧!

"……"

那还真动手了。

郑幼安：这件事是我的错，你们要是真分手了，我赔你一个男朋友！年轻单身总裁不多，但是即将上任的有！

阮思娴：不用了姐。

郑幼安：不不不，该我叫你姐。

阮思娴：我们没事！

郑幼安：不用客气，是我多嘴惹了事，我应该赔偿一下。

郑幼安：？

郑幼安：你们没事啊？

傅明予之前忙着，没空接郑幼安电话，郑幼安自然是害怕了，以为他暴怒，游走在违法的边缘，也就不敢再给他打电话，转而去找阮思娴负荆请罪。

阮思娴知道了事情的前后。

想了想，还是应该跟傅明予说一声，免得他事后回想起来再做出什么伤天害理的事情。

只是她刻意隐瞒了郑幼安黑他的原因，说是她喝多了胡说的。

"她说要杀要剐随便你。"

"嗯。"傅明予一手接着电话，一手飞快签文件，淡淡地说，"知道了。"

以阮思娴从小说和电视剧中对霸总的了解，语气越是平淡，就代表越愤怒。

"你生气了？"

傅明予道："有点儿。"

霸总的"有点儿"自然不能跟一般人的"有点儿"比。

阮思娴又问："你是不是在考虑怎么报复她了？"

傅明予轻笑："不至于。"

从今年六月至今，三线城市郑家旗下的五星级酒店几乎已经全部闭店，二线城市的占有率也岌岌可危。

外界不一定看得出来郑家的式微之势，但作为长期合作方，傅明予能从方方面面窥探其中一二。

况且从两年前郑家撮合他跟郑幼安的时候，他就已经感觉到郑家的情况不容乐观。

傅明予抬了抬眼，迅速先签了个字："不想跟她计较。"

"哦，这样啊。"阮思娴在电话那头也笑了起来，"你还挺大度啊。"

"我觉得我是否大度，你应该是最有体会的一个人。"

阮思娴轻哼了声："我去看书了。"

傅明予笑了："嗯？这么晚了还看书，你精神还挺好？"

"……傅明予我告诉你，以后你休想进我家门。"

挂了电话后，傅明予笑了笑，放下钢笔，柏扬上来收走文件。

傅明予起身，看了眼时间，转头问柏扬："我妈回家了？"

"夫人刚下飞机。"

傅明予点点头，让柏扬吩咐司机，今晚回湖光公馆。

他比贺兰湘要先到几分钟，豆豆靠在他脚边，翻着肚皮求挠。

傅明予陪它玩了会儿，正要上楼换衣服，门口就有了动静。

贺兰湘满面春光地走进来，穿了件水亮的人工皮草，往灯下一站，整个人闪得像刚从百老汇舞台上下来。

她看见傅明予在家，停住脚步，站在原地，上下打量着他："哟，这谁呀？走错家门了吧？"又回头朝司机招手，"我家有陌生人非法闯入，赶紧报警啊。"

拎着行李箱进来的司机没忍住笑。

傅明予冷眼看着她，解开袖口，朝她走去。

他有时候怀疑自己是不是体质有什么问题，身边的女人一个比一个牙尖嘴利。

贺兰湘摇摇曳曳地走到桌边，从包里拿出一个宝蓝色丝绒盒子，又从里面取出一条项链，挂在手指上，转身面向傅明予，抬了抬下巴："看看。"

傅明予只扫了一眼，对这种女人钟爱的东西不太有兴趣。

"很漂亮。"

“漂亮需要你说，我没眼睛吗？”贺兰湘晃了晃项链，落地灯下，吊坠发出淡淡的光芒。

傅明予抬了抬眼：“超出预算了？”

“……”贺兰湘一把收起项链，“俗！”

把项链仔细地放回盒子里后，她才说道：“本来我这次去那边呢，只是想看个画展，可是莱斯特先生听说我过去了，非要我参加他的宴会，我本来不想去的，但人家都亲自来请了，我不能不给面子吧？”

傅明予点点头，没接话。

这个莱斯特先生他听贺兰湘提过，是英国新锐珠宝设计师，今年年初跟中国的某个珠宝品牌签约，从此便常驻国内。

“然后我就夸了夸他今年获奖的项链，结果他二话不说就送给我了，盛情难却，我推都推不掉。”

贺兰湘揉了揉太阳穴：“我本来想低调的，结果他这么一来，宴会上所有女人都盯着我看了，真麻烦。”

傅明予闻言，有了些想法，慢慢走到桌边，再次打开那个盒子，打量里面的项链。

贺兰湘还在后面表达烦恼：“唉，你知道瞿寻雁的吧，她一般都戴佛珠的，对这些不感兴趣，是陪着她妹妹去的，结果今天也盯着我看了几眼，搞得我很不好意思。唉，也是呢，这么美的东西，哪儿有女人不喜欢呢？”

话音落下的同时，傅明予合上盖子，转头问：“卖给我，行吗？”

当贺兰湘明白傅明予想干什么后，她捂住胸口猛吸气，差点儿站不住：“傅明予你还有没有良心！我辛辛苦苦把你养大，你就这么对我？”

圣诞节那天，阮思娴在飞机上度过。

元旦前一天，卞璇找阮思娴逛街。

两人走在路上，看着满大街的新年装饰，都有些后背发凉。

“我一想到以前我还是普通空乘的时候，一到国庆、元旦还有春节的时候，我就浑身起鸡皮疙瘩。”

卞璇挽着阮思娴的手，慢悠悠地走着："我从大学毕业到转私飞，四年时间都没有回家过过一次年，年年把人家送回家，我们就缩在酒店，连外卖都没有，吃点泡面完事儿，想想那真不是人过的日子啊。"说着，她拍了拍阮思娴的肩膀，"好在我解脱了，你还有的熬哦。"

节假日，对其他人来说，意味着放假、休息，但对航空业的人来说，就是修罗场。

大家都恨不得节假日别来，更没什么心情过节送礼物，久而久之对节日的仪式感就淡了。

阮思娴有些困，喝着奶茶，漫不经心地用视线逛街。

途经一家奢侈品男装店时，她却停下了脚步。

"怎么啦？"卞璇顺着她的视线看过去，"想给你男朋友买新年礼物啊？"

阮思娴没说话，双脚它自动就走进去了。

门口两列服务员端着酒水毛巾迎上来，把阮思娴和卞璇带到了新款区。

阮思娴看了一圈，目光最后落到领带上。

透明柜子里摆了二十来条领带，款式大多偏低调，阮思娴看了几分钟，摇了摇头。

"算了。"

"不喜欢啊？"卞璇说，"我觉得挺好看啊。"

"好看是好看，但他的领带好像都是定制的。"

"这有什么，重点在心意。"卞璇把她拉回去，"你送的，他敢说不喜欢吗？"

阮思娴想了想，眉梢扬起："他不敢。"

买了一条黑色暗纹领带，阮思娴小心翼翼地放进飞行箱，铺了一层羊绒披肩，轻轻地拍了下。

傅明予，你要是敢说不喜欢，这根领带就是你的索命绳。

十二月三十一日当天下午六点，阮思娴执飞的航班返航。

最后一个乘客下机后，机长带着阮思娴走了一道客舱，挨个检查。

“又一年过去了。”机长拍了拍行李架，听到声音觉得很安心，“一年年地忙碌，什么时候是个头噢。”

走出客舱，安全员还有乘务组都挤在机组楼梯上互道新年祝福。

停机坪的风很大，阮思娴的头发被吹乱，拿出放在手上的围巾一边裹住脖子，一边朝机组车走去。

她让乘务组穿着裙子的空姐们先上了车，和机长等在后面。

正要踩上去时，远处突然传来喧闹声。

阮思娴和机长扭头望过去，上了机组车的人也探出头来看。

“哎呀，好像在闹事欸！”

“这大过年的谁在闹啊？”

“是在打架吗？”

“好像是机组那边。”

有一个人想过去看看，阮思娴拦住她，说道：“有安全员去解决的，天这么冷你别感冒了。”

机组车经过那边时，闹事的人已经被带走了。

离开机场回到世航大楼后，阮思娴和机长去飞行部交飞行任务书，遇到里面的人在庆祝新年，于是多待了会儿。

出来时，收到了傅明予的消息，他说他已经开完会了，叫她去办公室找他。

阮思娴正往那边去，走了几步，她突然看见前方玻璃走廊里站着一个男人，他双手撑着墙面，弓着腰，头埋得很深。

这人并不是陌生人。

他是阮思娴那个高中校友，是个机务，两人平时遇到也会聊上几句。

他好像……在哭？

阮思娴慢慢走近，站到他身后，拍了拍他的肩膀。

“谭山？”

谭山回头，眼眶红着，见是阮思娴，又立刻扭回头去。

“你怎么了？”阮思娴问，“出什么事了吗？”

谭山依然保持着刚刚的姿势，撑着墙，肩膀却在抖。

阮思娴站了会儿，见他好像不愿意说，于是打算转身走。

不过念头刚冒出来，谭山就开口了。

“太没意思了。”他的声音哑哑的，有点哭腔，“上个班，挣个钱，真的太没意思了。”

“怎么了？”阮思娴想到什么，又说，“刚刚停机坪那边是你出事了吗？”

谭山吞下一口气，哽咽道：“对，我打人了，老子实在忍不住了。”

阮思娴：“嗯？”

谭山回头看她，憋红的双眼布满了血丝。他几欲开口，话语咽了又咽，紧抿着唇角，下巴微抖。

阮思娴感觉，他似乎有一根弦绷着，很快就要断了。

“明天就是新年了。”阮思娴说，“新的一年什么都是新的，没什么过不去的。”她本想安慰一下，却没想到这句话挑到了谭山哪根神经，突然就靠着她的肩膀，放声号了出来。

“什么新年都会好！都不会好！好不了的！”

阮思娴被吓得动都不敢动。

不是，说好了成年人的崩溃都是默无声息的呢？

大哥你怎么回事？

而谭山情绪崩溃，也不管眼前的人是谁，只想找个肩膀靠一靠。

“太难了，我太难了，这是人过的日子吗？我女朋友天天催我买房子，明年不买房就不等我了，要回老家去相亲了，我也想买房子啊，可是我买不起啊！一个月工资就那么点，要吃饭要生活还要给爸妈打钱，我上哪儿买房子！”

阮思娴僵着背，不知道说什么，只能干巴巴地说：“那你为什么打人？”

“我受不了那个章机长，什么玩意儿啊！次次都不记得关雷达，我们机务的命不是命吗？那辐射谁受得了？！我买不起房子还想多活几年呢，给他说了几次他都要忘，真不把我们机务当人是吗！”

“呃……”

阮思娴每次上机，有的机长会提醒她降落的时候记得关雷达，这个对引导飞机停稳的机务伤害很大，但有的机长不会提醒，甚至机长自己都会忘记。

阮思娴的衣服被他抓紧了，能感觉到肩膀那儿有了一片湿润。

“太没意思了，这工作有什么意思！”他一开始只是哽咽，现在就完全是发泄，“挨辐射不说，还天天背锅，川航那次事情媒体也全都报道是机务检修不仔细，导致挡风玻璃破裂，关机务什么事啊！那是原装飞机，机务动都没有动过！”

当他的崩溃越来越止不住时，阮思娴也不知道该怎么办。

异性之间……

关键这儿是她男朋友的公司呢，这样子不太好吧！

“那个……”阮思娴慢慢推开他，“有事我们慢慢说……”

被她一推，谭山干脆蹲到地上，抱着头，沉浸在自己的悲伤中。

“工作还是不能丢……我其他的什么都不会了……”

阮思娴害怕一会儿谭山就一个仰卧起坐靠她肩膀上，于是退了一步，说：“我先——”

手机突然响了一下。

阮思娴心头莫名一跳。

她拿出来看，果然是傅明予的消息。

傅明予：抬头。

这两个字像机器指令一样，阮思娴立刻抬起头。

透过玻璃长廊，她看见对面总监办公室的落地窗前站着一个人。

“……”阮思娴叹了一口气，收起手机。

谭山捂着脸：“对不起……我说多了……不好意思让你在这里听我抱怨。”

“我还有点事，那我先走了啊。”

哄男朋友去了。

进傅明予办公室前，阮思娴顿了一下，又掉头去一个女助理旁边，蹲下来打开飞行箱，把装着那条领带的盒子拿出来。

飞行箱托管给女助理后，她背着手，把盒子藏在身上，轻声走进去。

傅明予站在窗前打电话。

见阮思娴进来，他侧头，抬了抬手，示意阮思娴等一下。

阮思娴坐到沙发上，把盒子藏到身后。

等傅明予打电话的那几分钟，她坐得十分端正，像一个小学生。

电话打完，傅明予转身朝她走来。他坐到她旁边，伸长了腿，姿势放松，却没说话，翻着手机不知道在看什么。

看起来好冷漠哦，阮思娴靠近了些："傅总？"

他没说话，依然翻手机。

阮思娴扯了一下他的袖子："男朋友？"

他还是没说话，连眼睛都没抬一下。

阮思娴舔了舔唇角，又靠近了些。

"哥哥？"

指尖的动作突然一顿。

傅明予侧头，看着阮思娴，眸子里漾着微亮的光，微不可见地挑了挑眉。

但他依然没说话，只是直起腰，俯身朝桌面伸手。

阮思娴拉住他衣角。

"刚刚我碰到我高中校友了，他有点儿情绪崩溃，然后——"

突然，一个宝蓝色丝绒盒子出现在她面前。

盖子弹开，里面一条项链闪着莹润的光芒，吊坠不大，是精致的六角形。

"新年礼物。"

阮思娴张了张嘴。

明明只是一个新年礼物，却被一股细腻的幸福感击中，慢慢蔓延着，不知不觉荡满心间。

"我……"她有些不知所措，"我也不缺……"

“缺的必需品还叫礼物吗？”傅明予把项链取下来，伸手绕过她的脖子，戴了上去。

阮思娴眼睛一眨不眨地看着傅明予，忘了去看一眼自己的新年礼物。

傅明予手指顺着链条滑到吊坠上，轻轻拨弄了一下。

“虽然我听你说过你不喜欢这些——”

“我喜欢呀。”阮思娴脱口而出。

因为是你送的，所以喜欢呀。

收了对方的新年礼物，自己肯定也要表达一下。

只是这还是阮思娴第一次送男人礼物，流程走得不太熟悉，不知道怎么才能表现出一股淡定的感觉。

想了想，不如直接上手吧。

她伸手去拉傅明予的领带。

“你靠过来点。”

傅明予依言，俯身靠近她。

阮思娴开始解他的领带。

“你要干什么？”傅明予按住她的手，低声说，“今天是节假日，我很忙。”

“……”

阮思娴突然捏住温莎结，两只手一上一下，用力一扯，勒紧了他的脖子。

傅明予“嘶”了声：“你是想弄死我吗？”

“你脑子里能不能别总是装着黄色颜料？”阮思娴不复刚刚那般仔细，三两下暴力解开领带，丢到一边。

傅明予正要说什么，办公室门的 LED 屏幕突然亮了一下。

柏扬在外面，进来有事。

阮思娴自然也看到了，没说话，捏着领带正襟危坐。

柏扬拿着一个文件夹，面无表情地走进来，看了眼衣衫不整的傅明予，也没什么表情变化，径直把东西摊开放在桌上，说道：“傅总，这里有一份文件需要您签字。”

作为一个合格的助理，除了工作上严谨认真以外，也要具有很好的处理能力。

不能一惊一乍，否则容易成为老板恋爱中的调剂品。

傅明予理了理被阮思娴扯乱的领口，起身走到桌边。

一只手插兜里，另一只手翻了翻桌上的文件，大致看了眼内容，随即拿起钢笔，利落地签了字。

低头的时候夕阳透过窗户照在他脸上，映出一层浅浅的金光。

阮思娴一直明目张胆地看着他。

她男朋友可真好看啊，眼睛、鼻子、嘴巴、轮廓……连头发丝儿都长在了她的审美点上。

柏扬在一旁汇报工作：“从下午六点开始，本次假期的人口流量已经开始陡增，运行值班主任全部在岗，目前的机组运行和机务运行控制全部正常，二十分钟后，所有航班的运行监控情况会同步过来。”说完后，柏扬拿起签好的文件，再次面无表情地转身走出去。

出门前，他按了一下门边的按钮，等他离开，门合上后就自动进入对外锁定状态。

傅明予转身朝阮思娴走来，坐到她身边。他眼里带着点不正经的笑，仰了仰下巴：“继续？”

继续你个头。阮思娴直接把藏在身后的盒子拿出来，没好气地说：“礼物。”

傅明予直勾勾地看着阮思娴。

阮思娴被他看得有些不自在，不想说话，直接上手。

她平时看傅明予都是打温莎结，简简单单的三角形，原理应该跟丝巾差不多。

她一边弄着，一边说道：“虽然这个比不上你平时用的，但你要是说不喜欢的话，那它就可以派上别的用场哦。”

“嗯？什么用场？”

“就——”

阮思娴抬头，对上傅明予意味不明的目光，话音止住。脑子里这么多黄色废料，怎么不去当粉刷匠呢？

两秒后，她没忍住再次扯他脖子，凶巴巴地说："索命绳。"

阮思娴发现，现在傅明予对她发狠话的样子已经完全不在意了。

他听到"索命绳"三个字，反而笑了起来。让人很没成就感，也不想跟他说话。

正好这时有人又按了门铃，阮思娴丢开领带，起身走到窗边。

听到是女人的声音，她回头看了眼，是助理提着食盒进来了，正弯着腰把东西一样样地放到会客桌上。

假期修罗场之所以是修罗场，就是因为连傅明予这样的都不敢轻易离开工作岗位。

密集的航班直接让意外概率翻倍，即便只是小小的意外延误，也会牵一发而动全身，能影响到后续一连串的航班运行，更何况在这个时期若是出现安全事故，傅明予是第一责任人。

傅明予低头系好了领带，助理也把餐盒摆好，无声地退了出去。

"过来吃晚饭。"傅明予想起个事儿，"我这几天几乎都走不开，你接下来三天也是排满了航班？"

"嗯。"

"四号晚上，宴叔叔七十大寿，在华纳庄园举办晚宴，你能陪我去吗？"

阮思娴眨了眨眼睛："谁？"

"宴叔叔。"傅明予说，"宴安的爸爸。"

阮思娴："……"

傅明予要出席宴安爸爸的生日晚宴，她一点儿都不感到意外。

毕竟几年前她就知道世航和北航互利共赢，从傅明予父亲那一辈就有了千丝万缕的合作关系，完全谈得上世交。

傅明予觉得阮思娴应该是不喜欢出席这种场合的，但在他眼里，陪同他出席，有必要性。

首先，这种场合携女朋友出席是一种大家默认的礼仪。

其次，自从上次世航官博发声后，与傅明予认识的人，以及间接认识的人都知道了他女朋友的存在。

并且为了这个女朋友，傅明予一反常态高调发声，把李之槐那边的关系撇得干干净净，而这一次的社交场合傅明予却独自出现，难免会引起有些人对他这个女朋友的揣测。

傅明予又问了一次：“去吗？”

“去呗。”阮思娴说，“反正宴安追过我这件事你是知道的，你不介意就行，我有什么好说的。”

“我介意什么，这不是没追上吗？”傅明予轻笑，“反而是你不用在意这些，我跟他从小到大就这样。”

阮思娴没再听他说话，心思已经飘到别处去了。第一次参加这种晚宴，要穿什么呢？四日晚上就要过去，她要到三日下午才有空，到时候要像打仗似的去买衣服。好烦。

“你怎么今天才跟我说啊？”阮思娴有点烦躁，“你早点儿说不行吗？”

傅明予本来正要夹菜，听见她这突如其来的火气，手一顿，很不解：“我提前了四天。”

阮思娴瞪他一眼：“你懂什么？提前一年也不嫌早。”

这种想法，简直跟他妈一模一样，经常为了个晚宴提前十几天就铺天盖地地准备这个那个。

“对了。”傅明予又想到件事儿，“郑家这次也会去。”

郑家。

不用傅明予解释，她也知道他会刻意提一下，是因为那是郑幼安她们家。

“他们去就去啊。”阮思娴顿了顿，低声嘀咕，“难道我还要刻意躲着他们吗？”

“嗯，四号下午五点，我来接你。”

傅明予的时间观念似乎特别强，说五点来，绝不提前一分钟。

阮思娴四点半就准备好了一切准备活动，硬生生在家里等了半小时。

其间她打开了一次窗户，伸手感受了一下外面的温度。可真冷啊。再低头看自己穿的裙子，顿时有一种做女人真难的感觉。

虽然她没想过要去宴会争奇斗艳，但至少不能比她那个人模人样的男朋友差。

所以温暖是不在她的考虑范畴内的。

可惜她运气不太好，今天早上一醒来，例假提前给了她一个惊喜。

那能怎么办呢？光腿是对裙子的尊重。

尊重不分季节。

当时针指向五点，门铃准时响起。

打开门时，一股冷风灌进来，阮思娴脸上表情纹丝不动。

傅明予有片刻的愣神。

眼前的人，一袭酒红色晚礼裙掐得她腰肢匀称，剪裁干净利落，一字肩的设计正好体现她优越的肩颈线条。

胸前有一个倒三角的小开口，张扬着一点小性感。平滑的锁骨之上吊着他送的项链，又抓走了集中在胸前的注意力。

看见傅明予眼里的惊艳，阮思娴觉得再冷都值得。

她偏了偏头：“怎么，不认识你女朋友了？”

傅明予朝她伸手，握住她掌心，笑了笑：“很美。”

阮思娴穿上外套，心满意足地跟着傅明予走出去。高跟鞋在楼道里踩出专属于女人的悦耳声音。

“冷吗？”傅明予问。

阮思娴咬牙：“不冷，就一段路，里面不是有暖气吗？”

贺兰湘和傅博庭到得早一些。

宴会大厅音乐声已经响起，贺兰湘端着一杯香槟，不动声色地打量四周。

“郑泰初带着他女儿跟宴安已经说了快二十分钟的话了，他是不是又有想法了？”

傅博庭顺着妻子的视线看过去。

“形势越来越严峻，他已经开始抓最后的救命稻草了。”

“哎呀。”贺兰湘说，“他之前不是看不上宴安吗？”

“那能怎么办？”傅博庭说，“你儿子那么高调地宣布自己有女朋友，他还能上赶着吗？”

“那也不能把自己女儿往火坑推啊，不是我说，宴安这孩子什么都好，就是收不了心，多大的人了都。”

“现在他还有选择的余地吗？”

傅博庭瞥她一眼又说：“你要是可惜，倒是可以帮他一把，这不是还有个儿子未婚吗？”

“可别，在国外都不放过他，你还是亲爸吗？”

贺兰湘扯了扯嘴角，瞥向另一处的董娴又说：“而且谁想跟她做亲家呀，得成天不舒服。幸好咱们明予这时候有女朋友，我可得好好感谢她，不然说不定他们现在又贴上来了。对了，儿子一会儿带女朋友来，你把你那死样子收一收，别吓到人家姑娘。”

傅博庭笑了笑，贺兰湘看他一眼，“啧”了一声：“算了，你还是别笑了。哎，他们好像来了！”

夫妻俩齐齐朝那边望去。

两个燕尾服侍者将宴会厅大门推开，吊灯照射下，傅明予正朝着他们走来。

而挽着他的女人红裙裹身，鱼尾绸光荡漾，露出的小腿修长白皙，稳稳踩着一双细高跟大步流星。

虽然没看到正面，但贺兰湘已经在心里打了一百分。

能有这样的身材气质，脸又能差到哪里去呢？

贺兰湘挽着傅博庭的手，扶了扶额：“唉，年龄大了想低调，但是有人非要给我挣面子，怎么办呢？我也不想方方面面都让人羡慕的，要是招人嫉妒多不好呀。”

傅博庭叹了口气，习惯性沉默。

贺兰湘注意到了傅明予和他带来的女伴，其他人自然也没有忽视。

一时间，目光陆陆续续朝他们集中。

董娴感觉到宴会厅的异动，也转头看过去："阮阮？"

董静在她旁边，见状也很惊讶："原来她男朋友是这位？"

阮思娴挽着傅明予的手臂，嘴角带着得体的笑，手指却没忍住用力掐了掐他。

"你没跟我说你爸妈来了。"

"我昨晚想跟你说，可是你不是急着去买衣服，挂了我电话吗？"傅明予侧头看她，"你紧张？"

能不紧张吗？

阮思娴完全没想过会这么快见到傅明予的父母。而且还是在这样的场合。

她低头看了看自己的衣服，低声道："你早说我就不穿这件了。"

傅明予还没来得及开口，贺兰湘已经挽着傅博庭站到面前。她偏了偏头，毫不遮掩地看着阮思娴。

"爸，妈。"傅明予松开阮思娴的手，改为交握，"这是阮思娴。"

阮思娴立即接上："叔叔阿姨好。"

贺兰湘满意地点头："我早就听说了，今天见到真人，比照片还好看呀。你路上冷不冷？要不要喝点热水？"

"不冷。"

阮思娴说话的时候，余光瞥见两道身影朝她走来，握着傅明予的手加了些力道，"谢谢阿姨。"

贺兰湘笑着打量阮思娴，越看越满意。

与此同时，董娴和董静也走过来了。

贺兰湘看她们一眼，笑着说道："刚刚还说让明予过来跟你们打个招呼呢，来，介绍一下，这是明予的女朋友阮思娴。"

"……"

阮思娴先朝有些震惊的董静点点头："姨妈。"

贺兰湘嘴角的笑突然僵了一丝。

等等。

她叫谁姨妈来着？

董静还有其他亲姐妹吗？

阮思娴缓缓看向董娴，脸上表情依然端着笑：“妈。”

贺兰湘：“……”她抓紧了身旁丈夫的手，差点儿没站稳。

第二十二章

豪门晚宴

贺兰湘这一生，什么大世面没见过?

十四岁独自出国留学，二十五岁结婚生子，陪着丈夫风雨同舟，历尽艰辛，共筑了今日的荣华。可她就没觉得有什么场面比现在更难。

那个叫作命运的齿轮仿佛就风驰电掣着从她身上碾过，连一脚刹车都不踩。碾完了扬长而去，还不忘塞她一嘴尾气。

尾气模糊了她的视线，觉得连阮思娴脖子上那条钻石项链看起来都不闪了。

“原来这也是你女儿呀。”贺兰湘仿佛看见了一把锁，死死扣在了她和董娴身上，挣都挣不开，“怪不得这么漂亮呢。”

有些角度简直跟董娴一模一样。说完又看向傅明予，眼睛雾蒙蒙的：“你眼光真的很好。”

傅明予笑着应了这句夸奖。

宴会厅灯火辉煌，音乐与碰杯声交相辉映，一派浮华。没有人懂贺兰湘的苦，没有人。

相比贺兰湘，董娴则是发自内心地开心，她很久没有看见阮思娴笑脸对她了。

虽然她知道阮思娴只是在公开场合礼貌性地笑。

“没想到你今天来了。”董娴上前一步，伸出一只手，“你还没见过郑叔叔吧？他今天也来了，要过去见一见吗？”

一旁顾影自怜的贺兰湘听到这句，突然愣了下。她抬头看向阮思娴。

然而还没等阮思娴开口，傅明予就微一侧身，挡住了阮思娴半张脸："阿姨，我们先去跟宴叔叔打个招呼，一会儿再陪她过去？"

董娴停在半空中的手缓缓收回，略迟疑地点点头："好。"

傅明予一举一动给她的感觉仿佛在跟她宣示所有权一般，把她隔离在外。

这董静自然也能感觉到。她不着痕迹地打量了傅明予一眼，接着说："那好，我们就先过去了。"

这时候阮思娴才笑了笑："嗯，我们一会儿过去。"

董静点点头，笑着和董娴走了。

看着这两姐妹离开，贺兰湘看着阮思娴的目光多了些探究。怎么感觉阮思娴对她这个"妈妈"的态度太礼貌了，礼貌到有些疏离？

贺兰湘撩了撩头发，又去看董娴的背影。她跟董娴认识多少年了，听说她有个亲女儿，前夫的，但她就从来没见过。她这个外人没见过也就算了，连董娴现任丈夫也没见过，有点儿说不过去。

刚刚不经意间，她好像还看见阮思娴的脸半掩在傅明予肩后，微不可察地撇了撇嘴巴。

等傅明予和阮思娴走后，贺兰湘碰了碰丈夫的手肘。

"你觉不觉得有点儿奇怪？我看郑夫人跟她这个女儿关系一般啊。"

傅博庭淡淡道："你才看出来吗？"

董娴的经历，在场的人都略有耳闻。这个跟前夫生的女儿也从未跟她出现在公开场合，关系如何可以揣度。

而贺兰湘比傅博庭想得更细腻一层。她天生多愁善感，善于给自己及周围的人加戏，从刚刚阮思娴和董娴简短的对话中就能感觉到，是前者单方面比较抗拒后者。

贺兰湘突然给自己打了一针强心剂。

我不是一个人！

傅明予带着阮思娴过去时，宴安不在。

两人跟宴安的爸爸简单打了招呼后，寿星寒暄两句，悄然打量阮思娴几眼，随后被自己夫人叫去了别处。

随后傅明予便带着阮思娴去吃东西。

这个时候，有的人看似端庄优雅，实则内心慌得很。

长条餐桌前，傅明予拿了一块蛋糕，正要递给阮思娴，却被她狠狠打了一下。

阮思娴力气是真的不小，傅明予皱了下眉：“又怎么了？”

“我觉得你妈妈好像不太喜欢我。”阮思娴不着痕迹地转头看了一眼贺兰湘，终于把刚刚的心里话说出口，“你没感觉到吗？”

“她不是不喜欢你，只是平时跟你妈妈不太合得来。”傅明予慢悠悠地抬了抬眼，“关系其实也不算差。”他说完，喂了块儿蛋糕到阮思娴嘴边。

阮思娴没心思，别了别脸，皱着眉说：“我听明白了，你就是在委婉地说你妈妈不喜欢我妈，是吗？”

傅明予垂着眼睛，算是默认。

阮思娴叹了口气：“那怎么办？”

“什么怎么办？”傅明予看着她，轻笑了声，“你是我女朋友还是我妈的女朋友？”同时那块儿蛋糕又喂了过来，阮思娴因他那句话而感到愉悦，轻轻咬了一口。

傅明予抬手用大拇指擦掉她嘴边沾的芝士末，也没去拿纸巾，放到嘴边轻轻舔了下。

阮思娴看着他这慢条斯理的动作，脸色有点不自觉地热。

“这里这么多人，你能不能像个人样？”说完，她有些心虚地环顾四周，猝不及防就和遥远的郑幼安对上目光。

远处一直默默打量着这边情况的郑幼安，立刻转过身往另外一边走去，摆出一副“我什么都没看见”的样子。实际上却默默松了口气，还萌生了一种类似“CP 粉”的欣慰感。

请你们尽情秀恩爱，随便秀，只要看见你们好好的我就放心了。

“这就不像人了？你对我人品底线预估有点儿高。”

“……”

大庭广众下能堂而皇之说出这种话，阮思娴觉得自己对他的底线预估是高了点。

而傅明予浑然不觉自己说的有什么不对，拿了另一块儿蛋糕喂到阮思娴嘴边。

“再吃点儿。”

阮思娴直勾勾地看着他。行吧，那就都别做人了。

她张嘴，侧着咬了一口傅明予的指尖：“我去卫生间补个口红。”随即掉头就走。

傅明予看着自己的指尖，上面有一个浅浅的牙印。下嘴可真是不留情。

宴安他爸正好经过这里，看到了这一幕，朝傅明予笑了下。

同时他见到从二楼换了身衣服下来的宴安端了杯酒慢慢喝着，也不太搭理人，满脸写着“心情不好”四个字，于是慢悠悠地踱过去。

父子俩并肩站着，当爸爸的也端了杯酒，似闲聊般说起：“刚刚傅明予带他女朋友过来打了个招呼，我听祝东说你追过她？”

宴安咽下一大口酒，声音有点低沉。

“他嘴巴还挺大。”

“这个先不管，我先警告你一点。”他爸往旁边人少的地方挪了点儿，示意宴安跟过去，“郑家那边的事情我昨天跟你提过，一旦决定了，你不管怎么样都要把性子收回来，不能踩了人家的面子。而傅明予那边，既然都是女朋友了，你更不能动什么挖墙脚的心思。”

他停了下，又说：“我是了解你那些臭毛病的，你要是实在管不住自己，那郑家那边的事情就再考虑一下，别弄得太难看，是吧，你怎么想？”

跟郑家的事情原本是昨天就说好了，宴安也做好了各种心理准备，可这个时候他爸爸却不把他当人看，这也太过分了。

但是还没等他出口，旁边已经响起一道声音。

“叔叔，别搞错对象了。”

傅明予从后面走过来，手里的酒杯已经快要见底：“宴安怎么想不重要，重要的是阮思娴是我的人。”

傅明予晃了晃酒杯，掀眼瞥宴安：“别人想再多也没用。”

宴安："……"大哥，我什么都没说啊。

与此同时，阮思娴正根据指引牌朝卫生间走去。

宴会厅正厅没有设置卫生间，要过去，得穿过一条幽静的长廊。地面上铺着柔软的地毯，吞掉了所有脚步声。但一些低语却被这长廊的设计放大。

阮思娴脚步慢了下来，因为她似乎听见有人议论她。

长廊左前方延展出去一部分供宾客吸烟，这会儿远远地已经闻到一股烟味。

"那位什么来头啊，从来没听说过这个人啊。"

"就是前段时间他们世航官博里面那个女飞吧？听说以前是个空姐？"

"真的假的？又是空姐？"

"骗你干什么，去问问世航的人，都知道啊。"

"真的又是空姐啊，他哥之前不就是跟一个空姐订婚了，他们兄弟俩还都好这一口啊。"

"身材是不错啊，皮肤还那么白，谁不喜欢啊。"

"漂亮有什么用，家里那道关是过不了的吧。"

前面都是两个男的在闲聊，突然插了个女人的声音进来。

"听说当初大儿子都订婚了，她这个当妈的说不同意就绝对不同意，据说就是看不上这个出身，态度比傅董还坚决，最后婚没结成，儿子气得去国外待了大半年不回家，人家宁愿不见儿子也不松口，那态度多坚决啊。"

"是啊，傅夫人是谁啊，当初傅董出车祸，命悬一线在医院躺了几个月，俩孩子还在读书，她可是坐镇主场手撕了世航好几个蠢蠢欲动的股东，只不过这些年不问世事去搞艺术了，这不代表她就不过问家事了。"

"但是你们看见她脖子上挂的项链了吗？前几天莱斯特送给傅太太的，傅太太喜欢得不得了，现在都给她了，说不定就是傅太太的意思。"

阮思娴伸手拨了拨胸前的项链的吊坠。

傅明予从他妈那儿抢来了？那还挺像他干的事儿的。

“噗——你倒是天真，那项链全世界就那么一条，仿版却满天飞，现在什么首饰店没一款一模一样的啊？走大街上十个女人有九个都有同款。”

“可能傅太太心里正冷笑着，什么玩意儿，哪里来的小傻瓜戴着个盗版货就敢来老娘面前招摇了。”

“所以啊，想过傅太太这一关比登天难多了。”

“倒也不是完全没有办法啦。”

“嗯？”

“肚子里赶紧揣上一个，傅太太年龄大了，到了含饴弄孙的年龄，说不定就点头了呢。”

几个人顿时哄笑了起来。

阮思娴眯了眯眼，觉得那阵烟味儿有些呛人。她低头理了理裙子，又薅了两下头发，缓缓抬眼，冷眼看着那个方向。

只是她刚要迈腿，却被人拍了一下肩膀。

阮思娴回头，不知贺兰湘什么时候站在她身后了。

外面天气冷，贺兰湘出来的时候裹了条流苏披肩。

她拎着披肩往上提了一下，抬了抬下巴，大步朝吸烟区走去，披肩上的流苏被她抖出了旌旗十万斩阎罗的气势。

“差不多得了，真以为傅家是什么人都能进的地方吗？她——”

吸烟区有人总结陈词，但话音未落，却有人余光瞥到一抹身影，立刻扯了旁边人的袖子。

“傅……”

“傅家是什么地方？”

一双亮金色尖头高跟鞋踩进来，在青石板路上踏出尖锐的声音。

贺兰湘停在距离那群人一米远的地方，双手抱臂，下巴含着，只用双眼上下打量着刚刚说这句话的人：“嗯？说啊，傅家是什么地方？瞧你们说得傅家跟监狱一样，多吓人啊。”

露天吸烟区内，寒风一阵阵吹进来，夹着点雪粒，刮在几个人身上，连穿的外套都不抵用，冷得刺骨。

一时间，小亭子里安静得只有风吹动树叶的声音。

“怎么不说话了？我看你们刚刚挺能说的。正式点的场合三棍子打不出半个屁，私底下舌头一个比一个长，温州鸭舌厂怎么没请你们坐镇呢？”

贺兰湘往左边挪了一步，手指在臂膀上有一下没一下地敲打，浓密的睫毛上下扇动：“小小年纪，张口就嚼人舌根，牙长齐了就是为了出来显摆的？”

女人被她说得面红耳赤，咬着牙，手不知道往哪儿放：“阿姨，您误会了。”

“我误会什么呢？”贺兰湘盯着她的眼睛，把对方看得抬不起头，“我儿子送条项链给女朋友随便玩玩，结果你们口口声声说项链是假的，这又是什么意思呢？”

她拍了拍胸口，深吸了一口气，一副委屈的样子：“我们傅家兢兢业业几十年，又苦又累，结果在外人眼里竟然这么不堪，说到底是我们不配。”

站在长廊里的阮思娴目光严肃：“……”这怎么卖起惨来了？

“阿姨，我……我不是那个意思。”

贺兰湘没理她，转头慢吞吞地走到其中一个男人面前，拿手指轻轻捂了捂鼻子：“但是配不配什么时候轮到你说了算了？你当自己是高级锁匠呢？我儿子交个女朋友还要你来评价，也不先看看自己配不配，前面不就是卫生间吗，赶紧进去照照。”

接着又看向另一个男人，贺兰湘顿了下，没说话。

那个男人心里打鼓，赶紧抢先撇清关系：“阿姨，我就是路过这里……”

“正常路过的叫路人，路过还管不住自己，非要撒泡尿的是什么品种啊？”

“……”

另一边，傅明予和宴安两人分别从宴会厅两头走向出口。

傅明予见阮思娴迟迟不回来，打算去找她，而宴安想出去抽支烟，正好两人就在长廊上遇见。一前一后走着，气氛有些僵。

宴安正要说点儿什么，余光突然扫到旁边一角，说道：“那边……”

没等他说完，傅明予已经加快脚步走过去。

“怎么了？”他走到阮思娴身旁，“你们在这里干什么？”

阮思娴还没从前方战场中回过神，扭头见傅明予来了，张了张嘴，还没来得及说话，前面贺兰湘转过身，立刻蹙了蹙眉头：“没什么。”

她走过来，瞥了一眼自己儿子，语气带点儿酸涩：“我就是没想到含辛茹苦大半辈子拉扯两个儿子长大，结果却被人说成一个恶婆婆，棒打鸳鸯，穷凶极恶，拆散人家好姻缘，还逼得大儿子远走他乡。”

吸烟处四个人：“……”不是，我们没这个意思。

阮思娴也震惊了。原来大招搁这儿等着呢？而且仔细想想她说的话，好像也没什么不对？

阮思娴抬头，看见傅明予眯了眯眼睛，视线扫过前面那几个人。她瞬间有一种，这几位的命要没了的感觉。

贺兰湘转过身，看了阮思娴一眼，又说：“哦，他们还不相信你送的那条项链是真的，侮辱人呢。”

傅明予声音大了些：“是吗？一条项链算什么，她喜欢的话，整个停机坪的飞机都可以送给她。”

贺兰湘突然睁大了眼睛。我同意了吗？？？

送给阮思娴，就等于董娴未来会拥有他们家一半的飞机。贺兰湘接受不了，她是个抠门的人。于是她用手背挨了挨眼睛：“算了吧，我很冷，回去了。”

说完便走出吸烟区，往宴会厅走去。

“阿姨，什么叫算了？我不能算！”宴安今天本来心情就不好，这下更是听得火冒三丈。

虽然他日常跟傅明予不对付，但贺兰湘还是看着他长大的长辈，哪儿容得这些人背后编派？

况且这些人本来就是平时跟着他吃吃喝喝的酒肉朋友，请过来参加今天的宴会只是为了热闹热闹，年轻人会带气氛，他爸年纪大了也喜欢场面热闹，谁知道这群人却背地里尽给他找事儿。

宴安回头一看，贺兰湘已经落寞地走远，再看眼前几个人，他气不打一处来，闭眼深呼一口气，告诉自己今天是自己老子的寿宴不能闹事。

几个人见贺兰湘走了，想张口解释什么，宴安抬手比了一个闭嘴的手势，闭着眼说："你们现在全都自己给我滚出去，别逼我叫人动手。"说完便急匆匆地追上去哄贺兰湘。

剩下这几个人刚踏出小亭子，又直戳戳地对上傅明予的目光。

傅明予没说话，转身的时候视线轻飘飘地扫过他们身上，目光里夹雪带冰，虽没说话，却依然让他们如同身置冰窖。

"走吧。"他牵着阮思娴的手，没再说别的。

阮思娴回头看了一眼那几个想走又不敢上前的人。

配不配得上，只有我自己说了算。

回到宴会厅，阮思娴一眼看见宴安坐在贺兰湘旁边，堆着笑脸凑她身边说话，一会儿又递上点心，一会儿又主动去接酒水，反倒比傅明予更像亲生儿子。

过去了半个多小时，也没见那几个人再出现。

阮思娴喝了点酒，环顾四周："人呢？怎么也没见他们走？"

"从后面走的。"傅明予拿走她的杯子，"这酒挺烈。"

阮思娴突然就觉得有点头晕。

"你怎么不早说？我刚刚都喝挺多了。"

"这也怪我？"

傅明予就着她的杯子喝了口："我看你刚刚喝得挺开心的。"

他垂下眼睛看她："怎么，不行了？"

"一杯酒而已，不至于。"阮思娴悄悄用手扶了扶桌子。她不知道自己已经上脸，双颊绯红一片，眼睛像蒙着一层水，亮晶晶的。

"不过这个挺好喝的。"她又伸手去拿杯子，这次傅明予没看着她，"我还以为是香槟。"

"随你吧。"

宴会快结束时，董娴终于找到机会带着郑泰初过来和阮思娴正式认识。她向来话不多，郑泰初也是少言寡语的人，整个过程态度客气，寥寥寒暄几句，便没有多的话说。

只是阮思娴看着身材高大挺拔的郑泰初，始终和记忆里那个人对不上。

离开的时候，走出宴会厅，一股冷风吹过来，阮思娴的头发扬了起来，没忍住打了个寒战。

贺兰湘和她丈夫站在旁边，看了阮思娴一眼，把自己的披肩塞给阮思娴。

“我们先回家了。”她没给阮思娴拒绝的机会，挽着丈夫上车，关上车门前，探出身来挥挥手，“你们也早点儿休息哦。”

阮思娴拿着这条披肩，一时没回过神。

傅明予接过来，给她裹在脖子上，牵着她上车。

“唉……”阮思娴坐上车，下巴埋在毛茸茸的披肩里，突然叹了口气。

“怎么了？”

“这条项链原本也是你妈妈的吗？”

“嗯，她说当作送你的见面礼。”

阮思娴默了下，闷闷地说：“阿姨对我真好。”

还没见面就送她这么贵重的礼物，真正第一次见面的时候又为她出头，离开的时候怕她冷，还把披肩给她用。

傅明予用一副“你才知道”的眼神看了她一眼。

“那你现在还觉得她不喜欢你吗？”

阮思娴笑了笑，低头看见自己穿的衣服，又问：“这条裙子该不会也是阿姨送的吧？”

那天傅明予的助理派人把衣服鞋子送来，她打开看了眼，有那么一瞬间怀疑过傅明予的性向。直男不可能有这样的审美！但如果是贺兰湘送的，那一切就说得过去了。

傅明予有些无奈地看了她一眼：“我是巨婴吗？”言下之意，就是这条裙子跟贺兰湘没有关系。

“哦。”阮思娴伸手拂了一下裙摆，“你是不是很喜欢我穿红裙？”

她对生日那天的记忆很清晰，傅明予靠在她耳边说的那句话时常还会在莫名其妙的时候突然冒出来。

“其实我更喜欢你穿另一件衣服。”

“哪件？”

前排有司机，傅明予靠在阮思娴耳边低声说：“制服。”

“……”

阮思娴脑子里的画面突然变了颜色，朝着岛国小黄漫一去不复返。

“我觉得你适合待在另外一个地方。”

“嗯？”

“江城监狱，全员制服，满足你的所有愿望。”

“……”

傅明予沉着脸，咬着牙一字一句道：“阮——思——娴。”

“不在。”

虽然这么说着，但她还是朝傅明予挪去，靠着他的肩膀闭上了眼。今天她虽然只喝了一点酒，但度数确实不低，她早就有些头昏。

傅明予伸手揽住她的肩膀，让她靠得舒服些。

车内温暖而静谧，身边的人气息平稳绵长。

突然，耳边拂过一阵热气。傅明予还没回头，便听见她在他耳边低声说：“那我下次专门穿给你看。”

碍于车内有其他人，傅明予没说话。

直到被人抱下车，阮思娴才悠悠转醒。她一睁眼就看见傅明予的下颌，看清这个人是谁后，索性闭上眼继续睡觉。

走到她家门口，傅明予说：“开门。”

阮思娴越睡越困，伸手按了密码，打开门后又闭上了眼睛。

傅明予抱着她进去，把她放在床上。

阮思娴翻了个身，抱着枕头，迷迷糊糊地说：“出去的时候记得关门哦。”

她打算躺一会儿再起来洗澡。房间里许久没有脚步声，反而有衣柜门被推开的声音。

阮思娴睁眼看着他："你干什么？"

傅明予找到那套熟悉的制服，拿出来扔床上。

"现在就穿。"

阮思娴抱着枕头，意识渐渐清晰。

"几点了，傅明予你能做个人吗？"

傅明予脱了外套放到一旁，单穿着衬衣，俯身压过来的时候，身上有淡淡的酒气。

"做人做久了，偶尔也有点儿累。"

见阮思娴没动，他说："你自己穿还是我帮你穿？"

阮思娴愣了下，回过神来时，突然哼笑一声："我自己穿，你先出去。"

傅明予眉梢扬了扬，转身出去，并且带上了房间门。

几分钟后，里面的人说话了。

"好了。"

傅明予转身看着门，两秒后，扭动门把。

阮思娴正背对着他系纽扣，听到声音，回头看着他。

不知道为什么，脑子里突然冒出一句："男人，还满意你看到的吗？"

想了想，剧本不对，于是没说出来。

但眼前男人明显很满意，虽然紧紧抿着唇，眸底幽深，有明显的情绪在跳动。

阮思娴系好了扣子，转过身来，房间的灯光毫不吝啬地洒在她的脸上、头发上，映得双眼如水般透亮。

她抿着唇笑，朝面前的男人勾勾手指："好看吗？"

傅明予抬起手臂，指尖拂过她的肩章，滑到腰间，把人搂进怀里，亲吻她的耳垂。

"痒。"阮思娴侧着脸躲开，"你干什么呀？"

"嗯？"傅明予下巴蹭着她的脸颊，"你说我想干什么？"

阮思娴下巴靠在他肩膀上，仗着他看不见，肆意地笑着："你不是想看我穿制服吗？"

傅明予的手很不安分地在腰部游走："嗯，还想看你脱制服。"

捉弄的心思一旦出来，就疯狂生长。

但听到这种话凑在耳边说出来，阮思娴还是忍不住脸红。她推开傅明予，低着头，把脸边的头发别到耳后，露出通红的耳根。

手指捏住领口的袖子，小声说："那你要我脱给你看吗？"

说完，她便去解第一颗扣子。手指刚动，便被傅明予握住，摁在她胸前，另一只手扶住她的后脑勺，重重地吻过来。

许是喝了酒有些头昏，而他又没那么温柔，阮思娴脚下不稳，两个人一起朝床上倒去。

夜晚寂静无声，窗外偶尔有风声。

暧昧缠绵的气息声在暖气充盈的房间里逐渐升温。

傅明予撑在阮思娴头边，细密地吻着她，而她的双手不知什么时候已经抱住了他的脖子，一次次主动地回应。

他睁开眼，双眸迷离，含了含她的双唇，声音低柔："你喝了酒这么主动吗？"他手指拂过她脸边，指腹下的肌肤有些烫。

阮思娴睫毛低垂，轻微颤动："可能例假期间确实是比较主动吧。"

"……"

傅明予眼里的情欲以肉眼可见的速度消退，手指像定住了一样，一动不动。

他闭了闭眼，几乎是咬牙切齿地叫出她的名字："阮思娴！"

阮思娴笑弯了眼睛，搂着他的脖子用力把他往床上拉，摁在自己身旁。

她翻了个身，趴在床上，手托着腮看着他："我都说了改天，你自己不做人，非要择日不如撞日，怪我吗？"

傅明予侧着头，半眯着眼睛看她，伸手捏住她的下巴："你想玩儿死我？"

阮思娴理直气壮地抬起下巴："你说的是人话吗？是谁打开我的衣柜门，只给我两个选择，自己穿还是你给我穿？"

傅明予闭上眼睛，眉头蹙着，吸了吸气，松开捏着她下巴的手，揽住她的肩膀，把她摁到自己胸前躺着。

阮思娴却没有很安分，调整了一个舒服的姿势后，说道："我问你个事儿。"

"嗯。"傅明予手扶到她腰上，漫不经心地应了声。

"我今天听他们说，阿姨不同意你哥哥和女朋友订婚，然后拆散他们……哎，你手别乱动，痒！"阮思娴挥开他的手，继续说道，"还气得你哥哥去国外大半年都没有回来，是真的吗？"

"假的。"傅明予忽然笑了声，没等阮思娴追问便解释道，"是我妈要求他们分手的没错，不过那是因为他们感情出现问题，还牵扯不清，她是个劝分不劝合的人。"

阮思娴听得有些蒙："劝分不劝合？"

"嗯。"傅明予手指绕着阮思娴的头发，说起这件事，几乎没有任何情绪色彩，"她认为如果是能过一生的人，分开一段时间，也会走到一起，还能趁机沉淀反思，但分开后反而过得更轻松，就不必再回到原点了。"

"噢。"阮思娴正细细想着，感觉到傅明予的手又不老实了，于是拍了拍他的胸膛，"别动！"

"那你哥哥女朋友呢？哦不对，是前女友。"

"不太清楚。"

"你怎么不知道？"

傅明予瞥她一眼："我为什么要那么关心我哥的前女友？"

"行吧，那阿姨完全没有介意过你哥哥前女友的家庭条件什么的？"

傅明予用手钩住她下巴："你想那么多干什么？"

阮思娴直勾勾地看着他："我就随便问问啊，不能说吗？"

"我对你有什么不能说的？"傅明予松开手，平静地说，"算不上介意，她从一开始就不看好他们，不过也从没插手干涉，直到最后那次——"

"嗯，知道了。"阮思娴垂着眼睛，手指无意识地拨动他衬衫上的纽扣，一下一下地，挠得傅明予心上直痒。

"阮思娴，不方便就别招惹我。"傅明予突然抓住她的手，"还是你今天这么累了，还想再帮帮我？"

阮思娴抬起头，抽出自己的手捶了他一下："你精虫上脑了吗？"她挣脱他的怀抱，起身下床。

“我去洗澡。”

傅明予望着天花板，长舒了一口气，随后也跟着起身。

“你要回去了？”阮思娴进浴室后，探头出来问。

“嗯？”傅明予拿着外套，侧头看她，似笑非笑地说，“想我留下来陪你？”

阮思娴抱着门，双眼亮晶晶地看着他，过了好一会儿，突然开口道：“密码是我生日。”

话音落下，浴室的门同时关上。傅明予看着这道门，轻笑出声。

近一小时后，阮思娴裹着浴巾和干发帽走出浴室，刚踏出一只脚便看见傅明予坐在她的沙发上，穿了一身浅灰色睡衣，手里拿着本书。姿态自然得就跟在自己家似的。

他从书里抬了抬眼：“洗完了？”

“洗完了。”阮思娴抓住胸前浴巾，往上提了提，同时打量着傅明予，“你还挺快的。”

傅明予放下书，嘴角的弧度似冷笑，又似调戏。

“我快不快你不知道？”

“……”

阮思娴关上门，换了睡衣出来，进浴室的时候，还不忘瞪他一眼。吹干头发，她没说话，直接回到房间，钻进被窝，关了灯。

窗外月色摇摇晃晃，透过薄薄的窗帘洒在房间里。

傅明予进来的时候没开灯，脚步很轻，但阮思娴却像能感觉到他的气息一样，知道他进来了，反而把眼睛闭得更紧。

床边缓缓塌陷一处。傅明予躺上床，面对他的是阮思娴的背影。

他伸手抱住她的腰，下巴抵在她头顶。

黑暗中，两人低声窃语。

“下一趟飞哪儿？”

“大后天，还是临城啊，怎么了？”

“几点回来？”

“不延误的话，六点吧。”

“嗯，到了跟我说一声，晚上等我。”

“……”

阮思娴不自然地扭动了一下脖子，庆幸黑暗中看不见她的脸红，不然傅明予可能又要借题发挥。

“其实你不必说得像布置家庭作业一样。”

这种感觉就好像傅明予在明摆着跟她说“那天晚上我要睡你，你准备一下”。

傅明予在她脑后闭着眼睛笑：“第一，让你跟我说一声是因为那天天气不好，让你落地报平安；第二，晚上等我是因为我想带你出去吃饭，补一下元旦。”

他的手掌按在阮思娴小腹上，微微撑起上半身去看她：“你说什么家庭作业？”

“……下飞机会给你报平安的，睡觉，晚安。”

今年过年早，元旦假期后，许多高校已经考完试开始放假，而江城外来学生多，陆陆续续开始返乡，航班繁忙程度又迎来一次小高峰。

“天天延误！”

头等舱候机厅内，一个男人焦灼地走来走去：“也不给个准话到底几点起飞！”

室外，低云笼罩着天空，刚刚六点，天却比往常七八点还黑，仿佛预示着一场大雨的来临。这样的天气令航班延误的旅客更加焦灼。

坐在后面的一个女人拿着化妆镜，虽然心情也烦，但没她哥哥那么暴躁。

“你在这里骂有什么用？”

女人翻了个白眼：“有本事上旁边那栋大楼里去骂呀，让他赶紧给你安排航班。”

男人回头怒视女人：“你除了会在这里阴阳怪气还会什么？”

这两人就是那天在宴安爸爸寿宴吸烟处的四人之二。女的叫金雅，男的叫金旋，堂兄妹俩这几天心情都不好，谁在嘴皮子上都不会让着谁。

“我哪儿有你会耍嘴皮子呀？那天要不是你管不住自己的嘴在那儿瞎说会给自己惹这么多事情吗？”

金旋叉腰冷笑：“我耍嘴皮子？我看你接得也挺顺溜。”

金雅收起镜子，懒得看他一眼：“要不是你开个头非要谈论人家女朋友，别人会无缘无故说起来？”

见他不说话，金雅又讥笑：“还不是看人家漂亮，再漂亮也不是你的。自己惹麻烦也就算了，还拖我们一群人下水。”

“漂亮，是啊，不就是漂亮吗？”

金旋梗着脖子，一边说话一边冷笑：“他见的美女还少了吗？这么护着这个，除了一张脸还有什么。”

话音落下，广播突然响起声音，提示登机。

金雅说：“行了，赶紧走，这是人家的地盘，你还敢说！”

世航大楼十六层，运行总监办公室。

傅明予专心致志看着电脑，眉间突然动了下，转头去看窗外。外面不知什么时候下起了瓢泼大雨，乌云密布，狂风大作。

他站起身，走到窗边，看了眼腕表，眼里隐隐有担忧之色。他回到座位，打开航班运行状态监控器，像平时那样随时关注一下情况。

页面打开后，一条警醒的红色信息跳了出来。

他还没来得及看清，旁边的柏扬脸色一变，看着手机屏幕，说道：“傅总，SH29345 挂 7700 紧急代码，现在正在启动地面紧急预案。”

傅明予似是不相信一般，回头看自己电脑桌面。直到看清上面的红色文字，突然起身，连外套都没拿就朝外走去。

金雅和金旋坐上摆渡车，以为能顺利登机了，结果车却在半路停滞不前。

超过十分钟，金旋又暴躁了。

金旋靠着窗户，大雨中他只能看见穿着雨衣的机务模模糊糊地在焦急奔走。

金旋往车门上砸了一拳："今天还能不能飞了？"

见他又吵又闹的，车里一个女乘客看不下去了，瞪了他一眼，不满地说："你没看航班软件推送吗？有个航班挂了7700紧急代码，正要在这里降落呢。"

司机回头补充了一句："现在其他空中飞机全部避让，我们当然也走不了。"

女乘客踮着脚往外看去："也不知道能不能成功降落，听说是机长空中失能，副驾驶接管，这边又是大风又是大雨的……"

正在开往停机坪的世航专用机组车上，柏扬站在傅明予身后，沉声道："主跑道顺风风力太强，无法降落，但云层太低，无法转到相反方向。机场管制指挥使用西南朝向的副跑道，飞机绕行云星湾东岸，从林棍市方向朝石栏方向进入，但是这样的话，飞机会全面陷入左侧风的巨大影响。"

雨幕中，傅明予看见一辆辆救护车和消防车呼啸而过，朝跑道开去。

第二十三章

命悬一线

“客舱没有医务人员！”

倪彤跑进驾驶舱，俯身去看机长的情况，早上出发时梳理得整整齐齐的头发散乱了几根：“在上空盘旋这么久，有许多乘客已经不耐烦了。”

阮思娴用余光看了一眼晕倒在驾驶座的机长，深吸了口气，说道：“叫三号进来照顾机长，你出去，通知乘客我们准备降落。”

她又看了倪彤一眼：“把你的头发弄好，别引起恐慌。”

倪彤立刻伸手捂着头发，却没有立即出去：“现在的情况……能降落吗？”

“快去！”

倪彤一个字也说不出来，立刻跑出去。

两分钟后，三号乘务员进来，系上安全带，坐在机长旁边。

她握紧了双手，紧张地问：“现在什么情况？”

“还好。”阮思娴说，“不用担心。”

其实情况一点儿也不好。机长失能是其次，主要问题是，机场根据一年中出现频率最高的风向设置的主跑道现在不能用。飞机若是顺风下降，极有可能导致跑道不够长。

然而现在的副跑道却刮着强力侧风，容易将飞机刮得横向倾斜，况且她能预料现在地面排水情况或许会导致“水上飞机”的情况出现。

即便机长清醒，也是一次非常困难的降落。

“百分之五十。”

和管制通话后，阮思娴在心里默默念了一遍这个数字。

现在侧风强度几乎达到规定上限，勉勉强强满足降落条件。她预估，能着陆的概率只有百分之五十。

在模拟机里比这更困难的情况都遇见过，不同的是，现在客舱几百个人的安全，全都沉甸甸地压在她身上。

机长失能，她没资格恐慌，必须让自己在这种时候异常清醒，所有数据在脑海里飞速运算。

飞机转向，进入进场线路。

“啊……”穿越云层后，旁边的乘务员松了口气，默默呢喃，“总算能看到跑道了！”

然而她话音刚落，雨势又再一次增强，正面的挡风玻璃几乎成了瀑布。雨刷的速度根本跟不上降雨的速度，下降过程中，视野变得越来越窄。

阮思娴紧紧抿着唇，几乎是从缝隙中窥视着前方的跑道。

感觉到着陆那一瞬间的震动，旁边的乘务员拍了拍胸口，想侧头给阮思娴打个气，却见她拧紧了眉头。她随着阮思娴的视线往左侧窗口看去，胸口突然猛跳。

雨势不减，穿着雨衣的机务地勤飞快穿梭在机场指挥安排以保证跑道通畅。

机组车内，手机铃声此起彼伏。

“副跑道排水怎么样？”傅明予问。

“雨势太大，水没能及时排出，现在地勤正在处理。”

柏扬看了眼手机，又说：“国家民航总局和江城民航局已经派人赶往江城国际机场第一时间了解情况，您要过去吗？”

“交给胡总，我就在这里。”

傅明予拿出一直响个不停的手机，打开微信，视线停留在阮思娴最后一条消息上。

阮思娴：好了好了知道了，要起飞了，你快闭嘴。

每天有上百趟航班在空中穿梭，尽管所有人小心翼翼，动用所有力量保证每一趟航班的安全，但大自然的变故说来就来，人力在自然的面前完全微不足道。

狂风骤雨、冰雹雷云，他尚且可以在机组车内安然站立，而他的女孩，纤腰细腿，明眸皓齿，明明该被人捧在手心里宠爱一生，现实却是时时刻刻要跟大自然做斗争。

耳边的雨声忽近忽远，傅明予始终一言不发，紧紧盯着前方跑道。他周身散发着一股极沉郁的气息，机组车上其他人不敢靠近，身旁的柏扬连大气都不敢出。

若不是外面灯光在闪，人员在走动，柏扬甚至有一种时间冻住的感觉。

手上的腕表一分一秒地走动。不知过了多久，柏扬双眼一亮："落地了！"

傅明予眸底幽深，没有说话，视线紧紧跟随着前方闪动的灯光移动。

然而下一秒，柏扬看了眼手机上发来的实时信息，又说："可是现在严重偏离跑道！"

因为强大侧风影响，飞机和跑道两端的指示灯偏离得很厉害，飞机根本不在跑道中心线，如果这样下去，飞机很可能滑出跑道。

乘务员心跳得厉害，抓紧了扶手，手心一阵阵汗冒出来，但她看见阮思娴的模样，心里又莫名镇定了下来。

"需要帮忙吗？"她见阮思娴拼命踩着方向舵脚蹬，试图通过控制垂直尾翼上的方向舵改变飞机行驶方向。

但是跟空中飞行相比，地面滑行时候的速度低了很多，阮思娴动用了双脚，同时双手操作着反推杆和前轮转向控制杆，明明是很怪异的模样，可是她看起来却没有丝毫的狼狈。

"把副翼向右偏转最大。"阮思娴开口，声音比她平时还要清冷，"主仪表盘第二排第一个，不要慌张。"

乘务员就坐在机长旁边，娇娇艳艳的一个女孩子第一次触碰到仪表盘，虽然紧张，但是肢体控制却极佳，连一丝颤抖都没有。

"可以了吗？"她问。

阮思娴没说话，乘务员转头看见指示灯几乎与机身平行，稍稍松了一口气。

连宴安都闻讯来了机场，他冒着雨走进傅明予所在的机组车，拍了拍身上的雨水："什么情况现在？"

"飞机已经回归中间线。"沉着如柏扬，此刻的声音也有些慌，"但是因为地面积水轮胎打滑，飞机没有持续减速。"

"水上飞机？"宴安整个人愣住，手僵在半空中，浑身突然发冷。

消防车和救护车已经全部就位，进近灯光在雨幕中依然透亮，眼前全是红色的闪灯，映在傅明予的瞳孔里。

见他如此，宴安半张着嘴，小声说："她在飞机上？"

傅明予依然没说话，紧紧盯着前方，助航灯光下，已经能隐隐看见快速滑行的飞机。宴安屏气凝神，机组车内气压已经低到不能更低。

另一边的摆渡车上，金雅、金旋两兄妹和人群一样安静。

"我们今天要不先不走吧？"金旋低声说，"今天这个天气太可怕了。"

"现在还能走吗？都上摆渡车了。"金雅手心冒着汗，因头等舱摆渡车人不多，可以给她来回踱步的空间，她时不时抠下唇，心快跳到了嗓子眼儿，"我要是在那趟飞机上会吓死，机长突然失能，那飞机还不得乱撞啊！"

说完，她又拿出手机看了看新闻："都这么久了，怎么还没成功降落的新闻出来？是不是出事了？我不想坐飞机了。"

"你别吵了！"后面一个女乘客受不了金雅制造恐慌，白了她一眼，"不是还有副驾驶吗？什么交通工具还没个意外了？这不是还在等消息吗？你丧什么啊丧，台风天人家都能平安无事，你这儿慌什么呢？真是的，光在这儿叫衰，也不怕吓到车上的小孩子。"

说完她又转头去安慰要哭不哭的小孩子："别怕啊小弟弟，没事的，你看连挡风玻璃破裂都没出事，现在肯定也不会有事的，你要相信大人哦。"

此时的机舱内，乘务员眼睁睁看着飞机眨眼间驶过 B4 滑行道，刚刚松下来的一口气又提了起来，指甲无意识地掐着掌心。

前面所剩跑道已经不长，而飞机依然没能成功减速，还在高速滑行。

照这样下去，飞机就要冲出跑道了。

阮思娴踩着刹车踏板，全身的力气都灌注到了腿上，可是飞机依然没有成功减速。

乘务员不敢出声打扰阮思娴，可是跑道两侧的灯光飞速后退，跑道越来越短，飞机已经逼近跑道尽头。

她低着头，看着阮思娴的腿，仿佛把自己的身家性命都赌在了那条腿上。

几百米的跑道，给阮思娴的时间不过几秒。

怎么办……怎么办……

只有最后一个办法。

“啊！”乘务员竟然看见阮思娴突然松开了刹车踏板，差点吓得晕过去。

客舱内，乘客以为飞机已经落地，大多数都打开了手机，短信声此起彼伏。

而倪彤坐在自己的座位上，感觉到飞机还未减速，浑身绷紧，客舱里纷杂的声音像被抽成真空一样飘远。

没事的。她默默安慰自己。这种情况也不是没有发生过。肯定没事的。突然，她又弯下腰用手捂住脸。可是人家这种情况下都有机长坐镇，他们现在机长失能，只有一个副驾驶。

突然，一股惯性推了倪彤一把，她猛地坐直看着窗外的出口指示灯，几乎忘了呼吸。

“搞什么啊，刹车刹这么急。”不知道情况的乘客忍不住抱怨。

在松开刹车板的那一秒，阮思娴再次用尽全力重新踩下去，飞机的滑行速度突然降了下来，制动的效果在这一瞬间达到最大。

旁边的乘务员脑子里嗡嗡作响。她完全不敢相信，阮思娴刚刚松开刹车板竟然是为了能重新制动。

“在B3驶出！”管制员再次发出命令。

可惜这个时候，B3 也已经驶过。

“在 B2 驶出！”

即便制动效果下，飞机也驶过了 B2。

眼前只剩 B1，也就是跑道的尽头。

“在 B1 驶出！”

傅明予所在机组车四周先是极致地压抑，特别是大家看到飞机驶过 B2 时，眼前仿佛都黑了。原本在 B4 就应该转入滑行道的飞机，过了 B2 还没有转向。

这意味着什么，在座的人十分清楚。眼前就是跑道的尽头，那边是一望无垠的田野。都说田野代表希望，可此时却是绝望。似乎已经预见到了这架飞机将葬送在那片田野上。

全机人的姓名，整个航空公司的前途，以及生产飞机的制造公司，全都在劫难逃。

最后的一秒时间被拉得像一个世纪那么长。

雨依然那么大，连灯都照不亮这片夜幕。车里的呼吸声渐渐消失，压到最低处，目光与思维几乎全都定住。

然而只是眨眼间，机组车外那一排地勤和机务之间的气场陡然一变，两秒后才后知后觉地爆发出一阵欢呼。当这股欢呼传到机组车内时，救护车和消防车已经飞速开向停机坪。

“我去……”宴安怔怔地看着前方，喃喃说道，“牛啊……”

傅明予眉间终于松下来，打开车门，走向雨幕。

管制员发出这道命令的时候，飞机终于减速到能够转向进入滑行道的速度。

看到数据的时候，耳麦那头的管制员也长长舒了口气，问道：“制动起效了吗？”他问。

耳麦里传来温柔的声音：“嗯，我松开刹车板重新踩了。”

管制员呼出一半的气又凝固住。如果重踩刹车的决定再晚一秒，这时候的飞机就已经压着指示灯冲出跑道，后果不堪设想。

但是重踩刹车却是他职业生涯里见过的最大胆的操作。不重新踩，制动效果无法达到最佳，飞机注定冲出跑道。

重新踩，尚有一线希望，但这却是最冒险的行为。那种千钧一发的时刻，如果操纵刹车的人晚了 0.1 秒，没能在瞬间将刹车板踩到死，那么将迎来更可怕的后果。

管制员在这个岗位做了快十年，什么突发事件没见过？却依然在此刻说不出话。他更难以想象，敢这么做的人，居然是个女人。

阮思娴旁边的乘务员感觉自己又活过来了。她靠着座椅，看着旁边依旧昏迷不醒的机长，不知道为什么，眼睛突然就有些酸。

她从没想过看起来这么健康的机长会在飞行途中突发疾病，更没想到偏偏在这个时候遇到极端天气。等下了飞机，她第一件事情就是去把看上了半年都没舍得买的包买下来。

飞机正缓缓停稳在停机坪。

阮思娴松开手脚，仰着头看着雨幕中的灯光，终于出了口气。她觉得刚刚自己几乎忘记呼吸。有一种绝地逢生的感觉，抽空了她所有力气，眼前的灯光似乎在转动，脑子里像拍电影一样出现很多画面。

有她的爸爸、妈妈，各种尘封多年的记忆都在眼前盘旋。而在她整理好情绪的最后一刻，出现在眼前的人是傅明予。幸好我没死，不然把这个男人让给别的女人可太亏了。

机组楼梯很快架起来，医护人员第一批赶进驾驶舱，用担架抬走因病昏迷的机长。

她打开手机，上百条未接通电话提示短信差点挤爆她的手机。这会儿不用她一一回复，想必新闻已经第一时间报道。

她这会儿打开手机，是因为起飞前，她跟傅明予说过，落地报平安。

阮思娴：平安落地了哦。

傅明予：嗯。

这么冷淡？我救了你的飞机你的乘客你的员工知道吗？

阮思娴收起手机，站起身来，推开已经解了锁的驾驶舱门。

傅明予就站在门口，身上的衣服几乎湿透了，头发上还滴着几滴水。

他就那么紧紧盯着阮思娴，漆黑的眼睛，似乎有很多话要说。

但最终他只说了四个字：“受伤了吗？”

阮思娴摇头，下一秒就被他抱进怀里，紧绷的神经还没有放松下来，她还想跟他说说刚刚的情况。

“那个……”

“别动。”

傅明予手上用力，按着她的后颈，头发上有些雨水，全都浸入他指尖：“抱一会儿。”

耐心余量告急，他的手臂箍得阮思娴有些喘不过气。而他又不说话，任由身边人来人往，纷纷往这里看，也没有松手。

鼻尖那股熟悉的气味有一种让人安心的作用。高度紧张了一个多小时的大脑松懈了下来，阮思娴没有抬手抱住他，就那么紧紧地靠在他怀里。

虚惊一场，最能使人精疲力尽。

这个时候，有那么一个人的怀抱只给她，驱除了心里所有的恐惧。

静静抱了许久，阮思娴拍了拍他的背说：“资本家，你得给我涨工资。”

傅明予好像没听见她说的话似的，手掌在她背上轻轻摩挲，过了许久，他才说道：“我都是你的，还要什么工资？”

“亲兄弟还明算账呢。”阮思娴用手捶他的背，“到底加不加？”

傅明予松开她：“闭眼。”

阮思娴狐疑地看他一眼，但大概是被他的脸迷惑了，很乖地闭上了眼睛，并且做好了迎接一个热吻的准备。

一秒后，眼睛贴上温热。

缱绻地停留后，她听见傅明予说：“走吧，民航局的人来了。”

“哦……”

大概是今天过得太惊险了，这么浅浅的一个吻，阮思娴竟然被亲得有些迷糊，就这么走下飞机。忘了继续提出加工资的合理要求！

这个时候，救护车已经开走，而乘客也陆陆续续出来了。

倪彤和之前坐在驾驶舱的乘务员早已恢复了神态，站在舱门口，挨个送别。

“慢走，带好您的随身物品，祝您旅途愉快。”她们化着精致的妆容，制服加身，端庄温柔。

一个接一个走出来的乘客有的会回以一笑，有的头都不抬，直接走下楼梯，没人知道她们刚刚经历了什么。

阮思娴和傅明予站上机组车时，第一辆摆渡车也开了过来。

有的人因为落地推迟，拉着行李箱动作很粗暴。有的人因为大雨，撑着衣服冲进摆渡车。只有那么几个人看见旁边的消防车，露出几丝疑惑，却没多想，飞快往摆渡车跑。

他们只是觉得降落的时候不平稳，颠死人了，却不知道几秒内，他们和死神擦肩而过。

进入运行楼后，一间准备好的会议室为民航局的人和机组打开。

傅明予没有进去，他还有更多的事情要做。但是会议室的门被关上的时候，他没有立即离开，靠着冰冷的墙站了许久，听着里面或紧张或舒缓的对话。

真正的后怕在这个时候才缓缓席卷心头。

如果她在当时慌了，如果差了那么一秒——傅明予不敢想象那个后果。

无论是机毁人亡的重大事故，还是这个女人就此消失在他的生命里。

直到看到飞机稳稳停靠在停机坪，尘埃落定的同时，他心里有什么东西随着四周的欢呼声一同迸发。

他曾经对这个伶牙俐齿的漂亮女人有强烈的征服欲，有探究欲，还有最原始的性欲。这是最普遍的情之所起的原因。

然而这些东西却在看见她完完整整地走出驾驶舱那一刻被抛之脑后，取而代之的是一股充盈于心的酸胀感觉。

像小时候看见史书里的将军，像少年时期看到凌驾于世界之巅的君主。

心里的变化浓重而清晰，她这个人伴随着炽热的火焰进他心里，滚烫又深重。

落地后不到十分钟，航空新闻铺天盖地而来。

又因为某相关电影的上映，航空事故得到空前关注，本次事件瞬间登上热搜。

不过阮思娴和傅明予都没空管这些，这个晚上注定忙得脚不沾地。

宴安得到消息，想来看看情况，但碍于傅明予时常对他摆的那张臭脸，想想还是算了，不如回家看新闻。

傅明予终于有时间看未接电话时，除了家里人打的，还有十二个董娴的电话。

他正考虑着要不要拨回去，助理便打电话进来说，董娴和董静都来了。

“嗯。”傅明予说，“五分钟后让她们进来。”

他去换了一身干净的衣服，整理好了头发，办公室的门自动打开，董娴和董静两姐妹迫不及待地走了进来。

“阮阮呢？”董娴环顾四周，“她人在哪儿？”

傅明予第一次见到董娴这种模样，不仅没有端庄的表情，衣服上居然还有五颜六色的颜料。

傅明予走到她面前，平静地说：“伯母，先别着急，她没事，现在正在接受民航局的调查。”说完朝她抬手，示意她去沙发上坐。

董娴即便坐下来，也没有安心。

“今天晚上我本来在画室，但是好好的颜料盘突然就打翻了。”她断断续续地说着，声音忽大忽小，“然后有人跟我说今天的新闻，我还没看，心脏突然就不正常，感觉她就在那架飞机上。”她弯腰捂着额头，“我就知道是她。”

董静坐在她身旁，拍了拍她的背：“阮阮这不是没事吗，你别担心了。”

傅明予看了眼腕表，同时各个部门的电话一直被转接进来，柏扬和助理站在外面候命。

看出傅明予很忙，董娴两人也没多打扰。

“我们去外面等吧。”

此时整栋世航大楼忙碌得堪比春运，每一层，每一处工作间全都人满为患。这是集体加班的一个夜晚，公关部尤其忙碌。

整整三小时，阮思娴才从会议室里出来，耳边充斥着各种声音。她还要赶往飞行部提交报告，其间抓了个人问机长的情况。

“还好，没大碍，血管迷走神经性晕厥，大概是因为劳累还有平时各种慢性疾病的堆积吧，航医那里也有记录，但这种事情确实太突发了。”

阮思娴不太明白这种学术用语，只记得机长一开始只是短暂的头晕，随后面色逐渐苍白，逐渐看不清仪表盘，听力也有所下降，同时还开始恶心冒汗。

在他晕过去之前，阮思娴以为他得了什么重病，后来见他直接两眼一闭，差点以为出了大事。

“那他以后还能继续飞行吗？”阮思娴问。

“恢复后可以的，只是以后会列入重点体检名单。”那个人说完就匆匆走了。

阮思娴继续朝办公室走去，其间拿出手机回了司小珍和卞璇的消息。

因为后续的新闻报道上直接出现了她的名字，所以微信一下子涌入上百条消息，她没时间一一回复，只能发个朋友圈算是统一报平安。退出微信后，她看了眼通信记录。

几十条提示短信中，有十几条来自董娴。她想了想，还是决定给她打个电话回去。只是还没拨出去，人已经出现在她面前。

“你没事了？”董娴手里捧着个一次性纸杯，怔怔地看着阮思娴。

“没事了。”阮思娴说。

这次董娴没有继续开口，阮思娴也不知道该说什么，两人就这么沉默地面对面站着。

另一边，傅明予从办公室出来，看见董静一个人站在休息间。

“郑夫人呢？”

董静四处张望了一番，说道：“不知道，刚刚说去倒个水，一直就没有回来，是不是有什么事？”

傅明予知道民航局的人已经先走了，看了眼时间，估计阮思娴那边也差不多了，于是给她打了个电话。但是没人接。

“可能跟她在一起。”傅明予说，“大概就在对面的玻璃长廊，阿姨，需要我让人带您过去吗？”

董静本来都点头了，想了想，又说：“算了，让她们两个人说会儿话吧。”

助理给董静倒了杯热水，她又坐了下来。

傅明予也没有走，看着前方的玻璃长廊，那里隐隐倒映着两个模糊的身影。

“我们阮阮从小到大都像个男孩子……”虚惊一场后，董静在这里坐了接近三小时，有些累，也不太站得起来，就这么自言自语着，“说实话，我要是飞机上的乘客，知道这种危险时刻是个女孩子在上面，我可能会恐惧加倍。”

她说到这里，笑了笑：“还是个这么漂亮的女孩子。”

柏扬拿了份责任书过来，傅明予却站在这里，没有动。

董静想到了什么，突然又抬头跟傅明予说：“你知道吗，她本来应该叫作阮广志的。”

傅明予：“……”他从眼前的文件夹里抬起头，没说话，却有些蒙。

“那时候她妈妈刚怀上她，闹腾得厉害，然后那些周围的老太太有经验，看了肚子都说是个男孩子，所以她爸爸提前就给她取了这么个名字，我还记得那句诗来着，‘定心广志，余何畏惧兮’，是这么念的吧？”

傅明予没什么表情地点了点头。

而柏扬一想到阮思娴原本叫这么个名字，虽然没笑出来，但是眉梢很合时宜地抖了下。

签完责任书后，傅明予淡淡地说：“然后怎么取了这么个名字？”

“还不是因为怀上她那年她爸爸被学校调去支教了，她爸爸又不会讨好领导，好地方都被别人领走了，留给他的就是个鸟不拉屎的村子，那年刚刚通上电，半年后整个村子才有了一部座机，想打个电话还要预约。

“那怎么办，家里有老婆还有没出生的孩子，就写信呗。

“那时候也才结婚没多久，突然就要分开那么长时间，她爸爸几乎是每周都来信，有时候隔个两三天都写。也就说说家长里短的事情，看多了也没意思，不过新婚夫妇嘛，想还是想的，又不好说，于是每封信落款前都有‘思娴’两字。

“阮阮她出生那天也不容易，当时大晚上的，我妹起来喝口水，结果就绊了一脚，当时就不行了，连医院都来不及去，就在家里生的，当时我接到电话吓死了，还以为两个都保不住，结果倒还好，这不健健康康地长大了吗，个子还那么高。然后要登记孩子名字，一时也想不到什么名字，正好枕头下搁着一摞信，旁边几个老太太给弄散了，捡起来一看，说就这个好，有意义，所以就这么取了。”

傅明予笑了笑说：“好听。”他坐到董静对面，中间搁着一张桌子，伸手为她添了热水。

“后来呢。”他指了指对面的玻璃长廊。

阮思娴这会儿是真的很忙，媒体都还没走，各个部门也等着她和全机组报告详情，所以她没跟董娴说几句话就走了。

董娴也不强留，她只是想确认一下阮思娴的平安。她回到傅明予办公室外面的等候区，脚步踏得轻，那边两人没注意到她的靠近。

“我也不知道她怎么就这么接受不了父母离婚，可能她本身就是个很倔强的人，不过那几年她妈妈确实太忙了，基本顾不上她，就更难过了吧，也不怎么愿意见面了，到了大学，她自己能打工挣钱了，经常就连电话都不接了。”这些事情始终是董静无法理解的，不过都过了这么多年，她也懒得试图去理解了。

从镜子里看见董娴靠近，她喝完了杯子里的水，站起来说道：“我今天话有点多，不过主要还是因为被吓到了，就差那么一点儿，她可能人都没了，我这心里慌啊。

“小姑娘一个人跌跌撞撞地长大不容易，自己打工赚生活费，还要还学费贷款，给她钱都不要，现在跟自己的妈妈冷冰冰的，也没爸爸了，以后也不知道是个什么情况，你记得对她好点儿。”

傅明予站着久久没有动，看似是目送两人离开，实则心肠震动。

“小姑娘一个人跌跌撞撞地长大不容易……一个人跌跌撞撞地长

大……跌跌撞撞地长大……”董静那句话像耳鸣的声音一样，久久萦绕在他脑海里。

阮思娴直到第二天早上六点才得以离开。傅明予比她还晚半小时。两人进入停车场时候，天还没亮，雨一直下个不停。

阮思娴坐上车就拿出手机看，头也不抬一下，也不知道在看些什么。

傅明予靠着背椅，闭眼养神。

车内温暖静谧，身边有他浅浅的呼吸声。

阮思娴侧头看了他一眼，发现他眉头还拧着。

“睡个觉也不放松。”她伸手想去抚平他的眉头，刚刚触到肌肤，却被他捉住双手。

傅明予睁开眼睛，说道：“怎么了？”

阮思娴没理他，低头继续看手机。

傅明予拉着她的手，慢慢放到腿上，翻转了掌心，十指插进她的指缝，紧紧地握住。

他的指节很硬，硌得阮思娴不舒服。试着抽出自己的手，却被对方握得更紧。

“你是变态吗？”阮思娴说，“再不放手我叫人了啊。”说完侧头去看他，对上他的目光，很快又移开视线。

阮思娴感觉这个人的眼睛有魔力，就像旋涡一样能把人吸进去，看着看着就会想入非非。她继续看手机，#世航29345平安着陆#从昨晚到今天早上一直在热搜前三。

这还得益于某部电影的热映，现在大家对航空信息格外关注。

迫降、飞行员、女性、漂亮，四个重点紧接着让#世航女飞行员成功迫降#飞速冲上热搜榜单。

点进话题，除了世航的官方声明以外，还有许多营销号已经带上了几个月前她给世航拍的宣传照发各种内容。

这次可爱网友们的“彩虹屁”直接把阮思娴吹晕。

上次在宣传照下面说女司机坑的那位站出来，让我看看你的脸肿不肿！

鸣鸣鸣姐姐怎么才能娶到姐姐啊?

上次看到就觉得很漂亮，没想到这么厉害，姐姐“赛高”！

看了下具体的报道，在大侧风和暴雨的影响下迫降，地面积水飞机打滑，最后一秒刹住，我就两个字，牛 ×。

又看了眼自己微博暴涨的粉丝数，阮思娴缓缓侧头，面无表情地看着傅明予。

“我红了。分手吧，辞职信明天给你。我要出道去追我老公。”

傅明予像个聋子一样完全忽略了她说的话。她掌心的温度一点点传到他身上。

“你累不累？”等了半天就等来这么一句话，阮思娴甚至听出点儿“你还不累吗？洗洗睡吧别做白日梦了”的嘲讽感觉。

跟他无话可说。不过说累也是累的，但是神经紧绷了一晚上，反而异常兴奋，这会儿一点睡意都没有。

“你给我加工资我就不累，不加工资我现在就昏迷。”

“嗯。”

汽车在雨中驶向名臣公寓。

公路的排水做得很好，一路上没什么积水，但这雨没有停下来的趋势，司机直接把车开到了地下停车场。

“我妈今天来找我了，你知道吗？”

“嗯。”傅明予按了电梯。

“机长已经醒了，你知道吗？”

“嗯。”

“我现在牵着一只猪，你知道吗？”

傅明予斜睨她一眼，抬手拍了一下她的头。

“原来你不是只会‘嗯’啊。”

阮思娴打开家门，把他挡在外面：“刚刚我看到有人说应该给我发奖金的，你给我吗？”

傅明予看着她，没说话。

阮思娴踢了他一下："不要提钱就哑巴，奖金，给我吗？"

傅明予突然抓住她的手。

"给你。"他把她的手缓缓按在左胸的位置，"这里也给你。"各种情绪浓稠交织，无法用语言表达，蛮横激烈地撞进他心里，"都给你，你要我吗？"

此时正是天亮前最黑暗的时候，窗外的雨噼里啪啦地打在玻璃上，楼道的声控灯长久不熄灭，照在傅明予头顶，睫毛投下阴影，却遮不住眸子里那一抹浓郁的虔诚。

阮思娴伸手捏住他的领带，左右晃了晃，低头看着自己脚尖。

"那就收下呗。"

话音还未完全落下，门砰地一下关上，阮思娴感觉一阵眩晕，已经被人抱住转了个身，摁在门上，热烈的吻骤然落下。

窗外雨不停，风狂吹，室内没开灯，一切都在黑暗中悄然发生。

阮思娴感觉到他双手的兴风作浪，突然有一瞬间的清醒。

"这是大清早！"她的衣服已经敞开，凌乱地挂在肩膀上。

"没关系。"

阮思娴一脸无奈，你当然没关系，可是我房东一会儿要带人来给我换新的洗衣机啊！！！

房东是个有钱中年大爷，在名臣有两套房子，住在西郊的别墅里，平时逗逗孙子遛遛狗，这点儿房租还不够他每个月打牌输的。

但他偏偏又是个对租客特别热情的人，凡事亲力亲为，就连热水器坏了都要亲自带着维修工人来监督着修好。不过今天天气这么差，他应该不至于大清早就带着人来。

就算要来，也得先吃个早饭打个太极拳，再送孙子上学，怎么也要九点之后了吧。之前房东每次来找她都是十点左右的。

现在还不到七点，满打满算三小时，阮思娴就不信还不能来个利落收尾了。

嗯，她对傅明予有这个信心。想到这一层时，人已经被抱进房间里。

窗户紧闭，却依然能听到外面狂风暴雨的声音。而傅明予的气息声更清晰，一声比一声重。

不知过了多久，他的双唇辗转蔓延到阮思娴耳边，轻轻吻了一下她的耳垂，随后半撑着上半身。

阮思娴侧着脸，没有看他，却能感觉到他的目光一寸寸地在她身上游走，炙热又直接。

她的衣服早已全部敞开，凌乱地搭在身上，没有任何蔽体的效果。

还好房间里没开灯，只有窗外的路灯透过窗帘细微地渗透进来，朦胧得有遮蔽的效果。否则她可能想拿枕头捂住自己的脸。

刚这么想着，头顶啪嗒一声，灯开了。

"你干什么！"阮思娴紧紧闭着眼睛，"关掉，刺眼！"

"那你别睁开眼睛。"明晃晃的灯光下，傅明予声音却低沉得像在她耳边呓语，"我想看。"

男人嘴里的"看"，永远不会只动眼珠子。

当他的手指随着目光一起移动时，阮思娴突然双手抓住傅明予肩膀的衣服，睁眼看着他，声音却小得快被雨声遮住。

"我房东今天可能会过来。"

"嗯？"傅明予听清的那一瞬间，双臂撑在她头边，喉结滚动，闭着眼睛吸了口气。

"什么时候？"

"不知道。"

阮思娴侧着头看窗外，脸红到发烫："可能下午吧。"

"那你等我一下？"他慢慢撑起来，领带离开阮思娴的身体。

"你要干什么？"

傅明予胸口起伏着，眼神很沉，看得阮思娴感觉室内气温都上升了几摄氏度。

"我上楼拿东西。"

说完，他起身，领带却突然被扯住。

他就这样保持着半弯腰的姿势，一只腿还跪在床上，看着眼前的人红着一张脸，伸长手臂，打开了床头的抽屉。

天不知什么时候偷偷亮了，原本已经关了灯的房间逐渐变得清晰起来。

可是阮思娴完全没有感觉到这层变化，脑子迷迷糊糊的，四周的空气湿重又暧昧，让她有些气紧，又有些舒畅。

天已经全亮了，雨也不知道什么时候停了下来。全世界都安静了，只有这房间里声响不断。

一开始，阮思娴心里悬着房东的事情，特别害怕对方突然造访，在这种紧张又有点儿刺激的心理下，连喉咙里的声音都下意识压抑着不敢溢出来。

到后来，阮思娴已经几乎失去意识，脑海里只有一根弦摇摇欲坠地挂着，予取予求，不知道时间的流逝速度。

直到客厅里手机铃声突然响起，迷糊之中，她以为是门铃响了，神经突然一紧，身体随之一同做出了反应。

“嘶——”。

两人同时沉沦在片刻的迷离中。

傅明予眉心微抖，压抑着情绪低头亲吻她，温柔而缱绻，额头上的汗水滴在她紧闭的双眼上，渐渐与睫毛上的泪水融合。

两人的呼吸都渐渐平稳下来，但空气却更加湿热。

过了许久，客厅的铃声还在响，阮思娴的意识被一点点拉回。

“我房东来了。”她开口的时候，像是哽咽，也像是求饶，“你快让开！”

“那是手机铃声。”

傅明予侧身躺下，把她搂进怀里，拂开她被汗水打湿贴在脸颊边的头发。

“要去洗个澡吗？”

他不说还好，这么一提，阮思娴才想起来两个人事先都没有洗澡。还是不是人！脏不脏！

别的倒好，只是阮思娴想到自己今天本来就出了很多汗，又在公司里待了一个晚上，感觉浑身都很脏。

她忽然捶了一下他的胸口："你以后再不洗澡我就阉了你。"

傅明予明显有被这句话、这个字眼刺激到，目光一凛，又翻身压过来。

"那你试试看？"

"……"

幸好手机铃声又响了起来，阮思娴一把推开他，随手抓起床边一套睡衣就光脚跑了出去。

是房东打来的电话。

"姑娘，我被淹啦！"

接起来第一句话就是这个，阮思娴有点儿蒙。

"您被阉了？"

"对呀！"房东大喊着，"我家里被淹了！暂时走不开！明天再来给你换洗衣机可以不？"

"……"那我憋那么久是为了什么呢？

"嗯，没事。"阮思娴苦笑着说，"不着急。"

挂掉电话，阮思娴听见房间里有脚步声，傅明予已经穿好了衣服出来。

他还是那样，总能在很短的时间内变得人模人样。穿上衣服，气质神态就和刚刚判若两人。

阮思娴看都不想看他。一想到刚才亲密的每一个瞬间，她就头皮发麻。跑进卫生间后，阮思娴关上门，双手撑在洗漱台上重重喘气。

浑身完全没力气了，下一秒好像就要瘫倒在地。她久久地站着，浑身依然发烫，身体里还有那股感觉，好像他还跟她贴着似的。

然而看见镜子中的自己锁骨与脖子之间那片惨不忍睹的地方时，她脑子里什么旖旎的想法都没了。

——"傅明予！你要死啊！"

傅明予打开卫生间的门，走进来看了她一眼。不知道为什么，连自己都挺累了，她还这么生龙活虎。

阮思娴扯着领口，气冲冲地说："这是什么？"

"吻痕。"

“……”

我又不是弱智，我当然知道这是吻痕。阮思娴猛吸了口气，不想理他。

明明去停车场之前就跟他说了，明天下午有个采访，他精虫上脑就全忘了吗？那种正式场合要穿制服，领口不能完全遮住，这让她怎么见人？

傅明予从背后抱住她，蹭了蹭她的脸颊。

“怎么了？”

“你就管不住你自己的嘴吗？”

“嗯？”傅明予放开她，转过身解开扣子，把衣服拉下来一点，扭头看着镜子里的她，“你也不简单。”

镜子里，傅明予的背上有不少抓痕，赫然在目。

“下次是不是得把你的手捆起来？”

阮思娴联想到那个画面，羞耻难耐，想伸手把他推出去。

“没有下次！”

“你出去，我要洗澡。”

但她几乎没什么力气了，面前的男人动也不动，反而把她抱进怀里。

“别动了，再抱一会儿。”不管他在床上再怎么强势，现在的他都是温柔的。

阮思娴慢慢安分了下来。他的怀抱好像总是有一股让人安心的魔力。

“你不去睡觉吗？”

“我一会儿上楼洗个澡，下午要去公司。”他顿了顿，又说，“民航管理局约谈，下午请我喝茶。”

“那你还挺会见缝插针啊。”

“针？”

“……”

傅明予走后，阮思娴洗了个澡，但没睡觉。她知道自己这一觉睡起来肯定就是晚上，到时候时差很难调过来。

不过干挨着也很难，她得找点事儿做，最好是出门去走动着，才不会睡着。

司小珍今天在上班，走不开。而卞璇昨天担心了一晚上，得知阮思娴平安后还是难以平静，酒吧都没开，但习惯了颠倒作息的她夜里没睡着，这个时候正在补觉。

而手机里不断涌入各种消息，都和昨天的事情有关，她实在没精力一一回复，便关了铃声。

阮思娴在沙发上坐了一会儿，不知道该找谁。要不是被折腾得太累了，她都打算去健身房跑步。不过几分钟后，有人主动找上她了。

郑幼安：姐，醒了吗？

阮思娴：你姓郑，我姓阮。谁是你姐？

郑幼安：别误会，我不是碰瓷。尊称而已。

郑幼安：姐，牛！（大拇指）

阮思娴趴下来，撑着枕头，慢悠悠地打字。

阮思娴：什么事？

郑幼安：我有这个荣幸跟您一起吃个午饭吗？

如果不是实在太困，又找不到人一起吃饭，阮思娴是真的不想跟郑幼安来这个口味甜死的餐厅的。而且她本人哈欠连天，面容憔悴，对面的人妆容精致，神采奕奕。

对比就很明显。

对比明显就算了，她还要拿着手机合照。

当她突然凑过来，手臂支起手机时，阮思娴还没来得及拒绝，看到镜头那一瞬间立刻条件反射露出八颗齿笑容。

咔嚓一声，郑幼安满意地坐回去，手指在屏幕上戳戳点点。

阮思娴说：“给我看看。”

郑幼安把手机递给她。虽然憔悴，但还是美。

阮思娴把手机还给她后，问道：“为什么突然拍照？”

“发个朋友圈炫耀一下啊。”郑幼安说得理直气壮，但这个语气，这个用词，恰到好处地取悦了阮思娴。

阮思娴喝了一口果汁，故作淡定地说：“低调点儿，这有什么好炫耀的。”

郑幼安一边修图一边说道：“别人朋友圈转发个链接，而我可以直接发合照，合照又代表着我跟你认识，还能在第一时间跟你吃个午饭，这不值得炫耀吗？”

阮思娴捂着嘴咳了一下：“我只是今天找不到朋友一起吃饭而已。”

“哦，没关系，反正别人又不知道。”

“……”

还真是虚荣得坦坦荡荡呢。

“对了，我今天早上一睁眼就看见有一个网红发组图。”她把手机拿给阮思娴看了一眼，“为了蹭热度，一大早就去体验馆穿了身制服坐在机舱拍照，真辛苦。一次还连发了两套图，知道的知道她登机舱了，不知道的还以为登月了呢。”

阮思娴草草看了一眼，打了个哈欠。

“你仇人啊？”

“哼。”郑幼安没说话，转移了话题，“你微博回粉一下我呗，你知道我 ID 吗？”

她把自己微博主页翻出来给阮思娴看：“就是这个，我都关注你好久了，你没回过。”

“哦。”阮思娴感觉自己今天一整天就很被动。

不，她每次一遇上郑幼安就很被动。

拿出手机找到郑幼安的微博后，阮思娴点了个关注，最新微博很快就跳了出来。

阮思娴看着她最新发的一张合照，愣了一下，问道：“这是？”

这是一张合照，郑幼安挽着她爸爸，而旁边站着另一个中年男人。

记忆里男人的容貌早已褪色，但是他额间那颗很大的黑痣太深入人心，看起来就像佛祖，瞬间勾起了阮思娴的回忆。

郑幼安抬头看了眼她的手机，漫不经心地说：“我爸啊。”

“我知道，我问旁边那个男人。”

“哦，国叔叔。”郑幼安说，“妈妈的经纪人啊，你不认识吗？”

“哦。”阮思娴关了手机屏幕，没再说其他的。

郑幼安把照片发出去后，心满意足地吃了块儿甜品。

“对了，其实今天呢，主要还有另外一件事。”

阮思娴抬了抬眼：“说。”

“这不是要过年了吗，妈妈说请你过年一起吃个饭，不过听说你昨晚拒绝了，我想着你是不是介意这是妈妈一个人的主意。”

她伸了伸脖子，继续说道：“我爸爸也是很热情的，这么多年没见过你，之前在宴叔叔那边见面了，他也有这个意思。”

“我过年没空的。”这是实话，还有小半个月过年，但是飞行任务已经出来了，春运高峰期，基本没有飞行员和乘务员能休假。

“那年后呢？”郑幼安问，“初三到初七都没空吗？”

“有安排了。”

“哦……”郑幼安听出她语气里拒绝的意思，也没多说，给自己找了个台阶下，“那再说吧，你肯定也是要去傅家过个年的。”

不过说到傅家，郑幼安又说：“那个……你们真没因为那件事吵架吧？”

没有吵架，就是废了一只手而已。

阮思娴没好气地说：“没有没有，真的没有吵架，我们恩爱得很，你到底在怕什么？”

“那就好那就好……”郑幼安拍了拍胸口，“其实我不是怕他，主要是我家最近不太好过，我就怕他公报私仇跟我爸过不去。”

“你家怎么了？”

郑幼安顿了一下，又漫不经心地说：“没什么，就是家里公司经营遇到点儿问题咯。”

吃完午饭，两人走出餐厅，郑幼安的司机已经把车停到了门口，而阮思娴则拿出手机准备打车。

“傅明予都不派人接你吗？”郑幼安很是震惊，“这么冷的天让你自己打车？”

阮思娴瞥她一眼，同样程度地无语：“我就出来吃个饭而已。”说完，她又补充，“而且我也没跟他说过，忙死了，懒得麻烦他。”

“唉……”郑幼安看着前方的车，摇头叹气，“所以我找男朋友就绝对不找这种事业型的，成天那么忙，有什么意思？”

阮思娴不想理她。

郑幼安又自顾自地说：“我上一个男朋友还是个大学生，虽然是我甩了他吧，但是跟他在一起的时候，我就没自己系过鞋带，没自己拧过瓶盖，连包都没自己拎过。”

阮思娴问：“怎么，把你打残疾了吗？”

“……”

第二十四章

热气渐凉的饭局

雨虽然停了，但天气依然阴沉，夹杂着湿气吹来的冷风刺骨地凉。这天气，就算困到眼皮打架也不想出门了。

傅明予给阮思娴打电话过来的时候，听她声音清澈，不像是睡过觉的样子。

“你下午没睡觉吗？”

“没有，中午出去吃了饭，下午回来做了一套题。”

傅明予轻笑：“你还挺厉害。”

傍晚从鬼门关闯出来，一晚上没睡，上午在床上折腾，下午还能看书做题。他女朋友实在厉害。

“晚上给你订了餐，来不及陪你吃。”

“哦……”

“怎么你听起来很失望的样子，很想我陪你吃饭？”

“你说你这自恋的毛病什么时候能改呢？”

“嗯？”

阮思娴看着电脑屏幕里的自己在笑，摸了摸唇角：“没什么事儿我挂了啊。”

“好。”电话里嘟嘟声响起后，阮思娴再次看向电脑。

她没看书，一下午都在网上搜索“董娴”两个字。

不管是网页还是微博，还是专业论坛，和她有关的内容几乎都是油画相关，获奖相关，甚少有关她的私事。阮思娴又查了一下经纪人的相关资料。

酒香也怕巷子深，何况艺术家大多潜心于创作，常常一闭关就是几个月，也没有多余的时间和精力为自己作品的销售、个展的策划和其他社会活动进行运作，再加上艺术家大多对商业活动不熟悉，可能使一位本身具有极大潜质的艺术家被埋没，一些优秀的作品无缘进入众人的视线。所以艺术经纪管理团队应运而生。

在那之后，优秀的艺术精品要进入艺术市场进行流通、保值和升值，也需要专业的经纪人和机构来进行操作。

而搜索结果显示，国高阳，美术界资深经纪人，凭借其丰富的人脉资源，前前后后让三个默默无闻的画家被人看见，艺术造诣获得认可，随即走出国门，名声大噪。不过除了这条百科以外，网上几乎没什么这个人的其他信息。

阮思娴把“董娴”和“国高阳”两个名字合并搜索，相关内容也不多。

“当代油画艺术家董娴与江城浮托里画廊国高阳先生谈油画艺术。”

“江城浮托里画廊国高阳谈董娴：大器晚成，为时不晚。”

看来看去都是这些官方通稿。国高阳也是一个相对低调的人，网络上基本没有除了工作相关以外的事情。

网页放到七八页，关键词黏合度已经越来越低。最后在浩如烟海的内容中，她看到了几年前董娴和郑泰安结婚的消息。那时候董娴已经小有名气，相关报道虽然不多，却还是存在。

其中一条报道被一个油画信息博主转发。

“牵线人是我老板，见过董老师真人，超级漂亮哈哈哈。”

阮思娴点进这个人的主页看了一眼，两年前就停止更新微博，但是简介还是“江城浮托里画廊职业代理人”。

室内安装的门禁系统突然响了起来，阮思娴合上电脑，趿拉着拖鞋走到客厅，同时给傅明予发了条消息。

阮思娴：你订的晚饭到了！

刚发出去，却从监视屏幕里看见董娴的脸。人在单元楼下，没上来。

“怎么了？”接通后，阮思娴问道。

董娴抬起手，拎着一个食盒：“我昨天一晚上没睡着，想过来看看你。”

两个人通过小小的机器对视。一个小心翼翼，而另一个不知道在想些什么。

片刻后，通信器被另一个拨号打断。

“您好，我是西厢宴的送餐员，您的晚餐到了。”

阮思娴打开门，接了食盒，回头再看通信器，按了单元大门的开门键。

“上来吧。”

她没关门，直接拿着食盒走到饭厅，一样样地摆在桌上。三菜一汤加两碗饭，傅明予把她当猪吗？

正好这时候傅明予打了电话过来。

“吃了就去睡觉，别做题了。”

“哦。”

门口传来脚步声，阮思娴没回头，说道：“不用换鞋。”

“你有客人？”

“嗯，我妈来了。”

电话那头沉默了一阵，说道：“我先挂了，你好好吃饭。”

放下手机，阮思娴拿着筷子回头，见董娴拎着食盒慢慢走进来，抬着头打量她的房子。转过头看见她桌上丰盛的饭菜，面上有些尴尬。

她走过去，把食盒打开，里面是一盅汤。

“我想着你应该也没怎么睡好，所以炖了点汤来。”

阮思娴拿着筷子，半口米饭咽下，舔了舔嘴角，说道：“你坐吧。”

董娴点头，依言坐下，把那盅汤推到阮思娴面前。

“这是鸽子汤，你姨妈大清早专门去挑的新鲜鸽子。”

她把手伸过来，手背粗糙，指尖更是有皲裂的痕迹。这是常年摸着颜料，什么保养品都挽救不了的职业病。

见阮思娴放下了筷子，董娴立刻把勺子递给她。

“你尝尝？”

阮思娴没接，把面前的碗推开。

“我有件事要问你，其他的以后再说。”

董娴讪讪收回勺子：“你问吧。”

“你跟那个浮托里画廊的老板是什么关系？”

“什么？”董娴愣了愣，“你是说国高阳？”

阮思娴垂着眼睛，微微点了点头：“对。”

“他是我经纪人啊，怎么了？”

阮思娴说：“我就直说了，小时候我经常从南溪巷后面抄近路回家，你应该不知道吧？”

“南溪巷”三个字太过遥远，骤然提起，有一种恍然的感觉。

董娴怔怔地看着她：“不知道。”

“嗯，我就知道你完全不知道。”

阮思娴又重新拿起筷子，没有吃东西，却只是紧紧握在手里：“我看见过好几次你从一个男人的车上下来，那个男人还经常送你礼物，我记得他额间有一颗很大的黑痣，就是你经纪人吧？”

“他！”董娴脑子也不笨，而且在这种事情上有天生的敏感度，阮思娴一问出来她就知道什么意思了。她的脸色以肉眼可见的速度变红：“他有老婆孩子的，在英国，你是不是想多了？”

没等阮思娴说话，她急躁地站了起来：“我还说你那天在医院里说的什么奇奇怪怪的话，原来是这样，你想哪儿去了？”

“你别着急啊。”阮思娴被她说得脑仁疼，“我这不是跟你求证吗？”

“你为什么现在才来问我？多少年了，快十年了！你现在才来问我，所以你一直不想见我就是因为这件事吗？我真的不知道说什么，你会不会——”

阮思娴突然起身，走进厨房。

董娴也跟着进去：“你说话啊！”

“先喝水。”阮思娴径直把一杯温水撑到她面前，“冷静点儿，好好说。”

她接过阮思娴递过来的水，闭着眼睛一口气全喝了，花了许久才平复心情。

“好，我跟你好好说。”她放下杯子，转身走出厨房，坐到沙发上。

“我跟国高阳是在一次艺术公益活动上认识的，我带学生去参加活动。他想跟我签约，但我一直犹豫不决，你所看到的送我回家是他执意如此，而我不想让你爸爸知道我跟经纪机构接触，所以一直避着人。至于送礼物，他只是想表达诚意而已。”

好吧。阮思娴说不上来这会儿的感受。她憋了十年了，谁问都没有说过，还有人一直不理解她为什么不能接受自己爸妈离婚。

她想着，不管她多生气，这种名声的事情，是她对董娴颜面最后的保护。所以一直一个人默默承载着心里的憋屈。结果这一切真的只是她自己的臆想，像个傻子一样。

见阮思娴不说话，董娴又问：“你为什么现在才来问我？”

“你要我怎么问？”阮思娴说，“我那时候才十四岁，我问得出口吗？”

这种事情对于还在上初中的阮思娴来说，本来就超出了她的理解范围。直到一年后，她爸妈离婚，她才懵懵懂懂反应过来当时是什么情况。

之后几年，董娴奔赴各地，好像特别忙的样子，一年之中偶尔有一两次回来找她，也不去家里，就在学校门口等着。好像很讨厌以前那个家一样。

那时候，从她的穿着打扮来看，阮思娴能感觉到她过得越来越好，可是爸爸的身体却越来越差。从班主任变成单一的语文老师，后来带的班也越来越少，家里条件自然随之下降。两种对比似乎把大人也放置在了对立的局面。

一开始，董娴和阮思娴的爸爸还能维持表面的平和说上几句话，后来连话都不说了。

“好。”董娴扬起手，示意这个话题结束，眼眶却红了，“你因为这个事情误会了我这么多年，我真的……太难受了……”

她起身走到餐桌前，把那盅汤端起来，揉了揉眼睛，说：“你先吃点儿东西。”

阮思娴还是坐在沙发旁边，没能从情绪里抽离出来，也不想吃东西。

她很无奈，不知道说什么好。

两人安静地一坐一立。客厅里开着暖气也感觉不到暖意。

饭菜的热气渐渐消失，董娴心里一阵阵地抽搐，哽咽着说：“阮阮，过年让我陪你好吗？”

快十二年了，两人没在除夕夜里守过岁，放过烟火，吃过饭。就差一点儿，阮思娴就要在她的温柔浸泡里点头。

“这件事是我误会你了，我给你道歉。”

她突然下巴一抬，继续说道：“可是你在我十四岁的时候抛弃我，这是真的。四年间一共才主动来看我五次，也是真的。我爸在得知你结婚的时候，心情不好出去散步出了车祸，这也是真的。你根本不知道我在十四岁之后怎么长大的，你凭什么在我什么都不缺了的时候，让我跟你其乐融融地过年？”

当时针指向七点，天边最后一丝亮光被卷走，一排排路灯整齐划一骤然亮起，即便隔着百里，被窗帘滤过一层光亮，阮思娴还是觉得刺眼。她遮了遮眼睛，转身去开灯。

手还没碰到开关键，就听到后面那人说：“如果是你呢，你怎么选？”

阮思娴手僵在半空中，灯没打开，客厅里还是昏暗一片。

董娴站在离她两米远的地方，幽幽开口：“这辈子最后一次考飞行员的机会，和继续相夫教子留在家里，你怎么选？”

室内久久地沉默，连空气似乎都停滞着不流动。

四周的氛围紧紧掐着她的脖子、她的大脑，思考不了，神经突突突地跳着，似乎下一秒就要炸开。

“我不会让她二选一。”

突然，一只手覆上阮思娴的手背，按动了开关，明亮的灯照亮整个客厅。他握着阮思娴的手，侧身站到她面前，挡住董娴直接的目光。

“阿姨，你问这种问题没意义，这种假设在我这里不成立。”

听到傅明予坚定的声音，阮思娴抬头，怔怔地看着他，喉咙发痒。

外面风很大，他刚回来，衣服上还透着一股冷气，而掌心却是暖的。

当董娴这么问的时候，阮思娴太阳穴突然发紧，感觉自己站在悬崖上的钢丝上，动一下就可能坠落。他的声音，像一根有力的绳子，把她拉上了岸。

傅明予的突然到来打破了董娴和阮思娴之间微妙的僵持气氛。他往饭厅看了一眼，桌上的菜几乎没动。

“阿姨吃了吗？要坐下来一起吃晚饭吗？”他这邀请，倒像是在下逐客令。

董娴不用多说，心中衡量着自己和傅明予在这座房子里的地位孰低孰高，答案明了。她非常清晰地感觉到阮思娴对傅明予的依赖。

两人站在她对面，中间像是有一道屏障，昭示着他们站在了不同的立场，最终还是要不欢而散。

她无声地叹了口气，走到餐桌边，用手背试了一下那碗汤的温度。

“还热着。”她说，“鸽子很新鲜，里面的药材也是仔细挑选过的，能压惊安神，趁热喝吧。”

关门声响起的那一刻，傅明予转身看着阮思娴。他抬起手，想摸一下她的脸颊。

然而还没碰到她的肌肤，她突然朝前走去，往沙发上一倒，栽进抱枕里。

“困死我了。”

趁傅明予不注意，她揉了揉眼睛：“你怎么来了？”

“怕我的宝贝被人欺负。”傅明予端起桌上的菜往厨房走去，“而且不是有人想让我陪她吃饭吗？”

阮思娴在沙发上翻白眼，抱着抱枕翻了个身，背对着他，嘴角弯了弯，站起来端着剩下的菜跑进厨房。

傅明予把菜放进微波炉：“阿姨今天怎么来了？”

“给我送点儿吃的。”阮思娴指指外面的桌子，“看见了吗，新鲜鸽子汤。”

第一份菜热好，他端出来，同时问道：“就只是送吃的？”

阮思娴“嗯”了一声：“顺便进行一会儿心与心的交流。”

心与心的交流，就交流出那样的气氛吗？如果不是他知道董娴来了，心里隐隐不安，立刻赶了回来，以阮思娴的脾气肯定会在家里跟人大吵一架。

傅明予转身，斜靠在橱柜边，微弓着背，正好与阮思娴视线相平。

他嘴角有浅浅的笑：“跟妈妈吵架了？”

“嗯哼。”阮思娴转身端饭，语气里有一丝故作的无所谓，“你不是听到了吗？”

傅明予捧着她的下巴：“那跟哥哥说一下，和妈妈吵什么了？”他语气轻松，听着还真像一个哥哥在哄小孩子。

可是阮思娴一直知道，这么久以来，傅明予对她家里的事情有隐约的猜测。

但是她没说，他也就没问过。

阮思娴低着头，没开口。

微波炉叮了一声，傅明予松开她，伸手打开微波炉。

“没关系，不想说可以不说，先吃饭。”

阮思娴有重要的事情时，晚饭一向只吃七分饱。吃多了容易犯困，脑子也不清晰。但董娴来的那一小时，好像耗尽了她所有精力，胃里很空，不知不觉间还添了一碗饭。

那盅鸽子汤放在一旁，不知什么时候凉了，散发出一股腥味。

傅明予坐在她对面，盛了一碗冬瓜汤。阮思娴刚要伸手去接，对方却往自己嘴里送。

“……”

傅明予手顿住：“你还能吃？”

阮思娴收回自己的手，认命地点点头说：“行，我不能吃了。”

傅明予笑了下，喝了一口，汤的温度刚好，于是递给阮思娴。

阮思娴扭头：“不食嗟来之食。”

对面的人抬头看她，眼睛半眯着：“你是不是要我喂你？”

按常理，阮思娴会翻个白眼说：“我又没有残疾。”

可是回想起今天中午郑幼安说的话，她低着头摸了摸指甲：“不过我听说有的女生交往一个男朋友呢，没自己洗过水果，没自己系过鞋带，连矿泉水瓶都没有自己拧过。”

“那是别人。”傅明予喝着汤，点点头，“你不一样，你是能单手开瓶盖的女人。”

“我告诉你。”隔着桌子，阮思娴踢了一脚傅明予的小腿，“我现在很红，你最好对我好点，不然我六万三千一百零八个微博粉丝一人一句都能骂死你。”

这不仅如此，光是昨天凌晨就有很多媒体争相采访她。

阮思娴没那精力，也没那时间，拒绝了绝大部分，只答应了几个非常正规的主流媒体的邀约。不然全部应下来，她还非得找一个经纪人才行。

傅明予轻笑了一声。阮思娴从他的笑声中听出了几分不屑。

“你几个意思？”

傅明予抬眼看她，眉梢抬了抬，起身走到她身边。

“张嘴。”

阮思娴对这两个字仿佛产生了 PTSD（创伤后应激障碍），一听到就能回想起今天早上的种种，不仅没张嘴，反而咬紧了牙关。

看她这副模样，傅明予拿着勺子搅动碗里的汤，漫不经心地说：“不是要我喂你吗？”

“你早上也这么说——”勺子喂到阮思娴嘴巴，她脑子卡了壳，耳垂慢慢变红。

“嗯？”傅明予用勺子碰了碰她的下唇，“我早上说什么了？”

阮思娴从他手里夺过碗，手脚并用把他推开：“滚开，我又没残疾。”

喝汤的时候，傅明予一直坐在她旁边，靠着椅背，低头想着什么。他摸了摸裤子，里面一个硬盒。刚想拿出来，想了想，又算了。

“你想抽就抽。”阮思娴放下碗，“也不是没抽过二手烟。”

“就一根。”傅明予拿出烟盒，“没时间睡觉，很困。”

阮思娴冷笑一声。

“没时间睡觉你躺床上不闭眼，还这样那样呢。”

“哪样？”

“……”

阮思娴夺走他手里的打火机，点起头，恶狠狠地看着他："坟头缺香火了？"

这不仅没威慑到傅明予，他反而一偏头，就着阮思娴手里的火光点了烟。他嘴里含着一根烟，垂着头，眉骨和鼻梁的轮廓被光蕴出一层阴影，深邃得有一种不真实的感觉。

偏偏这种不真实感让她挪不开眼神，紧紧盯着电影一样的画面。不多时，身旁飘起一阵白烟。

碗里的汤已经见底，阮思娴放下打火机，手里勺子碰着陶瓷碗壁，发出清脆的响动。

"这个汤，我上一次喝还是初三暑假的时候。"

"嗯？"

她突然没头没脑地提起这个，傅明予指尖微顿，烟灰抖落几许。

"那时候这家店刚刚开张，我妈来学校接我出去吃饭，就是这家。"

这句话，是她酝酿了一整顿饭的时间才找到一个契机说出的。

刚刚傅明予问她家里的事情，她没开口，不是不愿意说，是不知道从哪儿说起。

董娴不是别人，是她的妈妈，更是傅明予合作公司老板的妻子，于情于理，他都应该知情。他跟别人不一样。如果连他都不能说，阮思娴不知道还能跟谁说了。所以即便他不问，阮思娴也会找机会跟他说。

只是过去再久的陈年往事也是一道疤痕，轻轻碰一下也会痛，尽数说出来更需要勇气。

"我十四岁那年我妈跟我爸离婚，后来她好像很忙，一年也就来看我一两次，第一次回来就是带我去西厢宴吃饭，以前我们家没去过这样的餐厅。"

阮思娴从故事的开头讲起，声音不轻不重，好像在讲别人的故事。说到误会那里，她自己都笑了，随之又讲到高中。

"高三有航空公司来招飞，但是不招女生，你知道吗？"

傅明予点头："知道。"

这不是世航的特例，在那个时候，几乎所有航空公司都是这样的。

“后来大三的时候，也有航空公司来学校巡回招生。”阮思娴扬了扬下巴，“我当时特别有信心，觉得自己肯定能选上，因为面试官特别喜欢我，还有来宣讲的机长也跟我留了联系方式，所以回宿舍就收拾了行李。”

傅明予抬头道：“留了联系方式？”

“对呀，很帅的，你要不要看看？”阮思娴说着就拿出手机翻给他看。

傅明予没看手机，只见她笑得很狡黠，冷哼一声，说道：“你人脉还挺广。”

“我要是人脉广就不会落到那般田地了。”阮思娴重重地搁下手机，想起那件事儿，眼神里带了点儿轻蔑，“我以为我拿到了通行 VIP，结果连名额被有关系的人抢了都不知道，不声不响的，最后还是从别人嘴里知道的。”

指尖的烟燃了一大半，半指长的烟灰摇摇欲坠。他轻轻地叹了口气，烟灰抖落，顺便掐灭了烟。

餐厅暖黄的灯光下，傅明予的眼神看起来晦暗不明。

阮思娴捧着脸，和他对望，突然产生一种奇异的感觉。如果当时没有被挤掉名额，可能她早就遇到傅明予了。

“如果我那时候遇到你。”她想到什么，直接开口问了，“你会喜欢我吗？”

只有一丝余烟在垃圾桶里苟延残喘，袅袅升起在阮思娴和傅明予之间，放慢了时间的流逝。

“如果那个时候遇到你。”傅明予直勾勾地看着她，“那你现在已经是傅太太了。”

傅太太，阮思娴一愣，一股奇异的感觉慢慢爬到心房，酥酥痒痒的，像猫爪一样挠人。这三个字还怪好听的。主要是让人一听就觉得有钱，“富太太”嘛。

阮思娴手指张开，遮住半张脸，连眼睛也不去看他，心跳得厉害，连忙岔开话题：“我爸没买商业保险，去世后留给我的钱也不多，大学的生活费还得我自己打工赚，别人出去约会旅游，我全在打工。”

傅明予皱了皱眉，他很难想象那段时间阮思娴一个人是怎么过来的。如果真的能早点儿遇到她，一定不会让她过那样的日子。

但阮思娴突然抬起头，得意地笑："不过我大学的时候是我们班里数一数二有钱的。"

"……"

傅明予的想法戛然而止。

"没办法，谁叫我漂亮。"阮思娴理了理头发，给傅明予答疑解惑，"经常有淘宝店找我当模特，拍一天能赚一千，还有一家店公费请我去海边拍，一天两千五，四年下来，我小金库有好几万。"

"……"

傅明予收住自己泛滥的怜悯心，挑了挑眉："海边？"

"对啊。"

"穿的什么？"

"这个重要吗？"阮思娴闭眼吸气，要被他气死，"重点是一天两千五。"

"还有照片吗？"

阮思娴愣了一下，她还真有。并且可能店家对她的照片很满意，当时放到了店面首页，一点进去就是大图，她自己也保存了原图。

反正拍得那么好，也没什么不能给他看的。阮思娴打开手机，从"云端"找到了那几张照片。

虽然是多年前拍的，但是当时摄影师的审美在线，现在看来也不过时。而且那家店虽然是网店，定位却是中端泳装，性感却不低俗，去掉水印说是艺术照也没人不信。

碧海蓝天，金色沙滩，二十岁的少女穿着鲜嫩色调的泳衣坐在岩石上，一只腿往下伸，脚尖点着沙子，白得晃眼。

傅明予拿着阮思娴的手机，看了几眼，神色不明。

"不好看？"阮思娴盯着他，要是敢说"是"，你就死了。

傅明予没回答，关掉手机，反扣在桌上。

"我说好看，你今晚会穿给我看吗？"

“没有，滚！”

傅明予看她一眼，站起身朝她房间走去。

“真的没有！”阮思娴立刻站起来伸手拦住他，“我已经很久不下水了！”

“没有吗？没关系。”

傅明予凑在她耳边说：“下次给你买，多露的都行。”他顿了顿，又压低声音说，“最好是系带的，好脱。”

阮思娴抿着唇，点点头：“你脱我一件衣服，我脱你一层皮，行不行啊？”

傅明予和她僵持着，也点了点头：“行，随你。”

他穿上外套，摸了摸她的耳朵：“明天下午采访后，我爸妈想请你回家吃饭。”

“嗯，好——等等。”

阮思娴突然抓住他的手臂：“为什么要请我吃饭？”

傅明予觉得好笑：“这不应该吗？”

低头又见她踌躇，傅明予柔声安慰她：“你不用有压力，请你吃饭是因为昨天的事情。”

虽然傅明予说不用有压力，但是真的第一次去男朋友家里吃饭，比大学第一份工作面试还紧张。

阮思娴为了能拥有一个好状态，当下把傅明予赶回家去，然后自己洗澡、敷面膜、做发膜……一顿操作后，倒头就睡。

而傅明予离开阮思娴家，走进电梯，突然想到什么，给家里打了个电话。

豆豆，对不起，明天要委屈你了。

翌日下午。

媒体团队准时到达世航大楼，而阮思娴也在指定的地方由化妆师做造型。

其实也没什么好做的，制服还是得穿，头发要捆起来，妆不能太浓，要给人严肃的感觉。这样也好，免得她采访结束去傅明予家里还要重新收拾。

原定三小时的采访只用了两个半小时就结束，并且过程十分顺利，没有遇到任何卡壳的情况。

去湖光公馆的路上，阮思娴拿着手机当镜子左看看右看看："我这个妆不浓吧？"

傅明予头都没抬，"嗯"了一声。

"你敷衍也装装样子，行吗？"阮思娴手指薅着头发，嘀咕道，"说正事的时候惜字如金，说些乱七八糟的时候像个说相声的。"

奈何那人耳力出奇地好。

"我说什么乱七八糟的了？"

阮思娴没好气地说："没什么。"

"今天采访怎么样？"傅明予合上 iPad，慢条斯理地解开西服外套扣子。

"没怎么样，很好，很顺利，我能说会道、巧舌如簧、对答如流。"

傅明予轻笑了声，闭上眼睛养神。当然顺利，他大清早让媒体修改了采访稿删掉了关于家庭方面的问题，能不顺利吗？

在采访期间，这个团队就陆陆续续放出了一些花絮，世航也转发了一条。

这会儿在车上，阮思娴挑挑选选看着微博下的评论，尾巴都要翘到天上了。

"喂。"她用胳膊肘碰了一下傅明予，"你看你的高中女同学多有存在感。"

傅明予听到"高中女同学"五个字根本不想睁眼，但是手机已经摆在他面前了，不得不意思意思。但是一睁眼，却是满屏"彩虹屁"。

呜呜呜姐姐，我家金鱼看见你都进化成锦鲤了。

美女姐姐每一帧都如此令人心动。

以这样的脸蛋每天生活着是什么感受，还能上天，真想体验一下啊。

姐姐有男朋友了吗？有的话介意多一个女朋友吗？

傅明予掀了掀眼皮："就让我看这个？"

他拿过手机，翻了两页，一字一句念道："呜呜呜，姐姐，我家金鱼看见……"

"好了好了你闭嘴！"

好好的"彩虹屁"被他念出来，羞耻感瞬间爆棚，一下子觉得这些话都变了味道，跟个咒语似的。

傅明予往下翻，终于看到阮思娴的目标所指。

美女姐姐出道吧，本色主演《云破日出》，你比那位有故事的高中女同学美多了，我实名制同意世航那位傅总让美女姐姐带资进组！

带我姐出场"拉踩"的有病病？出场费你给了吗？你给得起吗？

我指名点姓了吗？"脑残粉"别急着对号入座哦，某位有故事的高中女同学拉人家老板炒作不是事实？眼瞎装看不见？

我寻思着拿一线女明星跟一个"素人"比美的不是眼瞎？埋汰谁呢？

大概是因为粉丝团队有线报员，很快大批粉丝涌入，把这条评论撕到了热评第一。

傅明予笑了声，把手机还给阮思娴。

"捧我吗，老板？"阮思娴朝他谄媚一笑，"我跟你片酬五五分。"

傅明予眼神盯着她："你做什么梦呢？"

"小气。"阮思娴再去看手机，跑来吵架的粉丝越来越多，原本全是"彩虹屁"的评论区都快变成辩论现场了。

"这么多人吵架，删了？"

"不用管。"傅明予看她一眼，"有必要为了她删除吗？"

阮思娴想想，说得也是："那我这样回复一下可以吗？"

阮思娴又把手机给他看：我男朋友说做梦，他不给我带资入组。委屈。

傅明予斜睨着她，眼里有些淡淡的笑意。

"随你。"

两分钟后，阮思娴的手机消停了不少，再没有战斗力惊人的粉丝涌入，全都安静了。

"快到了。"傅明予突然开口道。

阮思娴立刻收了手机，坐直了整理衣服。

汽车开进湖光公馆，沿着浓郁的松树缓缓停到大门口。

快要过年了，旁边绿植上错落别致地挂着红灯笼，给这肃穆的寒冬添加了几分热闹。

罗阿姨早已竖着耳朵等着了，听到外面的动静，立刻出来开了门。

“来了？”罗阿姨看向阮思娴，“这就是阮小姐？”

“嗯。”傅明予一边脱外套，一边对阮思娴说，“这是罗阿姨。”

“罗阿姨好。”

阮思娴跟着进去，脱了外套，罗阿姨立刻伸手要来接。她愣了一下，不太习惯这样的服务：“不用了，谢谢，我自己来就行。”

罗阿姨朝她笑了笑，拿了傅明予的外套，又说：“豆豆已经送去学校了，晚上才回来。”

傅明予点头：“病好了吗？”

“早就好得差不多啦。”

“豆豆？”阮思娴听得有些迷糊，“是谁啊？”

“豆豆……”傅明予本来已经在解领带了，听见她的话，垂下手，正经地看着她，“哦，我一直没来得及告诉你，虽然我没结婚，但我有一个‘儿子’，你不介意吧？”

阮思娴半张着嘴巴，脑子迅速死机。两秒重启后，她已经想好了傅明予的一百零八种死法。哪里来的底气问她介不介意喜当妈的？就凭这张脸吗？

“你……”

“傅明予你要死啊！”贺兰湘从二楼下来，听到两人的对话，急匆匆地走过来，拉着阮思娴离傅明予半米远，“你别听他的，他故意逗你。”

傅明予扯下领带，笑着朝客厅走。

阮思娴深吸了口气，她刚刚已经在考虑故意杀人的后果了。

今天天冷，罗阿姨早就备好了热水端过来，贺兰湘瞪了傅明予一眼，从罗阿姨手里接过杯子递给阮思娴。

“喝点儿热水先暖暖胃。”

“谢谢阿姨。”

阮思娴抿了一小口，又听贺兰湘说：“豆豆是他养了很多年的狗，也跟亲儿子没什么区别了。”

阮思娴差点儿一口噎死。确实，傅明予有一只养了很多年的狗，对她来说，跟他有一个亲儿子也没什么区别了。

“来了？”傅博庭背着手，从二楼悠悠走下来。

傅明予说他爸妈是因为那天的迫降事件，专门请她吃个饭，但据阮思娴观察，有这个想法的只有他爸爸而已。

因为他整个话题就没绕开过那个事件，问各种细节，比民航局的人问得还多，贺兰湘在一旁都不耐烦了。她不轻不重地咳了一声，傅博庭收到她的信号，没再说下去。

可是好事不过三分钟，贺兰湘说了一句今天风真大，傅博庭就说起了大气层结构。说起大气层结构，他就要聊升力产生的理论，聊了升力产生的理论，他又说起了翼型设计。

阮思娴感觉这简直就是把考场搬到了饭桌上！她一边小心翼翼地接话，生怕自己说错什么地方，一边踢了下傅明予的腿。我是来你家吃饭的，不是来你家考试的！

傅明予笑了下，开口道：“爸——”

“这饭还吃不吃了？”贺兰湘比傅明予先发作，“能不能别说这些了？”

专业话题终于止于此。而傅博庭从头到尾表情都很平静，阮思娴都看不出来他到底是个什么态度。

考核官现场还点评两句呢，傅明予他爸爸就决不漏分！

好在被制止聊这些内容后，罗阿姨把碗筷摆了上来。

正经开始吃饭了，傅博庭有着食不言寝不语的习惯，基本全程闭麦，而贺兰湘稍微活跃点，也不至于在饭桌上持续聊天，无非是偶尔说几句话关心一下阮思娴平时的生活。

虽然安静，不热闹，但这样的饭桌氛围，对于阮思娴来说却是久违的。她很久没有像现在这样在寒冬腊月里，坐在热气腾腾的饭桌前，身处家庭氛围，安然地吃一顿热饭。

“喝汤吗？”傅明予开口问的时候，已经给她盛了汤，放到她面前。

阮思娴接过，说道：“谢谢。”

“哎哟。”贺兰湘接了一嘴，“你们这么客气呀？”

“是。”傅明予点头，“她平时对我很客气、很恭敬。”

阮思娴低着头不说话，我装一下给你爸妈看，你还报上奥斯卡了。

贺兰湘勾了勾唇角没说话，真要这么客气，那一巴掌印儿不知道是哪儿来的情趣。

几分钟后，傅明予和傅博庭的手机同时响了一下。两人动作同步地拿出来看了一眼。

傅明予眉头突然蹙紧，而对面的傅博庭则是不动声色地放下手机，拿纸巾擦了擦嘴角，说道：“你跟我来一下。”

阮思娴这边正跟贺兰湘说话呢，突然见两人起身，示意她们先吃。随后，傅博庭和傅明予一前一后朝楼上走去。

气氛突然变得不对劲，任谁都感觉得到，阮思娴看着他们的背影，说道：“他们……”

贺兰湘沉吟片刻，拿起勺子喝汤：“应该是有点儿急事，不管他们，我们先吃。”

她虽这么说，自己的脸色却难以维持平和，自己的丈夫儿子自己最了解，刚刚有多不对劲，她比阮思娴更清楚。

以傅博庭的性格，他虽然是个工作狂，平时严峻得甚至有些刻板，但还不至于在儿子女朋友过来吃饭的情况下，突然把儿子叫走。

饭厅里一下子空了不少，阮思娴和贺兰湘面对面坐着，都没有说话。

十来分钟过去了，楼上两人还没有下来。

贺兰湘拿纸巾擦了擦嘴，说道：“我去上个洗手间。”说完便起身朝楼上走去，直奔书房。

书房平日里隔音效果是最好的，但此时贺兰湘站在外面，还是能听见里面的声音。

动静挺大，傅博庭在骂人。但具体说的什么她听不清楚，只知道他怒气不小。

贺兰湘皱了皱眉，正要敲门时，里面突然传来一声玻璃砸碎的巨响。她吓了一跳，也不敲门了，径直推开门冲进去。

“出什么事儿了？”

傅明予站在书桌前，面色凝重。而傅博庭少见地气红了脖子，胸口剧烈起伏，怒瞪着傅明予。

傅明予脚边碎掉的茶杯，也明显是傅博庭砸过去的。

第二十五章

突发式异地

信息传递有时间差，但互联网时代急剧缩短了这个差异。

贺兰湘上楼后不久，阮思娴的手机也源源不断涌进消息。然而她还没来得及一一查看，贺兰湘就从二楼走了下来。

贺兰湘走得不快，经过楼梯拐角时还把立地花盆里的一根枝叶扶正。

坐回座位后，在餐厅的水晶吊灯照射下，贺兰湘面色沉静，拿起勺子搅了搅碗里的汤，问道："你不吃了吗？"

"我吃好了，阿姨您慢吃。"阮思娴拿纸巾擦了嘴，抬手看了眼腕表。

今天这顿饭到这里怕是就结束了。

"工作上出了点儿事，比较急，明予一会儿得赶回公司。"贺兰湘一边说着，一边让罗阿姨端了一碗椰汁燕窝过来，"真是不好意思，你不着急的话，再喝点东西，一会儿我让我司机送你回家。"

话音落下，阮思娴正要说话，楼上两人信步走出来。

这别墅虽大，却并不空旷，该有的家具一件不少，而且女主人是个有生活情调的人，各种装饰品摆得繁多却不拥挤。

然而傅明予和傅博庭沉重的脚步却好像踩在空荡荡的房子里。

傅博庭朝餐厅看了一眼，敛了敛肃穆的眼神，拿着外套说道："我们去一趟公司，你们慢慢吃。"

傅明予没说什么，径直走到阮思娴面前，微微躬身，低声说道："我先走，你休息一会儿，让司机送你？"

不过是在书房里待了十几分钟，傅明予的神情已不复刚刚那般轻松。

阮思娴捏了捏他的手心："好。"

傅明予走后，阮思娴自然也没心思留在这里跟贺兰湘闲聊。坐上车，再打开手机时，每个工作群的聊天记录都是"99+"。

前后不过半小时，她再看微博时，"世航乘客下跪"这个话题已经顶到热搜前三，更不用说各种民航资讯软件全都在推送这条新闻。

若是平时，这件事的讨论度不会这么高，但恰逢前几天阮思娴迫降的热度还没下去，而今天下午的采访出来后，因为李之槐粉丝的胡闹，围观看戏的人不少。

在这个时候出了这种新闻，"世航"关键词一出现，热度立刻飙升。

至于具体发生了什么，网上消息不尽翔实，而工作群里已经有人总结了整体事件。

起因是世航一趟国际航班，从澳大利亚悉尼起飞，转经新加坡，飞江城。而飞机在悉尼起飞时已经延误了近六小时。

航班延误本是正常事件，但却一直是让乘客颇为头疼的事情，对航空公司来说，处理延误事件最大的难点在于安抚乘客的情绪。但是这次延误过程中，世航新加坡营业部给候机乘客的解释是：悉尼大雨导致飞机延误。

但事实上悉尼并未下雨。

飞机在正常抵达时间的六小时后落地新加坡，在机场苦苦等待的乘客已然得知悉尼并未下雨的事实，众人情绪激动，要求航空公司道歉，未果后拒绝登机。

但并不是所有乘客都了解今日的冲突，四小时后，几位乘客专门去地勤处询问，才知道那趟航班已经在半小时前起飞，而飞机上竟然只有一百多名乘客，还有几十名乘客没有上飞机。

至于这些滞留机场的乘客，一部分是知道飞机即将起飞，但仍然因要求道歉未果而拒绝登机，另外一部分人则是根本没有接到起飞通知。

本就因延误积累的情绪在这一瞬间爆发，滞留机场的乘客们群情激愤，矛盾激化，其中有老人气得血压升高，晕倒在机场；还有孕妇因为情绪焦躁，气血不顺，出现先兆流产的情况。

赶到现场的负责人并没有及时处理好情况，并且发言带有明显的自我辩解，使得矛盾进一步升级。

因为有乘客急着回江城参加女儿的婚礼，这样的延误势必导致错过，所以情急之下竟然向负责人下跪哭喊，而另一边愤怒的乘客则是将航空公司赔偿的现金朝负责人脸上扔去，其他人乘客纷纷效仿。

这一幕幕都被机场路人拍下来发到网上，短短时间便引起热议。有营销号立刻发表具有争议性的文字煽动网友情绪，仅仅一个多小时就让世航处于舆论的风口浪尖。

看到这些，阮思娴总算明白傅博庭为什么这么生气了。

今年各大航空公司纷纷开拓海外市场，然而在市场本身已经接近成熟的情况下，服务就成了占领市场份额的关键点。

而这次飞机延误引发的各种问题，最后导致乘客进医院、下跪等离奇的事件，将世航海外市场的服务漏洞暴露无遗。

对于航空公司而言，不管是因为天气原因还是流控原因延误起飞，本就是对服务的重大考验，而在延误发生的当时，工作人员却没有及时安抚乘客情绪，着力解决他们的不便。当事情完全失控时，负责人才匆匆赶到现场，竟也没能解决问题。

这次事件前前后后的发展直接表明了世航新加坡营业部内部沟通不协调、传达机制混乱等诸多问题。

至于要纠其责任，在傅博庭眼里，傅明予首当其冲。

自去年年初，傅博庭将世航全权交由傅明予打理后，便卸了大部分压力，全身心投入航空金融租赁总公司的事务中。所以这件事，他不会怪别人，只会归责于傅明予对海外营业部的监督不善，放权太多，才导致这样的结果。

对于航空公司来说，会发生这样的服务事故，代表着背后有上千次隐患出现，没人能肯定其中就没有安全隐患。

如果真的等到安全事故发生，那时谁都承担不起责任。

还没到家，阮思娴就收到了许多朋友的消息，都是来问这件事的始末。阮思娴也只是从工作群里得到的信息，至于是否完整，她也不清楚，所以没怎么细说。

满屏都是相关消息，她皱着眉，无法想象现在有多大的压力在傅明予身上。

司机把车开到了楼下，阮思娴下来时，感觉脸上冰冰的。她抬头一看，路灯的光束下，有许多细小的雪花在毫无规则地飞舞。

竟然在这个时候下雪了。阮思娴拢了拢围巾，低头上楼。

到现在，事情在网上发酵已经过去一个多小时，阮思娴看见工作群里也有其他部门的同事说他们立刻赶回去加班，今天傅博庭亲自召开会议。他都多久没再管过世航的事情了，这个时候插手，得有多生气。

所以阮思娴本来想问问傅明予情况，但是想到现在公司里的状态，还是算了，他应该没有任何心思去看私人消息。

回到家里，时间还早，阮思娴在书房里坐了一会儿，竟一页书都看不进去。

视线一落到书面上，脑子里就全是乱七八糟的想法。

窗外的雪越下越大，簌簌飘落，显得室内尤其安静。

阮思娴洗了澡出来还不到九点，她趴在阳台上，隔着窗户望出去，不少小孩子跑出来玩雪，还有几个女生戴着帽子出来拍照。虽然也没多少雪，但他们都挺开心的。

但是阮思娴却很烦。她已经很久没有这种无力感了。不知道傅明予现在在做什么，面前的处境是怎样，而她又什么都做不了。

想了会儿，她给傅明予发了条消息。

阮思娴：我睡了哦，明天早上要去航医那里进行检查，如果身体和心理都没问题，很快就要复飞。

如她所料，直到她闭眼，对方也没有回复。但是阮思娴没完全睡着。虽然意识不太清晰，但迷迷糊糊中还能听到外面落雪的声音。

不知过了多久，阮思娴半睡半醒之间，感觉房间里有轻微的响动。她以为是客厅里没关窗，于是没管。

突然，一双冰冷的唇覆了上来，细细密密地吻着她，撬开齿关，辗转而入。

阮思娴脑子还没清醒，一声呜咽被吞下，唇腔瞬间被侵占。

她身体清醒得比脑子快，睁开眼的瞬间，还没看清眼前的人，一巴掌就已经甩了过去。

啪的一声，响彻整个房间。

刚刚打上去掌心那一层冰冷的感觉很快被火辣辣的痛感遮盖。也就是在这个时候，阮思娴顿住了。

许久，黑暗里传来他极无奈又无力的声音："你怎么又打我？"

漆黑的房间里，只有隔着窗帘渗透进来的浅浅灯光，傅明予的脸半隐着看不清。反应过来是他，是因为闻到了他身上熟悉的冷杉香味……和那股熟悉的手感。

"不是……"阮思娴的手还僵在半空中，但这个时候逻辑还挺清晰，"你变态啊，大半夜潜进女人房间偷亲，你这在古代是要被浸猪笼的。"

傅明予冷笑了声。

"偷亲？你是我女朋友，我需要偷亲吗？"还"潜进"，她是不是忘了自己给了他家里的密码了？

阮思娴无话可说，没有垂下手，顺势去摸了一下他的脸颊问："疼不疼啊？"

"你自己的力气有多大你不知道吗？"

"哦……"收回手的时候，阮思娴碰到他的肩膀，摸到了一些冰冰凉凉的东西，原来是雪花，她顺手给他拍落。

"怎么样了？"

傅明予没说话，周身的气压却很沉。朦胧的光晕里，他直勾勾地看着阮思娴。

"三小时后，我要去新加坡。"

阮思娴早就料到了，出了这种事情，傅明予肯定是要亲自去一趟。

"嗯，什么时候回来？"

"我不能给你确定的答案。"他说，"世航这边的事情胡总代管，我会亲自去新加坡整顿营业部，什么时候能结束，要过去了解了那边的具体情况才知道。"

他顿了顿，又说："在那之后，还会随机抽查其他海外营业部的情况，大概会花一两个月的时间。"

阮思娴"哦"了声，低着头，也不知道在想些什么。

傅明予的手机响了一下，不用看也知道是柏扬打来的。他没接电话，而是柔声道："等我回来。"

"我还能跑了吗？"阮思娴嘀咕道，"合同还有几年呢。"

傅明予笑了下，还有些无奈。这个时候了也听不见她说句好听的。

"早点睡。"话音落下，傅明予站起身准备走。

突然，领带被拉住，往前一扯，他被拽得半跪在床上。

阮思娴仰着头，在他唇上落下一吻。

"等你回来哦。"

本来只想浅浅一吻，意思意思得了，结果傅明予似乎势必要把刚刚那一巴掌打断的吻补全，借势摁着她的后脑勺，吻得深入且热烈。

气息渐渐变得湿重，阮思娴慢慢被压到床头，有些喘不过气，一声声呜咽溢到了嘴边又被他吞下，连呼吸都有些困难。

可是她不想叫停。阮思娴搂住他的脖子，一次次主动地索取，想要把未来几个月的缺失一次性提前拿了。

热吻之下，必定擦起火。在感觉到他的气息越来越热时，阮思娴突然别开脸，大口喘气。

傅明予鼻尖蹭着她的脸颊，呼吸粗重，却没有说话。

"你一会儿不是要上飞机吗？"

阮思娴慢慢垂下手，转而抱住他的腰："还有两个多小时了，你还想干点什么吗？"

傅明予重重地吸了一口气，闭着眼睛，平复呼吸。

"不可以吗？"本来他没想做什么，已经打算走了，是她扯着他的领带撩起的火。

说话间，阮思娴感觉自己身上盖着的被子被掀起，属于他的味道和他的吻再次卷席而来。

衣服之间摩擦的窸窣声伴随着暧昧的气息在房间里流转。

情迷意乱之间，阮思娴迷迷糊糊地说了句：“刚刚是不是有人给你打电话？”

傅明予含糊地“嗯”了声。

“柏扬，他现在在机场。”

阮思娴突然按住他的手：“那等下会不会来不及？”

“不会。”他一边动着，一边说，“我自己的飞机。”

“哦……”那行吧，有钱人的世界，不存在赶航班的事情。

阮思娴闭上眼睛，咬着牙，尽量不让自己溢出听起来羞耻的声音。

可是傅明予手指摸着她的下唇，半哄半诱地让她出声。

许久之后，阮思娴手心出着汗，紧紧攥着他的衣服，带着些哭腔的低吟从嗓子里溢出来。

时间的限制让他必须克制，但即将远隔两地的现实又让人难以自持。

月亮不知道什么时候悄悄藏进了云层，能透进来的光越来越少。

黑暗中，阮思娴没有拒绝他每一次放肆，但时间一长，还是有些受不了。

傅明予平时对她算是有求必应，可这个时候她呜咽着求他不要了，他却像没听见似的。直到阮思娴做了个承诺，他才有了停下来的意思。

“真的？”他声音低哑，染了些灼热的暧昧，“什么都可以？”

他又在她耳边提了几个要求，阮思娴听得脸红，但是情势之下，她只能咬着牙“嗯”了一声。

直到结束后，阮思娴靠在他怀里，迷迷糊糊地想，男人在床上的话不能信，女人的话也一样。

在她快睡着时，傅明予也准备走了。他下床，俯身帮她掖好被子，低头吻了吻她的额头。

“我走之后，你慢慢把东西搬上楼吧。”

阮思娴下意识“嗯”了一声，几秒后，突然睁开眼。

“为什么？”

傅明予坐在床边，笑了下：“习惯一下，放松点儿警惕，不然我不知道以后要挨你多少次巴掌。”

许久，阮思娴闷在被子里低低地“哦”了一声。想同居就直说，还说得这么委婉。

“我以后尽量控制一下，能动嘴就不动手。”

傅明予轻嗤一声，捏了捏她的下巴：“你这张嘴，我宁愿你动手。”

他站起身：“我走了？”

“嗯。”阮思娴依然背对着他，直到听到关门声才回过头，看着紧闭的房门，轻轻叹了口气。

阮思娴一直觉得她应该不会怎么想傅明予，毕竟都是这么大的人了，没谁离不开谁，而且只是暂时分隔两地而已，又不是分手，有什么好想念的。

至少在第二天早上，她都没觉得有什么，该吃吃该喝喝，去航医那里做了检查顺便还去食堂吃了个午饭。

但是端着餐盘坐下后，她却有些没胃口。拿着筷子盯着餐盘里的饭菜，微微有些出神。脑子里莫名其妙就会出现傅明予这个人。

这种感觉跟当初董娴走的时候不一样。

那时候，阮思娴觉得她不会回来了，所以心里总是沉重地难受，每天把家庭作业做上两三遍，就为了不去想那些事儿，偶尔还会躲在被子里哭。

但现在她知道傅明予会回来，以为自己不会想太多，但心里却一直跟猫抓似的，空落落的，好像看不见这个人就觉得心里缺了什么。

“唉。”她叹了口气，换另一只手撑着下巴，用左手挑了挑菜里的葱。完了，这个人真的给她下蛊了。

突然，一个人坐到她面前。

阮思娴下意识想到了一些偶像剧情节，没过脑子考虑逻辑就抬起头，却看见倪彤睁着大眼睛看着她。没有偶像剧，只有肥皂剧。

“你看着我干什么？”阮思娴挑着菜，有气无力地问。

“你是不是很发愁？”倪彤说，“我刚刚听人说，这次傅董特别生气。”

能不生气吗？吃饭吃到一半就把人叫走了。阮思娴“哦”了一声，对这个话题并不感兴趣。

但倪彤感兴趣呀，她眨了眨眼睛，小声说：“小道消息，你可千万别传出去。”

她看了看四周，伸长脖子，手背挡在嘴边：“今天凌晨傅总去机场的时候，脸上好像有个巴掌印。傅董都气成这样了，会不会不让他回国了？”

阮思娴的手一僵，尴尬地笑了笑。

“你别不当回事，要有危机感。”倪彤说，“你不知道吗，傅总的哥哥最近也要回国了，你说会不会是回来争权的？”

说完，她用筷子点了点桌子道：“这叫乘虚而入啊。”

“你肥皂剧看多了吗？”阮思娴扯着嘴角看她一眼，“还夺权呢，中国豪门题材编剧需要你。”

不过回过头一想，倪彤说得好像也有点儿道理。这么大个航空公司就傅明予一个人把持着，他那个哥哥一直活在别人的嘴里，该不会真的要回来跟他分一分蛋糕什么的吧？

晚上回家的路上，阮思娴和傅明予打电话的时候，专门问了一下。

“听说你哥哥要回国了？”

“嗯。”傅明予说，“你也知道了？”

“我听别人说的。”

“他们消息倒是快。”傅明予顿了顿，“他们还说什么了？”

“说……回来跟你夺权的。”

电话那头，傅明予笑出声道：“想得还挺多。”

阮思娴没说的是，她脑子里已经浮现一场傅明予斗争失败狼狈出局的画面，让她不仅没有搬上楼，还挪出自己的房子给他住，结果他嫌小，两人大吵一架，他冲到楼下在雨中奔跑，自己则追上去抱住他承诺着陪他东山再起。

光是想想就觉得好跌宕起伏。

“对了，你没见过我哥是吗？”傅明予问。

“没有吧。”阮思娴说，“几年前好像在机场远远看见过一次。”

傅明予没说其他的，那头传来人说话的声音，阮思娴连忙说：“你现在很忙？”

“还行。”

“哦，那我挂了。”阮思娴突然想到什么，又说，“对了，我下周要去参加大学同学会。”

“嗯，怎么了？这么快就开始报备行程了？”

“没什么。”阮思娴捂着电话往家里走去，“就是跟你说一声，增加一点儿联系，不然我怕我这面红旗还没倒，你外面的彩旗都飘起来了。”

傅明予摸了摸脸颊，似笑非笑的表情阮思娴看不见。

“哪个女人敢。”

阮思娴觉得她跟傅明予之间没必要报备行程，虽然他人在新加坡，但是又没有时差，而且这种情况下，他除了工作也很难有什么其他活动了，而她自己的业余生活本来就挺无趣的。

但是跟傅明予专门提一下同学会这个事情的主要原因是谢瑜打电话来邀请她的。不知道傅明予还记不记得谢瑜。但是听他语气，大概率是不记得了。

大学的时候，学生之间的交往不只是同班同学之间，比如阮思娴就跟几个高她一届的学长学姐走得近，而这次的同学会，更多意义上来说是同系同学会，来的有上下三届的学生。

前几年他们也聚过一次，联系了阮思娴，不过那时候假期她工作正忙，没能参加，而这次正好赶上了她的休息时间。

这次一共来了一桌十人，除了一两个比阮思娴大两届的她不太熟以外，其他都是在学校里经常一起玩的同学和学长学姐。不过这么多年没见，怎么都有些生疏。唯有谢瑜还好点，他们去年还见过一次。

这次聚会，阮思娴又是焦点。

几个凑在一起聊天的女生嗅觉灵敏，阮思娴才刚刚推开门，她们就齐齐朝她看来。

“你可终于来了，就等你了！”

阮思娴看了眼腕表，比约定的时间晚了十分钟。

“不好意思啊，路上有点儿堵车。”

谁会在意这么点小事，还没等她坐下就围上来七嘴八舌地说话。话题无非是围绕着前段时间的事情，有几个男生还争相要跟她合照。

唯有谢瑜一如既往地安静坐着，话不多，时不时地应和两句。

酒过三巡后，几个男人喝多了，敞开外套靠在椅子上感慨起人生。

“我还记得我们以前在操场上坐着聊天，有人说要做下一个杨振宁，有人说要一辈子做学术，还有人说想转专业去学哲学，那时候小阮也说她想当飞行员是吧？说实话，当时我还偷偷笑话过你，想什么呢一小姑娘，长这么漂亮干点啥不好是不是？”

男人转过头，笑了下：“没想到，说到做到的只有你一个啊。”

有个女生指正他：“不是哦，谢瑜也说到做到了。”

谢瑜正在给阮思娴倒果汁，被提到后，摇了摇头，谦虚地说：“这不是学的领域越细越难找工作吗，只能继续在学校里待着，连女朋友都没了，还是小阮比较厉害。”

好几个女生都看见他今晚给阮思娴添茶倒水的，殷勤得不像普通同学，于是对了对眼神，咳了两下提醒他。

他们席间没问阮思娴男朋友的事情是觉得那样太八卦，但谢瑜还真的醉心科研两耳不闻窗外事，连人家有男朋友都不知道。

谢瑜听到了咳嗽声，却以为几个女生在调侃他，所以没在意，只是脸红了些。

阮思娴自然也感觉到了谢瑜今天的不同。而且好几次对上他眼神，都发现他看她的时候跟以前不一样。有些欣赏，有些爱慕，嘴角一直浅浅勾着，眼睛都不眨一下。

阮思娴接过他递来的杯子，说了声谢谢，然后小声问道：“学长，你手机还是 2G 网吗？”

“啊？”谢瑜愣了下，“什么？”

阮思娴摇摇头：“没什么。”

饭后，几个男生提出要去 KTV 唱歌。阮思娴看了眼时间，已经九点了，她明天早上还有事，便推辞了。

大家也没强留，谢瑜主动说送她上车。走到楼下，阮思娴看见傅明予安排的车正在马路对面，绕过天桥掉头就过来了。

但是他的车太高调，阮思娴不太想让同学们看见，于是说："学长，车马上到了，你先上去吧。"

谢瑜点了点头，却没走。

"你下次休息什么时候？"

阮思娴问："怎么了？"

"哦……"谢瑜说，"马上过年了，很多贺岁电影，想约你去看来着。"

他话音一落，阮思娴的手机凑巧响了起来。

她拿出手机看了眼来电，说道："我先接一下我男朋友电话？"

谢瑜的脸一下子红了。虽然尴尬，但好在阮思娴没有直接戳破这个局面，还给了他一个台阶下。

"好好，你先接，我就不打扰你了，先上去了。"

谢瑜走后，阮思娴接起傅明予的电话。

"结束了？"

想起刚刚谢瑜的邀约，阮思娴笑了笑："是啊，怎么了，等不及来查岗了？"

傅明予说："你的意思是，今天有什么值得我查岗的事情发生？"

阮思娴轻哼："有人请我看电影呢。"

"是吗？"远在新加坡的世航营业部内，傅明予手指拨了拨桌上的地球仪，漫不经心地说，"是那个收割了你少女心的校草吗？"

阮思娴差点就要脱口而出，回答个：是。幸好她及时反应过来了，这个男人给她下圈套。什么叫"收割了你少女心的'校草'"啊？她什么时候承认过？

车缓缓停在阮思娴面前，司机下车，为她拉开车门。

"呵。"阮思娴坐上去，靠着车窗，看着外面的车水马龙，"我的少女心第一次跳动是在看见我年薪数字的时候。"

电话那头的人低声笑了起来说："这么简单吗？那我可以让你的少女心一辈子跳动。"

阮思娴看着车窗倒影里的自己在笑。

"那你最好说到做到。"

临近过年，航班排得越来越频繁，直到除夕前一天晚上，阮思娴才有时间去搬个家。其实也没什么好搬的，傅明予楼上什么都有，她只需要把自己的衣服和日用品搬上去。

她打开傅明予的衣橱，看见满满两柜子的白衬衫，差点以为自己来到了男装店。

“不是，一模一样的衬衫你买这么多干什么？”

阮思娴肩膀夹着手机，翻了翻，硬是没看出这些衣服有什么区别：“你一个人穿得过来吗？”

电话那头，傅明予翻动着手里的文件，看着冗杂的数据，眉头紧蹙着，却又漫不经心地说：“不是还有你吗？”

“我自己是没衣服还是——”

阮思娴说到一半，突然反应过来他什么意思，脸上一红，咬着牙说：“傅明予，我可不是你，没那么多奇奇怪怪的癖好。”

傅明予嗓音里带着点儿笑意：“那你满足我的癖好吗？”

“大中午的你没睡醒吗？梦倒是做得挺美。”

阮思娴胡乱地拨了两下衣服，转移话题：“你衣服这么多，我衣服放在哪里？”

办公室里有人进来了，傅明予敛了笑意，正色道：“书房旁边有一个衣帽间，空着的。”

傅明予飞速把字签好，把文件推向桌前，同时说道：“让市场部把春季所有航线的座位投放计划汇总过来。”

“好。”

人走出去后，傅明予放下钢笔，松了松袖口，拿着手机靠在椅子上，随手翻了翻桌上的日程表，看见上面密密麻麻的会议安排和面前堆积如山的工作计划，眉间浮上无奈的倦色。有时候还挺羡慕宴安这种人的。

阮思娴挂了电话后，花了不到一小时就整理好了自己的衣服。

这么大一个衣帽间只被她征用了一半，显得整个房子都空荡荡的。

走到客厅里，她扑通一下栽进大沙发，平躺着盯着天花板的吊灯，突然想起什么，起身跑到书房，推开门，看见里面满满当当的航模，站着发了会儿呆。

唉，不行，在傅明予回来之前，她不能住在这儿。哪里都是他的影子，特别是这间书房，一走进去，仿佛空气里都有他的气息。

这还怎么住？

半小时后，刚刚被她整理好的衣帽间瞬间又空了一半。她把常用的衣物全搬回去了。

当天晚上，当街的店面已经关了一大半，不少公司也提前放了假，可选外卖也少之又少。反而在这个时候达到忙碌高峰期的大概只有火车站和机场。

司小珍晚上轮班，匆匆赶到阮思娴家里，两人打算提前吃一顿年夜饭。

“怎么就这么点菜？”

司小珍打开冰箱，看见里面少得可怜的品种，瞬间连下厨的欲望都没有了：“小白菜还不是新鲜的。”

“别挑了。”阮思娴打开冷冻层，掏出两盒速冻饺子，“农民不过年啊？超市里的菜都卖空了。”

明天除夕夜，司小珍要值夜班，根本不可能回家吃年夜饭，而阮思娴则是习惯了一个人过年。

“我是个单身狗就算了。”司小珍一边下着饺子，一边说道，“你这个有男朋友的人也一个人过年，那也太可怜了吧。”

“大惊小怪，你去看看全国今天有多少非单身空勤全都不在家过年，说得好像就我一个人这样似的。”

阮思娴踮脚拿着碗筷，正色厉声道：“哪一年不是这样的，每个除夕晚上把别人送回家，运气好呢本场来回飞，还能回家看个春晚倒计时，运气不好就只能在外地的酒店吃泡面。”

她把碗筷放在炉子边，小声嘀咕：“而且我还挺喜欢在酒店跟同事一起过年的。”不然就是一个人在家里看春晚。

司小珍回头看她：“但是你……”

话没说完，阮思娴手机铃声突然响了，她双眼一亮，立刻擦擦手跑出去。

手机在客厅茶几上振动，她手比眼先到，手指已经滑开了接听键，才注意到来电显示不是傅明予，心里一口气突然沉了下来。

“阮阮，明晚姨妈要过来一起吃年夜饭，你来吗？”

没等阮思娴回答，董娴又说：“听说傅明予他现在人在新加坡。”

“不来了。”阮思娴走到窗边，一边接电话，一边抬手摁那张贴得不牢固的窗花，“我明天不在江城。”

电话那头，董娴叹了口气道：“好，那你注意安全。”

“谁啊？”司小珍从厨房里探了个脑袋出来，“你家傅总哦？”

阮思娴挑了挑眉，司小珍皱着一张脸缩回去：“咦……酸臭，看来明天全世界只有我一个人孤零零地过年了。”

“习惯就好。”阮思娴皮笑肉不笑地走进厨房，端着饺子出来，心里却因为司小珍那句话有了期待。

说不定呢。万一呢！

第二天早上，阮思娴出门的时候，路上关门闭户，连车流都少了一大半，只有到了机场高速上，车子才肉眼可见地又多了起来。

航站楼人来人往，奔赴家乡的脚步匆忙。

和往常的每一趟航班一样，飞机在两点左右准时降落在临城。两小时后，再次起飞返航江城。

阮思娴走出驾驶舱的时候，倪彤正好在送走最后一位客人。

“慢走，请带好随身物品，祝您新年快乐。”

等那位客人的身影渐远，倪彤立刻变了脸，忙不迭去拿自己的东西。

“回家了回家了！再不回去连春晚红包都抢不到了！”

阮思娴抬头看出去，天已经黑了，但却应景地下起了雪，纷纷扬扬地在助航灯的光束里跳舞。

连雪也来给除夕夜添加氛围，身旁的机长、乘务员还有安全员搓着手，下楼梯的时候恨不得三步并作两步快点回家。

“机长机长发红包！”倪彤拖着飞行箱，一脸雀跃，“今年最后一个航班，图个吉利！”她说完，其他人也跟着起哄。

机长笑着拿出手机：“发发发！新年发发发！”

几分钟后，整个机组成员的手机都响了。

阮思娴倏地回神，立刻拿出手机一看，却是机长拉了个小群，在里面发了两个大红包。

“唉……”她领了红包，退出群聊，看了看傅明予的对话框。两人最后的聊天还停留在她中午落地时给他发的消息上。

阮思娴用力戳了戳屏幕，就这么忙吗？

她又打开朋友圈，今天大家都特别活跃，一连串滑下来全是晒年夜饭的。其中还看到了郑幼安晒的年夜饭，没有人入镜，但欧式长条餐桌上水陆俱备，光是色泽就让人看得垂涎欲滴。

好像全世界都在团圆，只有她一个人回家吃速冻饺子。

下了机组车，走进航站楼，雪飘在脸上很冷，一行人拉着飞行箱走得很快。阮思娴裹紧了围巾，只露出小半张脸。

不知道是不是和周围人的雀跃心情格格不入导致她还是有一股脚步虚浮的感觉，总觉得没有踩到实地上。

一路上，阮思娴又看了几次手机。

源源不断涌进来的新年祝福已经把傅明予的对话框挤到了很下面。她本来打算把他置顶，但想了想，还是算了。

走了几步，手机又响了几下。

阮思娴深吸一口气。好，傅明予，我给你最后一次机会，再不给我发消息，就去跟工作谈恋爱吧。拿出手机一看，很好，居然是郑幼安的消息。

郑幼安：你真不来吃饭啊？

郑幼安：反正傅明予也不在国内，你一个人过什么年啊，来嘛。

阮思娴：给您拜个年了，祝您抢个大红包。

航站楼的登机提醒广播此起彼伏，四周还有小孩的喧闹声，几个快要赶不上飞机的人拉着行李箱跑得飞快，轮子在地板上滚出刺耳的声音。

虽然嘈杂，但却透出回家的兴奋感。手机又响了几次，阮思娴没再拿出来看，只想快点回家吃饭看春晚。

耳边的声音忽近忽远，阮思娴一步步走得很快。突然，她看见前方出口处，一个背影很熟悉。她停下来，眨了眨眼睛，确定自己不是眼花。

是他，那个背影，她再熟悉不过了。阮思娴嗓子一哽，拉着飞行箱朝前方跑去，距离越来越近，背影也越来越清晰。

阮思娴心怦怦跳着，脚步也越来越快。臭男人，一下午一句话也不说，原来是悄悄回来了。

然而在距离那个背影不到两米远的地方，阮思娴一个紧急刹车，踉跄几步，差点没站稳。

——因为那个男人回头了。

看清他脸的那一瞬间，阮思娴悬起来的心重重沉到了谷底。她愣怔地站在原地。不是他，这世界上怎么会有人背影这么像呢？你跟傅明予的背影放在一起都可以直接连接消除了。

那个男人也看到了阮思娴，见她神情怪异，垂着眼睛打量着她。

阮思娴觉得很尴尬，摸了摸头发，假装什么都没发生，面无表情地继续朝前走。然而跟他擦肩而过时，突然听他开口道："阮小姐？"

阮思娴脚步一顿，眼里有不解。

"您……"

男人突然笑了下，朝她偏偏头，示意她往后看。

阮思娴的心跳又不争气地加速，手指攥紧了拉杆，慢吞吞地回头。

航站楼里灯火通明，他白色衬衫没有系领带，外套随意地搭在手臂上，另一只手插在兜里，直挺挺地站在那里，身旁旅人来往匆匆，似乎都变得模糊了，只有他的身影格外清晰。

阮思娴眼睛眨也不眨，心跳声被放大，在耳边响如擂鼓。

傅明予偏了偏头："怎么，眼花了？连自己男朋友也不认识了？"

听到他的声音，阮思娴忽然脚下有了实感，好像这一刻才真正着陆。

"你怎么回来了？"

傅明予走了几步上前，把外套递过来，阮思娴下意识接住，随后另一只手被他牵住。他拿过阮思娴的飞行箱，说道："不回来让你一个人过年吗？"同时，傅明予带着阮思娴转身，朝前方抬了抬下巴，递给她一个眼神，“叫哥。”

阮思娴问：“哥？”

傅承予慢悠悠地踱了几步过来，看着阮思娴和傅明予，笑了下：“你回来得还真是时候。”

阮思娴还没回过神，傅明予已经看了眼腕表，说道：“时间不多，我先去吃年夜饭，你呢？”

傅承予朝后面指了指，几个外国中年男人还在那头，随后又看向阮思娴：“下次再认识，今天就不打扰你们了。”

直到回了家里，阮思娴还有些不真实的感觉。

傅明予直接进了厨房，而阮思娴连衣服都没换，就跟着进去。

“怎么没搬上去？”

阮思娴没回答，她站在傅明予身后，戳了下他的背。

“你今天是一直在飞机上吗？”

傅明予打开冰箱，扫了一眼，试图从里面找出一些新鲜食材。

“不然呢？冰箱里什么都没有，今晚吃什么？”

阮思娴看着他的背影：“有饺子，你什么时候回去？你不用陪你爸妈吗？还有你哥也回来了。”

“我爸在美国，我妈去陪他了，至于我哥，你看他想跟我们一起吃饭吗？”他弯下腰，打开冷冻层，皱了皱眉，“就吃这个？”

说完，他又释然地笑了，种类还挺多。也好，方便，快捷。

“超市都没人了，你还没说你什么时候回新加坡呢。”

傅明予随手拿了一盒饺子出来，朝橱柜走去，答道：“等会儿。”

这种答案，让阮思娴心里有些急，立刻追着问：“等会儿是什么时候？”

傅明予慢条斯理地挽着袖子，做着准备工作。

“两小时后。”

阮思娴张了张嘴，浑身的血液都热了起来，同时心里又涌上酸涩的感觉。沉默了半晌，她才从背后环抱住傅明予。

上大学那几年的春节，每次都有同学邀请她去家里过年，她不想给同学添麻烦，都拒绝了。后来工作，年年除夕几乎都是在酒店过的。

“其实你不用这么累，我都习惯了。”

水烧开了，傅明予丢了饺子进去，淡淡开口道：“那你就改掉这个习惯。”

春晚进行到魔术节目时，阮思娴盘着腿坐在沙发上，拿着手机等着抢红包，连傅明予什么时候坐在她身旁都没注意到。

“啊！”她立刻抓起傅明予的手，“把你手机给我！”

傅明予瞥了她一眼，把手机递了过去。

“密码是什么？”

“0921。”

几秒后，阮思娴盯着两个手机屏幕，冷着一张脸，不知道该说什么。

“三块二？”

傅明予侧头看过去：“你这手气——”

阮思娴一记眼刀飞过来，傅明予勾着唇，咽下了将要说出来的话。

“吃饭。”她弯腰端起碗，看了眼面前的饺子，“是不是有点儿委屈你？”

傅明予夹起一个饺子，喂到她嘴边说：“你再不吃，马上就要委屈你了。”

阮思娴下意识张嘴，含着饺子，怔怔地看着傅明予。半晌，她嚼了嚼，含糊不清地说：“你还是人吗？”

除夕！两小时！她还以为他是为了陪她过年专门回来的。

阮思娴咽下饺子，往沙发另一边挪了点儿，盯着电视：“傅明予，我怀疑你根本不爱我，你就是贪图我的身体。”

“连身体都不贪图，还能叫作爱吗？”

“……”无法反驳。

傅明予手一伸，又把她钩了回来：“快吃，一会儿凉了。”

吃完后，阮思娴靠在傅明予怀里，眼睛盯着电视，心思却不在节目上。

她时不时抬头，入眼的是傅明予的下颌。

“你看什么？”

阮思娴伸手摸了摸他的下巴，有一点点扎手。

“总感觉不是真的。”

“你这个人。”傅明予手臂收紧，低头凑过去，“是不是要有点实质性行为你才有真实感？”

“你——”

剩下的话被堵住，傅明予轻轻吻了她一下，手掌摩挲着她的后背，柔声道：“是真的，我在这里。”

阮思娴没说话，就这么盯着他看了许久，直到眼睛有些涩，才低声说道：“我觉得你对我比我妈对我还好。”

“是吗？那你以后都跟着我。”傅明予淡淡地说着，眼神却凝在她脸上，“好不好？”

阮思娴低下头，钻进他怀里，双手穿过他腰间，紧紧攥住他的衣服，直到指尖泛白。

电视里节目喧哗热闹，窗外落雪簌簌，今夜的万家灯火，终于有一盏是为她而亮。

两小时，似乎就像两秒钟一样，眨了眨眼睛就过去了。电视里响起了耳熟能详的歌声，窗外有烟火绽放。

傅明予站起身，拿了外套，说道：“我走了？”

阮思娴仿佛还有些没回神，直到把人送到了楼下，才发现自己穿着拖鞋，脚后跟都还露在外面。

“上去吧。”

傅明予说：“我又不是不回来了，别一副舍不得的样子。”

“谁舍不得了？”阮思娴朝他挥挥手，“快走吧，我就是下来意思意思，我也走了。”

傅明予深深地看了她一眼，转身上车，阮思娴也同时进了电梯。

回到家里，看着又空荡荡的房子，她突然有些怅然。

今晚好像是个梦。

第二天清晨。

司小珍：真回来了？

卞璇：你不是出现幻觉了吧？

阮思娴：是的，我出现幻觉了，那你来把我家里还没洗的碗洗了吧。

司小珍：为有钱人的爱情哭了，我也想有人坐十小时的飞机回来陪我吃个年夜饭。还是私人飞机，呜呜呜。

卞璇：可以了，这波不亏。

司小珍：璇，现在知道选择了吧？

卞璇：什么？

司小珍：你不是说，有一个大学生和一个金融公司的老板同时在追你，很难选择吗？

司小珍：二十岁年轻单纯，可以骑着单车载你兜风的男大学生，和三十五岁住着别墅开着豪车，平时很忙只能偶尔坐个私人飞机来陪你过节的总裁，选哪个？现在知道了吗？

卞璇：唉，也不是喜欢别墅和豪车，就是觉得三十五这个数字看着比较顺眼。

阮思娴看着她们的对话，笑了两声，没再回复，上了飞机。她知道傅明予是真的很忙，昨晚吃了饭，他坐在沙发上手机还不停地响。不怪卞璇和司小珍诧异，直到今天早上睁眼她都以为昨晚是做了个梦。

——如果不是发现了枕头下有个红包的话。

她拿着那个红包，想了许久，觉得只有一个可能。

阮思娴：你给我枕头下放红包了？

傅明予：你这个时候才发现？

阮思娴：这是什么意思？

傅明予：压岁钱。

阮思娴：你把我当小孩子？

傅明予：算是吧。

阮思娴：那你对我做那些事情，是要坐牢的。

傅明予：……

阮思娴当时拿着那个红包，笑得像个傻子。

但是在那之后，傅明予是真的很难再挤出时间回国，就连情人节那天也开了一整天的会，但一条钻石手链却由助理亲自送到阮思娴的手上。

而阮思娴除了工作以外，还要准备三个月后的 F3（第三阶段副驾驶）考试，复杂的理论卷面考试和变态的模拟机操作都足以霸占她所有休息时间。

见他们这样，卞璇曾经小心翼翼地问过她：“你跟你男朋友这么久不见面，就放心他一个人在国外啊？”

“是生活不能自理吗，还是怎么着？”阮思娴漫不经心地说，“他妈都放心，我有什么不放心的？”

“你知道我不是这个意思。”卞璇撞撞她的肩膀，“你男朋友招不招人你不清楚吗？”

阮思娴吃着饭，嚼了两下，突然笑了起来。

“就他最近这个状态吧，要是有空闲时间恨不得躺床上睡个三天三夜，要是真的还有精力背着我干点什么，我还挺佩服他。”她竖起大拇指，“这身体素质，跟王八比命长都没问题。”

主角都插科打诨，卞璇自然不再多说，盯着旁边一桌老是朝她们这边瞄的男生，低着头笑：“你也不是个省心的，你家那位放心吗？”

阮思娴瞄了一眼对面那个穿着一身运动衫一看就是学生的男生，轻哼一声：“傅总现在自信得很呢。”说完，她低下头，无声地叹了口气。

时间真的过得好慢好慢啊。

五一节，假期繁忙，她连续飞了四天，飞行时间到达上限，接下来的两天休息时间却被见缝插针地安排了 F3 考试。

然而到了考试当天早上，却被告知由于教员排不过来，考试得挪后。计划猝不及防被打乱，阮思娴回家的路上还有点儿蒙，但又有点开心。

早上还有时间，她回家简单收拾了一下东西，看了眼时间，正好可以去看最近上映的一部她很想看却没时间去看的电影。

现在还不到九点，那部电影只排了 VIP 厅，而且还是整个电影院的第一场，她点进去的时候竟然有一小半的票已经卖了出去。

五月的天已经热了起来，衣柜里春天衣服也只留下了几件长袖。

阮思娴难得穿了条裙子出门，到电影院门口时人家才刚刚开门。取了票后，还没到时间，她买了桶爆米花坐在外面等。由于电影院几乎是空的，所以她一个人坐在那里，就很显眼。

没几分钟，眼前就出现一双球鞋。阮思娴抬起头，愣了一下。

“学长，巧啊。”

谢瑜拿着电影票，环顾四周，发现只有阮思娴一个人时，还有些诧异，拿出电影票看了一眼：“你也来看这场电影？”

“对啊。”阮思娴点头，“你一个人啊？”

“嗯，刚刚从实验室出来，那个……”他拿着瓶矿泉水，再次确认阮思娴身旁没人，“你怎么也是一个人？”

一个女生，非单身女生，大清早的一个人来看电影实在太奇怪了。难道分手了？

这时，检票员提醒电影要开场了，阮思娴站起来，一边朝影厅走去，一边说：“我男朋友在国外。”

谢瑜点点头，和阮思娴一同朝影厅走进去，一路上没说什么。

影厅里放着广告，虽然没人，但阮思娴还是习惯性地弓着腰找到了自己的座位。

坐下后，她一抬头，跟旁边的谢瑜四目相对。

“你坐这儿？”谢瑜半弯着腰，还没坐下去，看了眼手里的票，确定没找错位置，“还真是巧。”

阮思娴点点头，没再说话。

直到电影播到一半，谢瑜突然想起件事儿：“九月校庆你回学校吗？”

“啊？”阮思娴咽下嘴里的爆米花，“你说什么？”

谢瑜凑近了点：“九月校庆啊，你忘了吗？今年是一百一十周年啊。”

“我还真给忙忘了。”阮思娴问，“怎么了？”

“没什么，问问你去不去，不过估计你也没空。”

阮思娴笑了下，低声说：“我自己都不知道有没有空，毕竟我不是固定朝九晚五。”

影厅后排，宴安把座椅靠背调直了些，扭了扭脖子，突然定住目光。他拍了拍旁边昏昏欲睡的郑幼安说：“醒醒。”

郑幼安挥开他的手，往旁边挪了些。

宴安又拍了她两下：“你看看前面那个是不是阮思娴？”

迷迷糊糊中，郑幼安只注意到“阮思娴”三个字，她睁开眼睛，懒懒地说：“宴安哥哥，你这个时候还在我面前提阮思娴，不太合适吧？”

“不是。”宴安朝前面指，“你看那个是不是她？”

郑幼安慢悠悠地坐起来，顺着他手指的方向看过去。

“咦？”

临近中午，傅明予才有时间拿出手机看一眼。

两小时前，宴安给他发了几条消息，其中一条是一张电影院里黑乎乎的照片。

宴安：这是你女朋友吗？兄弟，我瞧着你要不去洗个头，看看水是不是带点颜色？

傅明予打开照片瞄了一眼，随后又把手机放到一边。

新加坡靠近赤道，为热带雨林气候，全年长夏无冬，五月到七月是全年最热的月份，湿热且闷，令人烦躁。

午饭后，傅明予再拿起手机，扫了一眼，抬了抬眉梢。

如果他没记错的话，今天早上阮思娴应该在考试。但照片上的人确实是她，而旁边那个男的，他对他印象倒是也不浅。然而到了这个时间点，他女朋友还没给他来个消息。

傅明予回到办公室，靠在椅子上，把照片转发给了阮思娴。

傅明予：妹妹，哥哥换得挺快啊。

两分钟后。

阮思娴：？？？

阮思娴：！！！

阮思娴：天道好轮回啊！

傅明予眉梢微抬，钢笔在手指间转动。

傅明予：哦？

阮思娴：我说我跟他就是这么巧，买票买到了邻座，你相信吗？

正在这时，柏扬拿了两盒药进来。

“傅总。”柏扬低头看着说明书说道，“伦纳德医生给您换了药，这个剂量重一些。”他把药放在傅明予桌前，“您现在吃？”

傅明予抬了抬下巴：“先放着吧。”

傅明予：是挺巧，我跟你都没有这么巧过。

阮思娴：你确定没有比这更巧的事情？需要我帮你回忆一下吗？

阮思娴：嗯？

阮思娴明显是在学他平时的语气。几年前伦敦的回忆几乎快要完全模糊，被她这么一提，傅明予轻哼一声。

傅明予：不想回忆。

他看了眼桌上的药。

傅明予：我现在有点难受，头还有点疼。

等了十分钟，对方没有回复，而傅明予已经坐进了会议室。

一整个下午冗长又沉闷的会议结束后，时钟指向七点，而毒辣的太阳却没有要下班的意思，依然嚣张地暴晒着这座城市。

“傅总，药还没吃？”柏扬看着没有拆开过的药盒问道。

傅明予睁开眼睛，随手拿起药盒倒了两颗，就着水吃下去。同时他看了眼手机，阮思娴还是没有回复消息。

傅明予放下杯子，蹙着眉头，说道：“问一下国内，今天的 F3 考试怎么回事。”

柏扬说好，要出去时，又回头问：“是问整体情况，还是个体情况？”

傅明予挑了挑眉。

柏扬立刻意会：“知道了。”

柏扬走后，傅明予站起身，拿起外套，随即走出办公室。回到酒店，柏扬才打了电话过来。

“今天早上因为教员不够，所以部分副驾驶的 F3 考试挪到下周了。”

“嗯。”傅明予挂了电话，松了松领结，又低头看了眼手机，居然还没回复消息。

盯着屏幕看了几秒后，傅明予突然烦躁地扯下领结，他坐到沙发上，闭着眼睛想养会儿神，却发现情绪越来越不好。

一闭上眼睛，眼前就是她的脸，在脑海里晃来晃去，却又抓不住摸不着。

他睁开眼睛，点了根烟，并拨了电话过去。阮思娴倒是接得很快。

傅明予交叠着腿，盯着窗外的斜阳：“接电话却不回消息？”

“哦。”电话那头，阮思娴说，“因为我不认识字。”

傅明予沉默片刻，眯了眯眼睛，声音变得有些沉哑：“阮——”

“开门。”电话那头的声音突然打断他的话。

第二十六章

阮机长闪现

傅明予转身，看着酒店房门，似乎有些不相信。

“你说什么？”

“看来我男朋友不仅吓着了，还聋了。”

电话那头，阮思娴话音刚落，门铃声紧接着响起，傅明予指尖的烟灰突然抖落。

阮思娴站在门口，撑着行李箱借力放松自己的腿。

早知道他住的酒店这么大，从大门走到这里要上三次电梯还要穿过好多好多通道，就不穿高跟鞋了，偏偏里面的人还不来开门。

“是藏了个女人吗？”阮思娴抬起手准备直接敲门，“那我给你五秒钟时间，一、二、三——”

面前的门突然被打开，阮思娴的手悬在半空中，和傅明予四目相对。

嗯？想象中的欣喜若狂呢？预料中的喜不自禁呢？怎么就没点表情呢？不开心吗？不惊喜吗？

傅明予就那么看着她，眼神晦暗不明，嘴角抿得很紧。

阮思娴皱了皱眉，正要开口，手臂却突然被他攥住，往房里一拉，她另一只手死死抓着行李箱，撞上墙壁，砰砰几声，伴随着房门用力关上的响动，一切都在电光石火间发生，她人还没站稳，就已经被傅明予抵在房门上，用力吻了过来。

今天他一点儿都不温柔，强势又霸道，连扶着她的手掌都像要掐断她的腰似的。

呼吸一点点被卷走，四肢不得放松，反而越来越紧绷。

阮思娴双手捏着他的衬衫，每一次喘息都被吞走，只有鼻腔里的闷哼声在四周游走，暧昧而湿重。

“嗯……”她指尖掐着傅明予的肩膀，用了些力气，声音才得以从两人的唇齿间细细地传出来，“我脚疼。”

说完，她整个人突然腾空，被傅明予扶着腰抱起，转身放到桌上。还没来得及喘口气，他双手撑着桌子，再次俯身压过来。

房间里空调温度开得很低，桌子冰冷，凉意贴着阮思娴的大腿根席卷而上，与傅明予灼烫缠绵的气息交织在一起，很快抽走了阮思娴的力气。

落日余晖的影子偷偷从房间里溜走，阮思娴意识快要沉沦时，突然感觉傅明予的手顺着她的小腿往下，脱掉了她的鞋子。

不知过了多久，日光已经尽数消散，昏暗的微光半隐半藏地洒在房间里，终于有了点静谧的安稳。

傅明予最后含了含阮思娴的唇，手臂穿过她腿弯，抱着她坐到沙发上。

而阮思娴却想骂人。

她半躺在傅明予怀里，光着脚，裙子凌乱地铺开，进门前专门打理过的头发完全散了，连她新买的口红也被吃得一干二净。而傅明予却慢条斯理地用大拇指指腹擦掉嘴上沾的口红。

这副样子，知道的明白是她来看望自己男朋友，不知道的还以为她刚刚在异国他乡被人糟蹋了。

她抬眼看着傅明予，眸子里还有一层雾蒙蒙的水汽。

“喂。”

傅明予伸手揉着她的脚踝，“嗯”了一声。

阮思娴蹬了蹬腿：“这就是你迎接我的方式吗？”

“嗯？”傅明予垂眼看她，“我看你也挺享受的。”

享受……阮思娴闷哼了声。

想象中她千里迢迢突然出现的时候，应该是他张开双臂抱住飞奔而来的她，在夕阳下相拥，裙摆像飞扬的蝴蝶。——这样的文艺爱情电影。

却活生生被他二话不说摁在门边上演了一部岛国爱情片。

“怎么突然来了？”傅明予一边揉着她的脚踝，一边低声问道。

想你了呗。这句话本来要脱口而出，可是转念一想，她扭开头，挑着自己的头发，漫不经心地说：“我路过。”

“路过？”傅明予侧着头，俯身看她，手掌却顺着脚踝往上滑，“那要不要留下点什么？”

“你——”阮思娴浑身一激灵，蹬腿踢他，“你还是个人吗你？！”

傅明予箍着乱动的她，埋头轻声笑：“吃饭了没？”

阮思娴没好气：“你说呢？我刚下飞机。”

“那我带你出去吃？”

“不要，不想动。”

“嗯。”傅明予伸手从桌上拿起手机，“我叫人送餐。”

“那我起来洗个澡。”阮思娴挣扎着要起身，“新加坡好热啊，下飞机的时候出了一身汗。”

“别动。”傅明予把她重新按进怀里，“再给我抱一会儿。”

路灯的光束携带着霓虹的缤纷在房间里静静流淌，映照在阮思娴脸上，忽明忽暗，像幻影一般。

傅明予没说话，下巴抵在她额头，手掌轻轻摩挲着阮思娴的背。

多少次想这样拥她入怀，却只能通过手机听到她的声音，似乎人就近在眼前，而怀里却空落落的。也是在这个时候，阮思娴才从他周身的气息中，真实而又浓烈地感觉到了他的依恋。

“你是不是……”阮思娴伸手摸他下巴，“特别想我啊？”她语气轻飘飘的，像是随口一问。

而傅明予没有否认：“嗯。”

“有多想？”

傅明予垂眼看着她的睫毛，浓密得在下眼睑投出一道阴影。怀里这个人现在是很真实的存在。

“魂牵梦萦。”

阮思娴突然咬了咬牙，手指用力捏着他的下巴。

“我怀疑是春梦。”

傅明予愣了一下，笑出声来。

“你要这么理解也可以。”他收紧了手臂，“毕竟在梦里，什么都不用克制。”

“……”

门铃在这个时候响了起来，阮思娴挣脱他，坐到另一边，用脚踢他道：“去拿饭。”

傅明予瞥了她一眼，跷起腿，用遥控器开了门。

酒店管家带着服务生，推着车走进来，把晚餐一一在桌上摆好。

人退出去后，傅明予起身，朝阮思娴钩钩手说：“吃饭。”

阮思娴光着脚跳下沙发，闻到饭菜香味，浑身突然来了力气，蹦蹦跶跶地跟过去。经过书桌时，她看见了什么，回头一瞄，脚步顿住。

“这是什么啊？”阮思娴拿起药瓶子，“你病了？”上面都是英文专业词汇，她一个都看不懂。

“嗯。”傅明予在餐桌前坐下，“感冒。”

阮思娴走过去，手背探了探他的额头：“难怪我觉得你今天很烫，发烧了吗？”

傅明予抓着她的手，拉她坐下：“没那么严重，小问题。”

只是有些食欲不振和头疼而已，至于身体烫……哪个男人在吻自己女朋友的时候能不烫？

傅明予把米饭盛好递给阮思娴：“你什么时候回去？”

“明天中午的飞机。”

阮思娴咬着筷子，看他一眼：“对了，今天那个照片谁发给你的？”

傅明予把手机丢给她。

“宴安？”阮思娴眨了眨眼睛，“他还挺有情趣哈，大清早地去看电影。”

“你不也挺有情趣吗？”傅明予冷笑。

阮思娴撇嘴，很无奈地说：“我这不是……订了中午的机票，早上无聊，才想着去看看电影打发时间嘛。”

“嗯。”傅明予只盛了一碗汤，应了一声后，不再说话。

阮思娴看他连筷子都没拿，问道："你不吃饭吗？"

"喝汤就行。"傅明予说，"没有胃口。"

阮思娴怔了下："你胃又不舒服了？"

"一点儿。"

阮思娴放下筷子，盯着这些饭菜，想了会儿，说："要不给你换成粥？"

傅明予放下汤碗，平静道："不用，我吃不下，你别说话了，好好吃饭。"

他面容沉静，手抵着下巴，看起来好像是有一些病态。

阮思娴起身去倒了一杯热水："那你把药吃了。"

像是完成任务一样，傅明予吃了药，还朝她扬了扬眉。

吃完饭后，阮思娴放下筷子，优雅地擦了擦嘴，然后说道："我有点儿撑了。"

傅明予起身，理了理袖口："我带你出去散步。"

"我没带平底鞋。"阮思娴的腿在桌子下晃了晃，"脚疼。"

傅明予没说什么，直接打了个电话。不一会儿，有人送来了一双崭新的平底女鞋。

阮思娴看着这双鞋，叹了口气道："有钱真好。"她穿着这双鞋走在路上，感觉自己每一步都被几个宫女搀扶着似的。

傍晚热意消散后，偶尔有几股凉风吹来。

傅明予所住的酒店在中央商务区，四周都是摩天大楼，钢筋水泥的世界看着也没意思，他们去鱼尾狮公园逛了一圈。

阮思娴挽着傅明予，脚步拖得极慢，试图以这种方式把时间拉长。

"下周考完 F3 后，我要考高原航线资格了。"身旁有小孩子跑过，差点儿绊倒，"我想飞更长的航线。"

只是要想取得高原航线资格，必须进行理论培训、模拟机检查还有航线检查，不比等级考试轻松。

"你还挺忙。"傅明予说，"没一天闲着。"

"毕竟想涨工资嘛。"

“上次给你的奖金用完了？”

“怎么可能，存着呢。”阮思娴几不可察地挑了挑眉，“卡里的数字越长，我就越有安全感。”

傅明予轻哼了声。

公园的晚风虽然舒服，但到底是夏天，阮思娴还是感觉浑身黏糊糊的。

回到酒店后，她准备洗个澡，在那儿之前得先卸妆。

“你要不先去洗澡？”阮思娴从行李箱中掏出自己的瓶瓶罐罐，头也不回地说，“等下我卸妆后也要洗澡了。”

傅明予应声去了。

半小时后，他从浴室里出来，看见阮思娴坐在沙发上，素面朝天，表情却不太好。

“怎么了？”

阮思娴不好意思地咳了声：“我忘了带睡衣。”

傅明予眉梢一抬：“所以呢？”

所以呢？阮思娴沉声再次强调：“我忘了带睡衣！”

对方丢来不咸不淡的一句话：“那就不穿。”

“傅明予，你听听你说的是人话吗？”

阮思娴抱臂：“那我不睡觉了，你就看着我困死在这儿吧。”

走到沙发前的傅明予突然想起了什么，转身朝房间走去：“那我给你找一件。”

欸？阮思娴转身，趴在沙发靠背上看着他。

“你这里有女人的睡衣？傅明予，你是不是做了什么对不起我的事？你现在交代我留你一个全尸，不然你明天就会登上新加坡当地新闻，中国某男子于酒店被谋杀，死状惨烈，七窍流——”

话没说完，一件洁白的衬衣放到了她面前。

“穿吧。”

“……”阮思娴怔怔地看着傅明予，眼神里全是不可置信。

“傅明予，我觉得你真的有点儿变态。”

“我怎么就变态了？”傅明予觉得好笑，“这衣服你可以直接当裙子穿，宽大舒服，怎么不能当睡衣了？”

“我不穿。”

“那没别的了。”

“你打电话叫人给我送一套来，就像刚刚那样。”

“妹妹，你看看现在几点了，人家不下班吗？”

“你——”

傅明予走到桌前，看了眼时间，按照医嘱再次吃药，就着水喝下后，他仰头闭上眼睛，揉了揉眉骨。

阮思娴看着他那副病弱的样子，突然勾着唇角笑了声。身体不行，力气没有，花花肠子倒还挺多。

“行呗。”她拿起衣服走进浴室。

等里面传来水声，傅明予回头看了一眼，磨砂玻璃后映着模模糊糊的窈窕身影。

他垂眼，面前放了份新加坡营业部机务部门的航线维护支持预案。等他把预案仔细看完后，阮思娴正好从浴室里出来。

白衬衫宽大，罩在她身上，空荡荡的，上半身的曲线若隐若现，一双长腿堪堪被遮住大腿根。

她背着手，轻手轻脚地走到傅明予桌前，弯腰，手肘撑着下巴。

“傅总。”

傅明予看她一眼，眼神淡淡的，没理。

“哥哥。”阮思娴伸手钩了钩他的袖子，“睡不睡觉呀？”

傅明予翻了一页文件，还是没理。

阮思娴笑眯眯地看着他，偏了偏头：“还工作呀？”

“你想干什么？”傅明予轻飘飘地睇了她一眼。

“我看你没吃饭，又没怎么休息，还吃了药，想叫你早点儿睡觉呀。”脸上笑吟吟的，桌下的脚却轻轻蹭着他的小腿。

可是傅明予却没有反应，只是回头看着她，桌边落地灯下，他目光沉暗。

阮思娴心里冷哼了声，她退了两步，背靠着沙发，一只腿伸直，另一只腿半弯着。

“真辛苦，这么晚了还要工作。”说完，她撩了撩衣摆，搔首弄姿地转身朝房间走去，“那我先睡了。”

“等等。”身后突然传来一道沉哑的声音，阮思娴心里突然沉了沉。

还没回头，便被他打横抱起，放在办公桌上。桌上的笔、纸被扫落，在地毯上砸出沉闷的声音。

看见他炽热的眼神，阮思娴下意识往后仰。而傅明予双手撑住她，顺势倾身。

阮思娴咽了咽口水，耳朵开始发红。

傅明予眸底幽深，紧紧盯着阮思娴，喉结滚了滚。

阮思娴呼吸渐渐不稳，手紧紧扣着桌子边缘。

这一个晚上，阮思娴明白了什么叫作搬起石头砸自己的脚，以及绝对不要用病情来判断一个男人精虫上脑时的爆发力。

办公桌下散落的文件，沙发上凌乱的衣服，浴室镜子上的手印……最后，阮思娴躺在床上，缩成一只虾米。

她头发被汗水打湿，贴在脸颊，看起来很不舒服，人却没动。

傅明予想抱她去洗澡，于是俯身掀开被子，但刚刚碰到阮思娴的肩膀，就听她皱着眉说道：“滚！”

“你怎么回事？”傅明予手顿了下，还是按住她的肩膀，声音里染了点笑意，“事前浪得很，事后让人滚？”

虽然折腾到半夜才消停下来，浑身也没什么力气，眼皮像灌了铅似的沉重，但阮思娴还是不想睡。

窗帘遮光性极好，即便外面的世界霓虹闪烁，室内也不见一丝光亮。

阮思娴缩在被窝里，絮絮叨叨地说了很多有的没的，最后什么时候睡着的都不知道，第二天还是傅明予叫她起的床。

上了飞机后，阮思娴戴了个眼罩准备补觉，偏偏旁边的孩子却哭闹了全程，孩子爸妈又是唱歌又是抱起来走动也不管用。

所以落地后，阮思娴睁开双眼，靠在背椅上半晌没动，眼神看起来有些厌世，座位旁边借了她充电器的小姑娘连话都不敢多说，丢了句“谢谢”就匆匆下了飞机。

飞机没有停靠在廊桥旁，头等舱的人先上摆渡车。阮思娴最后一个上去，头靠着车窗，眼睛半眯着，似乎下一秒就要睡着。

当摆渡车缓缓靠近航站楼时，一个刹车，她一头磕在车窗上，睡意瞬间没了。

她揉了揉眼睛，往窗外看去，两个年轻男生扛着什么东西穿过停机坪，跑得很快。

因为那两个男生莫名眼熟，所以她多看了几眼，顺着他们的目的地望过去，先是看见打光板，后面有三脚架，旁边站着……郑幼安？

“你怎么在这儿？”阮思娴拉着飞行箱，晃悠到停机坪，问完才看见后面的椅子上还坐着个大爷，想到傅明予手机里的照片，她扯了扯嘴角，“宴总也在呢？”

原本跷着腿看手机的宴安听到阮思娴的声音，抬了抬眼，看见阮思娴的表情，背后莫名起了一阵鸡皮疙瘩。

但宴安问心无愧。他收起手机，端了杯旁边的咖啡，镇定地抿了两口：“怎么？”

“没什么。”阮思娴撑着行李箱，朝四周看了一圈，笑着说，“就想问问您下次什么时候看电影，我避开一下。”

“你——”宴安有些气结，想了想，算了，不跟女人计较。但他好心好意给傅明予报个信儿，结果他狗咬吕洞宾，不识好人心。

扭头又见郑幼安在打量他，于是站起来，松了松领结：“这个你问郑幼安，她什么时候想大清早看电影我什么时候去。”

说完，他端着咖啡杯走到郑幼安身旁，碰了碰她的肩膀：“我去趟洗手间。”

夕阳下，郑幼安看着镜头，头也不抬：“哦。”

宴安还想说什么，见郑幼安这个态度，便闭了嘴。

经过阮思娴身旁的时候，见她没一点儿不开心的样子，也知道那天多半是个什么乱七八糟的乌龙，于是懒得多问。

身后的拍摄也临近结束了，阮思娴回头的时候，几个飞行员流了一额头的汗，面对眼前的摄影师，敢怒不敢言。

而郑幼安翻着显示屏里的照片，皱了皱眉：“你觉得怎么样？”

跟我说话吗？阮思娴半个身子靠过去看了两眼，点点头：“还行。”

“还行？”郑幼安关了镜头，手撑着三脚架，“还行就是不行的意思，你跟你男朋友就一个欣赏水平。”

阮思娴：“……”这世界上没什么是永恒的，但郑幼安是。

不过这会儿天色也暗了下来，郑幼安就算还想继续折磨人也得换时间。她抬了抬手，让助理来收拾东西，暂时放过了那几个可怜的非专业模特。

现在不用郑幼安回答，阮思娴也知道她是过来干什么的。

“这次你给北航拍今年航展的宣传照？”

“对啊。”郑幼安点了点头，接过助理递过来的水，喝了两口，眼珠子转了一圈，“昨天早上……”

“同学，偶遇，不熟。”

“哦……”

阮思娴抬手遮了遮太阳，拉着行李箱准备走，又听郑幼安问：“你该不会是刚从新加坡回来吧？你亲自跑去洗白自己啊？”

“不然呢？还真是托您的福。”

阮思娴回头问：“说起来我也好奇了，怎么你跟宴安大清早是嫌床不够暖吗跑去看电影？”

“你别胡说啊，我们没睡一起。”

“……”重点是这个吗？

等等，阮思娴偏了偏头，很是疑惑：“你什么意思？你跟宴安在谈恋爱？”

“算是吧。”

算是吧？这也能算是吧？阮思娴有些不懂他们有钱人的世界，而郑幼安搅动着吸管，一脸无所谓。

“我们要订婚了。”

“啊？”

不管阮思娴有多震惊，郑幼安和宴安订婚这件事都是板上钉钉的。两个月后，她和傅明予都收到了请帖，七夕节前夕，在华纳庄园举行订婚宴。

傅明予是宴家请的，而阮思娴收到的是郑幼安个人发来的请帖。其实在这两个月期间，阮思娴也听傅明予陆陆续续说起过这件事。并不算突然，两家商量很久了。

“所以，这是商业联姻？”阮思娴问。

视频那头的傅明予靠在床头，懒散地翻着手里的书：“两家实力相当才叫作联姻，他们这不算。”

“那算什么？”

傅明予抬眼看着镜头：“郑家现在的情况，需要有人拉他们一把。”

“他们情况已经这么糟糕了吗……”阮思娴嘀咕，“上个月我看他们结婚纪念日还办得挺风光呢。”她说的结婚纪念日自然是董娴和郑泰初的。

“正因为这样，表面的风光更不能缺。”傅明予说，“两年前郑家的资金运转和经营情况已经坍塌，他们……”傅明予想了想，没说下去。

“你高原航线考试什么时候？”

“下个月。”阮思娴又把话题扯过来，似乎对这个问题很感兴趣，“不应该呀，宴总什么人呢，真愿意为了拉郑家一把，就这么放弃了自己的大把森林？”

“你当宴家是做慈善的吗？”

傅明予说：“虽然郑家摇摇欲坠，但多年的酒店行业基底还在那里，宴家花财力物力去拉他们一把，得到的利益也是绝对值得的，过不了几年，郑家酒店的实际利润便要流入宴家。”剩下的话，他没说出来，阮思娴也明白了。

做出这个决定，无非是甘为人臣。虽然失去了主权，但至少能免于背上高额债务。至于这场婚姻，不过是郑家放在宴家的一把尺子，画出了宴家做事的底线。

阮思娴撑着下巴，似乎在走神。傅明予站起身，镜头里只剩他的下半身。

他往后走了两步，撩起上衣脱下，丢在床上，也没再穿其他衣服，拿着 iPad 不知道在看什么。

阮思娴视线在他小腹处的人鱼线溜达了两圈，挠了挠耳朵，假装毫不在乎地说："他们之前是不是打过你的主意？"毕竟如果要联姻，阮思娴觉得傅明予怎么看也比宴安合适。

"是。"傅明予回答得这么干脆，阮思娴反而不知道说什么了。她突然有些后怕。虽然这后怕在这个时候完全是多余的。

"啊……"阮思娴心口有些跳，非常小声地说，"好险。"

但傅明予还是听见了，他回头看镜头："险什么？我那时候拒绝了。"

"什么时候？"

"你第一次打我的时候。"

阮思娴瞳孔地震，觉得这个人太奇怪了。

"所以是因为我拒绝的？"

傅明予走到镜头前，昏黄的灯光映在他脸上，使他的五官柔和，看起来似乎近在咫尺。

"是啊，荣幸吗？"

阮思娴盯着他看了半晌，被他的自信震惊："你好狂啊，八字没一撇的事情，你就敢这么选择？"

那万一追不到呢？他岂不是亏大了？

"但事实证明。"傅明予静静地看着她，"我是对的。"

窗外夏虫蝉鸣声未休，回忆一下被拉回到去年那个时候。仿佛就在昨天，又好像过去了很久。

阮思娴眼里有细碎的光芒流动，看着小小屏幕里的傅明予。她感觉到了，那种抛开筹码被坚定选择的感觉。

心里有许多话想说，到了嘴边，却化作简简单单的一句话："你快点回来吧。"

八月，傅明予已经结束了新加坡的工作，但人还没回来，正带着团队抽查各海外营业部的情况，像玩儿飞行棋似的，今天在澳洲，后天在美洲，再过两天又在欧洲。

郑幼安和宴安的订婚宴也在这个月，阮思娴提前一周接到了电话，叫她去试礼服。

江城有个礼服定制工坊，店主是国内少有的获得巴黎高级时装工会会员资格的设计师，只依据原有板型修改做半定制礼服，时间周期短，但在江城极受追捧。

阮思娴本来连半定制都不想要，直接买成衣简单方便，但贺兰湘极力给她推荐了这家，她不好拒绝，抽了个时间来选了一款，今天正好出成品，叫她来试穿。

毕竟是别人的订婚宴，宾客不好喧宾夺主，阮思娴定的是一款珍珠白吊带鱼尾裙。款式很简单，也贴合她身材，她没什么多余的要求。她对着镜子拍了张照片发给傅明予。

“好看吗？”

等了两分钟，傅明予没回，阮思娴便没管了。

昨天早上跟他打电话的时候他还在迪拜，深夜没睡，这会儿应该在补觉。

在店里等待包装的时候，服务员提议带阮思娴去看看别的款式，反正闲着也是闲着，阮思娴随着她上二楼去看橱柜里的新款。

但刚上楼梯，她便听到几道熟悉的声音。等视野开阔，她看见一面大镜子前站的人居然真的是郑幼安和董娴。

郑幼安穿着一条淡金色长裙，裙摆上镶嵌着细碎的水钻，她一动，裙摆便流光溢彩。

董娴在她旁边忙前忙后，一会儿说腰还要再收一点儿，一会儿又说一字肩太紧了。连配套的蕾丝手套都不太满意。

“随便啦。”郑幼安说，“意思意思就行了。”

“不可以。”董娴叫人来重新量尺寸，“一辈子一次的订婚，怎么能随便？”

郑幼安低头理了理手套，嘀咕道：“谁知道是不是唯一一次呢。”

董娴脸色一变，话堵在嗓子眼儿，变了声调。

“安安，我跟你爸爸……挺对不起你的。”

她们没注意到后面有人，说话的声音不小，阮思娴听得一清二楚。

阮思娴皱了皱眉，你对不起的何止她一个人。

“没什么对不起的。”郑幼安站累了，提着裙摆坐到沙发上，拍了拍旁边的座位，“我总要为这个家付出点儿什么，而且宴安哥哥也不错，家里有钱，人又挺帅的，还年轻，你看可选择范围内也就是他最好是不是？”

见董娴不坐，郑幼安低头理着裙摆，自顾自地说：“要是离婚了，我还能拿一大笔钱，而且那时候我们家应该也好了，我就去嫁个小白脸，不要他有钱，听我的话就可以了。”

董娴深吸了一口气，抱着郑幼安，让她的头靠在自己腰间说：“没事啊，他要是对你不好，你还可以回家。”

阮思娴在后面看了会儿，这场景虽然扎心，但她过去了，就是个外人，打扰人家和乐的场景。

只是她还没转身，郑幼安就从镜子里看见了她的身影。

“你也来了？”郑幼安开口，董娴也回头看了过来。

“嗯。”阮思娴不得不重新朝前走去，“我过来拿衣服。”

郑幼安回头打量着董娴和阮思娴，突然提着裙摆说：“这个穿着太累了，我去换下来。”

她去了更衣间，而董娴却直直地盯着阮思娴。自从上次在家里碰面，冬去夏来，两人又是大半年没见面。

服务员为阮思娴端上一杯热茶，放在桌上。白烟袅袅升起，隔着两人的视线。

若是平时，阮思娴早就走了，但今天不一样。她沉默许久后，突然开口道：“今天是爸爸生日。”

董娴愣了一下，明显不记得了。

这是阮思娴预料之中的反应，她叹了口气：“算了，我先走了。”

“等一下。”董娴叫住她，“阮阮，你还是介意我跟你爸爸的事情吗？”

阮思娴很无奈，心里刺刺的，却又不知道怎么说。感觉说多了是庸人自扰，不说呢，董娴又提出来了。

没等到阮思娴回答，董娴自己说了。

“有些事情，我以前没说，是因为你还小，不理解。”她顿了顿，“后来……”

“你直说吧。”阮思娴打断她，“那些有的没的就不用说了。”

董娴似乎是在酝酿措辞一般，憋了会儿，说：“作为一个母亲，我对不起你。但是作为一个妻子，我已经做到最好了。”

是挺好的。阮思娴想，洗衣做饭，照顾丈夫，她确实做得很好。

“至于为什么离婚，这一点，我承认我很自私。”她说，“国先生找到我的时候，我三十七岁了。”她把那几个字咬得很重，“我三十七岁了，错过了，我这辈子都不可能再有机会了。”

阮思娴知道她的意思，但并不明白。

“这冲突吗？”

“一开始我也以为不冲突。”想起以前的事情，董娴扶着头，神色淡淡，“但是现实没我想的那么美好，没什么事情是不需要付出时间精力的，我要和国先生签约，就要跟着他走南闯北，要闭关，要有新的作品输出，注定没办法像以前那样待在家里。”

阮思娴没说话，而董娴说话的条理也不那么清晰了，再一次说：“我三十七岁了，自从二十二岁和你爸爸结婚，十五年，我相夫教子，孝敬老人，都快以为自己这辈子就这样了，这时候有伯乐出现，我第一反应就是跟你爸爸说。可是他呢？”

阮思娴说：“他……”

董娴换了只手，垂着眼睛，自顾自说道：“我永远记得他说的话：‘你是个妻子，是个母亲，你去追求梦想了，家庭怎么办？’”

原本的话突然说不出口，阮思娴沉默下来，第一次这么安静地听董娴说话。

但董娴没再继续那个话题，想到那一年关在房门里的争吵，到现在还头疼。

“我是挺自私的，当初跟你爸爸离婚后，我确实没想过带你走，我知道自己未来几年居无定所，你跟着我不合适，所以我觉得你留在家里，跟着你爸爸，读书、生活，才是最好的。”她抬眼看向阮思娴，眼角的细纹连化妆品也盖不住。

“是我对不起你，没陪着你长大，没尽到一个妈妈的责任。”

郑幼安在试衣间里待了很久，腿都要酸了，隔着缝往外面看了几次，终于等到阮思娴起身了。

她吸了口气，正准备出去，又听见董娴说：“你不能给我一次补偿的机会吗？”

开门的手顿住，郑幼安又默默退了回去。

“算了。”阮思娴沉默了很久，只说了句“算了”。

当属于父母的秘密被揭开，她感到有些意外，却也不是那么难以接受。

毕竟她了解自己的爸爸，是有那么点儿骨子里的大男子主义，甚至现在她连董娴的选择都能理解。可是那又怎样呢？这些选择的后果，不应该由她来承担。

“有什么好补偿的呢？”阮思耸了耸肩膀，“十几岁的时候，缺的是一个洋娃娃，一条碎花裙，一双小皮鞋，现在补给我吗？没意义了，现在我不需要了。”

董娴闭眼深吸了口气：“阮阮，我们毕竟是亲母女。”

“我知道，这一点我没有否认，你还是我妈妈，这一辈子都没办法改变，而且我现在也理解你的选择了，但是感情是需要陪伴，在我最需要的时候你没有陪在我身边，我现在长大了，我什么都可以自己做自己买，甚至我还有男朋友了，他才是我最大的依赖。”

看董娴似乎不太明白一般，阮思娴一字一句地解释：“换句话来说，你现在的弥补对我来说，已经无足轻重了，所以意义不大。感情有亲疏远近，我跟你属于关系比较冷淡的母女，但我依然会叫你妈妈，你有需要的话，我结婚生孩子了，你是什么身份还是什么身份，这些都不会改变。

“但是刻意去雕琢修复的话，就不用了，怪累的。”

出来时，司机还在门口等她，帮她把东西放到后备箱，然后又为她拉开车门。

但阮思娴站在路边，没有急着上车。

她回想了一下自己今天跟董娴说的话，像是扎在心里的一根刺终于拔了出去，释然了，但也有点儿痛。只是她没想到，她会下意识地说“我还有男朋友了，他才是我最大的依赖”。

不回想就罢了，一回想，就特别想他。正好手机响了一下，阮思娴拿出来看了一眼，几小时过去了，傅明予才给她回了两个字。

“好看。”冷漠得像是在敷衍。

“气死我了。”

阮思娴一早上没吃东西，胃里是空的，风一吹，感觉自己就像个林黛玉。她一边朝车上走去，一边给傅明予打电话。

嘟嘟两声后，对方很快接起。

“你到底什么时候回来！”阮思娴一脚踏上车，“你女朋友快饿死在路边了！”

“想我了？”

“对。”阮思娴撑着车门，没好气地说，“我想你了，你快回来行不行？”

“行。”

“那你——”阮思娴说到一半，突然顿住。她感觉这声音不只是在电话里，好像离她很近。

风停了，身边却慢慢飘来一股熟悉的冷杉味道。

阮思娴就站在车门边，被人从背后抱住。

“嗯，我回来了。”

听到他的声音，阮思娴还有点儿回不过神，也没回头，生怕一转身就发现是幻觉。但他身体的温度却很直接地从她背后传来。

最终，她还是转过来，不眨眼地看着他，并且伸手掐了掐他的大腿。

“看看我是不是在做梦。”阮思娴看见傅明予拧了拧眉头，说道，“哦，会痛，不是梦。”

傅明予眉梢一抽：“那你掐我大腿干什么？”

阮思娴不答反问：“你什么时候回来的？”

“刚刚。”

“哦……”

车还停靠在路边，车门也等着。

“先上车，别在这里站着。”

阮思娴依言上了车，坐到靠里的位置。但傅明予一上来，她便立刻钻到他怀里。虽然许久没见面，但傅明予还是能敏锐地感觉到她情绪不对劲。

“怎么了？”

阮思娴闷闷地说：“我刚去拿衣服，遇见郑幼安跟我妈了。”

“说什么了？”

“其实也没什么。”阮思娴沉沉地叹了口气，“我妈今天说，她想要补偿我，我跟她说不用了。”她在傅明予身上蹭了蹭下巴，“怪累的，没必要了，而且——”她抬起头，看着傅明予的下颌线，鼻子有些酸，“我跟她说了，我有男朋友了，我男朋友现在是我最大的依赖。”

傅明予垂着头，看着怀里的人，喉结微动，有些情绪在心里涌动。

柏扬早已安排人把傅明予的行李全部搬回来了，客厅桌上还放着很多礼物盒子。

阮思娴看了一眼那些东西，问道：“你带回来的礼物？”

“嗯。”傅明予应了，又补充道，“给我妈的。”

“那我呢？”阮思娴扶着手，慢悠悠地踱步，“我有礼物吗？”

“有。”

阮思娴朝他伸手：“快给我看看。”

手里没拿到东西，却被他拥进怀里，缠绵地吻了一会儿，阮思娴脸颊绯红，轻轻推开他。

“谁要这个礼物了，一点儿新意都没有。”

刚说完，傅明予转身，从身后的柜子上拿出一个蓝色丝绒盒子。

他打开，里面是一枚钻戒。

“这……这是给我的礼物？”

“不是。”傅明予牵起她的手，覆在戒指上，“礼物是我。”

阮思娴怔怔地看着他。

“收下一个丈夫，你要吗？”

见阮思娴愣怔在原地，傅明予亲了亲她的手背，换了个说法。

“嫁给我，好吗？”

第二十七章

在你心上降落

“嫁”这个字眼，对阮思娴来说非常陌生。至少在她前二十几年的人生中，她从未主动涉及这个概念。

到了这个年龄，身边倒是有不少朋友谈婚论嫁，婚礼也参加过不少。但自己置身于这个概念中，却觉得很空很白，不知道意味着什么。

可是当傅明予说出嫁给他时，说出“丈夫”两个字时，她脑海里突然浮现出很多画面。

清晨醒来睁开眼睛，看到的人是他。雨后傍晚，房间里亮着的一盏灯，是为他。凛冽冬日，窗外雪花纷纷扬扬，沙发上相依，电视里音乐声嘈杂。

…………

画面乱七八糟毫无规律地碰撞在一起，拼凑出一幅未来的画卷。

“等等——”阮思娴忽然开口，抬头打量四周一圈，一把推开傅明予，朝房间跑去。

“你跑什么？”傅明予追过去时，门砰地一下关上，把他挡在外面。

傅明予敲门：“出来。”

屋里传来声音：“你别说话！”

一分钟、两分钟、三分钟……十分钟过去。

傅明予靠着门，听见里面传来轻微的响动，偶尔有走的声音，却完全不知道她在干什么。

燥热的午后，没开空调，他身上涌起一股燥热，却小心翼翼地说：“你到底在干什么？”

“叫你等会儿！”

晌午的阳光渗透进屋里，透过树叶，在地上投射出斑驳的影子，随着风轻轻晃动。

傅明予在客厅里来回踱了几步，抬手松了领带，仰着脖子呼了口气。他朝房间看去，里面的人依旧没有出来。

手机响了几下，是朋友打来的。傅明予看了一眼，挂掉后随手丢开手机，又走了几步，解开领口的扣子松了松。

客厅的时钟嘀嘀嗒嗒地走动，窗户开着，一阵阵燥热的风吹进来，闷得呼吸有些紧。

不知过去了多久，傅明予握着那枚没有被戴上的钻戒，在小小的客厅来回走了几圈，拧着眉看向房间，两三步跨过去，敲门的时候用了些力。

“开门！”

房门没动，傅明予舌尖抵着后槽牙，紧紧盯了房门几秒，随后再次抬起手，同时说道：“阮思娴，你——”

门突然朝里拉开，傅明予抬起的手落空。他瞳孔里紧缩的亮光像海里的漩涡中心，却在看见她的那一瞬间，静谧无声地乍然铺开，静静在眸子里流淌。

阮思娴手撑着门，身上白色流光裙子柔和地贴着肌肤，勾勒出曼妙的身材曲线。

风好像突然停了，静静地伏在阮思娴肩上，拂动着她脸颊边的头发。

她躲进房间，花了整整一个小时，坐在镜子前细致地梳妆，换上了自己新买的裙子。可能在别人看来多此一举，但她想在未来的日子，每一次回想起今天，她都是最美的样子。

她抬头望着傅明予，任由他的目光在自己身上流连。

“重新来，刚刚不算。”

傅明予始终垂着眼看她，眸子里暗流涌动。

“嗯？重新来什么？”

“快点。”阮思娴伸手轻轻扯了一下他的领带，“重新来一次。”

傅明予俯身，凑到她面前，嘴角含着笑，缓缓地吻住她。

“你干什么！”阮思娴手撑在他胸前往外推，“我不是说这个！”

可是眼前的男人完全不听，扶着她的后颈，一步步深入。

“你别想蒙混过关！”阮思娴继续推他，却被他紧紧握住，伸脚去踢，又被他跨了一步抵在门边动弹不得。

蝉虫鸣叫此起彼伏，伴随着他的呼吸声在阮思娴耳边忽远忽近，这个午后像梦一样迷幻，而他的吻又比以往任何一次都要真实，无关情欲，是他虔诚的表达。

许久，他停下来，与阮思娴额头相抵，凝视着她的眼睛。

他张了张口，想说什么，却在瞥见她低垂的睫毛时顿住，退了一步，缓缓屈膝。

虽然能预料到他的下一步动作，但真的看见他单膝下跪时，阮思娴胸腔里还是酸胀难言。

本以为这样的动作只存在于想象中。他是多骄傲的一个人啊，可是那双深邃的眼睛又虔诚得无以复加。

阮思娴脑子里嗡嗡叫着，双手藏在身后，紧张地揪着衣服，浑身的神经都绷紧了，那颗粉钻快闪瞎她的眼了。

“嫁给我，我给你一个家。”

听到这句话时，阮思娴的手骤然松开，全身上下每个细胞都稳稳躺进一个柔软的摇篮中。

这天下午，阮思娴带傅明予去了一趟墓园。

临走前，这妖里妖气的男人非要上楼去换一套衣服。

阮思娴上下打量他的衣服：“跟你刚刚那套有什么区别？”

“坐了一天的飞机，有些脏。”

他拿着车钥匙出门，慢悠悠地朝车库走着，回头笑了下：“见家长总要干净整洁。”

墓园依然冷清，不知道最近负责打扫的大爷是不是犯了困，虽是夏天，地上也有不少枯叶。

阮父的墓碑立在不起眼的地方，照片上的男人五官柔和，眉眼却隐隐透着英气。

傅明予拿着一束百合花，低声道："爸看起来不像语文老师。"

"他以前当过兵……"阮思娴突然抬头，看了他两眼，对上他坦然的目光，噎了下，没说什么。一口一个"爸"叫得还挺顺口的。

"爸。"阮思娴把手里的百合花放到墓碑前，"生日快乐。"她弯着腰，瞄了傅明予一眼，小声说，"这是我男朋友。"

"嗯？"傅明予说，"你刚刚说什么？"

"……这是我未婚夫。"

傅明予牵起阮思娴的手，静静地看着这座墓碑。

大多数时候，傅明予都是个话不多的人。阮思娴不知道他这时候在想什么，没有开口，却在这里站了很久。

直到日落西山，两人才离开墓园。

路上，傅明予的手机一直在响。他接了几个，没说几句话，阮思娴只听到"嗯""好""改到明天"这些词汇。

毕竟刚刚回国，很多事情急需交接处理，这段时间会比以往任何时候都忙。

但他还是推迟了一些工作，陪阮思娴吃了个晚饭才走。

回到家里，阮思娴换了衣服，躺在床上，在探照灯下伸着手，看着无名指上那颗闪闪发亮的戒指。

啊……钻戒……粉色的……好大……阮思娴表情淡淡的，心里却风起云涌。

这一天，她睡得很晚，迷迷糊糊中床边塌陷了一块儿。她没睁眼，鼻尖闻到一股沐浴乳的香味。

身旁的人轻手轻脚地躺下来，盖好被子，拥她入怀。

等到他呼吸平稳了，阮思娴往他怀里蹭了蹭，抱着他的腰，嘴角弯了弯，低低开口："老公。"

她的声音小到几乎是气音，从被窝里溢出来，却在傅明予耳边回荡了好几圈。

他垂眼，借着月光看着怀里的人。眼睛闭着，呼吸绵长，装睡装得跟真的似的，殊不知睫毛却在轻颤。

“梦见哪个男人了？”傅明予在她头顶低声问，“傅太太？”

郑幼安和宴安订婚宴那天，下了一场暴雨。

傍晚，骤雨初歇，夕阳反而露了脸，金灿灿的云霞在天边翻涌。

傅明予和阮思娴坐的车缓缓停靠在华纳庄园宴会厅门口。他们下车后，后面一辆一直紧跟着的车也开了过来。

傅明予抬了抬下巴，拉着阮思娴往后退了一步。

“等等他们。”

阮思娴挽着傅明予，朝那边看去，原来是贺兰湘和傅承予。自从除夕在机场匆匆见了一面，阮思娴和傅承予基本没有接触过。

听傅明予说，他回来便着力接手恒世航空金融租赁公司，和傅明予算是分工明确，所以根本不存在别人传言中的争权夺利。但也因为这样，他几乎没在世航大楼出现过。

其间贺兰湘邀请阮思娴去湖光公馆吃过一次晚餐，她到时，正好傅承予离开。

傅承予的目光在阮思娴和傅明予身上打量一圈，说道：“你准备什么时候彻底搬出去？你那书房我看上很久了。”

傅明予道：“随时。”

贺兰湘在后面听见这话，扬眉冷笑了声。都说嫁出去的女儿泼出去的水，那被勾了魂儿的儿子直接就奔流到海不复回了。

宴会现场衣冠云集，灯火辉煌，穿着金色长裙的郑幼安十分显眼。

她一动，裙摆流光溢彩，瞬间抓住所有人的眼球，而她挽着的宴安一袭黑色正装，两人看起来还真像那么一回事。

“今天宴总挺帅啊。”阮思娴小声说道。

“怎么，”傅明予偏头看她，“后悔了？”

阮思娴直直地看着他们，面不改色地说：“后悔也没机会了。”

傅明予轻笑了声：“有机会也不行。”

阮思娴的目光又落在郑幼安的裙子上。虽然是第二次见到这条裙子，但她还是忍不住惊叹。谁不爱这种闪闪发光的东西呢？况且还闪得这么低调奢华。

她轻轻叹了一声："这裙子在灯光下可真美。"

傅明予揽着她的肩往一旁走："还行吧。"

说话间，郑幼安和宴安与双方的家长都走了过来。

贺兰湘刚还不露声色地打量那一对儿，这会儿立刻变了脸："郑夫人恭喜啊，瞧这对新人多登对。"

刚说完，宴安不小心踩了一脚郑幼安的裙子，她一个趔趄差点儿摔倒，被宴安忙不迭扶住后，皮笑肉不笑地说："亲爱的小心点儿，这裙子硌脚吧？"

郑幼安："……"

董娴在一旁脸色微变，好在贺兰湘这一边的人对他们的情况心知肚明，非常捧他们营造出来的虚假繁荣，只当两人是情投意合水到渠成走到了一起。

"慢点慢点，宴安快扶好你未婚妻。"

这个不用别人说，郑幼安的手已经搭在宴安掌心了，那颗鸽子蛋似乎比现场的灯还亮。

贺兰湘瞄了一眼，笑道："这戒指可真是用心了。"

阮思娴也顺着她的目光看了一眼，瞳孔地震。这也太大了点儿吧，真的把一颗鸽子蛋戴在手上了吗？

贺兰湘捕捉到她的目光，以为她艳羡了。

等主人迎宾走后，贺兰湘摸着手上的戒指，说道："其实呢，钻石也不是越大就越好的。说起来几个月前我在南非看上了一颗粉钻，那是被GIA认证过的莹彩粉钻，要我说，婚戒就得这样的才有意义，讲究纯度，形状又精致，戴在手上多好看啊。可惜我费了好大心思想买，结果不知道被哪个混蛋抢走了。回头我帮你们瞧着，有合适的再告诉你们。"

傅承予闻言，侧头看了一旁的小"混蛋"一眼。

小"混蛋"面不改色，抬了抬手臂，似漫不经心地挽着阮思娴走过贺兰湘面前。

而阮思娴手上那颗经过切割镶嵌后的精致粉钻从贺兰湘面前一闪而过，贺兰湘后知后觉，看着那颗粉钻有些眼熟，太阳穴突然就跳了起来。

郑幼安手上的那颗鸽子蛋还真是走到哪里都引人注目。宴会临近尾声时，她在走廊上也能听到有人聊这颗鸽子蛋。

“小宴总出手也太阔绰了吧，郑幼安手上那戒指真是，我都怕她手累。”

“手累算什么？以后有的郑幼安心累的吧。”

“这么一说也怪可怜的，小宴总多浪一人啊，现在郑家又是个空壳子，还不得由着他想干什么干什么。”

宴安站在郑幼安旁边，把这些话听得一清二楚。他瞥见郑幼安垂了垂眼睛，心下不爽，眼里也带了点儿火气，迈腿就要往那边走，却被郑幼安一把拉住。

她理了理手套，晃着自己的鸽子蛋笑吟吟地走过去。

“我可怜？我未婚夫钱比你们老公多，长得比你们老公好看，我就算离婚了也能拿到你们这辈子都赚不到的钱，我可怜什么啊？”

那几个私下议论的人表情一窒，呆呆地看着面前两人。而宴安没看她们，只是淡淡地瞥了郑幼安一眼，拉着她离开这个地方。

路上，他想到什么，嗤笑一声：“这还没结婚，你就把离婚挂在嘴边。”

“以防万一嘛，免得到时候别人说我是豪门弃妇。”郑幼安抬眼看着他，“是吧，宴安哥哥？”

另一边，贺兰湘终于想明白了，那个默不作声抢走她心爱的钻石的“混蛋”就是她的亲生儿子。花了许久消化这个事实后，想到是送给阮思娴的，也就接受了这件事。一旦接受了某件事后，她又开始操心起其他的。

“这么大事儿也不提前商量商量，就你那眼光，万一也搞个鸽子蛋什么的，那多俗。”

当天晚上，贺兰湘彻夜未眠。第二天一早她便拿出了一份婚礼方案，以满足她埋藏多年的设计师之魂。可是对面两个当事人看了一眼她的方案，却摇头说不。

“怎么，是这场面不漂亮还是不够阔气？”

贺兰湘把方案拍在桌上：“来来来，你们给我说出个一二三来。”

阮思娴自然把这个问题推给了傅明予。

“不着急。”傅明予说，“她想等到明年放机长之后。”

“啊？”贺兰湘只是愣了一下，很快反应了过来，“也是，现在F3了是吧？确实忙，婚礼这种事情要好好筹备，千万别仓促了，那可是一辈子就一次的事情。”

除此之外，傅明予还做了另一件事。

九月底，阮思娴季度休假，傅明予带她去了一趟D家的巴黎手工作坊，量体裁衣，定制婚纱。一件高级定制需要耗费无数设计师和工匠的心血，而价格自然也很好看。

设计图上每一根浮动的金线和暗涌的星光似乎都在叫嚣着：“我很贵我很贵！”

还没看到成品，阮思娴已经眩晕了。

“这个要耗费的时间很长吧？”当他们登上回程的飞机时，阮思娴满脑子还是那件婚纱的模样，“我什么时候才能看到成品？”

傅明予半躺在座椅上，似笑非笑地说：“你是急着想嫁给我，还是急着穿这套婚纱？”这不是废话吗？

“有区别吗？”

傅明予转头看她，笑意浅浅：“别着急，虽然要耗时，但是值得。”他伸手拨了拨她的头发，“别人有的，你都会有，我不会让你羡慕任何人。”

过了好一会儿，阮思娴才后知后觉地反应过来，傅明予是在说郑幼安的裙子。

她低着头，手指钩了钩傅明予的领口：“谁羡慕别人了，别胡说。”

婚纱远在巴黎，一针一线，细密地缝制，一点点成型。时间也随着针线的穿梭慢慢流逝。

这一年，阮思娴很忙，也很充实。

考过了F4(第四阶段副驾驶测试)，也取得了高原航线的资格，经历了左座副驾驶阶段，终于在七月中旬迎来了放单考试。

花了几天时间考完了理论，经历了复训，过了体检后，阮思娴面临着最后的模拟舱考试。

在那之前，她已经看到了自己的地面教员名字：任旭。

如果说贺兰峰是飞行员们在天上的噩梦，那任旭就是地上的灾难。

这位教员向来以变态闻名，人送外号“汉堡王”，因其特别擅长在模拟舱考试时像叠汉堡一样叠加多重故障。

虽然模拟舱的训练确实是为了锻炼飞行员应对各种突发事故的反应能力，但他加料实在太猛，按他那样的故障设置法，真要在空中遇到，飞机直接解体得了。

因而他手下的放单考核通过率低得令人发指，前两年还有人尝试过歪门邪道，比如塞点儿红包什么的，结果连模拟舱门都没能踏进去。

所以当别人知道阮思娴这次放单考试的教员是这位时，纷纷投来了心疼的眼神，并且隐隐暗示过她，可以找傅明予帮帮忙。

阮思娴当时昂了昂头：“我决不。”

大家的目光纷纷变成了佩服，准总裁夫人好志气。

其实志气只能算一部分原因，还有一部分原因是最近的傅明予比较闲，精力有些旺盛，如果她开了这个口，要偿还的代价可能有些承受不了。而且她本来就有这个信心能通过，何必去求傅明予？

下午三点，阮思娴和搭档站在驾驶舱前，听任旭训话。

任旭话不多，只简单说了几句。

“你们肩上的第一道杠代表专业，第二道杠代表知识，第三道杠是飞行技术，而今天你们的目标是第四道杠——责任。机长，是飞机上的最高执权者，更肩负着整个机组、旅客和整个飞机的安全。成为一名机长，不能辜负这份责任，以终身学习、终身严谨为态度，以专业、知识、技术为武器，捍卫三万米高空的安全。”

“至于错误，”他扭头看着模拟仓，“人都会犯，这是客观存在的，这也是双人制机组的成因。每个环境都有可能造成安全链条的松动，导致事故链的发生，而机长要做的，就是在事故发生之前，极力降低事故发生的概率。在事故发生之时，力挽狂澜。”

任旭这一转身，阮思娴的搭档跟她对了个眼神。

力……力挽狂澜？有多狂？

谁知道呢？

任旭说完后，目光落在阮思娴身上。

“阮思娴？”他翻了翻手里的记录表，“哦，去年机长失能，暴雨迫降，就是你啊。”

他眉梢一抬：“一会儿让我见识一下。”

我……

考试一开始，他们就体会到了什么叫作“汉堡王”，上来就给你直接放大招，送你一份“滚轴云”大礼包。

飞机“被”闯入滚轴云后，机身像旋转一样偏向倾斜倒回来，又反方向倾斜再次倒回来。好不容易平衡了飞机，任旭又那么轻轻一按键盘，液压管道出现裂痕，整个液压系统立刻显示失灵，飞机就像失去了方向盘的汽车，在空中狂舞起来。

模拟仓为了让学员们体会到实际操作感受，以1∶1还原机舱内实景，仪表、设备、材质都和真正的客机一模一样，包括起飞、降落失重感和气流颠簸等都能精准模拟，所以才起飞没多久，阮思娴的搭档已经颠得脸色发白了。而阮思娴额头也开始流汗，并且胃里有了翻滚的感觉。

她感觉不妙，好在意志足够坚定，和搭档配合着用引擎推力控制系统，利用变换飞机两边的引擎推力来实现升降和转弯。然而没多久，后排面无表情的任旭发来第二个大招。

“飞机机体破损，高空空气稀薄压力小，现在机舱内外压差过大，必须紧急施压。”阮思娴说话的声音都哑了，“我们必须十分钟内降到3000米高度，否则氧气面罩无法支撑，客舱乘客就有窒息危险。”

后排的任旭像个没有感情的机器，点了点头，依然面无表情地充当管制员，和阮思娴进行地空对话。

这些都还只是任旭送给他们的餐前小菜，紧接着奉上仪表失常、客舱漏气等开胃汤后，积雨云、台风等正餐接踵而至。

这时候，别说坐在前排的两个飞行员，连日常习惯了颠簸的任旭都隐隐有了想吐的感觉。但他倔强，他大方，他不认输，他还要在降落时送给阮思娴一份米其林三星餐后甜品。

在降落的减压循环后，任旭忍着胃里的翻滚设置了发动机叶片发生金属疲劳故障，因而断裂导致其中一个发动机解体，并且液压系统失灵。

这样的情况，阮思娴的搭档眼前似乎已经出现了血红一片——坠机预警。

而阮思娴不知道自己是怎么在胃里强烈翻滚的状态下和飞机搏斗了近二十分钟，当地面缓缓出现在视野里时，她几乎是靠着身体机能的本能反应在操纵架势杆。

砰地一下，她甚至不能清晰分辨这震感是着陆，还是坠机带来的。

当四周全都安静下来时，她听见右后方都传来呕吐的声音，像一把把利刃刺激着她的大脑神经。

模拟仓外的光好刺眼，什么都看不见。她走出来时，只有这一个感觉。紧接着眼前一花，四肢失去了知觉，朝地上倒去。

然而意料中的地面撞击感却没有袭来，失去意识之前，她闻到了一股熟悉的冷杉香味。

完了，我完了。这是她最后的意识。

夕阳的光影悄然从房间中央溜到了墙角，混沌之间，阮思娴听到了人说话的声音。她缓缓睁开眼睛，看了眼四周，入目洁白一片。意识慢慢回笼，她的视线才随之清明。

傅明予本来在跟护士说话，突然有了什么感觉似的回头，看见阮思娴迷茫地睁着眼睛。

他走到病床边，俯身探了探她的额头问道：“醒了？”

阮思娴没反应，连眼珠子都没转。

“我怎么了？”

“你晕倒了。”

阮思娴心里咯噔一下，真的完蛋了。而傅明予神情却没那么沉重，他拂开阮思娴脖子边散乱的头发，让她舒服些。

“你今天中午吃的什么？”

“我……”阮思娴脑子转不动，像个机器人一样问什么答什么，“蹭的倪彤妈妈送来的盒饭。”

傅明予点点头：“嗯，以后别蹭人家的饭了。”

阮思娴盯着他，眼睛眨也不眨。而傅明予云淡风轻地转身往柜边走去。

“你别走。”阮思娴抬了抬手，“我是不是……坠机了？”

“你只是食物中毒晕倒，跟考试没关系。”他平静开口。

“嗯？”阮思娴有些蒙，“什么？”

“你没坠机。”傅明予转身，手里拿着一个东西，“你过了。”

病房里静谧无声，阮思娴愣怔地看着傅明予朝她走来。他抬起手，摘掉了她制服上的三道杠肩章，亲手为她换上了新的肩章。

他的手指从第四道杠上轻轻抚过，垂眼笑了起来。

“恭喜你，阮机长。”

“由江城前往元湖岛的旅客请注意：您乘坐的 HS5286 次航班现在开始登机。请带好您的随身物品，出示登机牌，由 11 号登机口上 17 号飞机。祝您旅途愉快。谢谢！”

广播声在江城国际机场航站楼回响，11 号登机口前徐徐排起长龙。而廊桥内，头等舱客人已经先行放行。

阮思娴站在机组最前面，将领口扶正，抬着下巴，遥遥望着廊桥。

清晨的日光透过玻璃懒洋洋地铺在廊桥地面，前方传来的脚步声清晰而熟悉。傅明予穿了身简单的白 T 黑裤，信步走来，光影在他肩上轻微跳动。

当傅明予在阮思娴面前站定那一刻，两人目光相接，光影的流动似乎都变慢了。

阮思娴清了清嗓子，昂首垂眸，想说点儿什么，却发现自己词穷。

傅明予看了眼腕表，淡淡道：“辛苦了。”

阮思娴面带微笑地点头："应该的。"

傅明予朝客舱走去时，身后的机组人员眼观鼻鼻观心，默不作声，表现得好像一副心知肚明的样子。其实并不知道这两人在玩儿什么情趣。

"走吧。"阮思娴转身跟着傅明予的身影，朝副驾驶招招手，"进去吧。"

几分钟后，头等舱其他客人纷纷落座。

客舱内空调开得有些低，一个女孩裹了毛毯，掏出眼罩，准备直接开睡，身旁的同伴戳了一下她的肩膀说："你看那边。"

女孩转头看过去，男人的侧脸半隐在光影里，好看得有些不真实。

同伴在她耳边轻声说："你的菜。"

女孩抿着唇没说话。十几分钟后，上客完毕，舱门关闭，空乘开始慢步经过客舱检查安全措施。

女生偷偷往旁边看了好几眼，终是没忍住，解开安全带朝那边走去。

"先生……"

傅明予闻声抬眼："嗯？"

"那个……"女孩感觉到身后同伴揶揄的目光，脸上立刻爬上一层绯红，手里的手机似乎也在发烫，"可以加个微信吗？"

恰好经过这里的乘务长看到情况，突然猛咳了一声："女士，我们的飞机马上就要起飞了，请您回到座位，系好安全带。"

"嗯嗯，马上马上！"女孩并没有感觉到乘务员的异样，只是看着傅明予的忐忑目光中染上了点儿急切。

傅明予懒散地靠着背椅，缓缓抬手，五指微曲，撑着下巴，无名指上的戒指很显眼。

"我结婚了。"

"……哦。"女孩突然一窒，尴尬得她头皮发麻，"不好意思。"

回到座位后，女孩抱着毛毯，连余光都不好意思再往那边瞟。

"怎么了？"同伴低声问。

"别说话了，丢死人了！"女孩脖子都尴尬得红了，"没看到人家手上的戒指。"

同伴无所畏惧，大胆地朝那边打量。

“我感觉他有点儿眼熟啊，是不是在什么地方见过啊？看起来挺年轻啊，居然就结婚了，唉……可惜啊，英年早婚。”

“我怎么也觉得有点眼熟……”

傅明予侧头看着窗外，机场地阔天长，晴空万里无云，偶尔有风吹动。手机从早上就响到现在，傅明予烦得不行。

祝东：难得我们都有空，晚上去打牌呗。

傅明予：不去。

纪延：打什么牌，干点健康的，会展中心下午有车展，瞧瞧去？

傅明予：不去。

宴安：我说你是不是有点不合群啊？你老婆今天不是有航班吗？这大周末的你哪儿也不去在家独守空房呢你？

祝东：宴安，你这就有点不厚道了啊。

纪延：你怎么知道人家老婆的动向？当安安妹妹是空气呢？

宴安：有病？你们没看他老婆朋友圈？人家放机长第一趟航班，一大早就发了照片。

祝东和纪延都点进朋友圈看了一眼，然而点进去第一条却来自他们的好朋友。

“老婆带我自驾游。”

配图是非常有 ACJ31 特征的标志性机翼。群里安静了好几秒。

纪延：不是，自驾游是这么用的吗傅总？

宴安：傅总牛啊，早上飞过去，晚上飞回来，也好意思叫作自驾游，你机场半日游呢？

傅明予：有意见？

祝东：没意见，谁叫我老婆不会开飞机呢？

纪延：没意见，谁叫我没有飞机也没有老婆呢？

宴安：吃上软饭了还挺自豪。

飞机开始推出，有轻微的震感传来。傅明予关了手机，没再搭理这几个人。

他看不见驾驶舱里的情况，却能凭借经验，对驾驶舱里的情况了如指掌，耳边甚至都有声音。

“80节，检查，抬轮，起飞。”

“HS5286已离地，感谢指挥，再见。”

飞机腾空而起的那一瞬间，傅明予看向驾驶舱门，脑海里浮现出此刻阮思娴戴着耳麦与空管对话的模样。

和记忆里的画面重合，她昂首抬头目光清澈坚定的样子他永远忘不了。

傅明予转动着无名指上的戒指，眸光微亮。这枚戒指于阮思娴而言，意味着一个家，于他而言，意味着未来的每一天都将执戟明光里，为她保驾护航。

半小时后，客舱灯亮起，空乘们离开座位，忙碌了起来。

客舱里玩儿iPad、打瞌睡的应有尽有，有内急的已经解开安全带朝卫生间走去。

傅明予靠着座椅，睁眼看着前方的广播音响，似乎在等待着什么。

几分钟后，广播里响起一道声音。

绝大部分乘客第一次在飞机上听到女声广播，清亮干净，如玉石之声。他们纷纷抬起头，注意力不知不觉被吸引。

“女士们，先生们，大家早上好。我是本次航班的机长阮思娴，在此代表全体机组人员，欢迎大家乘坐恒世航空5286航班飞往元湖岛。

“本次飞行时间预计为三小时四十分，航路天气多云，预计飞行期间略有颠簸，请不要担心，在座位上系好您的安全带。”

播报完毕，广播里出现短暂的电流声，乘客们渐渐收回目光，准备继续做自己的事时，那道声音又响了起来。

“今天是我作为机长的首次执飞航班，很荣幸能够和大家一起度过这段飞行时间。”

嘈杂人声中，傅明予眉梢间都染了点儿骄傲，却被眼底那股矜持压下。他低头，转了转手上的腕表。

“也很感激大家，尤其是 A01 座位的傅先生，陪我见证人生中的重要里程碑。”

广播关闭后，客舱才有人后知后觉议论了起来。

“阮思娴？是不是就是那个阮思娴？”

“废话，世航还能有几个阮思娴啊？”

“我们今天坐的是阮思娴的航班？”

“我的妈，我这是什么神仙运气啊！落地了我要发个微博！”

刚刚找傅明予要过微信的女孩在周围人的议论中后知后觉地反应过来，为什么觉得他眼熟。不就是那个曾经因为李之槐上过热搜的世航总监吗！不就是那个迫降女飞行员的男朋友吗！

女孩朝驾驶舱看去，心脏差点儿停跳。在人家老婆开的飞机上找人要微信，这是什么绝妙又尴尬的缘分？

三小时四十分后，飞机准时在元湖岛机场着陆。

一些乘客下飞机后没有急着走，逗留在机组车旁，等阮思娴一出来，都围上去要合影。

阮思娴被簇拥在人群中间，回头朝傅明予抬了抬下巴，眼神嚣张极了。

傅明予孤零零地站在一旁，等啊等啊，除了乘务员从飞机上给他拿了一瓶矿泉水以外，没人搭理他。

直到气温越来越高，机务地勤上来把人劝走，阮思娴才得以脱身。

傅明予走过来，拥她入怀。

“阮机长平安降落了。”

“唉，都缠着我合影，早知道今天上个粉底了。”

餐厅里，阮思娴对着手机整理头发：“也不知道上镜好不好看，都没好意思检查一下照片。”

傅明予瞥她一眼，拿勺子盛了一碗汤给她：“你能不能先吃饭？”

“哦，等会儿。”阮思娴虽然应了，却跟没听到似的，又拿着手机摆弄。这张都拍糊了居然也发出来！”

阮思娴搜着自己名字，出来了许多实时微博，把她气得不轻：“就不能多拍几张挑选一下吗？我拍照又不收费！”

“阮机长。”傅明予把碗推到她面前，再一次强调，“吃饭。”

“知道了。”阮思娴缓缓放下手机，拿着筷子，吃了口菜，又忍不住打量起四周。

元湖岛并不是一个岛，早已在沧海桑田的变换中被自然填为平地。这家餐厅位于元湖岛中心，露天而建，可以看见一望无垠的湿地。

见她四处看，碗里的饭却没怎么动，傅明予放下筷子，抱臂看着她。

“你是不是在暗示我什么？”

“啊？什么？”

“吃个饭就这么难？你是不是要我喂？”

阮思娴重新拿起筷子：“你说你这自恋的毛病怎么就改不掉呢？我只是有点兴奋而已。”

饭后，两人步行到元湖岛的开阔草地上。

“你挺熟啊。”阮思娴跟着傅明予过来，连导航都没用过，“你以前来过这个地方吗？”

“嗯。”傅明予找了个长椅坐下来，“几年前来看过流星雨，这里是很好的流星雨观测地。”

阮思娴本来都安安稳稳地坐在长椅上了，听他这么一说，歪着身子上上下下打量他，突然仰着头，咧嘴笑了半晌。

傅明予不太明白这位新机长的脑回路：“你笑什么？”

“我一想到你躺在这草地上一脸少女怀春的样子就想笑。”

“傅少女”很无奈地皱了皱眉：“我觉得几十万颗流星暴的场面其实也没那么少女。”

“几十万颗……”阮思娴的笑意收敛了，化作嘴角浅浅的弧度，抬头看着白昼，“原来你还是个挺浪漫的人啊，会跳瀑布，还会专门来这么远的地方看宇宙的尘埃。”

傅明予手臂搭在阮思娴的肩膀上，突然想到什么，扭头看她：“你看过流星雨吗？”

阮思娴拨着自己的手指，漫不经心地说：“我只看过雷阵雨。”

“今年十月二十二日，猎户流星雨与哈雷彗星的轨道相合，这里能看到，想来吗？”

“十月吗？”阮思娴虽然面上镇定，眼里却似乎已经布满了流星，“那有时间就来吧。”

傅明予说好，怎么可能没有时间，还不是他一句话的事。

离开这里时，阮思娴转头望了一眼这片天，突然说道：“要不我们就那天来这里拍婚纱照吧。”

他不知道，自从他说出“几十万颗流星”时，阮思娴满脑子都是那一幅画面，直到现在还心心念念着。

“嗯？”傅明予被她突如其来的想法逗笑。

两人就婚纱照去哪里拍已经想了几个月，阮思娴一会儿想去希腊，一会儿想去北非，过几天又想去瑞士，想法变来变去，一直没定下来。

“不去更远的地方？”

“就这里吧。”阮思娴满脸憧憬地看着窗外，“如果有流星雨做背景，那也是可遇不可求的。”

傅明予点头：“好。”

一旦决定了在国内拍婚纱照，一切流程就简单多了。

唯有婚纱的时间有点紧。原定十一月才完成的，也因为那一场即将到来的流星雨提前。十月二十日，贺兰湘亲自带人从巴黎把它接了回来。

这件婚纱并没有宽大到需要人拖曳行走的裙摆。精妙之处在于其与主人身材曲线相辅相成的剪裁，而最匠心独运的地方在于它乍一看通体雪白，特殊的丝线却暗暗流淌着低饱和度的金色细密光芒，即便在夜里也流动闪烁，耀眼生辉。

看到成品的时候，阮思娴心里只剩无限的喟叹。这件全世界独一无二的婚纱，这件只属于她的婚纱，如果拥有满天流星雨做背景，那一切都很完美了。

十月二十一日，阮思娴调了四天的休假，却没闲着。她本来要跟着傅明予一起提前去元湖岛安置，结果贺兰湘非要傅明予一个人去，她要带着阮思娴去美容机构四处奔波，从脸到脚趾，连头发丝儿都不放过，力求在镜头前做到最完美的状态。

阮思娴想想也是，谁叫郑幼安也主动请缨当这次的摄影师呢？她永远忘不了被郑幼安支配的恐惧，绝对不在自身上面出一丝的纰漏给郑幼安折磨。

美容这种事情，傅明予自然不好跟着掺和，正好他这天有事要去元湖岛邻市。

两边分头行动，忙碌到二十一日下午，一切准备就绪，就等着明天大自然赠送他们一场流星雨。

然而就在这天下午，阮思娴接到傅明予的电话，得知了一个不知道能不能算噩耗的消息——今年这场猎户座流星雨比预计时间提前了，今晚就要来！

阮思娴差点儿从沙发上跳起来，这简直比大姨妈还不讲道理，说来就来！

这时候关系户的好处就来了，傅明予一个电话，市场部立刻给阮思娴和郑幼安以及她的助理安排了最近的航班。但由于实在时间紧急，没有双舱座位，只有经济舱。

阮思娴也没在意，带着她的宝贝婚纱和郑幼安匆匆赶往机场。

“哎哟，这个座位怎么坐得下人嘛。”郑幼安挤在狭小的座位上，看哪儿都不顺眼，“腿都伸不直，靠背还不能放倒睡觉，三个多小时要怎么度过啊？不行不行，我估计我下飞机就废了。”

旁边一个老大爷听到郑幼安的吐槽，冷哼一声，阴阳怪气地说：“爱坐不坐，要求这么多，你当飞机是你家的？”

两位航空公司老板娘立刻安静下来。

然而原本六点起飞的飞机，到了七点一刻，还不见动静。延迟起飞不是稀奇事，阮思娴自己就遇到过很多次，原因可能是多方面的，但她从没像今天一样着急过。

心心念念的流星雨，可遇不可求，如果错过了，不知道下次是什么时候了。

她看了几次腕表，时间一点点流逝，却依然没有得到起飞的消息。郑幼安在旁边打了个哈欠，整个客舱的乘客也躁动不安。

“要不算了吧。”她懒懒地说，“换个时间，要不换个地点，我们坐头等舱舒舒服服地过去。”说着说着她就来了劲儿，“走走走，现在就回家。”

“不行！”阮思娴摁住她，“不准走！”

说话间，倪彤经过经济舱过道，给她们两人拿了水。

“再等等吧。”她弯腰，在阮思娴耳边低声说，“航路有雷雨，现在石栏方向出港二十分钟一架，我们今天要延误起码四小时以上。”

郑幼安闻言，立刻站了起来。

“回家回家，今天肯定赶不上了。”

阮思娴叹了口气，在座位上沉默了几秒，缓缓起身。

雷雨这种事情，她根本不抱期待会有奇迹发生，而又没有其他航班飞元湖岛，现在就算动用私人飞机都来不及，今天肯定是没戏了。

倪彤去找机组给她们俩申请放行，这时，傅明予正好打电话过来。

“还没起飞？”

“没有。”阮思娴闷闷地说，“航路雷雨，起码要四小时才能飞，今天的流星雨赶不过去看了。”

“嗯，没关系。”电话那头，傅明予说，“想看流星雨，机会还多，全球任何地方有，我都可以带你去。”

阮思娴顿了会儿，并没有得到安慰。她等这场流星雨已经三个月了，每一天都抱着期待，骤然落空的感觉很不好受。

若是从前，也就算了，她习惯了希望落空的感觉。可是不知道什么时候开始，在傅明予身边，她想要的都会得到，时间久了习惯了，现在竟连这种事情都难以接受。

“说好了今天拍婚纱照。”她语气低落，“我等了三个月了，想看流星雨。”想和你一起看流星雨。

傅明予沉吟片刻，突然说道：“你等等。”

“嗯？”傅明予说完便挂了电话，阮思娴看着自己手机屏幕，一时不知道该怎么办。

“走啦。”郑幼安摸了摸肚子，开始思考晚饭去哪里吃，“我都饿了，顺便去吃点东西就回家吧。”

几分钟后，倪彤也回来了，小声说：“你们可以下去了。”

郑幼安满意地站起来，活动了一下手臂，低头道：“走吧。”

这时，傅明予又打来了电话。他一开口，简明扼要地说了一句话：“沿海方向航路正常，没有流控。”

阮思娴没反应过来：“嗯？”

傅明予又补充：“你现在所在航班的机长是外籍机长。”

阮思娴说：“嗯？”她突然眨了眨眼睛，似乎明白了什么。

电话那头，傅明予轻笑：“阮机长，元湖岛的流星雨观赏基地我已经为你准备好了，你来吗？”

阮思娴视线不经意地穿过客舱，直达驾驶舱门。两秒后她答：“等我！”

阮思娴挂掉电话，解开安全带站了起来，看向倪彤。

“今天副驾驶是谁？”

倪彤莫名道：“陈明，怎么了？”

阮思娴站起身：“机长在驾驶舱吗？”

“安德森机长啊？他这会儿在签派部呢。”

阮思娴又问：“确认航路雷雨流控无法起飞？”

倪彤答：“对啊。”

阮思娴眼珠子转了一圈，想法和傅明予不谋而合。

航线航路分国内航线和国际航线，机组有外籍飞行员的航班就只能飞国际航线，但机组没有外籍飞行员的航班就可以飞所有航线。

今天有雷雨的那条航线是国际航线，无法起飞。而另一条航线正常，虽然外籍机长不能飞，但是她可以啊。正好今天她飞行时间和休息期都满足飞行条件。

阮思娴突然长呼一口气，迈腿走到过道里，从包里抓了一根头绳，一边束头发，一边对倪彤说道：“打电话叫飞行部送飞行任务书，同时让总监办的人把我的执照和证件送过来。”

倪彤和郑幼安异口同声道："啊？"

长发束在脑后，阮思娴拨了拨马尾，朝驾驶舱走去："现在这架飞机我接管了。"

倪彤和郑幼安目瞪口呆，而当乘客们反应过来现在的情况时，客舱里轰然沸腾。

几通电话打过去，不到十五分钟，飞行任务书、执照和证件全都送到了阮思娴手里。

起飞前，阮思娴给傅明予打了个电话。

傅明予问："起飞了吗？"

"马上。"她看着仪表盘，嘴角含着笑，"老公，等我哦。"

"嗯。"傅明予看着夕阳渐沉的天，"我来机场等你。"

挂了电话，一旁的副驾驶还有些蒙，不太明白自己的机长怎么就突然换人了。

"阮……阮机长？"

"准备推出吧。"阮思娴启动耳麦，"时间不多了。"

十分钟后，飞机拔掉地面电源推出。

"80 节。"

"80 节检查。"

"V1。"

"V1 检查。"

"V2。"

"V2 检查。"

"VR。"

"VR 到达。"

"抬轮，起飞。"

"起落架收起。"

飞机腾空，阮思娴按了按耳麦："HS5536 已离地，感谢指挥，再见。"

耳麦里，空管顿了顿，终于回过神来，这架飞机真的起飞了。

"再……再见。"

阮思娴仰头看着天边的云。在未来有限的生命里，她一次遗憾也不想留了。

然而另一边，匆匆赶到停机坪的安德森机长却眼前一空。嗯？我飞机呢？？？就好好停在那边的那么那么大一架飞机呢？？？

飞机穿破云层，迎着夕阳的光，朝元湖岛飞去。

宽敞的驾驶舱窗户前，阮思娴看着太阳缓缓藏进云层，亮光隐于天边。天完全黑了，月亮冒了个头，与她擦肩而过。

元湖岛机场的助航灯已经隐隐可见，阮思娴看着前方机场，手指在仪表盘上轻轻敲打。虽然现在离地还有几千米，但她仿佛能看见傅明予就在那里等她一般。

高度表上的数字一次次跳动变小，心里一口气提着，这一次航行，她十分期待降落。

自从有了他以后，她的生活中似乎总是时时有期待，处处有憧憬。而每一次期待都会有着落，憧憬都会成为现实，无论大小。

半小时后，飞机停稳在元湖岛机场停机坪。

客人陆陆续续下机，而阮思娴坐在驾驶舱，看着前方夜空。夜色浓稠，黑得像幕布，似乎迫不及待要迎接今晚流星雨的到来。而她现在迫不及待想穿上婚纱给他看。

整个机舱安静下来后，阮思娴深吸了一口气，正要起身时，她瞥到驾驶舱窗户外的情况，半直起的身体又坐了下去。她看着窗外的人，忽地笑了笑。

傅明予就站在机翼旁，抬头看了几次，驾驶舱内已经没有人影，而客机门口却也不见她出现。

最后一个客人踏上摆渡车后，车门关上，缓缓开走。

傅明予迈腿朝舷梯走去，而他刚刚踏上第一级台阶，机舱门口聚集的机组人群突然沸腾了。

傅明予脚步顿了顿，抬头看过去。阮思娴提着裙摆出现在机舱门口。

她朝他跑过来，婚纱在助航灯下飘飘荡荡，熠熠生辉。

傅明予眼里光芒凝聚，微愣的神情渐渐消散，化作心领神会的笑容。

他张开双臂，随着一股香味袭来，阮思娴扑进他怀里，像以往每次落地一样，傅明予抱着她，摸了摸她的背。

但今天他却没有叫她机长。

“傅太太。”他低声道，“平安降落了。”

“嗯。”阮思娴重重点头，抬起双眼，那场期待已久的流星雨似乎降临了，浩浩荡荡，布满夜空，璀璨夺目。

她紧紧抱着傅明予，心稳稳地着陆。

我一路跌跌撞撞走过花季，独自摸索着长大成人。

苍穹没有避风港，云雾中不见灯塔，万米高空，我以为逆风而行是前行的唯一方向。

所幸所幸，终于在你心上，我安全降落。

番外一

杯子

清晨，天边刚刚透出一丝光亮，床头闹钟声悠扬婉转。

一阵窸窸窣窣的响动后，阮思娴迷迷糊糊地睁开眼睛，揉了揉额头，起身走到窗边，揭开窗帘一条缝往外看去。

天沉得可怕，黑压压的云雾仿佛就笼在头顶上一般。看样子又是注定要延误的一天。

身后有衣物响动的声音。

“你醒了？”阮思娴回头，“不再睡一会儿吗？”

傅明予揭开被子下床，说道：“我送你去机场。”

“不用不用。”阮思娴三两步跑回来，把傅明予摁回床上，“你昨天回来那么晚，今天又没事，多睡一会儿，司机送我过去就行。”

傅明予向来没有贪睡的习惯，只是在床头坐了一会儿，看着阮思娴穿好了衣服，便还是起身跟她一起进入洗漱间。

“你今天下午要去见祝东他们吗？”阮思娴一边说话，一边刷牙，“别喝酒啊。”

“嗯。”傅明予拿毛巾擦了擦她喷到胸口的泡泡，说道，“不喝，吃了晚饭就回来。”

“嗯。”阮思娴吐了泡泡，含糊不清地说，“最好我回来的时候你已经在家了，并且换了衣服洗了澡，别让我闻到酒味。”说完，她漱了口，连忙往楼下跑去。

傅明予悠哉悠哉下楼时，阮思娴已经坐下吃起了早饭。

餐厅吊灯明亮温暖，桌上新插的鲜花开得茂盛，现磨的新鲜豆浆清香四溢，不看窗外，还以为今天是个大晴天。

“我要来不及了。”十分钟后，阮思娴起身，阿姨把帽子和飞行箱给她递了过来。

“一路平安。”傅明予起身帮她整理领口，轻吻她额头，“落地跟我说一声。”

“知道了。”阮思娴拉起飞行箱，夹着帽子，走出餐厅，又忍不住回头笑，“今天应该会延误，要是我回来晚了，你别等我，早点儿休息。”

她出门后，阿姨过来收拾碗筷，随口说道：“太太现在真是越来越温柔了。”

傅明予看着航空杂志，笑而不语。变温柔了吗？好像是有一点儿，特别是夜里。

午饭后，傅明予的手机接连响了好几声。

十分钟前，军事新闻频道公布了最新歼击机，除了“航空资讯”APP以外，微信里也突然炸开了。

傅明予起身走到客厅，打开国际新闻频道，正好在播放这个新闻。他一边看着，一边扣衬衫扣子。

电视屏幕里正在直播试飞现场，主持人采访着相关专家，详细解读相关情况。

阿姨把熨烫好的外套递了过来，傅明予的注意力全在电视上，接过外套往后一撑。许是力气偏大了些，他感觉自己的外套扫到了什么东西。

随即，后面传来东西砸碎的声音。

傅明予一开始没在意，心思依然挂在新闻上。直到他穿上了外套，后知后觉哪里不对。

电视里的声音突然就变小了，他回过头，阿姨已经在清扫地上的陶瓷碎片。

“哎哟，您小心点儿，千万别踩上来了！”

傅明予垂眼盯着那些碎片，眉心突然一跳，完了。

阮思娴算不上心灵手巧的女人，平时也做不来细致的东西。而这个马克杯，是她去了四次陶艺室，最后一次才成功做出来，送给他的礼物。

她说他什么都不缺，所以她就想给他自己的心意，希望他每天喝水的时候都能想着她。

而此刻，他仿佛看见自己的脑袋碎成一片片撒在地上。

包厢内，欧式的壁炉里燃着火苗，一室温暖。本该是闲适安逸的氛围，却因两个人的脸色变得不对劲。

“不是，我说你们俩怎么回事？”

祝东把手里的牌一丢，满脸不爽：“难得有空来打个牌，这还没清账呢，怎么你俩就一副输了几百万的表情？”

宴安推了牌，沉着脸没说话。

纪延不像祝东那么不爽，端着茶杯乐呵呵地说：“人家老婆又跑了，能开心吗？”

“你会不会说话？”宴安冷笑，“什么叫老婆跑了？她出国采个风，这是工作，怎么在你嘴里就变成老婆跑了？”

纪延轻笑，一副不想跟宴安多说的样子，却忍不住嘀咕道：“那你老婆挺爱工作的，一年三百六十五天有三百六十天都在采风。”

“你呢？”纪延转头看傅明予，“你今天又怎么了？”

祝东摆弄着手机，一边回复老婆的消息，一边漫不经心地说：“吵架了呗，估计今天是被赶出来的，我就说了，你那老婆一般人吃不消。”

傅明予淡淡瞥他一眼：“别胡说，恩爱得很，她今天在飞。”

“房间空荡荡，老婆在天上。”祝东又说，“看来是寂寞了。我告诉你们，女人你就不能跟她们多说，你越说她们越来劲！”

听这话头，祝东似乎是要传授他跟自己老婆多年来斗智斗勇的经验。

身旁两位已婚男士虽然面不改色，耳朵却已经悄悄竖了起来。

“你们直接给老婆跪下不就什么事儿都没了！”

“……”

“……”

今天果然延误了。

返航的时候等流控又耗了不少时间，阮思娴下飞机时，已经快十一点了。但她没想到，傅明予竟然还是来接她了。

下了舷梯，她拉着飞行箱小跑过去。

“不是说了不用来了吗？”她抱住傅明予的胳膊，“这么晚了，早点儿休息多好。”

“没事。”傅明予接过她的飞行箱，帮她把围巾拢紧，“累不累？”

“有点儿，今天等了好久。”

身后的机组人员一脸艳羡地看着他们。傅总多温柔，多体贴呀。

回到家里，阮思娴回房间换了衣服，下楼后看见傅明予在厨房忙。

“你在做什么呀？”阮思娴背着手，慢悠悠地走过去，“鸡汤？”

“晚上阿姨炖的鸡汤，留着给你做夜宵。”傅明予没回头，挽着袖子，有条不紊地拿出厨具，“喝粥还是吃面？”

“吃面。”阮思娴从背后抱住傅明予，“哎呀，我老公真好。”

傅明予淡淡笑着：“那你记住我的好。”不要一会儿翻脸不认人。

阮思娴踮起脚尖，下巴蹭在他肩膀上：“肯定呀。”

还有什么比寒冷的冬夜里吃着老公亲自下厨做的夜宵更美好的事情呢？阮思娴原本也没多饿，但是闻到那股清香就没忍住全吃了，甚至还有点儿想喝汤。

但是前几天一个机长因为体重超标被停飞的事情还历历在目，她再怎么馋也要克制一下食欲。

“困不困？”

傅明予说：“我去给你放洗澡水？”

阮思娴原本在客厅里踱步消食，但是听到“洗澡”两个字，脚步突然一顿，伸手拂着头发已挡住自己微红的脸颊。就知道大晚上的把她喂饱是别有所图。

“那个……昨天晚上我看了一下，家里那个用完了，要不等明天……”

“我只是……单纯地问你，洗不洗澡。”傅明予看着她，眼神诚挚，“没别的意思。”

“哦，我也没别的意思，我是说家里没身体乳了……那洗呗，人还能不洗澡怎么的，没身体乳就没有吧。”

浴室里氤氲着雾气，略烫的水温消除了一天的疲惫。

阮思娴松松垮垮地裹着浴巾踏出浴缸时，傅明予正好推门进来，一声不响地走到她旁边。

阮思娴抬头才看到眼前站了个人，活生生吓了一跳，脚下一滑，眼睁睁就要栽回浴缸，幸好傅明予眼疾手快搂了她一把。

人是搂住了，身上的浴巾却滑落掉地。浴室里温度本就高，这一瞬间仿佛又升了几摄氏度。

傅明予搂着她的腰，紧抿着唇，喉结微动。

“你进来怎么不说一声？”阮思娴看见他眼里的情绪，立刻捡起浴巾裹住自己，“想吓死我另娶？”

看着她捂着胸口朝洗漱台走去，嘴里还碎碎念着，傅明予无奈地扯着嘴角笑，跟在她身后，看着镜子里的两人，说道：“哪儿没看过？哪儿没摸过？亲也——”

“你闭嘴。”阮思娴系紧了浴巾，把他往门外推，“出去，我要吹头发。”

“我帮你。”傅明予先她一步拿起吹风机，细致地帮她吹头发。

吹风机是静音的，并不吵。阮思娴低着头，手指敲着台面，嘴角勾着浅浅的笑：“我觉得你今天有点儿不一样。”

傅明予手上动作一顿：“怎么不一样？我不是每天都这样吗？”

“不知道，直觉而已。”阮思娴说，“女人的直觉都是很准的。”

女人的直觉太可怕了。

“没有。”傅明予揉了揉她的头发，“挺晚了，早点儿休息吧。”

“但我洗完澡之后发现不是很困欸，我想去客厅再看会儿电视。”

“不行，睡觉吧。”

“我明天休假。”

“休假也要早点休息，快十二点了。”

一番对峙后，阮思娴突然抬头，通过镜子和傅明予眼神对峙。

果然还是不对劲，非要赶她上床。

“我都说了，昨晚看过了，那个用完了。”

“嗯？”傅明予直勾勾地看着她，脑子里按下去的想法又疯狂萌生。

他放下吹风机，搂住阮思娴的腰，不着痕迹地把浴巾往下拉，声音低沉：“我今天买了。”

那你刚才装什么装？

阮思娴就这么半挂着浴巾，被他抵在洗漱台前，捏着下巴，从背后吻着下颌。

镜子前的雾气再次袅袅升起，模糊了视线，只有两个情动的身影。

过了许久，浴室里氛围让人有些喘不过气，阮思娴扒着傅明予的肩膀，紧紧皱着眉：“别在这儿，地上好滑。”

话音未落，她便被腾空抱起。

虽然这栋房子四周没有邻居，身上的浴巾早就不知所终，就这么被抱着走出去，阮思娴还是有些不好意思，把头埋在他怀里。

而傅明予经过二楼客厅时，瞥了一眼一侧的柜子，上面有个盒子，里面装着陶瓷碎片。

窗外夜色浓稠，月亮不知什么时候悄悄爬了出来，为这间屋子带来几丝光亮，消散了些湿重的感觉。

阮思娴伏在傅明予身上，歇了半晌，才闷闷地说：“几点了？”

“两点。”

“我还想洗个澡。”

“嗯。”傅明予闻言，将她抱了起来。

“我自己去。”

阮思娴挣脱：“你去另外一间洗。”根据以往经验，这种时候绝对不能待在同一个浴室，不然明天的假期就算废了。

于是不等傅明予说什么，阮思娴已经披上睡衣跳下床。

傅明予坐了起来，伸手开灯。光亮乍起的那一瞬间，他听见阮思娴在外面大声喊他。

傅明予揉了揉眉骨，深吸一口气，起身下床。

他靠在门边，一副神志还未完全清醒的样子："怎么了？"

"怎么回事？"阮思娴指着那个盒子，"怎么碎了？谁砸碎的？"

还没等傅明予说话，她又说："张阿姨最细心了，难道是你砸碎的？你怎么这么不小心？"

傅明予刚刚张嘴，她又瞪着眼睛说："我说你今天怎么猴急猴急的呢，傅明予！你是不是活够了！"

一连串的发问像机枪似的，傅明予沉了口气，说道："今天豆豆来过。"

阮思娴："……"

她看着盒子里的碎片，又看了傅明予两眼，啪地一下合上盒子，转身朝浴室走去："哦，那算了，我改天再重新做一个。"

傅明予看着她的背影，正要说下次陪她一起，却听她说："我总不能跟一只狗计较吧。"

傅明予面色稍显难看："……嗯。"

番外二

地　震

今年是他们结婚第三年。心动不再是生活里最重要的答案，心定才是。

可能是她迷信，但当她走过漫长的人生，回望往昔，这一年确实是她这辈子最担惊受怕的一年。

这年十月，傅明予带着市场部门高管远赴 N 国签订商务合约。

他走后的第三天下午，初秋金风送爽，天高云淡。

恬静的午后，阮思娴坐在沙发上看杂志，电视里放着综艺节目，地毯上的绒毛被微风吹动，挠着她的脚尖。

翻页的时候，她随意地往电视上一瞥，新闻滚动栏显示“今天下午两点零三分，N 国发生 7.2 级地震……”

两秒后，阮思娴手里的杂志应声而落，脑子瞬间空白一片。

阮思娴赶到世航大楼时，贺兰湘和傅博庭以及傅承予也到了。

见到阮思娴，傅承予第一时间开口：“别担心，大使馆已经确认没有华人遇难。”

这个消息阮思娴在来的路上已经看到了，但没有华人遇难并不代表没有华人受伤。她没说话，安静地坐在一边，目光直直地盯着地面，脸色苍白。

四周人来人往，脚步匆匆，电话响铃声此起彼伏，恍若这里还是灾区一般。

下午六点半，地震发生四个多小时后，N 国传来消息，地面暂时确认安全，原定从 N 国起飞的一趟世航航班已经开始值机。

但是当天航班仅剩四个座位没有售出，全让后续航班中的老弱病残乘客提前登机了。而在这四个多小时内，N 国手机通信没有恢复，阮思娴连傅明予的声音都没有听到。

贺兰湘端了一杯热水过来坐到阮思娴身边。

“喝点儿水。”她拍了拍阮思娴的背，“你看你衣服都被汗打湿了。”

阮思娴仰头喝完了一整杯水，嗓子却还是处于干涸状态。

“妈……”

“没事的，都说了没有伤亡。”贺兰湘攥着膝盖上的布料，神色沉静，“放心吧。”

晚上九点，江城临时调配的一辆客机正在待命，即将飞往 N 国首都接回滞留乘客。

阮思娴就在傅明予的办公室里换制服。空荡荡的办公室里，贺兰湘来回踱步，最终停在休息间门口，敲了敲门。

阮思娴打开门，制服已经穿戴规整。

贺兰湘问：“要不还是换别人去吧，我不放心……”

阮思娴低头整理领口：“妈，我要亲眼确认他安全。”

“我们已经确认过了，受伤名单里没有他，他现在肯定很安全。”

阮思娴还是摇头，眼里没有任何松动的神色：“我要亲眼看到他。”

“你……”贺兰湘手掌握紧片刻，又松开，摸了摸她的肩章，“去吧去吧，你去找他吧，但是一定要注意自己的安全。”

贺兰湘的担心不是没有道理，一般来说，执行这种航线的客机是双机长配置，然而因为本次情况特殊，机组将配置五名机长同时执飞，每一位机长都有高原飞行经验。

在航空界有着“高原不夜航”的不成文规定。

高原航线是指海拔 1500 米以上区域的航线，而海拔 2438 米以上则被称为高高原航线。这种航线对飞行员的要求要比普通航线高出几个量级。

江城飞往 N 国首都，不仅要横穿平均海拔 4000 米的青藏高原，还要跨越海拔 8848.86 米的世界第一高峰珠穆朗玛峰。

这条航线的飞行难度，是高高原航线中的顶级。因极其危险，所以这条航线从来没有夜航的记录。

夜里九点半，机组人员到齐，以责任机长为首的机长队列依次登机。

贺兰湘跟到了舷梯上，还不忘拉着阮思娴的手嘱咐：“一定一定要注意安全啊，高高原夜航一分一秒也不能分心。”

“嗯。”阮思娴点头，“妈，您放心，我会和他一起安全回家的。”

阮思娴进入客舱门前，抬头看了一眼浓稠的夜幕。

月朗星稀，夜空无边无际。即便是海拔4000米高原，海拔近9000米珠峰，高原夜航，我也要来找你。

三个半小时后，飞机降落N国首都机场。

远离市区的机场停机坪寂静无声，沉闷的风却似乎夹带着废墟里的哀号。

阮思娴是唯一一个走出驾驶舱的机长。乘务员在客舱里忙碌，她站在客舱门口，遥望着航站楼。

机翼下面一个本地机务背着手绕了两圈，心态似乎不错，叽里咕噜地对着阮思娴说了一长串话。

阮思娴一个字也听不懂，眼睛眨也不眨地看着前方：“My husband is in this country，I’m here to pick him up.”

也不知道那个机务有没有听懂她在说什么，不知过了多久，机场的人走了一拨又一拨，阮思娴终于在航站楼出口看见一个熟悉的身影。

傅明予并不知道今天来的机组是哪些人，此刻他只想快点儿回家。家里还有人在等着他，现在或许正心急如焚，辗转难眠。他匆匆步行至停机坪，身后跟着的柏扬等人也心急火燎，脚步沉重。

走到舷梯时，傅明予却突然脚步一顿，他抬起头，看见站在客舱门口的那个人。

一开始他以为自己看错了，影影绰绰的夜色下，她的脸看起来不太真实，眼里氤氲着一层水汽。

直到她开口说话。

四周风动无声，尘埃漫天，对死里逃生的庆幸与万念俱灰的绝望在这个国家的空气里交织成网，密集地笼罩着每一个人，让人压抑得呼吸不过来。而她的声音却让这张网顷刻瓦解。

第一次，傅明予从她哽咽的声音里听到了点儿委屈的味道。

“老公，我来接你回家。”

从N国返程，回到世航大楼，再解决一些杂七杂八的遗留问题后，两人回到家里已经天光大亮。

最近总是连绵的好天气，太阳早早露了脸，晒着院子里刚结果的石榴树，连秋风也变得温暖。

傅明予没打算睡一整天，只拉上了一层薄纱窗帘，半倚在床头补眠。

阮思娴洗完澡出来时，不确定傅明予是不是睡着了。他的睡颜总是很平和，连呼吸声都很浅。

阮思娴坐到床边，轻声问：“睡着了吗？”

对方没反应。

她慢慢往上挪，想靠到傅明予胸前，却又怕吵醒他。在她半弯着腰和自己做思想斗争的时候，傅明予突然弯了弯嘴角，抬手把她搂到自己胸前。

他闭着眼，说话的声音很轻：“还不睡？”

“不想睡。”阮思娴睁着眼睛，盯着地面斑驳的日光，耳边傅明予的心跳声很真实，“我白天睡不着。”

傅明予没再说话，阮思娴静静靠在他胸前，听着他的呼吸声渐渐变得更平稳。

阮思娴抬头，手指滑过他的下巴。

“睡着了吗？”

这次傅明予不再有回应。

昨天下午发生的地震，他和柏扬等人随即被接到大使馆，直到凌晨登机，其间一直没有合眼。

早晨回到家里，张阿姨还准备了早餐，但傅明予洗了澡后直接回了房间。

阮思娴知道他很累，也没再出声。秋日阳光从窗边渐渐移到床上时，她也睡着了。怀揣着虚惊一场的心情，这个早上，阮思娴睡得特别沉。

中午张阿姨来叫他们起床吃午餐，两个人都懒洋洋的。

张阿姨在一旁剪花树的枝叶，见两人吃饭都不说话，于是碎碎念道："傅先生，还好你这次没事，你不知道你可把你太太吓死了。"

见傅明予抬眼看过来，阮思娴喝汤的动作突然一顿。

在他的视线探究下，阮思娴抬着下巴，僵硬地说："我没有吧……"

"怎么没有呢？"张阿姨拿着一枝粉色月季指了指自己的脸，"看到新闻的时候哭得稀里哗啦的，连衣服都没有换就急着出门，还是我拿着外套追到门口给她穿上的。"

勺子在碗里搅动的声音突然就变得很刺耳。阮思娴扯着嘴角，没等傅明予说话就开始给自己找场子："这新闻太吓人了。"

"可不是嘛。"张阿姨补充道，"你太太呀，一路就哭着说你在那里要是出事了可怎么办。"

阮思娴："……"

傅明予停下了手上的动作，直勾勾地看着阮思娴，眸底幽深。

阮思娴怕他张嘴说出什么让她难为情的话，于是先发制人转移话题："一会儿下午干什么？"

傅明予垂下眼睛："在家陪我太太。"

午饭后，张阿姨按时离开，屋子里只剩傅明予和阮思娴两人。

这个午后似乎又跟昨天一样，阳光照得地毯暖烘烘的，新插上的鲜花溢出若有若无的香味，连电视里的节目都在重播昨天的。

傅明予从书房出来，看见阮思娴坐在沙发上神色恍然。他从背后抱住阮思娴，下巴靠在她肩膀上，一言不发。

阮思娴一动不动，脑子里还像走马灯一样在放映昨天的画面。这二十四小时对阮思娴来说，像是做了一场梦。

她不敢回想自己当时的状态，脑子里像炸弹爆炸，轰地一下，浑身被烧得滚烫，随即却迅速冷却，脑子里空白一片，浑身又开始发冷颤抖。

她也不知道自己是怎么到世航大楼的，而且不是张阿姨提起来，她都回忆不起来自己竟然哭过。甚至这个本该在梦乡里度过的夜晚，她竟然横穿了绵延的青藏高原山脉，跨越了积雪皑皑的珠穆朗玛峰，在无边无际的云层之上漫漫航行。

这个夜晚不能用“惊心动魄”来形容，却比之更深刻地印在她心里，清清楚楚地让阮思娴认知到傅明予对她有多重要。

好在午间梦醒，一切又回到了原点。

阮思娴靠着傅明予，盯着电视发呆。而他的手机却一直响个不停。事发二十四小时后，还有人源源不断地发消息询问他的情况。

现在的傅明予待人接物比以前多了些人情味，尽管消息列表里许多都不是熟人，但他还是一一回复。回完消息后，他俯身拿了桌上的烟盒。

阮思娴看着他的手，视线随着他的动作转移到他的脸上。

打火机点起的那一刻，他的轮廓在闪烁的火光中变得更清晰。他点烟的样子对阮思娴其实很有吸引力，虽然他抽烟的次数不多，但阮思娴总会不着痕迹地偷偷看完全程。

但今天，阮思娴目不转睛地盯着他，直到白烟模糊了视线，才突然回过神，伸手拔掉他嘴里含着的烟。

傅明予侧头扬眉：“怎么了？”

阮思娴把烟按在盛着咖啡沫的玻璃缸里，低声道：“你别抽烟了。”

傅明予漫不经心地“嗯”了一声，以为阮思娴只是午后闻着烟味不舒服。

“这两年都别抽了。”阮思娴挥手扇开余下的烟雾，低头抠指甲，语速快到含糊不清，“我们生个孩子吧。”

“嗯？”傅明予是真没听清，侧着身子凑近她，耳朵靠在她面前，眼睛却还盯着电视，“你说什么？”

可是阮思娴以为他是装没听见，见他摆出这副姿势，觉得他在暗示什么。不，应该是明示。

给自己做了一会儿心理工作后，阮思娴抬手抱住傅明予的脖子，倾身吻了吻他的耳垂。

傅明予觉得她还在后怕，所以只是笑了笑，抱着她的腰，开口道：“晚上出去吃饭吧，去那家——”

“我说，”阮思娴打断他，捧着他的脸让他和自己对视，“我们生个孩子吧。”

秋天的风在午后渐渐升温，送来的桂花清香也莫名变得有些暧昧的味道。

阮思娴有些紧张地看着傅明予，却见他眼神层层变化，最后什么都没说，抱起她就往楼上走去。

午后时光悄然过去，落日熔金，秋风乍起，吹掉落叶的同时，树枝不堪重负，石榴砸在院子里的草地上。

阮思娴躺在床上，透过窗帘的一丝缝隙看见石榴落地的那一幕，竟看出了些黛玉葬花的感觉。她感觉自己就是那颗石榴，而傅明予是无情的秋风。

一旦决定生孩子，没了外在条件的束缚，阮思娴又见识到了傅明予跟以往不一样的一面，时间和兴奋度都到达另一种层面。

她不知道一个三十二岁的老男人在几乎一整天没合眼后为什么还能这么精力充沛。甚至这样的次数多了，她开始怀疑，这个人是真的只对造孩子的过程感兴趣。

还没等怀上，阮思娴就开始不服气。

某晚事后，阮思娴浑身没了力气，盯着天花板说：“要十月怀胎的是我，而你只需要自己爽够，还能得到一个孩子，凭什么？”

“嗯？”傅明予很是疑惑，“你不爽？”

阮思娴摸了摸脸，再次把话题扯回去：“我可能还要挨一刀，或许还要去鬼门关前走一遭，这样算起来我真的很吃亏。”

阮思娴说这话的语气其实没那么严肃，她只是针对傅明予的床上行为进行指责，但他却认真地想了想她的话。

“如果你担心这些，要不我们还是不生了？”

“啊？”阮思娴语结，“我……”

傅明予很认真地看着她：“我舍不得。”

“那也没什么舍不得的。”阮思娴翻身，手肘撑在床上，垂头看着傅明予，指尖点着他下巴，“我就是嘴上说说，又不是真的不想生孩子。”

然而接下来的几个月，夫妻两人除了造孩子的关键过程以外，其他方面也做了很多努力。

备孕阶段，他们的生活习惯几乎已经改良到了最佳，医生也定期为阮思娴做检查，但孩子还是迟迟不来。

转眼又到了春节。

今年江城的温度达到十年来最低，阮思娴却没有为了漂亮穿过裙子，着装都以保暖为第一要素。在对孩子的一次次期待落空中，她的情绪变得有些敏感。

一天夜里，阮思娴躺在床上，闭着眼睛，强行把心里那些不安的想法按下去：“会来的吧？”

“嗯。”傅明予再次躺下，下巴抵着她的头顶，闭眼轻声道，“肯定会来的，我连我们孩子的名字都想好了。”

“都还不知道男女呢你就想好名字了？”

“嗯，男女都能用。”

“什么啊？我看看好不好听。”

“傅广志。”

黑夜里出现了长达三秒的沉默，随后，阮思娴暴起，拿着枕头砸他。

“傅明予你有病啊！”

在那晚之后，阮思娴倒是想通了，不再让自己时时刻刻处于小心翼翼的状态，该干什么就干什么，甚至还在休假期间去海边泡了几天澡。

来年春天，万物复苏，院子里的樱桃树开了花，风一吹，淡粉色的花飘飘荡荡落下，铺出一地缤纷。

后来花谢了又结了果，傅明予的孩子还是没有来，却不得不面对另一个生命的离开。

豆豆是傅明予二十四岁那年抱回家的，那时它还小。这么多年过去，它已经走到了生命的尽头。

阮思娴再去湖光公馆时，也不需要把它关起来了，因为它没有力气再往阮思娴身上扑，整日蜷缩在窝里，盆里的狗粮一天比一天消耗得少。

傅明予自然没办法因为豆豆的情况耽误自己的工作，但他和阮思娴这段时间频频回湖光公馆过夜。

“唉……”看着趴在窝里睡觉的豆豆，阮思娴蹲在它面前，第一次伸手摸了摸它的头，“如果不是我，它本来可以和你住在一起的。”

“你最近怎么回事？”傅明予摸了摸她的下巴，“林黛玉附身了吗？这么多愁善感。”

阮思娴就是觉得有些对不起傅明予，她把头靠在傅明予肩上，低声呢喃：“我知道你难过。”

豆豆走的那天是个艳阳天，傅明予亲自看着兽医对它实施了安乐死。

阮思娴在医院里接到傅明予的电话，等她到湖光公馆的时候，豆豆的呼吸已经浅得不能再浅。

傅明予握了握它的爪子，然后摸着它的胸口，感受到了它最后一次心脏的跳动。直到傅明予收回了手，阮思娴听见他叹了口气。

她从来没有看到傅明予有过这样的时候，眉眼里的难过浓得化不开，可是又不得不接受这个无可奈何的事实。

阮思娴心里突然很酸，从背后抱住他。

“老公，你别难过了，我们的宝宝来陪你了。”

番外三

星　星

别家孩子早的七八个月就开口叫爸爸妈妈了，晚一点的十个月也能发音了，可是广志小朋友过了一周岁还是不怎么说话，饶是淡定如傅家也开始着急请医生。

但是医生呢就见怪不怪，各项功能检查结果出来后跟他们说小孩子语言属于左脑发育系统，有的小孩天生右脑比较发达，比如他们女儿学会走路比较早，那么说话就会晚一点儿。

医生的话安慰了一大家子，同时叮嘱他们不要想着孩子什么也听不懂，说也没什么用，其实你说什么孩子就会什么，要多做练习。

既然医生都这么说了，阮思娴没道理再每天忧心忡忡，顺其自然总会有开口说话的那一天。

在这期间，趁着孩子还没学会开口自我介绍，阮思娴和贺兰湘以死相逼，不准傅明予再叫她“广志”。

由于宝宝大名叫“定心”，还是取自《楚辞》那句“定心则不乱，广志则不隘”，傅明予倒也不算意难平。

没了“广志”这个小名，阮思娴给她取了“小星星”这个名字，既和大名遥相呼应，又镌刻着她记忆里的那场流星雨。

当然傅明予有没有私底下偷偷叫过“广志”她就不得而知了。

日子在对小星星开口说话的期待中一天天过去。

但真到了她开口说话那一天，阮思娴陷入无限迷茫中。

那是一个平平无奇的早晨，一不小心多睡了一会儿的阮思娴睡眼蒙眬地往婴儿房走去，没见到小星星，往楼下看去，她的女儿正盘着小短腿坐在沙发正中间看电视。

旁边张阿姨晃着奶瓶，幼儿保姆则整理着小围巾。

阮思娴伸了个懒腰，盯着这幅画面，内心非常满足。然而就在她手还没垂下来时，她的女儿抬头看向她，甜甜一笑，开口道："宝贝。"

嗯？嗯？？？阮思娴的手僵在半空，盯着楼下那个一岁半的孩子，久久不能回神。她刚才是开口说话了？说了什么来着？是"妈妈"吗？

阮思娴眨了眨眼睛，楼下那个小朋友朝她挥着小手，软软糯糯地说："宝贝，醒啦？"

嗯？嗯？？？什么叫不鸣则已一鸣惊人？这就是！

别的小孩虽然从几个月开始说单字，但到了一岁多还不见得能说出个主谓宾，而她的女儿一张口就开大？

但正当阮思娴惊喜时，她突然回过神来。这句话好像很耳熟？好像昨天早上才听过。思及此，阮思娴愣在楼上，旁边两个阿姨也目瞪口呆地看着小星星。

半晌，张阿姨疑惑地说："上哪儿学的呀这是？"

旁边那位专业的幼儿保姆不动声色地往楼上看了一眼。阮思娴接到这道眼波，面无表情地转身朝洗漱间走去。

傅明予单手撑着洗漱台，下巴扬起，正拿着毛巾擦拭下颌处残留的泡沫。

他刚洗过澡，浴室里的热气还没完全消散，暖黄的灯光下，他低沉的嗓音从混沌的水声中透出来。

"宝贝，醒了？"

阮思娴："……"她拿牙刷的手顿了一下，埋下头一句话也不说。

"怎么了？"傅明予转身靠着洗漱台，长腿交叠着，饶有兴味地看着阮思娴刷牙，"谁惹你了？"

"你。"

"我又怎么了？"

阮思娴嘴里含着牙刷，说出来的话全靠傅明予猜。

“里寄几粗去看看里女鹅（你自己出去看看你女儿）。”反正她现在是不太好意思面对楼下两位年长的阿姨。

傅明予走下楼，把女儿抱起来逗了一会儿，双手架着她的肩膀让她站在自己腿上问道：“广志，你怎么了？惹妈妈生气了？”

阮思娴刚下楼梯，听到这句“广志”，立刻拔腿跑过去从傅明予怀里夺走孩子。

“你有病啊？说了不准叫她广志！”

傅明予一点儿没有被抓包的悔意，接过阿姨递来的奶瓶，试了试温度，一边喂女儿一边问：“小星星今天怎么了？”

阮思娴瞟了一旁的阿姨们一眼，没好意思说。

“没什么。”

那天之后小星星开始频繁说话，“爸爸”“妈妈”叫得很顺，偶尔在阮思娴递给她东西时还会说一句“谢谢妈妈”，但是撬开她玉口的那句“宝贝”却仍然被挂在嘴边。

偶尔还会对着傅明予叫一声“哥哥”。

没有别人的时候还好，阿姨们在旁边的时候，阮思娴总觉得很不好意思。敢情她是生了一只鹦鹉精。

傅博庭得知孙女开口说话了，提前安排了回国的行程，和贺兰湘提着大包小包赶来看孙女。可是他们来的时间不巧，小星星正在睡觉。

贺兰湘在婴儿床旁坐了很久也没等到孙女的一声“奶奶”，无奈地去一旁整理她带回来的礼物。

而傅博庭晚饭后转到摇篮旁，刚想凑近了看看孙女的小鼻子小嘴巴，就见她睁开了大眼睛。

傅博庭大喜过望，伸手把孙女抱出来，正要叫她叫人，她却先发制人叫了一声响亮的“宝贝儿”。还自带了一丝丝的儿化音。

六十多岁不苟言笑的航空金融租赁界大佬猝不及防被叫了一声“宝贝儿”，老脸有点儿红。

而“始作俑者”淡淡地瞥过来，仿佛没有察觉到四周的尴尬气氛，正经严肃地说：“小星星，叫爷爷。”

后来小星星学会以及分辨各种称呼时，还比其他的同龄孩子先学会一些简单的完整句子。

怎么发现的呢？还得感谢小宴总。

那时候已经是冬天，小星星快两岁了。宴安代表宴家，带着郑幼安送了些孩子用的小礼物过来。

他对小孩子不感兴趣，甚至有些讨厌，只是看郑幼安逗孩子逗得开心，也凑过去象征性地看几眼。这一看，就移不开眼神。虽然他不想承认，但是一个女孩子继承了傅明予的长相竟然也挺好看的。

后来郑幼安抱久了，宴安漫不经心地伸手："累了？我帮你抱一会儿。"

郑幼安翻了个小白眼转身背对他："你别把人家孩子摔了。"

想来也是，小宴总十指不沾阳春水，哪儿会抱什么孩子。

直到天色渐晚，两人得回家了，宴安才慢悠悠地走到小星星旁边，拿着拨浪鼓在她眼前随意地晃了晃。

小星星眼珠子跟着拨浪鼓转了几圈，宴安来了点兴趣，弯下金贵的腰，抓着她的小手握着橡胶锤打地鼠。小星星安安静静的，随宴安摆弄，只是脸上没什么兴奋的表情。

宴安自己倒是玩儿够了，丢下地鼠机，抓了个电动小狗，打开电源放地上让它跑起来，同时打算让小星星坐上去。

他第一次对一个小孩子露出这么温和的笑容，两只手抱起她举了举："叔叔带你骑马马？"

小星星在空中晃了晃手臂，宴安看得开心，便把她往电动小狗上放。结果他还没松手，小星星开口说话了："你有病吧……"

宴安："……"

软软糯糯的婴儿声线并不能打消这句话的杀伤力，郑幼安看见他瞳孔地震，眼里对小孩子的那一点喜爱正在以肉眼可见的速度消散。

宴安清醒了，傅明予的孩子就是他的孩子，命运的齿轮是被焊死了的。

"你们……"郑幼安怔怔地回头看那对夫妻，"平时都在教些什么？"

傅明予自然也听到了，他皱了皱眉，瞥了阮思娴一眼，上前抱起小星星说："以后不能说这种话。"他抱着孩子坐到一边去教导。

宴安夫妇俩走后，阮思娴在原地站了好一会儿，胆战心惊地反思。她不自觉地咬了咬手指，蹲到傅明予和小星星面前，很没有底气地说："小星星，以后不能说这种话哦，你这只小鹦鹉。"

小星星已经被教育过了，这时候在玩儿玩具，压根儿没注意阮思娴的话。

她抬眼心虚地瞥了傅明予一眼："我就昨天说了你一次，没想到她学得这么快。"说完又保证道，"以后不说了。"

"你想说也可以。"傅明予拿着拨浪鼓逗星星，余光看着阮思娴，"别当着广志的面说就可以。"

"你还挺享受被骂……"阮思娴说到一半顿住，瞪了瞪眼，"傅明予！你又叫她广志！你有——"

傅明予抬眼瞥来，阮思娴的话戛然而止，深吸一口气，抬头看着傅明予："你有疾……吧。"

两人一坐一蹲，一个笑着，一个皱着脸，显得阮思娴可怜巴巴的。

阮思娴冷笑："我看出来了，你们男人其实永远都是小学生，你看见我生气就很开心。"

傅明予倾身上前，食指蹭了蹭阮思娴的鼻尖说："别冷笑，一会儿小星星又学到了。"

"那要怎么笑？"阮思娴咧了个大嘴巴，"这样笑吗？"

傅明予眼里还是含着笑意，一把把她拉起来抱在怀里，低声道："你怎么这么可爱？"

阮思娴眯着眼看了女儿一眼。虽然这么问很没有意思，但她还是小声说了："那我可爱还是你女儿可爱？"

"你比较可爱。"傅明予说，"你是可爱她妈……"

"嘘！别说了。"阮思娴突然摁住傅明予的下巴，"一会儿小星星又学这句脏话。"

傅明予："……"

阮思娴从那天之后再不当着她的面对傅明予说任何带有负面情绪的

话。她和自己约定，想说“你有病吧”的时候就说“您还好吧”，想说“你这个变态”的时候就说“您没事吧”。

甚至为了防止小星星学她直呼傅明予大名，她带有情绪时对他的称呼都变成了咬牙切齿的——“尊敬的老公”。

小星星以后会不会说不好听的话阮思娴不知道，反正在外人看来，夫妻俩是教科书一般地相敬如宾。除了自身约束，阮思娴还跟傅明予提了个要求。

“你不准说‘哦’，不准说‘嗯’，也不准‘啧’，不准说‘都行’，这个我听了会选择困难，也不准只点头不说话。”

阮思娴歇了口气，补充道：“你要是实在无话可说就说‘老婆我爱你’，知道了吗？”

阮思娴望着他，等着他说“好”。

半晌，对面的人开口：“老婆我爱你。”

阮思娴：行吧。

小星星鹦鹉学语的事情暂时告一段落，再也没有学过任何骂人的话。但对于她的教育，傅明予和阮思娴的态度其实整体放得挺宽，大多数时候让她自己想怎么玩儿就怎么玩儿，直到三岁多才送去早教班。

小朋友第一次要离开家庭去一个陌生的地方待上半天，阮思娴和傅明予不放心，专门挪了时间亲自送她过去。可是一路上小朋友都不哭不闹，甚至被老师抱进去的时候还回头跟他们笑着挥手告别：“爸爸妈妈再见。”

小朋友懂事是好事，可是阮思娴看得有些心酸。

“你说她以后会不会说走就走，头也不回啊？”

孩子养到三岁多，傅明予已经有了为人父母的先见，他握着阮思娴的手，看着儿童房里的小孩子，说道：“孩子总会有自己的生活，永远陪着你的人是我。”

一个月后，小星星领到了第一份家庭作业。老师给每个人发了一本手绘画册，让孩子带回家认识山川河流。

画册上，山是绿的，水是蓝的，云是白的。小星星草草翻了两页就开始打瞌睡。都说三岁看老，阮思娴仿佛预见了她女儿的“学渣”前景。

这可不行，她再一次把书翻开，指着画像说："来，再跟妈妈认一遍。"

"这是山……"

"山。"小星星跟着说了，同时比阮思娴更快地指着画面里的河流、白云，"河、云。"

阮思娴："……"这孩子不仅跟她爸爸长得像，连脾气都像。

"星星，我们不看书了。"傅明予抱起她，"我们去看真的山川河流。"

"好呀好呀！"

傅明予回头朝阮思娴挑了挑眉。这么多年朝夕相处，阮思娴哪儿能不懂他的意思？此刻她比小星星还蠢蠢欲动。

两小时后，一家三口出现在南奥通用机场。那架钻石超级星被保养得很好，虽然这几个月他们没来过，但一点儿灰尘都没落。

"星星，上来。"阮思娴坐在驾驶座，朝小星星招手，"妈妈带你做作业。"

宽敞的副驾驶，坐着傅明予和小星星刚刚好。

飞机在跑道尽头起飞，越过平川旷野，徐徐爬升。所过之处，枫林似火，染红了山间；云雾升腾，彩霞聚集，云层在阳光中翻涌，透出金色光芒；澄湖如万顷琉璃，碧波荡漾，明丽泛光。

小星星趴在窗边俯瞰，视野广袤千里。

山不仅是绿的，还可以是红的。云不止有白色一种颜色，不然怎么叫"云彩"呢？就连川流，也不一定是蓝色的。

小星星第一次露出兴奋的表情，长长赞叹。

"哇……"

番外四

安　安

“早上九点二十，郑小姐离开江城飞往荷兰。”秘书说完，宴安抬头看了眼时钟，这会儿已经十点了。

很好，他一睁眼，老婆又快飞出亚洲了。宴安在办公室坐了半天，突然无声地笑了下，没意思。随即起身，打算去机场看看停机坪的情况。没想到正巧遇上傅明予也在。

两人并肩站着，看着机务做系留工作，嘈杂的机器声响中，傅明予的手机还响个不停。

宴安听得很烦：“你能不能关一下铃声？听着烦不烦？”

傅明予看着他：“关了铃声，听不见老婆打的电话怎么办？”

宴安：“……”

傅明予恍然：“不好意思，忘了，你没这个烦恼。”

宴安目光凝滞，突然就说不出话了。

傅明予一边回着消息，一边说：“工作再忙也要随时接老婆电话，不然……其实有时候挺羡慕你的。”

“是吗？”宴安转身朝出口走去，“那你离婚呗。”

宴安刚出门，又在机场机组通道遇见阮思娴。她正要上飞机，迎面走来，跟宴安打了个招呼。

“宴总，这么早就来机场？”

宴安没说话，阮思娴偏了偏头，神神秘秘地说：“你该不会是要去欧洲吧？”

“谁说的？”宴安抬了抬眉梢，“我很闲吗？”

阮思娴摸了摸鼻子，“唔”了声，不知道说什么。

“啊，老公！”她突然抬头朝后面的人招手。

感觉到傅明予朝这边走过来，宴安懒得理，拔腿就走。可是走了几步，他还是没忍住回头看。

啧，连体婴儿吗你们？都三十多的人了搂搂抱抱的，没眼看。可是怎么就这么心酸呢？怎么同样是坐拥航空公司的总裁，命运竟如此千差万别。

转眼半个月过去，宴安很少出去聚会，大多时间都在办公室。

这天，正准备回家的宴安突然想起，明天是郑幼安生日。不过按照郑幼安那边的时区，现在已经不是她的生日了。他想了想，还是得跟她说两句。

但是一打开两人对话框，看见大半个月前那句“宴安哥哥，我昨晚好像把你衣服弄坏了，我去欧洲给你买一件一模一样的赔给你！”就脑仁疼。那是郑幼安第二次逃跑，两次都是事后就跑。

算了，宴安退出了对话框。郑幼安跑了大半个月都没跟他说过一句话，他为什么要去发消息？

不过晃了一会儿，他闲来无事，又去翻了翻郑幼安的朋友圈。很好，什么都没更新，连过生日都安安静静的，看来她在欧洲过得也不是很爽。

宴安的心情又平复了一点儿。

是夜，他收到了一条来自银行的扣款信息，是他的副卡，消费不低。这还是这大半个月以来郑幼安第一次刷他的卡，真给他买衬衫去了？

如果是这样，宴安觉得他可以原谅郑幼安。小姑娘害羞，被他哄着在床上这样那样的，难以面对他是正常的。

“给我安排司机。”宴安吩咐秘书，“对了，让你去订的项链呢？”

“已经送到您家里了，不过没人。”秘书说完，刚要走，宴安又叫住她。

“算了，我自己开车。”

秘书点点头，看了宴安两眼，欲言又止。这秘书是新来的，主要负责宴安平时的琐事，基本不着手工作上的事情。小姑娘为人细心谨慎，平时连郑幼安的事情都帮忙安排得妥妥帖帖的。

“怎么，”宴安问，“还有事？”

秘书舔了舔嘴角，拿出手机，战战兢兢地说：“今天早上郑小姐发了个朋友圈，我感觉她可能是忘记屏蔽我了。”

宴安：“什么？”

秘书把手机给他看。小小的照片却挤了不少人。

郑幼安坐在沙发中间，后面站了几个女孩子，是她的朋友。

而她四周分别是五、六、七、八……个没穿上衣的蓝眼睛猛男，捧着生日蛋糕和香槟，头上戴着小灯牌，连在一起是“Happy birthday to Anna”。

配文：**按时长大！新的一岁，新的可爱！谢谢各位赶来异国他乡为我过生日，爱你们！**

宴安眼角直抽抽，一时竟不知道该从哪里生气，因为哪儿都能把他气死。

还“新的一岁，新的可爱”？还“爱你们”？我都不知道你英文名叫Anna！合着刷他几十万是点了八个肌肉猛男陪她过生日，结果出钱的人还被屏蔽了？

有那么一瞬间，宴安的血压飙到了需要呼叫120的程度。

“把她的卡给我冻结了！”

秘书连忙点头说好。

宴安坐下来抽了根烟。冷静，不行，得冷静。

他按住胸口，深吸了几口气，又对秘书吩咐道：“给我安排航班，我要去欧洲。”

此时是晚上八点，秘书说道：“最近的航班是明天晚上世航九点的。”

宴安：“你不会安排私人飞机啊！”

秘书被宴安的火气震得连退了两步，而宴安拿起外套就走，把门摔得震天响。

秘书委屈巴巴地看着门：“可是你老婆就是坐你的私人飞机走的啊……”

此时的郑幼安刚从酒店床上清醒，她盯着天花板，久久不愿起床。

空虚，整个人就是空虚。

昨天几个好朋友得知她在欧洲，悄悄过来给她一个惊喜。惊喜就惊喜吧，她也得好好款待朋友们，开个 party，庆祝庆祝。可是连她朋友都大老远飞来了，而她丈夫却连个消息都没有。

虽然是名义上……不是，现在已经不只是名义上的丈夫了。郑幼安烦躁地翻了个身。

一整个晚上，她希望宴安给她说句“生日快乐”，又害怕宴安跟她说这句话。等了大半天，她脑子一抽，点了八个模特，专门拍了一张照。

想发朋友圈只让宴安看见，可是又怕宴安发现没有共同朋友的点赞评论起疑心，于是只设置给他秘书看。但是这么久过去，宴安也没点反应。可能他秘书看见了不敢告诉他吧。

最难过的是，她结账的时候才发现自己没有那么多钱。她已经不是以前那个郑大小姐了，不敢随意问家里要钱，还得刷自己丈夫的卡。

这婚结得，太没意思了。

郑幼安慢吞吞地坐起来，盯着镜子里蓬头垢面的自己，发了好一会儿呆。

不行，不能搞成一副豪门弃妇的样子。

生日！我生日欸！再“塑料夫妻”也得说一句“生日快乐”吧！

前两年没结婚的时候还专门叫人送礼物呢，怎么现在有了结婚证反而连句话都没有了？郑幼安越想越气，头发都快立起来了。

宴安我告诉你，十秒之内给我发消息，不然你没老婆了！郑幼安拿出手机，盯着屏幕看。

“十、九、八、七、六、九、八、七、九、八、七……”

不知道数了第几遍倒数，郑幼安的手机终于响了一下——来自银行的账号冻结信息。

“嗞——”郑幼安清晰地听到自己倒吸一口冷气的声音。

宴安人都到机场了，秘书才战战兢兢地打电话过来告诉他私人飞机的情况。

很好，宴安笑了。他在商务航站楼静静地站着，盯着大玻璃，看着里面的倒影，却一言不发。

跟在身后的人几次想说话，却不敢开口。

“宴总，要不还是给您安排世航的航班？”秘书小心翼翼地说，“明晚九点起飞，下飞机正好是那边中午。”

“不用了。”宴安撂了电话。

坐着我的飞机跑了，花着我的钱坐拥美男，还想让我千里迢迢来欧洲找你？郑幼安我告诉你……那也不是不行！

两分钟后，傅明予手机里收到一条微信：宴安：在？借个飞机？

郑幼安的小姐妹们还没走，下午又凑到她的酒店找她，但是人已经不在了。

打电话问她，她也不接。连她的助理裴青都一个人住在酒店里，并不知道郑幼安的去向。但大家并不是很担心，因为她临走的时候还去前台交代了仔细打扫她的房间，她嫌被子有点儿粗糙。

其实郑幼安只是一个人出去逛了。

荷兰是诞生了凡·高和伦勃朗的地方，首都阿姆斯特丹还有世界上最好的美术馆，所以郑幼安对这个国家很熟。

她去了荷兰国家博物馆，也去了凡·高博物馆，后来还不知不觉走进了红灯区。景观什么的没注意，她就是觉得太冷了，这鬼地方怎么这么冷！

走到河边打了个喷嚏后，郑幼安蹲下来怀疑人生。

太惨了，她从来没想过自己的未来会这么惨。跟合法丈夫滚了床单，却不敢面对他，跑得比谁都快。

傍晚，运河里的水上巴士又迎来了一阵高峰。郑幼安也买了一张票，但只是那种传统小船，只能容纳两个人。

她一个人孤零零地坐上去，同船的是一个留着迪克牛仔一般长发的中国男生，总是试图和郑幼安搭讪。男生看出郑幼安心情不好，伸出手拍了拍她的背。

就在这时，郑幼安听到有人喊她的名字。

她眨了眨眼睛，以为自己听错了。

“郑幼安！”郑幼安抬头，正好在桥梁上看见一个熟悉的身影。

荷兰这鬼天气，他连外套都没穿，笔直地站在桥上，夕阳照在他身上，像给他铺了一层金光。

郑幼安看着他，以为自己出现幻觉了。直到宴安再次大喊：“停下！”

郑幼安半张着嘴，脑子里的想法慢慢成形。宴安怎么出现在这里了？？？在她发呆的这一刻，小船已经驶进桥底，视线突然被截断。

不一会儿，小船又驶出桥底，郑幼安还保持着抬头的姿势，可是宴安已经不在桥上了。她愣了愣，动作迟缓地回头，看见宴安不知道什么时候上了另一辆船，远远看着她。

“郑幼安！停下来！”

直到这一刻，郑幼安才确定真的是宴安来了。脑子里一瞬间炸开了彩色的焰火。但焰火冷却后，她第一反应是逃。仿佛真的见到这个人，就要跌进某个深渊似的。

“别让他追上了！”郑幼安紧张起来连英文都忘了说，“快跑！”

但船夫干了几十年了，哪国游客都见过，练就了一身凭借表情翻译语言的功能。

爆炸头前前后后看了好几圈，也不明白后面那个男人是郑幼安的谁。反正不是丈夫吧。哪个女人见了丈夫会跑？除非他家暴。

“不是，你跑什么？那人谁啊？”见郑幼安激动地站起来，爆炸头怕她摔下去，伸手拉住她，“你小心点啊。”

宴安就眼睁睁地看着那个男人拉住郑幼安的手。他眼里冒着火，沉着声音吩咐船夫加速。

两条小船就这么在运河里展开了追逐赛。

郑幼安看见宴安和她的距离越来越近，心跳也越来越快。什么呀！有病啊！追什么追啊！

“你干什么！”郑幼安没忍住，朝他喊道，“你疯了？”

宴安没说话，在两条船终于挨近之时，一脚迈到郑幼安的船上，一刻不停地朝船头走去。

几秒后，四周一阵惊呼。

郑幼安还没反应过来就被宴安拦腰抱到了另一只船上。

两只船同时剧烈摇晃，爆炸头差点儿栽下河。而郑幼安还在奋力挣扎，船在摇晃，她被宴安紧紧抓着。

“你疯了你！你干什么你！”

“郑幼安你别动！”

“你疯了你——啊！”郑幼安一边挣扎一边往后退，一只脚突然踩空，四周又是一阵游客惊呼。

宴安始终没松开手，在她坠河的一瞬间用力往回拽，拽是拽回来了，不过两人一起从另一边栽进了河里。

这条河顿时沸腾起来，人声嘈杂，有惊呼的，有喊救命的。不过没等到别人出手相救，宴安已经抱着郑幼安浮出水面，两人就这样相拥在冰冷的河里。

郑幼安的脑子可能被水泡了，她呆呆地说：“我记得你挺喜欢游泳的。”

宴安闭了闭眼，用力吸气：“郑幼安，我上辈子欠你的吗？”

酒店套房内，郑幼安裹着被子坐在卧室床上，不敢抬头。

宴安换了睡袍坐在对面的沙发上，脸色惨白。他没想到自己这辈子还有这么狼狈的时候。

一觉起来老婆跑了，还带走了他的飞机。到国外又刷着他的卡泡帅哥，他死皮赖脸跟别人借了飞机追过来，却看见她跟一爆炸头在那儿谈心。

他不想多说，把人抓回来，却在众目睽睽之下栽进河里。可能一会儿他又得上一次热搜。不过这次还好，女主角是他老婆，他爸无话可说。

宴安张了张嘴，想对郑幼安说点儿什么，却发现嗓子火辣辣地疼，干脆什么都别说了。

荷兰这个时候的气温不超过五摄氏度，而两人同时掉进河里，要不是都年轻，能当场去世横尸国外。所以只是感冒已经算是上天眷顾了。

此时已经是夜里十点。从宴安的时差来算，他已经一整天没好好休息了，而郑幼安又病了一场，自然也困。

宴安揭开被子上床：“睡吧。”

郑幼安像只虾米一样缩在床的另一边，背对着宴安，低声道：“你怎么来了？”

宴安冷着脸，语气不善地说：“我要是不来，你今天准备跟那个爆炸头约个会还是再叫上十六个猛男寻欢作乐？”

郑幼安：“……”

原来看到了啊，那他是因为这个飞来荷兰的？所以他是……吃醋了？郑幼安脸颊突然有些痒，悄悄地蹭了蹭枕头。

“你吃醋啦？”瞬间，她又听到宴安吸气的声音。

“郑幼安。”宴安转过身，也把她拉过来，“这不是吃不吃醋的问题，你干这些事儿让其他人看见，我面子往哪儿放？”

房间里只开了一盏昏黄的落地灯，宴安的轮廓在氤氲的灯光下显得特别柔和。

郑幼安看着他，小声问：“那你到底是吃醋还是觉得没面子？”

灯光昏沉，但宴安的眼睛清亮。两人还是第一次这样长时间地对视，却没有人开口说话。

酒店的暖风声响原本不大，但此刻郑幼安觉得像火车声音一样从她耳边呼啸而过。

过了一会儿。大概是几秒，也有可能是几分钟，宴安开口了。他先是浅浅地叹了口气：“吃醋，行了吧。”

郑幼安突然又转过身去背对着他不说话。宴安等了一会儿，想她是不会说话了，于是闭上眼睡觉。

许久，郑幼安突然说：“我没有。”

宴安睁眼：“什么？”

郑幼安道：“我就是拍个照片发朋友圈，而且只有你秘书一个人能看见，其他人都看不见。”

晏安勾唇笑了笑："哦？"

"也没有干什么。"郑幼安继续说，"我连他们的腹肌都没摸。"

晏安："……"他侧过身，钩住郑幼安的脖子。

"你还想摸腹肌？"

郑幼安红着脸呢喃："我……我……"

"我的你没摸够？"

晏安捉住她的手往自己小腹上按："你摸，你摸个够。"也不知道是不是落水后人的机能反应原因，郑幼安觉得晏安的身体特别烫。

她立刻抽回手瞪着他："你疯了你？"

晏安松开她的手，揉了揉她的额头说："快了。"

这一晚，郑幼安虽然病着，也吃了含有安眠成分的药，但她一直没怎么睡着。

晏安也是。

"那个，我再问你三个问题。"郑幼安依然背对着他，说道，"我过生日你为什么不给我发个祝福？"

晏安："你一声不吭地跑了，大半个月像人间消失一样，我还当作什么都没发生祝你生日快乐？"

"哦。"郑幼安消化了他这个回答，"所以你在赌气？"

晏安叹气："你说是就是吧。"

郑幼安张嘴，还要说什么的时候，晏安突然打断她："已经第二个问题了。"

"你这么抠？"郑幼安抽了抽嘴角，"那我就浓缩直问了，晏安哥哥，你是不是喜欢我？"

话音落下，房间内又是长久的沉默。郑幼安隐隐感觉，晏安的呼吸声有些不平稳。

"你说话呀。"

"小安安。"他像小时候那样称呼她，"不然你以为我为什么千里迢迢跑来这鬼地方？"

郑幼安咽了咽口水："我发烧了，脑子不太好，你直接点儿。"

“是，喜欢你。”

她看着宴安的眼睛，细细地打量，许久才把那句话沉淀进心里。果然是发烧了，郑幼安感觉自己有点儿晕。

噢，爱情这坦克，谁撞谁休克。

她飞速闭眼说道：“我睡了。”

“嗯，你睡吧。”宴安伸手搂住她，把下巴靠在她颈边，“睡着听我说几句话。”

“我们都结婚了，我也没想过随随便便离婚。而且我年龄也不小了，过了年少轻狂的时候，别折腾我了，我们好好过吧。”

“哦。”

“那病好了我们就回家？”

“哦。”郑幼安小幅度地点头，“那凑合过吧。”

两人回去的那天都在飞机上睡了个通程。到家刚好夜里十点，时差没法倒，但人又挺累，于是他们继续往床上躺。

郑幼安眼睛不知道往哪儿放，于是四处打量，看到床边柜子上有一个盒子。

“这是什么？”她拿起来看。

宴安笑意盈盈地看着她，盒子打开后，郑幼安皱了皱眉说：“这谁的项链啊？珠光宝气的，好俗。”

宴安：“……”他拿起手边 iPad 翻了两页，“不知道，可能是清洁阿姨留下的。”

又是好一阵的沉默，郑幼安改坐为躺，缩进被子里说：“那我睡了？”

宴安伸手关灯：“晚安。”

郑幼安在黑暗里看着他，突然反应过来，难道刚刚那条项链是宴安送给她的生日礼物？那……那她刚刚那么说，多不好啊。

郑幼安小心翼翼地伸手戳了戳宴安的手腕。

宴安侧头，对视郑幼安小鹿一样亮晶晶的眼睛，很美，很可爱。但他不为所动，面无表情地转回去。

“不做。不然明天你又跑了。”

郑幼安满心的粉红泡泡在这一刻全都破裂。

“谁要跟你那什么……了？”郑幼安用力扯被子转身背对他，“你才是发烧烧坏脑子了吧！”

宴安轻哂，放下手里的东西，倾身覆过去问：“那做吗？”

朦胧月色斑驳地渗透进来，唯独照亮了宴安的双眼。他呼吸浅浅的，拂在郑幼安的脸上却很灼人。

这还是第一次，他们行夫妻之实之前，有了这么一个询问的过程。

郑幼安不知道怎么回答，只微微别开了脸。

宴安低头，轻吻她脸颊。

“那你明天早上跑吗？”

“不跑了……唔……”

夜色如水，沉静温和。

郑幼安双眼迷离，眼前的人变得亦真亦假。她的下巴被钩住，耳边的气息灼热。

“小安安，你是不是从没叫过我老公？”

“嗯……”郑幼安伸手抱住他的腰，“老公。”

清晨，闹钟声按时响起。

宴安睡前还是不放心，专门设定了六点的闹钟。

他一睁眼，下意识就朝床边看去。预料之外，又仿佛是预料之中——床边空的。他长长地叹了一口气，好累。他是个总裁，不是满世界追着老婆跑的赏金猎人。那么今天他老婆又去了哪个国家呢？

宴安伸手去拿手机，绝望却又倔强地准备拨通秘书的电话。

但是手机旁边放了一张字条，他拿起来看，上面是郑幼安的字迹。

“她本是豪门千金，家门衰落，牺牲自己联姻拯救家庭。而丈夫对她不屑一顾，连碰她都不愿意碰。但她深夜买醉之时，他却发现她别有风情。那天，他们痴缠一夜，酣畅淋漓。但他醒来，却不见她踪影，只见床头贴着一行字——”

晏安也不知道自己是不是没睡醒，竟然真的抬头去看床头。上面还真贴了一张小字条！

晏安眯了眯眼，靠近一看：加我微信，二十元看全文！

晏安："……"

房门突然被打开，郑幼安探了个头进来问："你醒啦？"

晏安身上那股紧张劲儿已经在看见字条之后消失殆尽。他朝郑幼安招招手："你去哪儿了？"

郑幼安一边走向他，一边说："我去做个瑜伽啊。"

晏安往她脖子一瞥，笑道："你做瑜伽还戴着项链？"

"哦……"郑幼安说，"我是想证明一下，其实这条项链也没那么丑，主要还是看是谁戴。"

早上睡眼惺忪，晏安半撑在床上，今天的心情算是他这几个月来最放松的。

"我看得出来，你不是很喜欢这个。"他伸手摸着她锁骨，"我重新给你选生日礼物吧，想要什么？"

"随我选吗？"郑幼安期待地看着他。

晏安点头："嗯，随你选。"

郑幼安抿唇笑，抱住他的手臂："那纪念一下我们那天从船上落水的奇遇吧。"

晏安"嗯"了一声。

郑幼安双眼放光道："所以你给我买一艘游艇吧。"

晏安礼貌地微笑着道："……好。"

番外五

初　恋

在一个春日的夜晚，阮思娴突然收到了一位高中同学的电子请帖。

阮思娴拿着手机问傅明予："下个月四号，周六，我高中同学婚礼，去吗？"

傅明予睨了一眼她的手机，屏幕上两位新人面容陌生，他从未见过，而新人的名字，他仔细思索一番，也不记得阮思娴跟他提起过。

"你们熟吗？"

"不太熟。"阮思娴想了想，"准确说，已经很多年没有联系了。"

傅明予忽然抬头，深深地看着阮思娴，嘴角带着点意味不明的笑，随即又埋下头继续手边的文件。

"干什么？"阮思娴对他的眼神感到奇怪，手臂撑着桌，俯身抽走他面前的东西，"有话就说，笑什么呢？"

傅明予即抬头，撩了撩眼皮，漫不经心地指了指屏幕上那个新郎："你高中暗恋的男生？"

阮思娴一下子被气到，可是看见他的眼睛，又想笑。气是气他猜太准，笑也是笑他太懂她。

被两种淡淡的情绪裹挟着，她抓起桌上一页纸就往傅明予脸上拍去。

像这种多年不联系的同学结婚，阮思娴最多随个礼，才不会占用自己宝贵的休息时间去参加婚礼。

但傅明予也并没有全猜对，说是"暗恋"，不过是高中时期对一个品学兼优长得又不错的风云同学有几分崇拜罢了，只是学生们分不清那点情愫，就以“暗恋”一概而论。

况且这位同学兜兜转转近十年，又和高中初恋结婚，这份情谊勾起了阮思娴对高中时代的怀念，才愿意走这么一遭。

不过看着傅明予那“我一眼就能看穿你”的表情，阮思娴立刻抬高了气势说道：“我说你都这么大年纪了怎么就是个醋缸呢？”

“既然知道我是个醋缸，还想让我跟你一起参加你以前暗恋男生的婚礼？”

傅明予毫不否认阮思娴的话，不过说完，他后仰着倚到椅背上，朝阮思娴伸出一只手：“不过你要是撒个娇，我就陪你去。”

最后他得到了阮机长转身前的一个白眼。

书房门被关上后，又归于安静。

傅明予回想起阮思娴刚刚恼羞成怒的样子，不自觉地含着笑。又翻了两页文件后，他突然给柏扬打了个电话，让他提前给自己空出下个月四日的安排。

刚挂了电话，手机还没放下，书房的门突然被推开。阮思娴站在外面，扒着门框，只探了一个脑袋出来。在明亮的灯光下，她朝着傅明予笑，眼眸里有传达不尽的风情。

傅明予抬头，也不说话，抬了抬眉梢，与她对视着。

半晌，见这男人没动静，阮思娴才走出来，露了个全貌。她换了一件吊带睡裙，灯光在裸粉色的丝绸上荡漾出一圈圈的水波，领口松松垮垮，偏偏她还招摇肆意地摇曳着腰肢朝傅明予走去，把“勾引”两个字摆在了脸上。

“老公，去吗？”

傅明予垂眼，一副坐怀不乱的模样，低声道：“看你表现。”

事实证明，傅明予至今还是喜欢在阮思娴的暴走边缘来回试探。他此话一出，阮思娴脸上温柔魅惑的笑容马上变了样，她三两步走到傅明予面前，拎起他的领带，俯身凑近他，咬牙切齿道：“你不要得寸进尺！”

“宝贝，你能不能讲点儿道理？”

傅明予抬眼，直勾勾地盯着阮思娴，笑得挺不正经，声音也突然沉了下来：“总不能让你丈夫上赶着吃醋还什么回报都没有吧？”

说完，他抬手松了松温莎结，手指顺着领带滑下，缠住阮思娴的手指，目光却依然紧紧盯着阮思娴，暗示意味明显。

春夜晚风温柔，两人呼吸相接，热烈的气息瞬间如火花般绽开。

傅明予揽住阮思娴的腰，将她带入怀中，胸前领带却依然被紧紧攥着。

不知为何，阮思娴总喜欢紧紧扯着他的领带，不管是开心还是生气，情绪到位了，这东西就成了一种情趣，但最后总归会变成绕指柔。

这种乐趣的下场就是，家里隔三岔五总会有一些褶皱的领带。傅明予的领带来得金贵，经不起折腾，皱了自然就不能再用了。

家里的清洁阿姨扔了几次领带后，忍不住问阮思娴，说傅明予怎么这么不爱惜领带，还嘱咐她交代傅明予以后要轻拿轻放，再有钱也没这么浪费的道理。

阿姨觉得自己说得很在理，但不知道为什么阮思娴听了她这话却脸红了。

转眼到了请帖上的日子。

然而头天晚上阮思娴遇到延误，本该九点就返程落地的航班硬是拖到了夜里十一点还在距离机场二十几公里的地方盘旋。

等她回到家里洗漱完毕，一头栽到床上就睡了个不省人事，完全忘了要去参加婚礼这件事。

所以这天早上，当傅明予把她叫醒时，她憋着一股起床气，不仅不起床，反而用力拽着傅明予的手臂，把他拉到床上一股脑儿扑在他胸前，继续睡觉。

傅明予躺下来便安静了，轻抚着她的头发，什么都没说。

好一会儿，他感觉阮思娴又快睡着了，才不咸不淡地说：“现在九点，开车到你高中那边要两小时，你是打算素颜去见你高中暗恋对象？”

阮思娴愣了好一会儿，反应过来傅明予在说什么后猛地坐起来，抱着枕头砸他胸口：“你怎么不早叫醒我？”

傅明予撑着床慢悠悠地坐起来，笑看她：“你给我说话的机会了吗？”

阮思娴："你这嘴的使用说明书在我手里吗？"

傅明予噎住。看着阮思娴忙不迭下床洗漱的背影，莫名笑了起来。

阮思娴高中在江城隔壁市区读的，从这儿开车过去需要两小时。

婚礼在城郊的一处酒店举行，阮思娴和傅明予只提前十几分钟到，宴会厅里已经坐满了人。

喧闹又拥挤的场所里，没人注意到阮思娴和傅明予携手而来。直到新郎在迎来送往中回头，直愣愣地盯着阮思娴看了好一会儿，才回过神，匆忙迎上前。

在这间隙，傅明予偏头在阮思娴耳边说："这就是夺走你初恋的男人？不过如此。"

怎么就从暗恋变成初恋了？阮思娴脸上笑着，不说话，手指却狠狠地掐了一下傅明予的掌心。

两人随着新郎走进坐席。

出席的高中旧友不多，现场几乎全是陌生人，打阮思娴和傅明予一进来便吸引住了许多人的目光。但碍于礼貌，只是远远地打量，并未有什么打扰的行为。

而后，婚礼开始，到新人敬酒，阮思娴一直都安安静静地坐着，不怎么说话，偶尔还出神。

傅明予几次见她呆呆地盯着碗筷，心里竟真的有几分不痛快起来。

起先只是跟她开玩笑，现在见她这模样，倒好像真被他说中了。思及此，傅明予敲了敲阮思娴的后脑勺："你的丈夫还在这里，当我不存在？"

阮思娴瞥了他一眼，眸中色彩倏忽闪亮，什么都没说，反而抿嘴笑了起来。

在这之后，阮思娴似乎就有些坐不住了。

傅明予见她几番看手机，便问："想走了？"

"嗯。"阮思娴朝他抬抬下巴，"走吗？"

傅明予不明白她今天的情绪怎么这么多变，但也没多说。两人寻了个忙碌的借口，在宴席接近尾声的时候离开。

一离开宴会厅，阮思娴的心情就明亮了起来，催促着傅明予走快点。

傅明予只是不紧不慢地走着，目光在阮思娴嘴角的弧度上打转：“傅太太，你是不是该跟你的丈夫谈谈，怎么看到初恋还出神了？”

阮思娴突然停下脚步，回头望着傅明予。直直地盯着他，不说话，也不走动。

半晌后，傅明予被她看得不明所以：“你看什么？”

“这不是……”阮思娴轻快地转身，丢下一句，“看着初恋出神嘛。”

说完，她三步并作两步朝停车的地方走去。然而刚摸到把手，却被身后的傅明予揽着腰，转了个身，抵在车门上。

傅明予垂头看过来。斑驳的阳光落在他脸庞，将轮廓勾勒得越发深邃。

“聊聊啊，傅太太，刚刚说那话什么意思？”

两人结婚这么久，什么心意都坦承过，阮思娴也不想藏着掖着，倚靠着车门，不咸不淡地说：“就你一直说初恋啊初恋什么的，我就认真想了想，我初恋居然是你。”

“而且，”她又说，“如果不是第一眼就在意，又怎会耿耿于怀好几年？”

在傅明予翻涌着情绪的目光中，阮思娴淡淡地补充：“我好亏啊。”

春日阳光下，傅明予的眼神逐渐变得缠绵而温柔，他低头，在阮思娴嘴角落下轻轻一吻：“不会让你亏。”

上车后，傅明予一边系安全带，一边问：“这么急着离席，要去哪儿？”

阮思娴就知道他看出来她的意思，指挥道：“出门直走，在第一个十字路口右拐。”

傅明予没问目的地是什么，听她的安排，一路开过去，最后停在一座陈旧的学校前。

周日的校园安静得只有几只麻雀在地上蹦蹦跳跳。

阮思娴和保安软磨硬泡了会儿，终于放行。她带着傅明予直奔教学楼而去。

都已经到这里了，傅明予没问阮思娴为什么带他来这里。他的阮机长虽然不爱说甜言蜜语，但最近却有了越来越多的浪漫心思。

比如现在，她就想带他看看她长大的地方。

“这间是我们班教室。”阮思娴站在窗户前，说道，“你猜一下我的座位呗。”

傅明予以一脸“这让我怎么猜”的表情盯着教室看了好一会儿，然后随手一指，“最里面靠窗那个位置？”

话音落下，阮思娴却愣住。她感到不可置信地伸手，摸了摸傅明予的脸说道：“你不是人吧？怎么猜到的？”

傅明予只说了两个字：“直觉。”

阮思娴又带着他逛了一圈实验楼、音乐教室，还去了一趟教师办公楼。

“以前我们班主任是出了名的大嗓门，常常跟年级主任吵架，隔这么远都能听到他不带脏字儿地骂人。”

傅明予扯了扯嘴角说道：“哦，果然是名师出高徒。”

阮思娴：“……”

又转悠了几个地方，阮思娴发现傅明予还挺认真，四处打量，也不说话，仿佛在仔细地寻找着什么回忆。

两人在学校漫无目的地逛了很久，阮思娴今天话特别多，关于高中的回忆全都一股脑儿地说了出来，让傅明予感觉自己像是陪着她经历了那些青春时光一般。

最后到了操场，阮思娴指着他们学校那著名的火箭雕塑给他看。

“你知道以前我们校长脑回路有多奇特吗？说是为了鼓励学生，自己出钱修了个雕塑，然后让高三每次月考的第一名都站上去接受表扬，他可能觉得这个想法很妙吧，导致我们学校的‘状元’们每次月考都在努力地考第二名，谁第一谁倒霉。”

阮思娴絮絮叨叨说了许多关于这个雕塑的事情，却没听见傅明予有回应。

她扯扯他的袖子问：“出什么神呢？”

傅明予眯眼盯着这座雕塑，半晌，才肯定地说：“我来过这个学校。”

阮思娴不以为意地哼笑：“别吹了。”

“刚刚我走过综合楼的时候就有一种熟悉的感觉。”傅明予环顾四周，目光最后又落到那座雕塑上，“直到看到这雕塑，我确定我来过。”

听他语气认真，阮思娴挑挑眉问道：“什么时候啊？”

傅明予想了想，说：“大概是我大三暑假回国的时候？正好遇到公司到高中招飞，我跟着来了。”

阮思娴算了算时间，脸色突然沉了些说：“哦，我也记得，收了我的报名表却告诉我不招女生。”

听出她语气里的埋怨，傅明予搂着她的肩膀，把她拉到自己胸前说：“又不讲道理了，当时所有公司都不招女生好吗？”

阮思娴哼了一声，转移话题道：“那你说我们俩那时候遇见过吗？”

傅明予笃定地说：“肯定遇见过。”

阮思娴摇了摇头道：“这次我是真不信了。”

傅明予笑了笑，没说话。

两人转身，走到学校公告栏前。

阮思娴浏览了一圈，突然指着中间的历届优秀毕业生展示栏，说道：“居然有我的照片？！”

傅明予随着她手指的方向看过去。十八岁的阮思娴穿着蓝色校服，头发干净利落地梳成马尾，露出一张稚嫩又漂亮的脸。

傅明予盯着这张照片看了很久，目光在半落的余晖中忽明忽暗。

许久，他开口道：“我见过你，我确定。”

或许是在喧闹的走廊，或许是在嘈杂的操场，或许是楼梯的转角相遇，也可能是绿荫小道的擦肩而过。

但傅明予确定，他一定在很多年前，见过阮思娴。